JOEL C. ROSENBERG

MISIÓN
DAMASCO

TYNDALE HOUSE PUBLISHERS, INC.,
CAROL STREAM, ILLINOIS, EE. UU.

Visite Tyndale en Internet: www.tyndaleespanol.com y www.BibliaNTV.com.

Visite el sitio en Internet de Joel C. Rosenberg: www.joelrosenberg.com.

TYNDALE y el logotipo de la pluma son marcas registradas de Tyndale House Publishers, Inc.

Misión Damasco

Originalmente publicado en inglés en 2013 como *Damascus Countdown* por Tyndale House Publishers, Inc., con ISBN 978-1-4143-1970-4.

Diseño: Dean H. Renninger

Traducción al español: Mayra Urízar de Ramírez

Edición del español: Mafalda E. Novella

Library of Congress Cataloging-in-Publication Data

Rosenberg, Joel C., date.
   [Damascus countdown. Spanish]
   Misión Damasco / Joel C. Rosenberg.
      p. cm.
   ISBN 978-1-4143-1972-8 (sc)
1. Intelligence officers—United States—Fiction. 2. Nuclear warfare—Prevention—Fiction.
3. Security, International—Fiction. 4. Middle East—Fiction. 5. Iran—Fiction. I. Title.
   PS3618.O832D3618 2013
   813'.6—dc23   2013031520

Impreso en Estados Unidos de América

19 18 17 16 15 14 13
 7   6   5   4   3   2   1

Al pueblo cautivo y brutalmente explotado de Siria
—especialmente a la gente de Damasco— que anhela ser libre.

NOTA DEL AUTOR

Teherán, Irán, tiene hora y media de adelanto con
respecto a Jerusalén, y ocho horas y media con respecto
a Nueva York y a Washington, D.C.

REPARTO DE PERSONAJES

ESTADOUNIDENSES

David Shirazi (alias Reza Tabrizi)—oficial de campo, Agencia Central de
Inteligencia

Marseille Harper—maestra de escuela, amiga de la niñez de David Shirazi

Jack Zalinsky—agente principal, Agencia Central de Inteligencia

Eva Fischer—oficial de campo/analista, Agencia Central de Inteligencia/
Agencia de Seguridad Nacional

Roger Allen—director, Agencia Central de Inteligencia

Tom Murray—subdirector de operaciones, Agencia Central de Inteligencia

William Jackson—presidente de Estados Unidos

Daniel Montgomery—embajador de Estados Unidos en Israel

Marco Torres—comandante, unidad paramilitar de la CIA

Nick Crenshaw—agente de campo, unidad paramilitar de la CIA

Steve Fox—agente de campo, unidad paramilitar de la CIA

Matt Mays—agente de campo, unidad paramilitar de la CIA

Dr. **Mohammad Shirazi**—cardiólogo, padre de David Shirazi

Chris y Lexi Vandermark—recién casados; amigos de la universidad de Marseille Harper

IRANÍES

Dr. **Alireza Birjandi**—erudito preeminente de escatología islámica chiíta

Najjar Malik—ex físico, Organización de Energía Atómica de Irán; escapó a Estados Unidos

Ayatolá Hamid Hosseini—Líder Supremo

Ahmed Darazi—presidente de Irán

Mohsen Jazini—comandante del Cuerpo de la Guardia Revolucionaria Iraní; asistente del Duodécimo Imán

Dr. **Jalal Zandi**—físico nuclear

Javad Nouri—asistente personal del Ayatolá Hosseini y del Duodécimo Imán

Ali Faridzadeh—ministro de defensa

Ibrahim Asgari—comandante de la VEVAK, policía secreta

Daryush Rashidi—presidente de Telecom Irán; asistente del Duodécimo Imán

Abdol Esfahani—subdirector de Telecom Irán; asistente del Duodécimo Imán

ISRAELÍES

Aser Neftalí—primer ministro de Israel

Levi Shimon—ministro de defensa

Zvi Dayan—director, Mossad

Gal Rinat—agente de campo, Mossad

Tolik Shalev—agente de campo, Mossad

OTROS

Muhammad Ibn Hasan Ibn Ali—el Duodécimo Imán

Iskander Farooq—presidente de Paquistán

Gamal Mustafá—presidente de Siria

General Youssef Hamdi—mariscal del aire, Fuerza Aérea Siria

★ ★ ★ ★ ★

JUEVES,
10 DE MARZO

PREFACIO

DE *OPERACIÓN TEHERÁN*

QOM, IRÁN

David Shirazi miró su reloj. Respiró profundamente y trató de calmarse. El plan requería de una coordinación de fracción de segundo. No podía haber cambios. Nada de sorpresas. El tiempo era escaso. Los riesgos eran muy altos y ya no había forma de echarse atrás. No obstante, había algo que tenía que aceptar: era muy posible que dentro de tres minutos estuviera muerto.

David le ordenó al conductor del taxi que se detuviera enfrente de la famosa Mezquita de Jamkaran. Le pagó al conductor, pero le pidió que se detuviera y esperara. Le dijo al hombre que tenía que entregar un paquete, pero que solamente tardaría un momento y volvería.

David examinó cuidadosamente a la multitud. Todavía no veía a su contacto, pero no dudaba de que el hombre llegaría. Mientras tanto, era difícil no maravillarse por la suntuosa estructura, el gigantesco domo turquesa de la mezquita al centro, con dos domos verdes más pequeños a los lados y dos minaretes exquisitamente pintados que se alzaban por encima de todo. El lugar —que se reverenciaba desde el siglo x, cuando un clérigo chiíta de la época, el jeque Hassan Ibn Muthlih Jamkarani, supuestamente recibió la visita del Duodécimo Imán— había sido un terreno agrícola. Ahora era uno de los lugares religiosos más visitados en todo Irán.

Durante los últimos años, el Ayatolá Supremo y el presidente de Irán, ambos «imanistas» muy devotos y discípulos apasionados del así llamado mesías islámico, habían canalizado millones de dólares para renovar la mezquita y sus instalaciones, y para construir nuevas y bellas autopistas de carriles múltiples desde la mezquita hasta Qom y Teherán.

Ambos líderes la visitaban regularmente y la mezquita se había convertido en objeto de un gran número de libros, programas televisivos y documentales. Después del reciente surgimiento del Duodécimo Imán en el planeta y del rumor de que una niñita muda de nacimiento había sido sanada por el Mahdi después de visitar la mezquita, las multitudes habían seguido aumentando.

David caminaba de un lugar a otro frente a la puerta principal que llevaba hacia el complejo sagrado. Sintió que vibraba el teléfono satelital en su bolsillo. Sabía que era el Centro de Operaciones Globales. Sabía que sus superiores en la oficina central de la CIA en Langley, Virginia, miraban todo lo que ocurría a través del Predator teledirigido que sobrevolaba a unos tres kilómetros por encima de su cabeza, pero no se atrevía a contestar la llamada. Allí no. Ni en ese momento. Lo que fuera que tuvieran que decirle, era demasiado tarde. No quería hacer nada que asustara al hombre con el que había ido a reunirse. Por lo que ignoró la vibración y volvió a mirar su reloj. Había llegado justo a tiempo. ¿Dónde estaba Javad Nouri?

Veía cómo llegaban docenas de buses llenos de peregrinos chiítas, dejaban a sus pasajeros y guías y luego se dirigían al estacionamiento principal, mientras que otros buses recogían a sus pasajeros y se dirigían a casa. Estimó que había unas doscientas personas que circulaban por el frente, ya fuera entrando o saliendo. Había unos cuantos oficiales de policía uniformados, pero todo parecía tranquilo y en orden. Nouri, el asistente de confianza del Duodécimo Imán, era un hombre sagaz. Había elegido bien. Cualquier disturbio allí tendría muchísimos testigos, y a David le preocupaba lo que le pudiera ocurrir a los transeúntes inocentes.

David sintió un golpecito en su hombro.

Se dio vuelta y allí estaba Javad Nouri, rodeado de media docena de guardaespaldas vestidos de civil.

—Señor Tabrizi, qué bueno verlo otra vez —dijo Javad Nouri, refiriéndose a David por el único nombre que el iraní sabía de él.

—Señor Nouri, qué bueno verlo también.

—Confío en que no haya tenido problemas para llegar.

—En absoluto —dijo David.

—¿Había estado aquí antes? —preguntó Nouri.

Parecía una pregunta extraña, dado el momento.

—En realidad, me avergüenza decir que no.

—Algún día tendré que darle un recorrido.

—Me encantaría hacerlo.

Nouri miró la caja que David tenía entre las manos.

—¿Es este el paquete que estamos esperando?

—Sí —dijo David—, pero tenemos un problema.

—¿Qué problema?

David echó un vistazo a su alrededor. Observó que había varios guardaespaldas más que tomaban posiciones en un perímetro a su alrededor. También había una camioneta blanca que estaba esperando en el borde de la acera, con un guardia que mantenía la puerta posterior abierta. Delante había otra camioneta que posiblemente servía como el vehículo principal de seguridad. Detrás había una tercera, completando el grupo.

—Muchos de los teléfonos están dañados y no se pueden usar —explicó David y le entregó la caja destrozada al asistente del Mahdi—. Algo tuvo que haber pasado en el embarque.

Nouri maldijo y su expresión inmediatamente se ensombreció.

—Los *necesitamos.*

—Lo sé —respondió David.

—¿Qué vamos a hacer ahora?

—Mire, puedo volver a Munich por más. Eso es lo que quería hacer en primer lugar, pero...

—Pero Esfahani le dijo que no fuera.

—Bueno, yo...

—Lo sé, lo sé. Que Alá me ayude. Esfahani es un tonto. Si no fuera el sobrino de Mohsen Jazini, no estaría involucrado en absoluto.

—¿Qué quiere que haga, señor Nouri? —preguntó David—. Eso es todo lo que importa, lo que usted y el Prometido quieran. Por favor, entienda que haré cualquier cosa para servir.

Las palabras acababan de salir de su boca cuando escuchó frenos rechinando detrás de él. Luego todo pareció desarrollarse en cámara lenta. El plan que su equipo había organizado comenzó a desarrollarse y a David solo le quedó esperar que todo resultara según lo acordado. Oyó el estallido de un rifle de francotirador y que uno de los guardaespaldas de Nouri cayó. *¡Pum! ¡Pum!* Dos más de los hombres de Nouri se desplomaron. Entonces el mismo Nouri recibió una bala en el hombro derecho y comenzó a tambalearse. Estaba sangrando mucho. David se lanzó sobre Nouri para protegerlo, a medida que los disparos se intensificaban y que más guardaespaldas recibían disparos y caían al suelo.

David se dio vuelta para mirar a los tiradores. Pudo ver filas de buses. Vio taxis. Vio gente que corría y gritaba. Luego sus ojos se fijaron en una furgoneta blanca que pasaba. La puerta lateral estaba abierta. Pudo ver destellos de disparos que salían de tres armas en el interior y supo que eran sus compañeros los que tiraban de los gatillos.

Un oficial de la policía iraní —guardia asignado a la mezquita— sacó su revólver y comenzó a responder a los disparos. Dos de los agentes de Nouri vestidos de civil, que estaban en los alrededores, levantaron sus metralletas y dispararon a la furgoneta, que a toda velocidad se abría camino en zigzag entre el tráfico y desaparecía en la curva.

Entonces fue el momento para la fase dos, planificada para reducir la velocidad de cualquiera que persiguiera a sus hombres.

David anticipó la explosión cuando un coche bomba estalló a unos cien metros de distancia. Instintivamente se agachó. Se tapó los ojos e hizo lo mejor que pudo para proteger el cuerpo de Nouri de los vidrios rotos y del metal fundido que les caía encima. El aire estaba impregnado de olor a quemado y de pánico. Cuando el humo grueso y negro comenzó a despejarse un poco, David pudo ver las llamas que salían de lo que quedó del auto principal del grupo de seguridad de Nouri.

A su alrededor, la gente lloraba, sangraba y pedía ayuda a gritos. David giró para mirar a Nouri. Pudo ver la herida expuesta en la parte superior del brazo del hombre, pero después de una revisión rápida, no encontró ningún otro agujero de bala. Sacó un pañuelo y le hizo presión. Luego se quitó su cinturón e hizo un torniquete para contener la hemorragia.

«Javad, míreme —dijo David suavemente—. Todo va a estar bien. Solamente que no deje de mirarme. Voy a orar por usted».

Nouri parpadeó por un momento y emitió la palabra *Gracias*. Luego cerró los ojos y David gritó pidiendo ayuda.

De repente, cuatro aviones de combate pasaron rugiendo sobre la mezquita. Volaban increíblemente veloces y muy bajo, y el ruido era ensordecedor. Pero no eran aviones rusos MiG-29 que el sha le había comprado a Estados Unidos antes de la Revolución, ni ningún otro avión del arsenal iraní. Eran flamantes aviones F-16, cargados de municiones y con tanques adicionales de combustible. David sabía muy bien que el presidente Jackson no los había enviado. No eran aviones de combate estadounidenses. Lo cual solamente podía significar una cosa: los israelíes estaban allí. El primer ministro Neftalí verdaderamente lo había hecho. Había ordenado un ataque preventivo. Había comenzado la guerra que todos en la región habían temido.

1

David sabía que una de las instalaciones nucleares más grandes de Irán
—la planta de enriquecimiento de uranio en Fordo— estaba a unos
cuantos kilómetros de distancia al otro lado de la cordillera y, como era
de esperar, una fracción de segundo después oyó el ruido ensordecedor
de explosiones, una tras otra en sucesión rápida. Se dio la vuelta y vio
enormes bolas de fuego y columnas de humo que se elevaban al cielo, y
los cuatro aviones israelíes que desaparecían en las nubes.

Sin embargo, luego, otro grupo de ataque bajó en picada detrás
de ellos. Otros cuatro aviones de combate israelíes —decorados con
la Estrella de David pintada de azul en sus alas— descendieron como
un rayo. Asumió que, de igual manera, su misión era atacar las instalaciones que estaban a poca distancia. No obstante, David miró horrorizado cómo uno de los aviones disparó primero un misil aire-tierra en
el corazón de la mezquita que estaba detrás de él. Le estaban enviando
un mensaje al Duodécimo Imán y a todos sus seguidores, pero estaban
a punto de destruir el plan de David.

Tuvo el instinto de levantarse y de correr a protegerse, pero ya era
demasiado tarde y tuvo que hacer todo lo posible para proteger a Javad
Nouri. Esa era su misión. Bajo ninguna circunstancia podía permitir
que Nouri muriera. A toda costa tenía que devolverle el asistente al
Mahdi, herido pero vivo y muy agradecido con David. Creía que era la
única oportunidad de ganarse la confianza del Mahdi, y la única pizca
de probabilidad que tenía de que lo invitaran al círculo más íntimo. Por
otro lado, ¿importaba algo de eso ahora? La guerra a la que lo habían

enviado para prevenir estaba sobre la marcha. La masacre en ambos lados iba a ser incalculable. Toda la región estaba a punto de estallar en llamas. ¿Qué le quedaba por hacer?

De repente, el suelo se convulsionó cuando una serie de explosiones arrasó el complejo. Los minaretes comenzaron a tambalearse. La gente gritó otra vez y corrió en todas las direcciones cuando la primera torre se derrumbó, seguida por la segunda. David se cubrió la cabeza y se aseguró de que Nouri también estuviera cubierto. Entonces, cuando el humo comenzó a despejarse, se dio vuelta y examinó la matanza. Los cuerpos estaban dispersos. Algunos estaban muertos. Otros estaban seriamente heridos. David volteó a ver a Nouri. Estaba cubierto de sangre. Sus pupilas estaban dilatadas, pero todavía estaba respirando. Todavía estaba vivo.

Con las armas en ristre, tres guardaespaldas heridos pronto corrieron a su lado. Con su ayuda, levantaron cuidadosamente a Nouri y lo llevaron a la camioneta blanca, que estaba muy dañada por la explosión del coche bomba, pero aún intacta y funcionando. Juntos, colocaron a Nouri en el asiento de atrás. Un hombre de seguridad se metió al asiento de atrás con él. Otro se sentó en uno de los asientos del medio. El tercero cerró y le puso seguro a la puerta lateral, luego se sentó en el asiento del pasajero.

«Espere, espere; olvidó esto —gritó David justo antes de que el guardia cerrara la puerta. Levantó la caja de los teléfonos satelitales y se la dio al guardia—. El Mahdi los quería —dijo David—. No funcionan todos, pero algunos sí».

Entonces sacó una pluma y escribió rápidamente su número de teléfono celular en la caja. «Haga que la gente del Mahdi me llame y me diga cómo está Javad, y dígame si hay algo que pueda hacer por el mismo Mahdi».

El guardia le agradeció a David y le estrechó la mano vigorosamente. Luego cerró la puerta y lo que quedaba de la caravana salió a toda velocidad.

David se quedó allí parado, solo, mientras el suelo volvió a temblar. Más aviones israelíes bajaron en picada del cielo. Lanzaron más misiles y dejaron caer más bombas sobre objetivos arriba en las montañas. Por un momento, David no pudo moverse. Miró las oleadas de humo que subían de los ataques aéreos sobre el horizonte y trató de calcular su próxima maniobra.

Miró a la calle en busca del taxi al que le había pedido que lo esperara. No estaba por ningún lado, pero no podía culpar al conductor. La gente estaba aterrorizada por los disparos, el coche bomba y los ataques aéreos. Corrían tan rápido como podían a todos lados. David sabía que también tenía que irse. No podía darse el lujo de que la policía lo atrapara y se lo llevara para interrogarlo. Tenía una misión. Tenía un plan. Tenía un equipo que contaba con él. Sabía que tenía que permanecer enfocado, pero se lamentaba por los que estaban heridos a su alrededor. Por lo que se dio la vuelta y corrió al lado de un guardia que estaba severamente herido y casi inconsciente. Al oír que las sirenas se acercaban de todos lados, David se quitó la chaqueta y la usó para hacer presión en la pierna que le sangraba al hombre. Mientras lo hacía, oró en silencio por el hombre y le pidió al Señor que lo consolara y lo sanara.

Las ambulancias comenzaron a llegar a la escena. Los paramédicos pronto corrieron hacia los heridos para atenderlos y para transportar los casos más graves a los hospitales más cercanos. En medio del caos y de la confusión, David vio su oportunidad. Le quitó una pistola al guardaespaldas herido y se la metió en el bolsillo. Luego se dirigió hacia otro de los guardias derribados. Parecía que el hombre miraba hacia el cielo; tenía la boca abierta. Cuando David le revisó el pulso, no encontró nada. Le cerró los ojos al hombre y después, rápidamente, asió un cargador de reserva y tomó la radio del guardia.

Los bomberos ya estaban llegando para combatir los múltiples incendios. También llegaron más oficiales de policía. Comenzaron a asegurar la escena del crimen y a entrevistar a los pocos testigos que no habían huido de la escena lo suficientemente rápido. David trató de usar la conmoción como un escondite. Estaba decidido a que no lo interrogaran, mucho menos a quedar expuesto. Sin embargo, oyó que alguien gritaba detrás de él. David giró y vio a un clérigo anciano, con sangre esparcida en toda su túnica, que lo señalaba.

«¡Hablen con ese hombre! —le dijo el clérigo a un oficial de policía—.

Él estaba aquí cuando comenzaron todos los disparos. Y creo que le quitó algo a ese hombre muerto».

El policía miró directamente a David y le ordenó que se detuviera. David no hizo caso. Con un arranque de adrenalina, dio la vuelta y comenzó a correr velozmente hacia los escombros de la mezquita que ardían. El oficial volvió a gritarle que se detuviera, comenzó a correr detrás de él y les gritó a otros oficiales para que se unieran a la persecución.

2

Dondequiera que David miraba a través del humo denso, negro y acre, veía un laberinto de ruinas de lo que alguna vez fue una mezquita gloriosa, y las llamas que se elevaban de unos cinco a diez metros en el aire. David corría por el laberinto —el calor ya era insoportable y su camisa se empapó inmediatamente de sudor—, buscando desesperadamente la luz del día y el aire fresco. Sabía que había otro estacionamiento al otro lado del complejo. Su única oportunidad de escapar era salir de esta tormenta de fuego, encontrar un auto y arrancarlo de alguna manera, antes de que le dispararan o de que la policía iraní lo capturara.

Mientras más se internaba en las ruinas llameantes, más temía llegar a un callejón sin salida, rodeado de hombres armados que bloquearan su fuga. El rugido de las llamas que chisporroteaban y danzaban era casi ensordecedor, y pronto ya casi no podía oír los gritos ni los silbatos, pero no dudaba de que le estuvieran pisando los talones y de que se acercaran rápidamente.

Cruzó hacia la derecha en un callejón y llegó a una bifurcación. Hizo una oración rápida y tomó el camino de la izquierda. Mientras corría, sacó la pistola de su bolsillo y se aseguró de que estuviera cargada. Levantó la mirada justo a tiempo para ver caer una columna gigantesca que se derrumbó frente a él bloqueando su ruta de escape. De haber ocurrido un segundo después, David supo que lo habría aplastado. De haber ocurrido dos segundos después, probablemente habría estado a salvo y la columna habría obstaculizado el camino de sus perseguidores. Mientras tanto, no tenía más opción que dar la vuelta y dirigirse de regreso a la bifurcación.

David levantó la pistola enfrente de él y rápidamente volvió sobre sus pasos. Cuando se acercó a la bifurcación, pudo ver que dos figuras corrían hacia él a través del humo. Oyó que algo le pasó zumbando sobre la cabeza y, una fracción de segundo después, el sonido de un disparo. Se lanzó al suelo y rodó una vez, apuntó y disparó dos veces. Los dos hombres cayeron uno tras otro, pero David tuvo que asumir que había más detrás de ellos. Se precipitó al otro camino; tuvo que agacharse bajo varias vigas en llamas, pero pronto se encontró fuera del complejo de la mezquita y llegando al estacionamiento de atrás.

La escena que tenía enfrente era un caos total. Cualquiera con un auto estaba dentro de él y todos estaban atascados en un enorme embotellamiento de tráfico, tratando desesperadamente de alejarse de la mezquita y de dirigirse a las autopistas principales, de regreso a Qom o a Teherán. La mayoría de los vehículos que estaban más cerca de él era camiones de bomberos y ambulancias. David pudo ver unos cuantos autos de policía con sus luces intermitentes cerca de la salida y a varios oficiales uniformados que trataban de dirigir el tráfico y de establecer algún sentido de orden. Todo parecía inútil, pero se alegró de que la policía que tenía cerca en ese momento estuviera demasiado ocupada como para fijarse en él.

En ese momento, David vio dos motocicletas de policía que llegaron por la esquina, como a cuatrocientos o quinientos metros hacia el sur. Retrocedió y se agachó detrás de un montón de escombros, esperando que la nube de humo hubiera oscurecido sus movimientos. Por el momento, parecía que sí. Los policías en las motocicletas se acercaron rápidamente, luego disminuyeron la velocidad y patrullaron de un lado a otro en el estacionamiento. David estaba seguro de que lo buscaban, y entonces —como si acabaran de recibir un reporte en sus radios— los dos se detuvieron, desmontaron, sacaron sus armas y corrieron hacia el otro extremo del complejo. David tomó la radio que le había quitado al guardia cerca de la puerta principal. Lo encendió con volumen bajo y se lo puso cerca del oído. Mientras se encendía, pudo oír que alguien gritaba que habían visto al sospechoso desplazándose por el lado occidental del complejo. David no tenía idea de quién podría ser, pero no era él. Él estaba en el lado oriental y aprovechó el momento, seguro de que la confusión por parte de la policía era temporal, en el mejor de los casos.

Salió corriendo hacia las motocicletas. Ninguna estaba encendida y ninguno de los oficiales había dejado sus llaves en el botón de arranque. David eligió la que estaba más cerca y rápidamente se puso a trabajar. Sacó su navaja, de un golpe abrió el odómetro, jaló algunos alambres detrás de los cuadrantes y cortó un pedazo de quince centímetros con un movimiento rápido. Luego, con el pie volcó la motocicleta y rápidamente le quitó el aislamiento a los dos extremos del cable. Guardó la navaja y se dirigió a la segunda motocicleta localizando rápidamente el haz de alambres de tres colores que salían del encendido. Los siguió hacia la parte de atrás de la motocicleta, hasta que encontró donde terminaban en un pequeño conector de plástico, conectado a otro grupo de alambres. Miró de un lado a otro y todavía no vio a nadie cerca de él, por lo que desenchufó el conector, tomó el pedazo de alambre de la primera motocicleta que tenía en la mano, doblado en forma de U, y lo introdujo en las dos ranuras del conector. Tuvo que manipularlo unas cuantas veces, pero después de unos segundos de tensión oyó que la motocicleta se encendió. Revisó la luz delantera. Estaba encendida. Por lo que de un salto montó en la motocicleta y pulsó el botón de arranque en el acelerador. La motocicleta cobró vida con un rugido.

En ese momento, David vio a los dos oficiales que volvían del otro lado del complejo, hacia el estacionamiento. Atónitos al principio al ver que alguien se robaba una motocicleta de la policía, los dos oficiales sacaron sus armas y comenzaron a disparar. David sacó su pistola y respondió a los disparos, haciendo que los dos hombres corrieran para cubrirse. Entonces él se volteó y disparó dos tiros al tanque de la motocicleta que estaba en el suelo. El segundo disparo fue un golpe directo, y tan pronto como vio que el combustible salía, volvió a disparar, con lo que creó una chispa. Los vapores comenzaron a arder y el tanque explotó, mientras los fragmentos de la motocicleta salieron volando a todos lados.

Ahora David se dirigía hacia la salida. Al zigzaguear por el embotellamiento de autos, camionetas y buses que trataban de salir del terreno de la mezquita, disminuyó un poco la velocidad, pero pronto pasó por todo eso y salió de los caminos locales que temía que estuvieran obstruidos por los policías. Encontró una rampa de acceso a la autopista 7 y la tomó. Pronto se dirigía al norte, de Qom a Teherán, en pista abierta y a alta velocidad. Por el momento, casi no había ningún vehículo en esta parte del camino, excepto por algunos convoys de vehículos del ejército. Parecía que a nadie le importaba ni lo veía. No tenía casco. Estaba seguro de que los dos oficiales ya habían pedido refuerzos por radio. Esperaba encontrar un bloqueo después de cada curva, pero por el momento estaba vivo, libre y apresurándose hacia el refugio de la CIA en Karaj, una ciudad al noroeste de Teherán, donde había quedado en reunirse con su equipo.

En ese momento David vio un par de Strike Eagles F-15E israelíes, volando como un rayo en el horizonte delante de él. Volaban a alrededor de tres mil metros de altura; se ladearon a la izquierda e hicieron un arco alrededor de las montañas a su izquierda. De repente, el cielo hizo erupción con fuego desde unas baterías de artillería antiaérea escondidas detrás de un terraplén, a medio kilómetro en el camino. David quedó paralizado mientras miraba a los aviones israelíes balancearse, zigzaguear y girar a través del fuego de artillería, mientras trataban febrilmente de ganar altura. Vitoreó cuando uno de los Strike Eagles se remontó y se disparó en el aire como un trasbordador espacial que se dirigía a la estratósfera. Pero cuando su piloto de flanco trató de hacer la misma maniobra, David vio que algo del fuego de artillería había dado en la cola del segundo avión israelí. Comenzó a salir humo del avión y ya no siguió elevándose. De hecho, David pudo ver que uno de los motores del avión estaba en llamas. El avión comenzó a girar sin control y a descender rápidamente a tierra. David no podía imaginar cómo iban a sobrevivir los israelíes. Estaban apenas a unos pocos miles de metros de distancia de la plataforma y seguían descendiendo rápidamente y con fuerza.

David observó que se abrió la cubierta superior movible del avión y que tanto el piloto como su oficial de armas fueron expulsados. Dos paracaídas se desplegaron casi instantáneamente, un momento antes de que el F-15 cayera a tierra envuelto en una bola de fuego que habría sido deslumbrante, de no haber resultado tan aterradora. La gratitud de

David por la pronta expulsión de los pilotos se desvaneció rápidamente, al darse cuenta del peligro que corrían esos hombres de ser capturados por los iraníes. Sin pensarlo dos veces, tomó la siguiente rampa de salida de la autopista 7 y se apresuró en ella hacia un lugar en el desierto, precisamente afuera de la Zona Industrial Shokohie, donde sospechaba que pronto aterrizarían los paracaidistas.

David se mantuvo lejos de fábricas, bodegas y restaurantes, para no toparse con ningún policía local. Pasó rápidamente por una serie de calles laterales y después se salió del camino. A su izquierda podía ver y oler el fuselaje ardiente del Strike Eagle, y luego de unos cuantos kilómetros más, se topó con el primer paracaídas y se bajó de la motocicleta. Gritó en inglés, para asegurarle al israelí derribado que él era estadounidense, no iraní, pero no obtuvo respuesta. Volvió a gritar varias veces, pero aun así no hubo respuesta. ¿Estaba este tipo seriamente herido por la expulsión o por el aterrizaje? ¿O estaba escondido y planeaba una emboscada cuando David se le acercara?

David pensó en sacar su pistola pero decidió no hacerlo. En lugar de eso, levantó dos brazos por encima de su cabeza y siguió gritando en inglés. Divisó una pierna que salía por debajo del paracaídas. Cautelosamente se acercó y siguió gritando que era un estadounidense en son de paz. Sin embargo, cuando finalmente llegó al lado del israelí y retiró el paracaídas de su rostro, quedó claro que estaba muerto. En efecto, el cuerpo estaba muy quemado y el rostro era casi irreconocible. El fuerte hedor del cuerpo calcinado era nauseabundo, pero David se obligó a buscar la identificación del hombre o papeles de cualquier clase. No encontró nada. Cualquier cosa que el hombre hubiera llevado se había quemado.

David regresó corriendo a la motocicleta y continuó conduciendo, más lentamente esta vez, en busca del otro paracaidista. Tardó varios minutos, pero finalmente lo encontró. Estacionó la motocicleta cerca de varios peñascos, apagó el motor, quitó el pedazo de alambre y se lo metió en el bolsillo; luego caminó cuidadosamente hacia el paracaídas y una vez más gritó en inglés, pero cuando llegó al paracaídas, no encontró a nadie. Miró detrás de varios arbustos, pero aun así no encontró a nadie.

El teléfono satelital que David tenía en el bolsillo comenzó a vibrar otra vez. Esta vez sacó el teléfono y respondió la llamada.

—¿Qué rayos estás haciendo? —preguntó la voz al otro lado de la línea.

Era una voz que David conocía demasiado bien: la de Jack Zalinsky, su supervisor en la Agencia.

—Trato de salvar la vida del piloto israelí de un avión de combate —respondió David—. ¿Tienes algún problema con eso?

—Esa no es tu misión —dijo Zalinsky.

—¿Quieres que los iraníes lo capturen? —preguntó David—. ¿Sabes lo que le harán?

—¿Qué crees que te harán a ti si te atrapan? —respondió Zalinsky—. ¿Qué crees que el Mahdi hará cuando los Guardias Revolucionarios le lleven el cuerpo apaleado, golpeado, quebrado y medio muerto del agente secreto más valioso de la CIA? Ya hay una unidad de las fuerzas especiales iraníes que se acerca desde el sur y un helicóptero acaba de despegar de la base aérea del Cuerpo de la Guardia Revolucionaria Iraní, al sur de Qom, lleno de comandos fuertemente armados. Ahora, súbete a esa motocicleta y sal de allí antes de que te capturen. Es una orden.

David estaba a punto de discutir, pero sabía que Zalinsky tenía razón. Colgó el teléfono y corrió de regreso a la motocicleta; estaba apunto de ponerla en marcha con el cable cuando fue derribado de un golpe por alguien que se le lanzó por la espalda.

La visión se le nubló, y abruptamente se encontró sobre su espalda mirando una figura vaga que estaba parada sobre él y que le apuntaba en la cabeza con una pistola de 9 mm.

—¿Quién es usted? —preguntó el hombre en un persa perfecto.

—¿Qué pasó? —preguntó David, con la visión todavía borrosa pero que ya volvía.

—No se mueva o le volaré la cabeza —dijo el hombre.

A medida que su mente se comenzó a aclarar, David pudo ver que el hombre era, de hecho, el piloto del Strike Eagle al que había estado buscando.

—No soy iraní —respondió en inglés—. Soy estadounidense. Estoy aquí para sacarlo del peligro.

El israelí estaba claramente sorprendido al oír inglés, pero no le creyó nada.

—Usted conduce la motocicleta de un policía.

—Me la robé —dijo David—. ¿Parezco un policía?

—Tenía un radio de policía y una pistola hecha especialmente para la policía iraní —replicó el israelí—. ¿Y por qué tiene un teléfono satelital?

—Porque soy estadounidense —volvió a decir David—. Mire, no tenemos mucho tiempo. Se acerca una unidad de las fuerzas especiales desde el sur y hay un helicóptero que viene desde Qom, lleno de Guardias Revolucionarios. Puedo sacarlo de aquí, llevarlo a un refugio y sacarlo del país, pero tenemos que movernos ya.

—No le creo —dijo el israelí.

—No me importa —dijo David—. Es cierto. Y si no nos movemos ahora, ambos vamos a tener una muerte muy dolorosa y muy grotesca.

El corazón de David palpitaba rápidamente. Estaba claro que el israelí todavía no le creía. ¿Y por qué debía hacerlo? Pero en realidad se les acababa el tiempo.

—Bien —dijo el piloto—. Hagámoslo a su manera.

Retuvo el percutor de la pistola y estaba a punto de disparar, pero en lugar de eso cayó al suelo cuando un disparo sonó de algún lado a la izquierda de David. El disparo le dio al piloto en la cabeza; sin duda fue de un francotirador escondido en las rocas, a varios metros de distancia al occidente. David pensó que allí estaría él si la situación hubiera sido al revés. Tomó la pistola que había caído de las manos del israelí y se agachó detrás de una peña mientras se oyeron dos disparos más.

David oyó el rugido de un helicóptero que se acercaba por la cordillera. Mientras trataba de meterse más detrás de la peña, vio que el helicóptero se elevaba ante su vista. Su corazón latía con fuerza. Le temblaban las manos. Miró a todas partes, pero no había dónde esconderse.

El helicóptero dejó de ascender y quedó suspendido en el aire. David miró cómo se abría la puerta lateral y uno de los comandos a bordo le ponía cartuchos de calibre .50 al cañón giratorio que estaba colocado en ese lado. David levantó su pistola y disparó todos los tiros que tenía en el cargador. Ninguno de ellos dio en el blanco. El helicóptero simplemente estaba demasiado lejos. Entonces el comando apuntó el cañón estilo Gatling a la cabeza de David y sonrió.

Sin embargo, entonces David oyó un silbido agudo que llegaba del occidente, y mientras miraba, el helicóptero explotó y cayó del cielo. David, esperando reunirse con su Hacedor, no podía creer lo que veían sus ojos. ¿Qué acababa de ocurrir?

Su pregunta fue respondida cuando un Strike Eagle israelí pasó rugiendo y ascendió hacia la estratósfera. Había vengado a su piloto de flanco y ahora se había ido. David miró la estela del F-15E, luego se obligó a volver al presente. No tenía idea de dónde estaba el equipo de francotiradores, pero oró para que estuvieran tan distraídos como él con el ataque de misiles y del avión de combate que se retiraba.

Esa era su única oportunidad. No tendría otra. David gateó hacia la motocicleta, la encendió con cables otra vez, después se montó en ella y presionó el acelerador. Todo el asunto tardó menos de diez segundos, y entonces desapareció.

No había impedido la guerra y no había salvado a ninguno de los pilotos israelíes, pero milagrosamente, tampoco lo habían capturado ni matado y, por el momento, eso era más que suficiente.

★ ★ ★ ★ ★

DOMINGO,
13 DE MARZO

3

La seguridad era impenetrable cuando el Marine One aterrizó en el Jardín Sur.

Había francotiradores y observadores en posición, en el techo de la Casa Blanca y en el Edificio Eisenhower de Oficinas Ejecutivas, que cuidadosamente vigilaban por cualquier indicio de peligro. Los perros que olfateaban bombas, con sus adiestradores, patrullaban el terreno de siete hectáreas del complejo de la Casa Blanca. Los miembros del CAT —el Equipo Contra Asaltos del Servicio Secreto— fuertemente armados, tomaron sus posiciones, mientras que autos patrulleros de la División Uniformada del Servicio sellaron todas las calles alrededor de la residencia presidencial. Remolcaron cualquier vehículo no autorizado y completaron una minuciosa redada, en busca de armas, explosivos o de personas sospechosas en cualquier parte cerca del comandante en jefe, que no tardaría en llegar. Hasta entonces no habían encontrado a nadie, ni nada fuera de lo ordinario, pero eso difícilmente hacía que cualquiera de ellos respirara tranquilo.

Era apenas pasada la medianoche, de una gélida noche de finales del invierno. La capital de la nación estaba cubierta de una capa helada de nieve, y un álgido viento del este seguía haciendo que descendiera la ya frígida temperatura. Arropado con un grueso abrigo formal de lana y rodeado de cerca por su destacamento del Servicio Secreto, el presidente William Jackson bajó del resplandeciente helicóptero verde y blanco y no se dirigió al Despacho Oval, sino directa y rápidamente a la Sala de Situaciones. Allí lo recibieron el director de la CIA, Roger Allen, su asesor de seguridad nacional, su Jefe de Estado Mayor y varios asistentes de la Casa Blanca.

—¿Dónde estamos? —preguntó el presidente mientras le entregaba su abrigo, bufanda y guantes a un asistente y se sentaba a la cabecera de la mesa.

—Señor Presidente, enfrentamos una seria amenaza para nuestra seguridad nacional —dijo Allen sin ambages.

—Continúe.

—Señor Presidente, el desarrollo positivo es que los ataques aéreos israelíes han sido enormemente exitosos. En este momento, nuestra evaluación sugiere que han degradado el 95 por ciento de las instalaciones nucleares de Irán, han destruido del 75 al 80 por ciento de los sistemas de radar de Irán, han obtenido un control efectivo del espacio aéreo iraní y han obligado al régimen a esconderse. Lo más importante es que creemos que los israelíes han destruido seis de las ojivas nucleares de Irán. El problema, señor Presidente, es que dos de las ojivas permanecen intactas, viables y funcionales, y actualmente se desconoce su paradero.

La habitación se quedó en silencio.

—¿Me está diciendo que dos ojivas iraníes están sueltas?

—Sueltas exactamente no, señor —corrigió Allen—. No en el sentido de que estén fuera del control del régimen.

Para el presidente eso era una distinción sin diferencia.

—¿Pero dice que el Ayatolá y el Duodécimo Imán tienen dos ojivas nucleares operativas, en buen estado, totalmente funcionales, y que todavía no sabemos dónde están?

—Me temo que sí, señor Presidente.

Otra vez hubo silencio por algún rato, y después el presidente se levantó y comenzó a caminar en el salón.

—¿Cómo es que sabemos esto? Es decir, ¿estamos adivinando o tenemos una confirmación real?

—Tenemos una intercepción, señor. —Roger Allen alcanzó su carpeta negra de cuero y sacó copias de la transcripción en persa de la Agencia de Seguridad Nacional y de la traducción al inglés de la CIA—. Este es un llamado telefónico que la Agencia de Seguridad Nacional grabó de uno de los teléfonos satelitales que nuestro hombre en Teherán logró entregar.

—¿Se refiere a ese agente que tiene el nombre en clave de...?

—Zephyr.

—Correcto, Zephyr. ¿Y es de esta fuente de la que habla?

—Sí, señor Presidente —respondió Allen—. Para nosotros Zephyr ha sido una bendición del cielo. Ahora bien, como usted sabe, yo no estaba convencido de que realmente él pudiera penetrar profundamente en el régimen. No obstante, ha excedido completamente las expectativas. Es un agente dotado y también ha tenido una suerte extraordinaria. Introdujo estos teléfonos satelitales en el círculo íntimo y están produciendo fruto.

—Y en esta llamada, ¿quién habla con quién?

—Señor Presidente, es una llamada entre el Duodécimo Imán, a quien verá designado como EDI en la transcripción, y el General Mohsen Jazini, que, como usted sabe, señor, es el comandante del Cuerpo de la Guardia Revolucionaria Iraní.

—¿Cuándo se llevó a cabo la llamada?

—Hace como doce horas, señor Presidente.

—¿*Doce?* —dijo Jackson, con incredulidad—. ¿Y por qué hasta ahora me entero de esto?

—Bueno, señor, estamos... estamos haciendo lo mejor posible, señor —dijo Allen tartamudeando, pues la intensidad de la reacción del presidente lo tomó por sorpresa—. Como dije, los asistentes del Ayatolá y del Mahdi han distribuido los teléfonos a casi todos los miembros del alto comando dentro de Irán. Esa es la buena noticia y efectivamente es bueno, mejor dicho, maravilloso. Pero batallamos con el volumen de llamadas que ahora tenemos que procesar. Aumenta rápidamente. El liderazgo iraní ha mordido el anzuelo. Confían en los teléfonos, señor, pero nuestros sistemas no están preparados para el volumen de información que estamos recibiendo. Hablamos de varios cientos de teléfonos, distribuidos en todas partes de la cadena de comando. En la mayoría de los casos, no sabemos qué teléfono se le ha asignado a qué usuario. Los usuarios frecuentemente no se identifican a sí mismos, ni unos a otros. Evitan mencionar dónde están tanto como les es posible, para mantener los detalles operacionales al mínimo. Se refieren mucho a correos electrónicos seguros que se envían unos a otros. Allí es aparentemente donde la mayoría de la información delicada se transmite de un lugar a otro. En fin, ha sido un desafío enorme organizar toda la información que ingresa.

—No, no. Eso es totalmente inaceptable, Roger —dijo el presidente furiosamente—. No tengo que decirle lo serio que es este momento. Es esencial que nos mantengamos al tanto de estas llamadas.

—Sí, señor, lo entiendo, pero...

—Pero nada —replicó Jackson—. No me diga que la CIA, la Agencia de Inteligencia de la Defensa, la Agencia de Seguridad Nacional y todo el resto de ustedes no tienen los recursos que necesitan. He aprobado cada petición de presupuesto que me han solicitado, todo lo que han pedido. Y será mejor que comiencen a obtener información en tiempo real. ¿Le queda claro?

—Sí, señor. Lo haremos, señor Presidente.

La cara de Jackson estaba roja y Allen no pudo enfrentar su mirada enojada por mucho tiempo. Bajó la vista a la página que tenía enfrente y esperó que el presidente lo siguiera. Un momento después, el presidente, afortunadamente, también dirigió su atención a la intercepción.

EDI: Estaba orando y su rostro se me puso enfrente, Mohsen. Alá está con usted y tiene noticias.

JAZINI: Las tengo, mi Señor. Iba a esperar para llevarle las noticias personalmente, pero ¿está bien hablar en esta línea?

EDI: Por supuesto. Hable ahora, hijo mío.

JAZINI: Sí, mi Señor. Tengo buenas noticias, tenemos dos ojivas más.

EDI: ¿Nucleares?

JAZINI: Sí, dos han sobrevivido a los ataques.

EDI: ¿Cómo? ¿Cuáles?

JAZINI: Las que Tariq Khan tenía a su cargo. Las de Khorramabad.

EDI: ¿Qué pasó?

JAZINI: Cuando Khan desapareció, el jefe de seguridad de las instalaciones de Khorramabad temió por la seguridad de las ojivas. Temió que Khan pudiera estar trabajando con los sionistas y como las ojivas todavía no estaban conectadas a los misiles, decidió sacarlas de estas instalaciones y esconderlas en otra parte. Acabo de hablar con él. Está a salvo. Las ojivas están a salvo.

EDI: Te agradezco, Alá, porque nos has dado otra oportunidad de atacar.

El presidente levantó la mirada de la transcripción y miró al director de la CIA.

—Entonces, ¿dónde creemos que están? —preguntó.

—Ese es el problema, señor Presidente —admitió Allen—. De momento no tenemos idea.

—Y podrían dispararlas a Tel Aviv o a Jerusalén en cualquier momento, ¿correcto?

—Sí, señor —dijo Allen—. O...

—¿O qué?

—O podrían dirigirse aquí, señor Presidente.

4

Poca gente en el mundo conocía la verdadera identidad de David Shirazi. Ninguna persona en la Casa Blanca, en el Departamento de Estado ni en el Pentágono la conocía. Solo cuatro personas de la Agencia Central de Inteligencia la conocían, y el director Roger Allen no era una de ellas. Lo cierto era que David era el mejor Agente Secreto Extraoficial de la CIA que trabajaba muy dentro en Irán. El presidente de Estados Unidos lo conocía bajo el nombre en clave de Zephyr. Él operaba como un especialista en telecomunicaciones, con pasaporte alemán y con el nombre de Reza Tabrizi; se había infiltrado en lo más profundo del gobierno iraní, más rápido y al más alto nivel que cualquier otro agente en la historia de la CIA. Sin embargo, la pregunta era si algo de eso importaba. Si Zephyr tenía éxito, pocos lo sabrían alguna vez, y legalmente él no podría hacer declaraciones al respecto. Pero si fracasaba, el impacto podría ser catastrófico.

A 10.189 kilómetros de distancia de la Sala de Situaciones de la Casa Blanca, en un refugio de la CIA no lejos de Teherán, David podía sentir un enorme peso que aumentaba. Desesperadamente quería no fallarle a su presidente ni a su país, pero cada vez más creía también que el fracaso podría ser el resultado más probable.

Milagrosamente había escapado de la Mezquita de Jamkaran en llamas en Qom, solo para casi morir a manos de un piloto de avión de combate israelí al que trató de rescatar. Ahora, tres días después, estaba de regreso en el refugio. Estaba ileso, pero lo que más le preocupaba era estar siendo ineficaz.

David se preguntaba si el presidente, el secretario de defensa, el secretario de seguridad nacional, o cualquiera dentro del organismo estadounidense de seguridad nacional con autoridad y conocimiento de la existencia de Zephyr, sabía que el espía de Washington era el Agente Secreto Extraoficial más joven y de menos experiencia que la Agencia jamás había emplazado.

Excepto por su edad, David era, en muchos sentidos, el recluta ideal. Era alto, atlético y brillante, con una memoria casi fotográfica, múltiples títulos avanzados en informática y una fluidez casi perfecta en persa, árabe y alemán, aparte del inglés americano, su lengua materna. Sus padres habían nacido y crecido en Irán y habían criado a David con una rica herencia cultural, que ahora lo ayudaba a esconderse a plena vista en el país natal de ellos. Su padre, el doctor Mohammad Shirazi, era un cardiólogo famoso y de mucho éxito. Su madre, Nasreen, se había graduado como una de las mejores de su clase en la Universidad de Teherán y había recibido ofertas de becas completas para estudiar y con el tiempo enseñar en casi cada institución de aprendizaje superior de su país. No obstante, había rechazado todas las becas y, en lugar de eso, había aceptado un trabajo como traductora para el Ministerio del Exterior Iraní, bajo el sha, en diversos asuntos de la ONU. Ascendió rápidamente en su división y se ganó una docena de menciones honoríficas. Posteriormente, la Embajada de Canadá la reclutó como traductora, un puesto que ella aceptó con entusiasmo, y había ascendido hasta llegar a ser traductora y asesora principal de varios embajadores canadienses.

Cuando el sha fue derrocado y el Ayatolá Ruhollah Khomeini llegó al poder durante la Revolución Islámica en los primeros caóticos meses de 1979, los Shirazi temieron por el destino de su país. No soportaban ver el creciente derramamiento de sangre y la tiranía que estaba absorbiendo a su tierra natal, por lo que huyeron y también ayudaron a escapar a una pareja de estadounidenses en peligro. Finalmente, los Shirazi recibieron asilo en Estados Unidos como refugiados políticos, y posteriormente lograron la ciudadanía completa. Se establecieron en el centro de Nueva York y comenzaron una vida totalmente nueva.

Nadie en la familia de David, ni sus padres ni sus dos hermanos mayores, podría haber previsto alguna vez lo que él hacía ahora. En efecto, solo el padre de David sabía que su hijo menor trabajaba para la Agencia y que operaba muy dentro de Irán. David acababa de decírselo recientemente y lo había hecho jurar que guardaría el secreto.

De pelo corto y negro azabache, piel aceitunada y ojos cafés muy expresivos, era posible que David no hubiera nacido en Irán, pero era un excelente arquetipo. Parecía que por instinto entendía la cultura y el ritmo de la sociedad iraní, y no le había sido difícil aparecer como un piadoso y cada vez más ferviente musulmán chiíta, incluso como un devoto del Duodécimo Imán. La historia ficticia que sus directores en Langley habían inventado para David había resultado efectiva. Ninguno de sus contactos o fuentes imaginó en algún momento que él fuera estadounidense, mucho menos un espía.

Sin importar qué tan bien educado o preparado estuviera David para esta misión, ahora se había detenido en seco. Israel estaba bajo ataque desde múltiples direcciones y los israelíes estaban contraatacando con una fuerza arrolladora. David estaba a salvo, al menos por el momento, pero no tenía idea de qué hacer después.

Levantó su teléfono y volvió a marcar, pero por trigésima sexta vez, nadie respondió. Otro mensaje de voz, otro punto muerto. Un rato después, volvió a marcar por trigésima séptima vez y esperó. De nuevo, nadie contestó. Trató por trigésima octava y trigésima novena vez, pero solo obtuvo un mensaje de voz. Dejó de golpe el teléfono y continuó caminando enfurecido alrededor de su pequeña habitación. En efecto, era todo lo que podía hacer para no lanzar el teléfono contra la pared o por la ventana. ¿Dónde estaban todas las fuentes que había cultivado tan cuidadosamente? ¿Dónde estaba Daryush Rashidi, el presidente de Telecom Irán? ¿Dónde estaba Abdol Esfahani, el subdirector de operaciones de Rashidi y aliado más cercano en el país? ¿Dónde estaba el doctor Alireza Birjandi, que a pesar de su avanzada edad y de su ceguera había sido la fuente más útil de David? ¿Por qué no respondían sus teléfonos? ¿Por qué no le daban información? Ni siquiera había podido contactar a Javad Nouri, el hombre que había rescatado hacía apenas tres días. Necesitaba un avance. Necesitaba un milagro. No podía sentarse solamente sin hacer nada. Tenía que haber algo más que él pudiera hacer. Pero ¿qué?

En contra de todos los pronósticos, David había hecho todo lo que la Agencia le había pedido en los últimos meses. Había asumido riesgos enormes. Había arriesgado su propia vida, incluso su propia alma. Pero ¿de qué había servido? No había podido impedir que Irán construyera una sola ojiva; ya habían construido nueve. No había saboteado las instalaciones nucleares de Irán para, por lo menos, retrasar su progreso. No había evitado que se iniciara la guerra. Ahora todo el Medio Oriente estaba en fuego. La economía estadounidense corría el riesgo de volver a desplomarse hacia una recesión, junto con el resto de la economía global, si la guerra continuaba. Los precios del petróleo ya se habían disparado a más de $325 por barril, la gasolina en su país estaba ahora a $7 el galón y seguramente subiría más. En el cielo de Israel llovían cohetes. En el cielo de Irán llovían bombas. Y él estaba allí, escondido en el Refugio Seis, en las afueras de Teherán.

David contaba con una unidad paramilitar de primera clase de la CIA, que había llegado para ayudarlo, pero no tenía información reciente, nuevas pistas o ideas de qué hacer ni de adónde ir después. Durante tres días habían estado sentados, haciendo llamadas, enviando correos electrónicos y mensajes de texto, e hirviendo cafetera tras cafetera pero, efectivamente, estaban cruzados de brazos. David ya no podía soportarlo. Tenían que moverse. Tenían que actuar. Necesitaban un objetivo, una misión. Sin embargo, Langley no se las daba y a él se le habían acabado las ideas.

Tenía la tentación de llamar a Jack Zalinsky en Langley, pero ¿con qué propósito? Zalinsky estaba ocho horas y media detrás de él en Washington, D.C., lo que significaba que mientras aquí en Irán eran las 8:40 de la mañana, en las instalaciones de la CIA eran apenas diez minutos después de la medianoche. La única razón para llamar a Jack a esta hora sería para *darle* información crucial, no para pedírsela, y el saberlo hacía que David estuviera aún más tenso.

Las últimas setenta y dos horas habían sido angustiantes en muchos niveles. Las imágenes que continuaba viendo de la guerra que lo rodeaba eran infernales, y parecía que él no tenía la capacidad de influir en eso. Como si fuera poco, precisamente cuando debía mantener su atención especialmente centrada en la seria tarea que tenía por delante, se había quedado totalmente sin aliento con la noticia de que al otro lado del mundo, su madre había fallecido, al perder su batalla contra el cáncer de estómago. Atrapado dentro de un Irán devastado por la guerra, se había perdido el servicio de honras fúnebres y el entierro. Su mensaje telefónico y la breve conversación que sostuvo con su padre resultaban insignificantemente pequeños a la luz de la pérdida de su padre.

También estaba la sorprendente reaparición de Marseille Harper, la primera y única chica que en realidad había amado. El hecho de volver a verla, después de todos estos años, había llegado con la terrible noticia de que el padre de ella se había suicidado recientemente. David no podía imaginar que el señor Harper pudiera quitarse la vida; no se parecía en nada al hombre que respetaba profundamente desde su niñez.

David se afligió por Marseille. Como hija única cuya madre había muerto en los ataques al World Trade Center del 11 de septiembre, ahora estaba sola en el mundo. Pensó que esa era posiblemente la razón por la que lo había buscado de la nada, después de años de silencio. No obstante, después de una reunión maravillosa, aunque algo incómoda, en un restaurante en Syracuse, había sido llamado urgentemente a Washington, y enviado inmediatamente a Irán. Naturalmente, estaba imposibilitado legalmente de decirle a Marseille que trabajaba para la CIA, por lo que le había dicho que su jefe lo enviaba a Europa en un viaje de negocios de emergencia. Se había sentido terrible al mentirle a ella, pero no tenía ninguna otra opción. La había llamado brevemente desde Alemania, pero ¿la había llamado en el camino desde entonces para consolarla o animarla, como lo haría cualquier buen amigo? No. ¿Le había enviado un correo electrónico o una carta o tarjeta? No. ¿Cómo podría hacerlo? No estaba autorizado para hacer llamadas personales ni para enviar correos electrónicos a familiares o amistades, y todas sus llamadas y correos electrónicos eran monitoreados, grabados y escudriñados por los oficiales superiores y analistas de la Agencia. ¿En realidad quería que Zalinsky o cualquiera de los directores superiores de Langley y de la Agencia de Seguridad Nacional escudriñaran sus comunicaciones más íntimas? Difícilmente, y no solo serían ellos. Eva Fischer también estaría en el círculo, lo cual complicaría aún más las cosas.

Enojado, confundido y sin soportar más la idea de caminar en los pasillos del pequeño departamento, o de mirar la pantalla de la computadora portátil para leer solamente más noticias deprimentes, David decidió salir y respirar un poco el aire de la mañana. Se puso una camiseta, una sudadera y shorts, luego tomó su teléfono, una Glock de 9mm y le hizo saber a su equipo que salía a correr. Cuando salió, pudo ver que se formaban nubes oscuras sobre la ciudad y oyó el retumbar de truenos a la distancia. La temperatura estaba alrededor de los diez grados centígrados y un fuerte viento llegaba del mar Caspio. David estiró sus piernas y estudió el área por si había problemas o alguna señal de que algo estuviera mal, pero no detectó nada.

Miró a lo largo de la calle, a la derecha y a la izquierda, ambos lados rodeados de altos edificios de departamentos deteriorados, con ropa tendida en cada balcón, rodeados de antenas parabólicas que se extendían hasta donde llegaba su vista. La calle en sí, llena de baches, estaba sucia con basura, botellas de plástico vacías y bolsas de abarrotes azules, verdes y rosadas. A dondequiera que miraba, había basura amontonada que todavía no había sido recolectada por la municipalidad, pues había dejado de funcionar al inicio de la guerra. El hedor empeoraba y era casi insoportable. Unos cuantos pájaros estaban encima de un basurero cercano. Algunos gatos callejeros jugaban en un callejón cercano, pero por el momento, no había ni un alma visible. Por lo que se dirigió al norte y comenzó a correr por las calles silenciosas y desérticas, orando desesperadamente por sabiduría, por un indicio, por una pista a la que pudiera dar seguimiento antes de que fuera demasiado tarde.

5

Los gobiernos de Turquía, Túnez y Marruecos acababan de anunciar que se unían al Califato, y el parlamento de Indonesia sostenía reuniones de emergencia para aprobar la unión también. Estos eran desarrollos positivos, sin duda, pero el hecho amargo seguía siendo que la guerra no se desarrollaba como él la había planificado. Muhammad Ibn Hasan Ibn Ali, conocido en el mundo como el Duodécimo Imán, entró al salón de conferencias por el salón principal de guerra del centro de comando del Cuerpo de la Guardia Revolucionaria. Ordenó a un asistente que llamara al Ayatolá Hamid Hosseini, al presidente Ahmed Darazi y al ministro de defensa Ali Faridzadeh sin tardanza.

—Por supuesto, mi Señor —dijo el asistente—. ¿Alguien más?

—No, solo ellos tres —dijo el Mahdi—, y coloque dos guardias armados, fuera de esta puerta. No quiero que se me interrumpa.

—Sí, Su Excelencia. Se hará como usted lo desee.

Cuando el asistente salió y cerró la puerta, el Mahdi examinó el salón. En el centro había una gran mesa de conferencias rectangular de caoba, muy bien pulida, y alrededor tenía ocho sillas ejecutivas de cuero. En la mesa había ocho teléfonos, conectados a un conmutador central en otra parte del complejo subterráneo, que podía conectar llamadas a cualquier puesto militar iraní o a cualquier teléfono civil, dentro o fuera del país. Las paredes tenían paneles de madera, pero carecían de cuadros o fotografías. En lugar de eso, había dos grandes pantallas planas de televisión, una en cada extremo del salón, aunque ninguna estaba encendida por el momento, y varios mapas enormes en las paredes laterales, incluso uno del Medio Oriente y de la región del Golfo Pérsico y otro de todo el mundo. Arriba de la puerta había seis relojes digitales que exhibían la hora actual de Teherán, la de al-Quds (también conocido como Jerusalén), la de Londres, la de Washington y la de Pekín. El sexto reloj, que estaba en el centro, tenía la hora local de donde estuviera el Mahdi en cualquier momento dado. Como ahora estaba en el centro de comando del Cuerpo de la Guardia Revolucionaria Iraní, diez pisos abajo de la base aérea más grande de la ciudad capital de Irán, tanto el primer reloj como el sexto indicaban la misma hora: 8:52 a.m.

Vestido con una larga túnica negra, turbante y sandalias, el Mahdi caminó de un lado a otro por un rato. Odiaba estar encerrado en un búnker. Necesitaba aire fresco. Quería orar a la luz del sol, inclinado hacia la Meca. Quería estar en Islamabad para consumar el trato que había estado maquinando durante los últimos días con el presidente paquistaní, Iskander Farooq. Estaba cerca. Muy cerca. Podía saborearlo. No obstante, odiaba negociar por correo electrónico, sin importar lo seguro que dijeran sus asistentes que era. Quería sentarse con Farooq, cara a cara. Quería interpretar el lenguaje corporal del hombre y asegurarse de que era tan sumiso y solidario como los sugerían sus mensajes.

Sin embargo, el Mahdi tenía que actuar cuidadosamente. Los riesgos eran demasiado altos para otro desliz ahora. Su equipo lo había decepcionado profundamente. Estaban cometiendo graves errores. Habían perdido la iniciativa y parecía que no sabían cómo recuperarla. Había llegado la hora de que el Mahdi interviniera y reafirmara su autoridad. Ya había sido lo suficientemente paciente y el precio había sido elevado. Nunca más.

Como no quería que los que estaban por debajo de él vieran o percibieran su inquietud, decidió sentarse al otro extremo de la mesa, luego entrelazó sus manos, cerró sus ojos, se recostó en la silla ejecutiva de cuero y esperó.

Sus pensamientos rápidamente se desplazaron a su discurso inaugural al mundo islámico y al mundo en general, que había dado en la Meca el jueves 3 de marzo. En ese entonces, había dejado sus intenciones claras. «A los que quisieran oponérsenos, simplemente les diría esto —les había advertido con términos nada inciertos—: el Califato controlará la mitad de la provisión mundial de petróleo y gas natural, así como el Golfo y las líneas de embarque a través del Estrecho de Hormuz. El Califato tendrá el ejército militar más poderoso, dirigido por la mano de Alá. Además, el Califato estará cubierto con una sombrilla nuclear que protegerá al pueblo de todo mal. [...] Solamente buscamos la paz. No le deseamos ningún daño a ninguna nación. Pero no se equivoquen: cualquier ataque, de cualquier estado a cualquier porción del Califato, desatará la furia de Alá y desencadenará la Guerra de Aniquilación».

No obstante, los israelíes lo habían desafiado.

Darazi, el presidente tonto de Irán, había insistido frente al Mahdi que los sionistas nunca atacarían primero. En efecto, Darazi había afirmado que los estadounidenses nunca lo permitirían. Pero era un insensato. No había otra manera de describirlo. Se había equivocado, desastrosamente, y eso no podía olvidarse.

Hamid Hosseini había sido más cauteloso y se había guardado las espaldas en cuanto a la posibilidad de un primer ataque israelí, pero no fue porque el Ayatolá poseyera alguna pizca de sabiduría o sensatez. El hombre era un cobarde, puro y simple. Era oveja y no pastor, y sus días estaban contados.

Faridzadeh era otra historia. El ministro de defensa iraní tenía control operacional no solo de las fuerzas militares iraníes sino de todas las fuerzas del Califato. De momento, eso representaba principalmente a los hombres y a las armas de Hezbolá y Hamas, que participaban activamente en la guerra en contra de los sionistas. Supuestamente, Faridzadeh también podía dirigir los ejércitos de Egipto, Argelia, Líbano, Arabia Saudita, Somalia, Sudán, Yemén y Qatar, para llevar a cabo sus órdenes. Todos ellos se habían unido al Califato recientemente. Pronto, quizás dentro de las próximas cuarenta y ocho a setenta y dos horas, supervisaría las fuerzas de Siria, Jordania e Irak, y posiblemente de Paquistán e Indonesia también, si todo evolucionaba como el Mahdi lo esperaba. Pero ¿estaba Faridzadeh capacitado para ejercitar ese poder descomunal?

Alguien llamó a la puerta y luego Hosseini, Darazi y Faridzadeh entraron, uno tras otro, inclinándose ante aquel que llamaban «el Señor de la Época». El Mahdi les ordenó que se sentaran al extremo de la mesa que estaba cerca de la puerta. Por ahora no permitiría que se le acercaran mucho. Ese era un honor que tenían que ganarse, y ninguno de ellos lo había hecho todavía.

El Mahdi miró fija y sucesivamente a cada uno de ellos, luego habló sin rodeos y sin emoción. «Están perdiendo esta guerra. Eso es totalmente inaceptable. Tenían ocho ojivas nucleares. Ahora tienen dos. Tenían docenas de misiles balísticos de alta velocidad. Ahora tienen simplemente un puñado. Tenían al mundo temblando por el surgimiento de una nueva superpotencia persa. Ahora el pueblo del Califato es el que está temblando, temiendo y preguntándose si los sionistas van a derrotarnos. ¿Cómo explican esto?»

Como resultado hubo un largo silencio. Los tres hombres se miraron mutuamente y luego bajaron la vista a los cuadernos que tenían enfrente. Ninguno de ellos hizo contacto visual con el Mahdi. ¿Cómo podían hacerlo? Sabían que la situación era insostenible.

Finalmente, Faridzadeh aclaró su garganta.

—Su Excelencia, ¿puedo hablar?

—Por supuesto —dijo el Mahdi—. ¿Tiene alguna explicación?

—Tengo un plan —respondió el ministro de defensa—. O más bien, tenemos un plan.

—Continúe.

—Nos hemos ingeniado una manera de sacarlo del país para que se reúna con Farooq —dijo Faridzadeh con un poco de vacilación.

—¿En Dubai, como lo hemos discutido?

—No, mi Señor. Dubai está llena de gente de la CIA, del Mossad, del MI6, de los alemanes… no vale la pena el riesgo.

—¿Pero lo valía antes?

—La situación ha cambiado.

—Sin duda así es. Entonces ¿dónde? ¿Islamabad?

—No, mi Señor, creemos que eso también es muy arriesgado. Proponemos una reunión secreta en Kabul, preferiblemente mañana, rápida y reservada, después lo traemos de vuelta aquí antes de que alguien se dé cuenta.

—¿Por qué Kabul? —preguntó el Duodécimo Imán.

—Los estadounidenses ya se fueron —dijo Faridzadeh—. La OTAN ya se retiró. Occidente, en gran parte, ha abandonado ese lugar. Así que está libre de tropas de los infieles. Además, está cerca: un vuelo de solo dos horas desde aquí, y apenas a media hora desde el palacio de Farooq. Además, el Servicio de Inteligencia de Paquistán tiene una red sólida en la ciudad. Como usted sabe, hemos puesto cada vez más agentes en Afganistán desde que los estadounidenses se retiraron. Discretamente, hemos fortalecido nuestra presencia en los últimos días, y podemos garantizar su seguridad. Creo que podemos garantizar que sus movimientos tampoco serán detectados, lo que significa que el viaje no saldrá en las noticias, a menos que usted así lo desee.

—No lo deseo.

—Exactamente, esa es la idea, mi Señor.

El salón quedó en silencio. El Mahdi examinó cuidadosamente a cada hombre. Hosseini estaba tenso. Darazi estaba pálido. Faridzadeh parecía... ¿qué? ¿Confiado? ¿Seguro de sí mismo? ¿Hasta orgulloso?

—¿Es ese su plan, Ali? —preguntó el Mahdi.

—Trabajamos juntos en él, mi Señor.

—Pero ¿es de su invención?

—En realidad, no puedo adjudicarme el mérito, Su Excelencia; la idea original fue de Mohsen —dijo Faridzadeh, refiriéndose al general Mohsen Jazini, comandante del Cuerpo de la Guardia Revolucionaria Iraní—. Ayudamos a refinarlo, pero Mohsen nos dio un memo de cinco páginas que bosquejaba un plan detallado.

—¿Cuándo?

—El viernes en la mañana.

—¿Por qué hasta ahora me entero de él?

—Lo hemos estado refinando.

—Démelo —exigió el Mahdi.

Faridzadeh sacó una copia de su cuaderno y luego vaciló.

«Puede traérmelo», dijo el Mahdi.

Faridzadeh empujó su silla hacia atrás, se levantó y le llevó el memo al Mahdi, inclinándose mientras lo hacía. El Mahdi levantó su mano y le indicó a Faridzadeh que esperara, y eso fue lo que hizo, con la frente apoyada en el suelo. Mientras tanto, el Mahdi leyó cuidadosamente el documento de cinco páginas a espacio sencillo. No era lo que había esperado, pero tenía que admitir que lo había intrigado.

Para comenzar, Jazini presentaba una estrategia atrevida para sacar en secreto al Mahdi de Irán, e introducirlo en Afganistán sin que lo detectaran. Proponía una estrategia convincente a fin de sellar el trato con Farooq, para que los paquistaníes se unieran inmediatamente al Califato y entregaran el control de lanzamiento de su arsenal de 173 misiles con carga nuclear —inclusive, pero sin limitar la provisión de todos los códigos de lanzamiento— al Mahdi. Solo eso habría sido suficiente, pero solamente eran las primeras tres páginas.

Las últimas dos páginas, aparentemente ilógicamente, hacían recomendaciones *en contra* de la orden del Mahdi de unir las últimas dos ojivas nucleares restantes a misiles balísticos de rango medio en suelo iraní, y de lanzarlas al mismo tiempo contra Israel, en medio de un bombardeo simultáneo de unos doscientos cohetes y misiles de Hezbolá y Hamas, reduciendo así drásticamente, si no eliminando, la capacidad de Israel para identificar qué misiles llevaban las cargas nucleares y, de esta manera, anular la aptitud de Israel para derribarlos con éxito. En lugar de eso, Jazini sugería *sacar* las ojivas nucleares de suelo iraní para enviarlas a Siria, transportadas en camiones de leche, de combustible o de algo inocuo similar, en lugar de emplear convoyes militares.

Cuando las ojivas estuvieran en suelo sirio, Jazini había escrito que debían trasladarse a bases militares en o alrededor de Damasco, para unirlas a misiles sirios de rango más corto. Una vez que todo estuviera listo, idealmente dentro de los siguientes días, Jazini recomendaba el mismo bombardeo simultáneo desde Irán, Hezbolá y Hamas, pero combinado con una descarga de unos veinte a treinta misiles sirios, todos dirigidos a Tel Aviv, Jerusalén y Haifa.

La teoría de Jazini era que si los sistemas de defensa aérea de Israel podían discriminar entre los misiles iraníes y los cohetes libaneses, entonces los sistemas Patriot y Arrow se enfocarían cada vez exclusivamente en los misiles que ingresaban desde Irán. Por lo tanto, el riesgo de que derribaran las últimas dos ojivas aumentaba dramáticamente. No obstante, él sostenía que frente a un ataque masivo de misiles y cohetes de todas direcciones, los israelíes nunca sospecharían que las ojivas atómicas llegarían desde Siria. De esta manera, la probabilidad de que derribaran esas ojivas disminuiría dramáticamente bajo este escenario, y las probabilidades de aniquilar a la población judía de Israel aumentaría. Jazini concluía su memo destacando el elemento crucial de que el Duodécimo Imán asegurara un control completo y libre de obstáculos de los misiles nucleares paquistaníes, antes de lanzar las dos últimas ojivas iraníes. Si eso se podía negociar exitosamente y anunciar públicamente, evitaría que los estadounidenses consideraran siquiera una represalia en contra de Irán o de cualquier parte del Califato, después de que el Mahdi hubiera borrado a los sionistas del mapa. En efecto, el control total del arsenal paquistaní haría que el Califato fuera una superpotencia que crecería rápidamente, y que haría del Mahdi uno de los líderes más poderosos del planeta, si no *el* más poderoso.

«Así como lo querría Alá», concluía Jazini.

El Mahdi estaba sorprendido. El memo era bueno, mejor de lo que habría esperado, y quedó impresionado con la previsión e iniciativa de Jazini. En realidad, Jazini demostraba ser un táctico mucho más efectivo que Faridzadeh. Jazini era el que, hacía varios años, había supervisado con éxito el programa para enriquecer el uranio iraní a un grado de pureza para misiles nucleares. Jazini era el que había supervisado el programa para asegurarse de que las ojivas se construyeran y probaran con éxito y que se unieran a los misiles Shahab-3. Lo que es más, Jazini era el que había supervisado el entrenamiento y el envío de la célula del Cuerpo de la Guardia Revolucionaria Iraní que con éxito había asesinado al presidente egipcio, Abdel Ramzy, en la Ciudad de Nueva York. No se le podía culpar personalmente por el fracaso para matar también a los líderes estadounidense e israelí. Por lo menos, ambos habían quedado heridos. Además, matar a Ramzy había sido la prioridad número uno, para preparar el camino de la unión de Egipto al Califato, y eso era exactamente lo que había ocurrido. Además, los estadounidenses habían sufrido otro golpe, otro ataque terrorista importante dentro de su suelo natal, y en Manhattan de todos los lugares. Los precios del petróleo se habían desorbitado. Los precios de la gasolina se habían disparado. El Dow caía en picada. El pueblo estadounidense estaba convulsionado. El presidente Jackson se veía incapaz e indeciso, y Jazini se merecía bastante del mérito.

Básicamente, el trabajo de Jazini había sido desarrollar el programa de armas nucleares de Irán y hacerlo viable, así como darle a Irán una red terrorista que era capaz de atacar en el interior del territorio enemigo, y lo había logrado más allá de las oraciones más fervientes de cualquiera. Por otro lado, el trabajo de Faridzadeh había sido el de proteger de sabotaje y de ataques externos el programa de armas nucleares de Irán, y había fracasado de manera desastrosa.

Faridzadeh era el que no había logrado detener a los israelíes —o quizás a los estadounidenses, o posiblemente a un esfuerzo coordinado de ambos— de asesinar al doctor Mohammed Saddaji, supuestamente el subdirector de la Organización de Energía Atómica de Irán, pero clandestinamente el principal físico nuclear que dirigía el programa de desarrollo de armas nucleares. Faridzadeh era el que había fracasado en detener la deserción del doctor Najjar Malik, yerno de Saddaji y subdirector del programa de misiles. Malik no solo cooperaba con la CIA actualmente, sino que afirmaba en televisión satelital y por medio de su extremadamente popular cuenta de Twitter que había renunciado al islam y que se había convertido al cristianismo. Y ahora, Faridzadeh perdía sistemáticamente esta guerra en contra de los sionistas. Cualquiera de estos crímenes habría sido lo suficientemente abominable, pero combinados eran pecados imperdonables.

El Duodécimo Imán no tenía ninguna intención de discutir nada de eso enfrente de Hosseini y de Darazi. Esta no era una democracia. ¡Ni lo quiera Alá! A Faridzadeh no se le supondría inocente hasta que se demostrara su culpa. No era hora de reprender, de degradar, ni de arrestar al hombre. Después de todo, no solo era incompetente. No era simplemente un inepto, un tonto o un fracaso. Era un traidor del pueblo islámico, un traidor del Califato. Era un apóstata. Era culpable de traición en contra de Alá y, entonces, solo era digno del fuego eterno de la condenación.

Darse cuenta de esto le dio al Mahdi una gran paz en cuanto a lo que Alá requería de él. Sin advertencia, sacó una pequeña arma de debajo de su túnica. Darazi abrió bien los ojos. Hosseini reconoció inmediatamente la pistola como propia, pero claramente no podía imaginar cómo se había apropiado de ella el Mahdi. Sin embargo, ninguno de ellos podía hablar, y Faridzadeh, con su frente todavía inclinada hacia el suelo, no tenía idea de lo que se avecinaba.

El Mahdi apuntó y tiró del gatillo. El balazo en sí, especialmente en un espacio tan limitado, sonó como si se hubiera disparado un cañón. Los guardias inmediatamente irrumpieron en el salón, con las pistolas en ristre, pero se detuvieron en seco ante el grotesco espectáculo, sin saber qué hacer. En el suelo yacía el cuerpo sin vida de Ali Faridzadeh, rodeado de un charco carmesí que aumentaba rápidamente. En la mano del Mahdi estaba la pistola, que tranquilamente él colocó sobre la mesa. Nadie más en el salón de conferencias estaba herido, aunque todos en el salón de guerra estaban ahora de pie. Las sirenas se activaron. La seguridad corría a sus puestos en todos lados.

Sin embargo, el Mahdi les dijo a todos que volvieran a su trabajo, a todos, menos a los que se necesitaban para retirar el cuerpo y limpiar el desastre. Sin decir una palabra al Ayatolá ni al presidente, el Mahdi tomó uno de los teléfonos que tenía enfrente y pidió que lo conectaran con el general Mohsen Jazini, a quien estaba a punto de nombrar como nuevo ministro de defensa del Califato. Después pidió que lo comunicaran con la línea personal de Gamal Mustafá, presidente de Siria.

6

Marseille Harper necesitaba un tiempo para sí misma. Necesitaba recuperar el aliento y calmarse. Entró al baño de la casa de los Shirazi que estaba al lado de la cocina, junto a la puerta que daba al garaje, para esconderse de toda la gente, de todas las conversaciones en voz baja y de todos los recuerdos que este hogar le traía.

Tomó varios pañuelos de la caja floreada del tocador, se secó las lágrimas y cerró los ojos. Todo lo que podía ver era a David. Lo extrañaba tanto que era como un dolor físico. Anhelaba saber de él, hablar con él, saber que por lo menos estaba vivo y bien. Se sentía tan extraño estar allí en la casa de David, con su padre y sus hermanos y amigos de la familia, pero sin él. Ella nunca había estado allí sin él. ¿Por qué habría de estarlo? ¿Se había equivocado en ir ahora? Tal vez los Shirazi solo estaban siendo amables. Tal vez se preguntaban por qué rayos estaba ella allí y por qué no se iba. El mismo pensamiento la hizo estremecerse, y las lágrimas comenzaron a salir a la superficie otra vez.

Batallando con sus dudas que aumentaban, en silencio oró para que el Señor le diera gracia para terminar este viaje bien y volver a Portland, a donde pertenecía. No quería ser una carga. Quería ser una bendición, de alguna manera, a esta familia dolida a la que tanto amaba.

Marseille abrió los ojos y se miró firmemente en el espejo. No estaba contenta con lo que veía. Decidió que no le gustaba su cabello suelto, por lo que tomó su pequeño bolso, sacó un gancho y se hizo un moño francés. Deseaba haberse puesto ropa distinta, como un suéter cálido —hacía mucho frío en esta casa a pesar de todos los invitados—, pantalones negros y zapatos más cómodos. Estos tacos que había elegido le estaban matando los pies. Miró sus manos, sin anillos, las uñas cortas, esmalte de uñas transparente, y se dio cuenta de que le temblaban. Abrió el grifo hasta que el agua estuvo bien tibia, pero no demasiado caliente. Entonces puso sus manos bajo el agua que corría y volvió a cerrar los ojos. Algo del calor que sus manos absorbían parecía darle consuelo, por lo menos en ese momento. Lo que en realidad necesitaba era un baño largo y caliente.

Había sido una semana cruel. Nevaba ligeramente en la mayor parte del centro de Nueva York. El pronóstico indicaba una tormenta de nieve, por efecto del lago, que caería al amanecer. Pero en la casa de los Shirazi, la tormenta emocional ya había golpeado firmemente, y Marseille Harper sabía que sus efectos devastadores se sentirían por mucho tiempo en el futuro.

El miércoles, la mamá de David, Nasreen, había sucumbido ante el cáncer de estómago que había aparecido sin advertencia, apenas unos meses antes, y había hecho estragos en su pequeño cuerpo. Su esposo estaba destrozado. Sus dos hijos mayores también estaban abatidos, cada uno a su manera, aunque apenas se hablaban, por lo menos en la presencia de Marseille, o a su vista. El viernes por la noche, la familia había soportado el velatorio en una funeraria en Grant Boulevard, aunque no había sido un velatorio en realidad, porque el doctor Shirazi no quería que se recordara a su esposa escuálida y casi enjuta, por lo que había insistido en que el ataúd estuviera cerrado. Algunos asistentes habían murmurado sobre la ausencia de David, un hecho que para el doctor Shirazi no había pasado desapercibido. Según Marseille, parecía que solo había hecho más dolorosas las heridas que ya tenía que soportar. Más temprano esa mañana, a las once en punto, todos se habían reunido de nuevo para las honras fúnebres. Marseille estaba segura de que alguien explicaría la ausencia evidente de David, pero no fue así, lo cual había añadido un sentimiento involuntario pero bastante incómodo a un ambiente ya sombrío, al menos para Marseille.

Dicho eso, el servicio en sí fue bastante concurrido y bello. Docenas de bellos arreglos florales estaban en exhibición, decorados con cientos de rosas amarillas, las favoritas de la señora Shirazi. Dos violinistas profesionales de la orquesta filarmónica local, aparentemente viejos amigos de los Shirazi, tocaron varias piezas durante el servicio, incluso durante una presentación de diapositivas que exhibía fotos de Nasreen como una niña con pañales en los brazos de sus padres en Teherán; a Nasreen parada enfrente de una mezquita como una niña de alrededor de diez años, con un bello pañuelo amarillo en la cabeza; a Nasreen y a Mohammad resplandecientes en el día de su boda; a Nasreen con su primogénito en brazos; a Nasreen y a Mohammad tomando el juramento como ciudadanos estadounidenses en una corte de Búfalo, Nueva York; a Nasreen parada al lado de David, cuando él tenía alrededor de diez o doce años, con su uniforme de las Pequeñas Ligas, con un bate de béisbol sobre el hombro; y muchas más.

Por supuesto que Marseille no había visto nunca muchas de las fotos, pero otras sí, y algunas se habían tomado en la época de la vida en que acababa de conocer a los Shirazi, cuando ella era una niña pequeña, y le produjeron muchos recuerdos conmovedores. La que la tomó completamente por sorpresa fue la que mostraba a su familia y a la familia de los Shirazi, reunidos en un Día de Acción de Gracias, cuando ella tenía como diez años, sentados a la mesa del comedor de los Shirazi. Todos eran tan jóvenes. Ninguno de los padres tenía el pelo gris. Ni los hermanos de David tenían barba. David tenía un trajecito adorable con corbata. Marseille tenía un vestido aguamarina, con moñas del mismo color en sus colitas del cabello. Estaba sentada al lado de David, y precisamente cuando habían tomado la foto, ella lo miraba mientras él hacía una mueca. Todavía recordaba ese mismo momento muy vívidamente. La foto en sí había estado colgada con marco en la pared del estudio de su padre por años. Al mirarla, a Marseille se le llenaron instantáneamente los ojos de lágrimas y se le formó un bulto en la garganta. Qué época tan dulce y sencilla había sido, mucho antes de que el ángel de la muerte descendiera sobre todos ellos, antes de que su madre muriera en los ataques del World Trade Center, antes de que su padre se suicidara en el bosque, afuera de su casa, antes de que la señora Shirazi perdiera su batalla contra el cáncer, antes de que David se uniera a la CIA y lo enviaran al interior de Irán.

Mientras estaba sentada en ese servicio, había tenido que apretar los dientes para no perder la compostura. Parte de ella quería salir corriendo del salón y esconderse para sollozar. Sin embargo, otra parte de ella quería pararse y gritar la verdad a todos en el salón. *¡David no está aquí porque está sirviendo a su país! Está sirviendo detrás de las líneas enemigas en Irán. Por supuesto que amaba a su madre. La amaba mucho. Habría hecho cualquier cosa para poder estar en este salón, pero probablemente está esquivando un ataque de balas o arriesgando su vida para evitar que los iraníes disparen sus misiles. ¡Cómo se atreven a juzgarlo! ¡Cómo se atreven a esparcir sus murmuraciones y mentiras cuando no tienen la mínima idea de la verdad!*

Marseille se sentía destrozada por el dolor que David tenía que estar pasando, incapaz de condolerse apropiadamente por la muerte de su madre ni de consolar a su padre. No obstante, también se sentía enojada por los murmullos en el salón, que habían llegado a la conclusión de que Azad y Saeed eran héroes y que David era un hijo infame, que ni siquiera se había dignado a llegar al funeral de su propia madre. Sin embargo, no podía permitir que sus emociones fueran más fuertes que ella, se dijo a sí misma.

Nadie en el salón sabía lo que ella sabía. Al tratar de conocer la verdad acerca del verdadero trabajo de su padre para la Agencia Central de Inteligencia, se había topado con la verdad en cuanto a quién era David y lo que hacía. Aunque quería decírselo a todos, o por lo menos al doctor Shirazi para disminuir su dolor, no estaba en posición de hacerlo. En efecto, la vida de David probablemente dependía de que nadie más supiera lo que él hacía, especialmente su propia familia, y lo último que ella pretendía hacer sería ponerlo en más riesgo del que ya afrontaba.

KARAJ, IRÁN

El aire fresco de invierno en la cara de David era refrescante. El golpeteo del pavimento agrietado debajo de sus pies era un buen cambio de ritmo. No obstante, nada podía quitarle el peso de los hombros, y aunque sus «éxitos» recientes ya eran legendarios dentro de la Agencia, batallaba por ver si había logrado algo de verdadera sustancia o de sólida importancia hasta entonces. La gente moría. El Medio Oriente estaba en llamas. Eso no era éxito. Era fracaso.

Por supuesto que Langley no lo veía así. Para las oficinas del séptimo piso de las instalaciones de la CIA, el logro más importante de David había sido ubicar al doctor Alireza Birjandi y convertirlo en una fuente efectiva. El anciano erudito, profesor y autor de éxito también era el experto más destacado del mundo en escatología chiíta. En los medios de comunicación iraníes se le describía ampliamente como mentor espiritual y alto asesor de varios líderes importantes del régimen iraní, como el Ayatolá Hamid Hosseini y el presidente Ahmed Darazi. Birjandi hablaba por teléfono con estos líderes de manera regular. Cenaba con ellos. Ocasionalmente ellos compartían con él los secretos de estado más preciados. Confiaban en él. En efecto, las élites de Irán reverenciaban a Birjandi. Poco sabían que Birjandi había llegado a repudiar intensamente su teología y escatología. Tampoco sabían que Birjandi tenía una línea directa con los estadounidenses. Por Birjandi fue que David se enteró de las ocho ojivas funcionales de Irán y de que el régimen ya había probado una en unas instalaciones subterráneas previamente no reveladas, cerca de la ciudad de Hamadán. Birjandi era el que le había señalado a David al doctor Najjar Malik, el científico nuclear de más alto rango en el país.

David no solo había ubicado a Malik sino que lo había convencido para que desertara y lo había sacado a salvo del país. Con la ayuda de Malik, David había atrapado a Tariq Khan, sobrino de A. Q. Khan, el padre del programa de armas nucleares de Paquistán. Tariq, un destacado científico nuclear paquistaní por mérito propio, había ayudado a los iraníes a desarrollar la Bomba. Bajo enorme riesgo para su propia vida, David había capturado a Tariq, lo había obligado a revelar dónde estaban las ocho ojivas nucleares funcionales del régimen, había enviado esa información a Langley y luego secretamente había sacado al científico de Irán y lo había llevado a Guantánamo para ser interrogado.

Sin embargo, ¿y qué? Khan ya no hablaba más y David no había tenido éxito en ubicar a Jalal Zandi, el socio de Khan y ahora, el científico nuclear más destacado que todavía estaba vivo en Irán.

¿Dónde se encontraba ahora el doctor Birjandi? ¿Por qué no

respondía las llamadas de David? Además, no era solo Birjandi. Durante los últimos días, David había llamado a todas las fuentes, a todos los contactos, a todas las personas que conocía en Irán. ¿Qué sabían? ¿Qué estaban oyendo? ¿Dónde estaba el Mahdi? ¿Dónde estaban Hosseini y Darazi? ¿Cuáles eran sus planes? ¿Cuáles eran sus estrategias? David necesitaba respuestas desesperadamente, pero nadie respondía.

En la neblina bélica, mucho era incierto y confuso, pero al menos dos cosas eran seguras: los ataques de cohetes y misiles en contra de Israel eran despiadados y devastadores, y los ataques aéreos israelíes en objetivos iraníes seguían llegando, ola tras ola.

Hamas ya había disparado cientos de cohetes Qassam a Ascalón, Sederot y Beerseba, arriesgando la vida de casi medio millón de israelíes que vivían en ciudades y pueblos a lo largo de la frontera del sur con Gaza. También disparaban docenas de cohetes Grad, de un alcance más largo, a Asdod y Tel Aviv.

Al mismo tiempo, las fuerzas de Hezbolá en el sur del Líbano ya habían disparado cientos de cohetes Katyusha en Haifa, en Carmiel, en Kiryat Shemona y en Tiberíades, amenazando a casi el millón de israelíes que vivían a lo largo de las fronteras del norte, con Líbano y Siria.

Por razones más allá del entendimiento de David, los sirios todavía no se habían unido totalmente a la guerra. No habían disparado cohetes ni misiles, excepto esos primeros tres. No habían involucrado a su fuerza aérea, ni accionado sus sistemas antiaéreos, a pesar de previos tratados defensivos entre Damasco y Teherán. Por supuesto que todavía podían unirse a la guerra en cualquier momento, y David, junto con todos los agentes y analistas de Langley, esperaban que así lo hicieran. Lo que hacía particularmente inquietante ese prospecto eran las reservas de armas químicas y biológicas de Siria. No obstante, por el momento, los sirios estaban inactivos. No tenía sentido, pero por ahora los misiles de clase Shahab, que salían de Irán, constituían la amenaza estratégica más peligrosa para el estado judío. Era cierto, los iraníes ya habían disparado cientos de ellos y no se creía que quedaran muchos, pero cada vez que se disparaba uno, la pregunta era: ¿qué clase de ojiva llevaba: nuclear, química, biológica o convencional? Resultaba impredecible, y cada vez sembraba profundo temor en el corazón del pueblo israelí.

Los israelíes, por su parte, seguían lanzando aviones de combate y sus propios misiles en contra de objetivos iraníes. En lo que a David concernía, Israel por lo menos había tenido éxito en eliminar las armas nucleares de Irán, pero esto era todavía una guerra a toda marcha en ambos lados, y no estaba claro para ninguno cómo terminaría. No parecía haber ninguna parte de Irán que estuviera fuera del alcance de Israel, aunque por lo menos la ciudad de Karaj, que era donde se encontraba ese refugio, todavía no había sido atacada.

No obstante, la mayoría de las demás ciudades estratégicas de Irán sí había sido atacada, y los casi continuos bombardeos y ataques de misiles estaban afectando emocionalmente a la gente. La mayor parte de la energía eléctrica en Teherán y en otras ciudades importantes había sido destruida. Casi toda estación de radio y de televisión estaba fuera del aire. La Internet estaba inactiva. Los edificios gubernamentales clave, especialmente en la capital, eran ahora montones de escombros en llamas. El Ministerio de Defensa era un cráter ardiente, al igual que el Ministerio de Inteligencia, la base de la VEVAK. Cada instalación nuclear real o supuesta de Irán había sido atacada múltiples veces, y aunque los israelíes habían tratado de minimizar las víctimas civiles, sin duda había habido daño colateral. Miles de iraníes habían muerto o estaban moribundos. David no sabía la cantidad, pero estaba seguro de que fuera lo que fuera, ascendía a cada hora.

David tenía que suponer que la mayoría de sus contactos estaba trabajando para obedecer las órdenes del Mahdi y de los altos generales de Irán para contraatacar a los israelíes, o acurrucada con sus familias en sótanos y búnkeres. Los que no tenían teléfonos satelitales quizás estarían incomunicados en el lapso de la guerra, por el tiempo que durara; pero ni los que tenían teléfonos satelitales, los de confianza, respondían. ¿Por qué? ¿No era ese el propósito de tener los teléfonos satelitales, para que los hombres clave estuvieran accesibles todo el tiempo, a pesar de las circunstancias? David se preguntaba si en realidad estaban demasiado ocupados, ¿o había algo más? ¿Lo estaban evitando? ¿Estaba bajo sospechas después del casi asesinato de Javad Nouri? ¿Estaban bajo órdenes de ya no hablar con él? Ardía por saber la respuesta. Estaba desesperado por encontrar una pista, pero por el momento, estaba atascado.

★ ★ ★ ★ ★

WASHINGTON, D.C.

Roger Allen salió del Ala Oeste, entró a la camioneta negra blindada que lo esperaba y ordenó que se dirigieran inmediatamente a la base de la CIA en Langley, Virginia, a unos veinte minutos, a esa hora de la noche sin tráfico. Estaba furioso y alguien iba a enterarse de ello. Acababan de salir de las puertas de la Casa Blanca cuando Allen levantó su teléfono y utilizó el marcado rápido del subdirector de operaciones, que levantó al primer timbrazo.

—Tom Murray —dijo la voz al otro extremo.

—Tom, es Roger. Voy de regreso.

—¿Cómo le fue?

—¿Cómo cree? El presidente está furioso. Quiere saber por qué no recibe información sólida en tiempo real, especialmente de esas intercepciones de los teléfonos satelitales.

—¿Qué le dijo usted?

—¿Qué podía decirle? Por supuesto que le dije que haremos un mejor trabajo, pero francamente, estoy tan enojado como él. ¿Por qué las traducciones y los análisis son tan lentos?

—Es lo mismo que discutimos antes de que se fuera —respondió Murray—. Las llamadas son un tesoro escondido, pero recibimos más de lo que esperábamos, más rápido de lo esperado y tenemos a todos los hombres que podemos en el proyecto.

—A todos los hombres, tal vez —dijo el director—, pero no a todas las mujeres.

Hubo una pausa.

—Señor, no nos metamos allí —dijo Murray.

—No tenemos opción —respondió Allen.

—¿Se refiere a Eva Fischer? —preguntó Murray.

—Por supuesto que me refiero a Eva. Francamente, fue tonto que Zalinsky la encerrara en primer lugar, y ya es hora de hacer a un lado esa tontería, de liberarla y de ponerla a trabajar.

—Señor, la agente Fischer se apoderó de una multimillonaria

plataforma de inteligencia. Lo hizo sin autorización. ¿Por qué? Para salvar la vida de un amigo.

—No, Tom, para salvar la vida de un agente —replicó el director—. Salvó la vida de Zephyr, que según usted mismo, es nuestro agente más efectivo dentro de Irán, el tipo que sin ayuda identificó la ubicación de las ojivas. Vamos, pues, ¿me está diciendo que no cree que Jack reaccionó de manera exagerada?

—Jack hizo exactamente lo que yo habría hecho.

—¿De veras? ¿Encerrar a una de nuestras mejores analistas, la que habla mejor el persa, en medio de una guerra contra Irán, y por qué? ¿Por salvar a nuestro mejor agente dentro del régimen?

—Señor, ella comprometió nuestra capacidad de rastrear una de las ojivas mismas dentro de Irán, y que ahora no podemos encontrar, una que podría dirigirse a Estados Unidos.

—Ya basta, Tom —dijo Allen—. Quiero que se libere a Fischer inmediatamente, con una exoneración completa y un bono de compensación de $50.000.

—Señor, no creo que...

—No es una sugerencia, Tom. Es una orden. Quiero que se libere a la agente Fischer, que se le dé una disculpa, que se la reincorpore completamente, que se le pague y que esté sentada en mi oficina cuando llegue. Tiene dieciséis minutos. Sugiero que se ponga en marcha.

7

SYRACUSE, NUEVA YORK

Lo que más había impactado a Marseille del servicio de honras fúnebres era el aprecio evidente de la comunidad de Syracuse por la señora Shirazi. No sabía que la mamá de David, por más de dos décadas, había sido una leal voluntaria en la Cruz Roja de Estados Unidos, ni que había sido una recaudadora incansable —y aparentemente muy efectiva— de fondos para el centro pediátrico del corazón en Upstate Medical, el hospital donde trabajaba el doctor Shirazi. Muchos de los amigos que había hecho en ambos lugares llegaron a rendirle homenaje, así como varias familias cuyas vidas habían sido impactadas, o cuyos hijos se habían salvado como resultado de los esfuerzos de esta amada mujer. Lo más conmovedor para Marseille fue ver a varios de los amigos más cercanos de la señora Shirazi leer tributos; algunos de ellos lograban contener las lágrimas, otros no.

Marseille estaba segura de que nada de eso había provisto la sensación de conclusión que la familia en realidad necesitaba. Para empeorar las cosas, el entierro de la señora Shirazi tendría que esperar hasta algún día de abril o a principios de mayo, ya que actualmente la tierra del cementerio estaba totalmente cubierta de nieve; estaba demasiado fría y dura como para cavar una tumba. Lo que significaba que las lacerantes heridas de la familia estarían expuestas a más dolor en unas cuantas semanas más, al reanudar todo esto otra vez.

Cuando el servicio terminó, el doctor Shirazi invitó a todos a su casa. En efecto, había insistido en ser el anfitrión de tres días de duelo para su familia y amigos. Eso resultó ser una tradición islámica que a Marseille

47

le pareció curiosa, ya que el doctor Shirazi no era un hombre religioso, ni su esposa e hijos. Los Shirazi habían abandonado el islam hacía mucho tiempo, pero Marseille percibía que ese ritual se trataba mucho más de tradición que de religión. El doctor Shirazi estaba actuando con piloto automático, haciendo lo que había visto hacer a sus padres, y a los padres de ellos, sin tratar de inventar una nueva tradición familiar en un tiempo como este. Por lo que siguió a todos los demás a la casa de los Shirazi y se ofreció para ayudar a servir comida, para conseguir más hielo y para ayudar de cualquier manera en que pudiera hacerlo. Cuando no se le necesitaba, simplemente se sentaba en la parte de atrás de la sala y se mantenía callada, observando a la gente que entraba y salía, y orando mucho, a veces con los ojos abiertos y a veces con los ojos cerrados.

Observó que esto no era muy distinto de la tradición de sus amigos judíos en Portland, que hacían el shivá por siete días después de la muerte de un ser querido. Había algo sencillo, incluso dulce, en cuanto a sentarse en la sala de una familia, hablar poco o nada, pero simplemente estar cerca de ellos, con ellos, alrededor de ellos, mientras se lamentaban por su ser querido y ella se lamentaba con ellos. Marseille se encontró deseando que fuera una tradición que su familia hubiera practicado después de la muerte de su madre. Marseille pensó que habría sido bueno que su padre se hubiera sentado con amigos durante siete días y que se hubiera permitido llorar y lamentarse adecuadamente. Apenas tenía quince años en ese tiempo, pero estaba bastante segura de que su padre nunca se había lamentado adecuadamente. Sin duda nunca había podido sanarse de la tremenda herida en su corazón. Perder a un cónyuge obviamente era distinto a perder a un padre, pero quizás hacer el shivá —o como quiera que lo llamaran en el islam— era algo bueno para hacer en cualquier caso.

«Los seres queridos y los parientes deben cumplir un período de tres días de duelo —decía un sitio en Internet sobre los rituales islámicos de muerte que Marseille había buscado en su iPhone después del servicio—. El duelo se cumple en el islam con profunda devoción, al recibir visitantes y condolencias, y evitando ropa y joyas decorativas».

Sin embargo, Marseille no había querido sentarse a «observar» cómo se lamentaban todos. Por eso es que había ofrecido ayudar tanto como fuera posible. Se encargó de asegurarse especialmente de que el doctor Shirazi tuviera una taza de té persa recién hecho a su lado todo el tiempo, con un poco de miel mezclada, como a él le gustaba. Ayudó a organizar y a ordenar la comida que la gente había llevado. Rellenó las cubetas de hielo e hizo jarra tras jarra de café y de té. Cuando se daba cuenta de que ninguno de los hijos Shirazi lo había hecho, vaciaba el basurero debajo del fregadero de la cocina, le ponía una nueva bolsa y llevaba la bolsa llena al basurero del garaje. Respondió llamadas de teléfono y tomó mensajes cuando los miembros de la familia Shirazi estaban ocupados. Lavó la vajilla cuando fue necesario y se aseguró de que hubiera suficientes tenedores, cucharas y servilletas disponibles. Tal vez lo más importante —o quizás lo más útil—, continuamente rellenó las cajas de pañuelos que estaban colocadas estratégicamente alrededor del primer piso.

Sin embargo, durante todo el tiempo, trató de mantener un perfil bajo y actuó más como una ayuda que hubieran contratado y no como una amiga de la familia. Quería demostrar su amor a los Shirazi, pero no quería presumir de ser parte de la familia. Tampoco quería que los demás percibieran que actuaba como tal. No quería que ninguno de los verdaderos amigos de la familia le preguntara quién era o por qué estaba allí, en gran parte porque no tenía idea de cómo responder esas preguntas. ¿Quién era ella realmente para toda esa gente? ¿Por qué estaba allí? No podía simplemente expresar la verdad. Ni siquiera estaba totalmente segura de cuál era la verdad. ¿Hacía esto por los motivos más puros, por amor genuino y sincero a la familia? ¿O lo hacía por David, aunque probablemente él no tenía idea de que ella siquiera estuviera allí?

Ella podía ver el enorme dolor en esta familia, y no solo por la muerte de la señora Shirazi. Esas relaciones estaban rotas. Los chicos estaban separados unos de otros. Peor aún, también parecían separados de su padre. Claramente había profunda tensión justo bajo la superficie, y había momentos en los que ella temía que ese dolor pudiera estallar al aire libre. Oró todo el día para que no explotaran y para que nadie se diera cuenta.

En algunas familias, las tragedias unen y ayudan a sanar las heridas.

Esta no parecía ser una de esas familias. Marseille comenzó a ver que lo que los Shirazi necesitaban más era lo mismo que su padre había necesitado, pero que jamás había encontrado. No tradiciones antiguas ni una casa llena de familia y de amigos, ni una taza de té persa hirviendo. Lo que necesitaban era el toque de sanidad de Jesús, el Hijo de Dios. Necesitaban desesperadamente el amor de Cristo, su consuelo, la «paz de Dios que sobrepasa todo entendimiento», que él había prometido a todos los que lo seguían. Ella quería que ellos conocieran el amor, la misericordia y la sanidad que había encontrado después de que su madre había muerto en los ataques del World Trade Center. Quería que conocieran la maravillosa verdad del gran amor de Dios.

Sin embargo, parecía que este no era el tiempo de decir algo y, de nuevo, ¿quién era ella? ¿Por qué debían escucharla? Sí, Cristo había derramado en su corazón un amor duradero y transformador que no sabía que existía. La había adoptado en su familia y verdaderamente había sanado las heridas de su alma. Desesperadamente quería que esta familia conociera al Jesús que ella conocía. No obstante, «hay una temporada para todo —recordó de las Escrituras—. Un tiempo para cada actividad bajo el cielo. [...] Un tiempo para llorar y un tiempo para reír. Un tiempo para entristecerse y un tiempo para bailar. [...] Un tiempo para callar y un tiempo para hablar». Sabía que esa noche era tiempo para callar, y así lo hizo.

Marseille miró su reloj. Ya era más allá de la medianoche. Este día tan largo finalmente terminaba. Entró a la cocina y miró a su alrededor. La mayoría de los invitados que había llegado para hacer el duelo con la familia Shirazi se había ido, o estaba en proceso de despedirse. El doctor Shirazi abrazó a los últimos que se retiraron y luego se dirigió escaleras arriba sin decir una palabra. Tenía que estar exhausto. Marseille sintió una punzada de decepción de que él no tomara un momento para despedirla a ella también.

En silencio comenzó a ayudar a Azad a empacar y a guardar los montones de comida que la gente había llevado. Unos momentos después, Saeed entró a la cocina, pero salió a la parte de atrás, sin decir una palabra, obsesionado con su BlackBerry y sin levantar un dedo para ayudar. Marseille trató de que eso no la molestara. Estaba exhausta después de un día tan conmovedor. Necesitaba descansar bien en la noche y un poco de tiempo para sí misma, antes de empacar y volar finalmente de regreso a Portland a la noche siguiente. Sin embargo, tan cansada como estaba, no podía soportar irse. Todavía no. Por lo que comenzó a limpiar las mesas y luego enjuagó los platos y los metió en el lavavajillas.

Había algo especial en cuanto a estar otra vez en esta casa. Le encantaba cómo era, cómo olía, cómo se sentía estar allí. Sonrió al recordar el amor y aprecio que los padres Shirazi se tenían mutuamente. Se tomaban de la mano. Hacían largas caminatas juntos. Se mimaban mutuamente, y parecía que en realidad se disfrutaban mutuamente. Marseille sospechaba que ellos habrían estado enamorados en cualquier lugar del planeta, sin importar las circunstancias, porque eran clásicos románticos de corazón. La clase de amor que se habían tenido —para la que parecía que estaban exclusivamente programados— era a la vez especial, mágica y profundamente misteriosa, y Marseille se encontró preguntándose si David también estaría programado para esa clase de amor.

A pesar de los buenos recuerdos, en realidad nunca había esperado estar allí otra vez, después de tantos años. No después de la manera en que había tratado a David. No obstante, allí estaba, sola con la familia de David, tratando de amarlos y de consolarlos en su dolor, mientras David estaba lejos, en alguna parte. La vida tenía una manera curiosa de funcionar, se dijo a sí misma mientras de rodillas rebuscaba con sus manos, debajo del fregadero, un poco de detergente para lavavajillas.

Se preguntaba si alguna vez volvería a ver a David. Seguramente así sería, ¿verdad? Dios no la había llevado hasta allí para volver a conectarse con su familia solo para perderlo otra vez, posiblemente para siempre, ¿o sí? El pensamiento en sí hizo que Marseille se estremeciera. Otra vez oró en silencio por David, por su seguridad y por su pronto regreso. Había sido tonta al esperar tanto para buscarlo. Él había sido tan cálido y alentador cuando se habían reunido; se había alegrado de verla después de tantos años. Tal vez sus temores habían estado fuera de lugar. Tal vez David todavía era su amigo. Tal vez podría ser más que un amigo.

Se preguntaba dónde estaba en ese mismo momento. ¿Qué hacía? ¿Con quién estaba?

★ ★ ★ ★ ★

KARAJ, IRÁN

David sintió que su teléfono vibraba, y señalaba un mensaje entrante. Lo revisó mientras seguía corriendo y se dio cuenta de que en realidad era una publicación de Twitter de Najjar Malik. Se preguntó dónde estaría Najjar. ¿Por qué el FBI todavía no lo había encontrado? El hombre había sido el científico nuclear más destacado de Irán y el premio mayor de la CIA, ¿y ahora se había ido? ¿Cómo era posible? ¿Quién era el tonto que había dejado que Najjar escapara?

Por otro lado, aunque no podía admitirlo ante nadie de su equipo, David no estaba totalmente decepcionado de que hubiera ocurrido. Najjar era un hombre transformado. No solo había tenido una visión de Cristo en Irán, sino que ahora tenía el valor de decírselo al mundo. Najjar se estaba convirtiendo en el apóstol Pablo moderno de Irán, y David estaba intrigado con cada mensaje de Twitter que el hombre enviaba. Y no estaba solo. El séquito de Najjar en Twitter aumentaba exponencialmente, y usaba todo el interés repentino para apremiar a sus compatriotas a que se alejaran del islam y que acudieran a Jesús. Se vinculaba con sitios que exponían los males del régimen iraní y advertía de los daños del Califato y del Duodécimo Imán, a quien Najjar abiertamente y sin disculpas llamaba «mesías falso».

Los últimos mensajes de Najjar contenían un vínculo y el comentario: «Mustafá es malvado, pero no se equivoquen: el Mahdi está detrás de este salvajismo. Dios no puede ser burlado. El juicio sobre Irán y Siria se acerca».

Intrigado, David seleccionó y presionó en el vínculo mientras rodeaba una esquina y corría por la calle Abu Bakr. La página que se cargó era del sitio en Internet del *Daily Star*, un periódico con base en Beirut. El titular decía: «Muchacha siria fue encontrada mutilada».

La historia horripilante comenzaba así: «Una joven mujer fue encontrada decapitada y mutilada, y los crímenes fueron cometidos, al parecer, por agentes sirios de seguridad. Según los reportes, el hermano de la mujer de dieciocho años fue arrestado y asesinado anteriormente este mes. Cuando las fuerzas de seguridad llevaron a su madre para que recogiera el cuerpo, que exhibía contusiones, quemaduras y disparos, ella encontró también allí el cuerpo de su hija. La familia dijo que la chica había sido decapitada, le habían cortado los brazos y le habían quitado la piel. Después del entierro, la semana pasada, las mujeres llevaron a cabo una protesta...».

David dejó de leer.

Dios no puede ser burlado. El juicio sobre Irán y Siria se acerca.

David solo podía esperar que Najjar tuviera razón. El presidente sirio, Gamal Mustafá, era sin duda el tirano más sediento de sangre del Medio Oriente, y eso era por decir algo. David no estaba totalmente seguro qué tan cercanos estaban Mustafá y el Mahdi. Era curioso que los sirios todavía no estuvieran involucrados en la guerra contra Israel, pero tenía pocas dudas de que pronto lo estarían. Había que hacer caer a esos dictadores. Sus pueblos tenían que ser liberados. No obstante, David se dio cuenta de que requeriría de una acción de Dios, porque, claramente, el gobierno de Estados Unidos ya no estaba en el negocio de cambiar gobiernos.

El teléfono de David sonó. Su pulso se aceleró. Quizás era Birjandi o Rashidi. Entonces, para su sorpresa, se encontró deseando que fuera Marseille. No obstante, ¿cómo podría ser? Ella no tenía este número y, de todas maneras, él sabía que Langley no permitiría que una llamada no autorizada de Estados Unidos entrara a su teléfono. A menos que fuera su papá, tal vez.

David leyó la identificación de la persona que llamaba. Se desalentó. No era ninguno de sus contactos que le devolvía la llamada con alguna pista, ni Marseille, ni su padre. Era Zalinsky en Langley. Hizo un alto en su carrera para recuperar el aliento y responder la llamada.

—Hola.

—Hola. ¿Es una comunicación segura? —preguntó su supervisor.

—Totalmente. ¿Qué has conseguido? —David se preguntó si su voz transmitía la ansiedad que sentía.

—Hemos interceptado una llamada del alto comando iraní —comenzó Zalinsky—. No es nada bueno.

—¿Qué? —dijo David con insistencia—. ¿Qué pasa?

Zalinsky hizo una pausa. Parecía estar armándose de valor para la conversación que se avecinaba. David estudió la calle que lo rodeaba. Había poca gente afuera y ninguno se veía sospechoso. Miró detrás de él, pero no vio a nadie que lo siguiera. Respiró profundamente y se preparó para lo que tuviera que venir.

—Los israelíes fallaron con dos de las ojivas —dijo Zalinsky finalmente—. Parece que dieron en el resto, pero fallaron con dos. ¿Cómo?, no lo sé, pero están allá afuera, en alguna parte, y no sabemos dónde. Por eso llamo. El presidente te ordena que encuentres las dos ojivas rápidamente y que nos ayudes a destruirlas antes de que sea demasiado tarde.

8

TEL AVIV, ISRAEL

«Tenemos el lanzamiento de un misil —gritó el encargado de turno de las Fuerzas de Defensa de Israel—. *Misil en el aire... no, son dos Shahab-3... acaban de ser lanzados desde Tabriz».*

Cinco pisos por debajo de las instalaciones sólidamente fortificadas de las Fuerzas de Defensa de Israel en Tel Aviv, en un salón de guerra de alta tecnología, cuyas paredes estaban cubiertas con grandes pantallas de plasma y de monitores de televisión, el ministro de defensa Levi Shimon levantó la mirada de un grupo de reportes y buscó las imágenes correctas. Cuando las encontró —las impresionantes imágenes satelitales del satélite espía Ofek-9, en órbita geosíncrona, a seiscientos kilómetros sobre el norte de Irán— se le tensó el estómago.

—¿Objetivos calculados? —exigió.

—Parece que Haifa y Jerusalén, señor, pero sabremos más en un minuto.

Levi Shimon no tenía un minuto.

Su país estaba siendo azotado. Desde el sur del Líbano se disparaban cientos de cohetes de Hezbolá cada hora. Hamas disparaba docenas más desde Gaza. Los sistemas de defensa contra misiles de Israel derribaban de un 75 a un 80 por ciento de los que entraban, pero el volumen total de cohetes hacía imposible detener a todos. La mayoría de los que entraba no tenía sistemas de puntería, pero algunos de los cohetes más avanzados sí. El problema era que los comandantes de las Fuerzas de Defensa de Israel no tenían manera de determinar cuáles eran cuáles.

Las escuelas estaban siendo atacadas. Los edificios de departamentos y los hospitales también. Las sinagogas y los centros comerciales estaban siendo destruidos, junto con las estaciones de energía y las torres de celulares. Millones de israelíes habían sido obligados a recurrir a los refugios antiaéreos. Se habían cancelado los vuelos de entrada y salida del Aeropuerto Internacional Ben Gurión. Casi un tercio del país sufría de apagones. No había luz, calefacción, televisión, ni computadoras. Nada de energía. Más de tres cuartos del país no tenía cobertura para teléfonos celulares. Peor aún, el número de muertes ascendía. Durante los últimos tres días, casi quinientos ciudadanos israelíes habían muerto. Las víctimas de las últimas veinticuatro horas habían sido lo peor: el triple de los primeros dos días de la guerra. El número de heridos era diez veces eso. Los hospitales israelíes estaban al máximo, y no se veía un fin en el horizonte.

Sin embargo, los cohetes eran la mínima de las preocupaciones de Shimon. Eran mortales, pero no definitivos. Lo que más temía Shimon eran los misiles balísticos avanzados que Irán y Siria poseían, los que tenían sistemas de dirección altamente sofisticados y ojivas que serían lo suficientemente aterradoras con cargas explosivas convencionales, pero que podrían ser apocalípticos si fueran NBC: nucleares, biológicos o químicos. Damasco, curiosamente, había disparado solo tres misiles hasta entonces —y solo los convencionales—, en la primera hora de la batalla del jueves. Después de que el sistema Arrow de las Fuerzas de Defensa de Israel los derribó, los misiles sirios de repente e inexplicablemente dejaron de llegar. Sin embargo, Irán disparaba cinco o seis de sus misiles más avanzados Shahab-3 cada hora. Por la gracia de Dios, las Fuerzas de Defensa de Israel los derribaban casi todos, pero los que sí penetraban los sofisticados sistemas de defensa antimisil eran devastadores. Afortunadamente, todos ellos —hasta entonces— llevaban ojivas convencionales. Ninguno de ellos era un arma de destrucción masiva, pero Shimon sabía que todavía ocasionaban mucho daño, y ¿acaso no era solo cuestión de tiempo para que uno de ellos generara un acontecimiento a nivel de extinción?

KARAJ, IRÁN

David finalizó su llamada con Zalinsky y comenzó a caminar otra vez, con la mente dándole vueltas. ¿Cómo podían haber fallado los israelíes con dos de las ojivas? ¿Dónde estaban? ¿Cómo se suponía que podría él localizar cualquiera de ellas, mucho menos ambas? No tenía pistas y no podía lograr que ninguno de sus contactos siquiera respondiera sus llamadas.

Había esperado correr más, pero era hora de volver, de informar a sus hombres y de desarrollar un plan. Tal vez ellos tendrían alguna idea. Esperaba que así fuera, porque de momento él no tenía idea de por dónde empezar.

Todo lo que podía decir era que estaba como a cinco kilómetros del refugio. Comenzó a correr de vuelta y cruzó a la derecha, a una calle lateral. Divisó un pequeño mercado en la esquina, a unas cuantas cuadras, y decidió correr a toda velocidad. Cuando llegó al mercado, bajó la velocidad, luego entró a la tienda y compró una botella de agua y un banano. Engulló la fruta y desechó la cáscara antes de salir de la tienda, luego se bebió la mitad de la botella de agua a grandes tragos. Sacó su teléfono satelital y una vez más marcó el número del doctor Birjandi.

Nada. Volvió a intentar con Rashidi, después con Esfahani y, de nuevo, nada. Esto en particular lo enfureció, ya que ellos fueron los que habían insistido en que David corriera enormes riesgos para encontrar, comprar e introducir de contrabando en Irán varios cientos de estos teléfonos satelitales para el Mahdi y sus hombres clave, a fin de que pudieran estar accesibles todo el tiempo. Rashidi y Esfahani eran miembros del Grupo de 313, los guerreros, espías y asesores élite del Duodécimo Imán. Eran personalmente responsables de supervisar la creación y el funcionamiento eficaz del sistema de comunicaciones privadas del Mahdi, tanto en Irán como en cualquier país extranjero al que él viajara. Ahora, ninguno de ellos respondía su teléfono satelital.

Con desesperación, David decidió tratar de llamar a la secretaria de Esfahani en Telecom Irán. Mina no estaba exactamente en el círculo íntimo del Mahdi. Aunque era inteligente, dulce y muy eficiente en su trabajo, Esfahani la trataba prácticamente como a una esclava. La insultaba, le lanzaba cosas y hacía que su vida fuera desdichada, aunque ella nunca se quejaba y aun así trabajaba ardua y profesionalmente todos los días. No obstante, de nuevo, era probable que no estuviera en el trabajo con los bombardeos israelíes que caían en todas partes en Teherán. David revisó su listado de contactos y se dio cuenta de que ya no tenía el número de su casa. De todas formas, llamó al número del trabajo, en la remota posibilidad de que sus llamadas del trabajo hubieran sido redirigidas al número de su casa. Incluso cuando marcó y presionó «Enviar», se dio cuenta de lo tonto que era eso. La mayor parte del sistema telefónico del país no funcionaba, y ¿cuál era la probabilidad de que Esfahani le hubiera dado a Mina, justamente a ella, un teléfono satelital? Como era de esperar, la llamada se fue a un correo de voz. David no se molestó en dejar un mensaje. ¿Para qué?

David metió el teléfono en su bolsillo y comenzó a correr hacia el refugio. Había dado apenas unos pasos cuando el teléfono sonó. Se detuvo, sacó el teléfono y se sorprendió al ver el nombre de Mina en la identificación de quien llamaba.

—¿Aló? ¿Mina? ¿Es usted?

—Sí, soy yo —dijo Mina—. ¿Usted es Reza? ¿Reza Tabrizi? ¿Está bien?

—Sí, soy Reza, y estoy a salvo, gracias, Mina —dijo—. ¿Y usted? ¿Cómo están usted y su madre?

—Alabado sea Alá, estamos bien —respondió, aunque su voz temblaba—. Hemos estado viviendo en el sótano de nuestro departamento. Acabo de subir para llevar un poco más de comida y agua, y el teléfono satelital sonó, pero cuando lo levanté, usted ya había colgado.

—¿Abdol le dio un teléfono satelital?

—En caso de que él necesitara que lo ayudara.

—¿Y lo está ayudando?

—Un poco aquí y allá —dijo Mina—, pero no mucho.

—¿Dónde está él ahora? —preguntó David—. Estoy buscándolo y al señor Rashidi.

—No sé dónde está el señor Rashidi. El señor Esfahani también ha estado buscándolo.

—Está bien, pero ¿dónde está Abdol? Es urgente, Mina. Tengo que hablar con él.

—Acabo de hablar con él hace como veinte minutos —respondió—. Se dirige a Qom.

—¿A Qom? —preguntó David—. ¿Por qué a Qom? Los israelíes están bombardeando y destrozando los sitios nucleares y bases militares de allí.

—Por eso es que fue.

—No entiendo.

—Sus padres viven en Qom —dijo Mina—. Cerca de las bases. Su madre está horrorizada por todos los bombardeos. Quiere irse, pero su padre, como sabe, es un gran mulá allí. No quiere irse del seminario. Dice que irse dejaría ver una falta de fe en Alá.

—¿Y por qué fue Abdol?

—Para sacarlos de allí antes de que los maten.

David se dio cuenta de repente de que su mejor oportunidad —quizás su única oportunidad— de volver a comunicarse con Esfahani, o con cualquiera dentro del grupo de 313 del Mahdi, estaba en Qom.

—Mina, necesito una dirección —dijo; ya se había decidido.

—¿De quién?

—De los padres de Abdol.

—No, señor Tabrizi, por favor, no puede ir —dijo Mina.

—Tengo que ir.

—Pero ¿por qué? Es una misión suicida.

—No, no lo es. Es para ayudar a un amigo.

Hubo un silencio largo.

—¿Mina? ¿Todavía está allí?

—Sí —dijo ella suavemente.

—Por favor, no puedo dejar que Abdol vaya solo —insistió David, tratando de generar un argumento que sonara plausible para lo que claramente a Mina le parecía una acción de locura—. La vida de Abdol es demasiado valiosa para el Mahdi como para dejarlo que muera en Qom. Tengo que ayudarlo a que ponga a salvo a sus padres y luego ponerlo a salvo a él también. El destino de esta guerra muy bien puede depender de ello.

Hubo silencio otra vez por un rato y entonces Mina cedió y le dio la dirección.

★ ★ ★ ★ ★

TEL AVIV, ISRAEL

—*Haifa es un objetivo confirmado* —dijo el encargado del turno de las Fuerzas de Defensa de Israel urgentemente—. *Repito, Haifa es un objetivo confirmado.*

—¿Y el segundo objetivo? —insistió Shimon—. ¿Está seguro de que es Jerusalén?

—No —dijo el encargado del turno.

—¿A dónde se dirige entonces? —exigió Shimon y se movió rápidamente al lado del encargado de turno para tener una vista de cerca de las imágenes de la computadora portátil.

—La computadora dice que el segundo objetivo es Dimona, señor, y ahora han disparado tres Shahabs más que se dirigen también a Dimona.

—No, no puede ser... ¿Está seguro?

—La computadora le da un nivel de certeza del 97 por ciento, señor.

Shimon se sintió enfermo físicamente. Esto no podía estar ocurriendo. Dimona era un pueblo desértico, ni siquiera una ciudad. Treinta y tantos kilómetros al sur de Beerseba, ciertamente no era un gran centro de población. Solo como 33.000 israelíes vivían allí, nada como los tres millones y medio que vivían en y alrededor de la Tel Aviv metropolitana. No obstante, Dimona tenía algo que Tel Aviv no tenía: la única planta de energía nuclear de Israel. Los iraníes tenían a Dimona en la mira, y si la atacaban con misiles balísticos tan poderosos como el Shahab...

Shimon tomó el teléfono naranja de la consola que tenía enfrente, eligió una línea segura y marcó el número uno en el marcado rápido.

«Comuníqueme con el primer ministro».

HAMADÁN, IRÁN

El doctor Alireza Birjandi se sobresaltó cuando alguien llamó fuertemente a su puerta.

No esperaba a nadie. ¿Quién podría ser? No oía ruidos de autos en las calles ni risa de niños en los patios. Sin embargo, se había despertado repetidas veces por el ruido de aviones de combate que rugían arriba. Había oído explosiones, una tras otra, y había sentido que la tierra temblaba. Los israelíes estaban allí. Habían bombardeado las instalaciones nucleares en las montañas, a unos kilómetros de distancia. Habían vuelto múltiples veces para asegurarse de haber terminado su trabajo.

Y por lo que había oído en la televisión, antes de que las estaciones salieran del aire, una guerra a toda escala de cohetes y misiles había hecho erupción.

¿Quién, entonces, estaría lo suficientemente loco como para golpear su puerta?

Los golpes aumentaron y eran más fuertes, pero Birjandi no se apresuraba. A los ochenta y tres años, el teólogo y erudito de escatología islámica chiíta, de fama internacional, tenía una extraordinaria buena salud —aparte de ser ciego—, pero era cada vez más lento a su edad avanzada y cada año la sentía mas. Gruñó por los dolores en sus rodillas, tobillos, espalda y cadera y laboriosamente se obligó a levantarse de su sillón reclinable, a buscar a tientas su bastón, tomarlo fuertemente por el mango, y a caminar lentamente hacia la puerta mientras los golpes se intensificaron aún más.

«¿*Doctor Birjandi? ¿Doctor Birjandi? ¿Está usted bien?*».

Birjandi sonrió al llegar a la puerta y comenzó a quitar todos los seguros. Conocía esa voz y la amaba mucho.

—¡Alí! —dijo afectuosamente cuando finalmente pudo abrir la puerta—. ¡Qué alegría! Pero ¿qué haces aquí, hijo mío? ¿Quieres que te maten?

—No estoy solo —respondió Alí—. Ibrahim también está conmigo. Queríamos asegurarnos de que usted estuviera bien.

—Sí, estoy bien. La gracia del Señor es suficiente. Él es mi Pastor; ¿qué más podría querer? Ahora bien, entren, entren, chicos. Qué alegría tenerlos aquí.

Alí e Ibrahim, dos jóvenes de veintitantos años, entraron a la pequeña casa de un piso del doctor Birjandi, le dieron un abrazo y besaron a su mentor en ambas mejillas. Se sentaron en sillas bajas acolchadas, sus asientos regulares durante sus queridas sesiones de estudio. Cada uno le dio a Birjandi una rápida actualización de cómo estaban ellos y sus familias —todos a salvo, hasta donde ellos sabían—, pero también compartieron sus profundos y crecientes temores por el futuro de su país.

—No podíamos esperar hasta el miércoles —explicó Alí, refiriéndose a su tiempo usual de reunión—. Tenemos un millón de preguntas y usted es el único que conocemos que tiene las respuestas. Espero que esté bien que hayamos venido. Con las líneas telefónicas desconectadas, no teníamos forma de avisarle con anticipación.

—Sí, por supuesto que está bien —les aseguró el doctor Birjandi—. ¿Están bien los demás?

—Están bien, alabado sea Dios —dijo Alí—. Pero no pudieron venir con tan poca anticipación.

—Pues me siento honrado de que ustedes dos hayan venido —dijo Birjandi—. Hemos pasado por mucho en los últimos dos meses, pero ha sido un preludio al momento actual. Les he dicho desde el principio: nuestro Señor, en su gran soberanía inescrutable, los llamó para un tiempo como este. Los ha elegido a cada uno para que lo conozcan y lo den a conocer. La pregunta es: ¿están listos para servir al Señor su Dios con todo su corazón, alma, mente y fuerzas y para amar a su prójimo lo suficiente como para decirle la verdad, sin importar lo que les cueste?

—Lo estamos —insistieron—, pero estamos asustados.

—Lo entiendo —les aseguró Birjandi—. Pero no deben estarlo. Vengan, comencemos de rodillas con una oración.

9

JERUSALÉN, ISRAEL

«En resumen, señor primer ministro, es hora de detener esta locura. Es hora de aceptar el llamado del Presidente Jackson de un cese al fuego y de poner fin a todas las hostilidades con Irán, Hezbolá y Hamas, ahora, dentro de una hora».

Esa reunión no marchaba de acuerdo al plan. Sentado en una silla gruesa de cuero en su biblioteca personal, el primer ministro Aser Neftalí había escuchado cuidadosamente el interminable planteamiento que presentaba Daniel T. Montgomery, embajador estadounidense en Israel. Pero no lo convencía ni una palabra de eso y perdía la paciencia. Además, todavía tenía mucho dolor por las quemaduras que había sufrido en el ataque terrorista iraní en el Waldorf de Nueva York, y pronto sería hora para que sus enfermeros le cambiaran sus vendas.

—Dan, usted y yo nos conocemos desde hace mucho tiempo —dijo Neftalí—. Con todo respeto, he estado sentado aquí durante la última media hora escuchándolo darme un discurso en cuanto a cómo mi país está arriesgando la seguridad del Medio Oriente y amenazando la economía del mundo al emprender, según sus palabras, "una aventura militar imprudente".

—Son las palabras del presidente, no las mías, se lo aseguro —respondió Montgomery.

—No obstante, el presidente ahora me advierte que deje de defender mi país de la amenaza de un segundo Holocausto, y eso es totalmente inaceptable —replicó Neftalí—. Estamos bajo el ataque de un país que ha desarrollado y probado armas nucleares, amenazando continuamente con borrar a mi pueblo de la faz del planeta. En cualquier momento, podríamos descubrir que una de las ojivas que penetre con éxito nuestras defensas es nuclear, química o biológica. Al mismo tiempo, estamos bajo ataque desde Gaza, con cohetes y morteros lanzados por Hamas y el Yihad Islámico. Estamos bajo ataque desde el norte con cohetes y misiles disparados por Hezbolá. La única pizca de buenas noticias, si en realidad puede llamársela así, es que los sirios todavía no han desatado la totalidad de su fuerza de misiles. Por más que lo intento, no puedo descifrar por qué. Aparentemente, Gamal Mustafá está más interesado en este momento en asesinar a su propio pueblo que en asesinarnos a nosotros los judíos, pero no dudo de que los sirios ataquen pronto y muy probablemente con un efecto devastador. Así que, ¿dónde está el presidente de Estados Unidos, supuestamente nuestro aliado más confiable? Nos advierte, a Israel, la única democracia verdadera en todo el Medio Oriente, que dejemos de defendernos o que nos arriesguemos ¿a qué? ¿Sanciones económicas para mi país? ¿Sanciones que implementarán la Marina de Guerra y la Fuerza Aérea de Estados Unidos? ¿Un cese de la ayuda militar de Estados Unidos? ¿Qué exactamente está diciendo aquí el presidente?

—Créame, señor Primer Ministro, el presidente Jackson no quiere que esto vaya tan lejos.

—Pero sin duda usted sugiere que si no acepto las condiciones del presidente, Israel enfrentará situaciones en el orden de esas cosas, ¿verdad?

—No estoy aquí para tratar de manera hipotética.

—No son cosas hipotéticas —dijo Neftalí sin rodeos—. El Estado de Israel no aceptará los términos del presidente. El pueblo judío no depondrá las armas en vista de la amenaza de aniquilación, y además, no permitiremos que nuestro aliado más importante nos intimide para la rendición.

El embajador Montgomery se movía incómodamente en su asiento.

—Usted pone al presidente en una situación muy inconveniente —explicó.

Entonces Neftalí se rió en voz alta.

—¿De veras? ¿Está bromeando? —Luego suspiró y dijo—: Tengo

que decirle, amigo mío, yo no lo veo de esa manera. Y, francamente, el pueblo estadounidense tampoco lo ve así. La encuesta de CBS/*New York Times* deja ver que un 73 por ciento de su país está de nuestro lado, no de Irán. La encuesta de NBC/*Wall Street Journal* dice que el 69 por ciento del pueblo estadounidense dice que la Casa Blanca debería hacer más para apoyarnos, mientras que la nueva encuesta de ABC/*Washington Post* de ayer deja ver que la aprobación de su presidente bajó nueve puntos en tres días, casi totalmente porque no se percibe que haga algo para apoyar a su aliado más confiable en el Medio Oriente.

Montgomery comenzó a protestar, pero Neftalí levantó una mano para interrumpirlo.

—No, no; mire, Dan, no me interesa entablar un debate Lincoln-Douglas en cuanto a esto. Los hechos hablan por sí mismos. El pueblo estadounidense, junto con la gran mayoría del Congreso, entiende la magnitud de la amenaza que enfrentábamos antes de la guerra y entiende lo que enfrentamos ahora. Sabe lo pacientes que fuimos para que la comunidad internacional actuara de manera decisiva para neutralizar la amenaza nuclear iraní. Sabe que el presidente no hizo suficiente. Sabe que la ONU no hizo suficiente, que la OTAN no hizo suficiente. Ellos creen que el presidente Jackson calculó mal con respecto a Irán. Juró que nunca permitiría que los mulás obtuvieran la bomba, pero la obtuvieron. El presidente juró respaldarnos, pero ahora mucha gente cree que nos ha dado la espalda.

—¿Es así como lo ve usted? —preguntó el embajador.

—Estoy diciendo que así es como lo ve una gran parte de estadounidenses —respondió Neftalí, esquivando la pregunta directa—. El pueblo estadounidense apoya de manera sorprendente nuestro derecho y responsabilidad de proteger a nuestro pueblo de esta mortal secta apocalíptica y genocida que dirige Irán. La resistencia del presidente de apoyarnos, de mantener su palabra, le está costando políticamente. Le está costando a su partido. La calificación favorable para el Partido Demócrata bajó rápidamente. Las donaciones judías para el partido bajaron rápidamente. Leemos sus periódicos. Vemos lo que está ocurriendo, pero mire, la política doméstica de esta batalla dentro de su país no es de mi incumbencia, y no busco una disputa pública con el

Presidente Jackson. Al contrario, ambos nos necesitamos mutuamente ahora mismo.

—¿Qué es lo que sugiere? —preguntó el embajador.

Neftalí no vaciló.

—Dígale al presidente que cambie su tono, *hoy*. Dígale que me respalde a mí y al Estado de Israel en público, sinceramente y sin reservas. Después que nos dé las herramientas para terminar este trabajo.

Neftalí hizo una pausa para dejar que sus palabras se absorbieran, pero justo entonces, un asistente militar entró corriendo al salón, aclaró su garganta y le entregó al primer ministro un teléfono.

«Siento interrumpirlo, señor, pero el ministro de defensa Shimon lo llama en la línea dos, y es urgente».

HAMADÁN, IRÁN

Birjandi sentía un bulto en su garganta.

Cuánto amaba a estos dos jóvenes. Estaba sorprendido de cuánto y de lo rápido que habían cambiado. Tres meses antes, cada uno de ellos era un chiíta devoto. Cada uno de ellos provenía de una familia profundamente religiosa. Sus padres eran imanistas, fanáticos religiosos comprometidos apasionadamente con el Duodécimo Imán y el establecimiento del Califato.

No obstante, los dos hombres habían estado viendo evangelistas cristianos iraníes en la televisión por satélite. Ambos habían comenzado a leer el Nuevo Testamento secretamente, con la esperanza de refutarlo. Ambos habían tenido sueños y visiones de Jesús. En unas cuantas semanas, cada uno había llegado a estar totalmente convencido de que Jesús —no Mahoma, y ciertamente no el Mahdi— era el Salvador de la humanidad y Señor del universo. Por lo tanto, cada uno de ellos, en secreto, había llegado a ser seguidor de Jesús, y el Señor los había guiado hacia Birjandi.

Durante las últimas nueve semanas, Birjandi se había reunido en secreto con ellos, de cuatro a cinco horas cada semana, para enseñarles las Sagradas Escrituras, comenzando con el Evangelio según Juan.

Les había enseñado a observar cuidadosamente, a interpretar adecuadamente y a aplicar fielmente cada versículo que encontraban en la Biblia. Había respondido sus muchas preguntas, cientos de ellas, y los había desafiado una y otra vez a pasar tiempo en oración. «Servimos a un Dios que oye y responde la oración, ¡a un Dios que hace maravillas! —le encantaba decir—. Y la oración respondida es una de las maneras en que lo experimentamos a él».

—Así que, ¿dónde quieren comenzar? —les preguntó entonces Birjandi, después de haberle agradecido a su Padre celestial y de haberle dedicado su tiempo en la Palabra.

Alí no desperdiciaba ni un segundo.

—Con los profetas —dijo—. Queremos entender las profecías de las Escrituras. Queremos saber si la Biblia habla del futuro de Irán. ¿Nos da el Señor alguna pista en cuanto a lo que nos pasará? Y si es así, ¿nos dice qué va a pasar con esta guerra? ¿Cómo se va a desarrollar?

—¿Quieren saber si los israelíes van a ganar o si los mulás van a ganar? —preguntó Birjandi

—Sí.

El anciano se reclinó en su silla y entrelazó sus manos. Pareció que meditaba en su pregunta, pero no por mucho tiempo.

—Muy bien, caballeros, ha llegado la hora de que examinemos juntos algunos de los misterios de los antiguos profetas —dijo suavemente—. Comprendan que ellos no hablaron de acontecimientos futuros de *todos* los países en *todos* los tiempos, sino que sin duda hablaron del futuro de *algunos* países en los últimos días de la historia, antes del regreso de Jesucristo, y muy ciertamente hablaron del futuro de Irán. Ahora bien, preparemos un poco de té y comenzaremos.

JERUSALÉN, ISRAEL

El primer ministro Neftalí tomó el teléfono y reactivó la línea.

Ahora estaba en línea segura con el Ministro de Defensa Leví Shimon, en el salón de guerra de las Fuerzas de Defensa de Israel, profundamente debajo de Tel Aviv.

—Leví, soy yo. ¿Qué pasa? Estoy en una reunión con Monty.

—Señor Primer Ministro, tenemos cinco Shahab-3 que vienen desde Irán. Uno se dirige a Haifa, pero parece que cuatro se dirigen a Dimona.

Neftalí quedó atónito.

—¿Está seguro?

—Eso es lo que dice la pista de la computadora.

—¿Cuánto tiempo falta para que hagan impacto?

—Tres minutos, tal vez menos.

—¿Puede derribarlos?

—Estamos intentándolo, pero va a ser difícil.

TIBERÍADES, ISRAEL

Lexi Vandermark daba vueltas en la cama. No quería incomodar a su esposo, Chris, pero tampoco tenía idea de cómo podía dormir en un momento como este. Finalmente se quedó sobre su espalda, con su cuerpo cerca de él y miró el ventilador inmóvil del techo.

El ventilador no se movía porque el hotel no tenía electricidad. No tenían electricidad porque un misil del Líbano, o en realidad varios, habían derribado la estación de energía de los alrededores. Pero Lexi rehusaba pensar en la guerra. Rehusaba mirar por las ventanas los edificios que ardían en Tiberíades y todas las estelas que zigzagueaban en el cielo, arriba del mar de Galilea. Algunas eran de aviones de combate israelíes que pasaban rugiendo cada pocos minutos y se dirigían al norte, y otras que dejaban los cohetes y misiles que llegaban del Líbano e Irán, y que se dirigían al sur y al occidente.

Cerró sus ojos con fuerza y pensó en unos días atrás, cuando todo estaba tranquilo y pacífico, cuando ella y Chris estaban disfrutando la luna de miel con la que siempre habían soñado. Desde que habían aterrizado en el Aeropuerto Internacional Ben Gurión, Chris había bromeado porque ella había empacado demasiado. Pero ella sabía que a él no le importaba acarrear sus dos maletas además de la suya. Le hacía feliz hacerla feliz, y esperaba que él planificara pasar el resto de su vida haciéndolo.

Les había encantado ver Jaffa y las playas de Tel Aviv, y se las habían arreglado para llegar a la costa para ver las ruinas de Cesarea y la iglesia en la cima del Monte Carmelo. Chris había estado intrigado especialmente con Megido, donde Lexi sabía que la Biblia profetizaba que algún día se llevaría a cabo una gran batalla, la batalla de Armagedón. Sin embargo, llegar a Galilea, especialmente al lado de Chris, había sido la parte favorita del viaje.

Cuando se registraron en el Hotel Leonardo Plaza, con una gran vista del tranquilo y apacible mar atrás, Lexi se había sentado en un sofá de color ciruela en el vestíbulo, para mirar a su flamante esposo con ojos resplandecientes. Chris era lo que ella siempre había soñado. Era apuesto, especialmente con sus shorts de camuflaje y playera gris, pero también era divertido, aventurero e inteligente. Lo mejor de todo era que Chris amaba a Dios más que a ella, y esa era exactamente la clase de hombre con el que ella quería pasar el resto de su vida. ¿Cómo podía ser tan afortunada? Era el regalo de Dios para ella, y esperaba nunca despertar de esta maravilla.

Ahora no solo estaban en la Tierra Santa, sino que veían el agua sobre la que Jesús había caminado, en la que Pedro había pescado.

Ella y Chris habían pasado meses planificando cada detalle de este viaje único en la vida. Habían leído docenas de libros, comentarios y novelas acerca de los acontecimientos que pasaron en o alrededor del Mar de Galilea. Una de las amigas de Lexi de la iglesia les había hecho diarios personalizados que hacían juego, con mapas bíblicos y muchos pasajes clave de las Escrituras que los acompañaban y ellos los habían devorado. Había espacios para que ellos escribieran sus pensamientos y pegaran fotos y folletos y ambos diarios ya estaban llenos.

Habían comenzado en la playa del norte, en Capernaúm, donde Jesús había establecido su campamento base para un ministerio de enseñanza, sanidad y discipulado. Luego habían ido al museo que albergaba la «barca de Jesús», una barca de pesca que se remontaba al primer siglo y que era como la clase de barca que el Mesías y sus discípulos usaron. A Lexi le había encantado tomar de la mano a Chris mientras veían juntos una película acerca de la barca y aprendían acerca de su descubrimiento.

Aunque lentamente, sus párpados entonces comenzaron a sentirse pesados. Mientras más saboreaba los dulces recuerdos que estaban haciendo, se sentía con más paz; y mientras más paz sentía, más sentía que se dejaba llevar, solo por un momento, por una pequeña siesta para tranquilizarse, cuando entonces...

Al principio pensó que era un sueño o una pesadilla, pero de repente Lexi se dio cuenta de que las sirenas antiaéreas se habían activado otra vez. Estaba aterrorizada. Los cohetes y misiles estaban ingresando y Lexi no tenía idea de cuántos ni de dónde caerían. Llena de adrenalina, saltó de la cama y sacudió a Chris, gritándole que se levantara y que corriera con ella hacia el refugio antiaéreo. Aunque trató de apresurarlo, Chris tardó un rato en orientarse. Atontado y medio consciente, no oía, no respondía.

«Cariño, cielo, tenemos que irnos —gritó ella—. *¡Tenemos que irnos ya!».*

Habían pasado la mayor parte de los últimos tres días en el refugio antiaéreo del hotel. La guerra que nunca pensaron que en realidad ocurriría, en efecto estaba ocurriendo. El bombardeo de la primera noche con cohetes desde el sur del Líbano había sido tan fuerte que se habían quedado despiertos casi veinticuatro horas, mientras oían que cohete tras cohete caía en la ciudad marítima de Tiberíades, y habían sentido que la tierra temblaba casi continuamente por el impacto. Entonces, para su sorpresa y alivio, había habido un momento de calma durante las últimas horas. Desesperado por dormir un poco en una cama verdadera, Chris había insistido en que volvieran arriba a su habitación en el noveno piso, con su cama extra grande y maravillosa vista panorámica. El personal del hotel les había suplicado que no lo hicieran, pero como Lexi se sentía cada vez más claustrofóbica, había aceptado. Ahora se daba cuenta de que ambos habían sido terriblemente insensatos.

Las sirenas antiaéreas tronaban para que se movieran, y ella podía oír que la gente corría por los pasillos y gritaba que los demás se pusieran en movimiento. Por primera vez se dio cuenta de que ella y Chris no eran los únicos que habían aprovechado de la tranquilidad para tratar de dormir un poco y de respirar aire fresco. Lexi tomó su reloj, su Biblia y su bolso y arrastró a Chris de la cama. Él tomó sus lentes y una botella de agua de la mesita de noche y la siguió hacia la puerta. Corrieron por el oscurecido pasillo, pero incluso antes de que llegaran a la escalera, pudieron oír las explosiones, una tras otra.

Las explosiones se acercaban cada vez más.

BASE PALMACHIM DE LA FUERZA AÉREA, ISRAEL

Un temor genuino era palpable en el centro de dirección de batalla de la Fuerza Aérea de Israel, que tenía el nombre en clave de Cidro. Muchísimas cosas estaban desarrollándose aceleradamente.

El comando principal de defensa de misiles de la Fuerza Aérea de Israel entonces rastreaba cohetes y misiles que entraban del norte, del sur y del oriente. No obstante, nada los aterrorizaba más que la posibilidad de que uno diera directamente en la ciudad portuaria de Haifa, y en la planta de energía nuclear de su país en Dimona. El único sistema que podía detener estos misiles en particular era el sistema Arrow de defensa israelí, patrocinado por Estados Unidos. Sin embargo, derribar simultáneamente los cinco misiles, con un 100 por ciento de exactitud y con menos de tres minutos de tiempo disponible, iba a sobrepasar los límites de todo para lo que se habían entrenado.

El encargado del turno se limpió la frente, sabiendo que no había margen para errores. Él y dos de sus subdirectores estaban concentrados en los monitores de pantallas planas en la pared, que exhibían la telemetría de penetración de los cinco misiles que rastreaba el sistema Green Pine de radar de control de disparo. Las supercomputadoras de alta velocidad actualizaban la ubicación precisa y la trayectoria de los misiles en tiempo real proyectando cinco planes distintos de defensa. El encargado revisó las recomendaciones, las aprobó, e inmediatamente gritó órdenes que, si las seguían, aseguraban la solución del objetivo y ponían en acción una secuencia de acontecimientos que salvarían o sellarían el destino de la nación.

TIBERÍADES, ISRAEL

Chris y Lexi bajaron corriendo los nueve pisos de gradas. Estaban sin aliento cuando llegaron al refugio antiaéreo en el sótano del hotel, pero para su horror, lo encontraron cerrado y con llave.

TEL AVIV, ISRAEL

Las órdenes de control de disparo se transmitieron instantáneamente, por líneas de fibra óptica, a cuatro distintas baterías de misiles. Dos estaban en el norte —precisamente al sur de Haifa— y dos estaban en el sur, precisamente al norte de Beerseba. En instantes, cinco misiles hipersónicos de dos plataformas explotaron de sus revestimientos y se dirigieron al cielo oriental, uno tras otro. Unos segundos después, una docena de misiles Patriot se disparó también al cielo, siguiendo el rastro de los Arrow, para proporcionar una segunda capa de defensa, en caso de que fallara cualquiera de los interceptores de la primera fila.

Levi Shimon estudiaba los monitores en la pared del salón de guerra de las Fuerzas de Defensa de Israel. Miraba cómo los sistemas de radar rastreaban los misiles israelíes que se elevaban y se dirigían velozmente hacia sus objetivos. Miraba, pero no podía respirar. Los riesgos eran demasiado altos, el costo del fracaso era simplemente inconcebible.

TIBERÍADES, ISRAEL

Lexi podía oír los cohetes que detonaban a lo largo de la calle que tenían encima. No había otra alma a la vista. Sin aliento y jadeando, ella y Chris golpearon la puerta, gritando para que alguien los dejara entrar, mientras oraba en silencio, suplicándole misericordia a Dios.

Estaban atrapados. No tenían otro lugar a dónde ir. No podían salir. No se atrevían a subir otra vez. Por lo que golpearon con más fuerza.

JERUSALÉN, ISRAEL

«Rápido, venga conmigo —dijo Neftalí e hizo señas al embajador para que lo siguiera afuera de la biblioteca, por el pasillo, hacia el centro de comunicaciones seguras del primer ministro, que no dejaba de parecerse a la Sala de Situaciones de la Casa Blanca—. Allá, arriba, vea las pantallas uno y dos».

El embajador norteamericano, rodeado de varios asistentes del Primer Ministro, examinó las dos pantallas y trató de que lo que veía tuviera sentido. El primer monitor mostraba una imagen de computadora digitalizada, de la trayectoria hacia arriba de los misiles Shahab, que se elevaban de unos silos en el noroeste de Irán y formaban un arco sobre Siria y Jordania. La segunda pantalla mostraba la trayectoria hacia abajo de los Shahab, que descendían hacia Haifa y Dimona, con una velocidad aterradora, combinada con la trayectoria de los Arrow y de los Patriot, que velozmente subían para interceptar a su presa.

«Señor Embajador —dijo Neftalí, ahora mucho más formal de lo que había sido antes—, permítame ser muy claro: si cualquiera de estos misiles iraníes lleva ojivas nucleares, químicas o biológicas, usted tendrá el honor de ser mi invitado cuando le ordene a la fuerza de misiles de Israel que haga añicos a Irán».

10

Chris siguió golpeando, pero Lexi estaba demasiado exhausta y asustada. Lexi casi se había dado por vencida cuando la puerta se abrió. Una mano se extendió, la sujetó y la jaló hacia las tinieblas con Chris que iba atrás. Alguien los sentó en una esquina oscura del refugio. Adentro hacía calor y había poca ventilación, y Lexi comenzó a sudar. No obstante, estaba agradecida al Señor por responder a sus oraciones y agradecida también porque no estaba sola. Apretó la mano de su esposo, tratando de calmar su respiración y de no pensar en el pánico que aumentaba dentro de ella.

TEL AVIV, ISRAEL

Shimon y sus comandantes miraban cómo el Shahab que se dirigía a Haifa llegaba a su apogeo, a unos 145 kilómetros arriba de Damasco. Vieron cómo inició su descenso candente. Observaron cómo el Arrow crepitaba hacia el cielo, a una velocidad cegadora, y acortaba la distancia para el ataque.

«*Trece segundos para el impacto*», dijo un joven asistente del ejército a la derecha de Shimon, con voz temblorosa.

Shimon apartó la vista. Ya no podía mirar. Había estado presente en todas las primeras pruebas de los Arrow. La mayoría había salido bien. Casi todos los Arrow habían dado en sus objetivos durante los últimos días; pero ahora no podía mirar.

«Diez segundos».

Se estaba poniendo viejo para esto. Shimon sabía algo que la mayoría de los hombres en el salón de guerra no sabía. Estos sofisticados misiles antibalísticos eran mucho más caros de lo que habían informado las Fuerzas de Defensa de Israel. Públicamente, se había dicho que los Arrow habían costado $3 millones cada uno. En realidad, con todos los costos de investigación y desarrollo incluidos, habían salido a más de $10 millones cada uno.

«Ocho segundos».

Incluso con la ayuda de Estados Unidos, Israel solo podía pagar un número limitado. Shimon sabía que los Arrow que ahora estaban en el aire eran los últimos de su arsenal para el comando del norte.

JERUSALÉN, ISRAEL

«Siete segundos... seis... cinco...»

El primer ministro Neftalí escuchaba la información del audio del salón de guerra, mientras él y el embajador Montgomery miraban las pantallas de computadora. Las computadoras indicaban que la intercepción del misil que se dirigía a Haifa ocurriría primero, seguida de cerca por la intercepción de los misiles que se dirigían a Dimona.

«Tres... dos... uno... ¡impacto!», dijo el joven asistente.

Pero no hubo impacto.

TIBERÍADES, ISRAEL

Sin poder ver mientras sus ojos se ajustaban a la casi completa oscuridad, Lexi batallaba para recuperar el control de sus emociones. Aunque estaba a salvo por el momento, no podía permitirse pensar en lo que todavía podía haber por delante. Le horrorizaba perder a Chris. Habían estado casados solo por una semana. Se preocupaba por sus padres. No había podido enviarles un correo electrónico ni llamarlos. ¿Qué estarían pensando? No podía imaginarlo.

En la oscuridad, Chris le pidió que orara con él, pero no podía. Estaba demasiado asustada. Sabía que él tenía razón. Sabía que tenía que acudir al Señor para que la consolara en este momento, pero algo en ella se rebelaba. No estaba solo asustada. También estaba enojada con Dios. ¿Cómo podía haber permitido que pasara esto? ¿Por qué no quería que fuera feliz? Había esperado tanto para finalmente estar casada, para finalmente tener esposo y una luna de miel, aquí en la Tierra Santa, nada menos. ¿Por qué rayos querría Dios arruinarlo ahora?

Al temor y al enojo, Lexi ya agregaba culpa y vergüenza. Esa no era la manera en que una cristiana tenía que pensar, lo sabía. Además, la mortificaba la posibilidad de que Chris supiera que estaba pasando por esa crisis de fe, pero no sabía qué hacer ni qué decir. Tenía que pensar en otra cosa, algo distinto a esta guerra y adónde iba a parar. E inexplicablemente, se dio cuenta de que sus pensamientos se dirigieron a Marseille Harper.

Marseille era su mejor amiga desde la universidad y era la mujer que la había llevado a Cristo. Había sido su dama de honor en la boda. Lexi cerró sus ojos y pudo ver a Marseille que la ayudaba con el maquillaje y el cabello antes de la ceremonia. Pudo ver a Marseille bailando con el hermano de Chris, Peter —el padrino— en la recepción, y recordó que deseó que Marseille mostrara siquiera un destello de interés en su cuñado, quien Lexi pensaba que era la pareja perfecta, pero había sido en vano. Pudo sentir que Marseille le daba un abrazo cuando se despidieron en el salón de la recepción, justo antes de que a Chris y a Lexi los llevaran en aquel resplandeciente Bentley plateado a un hotel para su noche de bodas, antes de partir para Israel al día siguiente.

Entonces saltó en su mente un pensamiento que Lexi habría preferido que permaneciera en el olvido. Marseille era quien le había preguntado si en realidad era una buena idea ir de excursión a Israel en ese momento. Lexi todavía podía oírse riéndose de su mejor amiga y diciéndole que no fuera tan pesimista. Qué no habría dado Lexi en ese momento por haberla escuchado en realidad, por haber ido al sur de Francia, o a Santorini, o a una de las islas griegas, como Marseille se lo había sugerido con delicadeza.

No obstante, de repente, Lexi volvió a su horripilante realidad actual por la voz chillona de una mujer mayor que le agitaba una máscara de gas con sus manos y que le decía que se la pusiera inmediatamente. Lexi hizo lo mejor que pudo a la luz de la linterna de la mujer. Observó que Chris tenía su máscara puesta, pero cuando la ayudaba a ponerse la suya, ella entró en pánico. No podía pensar. No podía respirar. Esa cosa la sofocaba y su corazón comenzó a latir fuera de control.

TEL AVIV, ISRAEL

¿No hubo impacto? ¿Cómo era posible? ¿En realidad había fallado el Arrow en su objetivo?

Shimon podía ver la línea roja del recorrido en la computadora, que indicaba la trayectoria del misil Shahab cruzar con la línea azul, que indicaba la trayectoria del interceptor Arrow. ¿Cómo podía ser? ¿Qué había salido mal? Trató de contemplar el horror que enfrentaban las seiscientos mil almas que vivían en y alrededor de Haifa.

Sin embargo, antes de que él o alguien más en el salón de guerra pudiera decir algo, vio dos líneas verdes —cada una indicaba un misil Patriot— que convergían en la línea roja.

JERUSALÉN, ISRAEL

A Neftalí se le tensó el estómago mientras golpeaba con su puño la consola que tenía al lado. A treinta y un kilómetros arriba de Damasco, el primer Patriot había pasado el Shahab, y no logró dar en la máquina mortal por menos de dieciocho metros. No obstante, unos momentos después, el segundo Patriot enganchó una de las aletas de la cola del Shahab y explotó al impacto. La bola de fuego podía verse en todo el norte de Israel, y se transmitía en vivo en el Canal 2 de Israel, por un equipo de cámara que observaba misiles en los Altos del Golán.

TEL AVIV, ISRAEL

En el salón de guerra de las Fuerzas de Defensa de Israel hubo ovaciones y Shimon imaginó que lo mismo tenía que estar ocurriendo en el centro de comunicaciones del primer ministro en Jerusalén. Sin embargo, ni Neftalí, ni Shimon, ni ninguno de sus asistentes se dio cuenta de que aunque el cuerpo del Shahab entrante se había evaporado al impacto, la ojiva en sí no se había destruido, sino que simplemente se había desviado del curso. Demasiado pequeña como para ser rastreada por radar, la ojiva pasó volando hacia abajo sin un sistema de guía y sin advertencia. No había más misiles israelíes en el aire para detenerla, y aunque los hubiera, no había más tiempo.

Descendiendo más rápido que la velocidad del sonido, la ojiva giró en espiral sin control sobre los Altos del Golán y cruzó el río Jordán y el mar de Galilea, dirigiéndose hacia Tiberíades, en curso acelerado hacia el hotel más alto de la ciudad: el Leonardo Plaza.

TIBERÍADES, ISRAEL

El ruido de la explosión arriba de ellos fue increíblemente ensordecedor.

Instintivamente, Lexi se cubrió los oídos con sus manos, se acurrucó en posición fetal y se apretó al lado de su esposo. Ese fue solo el comienzo, ya que una serie de explosiones adicionales, tan horribles como la primera, se puso en marcha. Todos en el refugio antiaéreo gritaban. El piso debajo de ellos temblaba violentamente. También las paredes y el techo. No obstante, después de un rato, todo quedó en silencio, incluso los huéspedes y el personal del hotel que estaban tan amontonados.

Para Lexi todo estaba demasiado tranquilo. Algo andaba mal. Podía percibirlo. Algo malo se avecinaba. Estaba empapada de sudor. No podía respirar con la máscara de gas. Su claustrofobia se estaba acrecentando. Todo en ella quería dar un salto y salir corriendo por la puerta. Con o sin Chris, tenía que salir de ese hueco infernal, de esa tumba.

Hacía demasiado calor. Demasiada humedad. Estaban muy apretados. Necesitaba aire fresco. Necesitaba correr. Intentó orar, pero no pudo. Trató de recordar versículos de la Biblia que había memorizado, pero en su creciente pánico, su mente estaba en blanco. Jadeaba por aire y se hiperventilaba en el proceso. Sin poder soportarlo más, se irguió, se separó de Chris, se quitó la máscara de gas y respiró tanto aire como pudo.

No pensó si el aire estaba contaminado con gases letales químicos o biológicos por el ataque de misiles iraníes, y aunque lo hubiera pensado no le importaba. No podía usar esa cosa ni un solo segundo más. No podía imaginar cómo Chris y los demás turistas, o cualquiera de los israelíes, podían mantener puestas esas condenadas cosas. Pero tan pronto como se quitó la máscara de gas y se sintió libre vio que Chris saltó para ayudarla —quizás hasta obligarla— a volverse a poner la máscara. Entonces oyó el rugido del concreto, del acero y de las barras de refuerzo de arriba. Abrió bien los ojos. Chris también. Trató de decir algo, pero tenía la boca seca. No se formaban palabras. Sabía lo que se avecinaba, pero no podía advertirle a nadie. Y aunque lo hiciera, ¿de qué habría servido? No tenían adónde ir ni tiempo para correr.

Chris siguió tratando desesperadamente de convencerla para que se volviera a poner la máscara, pero ella rehusó obstinadamente. Entonces llegó el rugido que ella más había temido: el hotel de doce pisos que tenían arriba comenzaba a desplomarse.

JERUSALÉN, ISRAEL

Neftalí observaba cómo uno por uno los Arrow israelíes encontraban su objetivo.

En sucesión rápida, cuatro misiles balísticos iraníes fueron interceptados con éxito. Explotaron en asombrosas bolas de fuego que iluminaron el cielo arriba de la capital histórica del Reino Hachemita. En el centro de comunicaciones del primer ministro, todos los ojos estaban pegados a los monitores, y Neftalí sabía que en los hogares de todo Israel que todavía tenían electricidad, las familias estaban acurrucadas alrededor de los televisores en sus refugios antiaéreos. Veían las imágenes en vivo y las retransmisiones de los videos. Comenzaron a vitorear, a gritar, a reír y a volver a respirar. Ninguno de ellos sabía todavía de la tragedia en Tiberíades. Simplemente estaban desesperados por buenas noticias, y ahora tenían algunas.

Un embajador estadounidense visiblemente aliviado y sonriente retiró la vista de todas las pantallas de video y examinó los relojes digitales en la pared. Ya eran las 7:32 a.m. en Jerusalén, las 9:02 a.m. en Teherán y las 12:32 a.m. en la Casa Blanca. Entonces se volteó hacia Neftalí y extendió su mano.

—Felicitaciones, señor Primer Ministro. Creo que es justo decir en nombre de mi gobierno que aunque lamentamos y nos oponemos a esta guerra, y que queremos que la lleve a una conclusión inmediata, sin lugar a dudas nos alegra verlo junto con su equipo defendiendo a su pueblo, especialmente utilizando la tecnología que ayudamos a patrocinar y a desarrollar. Esperamos poder concluir este asunto rápidamente y volver a hablar de paz.

Neftalí respiró profundamente y se pasó las manos por el cabello. Luego tomó la mano del embajador y la estrechó firmemente.

—Dan, nada me agradaría más que llevar esta guerra a un fin inmediato. No voy a rendirme en vista del genocidio pero, por favor, dígale al presidente que si él puede encontrar la manera de detener a los iraníes, yo estaría muy agradecido.

—Por supuesto que le transmitiré eso al presidente, junto con el resto de nuestra conversación.

—Gracias. Siempre es un placer pasar tiempo con el embajador estadounidense —dijo Neftalí.

Sin embargo, cuando el primer ministro estaba a punto de despedir al embajador, su asistente militar lo interrumpió. «Es el ministro de defensa otra vez».

Neftalí tomó el teléfono.

—Leví, ¿qué pasa?

—Señor, tenemos un problema.

—¿Por qué? ¿Qué pasa?

—Uno de los Arrow falló.

—¿De qué habla? Acabo de ver...

—No, señor. Todavía tenemos un misil balístico iraní, Shahab-3, que se dirige a Dimona.

—Pero acabamos de ver los monitores. Pensé que los teníamos todos.

—Yo también, pero, aparentemente, fallamos con uno.

—¿Y qué de los Patriot?

—Tampoco le dieron. Estamos a punto de lanzar otro Arrow, pero es el último en el lanzador.

—¿Cómo es posible?

—Tuvimos demasiados misiles que se aproximaban. Mis hombres están apresurándose para cargar más misiles, pero no pueden hacer milagros. Se requiere de tiempo.

—¿Cuánto tiempo? —exigió el primer ministro.

—Más del que tenemos.

Shahab significa «meteoro» en persa.

Fiel a su nombre, el último Shahab-3 intacto resplandecía en el cielo de la mañana, como una estrella fugaz a siete veces la velocidad del sonido, dejando una pista de llamas y de humo a su paso. Habiendo alcanzado su apogeo sobre el desierto del norte de Arabia Saudita, la última de las máquinas mortales iraníes inició entonces su descenso ardiente hacia Dimona, desenfrenado hacia el genocidio. Tres interceptores israelíes habían fallado, y todo lo que se interponía en su camino era ahora un último Arrow, seguro y cargado, pero que todavía esperaba una orden de Tel Aviv.

«¡Disparen, disparen, disparen!», gritó el comandante, con sudor que le corría por la frente cuando le dijeron que un problema técnico evitaba el lanzamiento. Maldiciendo violentamente, el comandante levantó un teléfono y abrió una línea directa con los ingenieros del lugar, pero tan pronto como entró la llamada, la falla por fin se resolvió.

Finalmente el Arrow explotó en un lanzamiento vertical y arrancó hacia el amanecer oriental. Unos momentos después, el misil se deshizo de su acelerador propulsor, inició un segundo fuego y aceleró a velocidad máxima. No obstante, se había desperdiciado tiempo valioso en tierra. El Arrow llegó pronto a Mach 9, o a casi tres kilómetros por segundo, mientras sus computadoras a bordo recibían actualizaciones continuas acerca de la velocidad del misil iraní y de su trayectoria, desde el centro de comando cerca de Tel Aviv. Al combinar esta información con sus propios sensores infrarrojos y radares activos, las computadoras del Arrow calcularon y recalcularon el punto óptimo de intercepción, ajustando sus propulsores y aletas de control para llevarlo a ese punto preciso. Sin embargo, ¿sería suficiente?

JERUSALÉN, ISRAEL

«¡Diez segundos para el impacto!», dijo la voz del comandante del salón de guerra, por el altavoz en el centro de comunicaciones.

Neftalí, acompañado por el embajador estadounidense, que ahora no podía irse, giró hacia la pantalla de video, que incluía una toma en vivo de CNN International desde el techo del Hotel Rey David en Jerusalén y otra toma en vivo de Al Jazeera, desde el techo del Hotel Four Seasons en Amán. Ninguna tenía imágenes claras ni definidas. En efecto, todo lo que en realidad se podía ver era la cola en llamas del Shahab en su trayectoria hacia abajo y la trayectoria ascendente del Arrow. No obstante, sin importar la mala calidad, la televisión en vivo rara vez había captado imágenes tan poderosas de una catástrofe potencial de tal magnitud.

TEL AVIV, ISRAEL

«Ocho segundos para el impacto».

Shimon contuvo la respiración. Sus ojos se desplazaban velozmente por los monitores que le daban un rastreo clasificado de la telemetría de los dos misiles, y por las imágenes en vivo de la televisión que todo Israel y el mundo musulmán veían, si no el resto del mundo también.

«Siete segundos... seis...»

El Arrow ascendía con toda certeza, pero ¿sería lo suficientemente rápido?

«*Cinco... cuatro...*»

De repente, Shimon se dio cuenta de que, por alguna razón, el encargado del turno ya no contaba el tiempo para que el Arrow impactara con el Shahab. Más bien, estaba contando el tiempo del impacto potencial del Shahab con el reactor nuclear de Dimona. Y precisamente entonces, las líneas roja y azul se cruzaron.

El Arrow había fallado.

11

David corría de regreso al refugio cuando un sedán plateado apareció a toda velocidad a su lado y rechinó las llantas para detenerse. Sobresaltado, instintivamente trató de agarrar su pistola antes de ver a Marco Torres detrás del volante.

«Suba», gritó Torres.

Torres, que no llegaba a los treinta años, era un ex francotirador de los Marines que había deslumbrado a sus superiores durante dos períodos de servicio en Afganistán, y ahora era el comandante del equipo paramilitar que la CIA había asignado para ayudar a David dentro de Irán.

—¿Qué pasa? —preguntó David, al recuperar el aliento mientras caminaba hacia la ventana abierta del conductor.

—Los iraníes acaban de atacar Dimona.

David no podía creer lo que oía, pero la expresión de la cara de Torres lo decía todo: esto era tan real como serio. Se metió al auto y Torres presionó el acelerador.

Dos minutos después estaban de vuelta en el refugio, donde el resto del equipo veía el último reportaje en la televisión por satélite.

—¿Qué sabemos hasta ahora? —preguntó David. Puso su teléfono y pistola sobre una mesa de centro mientras se quitó su sudadera y la usó para secarse la cara y el cuello.

—No mucho —dijo Nick Crenshaw, un ex SEAL de la marina de guerra del equipo de Torres—. Los detalles son imprecisos. Los israelíes no dicen nada y su censor militar ha prohibido que cualquier reporte, o incluso fotos, salgan del país. Sky News en Londres dice que el misil Shahab cayó en el domo de dieciocho metros que está arriba del reactor, pero eso es todo lo que tenemos.

—¿No pudieron derribarlo los israelíes?

—Parece que lo intentaron, pero fallaron —dijo Crenshaw, agachado sobre una computadora portátil y revisando los titulares más recientes—. Agence France-Presse cita a los testigos de Amán que dicen que los israelíes interceptaron varios misiles iraníes, pero que fallaron en uno, y AP tiene una fuente estadounidense de alto rango que dice que ese es el que cayó directamente en las instalaciones de Dimona.

—¿Quién es la fuente?

—No se nombra.

—¿Radiación?

—Ni una palabra todavía, pero tiene que ser horrible.

—¿Víctimas?

—Insisto, todavía nada.

David caminaba en la sala.

—¿Qué piensa? —preguntó Torres.

David no respondió inmediatamente. Trataba de considerar todos los ángulos.

—Todo depende de lo malo que sea —dijo finalmente—. Es decir, Dimona está en el desierto, lejos en el Neguev, lejos de la mayoría de los centros poblacionales. Hay una ciudad de buen tamaño que ha crecido alrededor de las instalaciones, pero leí hace unas semanas que habían evacuado a todo el personal que no fuera esencial, por cualquier acontecimiento como este. Ahora bien, si en realidad fue un ataque directo, eso podría activar explosiones secundarias que podrían destrozar el reactor y posiblemente las torres de enfriamiento. Eso, a su vez, podría liberar nubes radioactivas en cualquier dirección: hacia Beerseba con seguridad, pero también hacia Eliat al sur, al Cairo al suroeste o a Tel Aviv o Asdod al noroeste. O a Jerusalén e incluso Amán o Damasco al norte. Mucho depende de los vientos, claro, pero ciudades completas podrían estar en riesgo. La otra pregunta es: ¿qué hace Israel para tomar represalias?

—¿Podrían ellos mismos atacar a Irán con armas nucleares? —preguntó Torres.

—Podrían hacerlo —respondió David—. En realidad podrían.

Hubo una pausa larga y solemne, mientras todos en el salón procesaban las implicaciones de lo que David decía.

—¿Entonces qué implicaría eso para nosotros? —preguntó uno de los hombres.

Hubo otra pausa larga.

—No sé —admitió David—, pero tengo más noticias malas.

—¿De qué se trata? —preguntó Torres.

—Zalinsky acaba de llamar de Langley —dijo David—. Parece que interceptaron una llamada del alto comando iraní. De alguna manera, y no sé cómo, los iraníes todavía tienen dos ojivas nucleares. De momento, nadie sabe dónde están, pero Washington tiene dos temores. El primero es que, ahora mismo, las dos ojivas estén siendo unidas a los misiles Shahab que quedan y que están a punto de ser disparados sobre Israel. El segundo es que solo vayan a disparar una ojiva contra Israel, y que la otra sea enviada a América del Sur, para ser transportada a México e introducida clandestinamente en Arizona o Texas, para ser detonada en cualquiera de trescientas ciudades estadounidenses.

Un silencio sepulcral inundó la habitación.

—Nuestra nueva misión, y esto viene desde arriba, es encontrar las dos ojivas y destruirlas antes de que salgan de Irán —explicó David—. La buena noticia es que tenemos autorización de usar cualquier fuerza necesaria para lograr nuestra misión. La mala noticia es que no tenemos pistas ni fuentes, y muy poco tiempo. Así que este es el plan: vamos a ir a Qom. —Rápidamente les explicó por qué.

—Señor, con todo el debido respeto, eso es una locura —dijo Torres—. Los israelíes han atacado una y otra vez el sitio nuclear de Fordow, en las afueras de Qom. Por lo que he oído, una nube radioactiva se está formando en la ciudad. La gente está escondida en sus hogares. El gobierno no les dice qué hacer. Nadie en su sano juicio...

—Lo entiendo, Marco; no está de acuerdo —respondió David interrumpiéndolo—, pero no es una discusión. Esa es nuestra nueva misión. Hemos estado consumiéndonos aquí durante los últimos tres días y no nos ha llevado a nada. No, las exigencias acaban de aumentar y debemos entrar a esta batalla. Así que tomen su equipo y vámonos.

LANGLEY, VIRGINIA

El subdirector Tom Murray se abotonó su saco deportivo café de pana y enderezó su corbata granate. Revisó para asegurarse de no tener migas en su camisa azul ni en sus pantalones caqui, y se preparó para tragarse su orgullo. Luego abordó el elevador y se dirigió a las entrañas del edificio. Un momento después salió del elevador, a tres pisos por debajo del nivel del suelo, mostró su insignia de identificación, firmó y pidió que lo llevaran a la celda de Eva Fischer.

Se sorprendió de lo tranquilo que era allí abajo. Por otro lado, era posible que no hubiera más que un puñado de gente detenida en ese momento, y la mayoría probablemente estaba dormida. Un guardia armado encendió las luces fluorescentes superiores, mientras que otro presionó un botón que abrió electrónicamente la puerta del Ala de Detención Dos. A Murray lo acompañaron por un pasillo largo, recién trapeado, hasta que llegaron a la celda designada. Oyó que se liberaron una serie de seguros electrónicos; después se abrió la puerta y él aclaró su garganta.

«Buenos días, Agente Fischer. Siento despertarla, pero es hora de sacarla de aquí. Venga, tome sus cosas y vamos arriba, donde podamos hablar».

SYRACUSE, NUEVA YORK

—Bueno, creo que eso es todo —dijo Marseille y encendió el lavavajillas, después de haber terminado de ordenar la cocina—. Creo que me voy.

Azad acababa de entrar del garaje, después de sacar lo último de la basura. Se lavó las manos en el fregadero de la cocina y le agradeció a Marseille por su ayuda.

—No sé si hubiéramos logrado pasar las últimas horas sin ti, Marseille —dijo con un afecto genuino que ella rara vez había visto en ninguno de los dos chicos mayores Shirazi—. Me haces recordar un poco a Nora, incansable y llena de hospitalidad. Quisiera que ustedes dos se hubieran conocido.

Nora era la esposa de Azad, que no había podido llegar al funeral porque estaba en casa en Filadelfia, todavía en cama después de haber dado a luz a su primer hijo. Marseille sabía que eso era un gran halago, viniendo de Azad, y estaba agradecida.

—Pues Nora y yo estamos llegando a ser buenas amigas por correo electrónico y Facebook. Espero conocerla algún día también. ¿Cómo están ella y el pequeño Peter?

—Bastante bien, gracias por preguntar —respondió Azad—. Es decir, se siente culpable por no estar aquí, pero Peter sin duda la tiene con las manos llenas.

—Estoy segura de que será una mamá muy buena.

—Lo será —dijo Azad con voz entrecortada—. Se parece mucho a mi madre. Sin duda ellas eran el pegamento que mantenía esta familia unida. —Exhaló y agregó—: Estaba muy nervioso al venir sin tener a Nora a mi lado para que me ayudara. En realidad no sabía qué iba a hacer. Puedes ver que Saeed no es de ayuda. Parte de mí se sorprende de que haya venido. Es decir, casi no ha hablado con nadie. Solo le ha dicho unas cuantas palabras a papá. Él es... bueno... lo que sea. Solo digamos que estoy agradecido de que hayas venido.

Marseille sonrió.

—Bueno, espero haber ayudado al margen.

Saeed ingresó desde la terraza de atrás, terminó de usar el BlackBerry y se dirigió arriba, supuestamente a la cama, sin decir una palabra.

«Buenas noches para ti también», dijo Azad sarcásticamente cuando Saeed se fue.

Marseille sonrió otra vez, pero no dijo nada. Los dos se quedaron un momento en la cocina; ninguno sabía qué decir. Marseille sabía que ese no era el lugar ni el momento de hablar con Azad de cosas espirituales. No obstante, se preguntaba cómo habría sido esa conversación, si fuera un poco más temprano y no estuvieran tan cansados. Y eso la hizo pensar otra vez en David. Se preguntaba dónde estaba él espiritualmente y si alguna vez tendría la oportunidad de hablarle de Jesús.

—Ha sido bueno verte otra vez, Marseille —dijo Azad finalmente—. Fue una sorpresa cuando llegaste, pero, sabes... una buena sorpresa. Solo siento que mi lamentable excusa de hermano no pudiera estar aquí para agradecértelo también.

—¿Cuál? —dijo Marseille bromeando.

Afortunadamente, Azad sonrió.

—Cualquiera de ellos —dijo él susurrando—, pero me refería a David.

—Lo sé —respondió Marseille susurrando—. Está bien.

—No, la verdad es que no está bien —protestó Azad—. Es decir, ¿cómo es que no pudo venir al funeral de su propia madre? ¿Cómo es que ni siquiera pudo llamar ni escribir, o algo así? Quisiera retorcerle el cuello.

—Estoy segura de que tiene sus razones —propuso Marseille.

—¿Razones? ¿Qué razones podría...? Es decir, hasta Saeed vino.

—Lo sé, pero oro para que David esté bien —dijo Marseille—. Uno nunca sabe. Tal vez esté enfermo. Tal vez esté en el hospital. Él no es la clase de hijo que tenga un historial de no amar ni respetar a su madre, ¿verdad?

Azad miró a Marseille desconcertadamente.

—Todavía te gusta, ¿verdad? —preguntó finalmente.

Marseille se ruborizó inmediatamente.

—¿Qué? ¿Por qué? ¿De qué hablas? —dijo tartamudeando.

—Lo interpretaré como un sí —dijo Azad—. Aunque él no se haya molestado en venir.

Marseille pensó en eso antes de responder.

—Sabes, Azad, trato de creer lo mejor de la gente. Sé que David tiene un buen corazón. Sé que amaba a tu mamá. Sé que ama a tu padre. Si hubiera podido estar aquí, lo habría hecho. Nada lo habría detenido. Eso significa que algo anda mal, y para decirte la verdad, estoy preocupada por él. Tal vez tú también deberías preocuparte.

Con eso, Azad frunció el ceño.

—Tal vez tengas razón.

—Tal vez sí —dijo Marseille con un susurro.

—Escucha —dijo Azad—. Sé que mi papá querrá despedirse de ti. Volarás a Portland mañana, ¿verdad?

—En realidad, un poco más tarde hoy.

—¿Pasó ya la tormenta?

—Lo suficiente como para abrir el aeropuerto, por lo menos.

—Bueno, vamos a extrañarte. Déjame subir para traer a papá. Se sentirá muy mal si no te da un agradecimiento apropiado.

—Está bien. —Marseille sí quería ver al padre de David una vez más, sin importar lo cansada que estuviera.

—En realidad, ¿sabes qué sería realmente útil? —agregó Azad antes de subir—. Es decir, si pudieras quedarte un poco más. Sé que es tarde, pero...

—Por supuesto, ¿qué necesitas? —preguntó Marseille.

—La verdad es que detesto pedirte esto, pero hemos estado tan agobiados en los últimos días con llamadas de condolencia de la familia y amigos; estoy seguro de que puedes imaginarlo. De todos modos, si solo pudieras compilar un listado rápido de los que han llamado, y quizás un breve resumen de sus mensajes, eso sería una gran ayuda. Así, con el tiempo, papá podrá tratar de responder sus llamadas. Solo serán unos minutos; ¿te importaría?

Marseille encogió los hombros.

—Por supuesto que no.

Azad le dio el número de teléfono y la clave de su sistema de correo de voz. Después le agradeció y se fue arriba a buscar a su padre.

De alguna manera, era una petición extraña, y se sintió un poco como si estuviera espiando a la familia, pero aunque estuviera cansada, quería ayudarlos de cualquier manera posible, y si eso era lo que necesitaban, entonces estaba bien para ella. Se secó las manos, tomó el teléfono inalámbrico, buscó un bloc de papel y un bolígrafo y se sentó a la mesa de la cocina. Marcó, digitó la clave, comenzó a escuchar las docenas de mensajes y tomó notas cuidadosamente de cada uno, incluso la fecha y la hora en que habían llamado.

Bip...

«Hola, Mohammad. Ay, cielos. Estoy tan triste de oír tus noticias.

Habla Rita McCourt, tu antigua vecina. ¿Te acuerdas de Larry y de mí? Vaya, quisiera poder hacer algo. Por favor, llámanos. Es jueves en la noche. Estamos en Liverpool ahora, pero nos encantaría llegar a verte. Tenemos tiempo mañana y todo este fin de semana. Cualquier cosa que necesites. Todos están en nuestros pensamientos. ¿Habrá un velatorio? ¿Cuándo es el funeral? A Larry y a mí nos gustaría ir a los dos. Está bien, gracias... llámanos».

Marseille se sentía mal por esta gente. No los conocía, pero la mujer se oía sincera y obviamente quería mucho a la familia Shirazi. Ahora Marseille deseaba que Azad le hubiera dado este trabajo antes para poder llamar a esta gente y asegurarse de que hubieran llegado al servicio de honras fúnebres.

Bip...

«¿Doctor Shirazi? Hola, es Linda, Linda Petrillo, la secretaria de su antigua clínica. Marge acaba de decirme que Nasreen está enferma. ¿Es cierto? No puedo creer que no me hubiera enterado. ¿Va a estar ella bien? ¿Está usted bien? ¿Necesita algo? Me encantaría cocinarle algo y llevárselo. Por favor dígame si estaría bien. Y que Nasreen me llame. Este es mi número...».

Ay. La pobre mujer ni siquiera sabía que la señora Shirazi había muerto.

Bip...

«No puedo creer que no pudiera despedirme de Nasreen. Habla Farah, su prima Farah que está en Houston. Recibí un correo electrónico de Iryana en San José. Ella también acaba de enterarse de la noticia. Por favor, devuélveme la llamada. Es viernes en la mañana. Supe que el servicio de honras fúnebres será mañana. Me gustaría llegar, pero no creo que pueda hacer arreglos tan rápidamente con mis hijos. Pero, ay, Mohammad, cuánto lo lamento. Sabía que estaba enferma, pero no tenía idea que estuviera tan cerca del final. Por favor respóndeme tan pronto como puedas. La mejor manera de comunicarte conmigo probablemente es con mi celular. El número es...».

Marseille escribió cuidadosamente el número y después, como hizo con los demás, marcó el 9 para guardar el mensaje y siguió con el próximo. Pero cuando la siguiente persona comenzó a hablar, oyó una voz que le dio escalofríos. Era David.

«Papá... ay, Señor... papá, acabo de enterarme de la noticia de mamá. Acabo de recibir tu correo electrónico y el de Nora. No puedo... no puedo creer que mamá de veras se haya ido, y siento mucho no estar allá. No puedo creer que esté tan lejos, en el lugar que me encuentro y haciendo lo que hago... Solo quisiera estar allá contigo, sabes, para darte un abrazo y llorar contigo. Solo... no sé qué decir, y no quiero decírselo a una máquina. No puedes devolverme la llamada, por supuesto, pero trataré de llamarte otra vez tan pronto como pueda. Todavía no sé cuándo será eso. En realidad se supone que no debo hacer llamadas personales, pero estoy seguro de que harán una excepción. Claro que la harán. Pero, de todas formas... Mira, estoy a salvo... Es difícil, pero estoy a salvo, así que espero que recibas esto y que sepas que pienso en ti y que oro mucho por ti, Azad y Saeed. Lo siento, papá, que no podré estar allá para el funeral. Por favor, perdóname, y ten la seguridad de que si hubiera una manera de que pudiera estar allá, absolutamente estaría allí. Espero que puedas soportar a toda la gente que crea que soy un hijo terrible por no estar allá. Estoy seguro de que oirás comentarios horribles de mí. Con solo saber que tú lo entiendes y que quieres que haga mi trabajo me siento un poco mejor, pero todavía me enferma no poder estar allá... Creo que será mejor que termine, pero... No puedo creer que en realidad se haya ido. Oro para que estés bien y que sepas que te amo y que amaba a mamá. Como lo dije, llamaré otra vez si puedo. Te amo, papá. Adiós».

Marseille se quedó sentada, inmóvil como una piedra por unos minutos, después marcó el 2 para repetir el mensaje y volver a oír la voz de David. Era de tan lejos. Se llenó de un anhelo repentino de ver a David otra vez, de sentarse a su lado y de conocer al hombre en que se había convertido. Cuando escuchó el mensaje por segunda vez, oyó algo que la inquietó. David estaba dolido, pero parecía tener la confianza de que no había herido a su padre y que, en efecto, su padre de alguna manera entendía su necesidad de estar lejos. Habló de estar a salvo. Eso era un alivio para ella, pero ¿por qué el padre de David pensaría que estaba en peligro? ¿Por qué David dijo lo que dijo acerca de que su padre entendería? ¿Sabía el padre de David lo que ella sabía? ¿Sabía que David trabajaba para la CIA y que en ese mismo momento estaba dentro de Irán? ¿Cómo podría saberlo? ¿Se lo había dicho David? El corazón de Marseille latía con fuerza. Esperaba que ese fuera el caso. Quería que el doctor Shirazi supiera la verdad y que estuviera tan orgulloso de David como ella lo estaba. Le encantaría poder hablar abiertamente con el doctor Shirazi de su hijo. Quizás sabía más que ella. Tal vez ella podría saber más de lo que David hacía y cuándo podría él regresar a casa.

Marseille tuvo el cuidado de guardar el mensaje de David, pero aunque tenía cuarenta y tres mensajes más que escuchar, sabía que tenía que darle este al doctor Shirazi inmediatamente. Pero ¿cómo? No parecía muy apropiado subir y llamar a la puerta de la habitación del hombre, pero deseaba mucho darle la buena noticia.

Entonces, antes de poder tomar la decisión de cuál sería la mejor manera de proceder, Marseille comenzó a llorar. Hizo lo mejor para estar en silencio. No quería despertar a Saeed ni que la atención de nadie se centrara en ella. Ni siquiera estaba totalmente segura de por qué lloraba, pero no podía detenerse. No era la tristeza, se dijo a sí misma. Era mayormente alivio, pero sabía que había algo más.

No podía pensar claramente. Algo dentro de ella acababa de soltarse, una especie de represa de emociones complicadas que por mucho había suprimido. Estaba avergonzada por llorar allí en la cocina de los Shirazi. Se sentía mortificada con la posibilidad de que Azad la encontrara así. No quería tener que explicarlo. Ni siquiera sabía qué era lo que sentía ni por qué.

Alcanzó unas servilletas de papel que estaban en el centro de la mesa, se limpió los ojos y trató de respirar profundamente varias veces para recuperar el control. Luego inclinó la cabeza e hizo una oración, sorbiendo las lágrimas un poco mientras lo hacía, agradeciendo al Señor por proteger a David y pidiéndole que lo mantuviera a salvo. También le agradeció a su Padre celestial por darle ese regalo de oír la voz de David y por escuchar su corazón. Para ella significaba más de lo que pudiera expresar.

12

Gamal Mustafá aceptó la llamada sin vacilar.

Era la quinta vez que hablaba con su jefe de inteligencia militar en las últimas seis horas, pero Mustafá no estaba enojado ni impaciente. Había dejado muy claro para el Mukhabarat que quería cada pizca, cada actualización, cada partícula de noticias que pudiera conseguir —incluso rumores— y sus hombres estaban respondiendo.

—¿Qué tiene para mí? —preguntó el presidente sirio al salir a la terraza de su oficina del tercer piso y al examinar la ciudad capital que se extendía frente a él.

El jefe de inteligencia no ocultó lo más importante.

—Los iraníes han atacado Dimona —dijo tan profesionalmente como pudo, pero Mustafá percibió inmediatamente la emoción que apenas ocultaba en su tono.

—¿Está seguro de eso?

—Sí, Su Excelencia.

—¿Cómo lo sabe?

—Todas las redes árabes de televisión lo reportan, y también las redes occidentales. Pero también tenemos otras confirmaciones.

—¿Ha tenido noticias de nuestro hombre?

—Sí, Su Excelencia. Vacila, y con mucha razón, en transmitir demasiado, para que los sionistas no intercepten la transmisión. Pero recibimos dos emisiones cortas, con unos minutos de intervalo, hace algunos momentos. Lo llamé a usted primero con la noticia.

—¿Qué dijo?

—Puede ver el reactor desde su departamento: hay un gran incendio, mucho humo. Puede verse a kilómetros de distancia.

—¿Hay una nube de hongo?

—No dijo.

—¿Radiación?

—Capta un poco, sí, pero todavía no hay detalles. Cuando tenga más, se lo haré saber.

—Sabe lo que esto significa, ¿verdad?

—¿Que ya es hora?

—No sé cómo podemos esperar más. ¿Están listos sus hombres?

—Lo están.

—¿Y las fuerzas de misiles?

—Todos y todo está en su lugar.

—¿Toda la información de objetivos está cargada?

—Sí, Su Excelencia; los sionistas no sabrán qué los atacó. Solo diga la palabra.

—Muy bien —dijo Mustafá cuando el llamado del muecín comenzó a oírse al otro lado de la ciudad antigua, desde cada minarete que podía ver—. Pongan todo en estado de alerta. Lo llamaré pronto otra vez. Pero hay alguien con quien debo hablar primero.

TEHERÁN, IRÁN

Ahmed Darazi estaba impactado. No había sospechado, ni por un segundo, que el Mahdi estuviera enojado con Faridzadeh. Ni siquiera se le había ocurrido que el Mahdi mataría al hombre sin advertencia. ¿Cómo se suponía que debían proseguir con la guerra ahora? ¿Cómo exactamente se suponía que iban a ganar la guerra en contra del Pequeño Satanás, mucho menos la batalla más grande —la más importante—, en contra del Gran Satanás, sin Faridzadeh al timón? El general Mohsen Jazini era un hombre valiente y capaz, sin duda alguna, pero no estaba preparado para ser el ministro de defensa de todo el Califato. No poseía la previsión estratégica ni el talento de Faridzadeh.

¿Y por qué el Mahdi enviaba a Jazini a Damasco? No tenía sentido. Siria ni siquiera participaba en la guerra, por lo menos todavía no. Entonces otra idea aterradora entró en el corazón de Darazi. ¿Podría el Mahdi leer sus pensamientos? Darazi se dio cuenta de que si ese era el caso, era hombre muerto.

Tratando desesperadamente de quitarse esas nociones heréticas, Darazi comenzó tranquilamente a recitar varios suras del Corán, esperando mantener sus pensamientos ocupados y obstaculizar cualquier capacidad que el Mahdi tuviera de repetir los últimos momentos. El Duodécimo Imán lo pasó rozando, sin decir una palabra. Hosseini lo siguió, por lo que Darazi también lo hizo.

Darazi se dio cuenta de que incluso dos horas y media después del asesinato —no sabía de qué otra manera llamarlo—, la túnica y el rostro del Mahdi todavía estaban salpicados de sangre, pero parecía que el Mahdi mismo no se había percatado o que no le importaba. Más bien, entró a una sala de reuniones para responder la llamada que acababa de entrar del presidente sirio, y le hizo señas a Hosseini y a Darazi para que se sentaran cerca y oyeran en las líneas de extensión.

—Gamal, ¿es usted?

—Sí, mi Señor. Muchísimas gracias por tomar tiempo de su día ocupado y glorioso para hablar con su humilde siervo.

—¿Entonces ya sabe lo que voy a pedir?

—Sospecho que sí —dijo Mustafá, con la voz que le temblaba levemente.

—¿Me tiene una respuesta?

—Sí, mi Señor. Por favor perdone la tardanza. No todos los miembros de nuestro gabinete estaban en el país, y nos hemos tardado varios días para hacer que todos volvieran a Damasco, donde podríamos reunirnos a discutir este asunto tan importante.

—¿Y?

—Y nuestra decisión es unánime. Humildemente pedimos que permita que la República Árabe Siria se una al Califato, para hacerlo nuestro Líder Supremo, y para transferir todo el control de nuestras armas y de nuestros recursos humanos y financieros a su cuidado y buena administración.

—Ya era hora, Gamal —dijo el Mahdi—. Seré honesto con usted: estaba perdiendo la paciencia con su tardanza e incompetencia patética.

—Insisto, mi Señor, por favor perdóneme a mí y a mi gabinete. Acepto toda la responsabilidad. Pero quería que la decisión fuera unánime.

—Tonterías, Gamal —dijo el Mahdi con un resoplido, mientras la sangre se le subía al cuello y a la cara—. Usted quería evidencias de que íbamos a ganar, de que en realidad íbamos a aniquilar a los sionistas, como lo he prometido. Y solamente ahora, minutos después de enterarse de que con éxito atacamos y destruimos las instalaciones nucleares de los sionistas en Dimona, usted quiere unirse al lado ganador.

—Nunca hemos cuestionado su destino ni su poder, mi Señor —protestó Mustafá—. Como lo sabe muy bien, Su Excelencia, cuando la guerra comenzó, inmediatamente ordené que dispararan nuestros misiles a los sionistas, hasta que usted llamó personalmente y me dijo que me detuviera, una orden que inmediatamente obedecí.

—No quería involucrarlo en mi Guerra de Aniquilación a menos que, o hasta que, usted se hubiera unido al Califato.

—Estamos preparados para hacerlo, mi Señor. Tenemos todos nuestros misiles cargados, con sus objetivos, y listos para dispararle al enemigo. Dé la orden y nos uniremos a la guerra en esta misma hora, aunque con unos días de retraso.

—No —dijo el Mahdi.

Hubo silencio por un momento.

—Discúlpeme, mi Señor —dijo Mustafá—. No estoy seguro de haberlo oído bien.

—Me oyó bien, y dije que no. Claro que los aceptaré en el Califato, pero no quiero que disparen sus armas a los sionistas. Todavía no.

—Pero estamos listos, mi Señor, y más importante aún, estamos dispuestos a unirnos a la batalla. He estado dispuesto por días. Es que...

—Sí, sí, lo sé, quería tener unanimidad.

—Pues, verá, yo...

—Silencio, Gamal —dijo el Mahdi—. Ya probó mi paciencia más allá de sus límites saludables. Ahora *usted* será paciente y hará lo que yo diga, o sufrirá el juicio de los condenados. No debe disparar a los

sionistas hasta que yo lo diga. En lugar de eso, debe continuar asesi-
nando a los infieles entre su pueblo. En efecto, quiero que acelere sus
operaciones. Mate a los cristianos, a los judíos y a cualquier presunto
musulmán que encuentre y que no se incline ante mí. Encuéntrelos a
todos. En cada ciudad. En cada provincia. No les tenga misericordia. Sé
que ya comenzó porque supo que yo había dado órdenes similares aquí
en Irán y por todo el Califato. Debido a que ya comenzó la matanza,
aprovechó tiempo valioso que no tendría de otra manera, pero ahora
quiero oír reportes de que la sangre de los infieles fluye espesa y rápidamente en cada calle siria. Y no solo de rebeldes. No solo me refiero a que
mate a sus enemigos políticos. Ya mató a suficientes de ellos, e hizo que
el mundo se pusiera en su contra en el proceso. No, quiero que desate
su furia en los verdaderos infieles, los que me desafían como Señor de
la Época. ¿Entiende lo que le digo?

—Sí, mi Señor, creo que sí.

—Será mejor que lo haga. Si hace esto y lo hace bien, si es fiel en
este pequeño asunto, puedo ponerlo a cargo de algo más, pero hasta
entonces no. ¿Le queda claro?

—Sí, mi Señor; puede contar conmigo.

—Tal vez —dijo el Mahdi—. Ya lo veremos. Ahora bien, hay algo
más.

—Sí, por supuesto, lo que usted quiera.

—Algunos amigos especiales míos se dirigen allá. Recibirá más detalles después. Trátelos como me trataría a mí. Asegúrese de que tengan
todo lo que necesiten. *Todo.* Y recuerde esto: lo estoy vigilando, Gamal,
y su mismísima alma pende de un hilo.

QOM, IRÁN

Torres conducía. David estaba sentado en el asiento delantero, con su
ventana abierta, y el viento batía su cabello mientras viajaban a alta
velocidad al sur por la ruta 7, serpenteando por las montañas, hacia la
ciudad más religiosa de Irán. El resto del equipo iba sentado en la parte
de atrás de la camioneta robada, limpiando sus armas y preparándose

para lo que se avecinara. Por la mayor parte, los caminos estaban libres de tráfico civil, pero había muchos convoyes militares alrededor, especialmente los que transportaban combustible y comida.

Al salir de la ruta 7 —la autovía Teherán-Qom— sobre la autopista 71 y acercarse a los suburbios más distantes de Qom, cerca de Behesht-e-Masomeh, pudieron comenzar a oler la guerra. David hizo una mueca. Era un olor al que nunca se acostumbraría: el olor a carne quemada y a combustible de aviones que ardía.

Un momento después, tomaron una curva alrededor de una gran montaña y sobre una cordillera, y pudieron ver las enormes columnas de humo y el fuego que ardía furiosamente. Todavía estaban a diez kilómetros del centro de la ciudad, pero de repente sintieron que el suelo tembló y oyeron una enorme explosión a su derecha. Una fracción de segundo después, el suelo volvió a temblar, aunque otra montaña obstaculizaba su capacidad de ver exactamente qué ocurría. Sin embargo, mientras seguían a alta velocidad hacia adelante, pronto irrumpieron en un valle, y fue entonces cuando vieron un grupo de F-16 israelíes que rugía arriba. David contó cuatro aviones —no, seis—, y pronto los israelíes comenzaron a dejar caer su artillería. Pero entonces el cielo hizo erupción también con el ruido de artillería antiaérea. Los iraníes estaban respondiendo.

«Apresúrese, Torres —ordenó David—, y todos estén listos».

Era tentador mirar la batalla del cielo. Los aviones y la artillería eran fascinantes, sin duda, pero David no quería que Torres y sus hombres se distrajeran. Había poca probabilidad de que un misil israelí aire-tierra o que una bomba antibúnker les diera. Los estaban lanzando en la planta de enriquecimiento de uranio de Fordo, que estaba ubicada en la frontera del norte de Qom. Lo que en realidad le preocupaba a David era la posibilidad de toparse con un control militar y de tener que explicar quiénes eran y por qué querían entrar a la zona de guerra. David tenía sus papeles oficiales que lo identificaban como Reza Tabrizi, un subcontratista de Telecom Irán. Torres y sus hombres tenían papeles falsos que los identificaban como miembros del equipo técnico de Reza, pero David oraba para que no tuvieran que usarlos. Ningún empleado de Telecom Irán, en su sano juicio, estaría trabajando en este día, menos sin indumentaria protectora de materiales peligrosos y sin una reserva portátil de oxígeno. David y su equipo no tenían nada de eso pero, de todas formas, seguían en camino.

«Miren allá —gritó Crenshaw desde el asiento de atrás—. A las dos en punto arriba».

David no pudo evitar girar sus ojos a la derecha, y cuando lo hizo sintió el estómago tenso. Un avión de combate israelí dejaba un camino de humo y rápidamente perdía altitud.

—Le dieron —dijo Torres.

—Hagan una oración, caballeros —dijo David—. Parece que uno de los tipos buenos está a punto de caer.

Era doloroso mirar, pero imposible dejar de ver. El piloto israelí valientemente trataba de recuperar el control de su avión, pero incluso para el ojo inexperto era obvio lo que iba a pasar luego. Menos de un minuto después, perdieron de vista al F-16 atrás de otra cordillera, pero pudieron sentir y oír cuando cayó al suelo, con una explosión masiva, y pronto también pudieron olerla.

CAPE MAY, NUEVA JERSEY

Najjar Malik no podía dormir, otra vez.

Extrañaba a Sheyda, su amada esposa. Extrañaba a su hija. Hasta extrañaba a su suegra. Se preguntaba dónde estaban. ¿Las cuidaba bien la CIA? ¿Estaban a salvo?

Najjar salió de la cama y bajó a la cocina de la enorme y espléndida casa de playa, en la que estaba desde que se había escapado de la custodia de la CIA la semana anterior. Era de un amigo de los productores de la red de televisión persa que había transmitido la ahora mundialmente famosa entrevista, en la que explicaba a sus compañeros iraníes por qué se había convertido al cristianismo y había desertado a Estados Unidos. Le habían dado el uso de la casa sin costo, por el tiempo que la necesitara, bajo dos condiciones: que no usara el teléfono de la casa (solo el teléfono celular, imposible de localizar, que el productor le había dado), y que no hiciera nada que alertara a las autoridades de su presencia en esa casa en particular. Najjar había prometido no implicar al productor ni a su amigo, y era un hombre de palabra. No obstante, había momentos como este, en los que se preguntaba si era hora de ir a la estación de policía de Cape May y de entregarse. Le había dicho todo lo que sabía a la CIA. Había entregado todos los archivos de su computadora y había respondido a todas sus preguntas, más de cien veces. Ahora solo quería estar con su familia y estudiar la Biblia con ellas, orar con ellas y seguir comunicándose con la gente de Irán —y con los musulmanes del mundo— para hablarles de la buena noticia del único Salvador verdadero.

Fue a servirse un vaso de leche, pero se dio cuenta de que había usado lo último en la cena. Tendría que salir a comprar más cuando saliera el sol. En efecto, ir de compras le haría bien, ya que había varias cosas que se le estaban acabando. En lugar de eso, Najjar sacó del refrigerador un refresco de cola bien frío y entró al estudio, donde se sentó frente a la computadora y se puso al día con las noticias.

Hizo clic en el sitio de la BBC persa y quedó atónito con el titular: «El reactor nuclear israelí en Dimona fue atacado por misiles». Rápidamente revisó el reportaje, pero estaba incompleto, en el mejor de los casos. Todavía no había detalles de la cantidad de muertes y ninguna reacción oficial del gobierno israelí, pero una amplia evacuación del área que rodeaba Dimona estaba en marcha, y Najjar temía que el primer ministro Neftalí estuviera ahora contemplando en serio atacar a Irán con armas nucleares. Tomó su teléfono celular e hizo una nota rápida en Twitter acerca del ataque, junto con un vínculo del artículo de la BBC, pero decidió no agregar ningún comentario propio.

Revisó otros sitios en Internet, en busca de más detalles acerca de Dimona y del resto de la guerra entre Israel e Irán, cuando, para su sorpresa, se desvió con las noticias de Damasco. Un titular en particular le llamó la atención: «Masacre en Siria: cientos asesinados». Hizo clic en el vínculo. El artículo, escrito por un reportero de la revista *Time* en un mensaje presentado en inglés, describía la última «masacre horrible» de una serie de ataques llevados a cabo por las fuerzas de seguridad sirias. Más de trescientas personas habían sido asesinadas, y más de mil estaban heridas.

JOEL C. ROSENBERG ★ 103

Najjar tuvo un escalofrío al continuar leyendo acerca de cómo parecía que el presidente sirio acosaba a los cristianos, a los judíos y a otros grupos minoritarios de la nación islámica. Mientras tanto, las Naciones Unidas parecían estar obsesionadas con aprobar resoluciones que condenaban a los israelíes por responder a los ataques de hombres dementes, en lugar de hacer algo para condenar y, mucho menos, impedir que Gamal Mustafá asesinara sistemáticamente a miles de miles de hombres, mujeres y niños inocentes.

Najjar sabía que no había nada que pudiera hacer en cuanto a eso, salvo informar al mundo y permanecer en oración. Pero por alguna razón, la historia lo hizo extrañar a Sheyda y a su hija cada vez más. Se puso de rodillas y le suplicó a Dios que los reuniera pronto.

13

«Vamos, vamos. Ya casi llegamos», insistió David cuando entraron a los límites de la ciudad y a toda velocidad condujeron por la ciudad fantasma que ahora era Qom.

Tal como se le instruyó, Torres presionó el pedal a fondo. ¿Por qué no? No había policías. No había tráfico. No había peatones y, aparentemente, no había actividades de ninguna clase. Las calles estaban vacías. Las aceras estaban vacías. No había ni un solo niño en los parques. Ningún comprador miraba las tiendas. Era escalofriante.

David había estado en Qom hacía apenas unos días —el jueves, de hecho— para encontrarse con Javad Nouri. Se había reunido con el asistente del Mahdi en la Mezquita de Jamkaran, en un suburbio de Qom. Ese día, como en cualquier otro día, la ciudad había estado llena de gente, y las calles habían estado llenas de toda clase imaginable de autos, camiones, taxis y motocicletas. Ahora todos —todos— se habían ido. Toda la población se había escondido o había huido de la ciudad completamente, probablemente con temor de la posibilidad de que alguno de los misiles israelíes fuera nuclear y matara todo en un radio de ochenta kilómetros. David nunca había visto algo así, y toda la extraña situación le puso los pelos de punta.

Sin embargo, cuando llegaron a la entrada de la calle Haqqani, donde vivían los padres de Abdol Esfahani, todo volvió a cambiar. Normalmente, no habría nada notable en la calle Haqqani. Como en cualquier vecindario de esta parte de Qom, la calle estaba rodeada de cerezos, que todavía no floreaban y que se agrupaban en ambos lados de las casas unifamiliares de dos pisos, típicamente de propiedad de clérigos chiítas, de profesores de seminario y de gente de la intelectualidad más prestigiosa de Irán. Los hogares tenían céspedes bien podados, con rosales espléndidos en el frente, y varias series de tulipanes, forsitias y crisantemos. Sin embargo, este no era un día normal.

Para sorpresa de David, la calle estaba atascada de gente que observaba, señalaba y se tapaba la boca, impactada. Torres disminuyó la velocidad del auto y David le echó un vistazo a la calle. Una vez más, pudo oler el combustible de aviones y el humo, más penetrante y más cáustico que en cualquier otro lugar que hubiera estado. El humo ondeaba desde una casa a medio camino en la calle. Las llamas salían volando de unos seis a nueve metros en el aire. De repente David se dio cuenta de lo que había pasado. El avión de combate israelí que habían visto caer del cielo había colisionado allí. Ahora, en medio de los lamentos y gritos de los vecinos, de curiosos y de sus hijos, David oyó las sirenas que se acercaban a la distancia.

«Detenga el auto —ordenó y salió de un salto cuando Torres se detuvo a un lado—. Voy a buscar a Esfahani. El resto de ustedes busquen un lugar para estacionarse en la calle siguiente. Después, despliéguense entre la multitud de manera que les permita ver la casa de sus padres desde todos los lados. Sean discretos y no hablen con nadie. Ninguno de ustedes habla el persa lo suficientemente bien».

Antes de que Torres pudiera objetar el plan, David salió corriendo y revisó los números de las casas en ambos lados de la calle hasta que, a través del humo grueso y negro que ondeaba, pudo distinguir el número 119, apenas a dos puertas desde la casa que había sido demolida por el fuselaje en llamas del F-16. Cuando se abría camino por la multitud, una explosión secundaria del avión a su izquierda lo hizo volar en el aire y caer sobre la calle de gravilla. Después hubo llamas que ascendían de unos doce a quince metros en el aire. El metal fundido del avión y las brasas ardiendo de la casa aterrizaban por todos lados e iniciaban otros incendios.

David se levantó y se limpió el hollín del rostro. Se preguntaba si el avión israelí tenía más artillería a bordo, bombas o misiles Sidewinder, que entonces se estarían cocinando en las llamas, listos para explotar y eliminar a todo el vecindario. Fue entonces que vio el techo del hogar Esfahani en llamas.

Salió volando hacia la puerta de enfrente, comenzó a llamar a gritos a los Esfahani y a golpear la puerta tan fuerte como pudo, pero era claro que nadie podía oírlo. Casi no podía oírse a sí mismo. Trató con el mango, pero la puerta tenía seguro. Trató de patearla para entrar, pero no tuvo éxito. Miró a todos lados. No había nadie cerca de él. La multitud que había llegado para mirar boquiabierta ahora gritaba y salía corriendo. Las sirenas se acercaban más y David no quería estar allí cuando la policía o el ejército llegara. No había hecho nada ilegal, necesariamente —nada obvio o inmediato, en cualquier caso—, pero no quería que lo entrevistaran, lo interrogaran, ni que lo atrasaran de ninguna manera. Sin embargo, definitivamente tenía que encontrar a Abdol Esfahani, si en realidad estaba allí. ¿O habría llegado y ya se habría ido? ¿Habría sacado ya a sus padres y se habría ido a un lugar más seguro? Después de todo esto, ¿había llegado demasiado tarde David?

Decidido a entrar a la casa y averiguar con seguridad una cosa o la otra, se abrió camino por el lado de la casa; miró por las ventanas pero no vio a nadie. Cuando llegó a la puerta de atrás, estaba totalmente preparado para sacar su Glock de 9mm y hacer volar el seguro. No había nadie mirándolo, y a pocos podría importarles si lo vieran. Cualquier observador probablemente asumiría que era un miembro de la policía secreta. No obstante, para sorpresa de David, la puerta no solo no tenía seguro; estaba abierta.

Con el techo de la casa totalmente en llamas, David calculó que solo tenía unos cuantos minutos antes de que todo el techo colapsara en el segundo piso, atrapando y quemando vivo a cualquiera que estuviera allá arriba. Así que, sin vacilar, corrió hacia el primer piso y revisó si había movimiento, cualquier señal de vida.

«¡Abdol! ¡Abdol Esfahani! —gritó David—. ¿Está allí? ¿Hay alguien allí?»

La casa se llenaba rápidamente de humo, lo cual hacía sumamente difícil no solo respirar sino ver.

«¡Hola! ¿Hay alguien allí?», gritó de nuevo.

Sin señal de alguien en la cocina, en el comedor, en la sala, ni en el baño del primer piso, David subió las primeras gradas y seguía gritando con todos sus pulmones, cuando de repente, para sorpresa suya, se encontró frente a los ojos llorosos, inyectados de sangre y llenos de terror de Abdol Esfahani. Sobre los hombros llevaba a una mujer mayor, vestida con un chador café, que se veía por lo menos de ochenta años, si no mayor.

—¿Reza? —preguntó Esfahani, atónito.

—Sí, soy yo, Abdol. Vine a ayudarlo para salvar a sus padres —respondió David.

Esfahani se quedó parado, paralizado, tratando de que eso tuviera sentido para él.

—¿Cómo es que...

—No, ahora no —gritó David mientras hubo otra explosión en los alrededores—. ¿Es ella su madre?

—Sí, sí.

—Entonces vamos, llevémosla afuera. Este lugar va a explotar en cualquier momento.

—Pero mi padre también está arriba.

—Solo vaya —gritó David—. Saque a su madre, yo iré por su padre.

Esfahani comenzó a ahogarse violentamente.

—Vaya, vaya, no espere —gritó David, y Esfahani finalmente comenzó a moverse—. Sáquela por atrás y llévela tan lejos como pueda de la casa. ¿Está respirando?

—No estoy seguro —admitió Esfahani, mientras bajaba las gradas rápidamente.

—Yo llegaré en un momento —dijo David—. Ahora, corra y no se detenga.

Cuando vio que Esfahani escuchaba y hacía lo que él le dijo, David trepó al segundo piso, cayó de rodillas y se jaló parte de la camisa sobre su nariz y boca, tratando de encontrar algo de buen aire, pero respirar no era su problema principal. En su apremio por sacar a Esfahani y a su madre de la casa, David había olvidado preguntar en qué habitación estaba el padre. Podía oír que el fuego rugía arriba de él. Las cenizas y los pedazos de madera que se quemaban ya caían del techo, que claramente estaba a punto de desplomarse en cualquier momento. David gateó por el pasillo y miró en la primera habitación. No pudo ver nada, por lo que inhaló bastante aire, se puso de pie de un salto y comenzó a palpar su camino a lo largo de la cama y por el piso, pero no encontró a nadie allí. Se movió hacia el pasillo, se puso boca abajo y volvió a inhalar varias veces.

«*¡Señor Esfahani!* —gritó David con todos sus pulmones—. *¿Puede oírme? ¿Dónde está? ¿Hola?*».

La casa comenzó a retumbar y a temblar. Las placas de yeso que ardían ahora se caían de las paredes, y detrás de él, un dispositivo de iluminación del techo chisporroteó y explotó y después cayó al suelo. Inhaló otras veces, se puso de pie y se dirigió a una segunda habitación, donde otra vez se abrió camino palpando por la oscuridad llena de humo, en busca de lo que ahora suponía que era el cuerpo inconsciente, si no sin vida, de un hombre de ochenta y tantos años. Pero tampoco estaba en ninguna parte de esta habitación.

David regresó al pasillo y se puso boca abajo. Puso su cabeza tan bajo como pudo, pero casi no quedaba nada de aire bueno. Comenzó a ahogarse. Sus ojos lagrimeaban. El calor era insoportable. Su ropa estaba empapada de sudor. Pero comenzó a gatear hacia adelante, a tientas en la oscuridad, mientras contenía la respiración y oraba por la misericordia y el favor de Dios.

De repente se topó con una puerta, una puerta de madera cerrada. Con cuidado extendió el brazo y buscó el mango con la parte de atrás de su mano. Lo encontró y frunció el ceño porque estaba hirviendo. Jaló el extremo de su camisa de manga larga hasta su mano y, usándolo como una especie de guante de cocina, giró el mango y cayó en lo que se sentía como un baño con azulejos de porcelana. Se abrió camino por el suelo y encontró la bañera, y allí, dentro de ella, encontró al padre de Esfahani. El hombre estaba inconsciente y cubierto con toallas húmedas, el esfuerzo aparente de Abdol de mantenerlo tan seguro como fuera posible hasta que él volviera. Pero Abdol no volvería. Nadie iba a subir esas gradas y si David no lo sacaba de esa casa pronto, él nunca saldría.

Su suministro de aire casi se había acabado. Sus pulmones estaban hirviendo. Le palpitaban las sienes. Su cuerpo estaba lleno de sudor, pero seguía repitiéndose que tanto como necesitaba inhalar, si lo hacía, se desmayaría y tendría una muerte horrorosa y feroz unos momentos después. David se puso de pie, retiró las toallas del hombre, lo sacó de la bañera y se lo puso sobre el hombro. Fue entonces cuando el techo ardiendo colapsó sobre ellos.

SYRACUSE, NUEVA YORK

El doctor Mohammad Shirazi bajó las gradas que crujían y entró suavemente a la sala, en pijamas, bata y pantuflas. Miró por el primer piso y al no ver a nadie encogió los hombros. Sin ganas de volver hasta su dormitorio todavía, se sentó lentamente en su sillón reclinable, al lado de las brasas de una fogata que se apagaba. Luego sacó del bolsillo de su bata su pipa favorita y un poco de tabaco de ron y arce, la encendió y pronto estaba recostado y fumando, esperando relajarse en los primeros minutos que verdaderamente tenía para sí mismo desde la muerte de su esposa.

Había sido un día muy largo, y se sentía bien, incluso a esta avanzada hora de la noche, descansar los pies y simplemente saborear la tranquilidad. Estaba agradecido por toda la gente que había llegado al servicio. Había sido un servicio bello, que verdaderamente había honrado a Nasreen por la esposa, madre y amiga extraordinaria que había sido. Pensaba que a ella le habría gustado, aunque no lo habría admitido. Más bien, se habría quejado de que él había hecho demasiado escándalo.

Estaba sorprendido de que David no hubiera llamado, pero no le molestaba. Estaba orgulloso de su hijo, lejos batallando con los mulás de Irán y tratando de derribar al Mahdi, esa bestia miserable. En efecto, lo único que había hecho que su semana fuera soportable había sido saber que su hijo menor estaba luchando la buena batalla. Estaba desquitándose con el régimen en Teherán y su padre no podía estar más orgulloso. Solo deseaba poder decírselo realmente a David... incluso decírselo cara a cara.

El doctor Shirazi examinó la pipa que tenía en sus manos y disfrutó el dulce aroma del humo. Entonces se la puso otra vez en la boca y miró las filas de fotografías en la mesilla que estaba cerca de la ventana, y alrededor a todos los toques especiales de decoración que su esposa le había agregado al salón con el paso de los años. Sonrió por los recuerdos y las caras en los marcos, agradecido por un matrimonio muy feliz. Qué historia tenían juntos. Qué aventuras. Pero ni Nasreen ni él habían soñado que su hijo menor estaría en una aventura como esta. *¿Qué habría dicho ella?*, se preguntaba. Pero él lo sabía. Lo sabía demasiado bien y, de cierto modo, había una parte de él que se alegraba de que ella no lo supiera. Se habría horrorizado al saber que David estaba de regreso en la nación a la que le habían dado la espalda hacía muchísimo tiempo. Ella nunca había querido volver, y él tampoco... claro que no habrían podido hacerlo. Ambos eran criminales buscados en Teherán.

El doctor Shirazi tuvo un escalofrío al pensar en la oscuridad que rodeaba a David. Esperaba con cada fibra de su ser que su chico estuviera a salvo. En su corazón, sabía que David estaba marcando una diferencia, y tenía una sensación de honra que nunca antes había sentido con ninguno de sus hijos: de que su familia pudiera ser parte de llevar la justicia a un lugar injusto, de llevar redención a millones de gente atrapada bajo un liderazgo maligno. Por un momento, consideró encender el televisor para ver las últimas noticias del Medio Oriente, preguntándose si su corazón y su imaginación podrían aguantar lo que vería. *Todavía no*, pensó. Revisaría unos cuantos titulares después. Quizás era mejor tomar las noticias en dosis pequeñas.

En ese preciso momento escuchó que el inodoro del baño del primer piso descargó agua. Luego oyó que se abrió la puerta y el crujido del piso atrás de él. Dejó su pipa, volteó la cabeza y vio a Marseille Harper parada allí, con un cuaderno amarillo en las manos.

«Ah, Marseille, temía que te hubieras ido —dijo—. En efecto, estaba seguro de eso, pero me alegra tanto que todavía estés aquí. Bajé específicamente para verte».

14

Esto resultó más extenso que la «discusión corta» que Murray había anticipado. De hecho, era más una negociación, y cuando terminó, obtuvo lo que el director Allen quería: un documento firmado por Eva Fischer en el que absolvía a la Agencia Central de Inteligencia de toda culpa por detenerla y negarle injustamente el acceso a siquiera una llamada telefónica, sin mencionar a un abogado.

Eva, a cambio, obtuvo lo que quería:

- un acuerdo de $100.000: el doble de lo que Allen había ofrecido inicialmente;
- una carta firmada por Murray en la que se disculpaba por el «trato injusto» hacia ella; y
- una transferencia a la Agencia de Seguridad Nacional en Fort Meade, Maryland, donde sería ascendida a analista superior de Irán.

Murray se había resistido en este último punto, pero Eva dejó bien claro que no quería trabajar bajo la supervisión de Jack Zalinsky. Para ella, eso no era negociable. Considerando que el Medio Oriente estaba en una guerra candente, le había dicho a Murray que no estaba dispuesta a dejar el servicio al gobierno totalmente, sino que quería trabajar directamente para la Agencia de Seguridad Nacional, traduciendo intervenciones de teléfonos satelitales iraníes y proveyendo análisis de las transcripciones más importantes. En esa capacidad, estaría dispuesta a interactuar con la CIA y, cuando fuera necesario, hablar con Zalinsky

—aunque dejó en claro que prefería trabajar a través de Murray—, pero no iba a trabajar directamente para Zalinsky, no quería verlo, y mientras menos oyera su voz, o incluso su nombre, mejor.

Al final, Murray cedió a todas las exigencias. Estaba bajo las órdenes del director de la Central de Inteligencia para que hiciera este trato rápidamente. Por lo que se tragó su orgullo, firmó en la línea de puntos y se acabó.

CAPE MAY, NUEVA JERSEY

Otra historia grotesca de Siria llamó la atención de Najjar. En el sitio de la revista alemana *Der Spiegel*, encontró un artículo con el titular: «Dentro de la zona de muerte siria», que detallaba las brutalidades del régimen de Mustafá.

El artículo describía la horrorosa escena, en la que agentes del gobierno sirio mataban de un tiro a peatones con rifles de francotirador, durante un día activo de compras. A la gente que no hacía nada más peligroso que tratar de comprar una hogaza de pan le disparaban en la calle. Cientos de miles de personas en Homs, la tercera ciudad más grande de Siria, estaban básicamente recluidas, temerosas de salir de sus hogares para no convertirse en objetivos.

Los ojos de Najjar se llenaron de lágrimas mientras leía. Sabía de la maldad que su propio gobierno cometía en Teherán. Había visto ese sadismo, esos horrores atroces en su propio país; pero la prensa en Irán nunca informaba de los crímenes de sus vecinos y aliados. Lleno de gratitud porque él y su familia habían escapado de ese barbarismo, por estar a salvo y libres, pero abrumado también por el dolor de los que todavía estaban atrapados como esclavos de los regímenes malvados, cayó de rodillas y comenzó a orar.

«¿Cuánto tiempo, Señor? —clamó—. ¿Cuánto tiempo falta para que le hagas justicia a esos hombres tan malos? ¿Cuánto tiempo para que liberes a esos queridos niños inocentes? ¿Cuánto tiempo para que les reveles a Jesús a todos ellos, ricos y pobres, viejos y jóvenes, hombres y mujeres, poderosos e impotentes? ¿Cuánto tiempo, oh Señor? ¿Cuánto tiempo?».

★ ★ ★ ★ ★

SYRACUSE, NUEVA YORK

Mohammad Shirazi comenzó a levantarse, pero Marseille insistió en que permaneciera sentado, y finalmente él accedió.

—¿Puedo sentarme con usted por un momento? —preguntó ella.

—Por supuesto, querida —dijo—. Por favor, siéntate aquí.

Señaló hacia un sillón rojo y azul de manta escocesa, levemente desgastado, directamente al otro lado de su sillón reclinable, y ella asintió con la cabeza y se sentó. Era un sillón que Nasreen había elegido. Nunca había sido aficionado al diseño, pero hacía mucho que había aprendido a no interferir en asuntos de diseño interior. Sacudió la cabeza, levantó la mirada para mirar a Marseille y observó que sus ojos estaban hinchados y un poco inyectados de sangre.

«Qué encantador tener a un miembro de la familia Harper en esta casa otra vez —dijo—. Eres una chica dulce, Marseille. Siempre lo has sido, desde que tu madre querida te dio a luz. Nasreen y yo nos enamoramos de ti cuando te vimos en el hospital. Y ahora mírate; has sido un ángel inesperado en nuestro tiempo de dolor. No puedo agradecértelo lo suficiente».

Se quedaron callados por algún tiempo, y luego él dijo:

—Tu madre habría estado muy orgullosa de ti, Marseille. Sé que tu padre lo estaba.

—Gracias, doctor Shirazi —respondió—. Espero que tenga razón.

—Sé que la tengo —dijo—. Olvidas que los conocí por muchísimo tiempo.

—¿Cómo podría olvidarlo? —preguntó Marseille, sonriendo un poco melancólicamente—. Usted y la señora Shirazi eran sus mejores amigos en este mundo. Mire, no quería molestarlo. No esperaba quedarme tanto. Solo quería decirle otra vez cuánto siento su pérdida. Ustedes dos tenían uno de los matrimonios más especiales y, me atrevo a decir, uno de los más mágicos que personalmente he tenido el privilegio de presenciar. Espero tener algún día un matrimonio así.

De repente se vio avergonzada por decirlo, pero él se alegró de que lo hubiera dicho. Él y Nasreen siempre habían querido ver que David y Marseille se casaran y que criaran una familia juntos. Para él, ese era el destino de ellos. Solo que se estaban tardando muchísimo en comprenderlo.

—No tengo dudas de que lo tendrás —dijo suavemente.

Ella se ruborizó y vio que las brasas se enfriaban en la chimenea.

—No puedo imaginar cómo sería perder a alguien tan querido.

El doctor Shirazi vio que inmediatamente se le acumularon lágrimas en sus ojos. Sabía lo que ella quería decir, pero no podía dejar que el momento pasara.

—Sí lo sabes, querida mía —respondió—. Doblemente.

Marseille solo asintió con la cabeza, sin poder hablar; su labio inferior temblaba y una lágrima corrió por su mejilla. Después de un rato, recobró la compostura.

—Doctor Shirazi, ¿es este un buen tiempo para que hablemos? No quiero molestarlo, pero hay solo unas cuantas cosas antes de que me vaya.

—Marseille, por favor, sin duda alguna no eres una molestia. Nunca hemos tenido suficientes damas jóvenes y encantadoras en esta casa. Nuestros hijos no han pasado suficiente tiempo en casa. Mi bella Nasreen tenía que llenar este lugar de encanto por sí sola. Felizmente no tuvo problemas para hacerlo, pero tú eres un respiro de aire fresco para mí. Y prácticamente eres familia. Por favor, ¿qué hay en tu mente?

—Bueno —comenzó limpiándose los ojos con un pañuelo que tenía estrujado en su mano—, para comenzar, Azad me pidió que escuchara todos los mensajes de su correo de voz y que hiciera un listado de la gente que había llamado para expresar su interés y simpatía por usted y la familia. Había docenas de mensajes de voz que oír. En realidad fue sorprendente. A ustedes los quieren mucho.

—Todo es por Nasreen. Ella sabía llevarse bien con la gente.

—Es por ustedes dos —respondió Marseille—. Había varias llamadas muy agradables. Las guardé todas para que las escuche cuando tenga tiempo, pero, ¿quiere ver el listado? O yo podría leérselo. No estoy segura de lo que Azad quería que hiciera con él.

—Ah, no estoy seguro de poder revisarlo ahora, pero eres muy amable. Si pones el listado aquí a mi lado, lo revisaré después. Supongo que con el tiempo comenzaré a llamar a la gente, tal vez en unos días, cuando esté solo en la tranquilidad de esta casa. ¡Necesitaré hablar con alguien!

Marseille le sonrió afectuosamente y él se sintió agradecido. Ella tenía un comportamiento agradable y tranquilizador, y él deseaba que ella no tuviera que irse. Era como la hija que nunca habían tenido y que siempre anhelaron; habría deseado que ella no viviera tan lejos.

—Doctor Shirazi, había otra llamada de la que quería hablarle.

—Por supuesto —dijo—. ¿De quién?

—Bueno, tengo que admitirlo, me sentí más bien como si estuviera haciendo algo malo al oír los mensajes que eran para usted. Pero, por otro lado, Azad fue el que insistió en que sería útil, y yo...

—Ay, Marseille, estoy tan agradecido. Por todo estoy agradecido. No sé qué habríamos hecho sin ti. Nora generalmente es la que mantiene las cosas funcionando aquí. Bueno, Nora y Nasreen, pero como te lo dije, fuiste el ángel que Dios nos envió precisamente cuando más te necesitábamos.

—Gracias, doctor Shirazi. Es muy amable.

—Entonces, ¿quién llamó que te tiene tan... no sé... tan "sensible", si es esa la palabra correcta?

Marseille no dijo nada. Él la miró a los ojos, que otra vez estaban llenos de lágrimas, y de repente lo supo. «Ay, cielos —dijo—. Era David, ¿verdad?».

Ella asintió con la cabeza.

Se incorporó inmediatamente y se inclinó hacia adelante.

—¿Está bien?

—Sí, sí —le dijo ella—. Es un mensaje bello, solo para usted, por supuesto, y no para mí, pero admito que lloré cuando lo escuché. Está a salvo. Quería que usted lo supiera. Él lo ama y se siente terrible de no haber estado aquí para usted, para su mamá y para el servicio de honras fúnebres.

—¿Podrías ponérmelo? —le pidió y se volvió a colocar la pipa en la boca; el humo aromático formaba ondas alrededor de su cabeza.

Marseille se veía sorprendida.

—¿Está seguro?

—Sí, oigámoslo juntos.

Así lo hicieron y después se quedaron sentados y callados por varios minutos.

—Es un buen chico —dijo finalmente el doctor Shirazi.

Marseille asintió con la cabeza.

—No estoy enojado con él —continuó—. Su negocio, su trabajo, le imposibilitó volver a Estados Unidos. Sé que ama profundamente a su familia, y sé que se siente culpable, pero no debería hacerlo. Soy un papá muy orgulloso, y estoy ansioso por decírselo cuando vuelva a casa.

Marseille asintió con la cabeza, pero había algo en los ojos de ella que lo extrañó. ¿Qué era? ¿Sorpresa? ¿Curiosidad? No, era distinto a eso. Ella parecía... *saber*. Era una palabra extraña para usarla dadas las circunstancias, aun así, curiosamente, encajaba.

—¿Orgulloso porque es un hombre de negocios, que trabaja duro en Europa?

¿Por qué preguntaba eso?, pensó él. *¿Y por qué lo preguntaba de esa manera?*

—Estaría orgulloso de él con cualquier cosa que hiciera —respondió.

Pareció que ella encogió un poco los hombros.

—No dudo de que usted lo amaría sin importar nada —dijo finalmente—. Pero sus estándares siempre fueron muy altos, doctor Shirazi. De alguna manera, no creo que usted estaría orgulloso de cualquier cosa que David estuviera haciendo.

—Tal vez —dijo él, y volvió a inhalar de su pipa un poco más—. ¿Qué estás tratando de decir, Marseille?

Ella esperó un rato y lo miró profundamente a los ojos.

—Creo que usted... —Y entonces se detuvo.

—¿Crees que yo qué? —preguntó él.

Ella apartó la mirada, miró al suelo y luego volvió a mirarlo a los ojos.

—Creo que usted sabe dónde está realmente David y lo que en verdad hace —dijo—. Creo que por eso es que usted está orgulloso, y sé que no puede decirlo. Pero, por otro lado, yo tampoco puedo.

Él abrió bien los ojos.

—¿Qué estás diciendo? —volvió a preguntar, y se preguntaba si la había oído bien.

—Estoy diciendo que lo sé.

—¿Lo sabes?

Ella asintió con la cabeza.

—¿Te lo dijo él?

—No —dijo ella—. Él me dijo que era un hombre de negocios que iba a Europa y, por supuesto, yo le creí. Pero me enteré.

—¿Cómo?

—También juré discreción, doctor Shirazi. Por lo que debo tener cuidado con lo que digo. Y usted tiene que entender que David no sabe que lo sé. Pero lo sé.

—Pero no entiendo. Yo...

—Me doy cuenta de eso, y lo siento —dijo Marseille—. Es que... ¿Cómo puedo decirlo? —Miró hacia la chimenea, en busca de las palabras correctas—. El asunto es, doctor Shirazi... bueno, el asunto es que recientemente me enteré de que mi padre no trabajaba para el Departamento de Estado.

—¿Ah, no? —preguntó el doctor Shirazi, con perplejidad genuina y preguntándose qué tenía que ver eso con David.

—Bueno, oficialmente sí trabajaba allí —aclaró—, pero en realidad no era así.

—¿Entonces para quién trabajaba?

—Era un ASE, doctor Shirazi.

—¿Un qué?

—Un agente secreto extraoficial.

—¿Un ASE?

—Correcto.

—Lo siento, pero no entiendo.

—Señor, mi padre en realidad no era un funcionario político del Departamento de Estado. Esa era simplemente su historia ficticia. En realidad, era un espía de la Agencia Central de Inteligencia —dijo Marseille sin rodeos.

—No, eso no es posible —insistió el doctor Shirazi—. Yo lo conocía. Éramos grandes amigos. Él me habría dicho algo así.

—Tampoco me lo dijo nunca. Pero después de que murió, yo me encargué de sus papeles y me topé con una caja fuerte en la parte de atrás del armario de su dormitorio. Cuando finalmente la abrí, quedé atónita. Verdaderamente asombrada.

—¿Por qué? ¿Qué había en ella?

—Talones de pago de la CIA. La identificación que usaba para entrar a Langley. Un archivo de correspondencia entre él y un hombre llamado Jack Zalinsky, todo con papel de escribir de la CIA. Encontré también otra correspondencia entre él y un hombre llamado Tom Murray. ¿Sabe quién es él?

El doctor Shirzai sacudió la cabeza lentamente.

—Ahora él es el subdirector de operaciones de la CIA —explicó Marseille—. Incluso encontré una carta de recomendación de la CIA, en la que felicitan a mi padre por su trabajo dentro de Irán durante la Revolución. Parte de ese trabajo fue ayudarlo a usted y a Nasreen a salir del país y salvar la vida de mi madre cuando tuvo un aborto espontáneo.

—¿Ella te lo contó?

—No —dijo Marseille—. Ninguno de ellos lo hizo. Lo averigüé después de que mi padre murió. Encontré todos los registros médicos y muchos diarios. Me he enterado de mucho de mi familia en los últimos meses, cosas que nunca antes había imaginado. —Hizo una pausa, luego agregó—: Durante los últimos días, también me he enterado mucho acerca de David, cosas que tampoco sabía. Tal vez por eso es que he llegado a amar tanto a David, doctor Shirazi. Porque amaba a mi padre mucho. No podría estar más orgullosa de mi padre, y lo extraño tanto que me duele. Y, bueno... tal vez por eso es que duele tanto pensar en David. Resulta que los dos se parecían enormemente.

El doctor Shirazi estaba tan atónito que no podía hablar. Pero ella tenía razón. Lo sabía. Y no solo sabía sobre David; sabía cosas que él no sabía de su querido amigo. Los ojos de él se comenzaron a llenar de lágrimas. Extendió su mano y ella se acercó y le dio un abrazo, a medida que los dos comenzaron a llorar.

—Es bonito compartir un secreto con un viejo amigo —susurró ella.

Él la apretó y asintió con la cabeza.

—Efectivamente, lo es.

15

Torres y Crenshaw miraron cuando el techo colapsó. Vieron que las llamas lamían cada ventana del segundo piso. Habían visto a Esfahani salir corriendo por la puerta de atrás con su madre, y ahora, desde su punto de observación en el patio de un vecino, a varias casas al sur del choque del avión, podían ver a Esfahani que le daba resucitación de boca a boca a su madre. Pero no veían que David saliera del infierno.

Torres miró nerviosamente su reloj y pudo ver que ya habían pasado más de tres minutos y medio —casi cuatro— desde que David había entrado a la casa. No podía esperar más. Esta no era la misión. Debían detener ojivas nucleares, no rescatar ancianos iraníes de edificios en llamas. Corrió hacia la puerta posterior y le gritó a Crenshaw que lo siguiera, pero se comunicó por radio con los otros hombres para que se dirigieran de regreso al auto y que lo pusieran a funcionar.

Todo el techo del baño cayó encima de ellos.

Todo lo que se podía quemar se estaba quemando. Sin embargo, irónicamente, con el señor Esfahani sobre la espalda para que David pudiera salvarle la vida, el anciano le había salvado la vida a David, protegiéndolo del impacto inmediato de la madera que caía y de las llamas. Aun así, tenía que moverse rápidamente, o ambos morirían.

Todavía conteniendo la respiración, con sus pulmones clamando y a punto de explotar, David se levantó con sus antebrazos y se puso de rodillas. Aunque no podía ver por el humo, quitó algo de los escombros que tenía enfrente y pudo ponerse de pie. Entonces, sabiendo que estaba a unos momentos de desmayarse, David volvió a ponerse al anciano sobre la espalda y se abrió camino hacia el pasillo. Bajó corriendo las gradas y llegó a la sala justo cuando Torres y Crenshaw lo alcanzaron. No podía haber estado más sorprendido al ver sus rostros, y nunca se había sentido más agradecido. Ellos se movilizaron para tomar al señor Esfahani, pero David sacudió la cabeza. Jadeando por aire, alzó al anciano y corrió hacia la puerta de atrás, con Torres y Crenshaw de cerca, mientras todo el edificio comenzó a mecerse y a bambolearse. No estaban a más de nueve o diez metros de distancia cuando el segundo piso colapsó hacia el primero y toda la casa fue consumida por las llamas.

David no miró atrás. Siguió corriendo hasta que alcanzó a Esfahani, luego puso al padre del hombre cuidadosamente en el césped, no lejos de un camión de bomberos que acababa de detenerse. Los equipos de emergencia corrieron a su lado, remojaron al hombre y luego le dieron RCP. Otro equipo trabajó con la esposa del hombre.

Pasaron cinco minutos. Luego diez, quince. Después de veinte minutos, el jefe de técnicos de emergencia médica detuvo su trabajo y les dijo a sus colegas que también se detuvieran. Levantó la mirada, se levantó y se dirigió hacia Abdol Esfahani, que estaba parado, cubierto de hollín y empapado de sudor, pero sin ninguna emoción.

—¿Eran sus padres? —preguntó el hombre.

Esfahani asintió con la cabeza.

—Lo siento. Hicimos todo lo que pudimos.

Esfahani volvió a asentir con la cabeza, pero todavía exhibía pocas emociones. No lloró. Ni se le llenaron los ojos de lágrimas. Estaba parado, inquebrantable hasta que el médico y su equipo se fueron.

—Tengo que irme —dijo y miró su reloj.

—No, está bien —dijo David—. Nos quedaremos con usted. Lo siento mucho, Abdol. Solo quisiera que hubiéramos llegado antes.

—Tengo que estar en Damasco —respondió Esfahani como si no hubiera oído ni una palabra de lo que David había dicho.

—¿En Damasco? ¿Por qué? —preguntó David.

—Es por el Mahdi —dijo—. No puedo decir más. Se supone que debo ir allá. Pero no tengo... Creo que puedo... bueno...

Se estaba poniendo incoherente.

—Mire, Abdol, no puede ir a ningún lado ahora mismo —dijo David—. Tiene que quedarse aquí. Tiene que terminar esto.

—No. Están muertos —replicó Esfahani—. No puedo traerlos de vuelta. Ahora estoy solo, y debo hacer lo que pueda para servir al Imán al-Mahdi. Ese es mi llamado. No puedo decepcionarlo.

—¿Y qué es lo que él quiere que usted haga? —preguntó David.

Esfahani lo miró a los ojos y después miró a los hombres de David.

—¿Quiénes son ellos?

—Son parte de mi equipo técnico.

Esfahani sacudió la cabeza.

—Nunca había visto a estos hombres.

—Usted nunca conoció a todo mi equipo.

—Pensé que sí.

—No, pero no importa —dijo David, tratando de cambiar el tema—. Yo confío en ellos, y usted también puede confiar en ellos.

—No importa —dijo Esfahani, todavía sacudiendo la cabeza—. Rashidi me hizo jurar mantener la confidencialidad.

—¿Incluso conmigo?

—Bueno, no sé, pero... tengo que irme.

—¿Puedo ir con usted? —preguntó David, decidido a no dejar que este hombre se fuera de su vista sin extraer de él información útil—. Puedo ayudarlo. ¿Qué necesita?

—No, envié un equipo esta mañana —dijo Esfahani, palpando sus bolsillos como en busca de las llaves de su auto—. Tengo que unirme a ellos. Es muy importante. Lo siento.

David lo agarró del brazo y lo acercó a él.

—Pero, Abdol, amigo mío, vine a ayudarlo —dijo—. Usted sabe que esta también es mi guerra. Yo quiero ayudar. Por eso es que no he huido del país. Tengo sangre persa. Usted me conoce. Quiero servir al Mahdi. Quiero saber lo que él sabe y marcar una diferencia en este país. Dígame, ¿en qué puedo ayudarlo? ¿Qué puedo hacer?

Esfahani miró a David a los ojos por un momento. Los suyos estaban sin brillo, sin vida, sin nada de color ni emoción. Se apartó y comenzó a caminar por la calle.

—No puedo ayudarlo, Reza. Llame a Mina. Haga que encuentre al señor Rashidi. Tal vez él pueda ayudarlo. Pero yo no puedo.

Luego comenzó a correr, despareció por una esquina y se fue.

David se quedó allí un momento, miró las casas que se quemaban ante él y vio los dos cuerpos sin vida a sus pies, sin creer que Esfahani acababa de irse.

—¿Qué es lo que acaba de pasar allí? —preguntó, tanto a sí mismo como a su equipo.

—No tengo idea, jefe —respondió Torres—. ¿Quiere que lo detengamos?

—¿Y hacer qué?

—No sé —dijo Torres—. Tal vez lo detenemos, lo llevamos de regreso a Karaj, lo interrogamos y averiguamos en qué lo tiene ocupado el Mahdi.

—No, no podemos hacer eso —dijo David.

—¿Por qué no? —preguntó Crenshaw—. Usted dijo que él es nuestra única pista.

—Entonces tenemos que encontrar otra, y rápido —dijo David—. Vamos. Esto fue una pérdida total de tiempo.

—¿A dónde vamos? —preguntó Torres.

—De regreso al refugio —respondió David—, antes de que nos atrapen.

HAMADÁN, IRÁN

Alí estaba desesperado. Bueno, quizás *desesperado* no era la palabra correcta, pero era un joven con prisa. Quería salvar a su país. Quería marcar una diferencia. Quería saber todo lo que el doctor Birjandi sabía y cómo articularlo con el mismo poder, autoridad y claridad para que tuviera el mismo impacto. Pero ¿cómo podría alcanzarlo?

Nunca dejaba de asombrarse con todos los libros que el doctor Birjandi tenía. Cada cuarto de la casa —excepto la cocina— estaba cubierto de estantes y cada estante estaba atorado de los libros más inte-resantes sobre teología, escatología, historia, poesía, y muchísimos más. Había montones de libros en pilas por todos lados: en los sofás, en las sillas y en las esquinas de cada cuarto. No eran solo libros. Había revis-tas, publicaciones y más cosas que leer de lo que cualquier ser humano pudiera examinar, aunque pudiera ver. Y Birjandi no podía.

Alí se había enterado recientemente por Ibrahim, quien había tenido el valor de preguntarle a Birjandi por qué tenía tantos libros que no podía leer, que la fallecida esposa de Birjandi, Souri, era la que le había leído todo a él. Según Ibrahim, Souri había hablado cinco idiomas con fluidez. Ella había memorizado todo el Corán. Cuando se casaron justo después de la escuela secundaria, Souri había ayudado a su esposo a memorizar también todo el Corán. Cuando fue al seminario, Souri lo había ayudado en cada paso del proceso. Le había leído sus libros de texto. Él le dictaba sus tareas. Ella había mecanografiado todos sus reportes. Incluso lo había guiado a clases. Aparentemente, de acuerdo a la historia, cuando él se graduó del seminario, fue el primero de su clase. Entonces comenzaron a escribir libros juntos, incluso su tesis doctoral, que finalmente fue publicada en 1978 como su primer libro, *Los imanes de la historia y la venida del mesías*.

Alí quería ponerle una memoria USB al hombre en la cabeza y des-cargar todo lo que sabía. Pero ¿cómo?

El doctor Birjandi revolvió un poco de miel en otra taza de té caliente que Alí acababa de colocar en sus manos. Entonces le devolvió la cuchara a Alí y cuidadosamente dio un sorbo.

«Ah, excelente, hijo mío; tal como Souri solía hacerlo».

Alí se rió. El hombre decía lo mismo cada vez que Alí le preparaba una taza de té, y ya había dicho lo mismo tres veces ese día. No obstante, Alí le agradeció a su mentor y sirvió una taza de té para Ibrahim y otra para él. Entonces revisó su teléfono y observó un mensaje nuevo de Twitter del doctor Najjar Malik.

—El doctor Malik acaba de mandar otro mensaje... en realidad son dos.

—¿Qué dicen? —preguntó Ibrahim.

—El primero dice: "¿Han observado un aumento en los asesinatos de Siria? No es brutalidad normal. Algo nuevo. Oren para que Dios quite a Mustafá del poder antes de que mueran más inocentes".

—Parece que en realidad se ha entusiasmado con Siria en los últimos días, ¿verdad? —preguntó Ibrahim.

—Sí —coincidió Alí—. Siempre ha estado muy enfocado en Irán. Es inusual.

—Tal vez Dios está hablando a través de él —dijo el doctor Birjandi.

—¿Para decirnos qué? —preguntó Ibrahim.

—Todavía no lo sé, pero debemos pedirle al Señor que nos enseñe cosas grandes y poderosas que todavía no conocemos —respondió Birjandi.

Alí e Ibrahim asintieron e hicieron una nota en sus diarios para comenzar a orar verdaderamente por la gente de Siria. Entonces Alí les leyó el segundo mensaje.

—Escribe: "Más musulmanes se convierten a Cristo hoy que en cualquier otra época de la historia. Yo lo hice y él está cambiando mi vida. ¿Estás listo? ¡Invoca a Jesús!".

—Es tan valiente —dijo Ibrahim—. No puedo creer que todavía no lo hayan atrapado. ¿Es porque está en Estados Unidos que habla con tanta audacia?

—No —discrepó Alí rápidamente—. Es valiente porque ha sacrificado todo por Jesús. Ya no tiene más miedo. Solía estar atrapado en una cárcel de mentiras. Ahora conoce la verdad.

—Estoy de acuerdo —dijo Birjandi—. Y mira cuánto impacto puedes hacer cuando hablas la verdad en amor y con tu corazón.

—Casi novecientas mil personas siguen al doctor Malik en Twitter —dijo Ibrahim—. Qué malo que la mayoría de la gente no tenga electricidad y que ahora mismo no puedan ver la televisión. Supe que las redes satelitales siguen pasando las entrevistas de Najjar que explican cómo llegó a ser seguidor de Jesús. Hasta que mi teléfono dejó de funcionar, recibía mensajes de texto de gente de todo Irán que vieron parte o todas las entrevistas, antes de que los israelíes suspendieran la energía eléctrica.

—¿Crees que en realidad fueron los israelíes? —preguntó Alí—. ¿Cómo sabemos que Hosseini y Darazi no ordenaron que suspendieran la energía eléctrica para que la gente no pudiera ver las entrevistas de Najjar?

—Bueno, de todos modos, su mensaje está saliendo. La gente de todo el país debate abiertamente lo que él ha hecho y lo que dice. Algunos están furiosos con él. Algunos están intrigados. Pero parece que todos están reenviando los mensajes, ¿no es cierto?

Entonces los dos jóvenes tomaron sus lugares en cojines en el suelo, mientras Birjandi se preparaba para enseñarles. Alí estaba ansioso por oír lo que su mentor tenía que decir.

—Cada uno de nosotros fue educado no solo como un musulmán bueno y fiel sino como un chiíta devoto y ferviente —comenzó Birjandi—. Y lo que es más, fuimos educados como imanistas. Creíamos que vivíamos los últimos días. Creíamos que el mesías vendría pronto. Creíamos que había señales que nos rodeaban e indicaban que el final de la historia humana, como la conocíamos, estaba cerca, que un reino nuevo se avecinaba y que con él llegaría el juicio para los infieles y paz y prosperidad para los creyentes. Y teníamos razón, ¿correcto?

—Definitivamente —dijo Alí.

—Ahora bien, por supuesto que cuando estábamos perdidos, creíamos que el Duodécimo Imán era nuestro mesías. Creíamos que el Mahdi no solo vendría a salvarnos, a redimirnos y a gobernar a todo el mundo, sino que Jesús también vendría, como el lugarteniente del Mahdi, como su segundo. Pero, hijos míos, nos engañaron. Creíamos una mentira. En nuestra ignorancia, ni siquiera pensamos por un momento, por un segundo, que lo que nos habían enseñado podría ser falso, que nos lo habían dado para corrompernos, para engañarnos, para alejarnos del verdadero camino. Pero Dios se compadeció de nosotros. En su bondad y misericordia, Dios nos eligió, nos extendió su mano, decidió abrir nuestros ojos e iluminarnos para revelarnos la verdad, de que Jesús es Rey de reyes y Señor de señores, y que el Mahdi es un ladrón y un mentiroso. Asombrosamente, no estamos solos. Najjar tiene razón. Dios está despertando a musulmanes en todo Irán, en todo el Medio Oriente, en el Norte de África, a lo largo del Asia Central e incluso en Indonesia. Hay un gran despertar espiritual en marcha ahora mismo. ¡Millones de musulmanes están renunciando al islam y eligen seguir al verdadero Rey, Jesucristo!

Los jóvenes coincidieron enérgicamente.

«Ahora bien, es importante darse cuenta de que mientras que el islam chiíta tiene una escatología, es decir, teología del tiempo final, el cristianismo también la tiene. Sin embargo, aunque la escatología del islam tristemente se desarrolla en las mentiras y en las falsas enseñanzas de los hombres, no se confundan, caballeros: la Biblia es la verdad, la misma Palabra de Dios. La Biblia no tiene reparo en describirse como un libro sobrenatural. Sí, fue escrita en tablas de piedra, en pergaminos y en rollos de varias clases en un período de varios miles de años, por una amplia variedad de hombres, entre ellos pastores, reyes, guerreros, pescadores y profetas. Pero aunque las Escrituras fueron escritas por medio de hombres, no fueron escritas por hombres. Al contrario, la Biblia declara explícita e inequívocamente que es la Palabra inspirada de Dios mismo, y sí, sí habla del destino de las naciones, entre ellas Irán. En esta hora crucial, es efectivamente vital que ustedes entiendan lo que la Biblia dice que nos ocurrirá. Pero prepárense, hijos míos. Va a ser una medicina muy difícil de ingerir».

16

El encargado del turno del centro de comunicaciones del primer ministro terminó de hablar por teléfono con el salón de guerra de las Fuerzas de Defensa de Israel en Tel Aviv. Aser Neftalí esperaba noticias recientes de Dimona, pero eran malas noticias de un frente distinto.

—Señor, tenemos el reporte de que un hotel en Tiberíades ha colapsado —le dijo el encargado al primer ministro—. Los equipos de emergencia y los equipos de materiales peligrosos están en la escena. En este momento, no tienen indicios de radiación ni de otras armas de destrucción masiva. Pero los incendios están fuera de control.

—¿Qué pasó?

—Los testigos dicen que el hotel fue blanco, ya sea de un misil o posiblemente de desechos de algún misil que fue interceptado sobre el Golán.

—¿Cuántas víctimas?

—Demasiado pronto para decirlo, señor. Pero se lo haré saber en cuanto sepamos algo.

—¿Y Dimona?

—Todavía no hay detalles, señor —dijo el encargado—. Como lo indicó, el área ha sido acordonada en un radio de cuarenta kilómetros. Los equipos de materiales peligrosos se reúnen ahora y se preparan para entrar. Sospecho que sabremos más en la próxima media hora.

—¿Tenemos ya alguna evidencia visual de los daños?

—Todavía no, señor.

—¿Enviamos ya un teledirigido?

—No, señor, hasta que no tengamos una idea más clara de los niveles de radioactividad.

—¿Estamos seguros de que hubo una explosión nuclear?

—No tenemos reportes de nube de hongo en sí, pero más allá de eso, no tengo más información. He abierto una línea para el comandante de las Fuerzas de Defensa de Israel que está más cerca al lugar. Puedo comunicarlo con él si quiere.

—No, está bien —dijo el primer ministro—. Déjelo hacer su trabajo. Solo manténgame informado.

—Sí, señor.

Neftalí giró hacia el embajador Montgomery. Le agradeció al estadounidense por reunirse con él, pero le dijo que ahora necesitaba centrar toda su atención a los continuos ataques de cohetes. Aun así, tenía un mensaje para la Casa Blanca que quería que Montgomery transmitiera.

«Dígale al presidente que voy a salir en la televisión dentro de una hora para informar al pueblo israelí acerca de dónde estamos en el curso de esta guerra —dijo el primer ministro con calma—. Dígale que los enemigos de Israel van a pagar un gran precio por lo que han hecho. Déjele claro que no voy a menguar esta guerra. Al contrario, voy a expandirla. A partir de este momento, ordeno una invasión terrestre completa del Líbano y de Gaza, y una nueva ola masiva de ataques aéreos sobre Irán. Simultáneamente, he enviado un mensaje, por medio del embajador británico en Damasco, al presidente Mustafá, en el que advierto a los sirios de que ni siquiera piensen en unirse a esta guerra. Y que Dios me ayude, si cualquier nación o grupo terrorista usa armas de destrucción masiva en contra del Estado de Israel, van a desencadenar un nivel de represalias que el mundo nunca ha visto».

El rostro del embajador Montgomery estaba pálido, pero asintió con la cabeza, le apretó la mano al primer ministro y le agradeció por la cortesía de su tiempo. Entonces, un destacamento de seguridad lo acompañó a las afueras de la residencia y a su caravana, que lo esperaba para el rápido recorrido de regreso al recién construido consulado estadounidense, en el vecindario de Arnona, en Jerusalén.

Cuando se marchó, Neftalí marcó el discado rápido de su ministro de defensa. «Leví, ya se fue —dijo con calma—. Pero le dejé clara nuestra postura. Que comience la música. Ya es hora».

HAMADÁN, IRÁN

El doctor Birjandi se reclinó en su silla, cerró los ojos y sin notas comenzó a guiar a sus estudiantes a pasajes clave de las Escrituras, de memoria.

—Busquen Isaías capítulo 46 —dijo.

Ibrahim encontró el pasaje primero.

—¿Qué versículo? —preguntó.

—Nueve y diez —dijo Birjandi.

—Aquí está —dijo Ibrahim, frotándose la barba—. Al hablar por medio del profeta Isaías, el Señor dijo: "Yo soy Dios, y no hay otro como yo. Solo yo puedo predecir el futuro antes que suceda. Todos mis planes se cumplirán porque yo hago todo lo que deseo".

—Bien —dijo el anciano—. Ahora busquen Jeremías 33:3.

Esta vez Alí lo encontró primero. Aclaró su garganta y lo leyó suavemente.

—"Pídeme y te daré a conocer secretos sorprendentes que no conoces acerca de lo que está por venir".

—Muy bien —dijo Birjandi—. Ahora bien, quiero que siempre mantengan esta verdad en mente: las profecías que encontramos en la Biblia son revelaciones de la mente del Dios que todo lo ve y todo lo sabe. Ellas nos dicen los secretos de Dios. Nos dicen "secretos sorprendentes" del futuro que no sabemos. Frecuentemente, no siempre pero frecuentemente, las profecías bíblicas son advertencias acerca del futuro. Nos advierten de guerras o sobre desastres naturales, u otros acontecimientos catastróficos que Dios ha determinado permitir que ocurran o que hará que ocurran. Pero no nos dice estas cosas para asustarnos. Nos las dice para prepararnos, para que no nos sorprendamos y podamos estar listos para actuar de manera valiente y audaz en su servicio cuando el tiempo llegue.

—Pero ¿qué de Irán? —preguntó Alí—. Usted dijo que la Biblia nos habla del futuro de nuestro país, ¿verdad?

Birjandi asintió con la cabeza.

—Hay dos profecías crucialmente importantes acerca del futuro de Irán en los últimos días. La primera se encuentra en Jeremías 49:35-39.

Ibrahim encontró el pasaje y comenzó a leerlo.

—"Esto dice el Señor de los Ejércitos Celestiales: 'Destruiré a los arqueros de Elam, lo mejor de su ejército. Traeré enemigos de todas partes y esparciré a la gente de Elam a los cuatro vientos. Serán desterrados a países de todo el mundo. Yo mismo iré con los enemigos de Elam para destrozarla. En mi ira feroz traeré gran desastre sobre el pueblo de Elam —dice el Señor—. Sus enemigos lo perseguirán con espada hasta que yo lo destruya por completo. Estableceré mi trono en Elam —dice el Señor—, y destruiré a su rey y a sus oficiales. Sin embargo, en los días que vienen restableceré el bienestar de Elam. ¡Yo, el Señor, he hablado!'".

—¿Elam es Irán? —preguntó Alí.

—Sí —dijo Birjandi, todavía reclinado y con los ojos todavía cerrados—. Elam es uno de los nombres antiguos de Irán, así como Persia. El pasaje nos dice que en los últimos días, Dios esparcirá al pueblo de Irán por toda la tierra. Por muchos siglos, esto pareció imposible porque los persas somos un pueblo tan orgulloso y nacionalista. No obstante, tan increíble como era, esta profecía en realidad comenzó a cumplirse en 1979. En ese año, por primera vez en la historia, nuestro pueblo fue esparcido por todo el globo. Cuando el régimen del sha cayó y el Ayatolá Jomeini llegó al poder, Irán entró en caos. Muchos estaban muy contentos, incluso yo. Fuimos engañados. Nuestros ojos fueron cegados. Pero muchos otros comprendieron el mal que Jomeini representaba. Comprendieron que el islam no era la respuesta y que el yihad no era el camino, por eso es que muchos huyeron de Irán tan pronto como pudieron. ¿Adivinen cuántos iraníes viven ahora fuera del país?

—¿Medio millón? —adivinó Ibrahim.

—No, más —dijo Birjandi.

—¿Un millón? —preguntó Alí.

—Más.

—Dos millones —se aventuró Alí.

—Ahora hay como cinco millones de iraníes esparcidos en todo el mundo —dijo Birjandi—. Algo así nunca había pasado antes, en toda la historia del pueblo persa, pero se inició en 1979 y todavía ocurre ahora.

—Mi tío se fue de Teherán en 1979. Se llevó a toda su familia; se fueron a Canadá —dijo Ibrahim—. Mi padre todavía lo maldice. Dice que es un cobarde, un enemigo de la Revolución, y que ya no es su hermano. Yo ni siquiera había nacido, pero así fue. Tomó su decisión, y él y toda su familia murieron para nosotros. No se nos permitía siquiera mencionar su nombre. Una vez lo hice y mi padre me golpeó con una vara.

—Lo siento mucho —dijo el doctor Birjandi; se irguió y se inclinó hacia delante—. Pero no estás solo. La Revolución dividió a muchas familias, pero por lo menos sabes que lo que digo es cierto.

—Sí, creo que sí.

—Bueno, ese solo es el comienzo de la profecía —continuó el anciano—. El Señor dice que va a "destruir" la estructura actual de Irán. ¿Ven eso en el texto? Y el Señor sigue diciendo que "irá con los enemigos" de Irán "para destrozarla". Dice que llevará su "ira feroz" en contra de los líderes de Irán y dice: "Sus enemigos lo perseguirán con espada hasta que yo lo destruya por completo". En el versículo 38, el Señor dice entonces que específicamente "destruiré a su rey y a sus oficiales", los de Irán. Ahora bien, ¿qué nos dice todo esto?

—Que estamos condenados —dijo Alí.

—¿Por qué dices eso? —preguntó Birjandi.

—¿Qué quiere decir? —respondió Alí—. Dios dice que va a destruirnos. Va a destrozarnos. Va a quebrarnos. Me parece que va a desatar su venganza sobre nosotros y dejará que los israelíes nos aniquilen totalmente, así como el Ayatolá los ha estado amenazando con aniquilarlos.

—En ese caso, joven, no estás leyendo el texto con el debido cuidado —dijo Birjandi—. ¿Qué dice el versículo 39?

Ibrahim respondió.

—Dice que Dios restablecerá "el bienestar de Elam".

—Exacto —dijo Birjandi—. ¿Qué significa eso?

Los dos jóvenes estaban perplejos y callados.

—¿Hola? ¿Todavía están allí, chicos?

—Sí, señor, todavía estamos aquí —dijo Ibrahim.

—¿Entonces a qué tiempo se refiere?

—No sabemos.

—¿De veras? ¿Por qué no?

—Pues, parece contradictorio. ¿Va a destruirnos Dios o a bendecirnos?

—¿Podría ser un poco de ambas cosas? —preguntó el anciano—. Miren, caballeros, la verdad es que Dios ama al pueblo de Irán. Tiene un futuro bello planificado para nosotros. Nos promete bendecirnos en los últimos días, pero antes de poder bendecirnos, tiene que purificarnos. Lo cual significa que va a juzgar a nuestros líderes políticos, religiosos y militares. Va a quebrarlos, a destruirlos y a consumirlos. No a toda la gente, sino a los líderes. ¿Ven cómo se refiere específicamente a "su rey y a sus oficiales"? El Señor habla aquí acerca de juzgar al liderazgo del país. No al pueblo. Todo lo contrario. El Señor dice que va a restablecer nuestro bienestar y a trasladar su trono aquí, justo aquí, en Irán.

Alí e Ibrahim se quedaron en silencio, analizando el texto y tratando de comprender la magnitud de su importancia.

—¿Pueden imaginarlo? —preguntó Birjandi.

—¿Está diciendo que después de que Dios juzgue a nuestros líderes y ejército, él va a permitir que el pueblo de Irán llegue a ser libre políticamente y próspero económicamente? —preguntó Alí.

—Esa es una interpretación, y ciertamente me encantaría creerlo. Sin embargo, me inclino más hacia la interpretación de que Dios especialmente quiere decir que bendecirá al pueblo de Irán espiritualmente. Creo que va a derramar su amor, su perdón y su Espíritu Santo en el pueblo de Irán. Va a abrir sus corazones y sus ojos y los ayudará a ver claramente que Jesucristo es el único Salvador y Señor en este mundo. Y cuando él dice que va a trasladar su trono aquí, creo que significa que va a hacer de Irán un país abastecedor, un campamento base, desde donde miles, quizás decenas de miles, de iraníes seguidores de Cristo saldrán a todo el Medio Oriente y alrededor del mundo, a predicar el evangelio, a hacer discípulos, a plantar iglesias y a avanzar el Reino de Cristo. Irán no está condenado, queridos míos. Irán está al borde de uno de los despertares espirituales más grandes de la historia de la humanidad. Estamos a punto de comenzar a exportar la Revolución de Jesús, no la Revolución Islámica. Sé que ahora se ve muy oscuro, pero la Verdad está a punto de amanecer en el pueblo persa.

★ ★ ★ ★ ★

SYRACUSE, NUEVA YORK

Eran casi las dos y media de la mañana.

Marseille Harper estaba exhausta; física y emocionalmente consumida, y mientras se dirigía en el Ford Focus rentado hacia la entrada de la casa de su amiga en Fayetteville, un suburbio pintoresco y elegante de Syracuse, estaba ansiosa por dirigirse de puntillas hacia la habitación de visitas, ponerse su pijama, meterse a la cama y cubrirse con las colchas hasta la cabeza. No quería ver a nadie más. No quería hablar con nadie más. Solo quería esconderse del dolor que la rodeaba y pedirle al Señor que la sostuviera mientras se dormía llorando.

Tan agradecida como estaba por el tiempo que acababa de pasar con el doctor Shirazi, estaba profundamente preocupada por él. En realidad, él estaba mejor de lo que ella esperaba en ese momento, pero era por fuera. ¿Qué pasaba por dentro en realidad? Él no conocía al Señor. No sabía qué le llevaría el día nuevo, mucho menos qué le esperaba en la eternidad. Se preguntaba si alguna vez podría recuperarse del inmenso dolor de haber perdido a la que había sido su esposa por más de treinta años. Ella temía lo que las noticias de la muerte de David le pudieran causar al doctor Shirazi, si eso ocurría en las siguientes horas o días, como ella esperaba que pudiera ocurrir cada vez más. Temía la posibilidad de asistir a otro funeral de otro amigo de la familia, querido, íntimo y personal, pero estaba comenzando a armarse de valor para esa posibilidad.

David era un agente de la CIA que operaba dentro de Irán, en medio de una guerra cataclísmica, la peor en la historia moderna del Medio Oriente. Por supuesto que no sabía exactamente en qué parte de Irán estaba, ni qué hacía exactamente, pero ¿en realidad importaba eso en este momento? Cada minuto de cada hora podría llevar una sentencia de muerte. Claro que él estaba en las manos de Dios, y ella creía que ese era el mejor lugar en el que él podía estar. Pero ¿quién podría decir que el Señor no permitiría que David muriera? Ella oraba por su seguridad, pero sabía demasiado bien que a veces Dios decía que no.

Saber la verdad sobre David fue una carga que cayó pesadamente en los hombros de Marseille. Estaba agradecida porque el doctor Shirazi también lo sabía. Eso creó solidaridad entre ellos. Pero no cambió el hecho de que ella quizás nunca volvería a ver a David, y esa era una verdad que no estaba segura de poder soportar.

Después de tantos años, de tanta distancia, de tanto silencio, finalmente se había contactado con David Shirazi y le había pedido volver a verlo otra vez. Para sorpresa suya, él había dicho que sí, y a ella le había encantado cada segundo de su presencia. Ya no era un chico. Verdaderamente se había convertido en un hombre.

Por supuesto que era imposible estar con David. Él no era creyente, en lo que a ella concernía. Nunca podría unir su vida con alguien que no le hubiera entregado su corazón a Cristo. Aun así, no podía negar cómo se sentía. No podía describir lo bien y lo segura que se había sentido cuando él la abrazó al terminar su fugaz visita. Todavía podía sentir en su mejilla su cálida respiración, y eso la hizo sentir un escalofrío. No podía decirle esas cosas al padre de él, por supuesto. Aun así, quería decírselo a alguien, pero ¿a quién? Su madre se había ido. Su padre se había ido. Lexi estaba lejos. No tenía a nadie en quien confiar, y aunque tuviera a alguien, había dado su palabra de no decir nada acerca del verdadero trabajo de David, lo cual hacía que saberlo fuera aún más doloroso.

17

—Usted dijo que había otra profecía acerca de Irán —observó Alí.

—La hay —dijo el doctor Birjandi—. Busca en el Antiguo Testamento el libro de Ezequiel, capítulos 38 y 39.

Birjandi procedió entonces a guiarlos por una serie de profecías que dijo que se conocían ampliamente como la Guerra de Gog y Magog. Revelaban un enfrentamiento apocalíptico en contra de Israel y del pueblo judío que sería dirigido por una nación llamada Magog.

—Hay un buen número de pistas que dejan claro que la nación a la que se refiere como Magog es la Rusia de la época moderna —dijo Birjandi—, incluso los escritos de Flavio Josefo, historiador romano. No obstante, lo que es crucial que entendamos es Ezequiel 38:5. ¿Cuál es el primer país que se menciona que formará una alianza en contra de Israel?

—Persia —dijo Ibrahim.

—Exactamente —confirmó Birjandi—. Las profecías antiguas hablan de una alianza rusa-iraní en alguna época del futuro. Para muchos eruditos, esto ha parecido bastante curioso, dado que durante los últimos miles de años, los rusos y nosotros los iraníes nunca hemos tenido semejante alianza. Es más, los líderes de estos países se han odiado mutuamente. Hasta 1943, los rusos ocuparon partes del norte de Irán. Bajo Jomeini, oramos para que Alá llevara juicio a los comunistas impíos y ateos del Kremlin, pero entonces, ¿qué ocurrió? Sufrimos ocho años de guerra con Irak. Teníamos mucho dinero del petróleo, pero necesitábamos desesperadamente armas nuevas. La Unión Soviética se desmoronó y los rusos de repente tuvieron muchas armas, pero necesitaban dinero desesperadamente. En efecto, a mediados de los años noventa, Irán le comenzó a comprar armas a Moscú. Cuando Vladimir Putin llegó al poder en 2000, comenzamos a comprar aún más armas. Cuando Hosseini y Darazi llegaron al poder, contratamos a los rusos para que nos ayudaran a construir nuestra primera planta de energía nuclear y otras instalaciones nucleares. Ellos nos vendieron materiales nucleares y entrenaron a nuestros científicos nucleares. Ahora, como bien lo saben, hemos desarrollado vínculos militares, diplomáticos y económicos entre nuestros dos países, como Ezequiel 38 sugiere que ocurrirá.

Birjandi explicó que las profecías indicaban que esa alianza ruso-iraní también atraería a más naciones. La antigua Cus, dijo, era el Sudán moderno. Fut era la Libia y la Argelia modernas. Gomer era la moderna Turquía, y Bet-togarmá la describió como un grupo de otros países del Cáucaso y de Asia Central, todos con mayorías musulmanas o fuertes minorías musulmanas, que se unirían bajo el liderazgo ruso, tratando de atacar a Israel y de saquear al pueblo judío.

—Ahora bien, vean el versículo 38:16 —dijo el anciano erudito—. ¿Cuándo dice Dios que va a ocurrir esta guerra?

Allí leyó el versículo.

—"En ese futuro lejano, te traeré contra mi tierra".

—Precisamente —dijo Birjandi—. Entonces es claramente una profecía de los últimos tiempos. Está orientada al futuro; no es algo que ya haya ocurrido.

—¿Y quién gana esta guerra apocalíptica ruso-iraní contra Israel? —preguntó Ibrahim.

—¿La versión corta? —dijo Birjandi—. Nosotros no.

FRONTERA ISRAELÍ-LIBANESA

Sin preámbulo, la Fuerza Aérea Israelí lanzó una nueva y descomunal campaña aérea en contra de las posiciones de Hezbolá en el sur del Líbano. La primera ola de aviones de combate tenía como objetivo centros de comando de Hezbolá, instalaciones de comunicaciones, plataformas de misiles, lanzadores de cohetes, almacenes de armas y bases militares libanesas. La próxima ola derribó puentes sobre el río Litani, caminos, túneles y otra infraestructura de transporte, todo diseñado para suprimir —o por lo menos obstaculizar— los esfuerzos de reabastecimiento desde el norte.

Cientos de tanques de batalla Merkava Mark IV —los más avanzados del arsenal de las Fuerzas de Defensa de Israel— pronto comenzaron a atravesar la frontera hacia el Líbano, despejando minas y abriendo fuego devastador contra las atónitas fuerzas de Hezbolá, a quienes sus comandantes les habían dicho que los sionistas eran demasiado cobardes como para atacarlos. Cruzando la frontera a toda velocidad, respaldados por unidades de artillería y por un despliegue descomunal de hombres de las reservas de infantería, los israelíes ganaron terreno más rápidamente de lo que se esperaba, demoliendo cualquier casa, granja, fábrica o mezquita en donde se usaran o almacenaran lanzadores de cohetes o armas.

Simultáneamente, tanques, transportes blindados de personal y unidades de las fuerzas especiales israelíes ingresaron también a Gaza. Inicialmente enfrentaron resistencia feroz, pero respondieron con fuerza tan extraordinaria que pronto aplastaron la línea de fuego de los combatientes de Hamas y del Yihad Islámico, logrando que se dispersaran y se reagruparan más profundamente en la Ciudad de Gaza.

Leví Shimon le daba al primer ministro noticias frescas cada quince minutos por un sistema seguro de correo electrónico, pero las preguntas iniciales de Neftalí no concernían tanto al progreso que se lograba en el Líbano y en Gaza, sino a alguna señal de que Siria se involucrara en esta pelea. Hasta allí, la respuesta era no, pero el primer ministro y Shimon todavía no podían entender por qué.

Los sirios habían firmado pactos con los iraníes y con Hezbolá. Estaban obligados a pelear legal y moralmente. Shimon no tenía ilusiones en cuanto a cuán letal era la amenaza de Siria. Hacía mucho tiempo que Damasco se había embarcado en un programa agresivo para desarrollar y almacenar grandes cantidades de armas químicas, como gas sarín, VX y gas mostaza. El Mossad había identificado por lo menos cinco instalaciones que producían estos químicos mortales en Siria, además de sólida evidencia de que los rusos habían ayudado a los sirios para estar en capacidad de lanzar tales armas en contra de Israel por medio de aviones, de misiles y de artillería.

No obstante, algo evitaba la participación de los sirios. Sí, Neftalí y Shimon le habían enviado advertencias a Mustafá a través de varios intermediarios, no solo con el embajador británico. También le habían transmitido el mensaje a través del rey de Jordania, a través del secretario general de la ONU y a través del ministro de relaciones exteriores francés. Sin embargo, el silencio no era normal. Los misiles sirios no se habían desencadenado sobre Israel hasta entonces. Tampoco los tanques ni las unidades de artillería sirias habían enfrentado a las Fuerzas de Defensa de Israel en los Altos de Golán que estaban en alerta máxima. Algo estaba mal. Mustafá y el alto comando sirio tramaban algo. El primer ministro Neftalí lo percibía. Esa era la razón por la que continuaba haciendo preguntas. Sin embargo, Shimon no tenía respuestas, y mientras abría su tercer paquete de cigarrillos desde la medianoche, su mente volaba tratando de descubrir el misterio, antes de que su país fuera atacado por una fuerza maligna de la que no se percataron.

HAMADÁN, IRÁN

«La guerra de Gog y Magog será como ninguna otra guerra de la historia humana —le dijo Birjandi a sus estudiantes—. Ninguna nación defenderá a Israel. Ni Estados Unidos, ni la ONU ni la OTAN, nadie. Sin embargo, Israel no estará solo. Ezequiel nos dice que el Dios de Israel irá a la guerra a favor de los hijos de Israel y en contra de sus enemigos, con resultados devastadores».

Birjandi los llevó a considerar los versículos 18 al 20 de Ezequiel 38.

—¿Qué dice el texto que pasará con los enemigos de Israel?

Alí tomó un momento para leer el pasaje.

—Parece que habrá un gran terremoto —dijo.

—Correcto —afirmó Birjandi—. "Todos los seres vivientes [...] temblarán de terror ante mi presencia", dice el Señor. El epicentro del terremoto estará en Israel, pero sus ondas expansivas se sentirán alrededor del mundo. ¿Qué más?

Ibrahim leyó:

—"Convocaré contra ti a la espada en todas las colinas de Israel [...] Tus hombres se atacarán con la espada unos contra otros".

—Correcto —dijo Birjandi—. En otras palabras, en el caos resultante, las fuerzas enemigas formadas en contra de Israel comenzarán a luchar unas contra otras. La guerra efectivamente comenzará, pero las fuerzas rusas, las iraníes y otras fuerzas musulmanas se atacarán unas a otras, no a los judíos. Ahora miren el versículo 22.

Ibrahim siguió leyendo:

—"Te castigaré a ti y a tus ejércitos con enfermedades y derramamiento de sangre; ¡enviaré lluvias torrenciales, granizo, fuego y azufre ardiente!".

—Aquí el Señor habla del juicio que llevará en contra de Gog, el dictador ruso, y de sus aliados. Esta será la secuencia de acontecimientos más aterradora de la historia humana hasta ahora. Inmediatamente después de un terremoto global y sobrenatural, que sin duda se llevará muchas vidas, vendrá una serie sucesiva de otras catástrofes. Las enfermedades pandémicas, por ejemplo, arrasarán con las tropas de la coalición rusa. Los atacantes enfrentarán otros juicios, como rara vez se ha visto desde el enfrentamiento en Egipto entre Moisés y el faraón. Devastadoras tormentas de granizo atacarán a esas fuerzas enemigas y a sus partidarios. Así también lo harán las tormentas de fuego apocalípticas que harán recordar el juicio terrible de Sodoma y Gomorra. Las Escrituras indican que las tormentas de fuego se extenderán geográficamente y serán excepcionalmente mortales.

Birjandi le dio un sorbo a su té mientras dejaba que las implicaciones de las palabras fueran internalizadas.

«Piénsenlo, caballeros. Esto sugiere que los objetivos en toda Rusia y en la ex Unión Soviética, y quizás en todos los aliados de Rusia, serán atacados de manera sobrenatural ese día de juicio y serán consumidos parcialmente. Eso podría estar limitado a silos de misiles nucleares, a bases militares, a instalaciones de radares, a ministerios de defensa, a instalaciones de inteligencia y a otros edificios gubernamentales de varias clases. Sin embargo, otros objetivos bien podrían incluir centros religiosos, como las mezquitas, las madrazas, las escuelas y las universidades islámicas, y otras instalaciones donde se predica el odio en contra de judíos y de cristianos, y donde se oyen llamados a la destrucción de Israel. No sabemos con seguridad porque el texto no lo dice. Por lo que tenemos que ser muy cuidadosos de no sobrepasarnos en nuestra interpretación. Sin embargo, creo que no importa cómo ocurra, es justo decir que debemos esperar un daño material extenso durante estos ataques sobrenaturales, y es posible, no definitivo, pero muy posible, que muchos civiles estén en severo riesgo».

Alí e Ibrahim tomaban notas tan rápido como podían, pero Birjandi no había terminado.

«Ahora bien, busquen Ezequiel 39:12 —continuó—. Nos dice que la devastación será tan descomunal que Israel tardará siete meses completos en enterrar todos los cuerpos de los enemigos en su medio, sin decir nada de los muertos y heridos en los países de la coalición. Lo que es peor, los versículos 17 y 18 indican que el proceso de entierro en realidad tardaría muchísimo más, salvo por los cientos de cuerpos que serán devorados por aves y bestias carnívoras atraídas por la carnicería, como polilla al fuego. Este será un tiempo horrible y grotesco, pero eso es lo que vendrá. Un juicio tremendo llegará en contra de Rusia, en contra de Irán y en contra de nuestros aliados. Quizás lo que es más aleccionador de todo es que algunas profecías de Ezequiel ya se han cumplido».

SYRACUSE, NUEVA YORK

Marseille apagó las luces del Ford y apagó el motor, pero no salió del auto ni entró todavía a la casa. Había estado pensando en David, pero ahora, a pesar de lo cansada que estaba, se encontró pensando en el enemigo con el que David peleaba, el Duodécimo Imán. ¿Quién era este monstruo que ocasionaba estragos en todo el Medio Oriente? ¿Quién era este demonio que estaba tratando de matar a sus mejores amigos, que estaba tratando de matar a todos los judíos en Israel, que estaba tratando de desarrollar un reino global al cual gobernar con puño de acero? ¿Podrían detenerlo? ¿Cómo? ¿Y quién?

Hacía ya algún tiempo que Marseille había estado reflexionando sobre la posibilidad de que el Mahdi fuera, de hecho, el Anticristo que la Biblia decía que surgiría y gobernaría en los últimos días. Por lo tanto, había estado estudiando cuidadosamente las Escrituras para entender verdaderamente las profecías del Anticristo, tanto del Antiguo como del Nuevo Testamento. Había leído docenas de artículos de prensa sobre el Mahdi, su misterioso trasfondo y sus objetivos asesinos. Al principio, sintió que tenía que haber una conexión entre los dos. Pero en las últimas cuarenta y ocho horas más o menos, había llegado a estar menos segura de que el Mahdi, sin importar lo horrible que fuera, pudiera ser en realidad el tirano final, impulsado satánicamente, del que escribieron los profetas y los apóstoles. ¿No se suponía que el Anticristo conquistaría Israel y gobernaría el mundo? ¿Por qué, entonces, el Mahdi estaba perdiendo esta guerra contra los judíos?

Se sacudió el pensamiento y metió las llaves en su bolso. Era demasiado tarde para esos pensamientos, y tenía otros asuntos en qué pensar. Sacó su iPhone. Había estado enviando mensajes de texto y correos electrónicos a Lexi por días, pero todavía no le había respondido nada. El último correo que tenía era de varios días antes de que la guerra en realidad comenzara.

Marseille se preguntaba dónde estaba su amiga y oró por la seguridad de ella y de Chris. Se quitó la humedad de los ojos, luego revisó el retrovisor para asegurarse de no estar hecha un desastre. Necesitaba una ducha y una taza de té, pero eso tendría que esperar. Por ahora, solo necesitaba cerrar los ojos y dejar que todas las preocupaciones del mundo se derritieran, por lo menos durante las siguientes horas.

Se obligó a salir del auto y silenciosamente cerró y aseguró las puertas. Los padres de Lexi —Richard y Sharon Walsh— habían pasado por mucho durante los últimos días, y lo último que quería hacer era despertarlos. Aun así, cuando caminó hacia la puerta de enfrente, se alegró de haber decidido quedarse con los Walsh en lugar de volver al Sheraton, en el campus universitario. Los padres de Lexi habían desalentado mucho a su hija y a su nuevo yerno de pasar su luna de miel en Israel. Ahora estaban muy asustados. Miraban noticias de cable sin parar, mientras la tormenta de cohetes y misiles seguía cayendo en la Tierra Santa, hora tras hora. Cuando había podido pasar tiempo con los padres de Lexi, Marseille había hecho lo mejor posible para consolarlos, aunque sus esfuerzos no parecían hacer mucho bien. Había orado con ellos y por ellos, pero ellos no eran creyentes y no les agradaba mucho el interés de Lexi en las cosas espirituales. Marseille solo esperaba que por lo menos durmieran bien.

Cuidadosamente abrió la puerta de enfrente y entró, pero para su sorpresa, la casa no estaba oscura ni en silencio. Los padres de Lexi no estaban durmiendo. Su padre caminaba en la cocina con un teléfono en su oído. Su madre estaba llorando, acurrucada enfrente de la televisión en la sala familiar, mientras que las imágenes de un incendio que rugía llenaba la pantalla.

—¿Te enteraste de las noticias? —preguntó el señor Walsh cuando Marseille entró a la cocina.

—No, ¿por qué? ¿Qué pasa? —dijo Marseille.

El padre de Lexi señaló la televisión y Marseille se quedó con la boca abierta cuando leyó el texto que circulaba en la parte inferior de la pantalla: «NOTICIAS DE ÚLTIMA HORA DE CNN: Hotel israelí en Tiberíades destruido por ataque de misiles... 46 muertos confirmados, según la policía local... 93 heridos... Búsqueda frenética en marcha para encontrar más sobrevivientes».

18

David y el equipo regresaron al refugio exhaustos y desanimados, David más que todos. Había expuesto a su equipo a riesgos extremos, ¿y qué habían logrado? Nada. No estaban más cerca de averiguar dónde estaban las ojivas, y el tiempo se acababa.

Urgentemente necesitaba una ducha, pero el apartamento solo tenía dos y ambas ya estaban ocupadas. Dando vueltas por su pequeña habitación del refugio —un cuarto con una pequeña ventana que daba a un callejón y que, de todas formas, estaba cubierta de barras de metal oxidado que oscurecían la pequeña vista que había—, sacó su teléfono satelital y comenzó a marcar otra vez, tratando de comunicarse con alguien, con cualquiera que pudiera darle una pista.

Cuando le respondieron en la línea de Daryush Rashidi, el pulso de David se aceleró, pero casi inmediatamente su llamada fue transferida a un correo de voz. Dejó un mensaje con su alias iraní.

«Señor Rashidi, hola una vez más; habla Reza Tabrizi —comenzó—. Solo intentaba comunicarme con usted otra vez y asegurarme de que estuviera bien. Por favor, llámeme tan pronto como reciba este mensaje. Supongo que supo lo de los padres de Abdol. Hicimos todo lo que pudimos. Lo siento mucho. Pero mire, en realidad me encantaría ayudar de cualquier manera. No sé qué puedo hacer, pero haré todo lo posible para edificar el reino del Santo en la tierra. Le ofrecí a Abdol acompañarlo, pero dijo que tenía toda la ayuda que necesitaba. ¿Hay algo que pueda hacer por usted? Cualquier cosa. Gracias. Le hablaré pronto».

Frustrado, pero decidido a no rendirse, David llamó al líder del equipo de Munich Digital Systems para saber cómo estaban. Sabía que el equipo estaba recluido en el sótano de la Embajada de Alemania en Teherán pero, una vez más, recibió un mensaje de voz.

«Dietrich, hola, es Reza otra vez —comenzó—. ¿Están bien? Parece que no puedo comunicarme con nadie. Por favor, devuélveme la llamada».

David siguió intentando con todo su listado de contactos iraníes. Todavía no se comunicaba con nadie y su enojo creciente era palpable. Sin embargo, vaciló cuando se topó otra vez con el nombre del doctor Birjandi. Poca gente le había sido más útil personal o profesionalmente. Pero ¿estaba tentando su suerte? Tal vez el anciano no respondía por alguna razón. Tal vez había algún problema. Tal vez Birjandi se veía amenazado o estaba en peligro. ¿Era un error volver a llamarlo?

Aun así, Rashidi y Esfahani —hombres allegados al alto comando iraní y al Duodécimo Imán— eran los que le habían presentado a Birjandi en primer lugar. Eran ellos los que lo habían animado a conocer al anciano erudito. Es más, había sido Esfahani quien le había dado personalmente a David el número telefónico y la dirección de la casa de Birjandi. Esfahani era el que había insistido en que se reunieran, ¿y para qué? Para estimular el interés manifiesto de David en el Mahdi. Para profundizar el interés de David de edificar el Califato. Para reclutar a David para que se uniera al ejército del Duodécimo Imán. Por lo tanto, la historia ficticia de David era sólida. En vista de eso, no tenía nada que temer al llamar, visitar o al reunirse con el doctor Birjandi. Y el mismo anciano no podría haber sido más afectuoso o alentador cada vez que los dos habían hablado. ¿Por qué entonces no respondía a las llamadas de David?

HAMADÁN, IRÁN

El doctor Birjandi sugirió hacer un alto para preparar alimentos, pero sus jóvenes estudiantes, de ninguna manera, habían terminado con sus preguntas.

—¿Está totalmente seguro de que esa guerra de Gog y Magog no ha ocurrido ya? —insistieron.

—Sí —respondió directamente.

—Entonces, ¿está seguro de que estas son profecías de los últimos tiempos?

—¿Qué dice el texto? —preguntó él—. Dice que pasará "en un futuro lejano".

—¿Cree que esto ocurrirá pronto?

—No sé —admitió Birjandi—. Pero lo que me parece intrigante es que a medida que examinas el texto cuidadosamente, verás por lo menos tres prerrequisitos antes de que la profecía pueda cumplirse completamente.

—¿Cuáles son? —preguntó Alí.

—Primero —explicó Birjandi—, Israel debe volver a nacer como país. Segundo, Israel debe "vivir con seguridad" en la tierra. Y tercero, Israel debe ser próspero. Consideremos esto en orden reverso. —Hizo una pausa por un momento, luego preguntó—: ¿Creen que Israel es próspero?

—Sí, por supuesto —dijo Ibrahim.

—¿Por qué?

—Bueno, sin duda está mejor económicamente que cualquiera de sus vecinos más cercanos.

—Es cierto —dijo Birjandi—. Israel como nación es más próspera que Jordania, Siria o el Líbano, y su tasa de crecimiento económico es mucho mejor que la de Egipto. De hecho, la economía israelí crece sistemáticamente de un 4 a 5 por ciento al año, más rápidamente que la de cualquier país industrializado de Occidente, incluso que Estados Unidos. Además, ¿sabían que en años recientes los israelíes han descubierto enormes cantidades de gas natural, a poca distancia de la costa? Cada vez hay mayor especulación de que podría haber suficiente no solo para el consumo interno de Israel, sino para exportar gas natural, mayormente a Europa. Y ¿qué país europeo se dañaría más si Israel comenzara a vender enormes cantidades de gas natural?

—Rusia —dijo Alí.

—Exactamente, pero ¿por qué? —insistió Birjandi.

—Porque ahora mismo es el proveedor de gas más grande a Europa y, como resultado, el Kremlin se está enriqueciendo muchísimo.

—Una vez más, correcto. Ahora bien, consideremos la seguridad de Israel. Obviamente, de momento no se puede considerar que los israelíes vivan con seguridad en la tierra, pero ¿y si ganan esta guerra? ¿Si destruyen todas las ojivas nucleares de Irán? ¿Si disminuyen la mayoría de nuestra capacidad militar ofensiva y avergüenzan al Duodécimo Imán? ¿Y si también pulverizan a Hamas y a Hezbolá? ¿No los haría eso estar más seguros que en cualquier época desde 1948?

Ellos coincidieron en que así sería.

«No obstante, ¿saben qué es lo más extraordinario de todo? —les preguntó Birjandi—. Muchos escépticos dicen que los acontecimientos de Ezequiel 38 y 39 nunca ocurrirán, pero el hecho es que Ezequiel 36 y 37 ya ocurrieron».

★ ★ ★ ★ ★

JERUSALÉN, ISRAEL

—Señor Primer Ministro, tengo una actualización de Dimona —le dijo el ministro de defensa a Neftalí por una línea segura.

—Adelante. Lo escucho.

—Primero, el misil que dio en el reactor no tenía ojiva nuclear.

—Gracias a Dios —dijo Neftalí mientras daba vueltas por el piso de su centro de comunicaciones.

—De acuerdo —dijo Shimon—. Segundo, percibimos cantidades significativas de radioactividad, pero menos de lo que habíamos esperado o temido inicialmente.

—Bien —dijo el primer ministro—. Entonces quiero ir a Dimona.

—¿Qué?

—Quiero verlo por mí mismo.

—Rotundamente no —replicó el ministro de defensa—. La situación es demasiado volátil.

—Pero acaba de decirme que la radioactividad es mucho menor de lo que se esperaba.

—Usted no me dejó terminar —dijo Shimon—. Sí, es menor de

lo que esperábamos, pero se debe a que sabíamos que las instalaciones eran un objetivo de alta prioridad. Hace diez días ordené que el reactor se cerrara. Silenciosamente retiramos tanto combustible y residuos nucleares como nos fue posible.

Neftalí estaba atónito.

—¿Por qué no se me informó de esto?

—Porque temí que alguien del Gabinete, o que alguno de sus asistentes, pudiera filtrar la historia. Eso habría indicado que nos estábamos preparando para atacar.

—Y tenía razón —dijo Neftalí—. Pero ahora quiero ir y evaluar los daños.

—Señor Primer Ministro, eso es... No, no es posible. El edificio del reactor se ha dañado severamente. Está completamente en llamas al momento. No podemos enviar equipos de bomberos porque no queremos exponerlos a la radioactividad que se ha liberado, que sí, es menor de lo que temíamos, pero todavía es increíblemente peligrosa. Varias de las otras instalaciones alrededor también están incendiadas. Hemos acordonado toda el área. Estamos en el proceso de evacuar a los residentes que todavía no habíamos reubicado en las últimas semanas. Vamos a lanzar por aire químicos retardadores de fuego en todo el complejo, como si fuera un incendio forestal. Esa es la opción más segura en este momento. Pero todavía hay misiles y cohetes en el aire. Y lo último que el Shin Bet o las Fuerzas de Defensa de Israel quieren es que usted esté afuera, en un helicóptero o en tierra.

—El pueblo israelí necesita verme al mando.

—Entonces vuelva a la televisión —insistió Shimon—. Deles una actualización. Tranquilícelos. Pero no se ponga en riesgo. ¿Puede imaginar el golpe maestro de propaganda que lograría Teherán si lo mataran, aunque fuera accidentalmente?

—No me gusta estar encerrado en mi oficina —dijo Neftalí, y de repente se le antojó un cigarrillo, aunque no había fumado en casi dos años—. Hábleme de Damasco. ¿Por qué Gamal no ha lanzado su fuerza de cohetes en contra de nosotros?

—¿Quién dice que no lo hará?

—Solo me pregunto por qué no lo ha hecho.

—Todavía no tengo respuestas, señor. También me atormenta. No tiene sentido, pero gracias a Dios los sirios todavía no se han involucrado. Creo que presionaría nuestros sistemas de defensa de misiles más allá de sus límites.

—¿Cree que Teherán está conteniendo a Mustafá? —preguntó Neftalí.

—Tienen que estar haciéndolo. No hay otra explicación. En cuanto a por qué, todavía no lo sé, pero escuche, tenemos un desarrollo nuevo. Algo se está tramando.

—¿Bueno o malo?

—No puedo decirlo. Todavía no. Necesito más o menos otros quince minutos para estar listo para informarle.

—¿Es bueno o malo, Shimon? —insistió el fatigado primer ministro.

—Quince minutos, señor. Entonces se lo haré saber.

KARAJ, IRÁN

David decidió no intentar otra vez con Birjandi. Algo no le parecía muy bien, aunque no estaba seguro de qué era. Hizo unas cuantas llamadas más a otros de su listado, pero todavía no consiguió nada. Revisó su lista de contactos una vez más, en busca de cualquier otra fuente para intentarlo. Estaba a punto de rendirse y de buscar un poco de ungüento para las quemaduras menores que había sufrido en Qom, cuando se volvió a topar con el nombre de Javad Nouri. Tenía el número privado del celular del hombre. Lo había ignorado en los últimos días. ¿Valía la pena intentarlo ahora? ¿O era demasiado arriesgado? Todavía temía que Javad —o los que lo rodeaban— sospechara que él pudiera estar involucrado, de alguna manera, en su intento de asesinato. Pero tal vez era un error. Tal vez el plan realmente había funcionado como se esperaba. ¿Era posible? ¿Habían logrado las maniobras de David para salvar la vida de Javad disipar cualquier sospecha? ¿Había funcionado su jugada o lo había destinado al arresto y segura ejecución? David sabía que había postergado la llamada por demasiado tiempo. Solo había una forma de averiguarlo. Respiró profundamente y marcó el número de Javad. Para su sorpresa, hubo respuesta.

—¿Aló? —dijo una voz débil y áspera al otro lado.

—¿Habla Javad? —preguntó David, atónito de que en realidad se hubiera comunicado.

—¿Sí?

—¿Javad Nouri? —confirmó David.

—Sí, sí. ¿Quién habla?

—Hola, Javad, es Reza Tabrizi. Solo llamo para reportarme y saber si está bien. Todavía me siento muy mal por lo que pasó el jueves.

—Ah, Reza, hola —respondió Nouri, claramente con algo de dolor y falto de aire—. Qué amable... de su parte llamarme, amigo mío.

—Perdón por no poder llamar antes, Javad. ¿Cómo se siente? ¿Lo están cuidando bien?

—Sí, pues, no... no estoy bien. Pero, por otro lado, no estoy muerto... y por eso le estoy agradecido. Me salvó la vida. Que Alá lo recompense muchas veces.

—No, no, fue un honor. Pero, de veras, ¿le están dando el tratamiento adecuado?

—Sí, por supuesto —dijo Nouri—. Estoy en el Centro Médico de la Universidad de Teherán.

—Uno de los mejores —dijo David.

—Sí... el mejor —asintió Nouri, que todavía batallaba para terminar las oraciones completas sin jadear—. El Mahdi dio órdenes estrictas de... que me cuidaran... bien. Él incluso...

—¿Sí?

—Incluso vino a...

—¿A qué?

—...a visitarme.

La incomodidad del hombre era palpable, y David se dio cuenta de que no iba a poder preguntarle a Nouri nada de substancia. Por el momento, todo lo que quería hacer era terminar esa llamada y terminar de intentar con su listado. No tenía tiempo para conversar.

—Qué maravilloso —dijo David—. Me alegra que esté en buenas manos, y no tengo duda de que se recuperará rápidamente y que pronto estará totalmente sano. De nuevo, lamento mucho la condición de esos teléfonos satelitales, por lo dañados que estaban. Debería haber vuelto a Alemania o a Dubai a recogerlos yo mismo. Pero yo...

—No es... su culpa, Reza —dijo Nouri interrumpiéndolo—. Usted hizo todo lo que pudo... Algunas cosas están fuera de nuestro alcance.

—Bueno, todavía me siento terrible —dijo David—. Yo solo quería ayudar.

—Lo sé —dijo Nouri—. Usted ha ayudado. Escuche... mi enfermera me dice que debo colgar.

—Por supuesto, lo entiendo —dijo David, contento de poder avanzar.

En otro contexto, tendría que haberse reído. Después de días de intentarlo, la única persona que había logrado contactar había sido a un asistente superior del Duodécimo Imán, que yacía en un hospital, en el centro de una ciudad en la que llovían bombas y misiles. Una ciudad que bien podría ser aniquilada por los israelíes muy pronto. Colgó aún más decepcionado, cayó de rodillas e inclinó su cabeza hacia el suelo.

«Señor, por favor, ayúdame —suplicó—. No sé qué hacer. Nada de lo que hago funciona. Esa no puede ser tu voluntad para mí. Ayúdame, Padre. La gente cuenta conmigo. Millones de vidas están en la balanza, pero no puedo hacerlo por mi cuenta. Necesito tu sabiduría. Muéstrame lo que debo hacer. Por favor, Padre, en el nombre de Jesús. Amén».

David permaneció de rodillas por varios minutos. Esperando. Escuchando. Con esperanzas. No pasó nada. No estaba seguro de qué esperaba, pero el cuarto estaba en silencio, aparte del zumbido silencioso de la lámpara fluorescente en el techo.

Pensó en Najjar Malik. El hombre había sido imanista, y luego Jesús se le había aparecido en las montañas de Hamadán. Jesús se le había aparecido a su esposa, Sheyda, y a su suegra. David había oído al hombre compartir su historia en varias entrevistas de televisión. Sabía que Dios le hablaba clara y directamente a Najjar Malik. ¿Por qué no le hablaba Jesús claramente y directamente en este cuarto, en este momento?

Pensándolo bien, el doctor Birjandi había oído a Cristo clara y directamente también, lo mismo que sus jóvenes discípulos, algunos de los cuales habían sido mulás chiítas radicales e hijos de mulás, hacía unos cuantos meses. Todos habían tenido sueños y visiones de Cristo. ¿Por qué David no? No podía pensar en ningún momento mejor que ahora.

Sin embargo, no ocurrió. ¿Qué significaba eso? ¿Estaba enojado Dios con él? ¿Qué tenía que hacer de manera distinta? Permaneció de rodillas por otros cuantos minutos, pero todavía no ocurrió nada.

David sabía que no podía permitirse el lujo de dudar. Había mucho en juego. No estaba enojado con Dios, y esperaba que Dios no estuviera enojado con él, pero estaba perdido. Estaba confundido. Entonces recordó algo que el doctor Birjandi le había dicho una vez: «Cuando no esté seguro de qué hacer, haga las cosas de las que sí está seguro». No había tenido mucho sentido en ese entonces, pero en realidad parecía tener sentido ahora. *No busques una estrategia nueva. No te pongas creativo. No te apoyes en tu propio entendimiento, sino confía en el Señor con todo tu corazón. Haz lo que te han enseñado. Sé fiel a tu entrenamiento.* ¿Lo cual significaba qué? En estas circunstancias particulares, ¿qué significaba eso?

David se sentó, miró su teléfono y de repente lo supo. Tenía que hablar con el doctor Birjandi. Si no podía comunicarse por teléfono, entonces tendría que llevar al equipo a la casa del hombre en Hamadán. De una u otra manera, tenía que contactarse con Birjandi... y rápido.

19

Birjandi estaba conmovido por la intensidad de las preguntas de sus estudiantes. Estos jóvenes estaban muy hambrientos de entender el futuro de su país y del mundo. Estaban muy dispuestos a estudiar las profecías y a prepararse para la segunda venida de Jesucristo, pero tenían mucho que aprender.

«Caballeros, Ezequiel 36 y 37 están entre las profecías de las Escrituras que tienen la menor probabilidad de haberse cumplido —dijo, sentado erguido en su silla y con el deseo de poder mirarlos a los ojos—. Estos capítulos indican que en los últimos días, Israel volverá a nacer como país, los judíos regresarán a la Tierra Santa después de siglos en el exilio, las antiguas ruinas de Israel se reconstruirán, los desiertos volverán a florecer, Israel experimentará un despertar espiritual y la nación renovada desarrollará un "gran ejército". En contra de cualquier expectativa, esto comenzó a ocurrir a principios de los años 1900. Se cumplió el 14 de mayo de 1948, y sigue cumpliéndose hasta esta época. Sus padres y abuelos se enojaron por eso. El Ayatolá Jomeini se enfureció por el renacimiento profético de Israel, como lo han hecho sus sucesores. Ni siquiera pueden atreverse a decir la palabra *israelíes*. Dicen los *sionistas* judíos. Los árabes tampoco están contentos, por supuesto, y han peleado guerra tras guerra desde 1948 para lanzar a los judíos al mar o aniquilarlos para siempre. No obstante, tan difícil y doloroso como ha sido para muchos en esta región, el hecho es que el renacimiento de Israel es un acto de Dios. Es el cumplimiento de antiguas profecías bíblicas que el mismo Ezequiel nos dio. Es una prueba inequívoca de que vivimos en los últimos días. Y dado el hecho de que las profecías de Ezequiel 36 y 37 se han cumplido en nuestra propia época, ¿no es remotamente posible que las profecías de Ezequiel 38 y 39 pudieran cumplirse en nuestro tiempo de vida también?».

En ese momento, Birjandi oyó un zumbido. Percibió que Alí buscaba su teléfono en su bolsillo, y entonces el joven dijo: «Es otro mensaje de Twitter en persa de Najjar Malik. "Última hora: Misil iraní acaba de caer en un reactor nuclear israelí. Los rumores aumentan de un posible ataque nuclear de Israel contra Irán. Oren y recurran a Cristo"».

El tono de los hombres se puso mucho más serio. Comenzaron a discutir qué podrían significar estas noticias para su país y sus familias, que todavía no seguían a Cristo. ¿Qué tenían que hacer? ¿A dónde debían ir? ¿Cómo podrían alcanzarlos? ¿Estarían ya en marcha los aviones israelíes, o misiles Jericó?

El teléfono de Birjandi sonó, pero él no respondió. Sonó varias veces más, pero aun así lo ignoró. No tenía interés de responder ninguna llamada en ese momento. Había cosas serias que discutir, se dijo a sí mismo, pero no contaba con la curiosidad de sus invitados.

—¿No debería responder? —preguntó Alí.

—Ahora mismo, no —respondió Birjandi—. No es importante.

—Pero ¿cómo lo sabe si no responde? Tal vez se trata de este posible ataque nuclear israelí.

—Que sus corazones no se preocupen —los tranquilizó Birjandi.

Sin embargo, los muchachos no estaban convencidos.

—¿Cómo es que a usted le entra una llamada? La mayoría de teléfonos, excepto el de Alí, no tienen nada de recepción. ¿Cómo es que el suyo sí?

El teléfono sonó otra vez.

—Vamos, pues, no nos distraigamos —dijo Birjandi.

Los muchachos no lo dejaban. Desesperadamente querían comunicarse con el mundo exterior. Birjandi, desesperadamente, no quería.

—No es un teléfono celular —explicó el anciano finalmente.

—¿Entonces qué es?

—Es un teléfono satelital.

Eso pareció intrigarlos.

—Me he enterado que el círculo íntimo del Mahdi tiene teléfonos satelitales nuevos —dijo Alí—. Dicen los rumores que son alemanes.

—No crean todo lo que oyen —les advirtió Birjandi.

El teléfono siguió sonando. Los jóvenes se quedaron callados, y esperaron a ver si él iba a responder esta vez o no. Birjandi no quería. Temía que fuera Hosseini o Darazi, y no tenía ningún interés en hablar con cualquiera de ellos. Entonces se acordó de que podría ser David y se preguntó por qué no había pensado en eso antes.

«Está bien, pásamelo, Ibrahim —dijo finalmente—. Está sobre la mesa de la cocina».

SYRACUSE, NUEVA YORK

Marseille regresó del baño a la sala familiar y se sentó otra vez en el sofá, al lado de la señora Walsh. Le entregó otra caja de pañuelos a la mujer que lloraba y la abrazó, pero la señora Walsh no se consolaba.

Todavía no había noticias sólidas, a pesar de las llamadas que hacía el padre de Lexi. Los oficiales de la Embajada de Estados Unidos en Tel Aviv decían que todavía no tenían confirmación de ningún estadounidense herido o muerto en el colapso del hotel de Tiberíades, aunque prometían llamar o enviar un mensaje de texto de vuelta, si recibían alguna noticia acerca de la hija de los Walsh y de su nuevo yerno. El Departamento de Estado en Washington no era de ayuda. Por supuesto que era la medianoche en la Costa Este; se suponía que la línea de atención telefónica para crisis internacionales tenía que funcionar, pero todas las líneas estaban congestionadas por la guerra en el Medio Oriente. Parecía que ninguno de los hospitales en Tiberíades, ni en la región de Galilea, tenía información todavía. Y, desafortunadamente, las redes noticiosas de cable daban poca atención al ataque en Tiberíades, ya que el ataque iraní al reactor nuclear israelí de Dimona dominaba todo el reportaje.

Marseille había sugerido que apagaran la televisión y que trataran de dormir un poco hasta que hubiera más información disponible, pero ninguno de los Walsh consideraba siquiera la idea. Ella había preparado té, pero la señora Walsh no quería tomar nada. Entonces se le ocurrió a

Marseille que tenía un recurso interno. Suavemente le dio unas palmadas a la señora Walsh en la espalda, se disculpó, se apartó de la televisión y se fue al comedor, que estaba un poco más tranquilo. Allí sacó su teléfono celular y marcó.

«Aló. Se ha comunicado con la base de la Agencia Central de Inteligencia. Nuestras horas de atención son de 8 a.m. a 5 p.m., de lunes a viernes. Si sabe la extensión de la persona con la que se quiere comunicar, marque 1. Si sabe el nombre de la persona con la que quiere comunicarse, marque 2, luego teclee el apellido y después el primer nombre. Si...»

Marseille marcó 2, luego introdujo *Murray, Thomas*. Un momento después, para sorpresa suya, estaba hablando con la asistente ejecutiva del subdirector de operaciones.

«Hola, Ellen, habla Marseille Harper. Perdón por llamar tan tarde en la noche, pero necesito pedirle un favor urgente al señor Murray».

KARAJ, IRÁN

—¿Aló?

—Ay, ¡gracias a Dios! —dijo David al oír la voz del anciano, atónito de que en realidad se hubiera comunicado con él, finalmente—. ¿Cómo está? ¿Se encuentra bien?

—Lo siento, ¿quién habla? —preguntó Birjandi, con un tono de sospecha en su voz.

—Doctor Birjandi, soy yo, Reza Tabrizi, David Shirazi, ¿quién cree?

—Ah, sí, ¡qué bueno oír su voz, amigo mío!

—Y también oír la suya. ¿Cómo está? ¿Se encuentra bien?

—Sí, sí, por supuesto.

—¿No le ha afectado la guerra?

—Me temo que nos ha afectado a todos —respondió Birjandi—. Pero yo estoy bien. Gracias por preguntar.

—¿Tiene suficiente comida?

—Ah, sí.

—¿Y energía?

—Del Señor, sí. De la compañía eléctrica, no, pero tengo gas con que cocinar, por lo que estamos haciendo té.

David se puso tenso.

—¿Quiénes son *nosotros*?

—Dos de mi pequeño grupo de discipulado —explicó Birjandi—. ¿Se acuerda? Los conoció la última vez que estuvo aquí.

—Es cierto —dijo David—. Pero estoy sorprendido de que se reúnan ahora, bajo estas circunstancias.

—Yo también —dijo Birjandi—. Acaban de llegar hace poco. Querían estudiar las Escrituras, por lo que tenemos un estudio bíblico. No hay mucho más que hacer, pero ¿qué sería más importante? En efecto, quisiera que usted estuviera con nosotros.

—Yo también —dijo David—. ¿En realidad está a salvo? ¿Está bien? ¿Tiene todo lo que necesita?

—El Señor es mi Pastor, David. Nada me faltará.

—Me alegro mucho. He estado tratando de comunicarme con usted desde hace algunos días. ¿Por qué no ha respondido el teléfono?

Birjandi se disculpó por no responder, aunque en realidad no dio una explicación. Más bien, le preguntó a David de él y cómo estaba.

—Estoy a salvo —respondió David—. Estoy bien. ¿Cómo dice la canción? "Me las arreglo con un poco de ayuda de mis amigos".

Birjandi no dijo ni una palabra, y David imaginó que probablemente no era muy fanático de los Beatles, en todo caso.

—De cualquier manera, oiga —continuó—, tengo mucho que hablar con usted. Tengo muchas preguntas, pero hay una razón específica por la que he estado tratando de comunicarme con usted, doctor Birjandi. ¿Puedo comenzar con eso?

—Sí, por supuesto, hijo mío. Cualquier cosa que necesite.

—Doctor Birjandi, tenemos un serio problema, y necesitamos su ayuda.

—Sí, me he enterado.

—¿De veras? ¿Qué es lo que sabe?

—Que los iraníes atacaron el reactor de Dimona y que el primer ministro está considerando ataques nucleares como represalia.

El corazón de David latía fuertemente.

—Pensé que no tenía electricidad.

—No tengo —dijo Birjandi.

—¿Entonces no tiene radio ni televisión?

—No.

—Lo supo por Hosseini o por Darazi? ¿Qué más dijeron?

—No, no —dijo Birjandi—. No he hablado con ninguno de ellos. Ni quiero hacerlo. Uno de los jóvenes aquí tiene un teléfono celular que funciona. Recibe mensajes de Twitter de Occidente. De Najjar Malik, de hecho. Así nos enteramos, pero, por su reacción, aparentemente es cierto.

—Sí, atacaron Dimona.

—¿Van a lanzarnos armas nucleares los israelíes?

—No sé, doctor Birjandi. La verdad es que no lo sé.

—Pero es posible.

—Sí, me temo que sí.

—¿Solo posible, o probable?

David vaciló. No quería preocupar a su amigo ni a los estudiantes del hombre, pero Birjandi siempre había sido franco con él. David creía que él merecía lo mismo.

—Honestamente, creo que depende en gran parte de cuánto daño se haya hecho al reactor de Dimona. Si el reactor fue seriamente dañado y una nube radioactiva comienza a extenderse a lo largo del Estado de Israel, eso pondría miles de vidas en riesgo, quizás millones. Hay muchas variables, pero si fuera apostador...

David hizo una pausa, pero Birjandi lo entendió.

—¿Es así de malo? —preguntó el anciano.

—Sí, lo es.

—Si los israelíes lanzaran misiles nucleares, sin duda caerían en Teherán, ¿correcto?

—Eso no lo sé.

—¿En Bushehr?

—Probablemente.

—¿En Natanz?

—Probablemente.

—¿En Qom?

—Tal vez.

—¿En Hamadán?

—Casi seguro —admitió David.

Hubo un silencio largo al otro lado de la línea. Finalmente, David tenía que ponerse en marcha.

—Oiga, doctor Birjandi, eso no es todo. También hay otro problema. Y para eso es que realmente necesito su ayuda.

—Sí, por supuesto. ¿De qué se trata? ¿En qué puedo ayudarlo?

LANGLEY, VIRGINIA

Murray estaba en la línea con el jefe de la estación de la CIA en Islamabad, cuando el intercomunicador de la oficina timbró tres veces. Era la señal de su secretaria de que tenía una llamada importante.

—¿Sí?

—Señor Murray, perdón por molestarlo, pero pensé que le gustaría saber que la señorita Harper acaba de llamar. Está en la línea tres. ¿Qué quiere que le diga?

—¿Marseille Harper? —preguntó Murray, incrédulo.

—Sí, señor.

—Son las 3:00 a.m. ¿Está loca?

—Su mejor amiga está en Israel y está hospedada en el hotel de Tiberíades que colapsó. Los padres de su amiga no pueden comunicarse con la embajada ni con el Departamento de Estado para que les confirmen si su hija y su yerno están vivos o muertos. Dijo que se había aventurado, con la posibilidad de que usted no solo estuviera despierto sino en la oficina, y se preguntaba si usted dispondría de un momento para hablar con ella.

—No, no puedo —dijo Murray—. Estoy en la línea con... Estoy en medio de... Si acepto esta llamada ahora, yo... Olvídelo. No importa. Dígale que no puedo responder el teléfono, pero pídale toda la información que necesite de sus amigos, pídale el número a donde pueda devolverle la llamada, póngase al teléfono con nuestro jefe de estación en Tel Aviv y averigüe qué saben ellos.

★ ★ ★ ★ ★

KARAJ, IRÁN

David explicó la situación de las dos ojivas iraníes perdidas y el temor en Washington de que una se dirigiera hacia Israel y la otra a Estados Unidos. No dijo cómo la CIA se había enterado de las ojivas, pero sí presionó a Birjandi por información.

—No he oído nada de ellas.

—Entonces necesito que llame al Ayatolá.

—¿Se puede saber para qué?

—Necesito que le pida a Hosseini una reunión con el Duodécimo Imán.

—De ninguna manera —dijo el anciano—. Eso es imposible.

—Doctor Birjandi, mire, sé que es demasiado pedirle. Pero nuestra única esperanza de encontrar esas ojivas es encontrando al Mahdi. Él es la única persona, que podemos estar seguros, que sabe precisamente dónde están las ojivas. Tal vez Hosseini lo sepa, tal vez no. Tal vez Darazi lo sepa, tal vez no. Pero podemos estar seguros de que el Mahdi sabe dónde están y que personalmente dirige la estrategia para usarlas en contra de nosotros y de Israel. Necesitamos encontrarlo, doctor Birjandi. Necesitamos saber qué piensa, qué es lo que dice, qué hace. Ahora mismo usted es la única persona que puede comunicarse con él, pedirle una reunión y obtenerla. El Mahdi ya ha indicado que quiere reunirse con usted. Usted lo ha evadido, pero tiene que decir que sí y tiene que hacerlo ahora mismo.

—Amigo mío, usted es un buen joven, y hace un buen trabajo —respondió Birjandi—, pero me pide algo que no puedo dar.

—Con el debido respeto, *amigo mío*, usted puede; simplemente decide no hacerlo —replicó David—. Pero usted es perfecto para esto. Ellos lo aman. Confían en usted. Creen que es uno de ellos. Usted puede averiguar dónde están las ojivas y qué ciudades usarán ellos para atacar, y usted puede llamarme de su teléfono satelital cuando lo averigüe.

—No, usted no me escucha. Eso es imposible.

—Pero ¿por qué? —insistió David—. ¿Acaso no ve lo altos que son los riesgos?

—Claro que sí —respondió Birjandi—. Pero no voy a ver al Duodécimo Imán, bajo ninguna circunstancia. ¿No lo entiende?

—No, sinceramente, no. Usted es el espía perfecto. Usted ha sido convocado al santuario más íntimo y ahora usted puede decir que sí. Usted es la respuesta a muchas oraciones, doctor Birjandi. Dios lo ha levantado y preparado para este mismo momento. ¿No lo puede ver?

La exasperación de Birjandi estaba llegando a ser evidente en su voz.

—Por favor, escuche cuidadosamente. Permítame decirlo tan claro como pueda. El Duodécimo Imán afirma ser el mesías, el Señor de la Época, ¿verdad?

—Correcto.

—Pero él no es el verdadero Mesías, ¿verdad?

—No.

—Entonces, eso lo hace un mesías falso, ¿verdad?

—Cierto.

—Pues bien, entonces coincidimos. El Duodécimo Imán no es solo un profeta falso. No es simplemente un maestro falso. Es un mesías falso. Puede estar poseído por el mismo Satanás. Sus lugartenientes más cercanos, el Ayatolá Hosseini y el presidente Darazi, son hombres malvados también, influenciados profundamente por poderes satánicos. No creo que ellos siempre lo hayan estado, pero sospecho que ahora sí. Y, ¿qué nos dicen las Escrituras? En Mateo 24, el Señor Jesús lo dejó muy claro. "Si alguien les dice: 'Miren, aquí está el Mesías' o 'Allí está', no lo crean. Pues se levantarán falsos mesías y falsos profetas y realizarán grandes señales y milagros para engañar, de ser posible, aun a los elegidos de Dios. Miren, que les he advertido esto de antemano. Por lo tanto, si alguien les dice: 'Miren, el Mesías está en el desierto', ni se molesten en ir a buscarlo. O bien, si les dicen: 'Miren, se esconde aquí', ¡no lo crean!". Ahora bien, es posible que no entienda nada de esto porque rehúsa tomar en serio la condición perdida de su alma, pero yo le di mi vida al Señor Jesús, porque él dio su vida por mí. Si él me dice que no me reúna con falsos mesías, entonces voy a obedecerlo, sin importar cuánto me cueste ni cuánto le disguste a usted.

Hubo una pausa larga.

Entonces David dijo:

—Bueno, doctor Birjandi, yo lo respeto mucho. De verdad lo respeto. No estoy de acuerdo con usted en este caso, pero tengo el máximo respeto por usted; incluso lo amo porque sé cuánto se ha preocupado por mi alma.

—Yo quiero lo mejor para usted, hijo mío.

—Lo sé, y por eso tengo que decirle algo.

—¿De qué se trata?

—Bueno, es cierto que durante la mayor parte de mi vida rehusé pensar mucho en mi alma, mucho menos a cuidarla, pero quiero que sepa que esos días se acabaron.

—¿Qué quiere decir? —preguntó Birjandi—. ¿Qué está diciendo?

—Estoy diciendo que la razón principal por la que he tratado de comunicarme con usted durante los últimos días no es por la guerra —explicó David—. La razón principal es porque la otra noche me arrodillé, me arrepentí de mis pecados y le pedí a Jesús que me salvara.

Con eso el tono de Birjandi cambió completamente. Se rió con una alegría evidente, tan fuerte que David se preguntó qué pensarían los estudiantes del hombre de esta extraña llamada telefónica que probablemente estaban escuchando.

—Esa es la mejor noticia que he escuchado en mucho tiempo, amigo mío. ¡Me alegro tanto por usted! Todo le saldrá bien ahora. No importa qué pase, ¡nada podrá separarlo del amor de Cristo! ¡Que Dios lo bendiga, mi joven amigo! Ahora, por favor, cuéntemelo todo. Cuénteme cómo ocurrió.

David lo hizo, agradecido por la alegría y emoción de Birjandi por su decisión, pero esperando que al final todavía pudiera persuadir a su amigo para que dijera que sí y preparara una reunión con el Mahdi.

Eso no ocurrió.

20

Hanna Nazeer solo tenía doce años, pero había estado esperando ese momento desde que tenía siete. Todavía podía recordar la fría noche de invierno de hacía cinco años, cuando se había arrodillado al lado de su cama, con su madre y su padre, para recibir a Jesucristo como su Salvador y Señor.

Hanna no era de un trasfondo musulmán. Sus padres eran cristianos ortodoxos, así como sus cuatro abuelos antes que ellos, y sus ocho bisabuelos antes que ellos, y así se remontaba por lo menos dos siglos atrás. Aun así, Hanna le insistía a su familia y amigos que no había puesto su fe en Cristo simplemente por su herencia cristiana, sino porque verdaderamente creía. Y entonces, para demostrar esa fe, quería ser bautizado como el Señor Jesús y como San Pablo. En efecto, quizás en el mismo lugar donde San Pablo había sido bautizado.

Hanna, sus padres y sus dos hermanas menores caminaban rápidamente por Bab Sharqi, la Puerta Oriental, y pronto llegaron a la Capilla de San Ananías, al final de la calle Derecha de la Antigua Ciudad. Llegaron unos minutos antes, pero ya había una pequeña multitud. Sorprendido al contar por lo menos sesenta personas que habían llegado a la ceremonia, Hanna tomó la mano grande y encallecida de su padre con su mano izquierda. Con su mano derecha tomó una de las pequeñas manos suaves y delicadas de su hermana, mientras pasaban apretados por el montón de cuerpos, para encontrar al sacerdote que hacía los últimos preparativos al frente del santuario, que parecía una caverna.

«Ah, finalmente están aquí —exclamó el sacerdote—. Bienvenidos, bienvenidos. Has atraído un poco de atención aquí, Hermano Hanna, ¿verdad?».

Sintiéndose tímido entre toda la atención, con un poco de calor e incluso claustrofóbico con tanta gente apretada en un lugar tan pequeño, Hanna sonrió incómodamente y miró el recién barrido piso de piedra. No había anticipado nada de esto. En realidad nunca había pensado en lo que pasaría ni cómo. Todo lo que sabía era que quería que lo bautizaran. ¿Y dónde mejor que en la iglesia construida directamente sobre el antiguo hogar donde Dios usó a Ananías para sanar a San Pablo de la ceguera que había recibido al ver a Jesús en el camino a Damasco, la misma casa donde Ananías había ayudado y estimulado al fariseo, que se había convertido en perseguidor, y que continuaría hasta convertirse en el más grande de los apóstoles?

HAMADÁN, IRÁN

—¿Se da cuenta, amigo mío, de que ahora ha sido adoptado en la familia de Dios? —preguntó Birjandi.

—Sí, es increíble —respondió David.

Birjandi esperaba que la decepción de su joven amigo por su falta de cooperación en asuntos de inteligencia se mitigara con su entusiasmo por la decisión de David de recibir a Cristo.

—Pero ¿en realidad se da cuenta de que ha sido adoptado por el mismo Dios? —insistió Birjandi—. ¿De que todos sus pecados han sido perdonados? ¿Se da cuenta de eso?

—Lo estoy intentando, doctor Birjandi —respondió David—. Todo es todavía muy nuevo para mí.

—Oraré por usted, hijo mío —dijo Birjandi—. Es todo lo que puedo hacer por usted ahora. Quisiera hacer más, pero esa es mi promesa, orar sin cesar por usted en esta hora crucial.

David se lo agradeció y entonces la línea se cortó.

—¡Esa fue una llamada maravillosa! —dijo Birjandi a los jóvenes cuando colgó el teléfono satelital—. Un amigo querido le ha dado su vida a Cristo.

—Sí, eso oímos —respondió Alí sonriendo—. Es muy emocionante y queremos oír todos los detalles, pero primero nos preguntábamos: ¿por qué trataba él de hacer que usted viera al Mahdi?

—No puedo decir eso, amigos míos —objetó Birjandi.

—¿Por qué no?

—Me temo que eso es solo entre él y yo.

—Pero ¿quién es ese amigo, y cuál es su interés en que usted vaya a ver al Mahdi? —preguntó Alí—. Por lo que usted dijo, él tuvo que haber sido muy persistente.

—Eso no es de su incumbencia —respondió Birjandi—. No quiero que especulen, y les pido que no le repitan a nadie lo que acaban de oír.

Birjandi se dio cuenta de que sus respuestas enigmáticas solo ponían más curiosos a sus discípulos, por lo que trató de que la conversación volviera a su curso.

—Continuemos con nuestro estudio de las profecías —dijo—. Abran sus Biblias en el libro de Apocalipsis. Hay algo que quiero enseñarles.

—Espere un minuto, espere un minuto —dijo Ibrahim—. Yo lo respeto enormemente, doctor Birjandi. Ambos lo respetamos; usted lo sabe. Respetamos su privacidad en ciertos asuntos, sin lugar a dudas. Por lo que no le preguntaremos más de ese amigo, que sin duda parece estar trabajando con, o para, un gobierno extranjero. Un gobierno que podría ser capaz de derribar al Mahdi y a este régimen maligno que lleva a nuestro país a la destrucción. Un gobierno que quizás el Señor quiere usar proféticamente para poner en marcha la liberación del pueblo persa. Sin embargo, no le haremos preguntas de él, aunque estamos increíblemente ansiosos por entender cómo podría él ayudarnos. Aun así, necesito que clarifique lo que le dijo a ese amigo acerca de reunirse con el Duodécimo Imán. Usted dijo que es un mesías falso, ¿verdad?

—Sí.

—Pero el Mahdi es un hombre, un ser humano, carne y sangre, ¿correcto?

—Sí, por supuesto.

—Él no es Dios.

—No.

—Él es una persona, ¿como usted y yo?

—Supongo que sí. Por así decirlo. ¿Por qué?

—Si usted tiene acceso a él, ¿no debería tratar de compartir el evangelio con él? ¿No debería tratar de salvarlo?

—Yo no puedo salvar a nadie, hijo mío. Solo Dios puede hacerlo.

—Sí, por supuesto, pero usted sabe a lo que me refiero. ¿No es Muhammad Ibn Hasan Ibn Alí un alma que merece que se le comparta la Buena Noticia del amor, misericordia y perdón de Cristo?

—El hombre podría estar poseído por el mismo Lucifer —dijo Birjandi.

—Tal vez sí —dijo Ibrahim—, pero ¿no sacó Jesús demonios de almas perdidas y de esa manera los ganó para sí?

—Por supuesto.

—¿No dice usted que Jesús nos eligió para compartir el evangelio y para tener autoridad en la batalla espiritual, para liberar a la gente de la opresión demoníaca en todo Irán? ¿No debería hacer usted lo mismo?

Ibrahim era más joven que Alí, pero también era brillante, hijo de un muy estimado clérigo chiíta de Qom. Había memorizado la mayor parte del Corán a la edad de nueve años. Era avispado, inquisitivo e intrépido en cuanto a su recién descubierta fe, pero también era impulsivo y tenía la tendencia de hablar demasiado y de actuar sin haber reflexionado. Si Birjandi le diera permiso, Ibrahim entraría a los seminarios más apreciados de todo Qom a defender el caso de Cristo poderosa y efectivamente, con los mejores líderes religiosos de su época, aunque eso significara ir a la cárcel, como que así sería, e incluso aunque eso significara ser torturado y ejecutado, lo que podría suceder. Con suficiente tiempo y el entrenamiento adecuado, Ibrahim iba a ser un líder de hombres dotado, un poderoso embajador del Señor Jesucristo. Pero todavía no era el tiempo, e Ibrahim todavía no estaba listo.

El maestro y el estudiante habían discrepado en esto muchas veces en semanas recientes. Ibrahim argumentaba que ya era tarde y que la necesidad era enorme. Entonces, ¿por qué Birjandi lo retenía? Birjandi le aconsejaba paciencia, que el tiempo de Ibrahim llegaría, que el Señor le abriría una puerta significativa, lo mismo que a los demás, y que el Señor haría cosas grandes y poderosas a través de cada uno de ellos.

No obstante, Birjandi se daba cuenta ahora de que la conversión de Najjar Malik había desbaratado los planes. Najjar había sido creyente solo por unos días, y ahora alcanzaba a millones con la historia dramática de su conversión. Mientras tanto, los jóvenes que estaban sentados frente a él ya habían sido salvos por medio año. Sin duda conocían la Palabra mucho mejor que Najjar, pero ¿con cuánta gente habían compartido a Cristo hasta entonces? A unas cuantas docenas, a lo sumo.

Tal vez Ibrahim tenía razón. Tal vez era hora de liberar a estos muchachos para que predicaran, enseñaran e hicieran discípulos sin reservas. Ambos sabían el costo, y ambos estaban listos para dar su vida por el que había dado su vida por ellos. Tal vez era hora también de darles un poderoso ejemplo... pero no con el Mahdi. Eso sería llevarlo demasiado lejos, se dijo Birjandi a sí mismo. Ser valiente por Jesús era una cosa. Ser desobediente era otra distinta, y él no atravesaría la línea.

De repente Birjandi se dio cuenta de que había estado callado por varios minutos, contemplando su respuesta más tiempo de lo que había planeado.

—Tu corazón por los perdidos es admirable, Ibrahim —comenzó—. Te elogio por eso, y Dios me libre de reprimirlo o sofocarlo. Ciertamente esa no es mi intención. Quizás es hora de que se levanten en público a favor de Jesús, de la manera en que nuestro hermano Najjar lo ha hecho, con tanto poder y efecto. Tal vez también sea mi tiempo. He sido su maestro por estos seis meses, pero ustedes me están enseñando algo hoy, y por eso estoy agradecido. Sin embargo, escúchenme, los dos. Por favor escuchen mi corazón. Tan listo como estoy para morir por mi Jesús, no puedo desobedecer su enseñanza clara. Ustedes me oyeron repetir en el teléfono el pasaje de Mateo 24. El Señor les dijo a sus seguidores que no siguieran a los mesías falsos, que no los buscaran, que no los visitaran y que no pasaran tiempo con ellos.

Para sorpresa de Birjandi, esta respuesta pareció satisfacer a Ibrahim, pero también provocó preguntas nuevas en Alí, que hasta ahora había estado sentado y escuchaba.

—Doctor Birjandi, ¿diría usted que en realidad aún es parte del círculo íntimo del Mahdi?

—No, del círculo íntimo del Mahdi, no.

—Pero ¿tal vez del de Hosseini y de Darazi?

—Tal vez.

—Usted no los describiría como mesías falsos, ¿verdad?

—No, supongo que no.

—Entonces, ¿no es posible que todavía sean alcanzables, redimibles, por lo menos en teoría?

El anciano tomó un momento para contemplar eso.

—Sí, teóricamente.

Aparentemente satisfecho con esa respuesta, Alí dio el siguiente paso.

—Entonces, ¿puedo hacerle una pregunta delicada?

—¿Qué? ¿No la has hecho ya? —Birjandi sonrió.

—Doctor Birjandi, en su tiempo con el Ayatolá y el presidente, ¿alguna vez les ha dicho que cree en Jesús?

Hubo una pausa larga y significativa.

—No, Alí —admitió el erudito—. No lo he hecho.

—¿Puedo preguntarle por qué?

—¿Se lo has dicho a tu padre, Alí? —replicó Birjandi, sabiendo muy bien que el padre de Alí era piloto de aviones de combate F-4 y comandante de un ala aérea táctica de la Fuerza Aérea Iraní, estacionada en Bushehr.

—No —dijo Alí, y sacudió la cabeza.

—¿Puedo preguntarte por qué no?

—Bueno, en este momento ni siquiera estoy seguro de que esté vivo.

—Lo sé, y oro por su vida y su alma —dijo Birjandi—. Pero hasta ahora, sabiendo que la guerra se avecinaba, ¿por qué no compartiste el evangelio con él? Por favor, ten la seguridad, hijo mío, de que no te culpo ni te critico. Solo te pregunto, como tú me has preguntado.

Alí se quedó callado por un momento.

—Mi padre es imanista, como lo era yo —dijo finalmente—. Está dedicado completamente al Mahdi y a este régimen, y odia a los cristianos y a los judíos con rencor. Si le digo que he renunciado al islam y que me he convertido en seguidor de Jesús, mi padre me matará, literalmente me matará.

Birjandi extendió su mano y la puso sobre el hombro del joven.

—Aun así, ¿no nos dice Jesús que si no estamos dispuestos a cargar nuestra cruz diariamente y a seguirlo, sin importar el costo, no somos dignos de él?

—Sí —dijo Alí en voz baja.

—¿Y no dijo el apóstol Pablo: "Para mí, vivir significa vivir para Cristo y morir es aún mejor"?

—Sí.

—Pablo no tenía miedo de morir. En efecto, ansiaba estar en la presencia de Jesús y adorar a su Rey y Salvador. Por lo que Pablo predicaba sin temor. Y nosotros también deberíamos hacerlo. El temor de morir no debería tener parte en nuestro pensamiento.

—¿Está diciendo que debemos compartir el evangelio aunque signifique la muerte segura para nosotros?

—Cada uno de nosotros debe moverse según nos guíe el Espíritu Santo —respondió Birjandi—. Nuestro trabajo es decir lo que él quiere que digamos, cuando él quiera que lo hagamos. Las palabras y el tiempo deben ser del Señor, pero sí, debemos ser fieles en compartir el evangelio con todos y con cualquiera, con el que el Señor nos abra la puerta para alcanzarlo.

Hubo otra pausa larga.

—Tiene razón —dijo Alí—. He estado contando el costo, y tengo que confesar ante ustedes dos, mis más queridos amigos, que he estado batallando. En los últimos días he estado orando y ayunando en agonía, suplicándole al Señor que salve a mi padre y al resto de mi familia, que me dé otra oportunidad de compartir la Buena Noticia con cada uno de ellos. Si ustedes oran para que tenga fortaleza, entonces seré fiel a la tarea, pase lo que pase.

Birjandi e Ibrahim prometieron orar por Alí y por su familia. Sin embargo, Alí no había terminado.

—Con todo el debido respeto, doctor Birjandi, la pregunta verdaderamente regresa a usted —dijo suavemente—. Tal vez el Mahdi es inalcanzable o imposible de ganar para Cristo. No lo sé. Yo no soy el erudito. Usted sí. Pero ¿no es hora de que usted comparta el evangelio con el Ayatolá Hosseini y con el presidente Darazi? ¿No es hora de decirles que usted ha renunciado al islam y que se ha convertido en un seguidor totalmente devoto de Jesucristo? Usted está en el círculo íntimo. Usted puede alcanzarlos. Nosotros no. Najjar no. Nadie más puede. Tal vez el Señor le ha dado esta puerta abierta, no para pasar tiempo con el Mahdi, sino para que pase tiempo con Hosseini y con Darazi. ¿No es posible que él lo haya levantado a usted para un tiempo como este?

DAMASCO, SIRIA

—¿Están todos aquí, toda tu familia y amigos? —preguntó el sacerdote.

El padre de Hanna se volteó y examinó los rostros, y reconoció a la mayoría y les sonrió a todos.

—Sí, creo que estamos todos.

—¡Maravilloso! Comencemos.

Pero tan pronto como las palabras salieron de su boca, Hanna oyó el inconfundible ruido de disparos, seguido de gritos espeluznantes. Hanna instintivamente se volteó para ver de dónde venía el ruido, pero de repente sintió que su padre los jaló a él, a su madre y a sus hermanas al suelo. Los cuerpos caían por todos lados. Los disparos no cesaban. Llegaron con explosiones cortas y rápidas. Una y otra vez.

Hanna trató de gritar al ver más gente derribada, fila tras fila, pero no podía emitir ni un sonido. Podía oír que las balas zumbaban por su cabeza y las oía perforar las paredes de piedra que tenía atrás. Aterrorizado, giró hacia su madre, desesperado por abrazarla, por aferrarse a ella para sentir consuelo y protección, pero cuando lo hizo, su corazón se detuvo. Su madre tenía los ojos abiertos, pero estaban vidriosos y sin vida. Hanna miró hacia abajo y vio un charco carmesí que crecía debajo de ella.

«¡No, no!», gritó, y los disparos cesaron, casi inmediatamente.

Hanna se volteó y vio a tres hombres con abrigos largos, de cuero negro, y con gruesas botas negras —pero sin sombrero ni máscara— que pasaban sobre los cuerpos para entrar a la pequeña iglesia. Dos de ellos llevaban rifles automáticos, como los que había visto en la televisión, con sus cañones calientes y con humo, pero el tercero llevaba una pequeña pistola negra. Caminaba lentamente y se detuvo para patear a cada persona con su bota. Si se encogían del dolor, si estaban vivas, apuntaba con su pistola y les introducía una bala en el cráneo.

Pasó uno por uno, matándolos a todos, hasta que se detuvo ante el padre de Hanna. Hanna sabía que tenía que mirar a otro lado, pero estaba paralizado de miedo. Sabía que tenía que cerrar los ojos, pero no podía creer que esto estuviera ocurriendo. Y luego sucedió. El hombre puso no una, sino dos balas en la parte de atrás de la cabeza de su padre y entonces giró su pistola hacia el pequeño Hanna.

21

David se dio una larga ducha caliente. Después se secó con una toalla, se puso ropa limpia, e —inspirado por su conversación con Birjandi— tomó diez minutos para leer los primeros tres capítulos del Evangelio de Mateo. Desesperadamente quería leer más. Tenía un hambre de la Palabra de Dios que nunca antes había experimentado. Finalmente tenía sentido para él, y quería encerrarse y leer todo el Nuevo Testamento, aunque tardara toda la noche, pero no podía. Ahora no. Su equipo lo esperaba y él tenía que hacer su trabajo.

Entró a la sala para estar al tanto de su equipo. Torres y Crenshaw estaban inclinados sobre computadoras, respondiendo correos electrónicos y examinando titulares, mientras que los otros dos miembros de su equipo, Steve Fox y Matt Mays, limpiaban una ametralladora MP5 y una pistola Glock de 9mm respectivamente.

—¿Cómo les va? —preguntó.

—Estamos bien, jefe —dijo Torres—. ¿Y a usted?

—Mejor de lo que merezco —respondió David, profundamente aliviado de haber podido hablar con Birjandi de su decisión de confiar en Cristo, y profundamente estimulado por la reacción de Birjandi.

—¿Significa eso que tiene una pista? —preguntó Torres animándose.

—No, no la tengo —admitió David.

—¿No responde nadie? —preguntó Mays.

—Hasta ahora, no —respondió David—. Sí pude hablar con Javad Nouri y con el doctor Birjandi, pero no se emocionen mucho. Javad se oye terrible y Birjandi no sabe nada nuevo. No tiene pistas y rehúsa contactarse con Hosseini y Darazi.

—¿Por qué?

—Dice que va en contra de sus convicciones.

—¿Derribar a un tirano con armas nucleares va en contra de sus convicciones?

—Normalmente no, pero ir a visitar a mesías falsos sí —explicó David—. Pero ¿qué puedo decir? El tipo es auténtico. Cree lo que cree. No cambiará de parecer en absoluto. Punto. Y se acabó la historia.

—Tal vez deberíamos visitarlo —sugirió Fox—. Ya sabe, un poco de persuasión cara a cara, personalizada.

—Steve, se lo aseguro, a él no se le puede persuadir. Tenemos que encontrar otra fuente.

—¿Dónde?

—No sé. ¿Qué de ustedes, chicos? ¿Algún progreso?

—Nada —dijo Torres—. Hemos intentado con cada fuente, con cada agente, con cada extranjero que conocemos en el país. O no responden el teléfono o no saben nada.

—¿Ya hablaron con Langley? ¿Los aviones teledirigidos han captado algo? ¿Tenemos alguna intercepción buena?

—Todos los satélites y los teledirigidos están bastante ocupados haciendo evaluaciones de daños —dijo Torres—. No están a la pesca de dos ojivas perdidas. Por lo menos en este momento no. Zalinsky me asegura que él nos redirigirá recursos si captamos una pista, pero no lo hará si solo estamos perdiendo el tiempo.

Entonces a David se le ocurrió una idea. No podía soportarlo más. Todo este tiempo sentado, esperando, haciendo llamadas, enviando mensajes de texto no los había llevado a nada. Necesitaban un objetivo. Tenían que hacer que sucediera algo.

★ ★ ★ ★ ★

HAMADÁN, IRÁN

—Alí, hijo mío, no tengo miedo de que me arresten o de que me torturen, ni de morir por mi Salvador —respondió suavemente

Birjandi—. Lo único que temo es hacer algo que no le agrade al Señor. Ahora bien, tienes razón, tengo una apertura especial con los líderes de nuestra nación. Por años ellos me han invitado a comidas e incluso a retiros de fines de semana. Voy cuando puedo y hablamos, y mayormente escucho todo lo que ellos quieren decir, pero créeme, he querido explicarles el evangelio cada vez. Anhelo hacerlo. Detesto lo que estos hombres hacen en nuestro país, pero los amo como Cristo los ama y quiero que se arrepientan. Quiero que conozcan la alegría y la paz que yo he encontrado. Les digo, chicos, con toda honestidad, que oro y ayuno por estos hombres por horas y días a la vez antes de reunirme con ellos. Me postro ante el Señor y busco su voluntad antes de ir. Le suplico por sabiduría, discernimiento y valor, pero cada vez, el Señor me ha dicho que me calle, que no diga nada, que solo confíe en él y que escuche.

—Pero ¿por qué? —preguntó Ibrahim—. Eso no tiene sentido. ¿Por qué Jesús le diría que no comparta el evangelio? ¿Acaso no nos manda él al final del relato de Marcos que vayamos y que prediquemos "la Buena Noticia a todos"? ¿No nos ordena al final del relato de Mateo a ir a hacer "discípulos de todas las naciones"?

—Sí, lo hace —dijo Birjandi—. Y para ser sincero, no sé por qué el Señor me ha tapado la boca cada vez. Eso me ha molestado. He vuelto a casa preguntándome si le he fallado al ser desobediente. Pero entonces recuerdo la vida de Pablo, cómo el Espíritu Santo le prohibió predicar en Asia en Hechos 16:6 y en Bitinia en el versículo 7.

Los dos jóvenes encontraron rápidamente el pasaje.

—Ahora bien, ¿por qué le prohibió el Espíritu Santo a Pablo que predicara el evangelio? —preguntó Birjandi—. Dos veces en dos versículos, el Señor evita que Pablo y su equipo vayan a donde pensaban que tenían que ir y que digan lo que pensaban que tenían que decir. ¿Por qué?

Hubo silencio por unos momentos; luego Ibrahim habló.

—Obedecer es mejor que un sacrificio —dijo.

—Sí. ¿Por qué? —insistió Birjandi.

—Bueno, Jesús también dijo: "¿Por qué siguen llamándome '¡Señor, Señor!' cuando no hacen lo que digo?". Creo que siempre es más importante hacer lo que Jesús dice de manera táctica, de momento a momento, que solo hacer lo que se quiere hacer, aunque eso parezca ser lo correcto.

—Muy bien, Ibrahim —Birjandi sonrió—. Verdaderamente te estás convirtiendo en un discípulo de nuestro Señor. Sí, debemos decirles a todos el evangelio. A menos que el Señor te diga por alguna razón que mantengas la boca cerrada. Él sabe más que nosotros. Sus pensamientos son más altos que los nuestros. También es mejor pecar por exceso de valor que por exceso de timidez, creo. Pero si el Señor dice que debemos callarnos, entonces tenemos que obedecer. Ahora les pido, muchachos, que oren por mí. Tal vez el Señor abra una puerta para que comparta la Buena Noticia con el Ayatolá y el presidente y pueda evitar reunirme con el Mahdi. Nada es imposible para Dios. ¿Amén?

—Amén —respondieron ellos.

—Bien. Ahora volvamos a nuestro estudio.

FORT MEADE, MARYLAND

Eva Fischer miró su reloj. Eran las 4:17 de la mañana. Había estado despierta solo por unas horas, y todavía trataba de encontrar sentido en el desconcertante giro de acontecimientos. Se había ido a dormir en una celda del sótano del centro de detención de la CIA en Langley. En este momento miraba por la ventana posterior de un Lincoln Town Car negro, que se desplazaba por Maryland, salía de la ruta 295 y pasaba por un gran rótulo que decía: *Solo para Empleados de la Agencia de Seguridad Nacional*.

Todavía estaba furiosa por las «negociaciones» con Tom Murray, aunque no lo hacía personalmente responsable. Todo lo que había pasado en los últimos días había sido culpa de Zalinsky, no de Murray. Probablemente era demasiado esperar que a Zalinsky lo reprendieran en serio, mucho menos que lo despidieran por lo que la había hecho pasar, pero una chica podía soñar, ¿verdad?

Sin embargo, Eva en realidad no quería perder su tiempo pensando en Zalinsky. En lugar de eso, sus pensamientos giraron hacia David

Shirazi, también conocido como Reza Tabrizi. Ella había ayudado a elaborar su historia ficticia. Había estado con él en su primer viaje dentro de Irán. No era técnicamente la directora de David —ese era el papel de Zalinsky—, pero había sido de los aliados más cercanos de David. Ella le había suministrado mucha de la información que él necesitaba en el campo. Ella había conseguido los teléfonos satelitales que él necesitaba, y personalmente se los había llevado a Munich. Ella era la que típicamente mantenía comunicación directa con él; a ella había recurrido él cuando necesitó un teledirigido Predator para salvar su vida. Era cierto que había vacilado en ese entonces, pero al final había hecho lo que ella pensaba que era lo correcto, y lo volvería a hacer.

Casi le había costado su trabajo. Podría haberla puesto en la cárcel por varios años. Estaba contenta de haber sido exonerada y compensada, pero toda la experiencia le había dejado un sabor amargo en la boca. Había respondido todas las preguntas de Murray. Había firmado todos los documentos. En el proceso, había exonerado a la CIA de todo agravio. Pero no iba a volver a Langley. Eso era imposible. Aun así, no podía abandonar a David ahora. Su vida estaba en extremo peligro. La necesitaba ahora más que nunca.

Le pidió a su conductor que aumentara un poco la calefacción, y él lo hizo. Pronto pasaron por una estación de guardias y por una revisión de identificación del 100 por ciento, y entraron a las instalaciones del extenso campus de la Agencia de Seguridad Nacional, a menos de una hora al norte de Washington, D.C., y como a media hora al suroeste de Baltimore.

Era una noche oscura y sin luna, amargamente fría, con un fuerte viento del este. Una fresca capa de nieve yacía sobre miles de autos que todavía estaban estacionados en el estacionamiento para 18.000 autos, y Eva se dio cuenta de que esa gente no se había ido a casa, probablemente en varios días. Casi cada luz de cada edificio estaba encendida. El Medio Oriente estaba en una guerra descomunal y Eva se animó al ver la Agencia de Seguridad Nacional bullendo de actividad.

Tres hombres la esperaban en una entrada lateral. Cuando el Lincoln se detuvo, uno de ellos abrió la puerta y le estrechó la mano.

—Hola, Eva. Soy Warren McNulty, jefe de personal del General Mulholland. Bienvenida al Palacio de Enigmas.

—Es un placer conocerlo, Warren. Siento mantenerlo despierto tan tarde.

—Créame, hemos estado aquí, y despiertos, los últimos días —respondió McNulty y la ayudó a salir del auto—. Me temo que nunca hay un momento aburrido.

Él la presentó a dos guardias armados que estaban a su lado. Uno estaba asignado a él a tiempo completo. El otro, explicó, estaría asignado a ella para cuando estuviera dentro de las instalaciones de la Agencia de Seguridad Nacional.

—¿Espera problemas? —preguntó ella.

—Protocolo de guerra —explicó él—. Vamos adentro, donde hay calor.

McNulty —quien Eva estimó que tendría unos cuarenta y pico de años, probablemente un ex Marine, de buena constitución física, en buena forma, con el pelo corto y ojos azules penetrantes— le entregó una insignia temporal y una taza de café caliente, y le explicó brevemente los protocolos de seguridad, cuando ingresaron a un elevador.

—El general Mulholland querrá verla cuando llegue alrededor de las seis —dijo y presionó el botón para el piso superior—. He despejado una oficina, no lejos de la de él, justo al lado de la mía. No es nada elegante, por supuesto. No tuvimos mucha anticipación de su llegada, pero está limpia, es tranquila y segura, y no tengo que decirle la alta prioridad que le hemos dado a su trabajo.

—Muchas gracias, es muy amable —dijo Eva al tomar su primer sorbo de café y sorprenderse de que fuera un café negro fuerte de Starbucks, con una pizca de crema de avellana, tal y como a ella le gustaba. Alguien había hecho su tarea.

Un momento después, pasaron por otras dos revisiones más de seguridad —una al salir del elevador y la otra cuando se acercaron al grupo de oficinas del director de la Agencia de Seguridad Nacional, el General Brad Mulholland, y su personal superior— antes de llegar a la nueva oficina de Eva.

McNulty tenía razón; no era nada elegante. En efecto, Eva medio sospechó que había sido un depósito de suministros una hora antes. Era pequeña y estrecha, y no tenía ventana, pero había un escritorio con una lámpara, una computadora, un teléfono y una pila de archivos, de por lo menos un metro de altura. Eva abrió el archivo superior. Era una transcripción de una llamada de teléfono satelital en persa, que todavía no había sido traducida, interceptada hacía menos de una hora.

—¿Todo esto está sin traducir? —preguntó con incredulidad.

—Me temo que sí.

—¿No tienen otros traductores de persa?

—Cinco, aunque uno está en el hospital con el apéndice que le reventó, por lo que en realidad son cuatro.

—¿Están aquí, en el edificio?

—Por supuesto —dijo McNulty—. Abajo. Sus nombres y sus números de extensión están todos en esa hoja, al lado del teléfono.

—¿Por qué no están trabajando con esto?

—Porque están trabajando con pilas más altas que esta.

—Está bromeando —dijo Eva y se sintió totalmente abrumada.

—Eso quisiera —dijo McNulty—. Oiga, le diré lo que les dije a ellos. No hay manera de que pueda traducir todo esto palabra por palabra, teclearlo, revisarlo y transmitirlo a Langley, mucho menos hacer lo mismo con las demás intercepciones que entran cada hora. Por lo que, en este momento, el general pide que simplemente comience a revisar esto tan pronto como pueda. Haga notas en inglés en cualquiera que sobresalga. Si hay algo urgente, llámeme o a alguno de mis sustitutos. Una vez más, los nombres y los números están en esa hoja. Tiene que clasificar este material. Lo prioritario es cualquier cosa que se refiera a las ojivas; cualquier cosa que haga referencia a un posible ataque a Estados Unidos, a Israel o a cualquier otro objetivo regional; y cualquier cosa que salga de los tres de arriba: del Mahdi, del Ayatolá o del presidente Darazi. ¿Entendido?

Eva respiró profundamente, tomó otro trago de café y deseó, por lo menos por un momento, estar de regreso en su celda en el centro de detención de Langley, profundamente dormida y aliviada de una carga tan grande.

—Entendido.

—Bien —dijo McNulty—. ¿Tiene hambre? ¿Puedo traerle algo de la cafetería? Atienden todo el día esta semana.

—No, gracias. Estoy bien por ahora.

—Está bien. Vendré a verla en unas cuantas horas, pero llámeme si descubre algo.

—Lo haré. —Suspiró y después se sentó, tomó la primera transcripción y se puso a trabajar, ya de por sí abrumada por todo lo que tenía que hacer y por el poco tiempo que tenía para realizarlo.

22

David usó el marcado rápido para llamar a Zalinsky, quien respondió inmediatamente.

—Por favor dime que tienes algo, cualquier cosa —dijo Zalinsky.

—Solo una corazonada, pero necesito tu permiso para actuar de acuerdo a ella —dijo David.

—¿De qué se trata?

—Hace un rato, de hecho hablé con Javad Nouri —explicó David—. Está débil pero definitivamente se está recuperando. No pude obtener mucho de él por teléfono, pero dijo algo curioso.

—¿Como qué?

—Dijo que el Duodécimo Imán había llegado a visitarlo al hospital.

—¿Por qué?

—No dijo, y no se lo pregunté. En ese momento no parecía relevante.

—¿Y ahora sí?

—Ahora me pregunto por qué el Mahdi habría corrido ese riesgo —dijo David—. ¿Por qué saldría de cualquier búnker en el que lo tiene seguro el ejército iraní, para visitar el hospital donde está internado un asistente subalterno, un asistente personal, realmente un secretario?

—A menos que Nouri sea más importante de lo que pensábamos —dijo Zalinsky.

—Exactamente —dijo David—. El Duodécimo Imán no me parece la clase de hombre que llega con una caja de chocolates, un ramo de flores y una tarjeta de buenos deseos. Hablaron de algo. Nouri sabe algo que el Mahdi necesitaba hablar en persona.

—¿Como la ubicación de las ojivas? —preguntó Zalinsky.

—No lo sé —admitió David—. Tal vez no discutieron la ubicación, pero sí discutieron los posibles objetivos. O tal vez algo totalmente distinto. Sea lo que sea, no fue una visita de cortesía. Fue importante, y fue a tiempo. ¿Tenemos alguna intercepción del teléfono satelital de Nouri?

—Déjame revisar.

David podía oír que su director tecleaba.

—Estamos tremendamente retrasados con la traducción de las intercepciones —explicó Zalinsky al buscar en sus archivos—. Pero la Agencia de Seguridad Nacional por lo menos me proporciona un recuento, a cada hora, del número de llamadas que entran y salen de frecuencias específicas, es decir, de teléfonos específicos, que sabemos que han sido asignados a gente específica. Obviamente, sabemos cuál es el teléfono que tú usas y el que usa el doctor Birjandi. Si no han cambiado, sabemos cuáles son los que usan el Mahdi, Hosseini, Darazi y Nouri, en base a las llamadas que hemos interceptado de ellos hasta el momento. Veamos, según el cálculo de los últimos tres días, Nouri solo ha hecho una llamada, que duró como seis minutos. Solo ha recibido seis llamadas, tres de las cuales fueron tuyas. Dos de las otras tardaron treinta segundos o menos, pero una duró diecinueve minutos.

—¿Tenemos las transcripciones de las dos llamadas más largas? —preguntó David.

—No, todavía no.

—¿Puedes pedirle a Eva que esas sean de máxima prioridad?

Zalinsky vaciló.

—¿Qué pasa? —preguntó David.

—Puedes pedírselo tú mismo —dijo Zalinsky.

—¿Por qué? ¿No está ella allí contigo?

—No.

—¿Por qué no? ¿Dónde está?

—No importa —dijo Zalinsky—. Te lo explicaré después. Tardaría mucho en decírtelo ahora. Le enviaré el mensaje, y haremos que esas dos llamadas sean una prioridad.

Algo no sonaba bien para David, pero no tenía tiempo para averiguarlo. Tenía que presentar un argumento, y tenía que hacerlo rápido.

—Oye, sé que esto es una posibilidad remota. Lo admito —comenzó.

—Solo dilo —insistió Zalinsky.

—Tenemos que capturar a Nouri.

—¿Quién es *nosotros*?

—Marco Torres, su equipo y yo.

—¿Quieres secuestrar a Javad Nouri? —preguntó Zalinsky, y el tono de su voz no indicaba exactamente confianza en la sugerencia de David.

—Inmediatamente.

—¿Por qué?

—¿A qué te refieres con *por qué*? —preguntó David—. Para interrogarlo, para averiguar todo lo que sabe.

—¡Basta! Espera un minuto, Zephyr —respondió Zalinsky—. No perdamos la cordura. Traduzcamos esas llamadas. Veamos qué dicen. Veamos si hace otras llamadas. Y entonces partiremos de allí.

—Vamos, Jack, no tenemos tiempo para esperar —dijo David y puso todas sus cartas sobre la mesa—. Ahora mismo no tenemos pistas, ni pruebas, ningún rastro a seguir.

—¿Y qué de Birjandi?

—Hablé con él. No tiene nada.

—Dile que se reúna con el Mahdi.

—¿No crees que ya lo intenté?

—¿Y?

—No quiere hacerlo.

—¿Por qué no?

—¿Y qué importa? —preguntó David—. Simplemente no lo hará.

—¿No puedes presionarlo, persuadirlo?

—Créeme, lo he intentado. No va a suceder.

—¿Y qué de tus otras fuentes? —insistió Zalinsky.

—Jack, no me estás escuchando —dijo David—. No tengo nada. Nadie responde su teléfono. Tal vez todos están en refugios antiaéreos y no tienen recepción satelital. Tal vez no quieren hablar conmigo. Tal vez les han dicho que no hablen conmigo. Tal vez están muertos. No tengo idea. Todo lo que sé es que Abdol Esfahani va a Damasco. No sé por qué. Birjandi rehúsa ver al Mahdi. Y ahora tenemos la ubicación de un aparente asesor superior del Duodécimo Imán. Sabemos dónde está. Sabemos que acaba de hablar con el Mahdi. Sabemos que está en unas instalaciones relativamente inseguras. Te digo que podemos hacer esto, Jack. Podemos capturarlo. Podemos sacudirlo hasta que lo suelte todo. Eso es lo que sé, pero el tiempo apremia.

—¿Y si te atrapan? —rebatió Zalinsky.

—No me atraparán.

—Pero si te atrapan, los iraníes suspenderán inmediatamente las intercepciones de los teléfonos satelitales.

—¿Y qué harán? —preguntó David—. Los israelíes han derribado casi toda la red telefónica de Irán, por lo menos temporalmente. Sin los teléfonos, el Duodécimo Imán no podría hablar con la mayoría de su círculo íntimo.

—Es un riesgo demasiado grande.

—¿Comparado a qué? Mira, tenemos una ventana angosta aquí, y se está cerrando rápidamente. Sabemos que las ojivas están allá afuera. No sabemos dónde están. Sospechamos que dispararán por lo menos una a los israelíes. La otra podría llegar a Estados Unidos, a Nueva York, a Washington o a Los Ángeles. El presidente nos dijo que las encontráramos para detenerlas, y que usáramos cualquier medio necesario. He revisado todas nuestras opciones, Jack, y te lo digo, esta no es solo nuestra mejor jugada. Es nuestra única jugada. Es esto o nada.

Hubo una pausa larga, tan larga que David se preguntaba si había perdido la conexión con Langley, pero finalmente Zalinsky habló.

—¿Dónde exactamente está Javad Nouri ahora mismo, en este preciso minuto?

—En el Centro Médico de la Universidad de Teherán.

—¿Cuánto tardarás en llegar allí?

—¿Asumiendo que un misil israelí no nos caiga encima, y que no nos detenga un puesto de revisión y nos arreste por espionaje? —preguntó David.

—Chistoso.

—Menos de una hora —le aseguró David.

—Entonces, hazlo —dijo Zalinsky—. Y que no te atrapen.

—Está bien —dijo David—. Y te agradecería esas transcripciones de las llamadas de Nouri, y un teledirigido Predator, si te sobra uno.

—Haré lo mejor que pueda —respondió Zalinsky—. Buena suerte.

—Gracias.

David colgó y rápidamente salió de la oficina, donde encontró a Torres y a sus hombres reunidos en la sala.

—Prepárense para salir, caballeros. Tenemos un objetivo.

TEHERÁN, IRÁN

Ahmed Darazi entró al salón de guerra, que estaba cargado de humo y tensión, para buscar al Duodécimo Imán, pero no estaba allí. Darazi revisó varias de las salas, pero tampoco lo encontró. El Ayatolá no había visto adónde había ido, ni los altos generales que estaban obsesionados en procesar el último ataque de misiles en contra de los judíos. Sin embargo, un cabo le dijo a Darazi que había oído al Mahdi decir que quería tomar un poco de aire fresco. Con incredulidad, Darazi y su servicio de seguridad personal abordaron el elevador y salieron del búnker subterráneo.

Diez pisos arriba, salieron del elevador y exploraron el primer piso de las instalaciones de la Base Aérea de Mehrabad, sumamente protegida por la policía militar armada, pero el Duodécimo Imán no estaba en ninguna parte, adentro ni afuera. Darazi abordó otro elevador, subió tres pisos, y allí en el techo encontró al Señor de la Época, inclinado hacia la Meca, terminando sus oraciones.

La escena que los rodeaba era surrealista. Hasta donde el ojo podía ver, los hangares y los edificios estaban incendiados. Fila tras fila de aviones de combate estaban en llamas. La mayoría de los edificios administrativos y de mantenimiento eran infiernos arrasadores. Todas las pistas habían sido bombardeadas, lo cual hacía imposible despegar o aterrizar. La base —que por mucho tiempo había sido el hogar del Comando del Área Occidental de Irán y del Undécimo y Décimo Cuarto Escuadrones de Aviones Tácticos de Caza— estaba en ruinas. El ruido estruendoso de aviones que despegaban y aterrizaban había sido reemplazado por las sirenas de camiones de bomberos y de ambulancias que se dirigían a todas partes.

El lado civil del campo de aviación, por otro lado, estaba relativamente ileso. El Aeropuerto Imán Jomeini era el edificio comercial más grande y de màyor tráfico internacional de Irán, y los israelíes habían decidido no atacarlo directamente. El Cuerpo de la Guardia Revolucionaria Iraní, obviamente del ejército, tenía su base allí, pero sus búnkeres y centro de comando, de hecho, estaban secretamente ubicados debajo de la terminal comercial, para cubrirlos, esencialmente, con miles de escudos humanos: ciudadanos ordinarios y personas extranjeras que transitaban en el aeropuerto construido para la ciudad capital de Irán.

Darazi estaba atónito. Nadie le había informado de cuánto daño habían hecho los israelíes a esta joya de la Fuerza Aérea Iraní. No había reportes noticiosos que ver. Aunque las redes de televisión iraní estuvieran funcionando, y no lo estaban, el censor militar nunca habría permitido transmitir imágenes de tal devastación en ese aeropuerto tan importante. La información de Darazi había llegado de las reuniones de planificación con el Mahdi, y se preguntaba por qué a él, entre toda la gente, no se le había informado de esto.

Cuando Darazi vio los escombros que se fundían, sus rodillas se debilitaron. Comenzó a atragantarse con el humo grueso, negro y acre y con el hedor de carne humana quemada, rociada con combustible de avión; sabía que ese lugar no era seguro. Sabía que los judíos volverían. Ola tras ola de ataque llegaba hora tras hora, día tras día, y desesperadamente quería llevar adentro al Mahdi, de regreso abajo, a la seguridad y protección del salón de guerra del búnker, pero no se atrevía a violar la santidad de la comunicación del Duodécimo Imán con Alá. Por lo que inmediatamente cayó de rodillas y también comenzó a orar. Solo cuando pudo oír que el Mahdi había terminado Darazi abrió sus ojos. Entonces, todavía inclinado, se dirigió a su líder y suplicó misericordia.

—Puede hablar —dijo el Mahdi, que ahora estaba de pie y le hacía señas al presidente para que también se levantara.

—Me he comunicado con el general Jazini a través de un correo electrónico seguro, Su Excelencia —dijo y se levantó rápidamente.

—Bien —dijo el Mahdi—. ¿Cuánto falta para que el general Jazini esté en el lugar?

—Muy poco. Yo le informaré al momento en que él llegue.

—Bien, asegúrese de que todos los arreglos que discutimos estén en su lugar.

—Por supuesto, Su Excelencia. Todo está listo. Puede contar conmigo y mis hombres. Ahora bien, ¿hay algo más que pueda hacer por usted?

—Sí, lo hay —dijo el Mahdi—. Contacte a nuestro embajador en Viena. Haga que publique una declaración de que Irán y el Califato se retiran del NPT.

—¿Del tratado de no proliferación nuclear? —preguntó Darazi.

—¿Hay otro? —respondió el Mahdi con disgusto.

—No, no, por supuesto que no —dijo Darazi y se inclinó otra vez, sintiéndose tonto—. Lo haré inmediatamente, Su Excelencia. ¿Algo más?

—¿Ha sabido de Firouz y Jamshad? —preguntó.

El Duodécimo Imán se refería a Firouz Nouri, jefe de una célula terrorista del Cuerpo de la Guardia Revolucionaria Iraní, y a uno de sus asistentes, Jamshad Zarif. Los dos eran parte de la célula responsable del asesinato del presidente egipcio Abdel Ramzy, y del intento del asesinato del presidente estadounidense Jackson y del primer ministro israelí Neftalí, en el Hotel Waldorf-Astoria de Nueva York, una semana antes.

—Sí, mi Señor —respondió Darazi—. Los sacamos con éxito de Estados Unidos hacia Venezuela, donde se refugiaron en nuestra embajada de Caracas. Anoche volaron a Frankfurt, donde esperan más instrucciones.

—¿Viajan con identidad nueva?

—Sí, mi Señor, como usted lo indicó.

—Muy bien. Dígales que se vayan a Damasco tan pronto como sea posible, y que esperen mis órdenes. Tengo una asignación importante para ellos allá.

—Pero, mi Señor, nadie puede volar a ni de Damasco por la guerra.

—¿Dije algo acerca de hacerlos volar a Damasco? —recriminó el Mahdi, con su voz que destilaba desdeño hacia el presidente iraní—. Dígales que vuelen a Chipre. Dígales que busquen a un hombre llamado Dimitrious Makris. Él es capitán de barco en el puerto de Limasol. De allí, deben tomar un barco hacia Beirut. Makris se encargará de todo.

Cuando lleguen a Beirut, tienen que contactarse con un hombre llamado Youssef, que está a cargo de la seguridad del aeropuerto. Youssef es de Hezbolá. Él les proporcionará un auto y conducirán a Damasco tan rápidamente como puedan. Dígales que no se tarden. Los necesito allí en cuarenta y ocho horas. ¿Le queda claro?

—Sí, mi Señor. ¿Algo más?

—Solo haga esas cosas y hágalas bien —dijo el Mahdi.

—Por supuesto, Su Excelencia —dijo Darazi—. Pero ¿puedo hacer una pregunta?

—Si tiene que hacerlo.

—¿Cuándo lanzaremos las últimas dos ojivas a los sionistas, mi Señor? ¿Cuándo tendremos finalmente la dulce venganza sobre esos simios y cerdos?

—Un paso a la vez —respondió el Mahdi—. Tiene que ser paciente. Lo tengo todo bajo control. Alá tiene un plan y un propósito, y no puede ser frustrado. Queremos que los judíos crean que tienen la delantera, pero los estamos llevando hacia una falsa sensación de seguridad. Cuando menos lo esperen, los acabaremos de una vez por todas. Solo espere, Ahmed. Lo verá con sus propios ojos, y pronto.

LANGLEY, VIRGINIA

Zalinsky levantó el teléfono y marcó la extensión de Tom Murray. Informó al subdirector de operaciones en cuanto a la llamada de David y su plan. Luego pidió que Murray transmitiera la petición de traducción a Eva y solicitó permiso para reasignar un teledirigido Predator arriba del Centro Médico de la Universidad de Teherán.

JERUSALÉN, ISRAEL

—Señor Primer Ministro, el ministro de defensa Shimon está en espera.

—Comuníquelo —dijo Neftalí. Estaba sentado en su oficina, enfrascado con los mensajes de cada elemento de la guerra en curso. Cuando se hizo la conexión segura, pidió la actualización más reciente.

—Seis muertes en Dimona hasta el momento —dijo Shimon—, pero ninguna por radiación. Todas se deben a los incendios. Varias docenas de heridos también, pero los equipos de materiales peligrosos están allí. Los esfuerzos por controlar el fuego están mejorando. Creo que vamos a poder contener los daños, pero es demasiado pronto para decir más que eso.

—¿Qué hay de Tiberíades?

—El hotel es un desastre. No es solo el colapso del edificio. Es el fuego y el humo. Los equipos de rescate pueden oír golpes que salen de los refugios antiaéreos en el sótano, pero no pueden controlar los incendios y no podrán llegar a la gente hasta que lo logren. El número de muertos aumenta. Pronto debería recibir cifras actualizadas.

—Por favor, Leví, tan pronto como pueda conseguirlas. El Ministerio de Relaciones Exteriores está clamando por detalles y por una declaración de mi parte, pero no quiero decir nada oficial hasta que sepamos más.

—Lo sé y trabajamos en ello.

—Está bien, ¿qué más?

—Buenas y malas noticias —dijo Shimon—. ¿Cuáles quiere primero?

—Las malas.

—Acabo de hablar con Roger Allen en Langley. Dice que tienen evidencias creíbles de que hemos destruido seis de las ocho ojivas, pero que hemos fallado en dos.

—¿Cómo lo sabe?

—No quiso decirlo.

—Pero ¿están seguros?

—Todo lo que dijo es que la evidencia era "seria" y "creíble", y que están haciendo todo lo que pueden para localizar estas dos ojivas y destruirlas.

—¿Qué probabilidades hay de que solo sea desinformación?

—No es probable. Conozco a Roger. No nos lo diría si no estuviera preocupado. No estoy totalmente seguro de que siquiera tuviera autorización para decírnoslo, pero claramente quería que lo supiéramos. Él no puede pensar que eso vaya a hacer que nos echemos atrás en la batalla ni que aceptemos un cese al fuego.

—Cierto.

—De todas maneras, nosotros también estamos usando cualquier recurso disponible para buscar las ojivas. Lo mantendré informado. Sin embargo, hay más.

—¿Qué?

—Bueno, para comenzar, nuestras fuerzas terrestres están enfrentando severa resistencia en el sur del Líbano. Hezbolá está usando una clase nueva de misiles rusos antitanques. No los habíamos visto antes, por lo que no los esperábamos. Estamos recibiendo fuertes bajas. Además, acabamos de perder dos F-15, uno por fuego triple A sobre Sidón, el otro por problemas mecánicos sobre el Mediterráneo. Hezbolá y los iraníes se han adjudicado los dos.

—¿Cuáles son las buenas noticias?

—Todavía no —dijo Shimon—. Nuestra ofensiva terrestre en Gaza no ha tenido un inicio fuerte. Hay muchísimas razones. Ahora mismo es un combate de casa en casa, a veces de hombre a hombre. Trampas explosivas. Minas terrestres. Cosas muy feas. Pronto le enviaré un reporte más detallado, pero, en definitiva, tenemos pérdidas más fuertes de lo que habíamos esperado y va más lento de lo que esperábamos. Hamas y el Yihad Islámico todavía están lanzando cohetes al sur, casi a la misma velocidad, pero obviamente esperamos que eso disminuya, cuando nuestras fuerzas adquieran ventaja y podamos despejar más el territorio de los lanzadores y de los yihadistas que los activan.

—¿Y los sirios? —preguntó el primer ministro.

—Todavía nada —reportó Shimon.

—¿Son esas las buenas noticias?

—No, es esta. Creemos que podemos liquidar a Darazi, eliminar algo del liderazgo.

—Dígame.

—Nuestros agentes dentro de Teherán han observado un aumento inesperado en la actividad de helicópteros cerca de la Mezquita Imán Jomeini en Teherán. Cuando miraron más de cerca, observaron un nivel curioso de seguridad alrededor de la mezquita, especialmente en la plaza del frente, donde los helicópteros entran y salen.

—Está bien... —Neftalí indicó que Shimon llegara al grano.

—Se sabe que los políticos importantes adoran allí de vez en cuando, pero con la guerra en marcha, no se esperaría ninguna actividad para gente importante allí, mucho menos tanta como hay. Han erigido una carpa en el frente para evitar que los curiosos fuera de las instalaciones vean a los que suben y bajan de los helicópteros. Lo que también es extraño es que hay equipos nuevos de transmisión de microondas, de alta tecnología, instalados en los techos de los edificios de oficinas que están comunicados con la mezquita. Acaban de surgir en las últimas veinticuatro horas, pero oficialmente la mezquita está cerrada. No tienen servicios de oración. El público en general no sale. Casi no hay vehículos en las calles, aparte de ambulancias, camiones de bomberos, varios autos militares y algunos autos de la policía.

—Ustedes creen que los funcionarios políticos iraníes van a adorar durante la guerra.

—No, señor —dijo Shimon—. Creemos que el alto mando militar podría estar preparándose para usar la mezquita como un centro de operaciones.

—Pensé que estaban trabajando en el búnker del aeropuerto.

—Hemos diezmado la mayor parte de esa base militar, pero, en realidad, no hemos intentado atacar el búnker.

—¿Por qué no?

—Primero, está ubicada abajo y al lado de la terminal principal de pasajeros. Nuestros comandantes de la Fuerza Aérea Israelí dicen que morirían demasiados civiles si la bombardeamos. Segundo, los iraníes creen que no sabemos lo del búnker. Creemos que el principal centro de operaciones del Cuerpo de la Guardia Revolucionaria Iraní está seis u ocho pisos bajo tierra. No estamos totalmente seguros de poder destruirlo con un destructor de búnkeres, si lo intentamos, pero tenemos un teledirigido que monitorea el lugar, con la esperanza de que los iraníes cometan un error y den una toma clara y directa de una de sus personas principales, incluso del Mahdi.

—Entonces, si el centro de operaciones todavía está funcionando, ¿cuál es el asunto con esta mezquita de la que habla? —preguntó Neftalí.

—Señor, creemos que los iraníes podrían estar montando unas instalaciones alternas, un centro de comando nuevo u otro. Por definición, la mezquita es un lugar religioso. Está en un vecindario residencial. No está cerca de ningún edificio militar ni de otro edificio importante del gobierno. De esta manera, no es probable que los satélites ni los espías vigilen esta mezquita en particular. Probablemente creen que las agencias de inteligencia occidentales no pueden distinguirla, y aunque la veamos nosotros o alguien más, esperan que vacilemos antes de atacar una mezquita. Honestamente, señor, estuvieron muy cerca de tener la razón. Solo que nosotros tuvimos suerte hasta de percibir la actividad que ocurre allí.

—¿Y por qué cree que Darazi está allí? —insistió Neftalí.

—No creemos que ya haya estado allí, pero sí pensamos que llegará —dijo Shimon—. Uno de nuestros hombres fotografió al jefe de personal de Darazi y al jefe de seguridad que caminaban por las instalaciones hace unas horas.

—¿Cree que estaban reconociendo el lugar?

—Zvi lo cree —dijo Shimon, refiriéndose a Zvi Dayan, director del Mossad—. Hasta aquí yo estoy ambivalente. No hay información suficiente, pero sin duda me ha llamado la atención.

—Y ahora la mía, Leví, pero dígame esto: Si Darazi llega, ¿sería probable que Hosseini y el Mahdi fueran con él?

—No sé. Sería bueno, ¿verdad?

—¿Todos en el mismo lugar? Seguro —dijo el PM—. Está bien, ¿qué necesita?

—El Mossad quiere poner francotiradores en el lugar y colocar un teledirigido arriba para eliminar a Darazi, si lo ubican, y a otros, si también están allí.

—¿No deberían buscar las ojivas todos los teledirigidos que tenemos?

—Lo sé. Yo también pensé eso al principio, pero si en realidad podemos derribar a Darazi, o a otros del alto mando...

—Es terriblemente arriesgado —dijo Neftalí—. ¿Atacar una mezquita en el corazón de Teherán? Si nos equivocamos, o si fallamos, o demolemos el lugar y no podemos demostrar que atacamos a Darazi, ¿imagina el efecto negativo?

—Ellos están tratando de atacarnos con armas nucleares, señor Primer Ministro. ¿En realidad nos importa un efecto negativo?

23

David y su equipo se acercaban a las afueras de la capital iraní. Durante mucho del recorrido desde Karaj, habían trazado un plan de ataque detallado y habían tratado de imaginar todo lo que era posible que saliera mal y cómo se encargarían de cada escenario. David sabía que verdaderamente necesitaban unas cuantas horas más. También sabía que habrían estado mucho mejor si lo intentaban a la medianoche, pero no tenían tiempo disponible. Sabía que Torres y sus hombres eran profesionales consumados. Si esto podía hacerse siquiera —y no cabía duda de que era un gran *si*—, estos tipos no lo decepcionarían.

El teléfono satelital de David sonó. Tenía que ser Zalinsky, y estaba atrasado. David miró su reloj. Eran las 3:14 p.m. en Teherán y las 6:44 de la mañana en Washington. Estarían en el hospital en menos de quince minutos. Se colocó su Bluetooth y contestó la llamada con el dispositivo de manos libres, aunque era Torres el que conducía.

—Jack, ¿dónde has estado? —dijo David—. Ya casi llegamos.

—De hecho, habla la Agente Fischer. Siento decepcionarte.

—Ah, Eva, decepcionado no, solo sorprendido —dijo David.

—¿Cómo estás? —respondió ella.

—Un poco tenso.

—Creo que tiene sentido.

—¿Y tú?

—Un poco tensa —dijo imitándolo—. Ha sido una noche larga. Te informaré después, pero oye, acabo de terminar de traducir las llamadas de Javad Nouri, y quería tratar de comunicarme contigo antes de que te dirigieras allá. Tom me informó de lo que estás a punto de hacer.

—¿Crees que es una locura?

—*Es* una locura —dijo Eva—. Solo espero que funcione.

—Yo también —dijo David—. ¿Y qué encontraste?

—La única llamada que Javad hizo, la de seis minutos, fue a su madre en Mashhad —explicó Eva—. Fue muy directa; solo le explicaba lo que le había pasado y que los doctores dicen que va a estar bien. Esa llamada fue anoche, y su madre dijo que el padre de Javad llamaría de vuelta esta noche después del trabajo.

—Está bien, ¿y qué de la llamada de diecinueve minutos que él recibió? —insistió David—. Por favor dime que era del Mahdi.

—No, lo siento —dijo Eva—. De hecho era de Darazi.

—¿Del presidente Darazi?

—Sí.

—¿De veras? ¿Por qué? ¿De qué hablaron?

—Espérate; ya llegaré a eso —dijo Eva—. La llamada ocurrió poco después de las nueve esta mañana, hora local. Darazi dice que el Mahdi le pidió que se comunicara con Javad, para ver si los médicos le habían dado de alta para que volviera al trabajo. Javad dice que necesita un par de días más, como mínimo. Y oye esto. Darazi dice: "No, eso no funcionará. El Mahdi dice que esto acabará en un par de días más. Lo necesitamos ahora".

—¿Dijo "un par de días más"? —preguntó David.

—Eso es literal —confirmó Eva.

—¿Qué más?

—Javad dice que nada le gustaría más, pero que sus médicos son muy firmes. Darazi dice que al Mahdi no le importa lo que digan los médicos; él lo quiere a su lado para esta, y cito textualmente: "operación final". Dice que van a transferirlo durante esta tarde, y a sus médicos con él.

—¿Dijo Darazi cuándo *exactamente* ocurrirá el transporte?

—No.

—¿Dijo a dónde van a trasladar a Javad?

—Exactamente no, pero Javad indica que no cree que el camino para el aeropuerto sea seguro. Ha oído reportes de que el bombardeo del aeropuerto ha sido avasallador. Darazi lo confirma pero dice que no lo llevarán al búnker del aeropuerto. Javad entonces pregunta si al Qaleh, en las montañas, porque todavía cree que allí tampoco es seguro. Darazi dice que no. Eso fue destruido por un ataque de misiles israelíes. Dice que han establecido otro salón de guerra. Es muy impresionante, de vanguardia, y no es probable que los israelíes lo detecten ya que está, como él lo dijo: "escondido a plena vista". Javad pidió los detalles. Darazi dijo que pronto lo sabría. Y eso es lo esencial.

—¿Y eso tardó diecinueve minutos?

—Bueno, no, Javad le dio una actualización de su situación médica. Tiene una herida muy fea en su hombro derecho, por donde penetró la bala. Lo tienen con muchos antibióticos, y esperan que no desarrolle una infección.

—¿Algo más?

—¿Quieres que te envíe la transcripción por correo electrónico?

—No, ya casi llegamos.

—Eso es prácticamente todo —dijo Eva—. Ah, bueno, esto fue interesante.

—¿Qué?

—Cuando terminan la llamada, Javad le pregunta a Darazi cómo cree que va la guerra. Darazi dice que los han atacado con más fuerza de lo que esperaban, pero que tiene, y cito textualmente: "completa confianza en el Imán al-Mahdi y en esos dos ases que tiene en su manga".

—¿Dos ases? ¿Estás segura? —insistió David.

—Eso fue lo que dijo —confirmó Eva—. Dos ases.

—Entonces sabe lo de las ojivas.

—Aparentemente sí. Parece que tus instintos estaban acertados. ¿Quién iba a saberlo?

—Muy chistosa —respondió David, a punto de replicar con un chiste cuando otra llamada comenzó a entrar—. Mira, tengo que colgar, pero buen trabajo, Eva. Hazme saber cuando logres algo más con esas intercepciones.

—Eso haré. Cuídate.

—Tú también, adiós. —David se desconectó.

Torres giró de la calle Azadi hacia el bulevar Kargar. No había tráfico. Las calles de Teherán estaban prácticamente abandonadas, y ellos estaban muy bien con el tiempo.

—Advertencia —dijo Torres—. Estamos a dos minutos.

David asintió con la cabeza y revisó su reloj: ya eran las 3:28 p.m. El resto del equipo cargó sus ametralladoras MP5 y atornillaron silenciadores a sus pistolas automáticas. David hizo lo mismo, cuidadoso de no dejar que nada de lo que hacía se viera desde afuera de la furgoneta. Entonces contestó la llamada entrante. Era Zalinsky.

—Ponme en el altavoz —ordenó Zalinsky.

David obedeció.

—¿Pueden oírme todos? —preguntó Zalinsky.

—Sí —dijo David.

—Bien, escuchen. Estoy en el Centro de Operaciones Globales. Tengo a Tom a mi lado. Roger viene en camino.

—Hola, Zephyr. —Era la voz de Murray—. Buena suerte hoy.

—Gracias, señor. Aprecio eso.

—Ustedes, amigos, son el acontecimiento principal ahora mismo —dijo Zalinsky—. Hasta el presidente ha sido alertado de esta operación. Hemos redirigido un satélite y actualmente rastreamos su furgoneta en camino al norte en Kargar. Hemos visto el hospital desde un Predator. Tom está enviando por correo electrónico un plano del campus a cada uno de sus teléfonos, junto con esquemas del edificio dos. También hemos intervenido el servidor del hospital. De hecho, han registrado a Javad bajo su nombre propio. Está en el edificio dos, quinto piso, habitación 503.

—Grandioso —dijo Torres—. ¿Cuál es la disposición de la seguridad de allí?

—Nada especial en el frente —dijo Zalinsky—. Hay un puesto de seguridad cuando entras al estacionamiento. Solo un tipo. No es gran cosa. Un guardia de seguridad. Improbable que esté armado. Hay dos guardias de seguridad en la puerta de enfrente del edificio dos. Aumentamos la imagen y están fuertemente armados. Ametralladoras, pistolas, radios. La imagen térmica deja ver cuatro más como ellos en el vestíbulo.

—¿Es eso normal? —preguntó David.

—Lo dudo —dijo Zalinsky—. Especulamos que la seguridad se ha fortalecido por su huésped especial.

—Cada minuto se pone más "especial" e intrigante.

—Es cierto —dijo Zalinsky—. Obviamente queremos que no se acerquen al vestíbulo. Hay una puerta de salida en el lado sur. No estamos seguros de si tiene seguro desde afuera, pero lleva a un área de mantenimiento. Desde allí, deben separarse. Hay unas gradas a la izquierda, justo después de las puertas. A la derecha, tienen que avanzar como medio camino alrededor del edificio, pero hay otras gradas allí.

—¿Algo de eso está vigilado? —preguntó Torres.

—En el primer piso no —explicó Zalinsky—, pero cuando lleguen al quinto piso, definitivamente tendrán compañía.

—¿Cuántos?

—La imagen térmica muestra guardias armados en cada una de las puertas de las escaleras. Dos más cerca de los elevadores. Dos más afuera de la habitación de Javad.

—¿Cámaras de seguridad?

—No sabemos, pero tendrán que asumir que sí.

—¿Perros?

—No que hayamos visto.

—¿Oficiales vestidos de civil?

—No puedo decir con seguridad.

—¿Algún cierre de la defensa o equipo itinerante?

—No que podamos decirlo —dijo Zalinsky—, pero no los descartaría. Miren, allí está lleno. Hay muchos heridos de guerra que llegan al hospital. Además, están haciendo una campaña de donación de sangre esta tarde y, de hecho, hay una buena respuesta, a pesar del hecho de que poca gente está afuera en las calles. No estoy seguro de cómo la gente se enteró de ella, pero están allí. Así que deben estar alertas. Cada piso está lleno. También tienen camillas en los pasillos. Todos los permisos se han cancelado. Se han solicitado médicos y enfermeras de todos lados. Tienen mucho personal de turno. Va a ser un lío. Esto habría sido mejor en la noche.

—Estoy de acuerdo, pero no veo cómo podemos esperar —dijo David.

—Yo tampoco —dijo Zalinsky—. ¿Están listos, amigos?

—Creo que sí —dijo David—, aunque acabo de hablar con Eva.

—¿Te dijo que Darazi enviará gente para que saque a Javad en la tarde?

—Correcto. ¿Deberíamos preocuparnos?

—Esperemos que no. Todavía es muy temprano allá, ¿verdad?

—Acaban de dar las tres y media.

—Bueno, solo esperemos lo mejor —dijo Zalinsky—. Definitivamente estaremos pendientes de los invitados inoportunos.

No era tanto una respuesta, pero ¿qué más podían hacer? Necesitaban más hombres y más municiones para hacer esto bien, pero simplemente no se podían dar ese lujo.

Torres giró del bulevar principal hacia una calle lateral, luego acercó la camioneta al borde y se detuvo. David comenzó a examinar los alrededores mientras trazaba cada movimiento. Estaban en el perímetro de las instalaciones del hospital. Podía ver la estación de guardias en el estacionamiento. No podía ver el edificio dos desde ese punto de observación, pero podía ver el edificio tres, el departamento de oncología. El equipo revisó los mapas que Murray les había enviado y calibraron sus relojes.

Eran las 3:32 p.m. hora local.

TABRIZ, IRÁN

Habría sido demasiado peligroso viajar por avión o incluso por helicóptero y, de todas formas, las pistas estaban inservibles, así que no había dónde aterrizar. Por lo que el general Mohsen Jazini llegó a la Segunda Base Aérea Táctica, como a quince kilómetros al noroeste de la ciudad iraní de Tabriz, en la parte de atrás de una ambulancia de la Media Luna Roja. Su servicio de seguridad había decidido que esa era la manera más segura —si no la única— de llevar al nuevo líder del ejército del Califato a la base de Teherán, sin llamar la atención, y sin atraer otro ataque de misiles israelíes. Afortunadamente, su plan había funcionado, y el general, dos de sus asistentes y tres guardaespaldas (incluyendo el conductor) llegaron sin ningún incidente. No obstante, incluso a la distancia, al ver las espesas columnas negras de humo que se elevaban en el cielo de la tarde, Jazini apenas pudo evaluar cuánto daño los israelíes le habían hecho a la base aérea. Verla de cerca y personalmente era horroroso.

Como le habían informado en Teherán, cada pista en Tabriz estaba ahora arruinada con enormes cráteres, resultado de los devastadoramente acertados ataques aéreos israelíes. Casi todos los aviones de combate F-5E y MiG-29 ardían en las pistas, así como la mayoría de los helicópteros, aviones de transporte y aviones civiles que compartían el aeropuerto. Todos los hangares, menos uno, y todos los edificios administrativos habían sido demolidos por los ataques aéreos. Incluso la torre de control había sido atacada. Algunos de los ataques habían ocurrido tan recientemente como esa misma mañana. Los bomberos y sus equipos habían llegado de toda el área, pero para Jazini quedó inmediatamente claro que tenían poco éxito en controlar los enormes infiernos. Las ambulancias también llegaban a la base de todas las direcciones, pero la destrucción era severa, y Jazini tuvo que suponer que el número de muertes ya era alto y que ascendía rápidamente.

Cuando pasaron un puesto de seguridad en la orilla externa del campo, el general dirigió al conductor de la ambulancia a un edificio de concreto de un piso, poco distinguible, en la orilla oriental del aeropuerto. No lo habían bombardeado, por lo que no estaba dañado de ninguna manera. Después de todo, no parecía un objetivo estratégico desde el aire, ni siquiera de cerca. Más bien, parecía como un garaje de dos vehículos que podría tener equipo de mantenimiento como grúas, o quizás equipo de mantenimiento de césped, como unas grandes podadoras comerciales.

Cuando llegaron y se estacionaron cerca de una de las puertas del garaje, un miembro del servicio de seguridad salió de un salto, caminó hacia la puerta, encontró un teclado numérico electrónico y tecleó un código de diez dígitos. Jazini pudo ver que el guardaespaldas luego miró hacia una pequeña cámara de seguridad que estaba montada en la saliente del techo. Un momento después, una de las puertas se abrió, y dos hombres armados los saludaron y les hicieron señas para que entraran.

Jazini y todo su equipo, excepto el conductor, salieron rápidamente de la ambulancia y entraron a la pequeña estructura de concreto. El conductor entonces salió a toda velocidad y estacionó la ambulancia con el resto de los vehículos de emergencia, en la remota posibilidad de que la escena fuera monitoreada por satélites espías.

—General Jazini, qué honor —dijo el oficial superior del lugar, y saludó cuando los huéspedes estuvieron adentro a salvo, la puerta se cerró y se aseguró detrás de ellos—. Soy el coronel Sharif. Bienvenidos a nuestra humilde morada.

Jazini, que no estaba uniformado, sino con pantalones negros y una camisa blanca con botones, no devolvió el saludo militar.

—Coronel, no estoy aquí por usted ni para parlotear —dijo el muy condecorado comandante del Cuerpo de la Guardia Revolucionaria Iraní. A la edad de cincuenta y nueve años todavía estaba en buena forma y era esbelto, aunque su cabello, que antes era negro azabache, ahora estaba gris en las sienes y su barba comenzaba a encanecer—. Estoy aquí para ver al doctor Zandi, sin tardanza. ¿Dónde está?

—Sí, señor —dijo Sharif—. Está tres pisos abajo de nosotros. Puedo llevarlo ahora.

—Adelante —dijo Jazini mientras él y su séquito seguían al coronel a un elevador que descendía muy lentamente, pero que finalmente se abrió a unas instalaciones cavernosas, como una bodega, mucho más grande de lo que uno pudiera imaginarse, dado el pequeño edificio de la superficie.

A su izquierda, el general pudo ver a casi una docena de técnicos con batas blancas, amontonados alrededor de una gran mesa de acero con una de las dos ojivas restantes. Parecía como que hacían una cirugía a corazón abierto en el arma de destrucción masiva. A su derecha, Jazini vio un gran cajón de madera, encima de una mesa similar de acero, rodeado de cuatro comandos del Cuerpo de la Guardia Revolucionaria Iraní, que tenían armas automáticas. Supuso que el cajón contenía la segunda de las ojivas restantes, pero estaba a punto de averiguarlo con seguridad.

Desde el centro de las instalaciones se le acercó un hombre aparentemente joven, de 1,70 metros, calvo, bien afeitado y con lentes redondos.

También usaba una bata blanca, con varias insignias de identificación que colgaban de una cadena delgada, alrededor de su cuello. No sonreía. Más bien se veía ansioso y un poco demacrado, como si no hubiera comido bien, o en absoluto, durante los últimos días, o incluso durante la última semana o dos. Tenía dos oficiales de seguridad a su lado, armados con pistolas, no ametralladoras. Los tres hombres se abrieron camino al otro lado de lo que parecía ser un piso recién trapeado y se detuvieron como a un metro del general y su servicio de seguridad.

—Usted debe ser Jalal Zandi —dijo Jazini y tomó el control inmediato de la conversación.

—Soy su humilde siervo, general Jazini —respondió Zandi, de cuarenta y siete años. No extendió su mano ni miró al general a los ojos, sino que siguió mirando el suelo—. Es un honor conocerlo finalmente.

Jazini dio un paso adelante, puso su mano sobre el hombro del doctor Zandi y giró hacia los hombres de seguridad que lo rodeaban.

—Cuiden bien a este hombre, caballeros —dijo Jazini riéndose—. No puedo decirles cuánto les encantaría a los sionistas ponerle las manos encima. Es su trabajo impedir que eso ocurra.

Cuando los hombres asintieron con la cabeza, Jazini se volteó hacia Zandi y lo miró a los ojos.

—¿Lo están cuidando bien? —preguntó—. ¿Le consiguen todo lo que necesita?

—Sí, sí, por supuesto —dijo Zandi, mientras su mano temblaba ligeramente—. Todo está bien.

—¿Cuánto tiempo ha estado aquí?

—Las ojivas han estado aquí desde el jueves en la mañana, justo antes de que empezaran los ataques aéreos. Yo vine ayer.

—¿En ambulancia? —preguntó el general.

—¿Disculpe?

—¿Vino en una ambulancia? —repitió Jazini.

—No, en un camión de bomberos —respondió Zandi.

—¿Ha dormido bastante?

—Un poco —dijo Zandi—. Mayormente hemos estado haciendo ajustes a las ojivas. Una ya está terminada y lista para ser transportada. La otra debería estar lista dentro de una hora.

Jazini asintió con la cabeza y revisó su reloj.

—Muy bien. Nos iremos precisamente a las cinco.

—No entiendo —dijo Zandi—. ¿A dónde vamos?

—Al complejo de misiles.

—Pero pensé que mi equipo y yo íbamos a unir estas ojivas a los misiles aquí, en estas instalaciones. ¿No trajo los misiles con usted?

—No —dijo Jazini—. Es demasiado peligroso hacer algo más aquí. Me lo llevo a usted y a las ojivas conmigo.

—Y al equipo, por supuesto.

—Negativo. Tendrá otro equipo esperándolo en la siguiente ubicación.

Zandi palideció.

—¿Hay algún problema, doctor Zandi? —preguntó el general.

—Ah, no, señor; es solo que...

—¿Solo que qué? —insistió Jazini.

—Bueno, señor, es que prefiero...

—¿Prefiere qué?

—Tener a mi equipo conmigo, señor —explicó finalmente Zandi—. Trabajamos bien juntos. Confío en ellos.

—Pues, yo no, doctor Zandi —replicó el general—. Creo que uno de ellos filtró la ubicación de nuestras otras seis ojivas. Uno de ellos es un espía. Cuando averigüe quién es, voy a sacarle los ojos, uno por uno, le cortaré la lengua y entonces decidiré cuál será su verdadero castigo.

—Sí, señor.

—Bien, asegúrese de que la segunda ojiva esté lista para ser transportada no más tarde de las 5 p.m. —ordenó Jazini—, pero no le diga a nadie que no se van con nosotros. Ese será nuestro pequeño secreto. ¿Entendido?

—Sí, señor —dijo tranquilamente Zandi—. Soy su humilde siervo.

—Bueno. Ahora continúe.

Inmediatamente, Jazini dio la media vuelta y caminó hacia una pequeña oficina en la parte de atrás de las instalaciones, para finalizar sus propios planes y asegurarse de que cada detalle estuviera en su lugar.

24

Sentado en el asiento delantero de la furgoneta, David se puso sus auriculares, que consistían de un audífono y de un pequeño micrófono, luego enganchó el receptor inalámbrico a su cinturón. Lo encendió y se aseguró de estar en la frecuencia correcta.

—Probando, probando, ¿estamos bien?

—Te escuchamos cinco por cinco —dijeron los demás.

Satisfecho, David tomó un cargador adicional para su MP5, revisó dos veces su pistola y el silenciador y cargó su chaleco antibalas con municiones adicionales, pero no se lo colocó. En lugar de eso, lo puso en el suelo, enfrente de él, y lo cubrió con una colcha.

«¿Todos listos?», preguntó.

Todos le dieron su aprobación mientras escondían sus armas y su equipo y se concentraban en la misión que tenían por delante.

«Bien. Estén alertas —dijo David—. Hagamos esto».

David le dio el visto bueno a Torres para que condujera a la casilla de los guardias y entrara al estacionamiento del hospital, mientras mantenía los ojos abiertos por cualquier señal de peligro. Su pulso se aceleró, pero trató de estabilizar su respiración al orar por sí mismo y por su equipo: por seguridad, sin duda, pero también por sabiduría y por éxito. Un momento después, estaban en la estación de guardias. Torres bajó la ventanilla.

—¿En qué puedo servirles? —preguntó el guardia y miró dentro de la furgoneta a través de un par de lentes de sol.

—Vinimos a donar sangre —dijo David en persa perfecto, y se inclinó hacia la ventanilla abierta para hacer contacto visual con el guardia—. Estamos programados para una cita a las 3:45.

—Está bien, entre y gire a la derecha —dijo el guardia—. Será mejor que se apresuren. Estoy casi seguro de que la campaña de donación de sangre termina a las cuatro.

—Gracias; lo haremos —dijo David.

Torres siguió las indicaciones del hombre y todos dieron un respiro de alivio. Un obstáculo menos.

—Base, ¿nos escucha? —preguntó David cuando Torres había subido la ventanilla.

—Entendido, Zephyr —respondió Zalinsky—. Y los vemos desplazándose por el lote B hacia el otro lado.

—Entendido —dijo David, entonces giró hacia su equipo, les dio la advertencia de un minuto para sacar su equipo, ponerse el chaleco antibalas y prepararse para seguir. Él terminó sus preparativos también, luego abrió la guantera y sacó máscaras negras de esquiar, que repartió rápidamente.

Cuarenta y cinco segundos después, Torres retrocedió hacia un espacio en el estacionamiento y examinó las instalaciones por cualquiera que pudiera verlos salir del vehículo. Varios médicos se acercaban por una vereda cercana, pero estaban absortos en su conversación y no parecían prestar mucha atención a sus alrededores. David les indicó a sus hombres que esperaran a que el grupo pasara y la tardanza demostró ser fortuita, pues Torres observó que la puerta de salida a la que estaban a punto de dirigirse no tenía mango por fuera. Le pidió a uno de los hombres de atrás de la furgoneta que buscara debajo de su asiento, abriera el compartimiento que contenía la llanta de repuesto y que sacara la palanca que típicamente se usa para quitar los tapacubos al cambiar un neumático desinflado. Dijo que eso sería su llave nueva para entrar al edificio.

David hizo un reconocimiento final. Todavía había autos que entraban y salían del parqueadero, una ambulancia ocasional que transitaba y unas cuantas personas que caminaban por los edificios distantes. Observó a cada uno de los miembros de su equipo, confirmando su enfoque, su estabilidad. Aparte de David, el miembro más joven de su equipo era Matt Mays, el ex teniente de los Marines de veintiocho años. Él sería el conductor y centinela; se quedaría en la furgoneta y esperaría hasta que volvieran con su premio. Steve Fox, de treinta y un años y ex SEAL de la armada, tenía la palanca y estaba listo para usarla para entrar al edificio. Nick Crenshaw, de treinta y tres años y otro ex SEAL, estaba sentado al lado de Fox, listo para movilizarse.

Al comprender que las cosas no iban a estar mejor de como iban a ponerse, David dio la orden de salir. Abrió su puerta y salió del vehículo, cuidando de esconder su ametralladora MP5 debajo de una colcha doblada. Detrás de él, las puertas laterales de la furgoneta se abrieron simultáneamente y los demás hicieron lo mismo. Al otro lado del vehículo, Torres salió por la puerta del conductor y le entregaron su equipo, también envuelto en una colcha. Entonces Mays se puso detrás del volante y aseguró todas las puertas.

Fox se desplazó más rápidamente y usó la palanca para abrir la puerta de salida con un solo movimiento fluido. Crenshaw lo siguió de cerca, mientras que David y Torres iban detrás. Afortunadamente, cuando entraron no encontraron a nadie en su camino, por lo que los cuatro hombres se pusieron sus máscaras de esquiar y se dividieron en sus equipos respectivos. David y Fox se pusieron a la izquierda y se dirigieron hacia las escaleras más cercanas, tan rápida y silenciosamente como pudieron. Torres y Crenshaw se pusieron a la derecha, y se dirigieron a las escaleras opuestas.

Como estaba planificado, David tomó la delantera en las gradas, con Fox que lo cubría directamente atrás. Cuando iban a medio camino, entre el cuarto y quinto pisos, se detuvieron, se agacharon y trataron de escuchar cualquier señal de problemas. David enganchó su MP5 a un tirante y se la puso en la espalda, luego sacó su pistola con silenciador y quitó el seguro. Fox hizo lo mismo mientras llegaban al quinto piso.

—Alfa Uno a Bravo Uno —susurró David—, ¿me oye?

—Cinco por cinco, Alfa Uno —llegó la respuesta de Torres.

—¿Está en posición?

—Sesenta segundos —dijo Torres.

—Entendido.

David extendió su mano hacia atrás e inmediatamente Fox le dio una cámara serpiente de fibra óptica. David la encendió, gateó a la puerta de las gradas del quinto piso, y lentamente la deslizó por debajo, con cuidado de no hacer ruido. Fox también se movilizó y sostuvo el monitor, del tamaño de la palma de la mano, para que los dos pudieran verla. Como lo había asegurado Zalinsky, el pasillo estaba lleno de pacientes heridos que llegaban y toda clase de personal médico. Sin embargo, lo extraño era que mientras David rotaba la cámara, no podía encontrar señal de que alguien vigilara esa salida. Perplejo y ansioso, continuó explorando el pasillo por cualquier señal de algún guardia armado en este lado del piso, pero no encontró ninguno.

—Bravo Uno a Alfa Uno, estamos en posición —dijo Torres por radio—. Hemos explorado el pasillo. Nuestro guardia está en posición. Podemos ver dos más enfrente de la habitación de Javad.

—Entendido, Bravo Uno —susurró David—, pero nosotros no podemos encontrar a nuestro guardia.

—Repítalo.

—Repito, nuestro guardia no está en posición. No sabemos dónde está. Base, ¿puedes ver a nuestro guardia?

—Negativo, Alfa Uno, pero seguiremos buscando.

David se puso tenso. No tenía la intención de irrumpir por esa puerta y que le dispararan por la espalda porque no había hecho su tarea. Tenían que encontrar a ese guardia, y rápidamente. Mientras tanto, David sacó una pequeña caja negra de su bolsillo y la unió magnéticamente a la puerta de salida. Entonces levantó una pequeña antena conectada a la caja y giró el botón de encendido para que la unidad se calentara.

FORT MEADE, MARYLAND

Eva Fischer acababa de encontrar una llamada larga e intrigante entre el Duodécimo Imán y el presidente paquistaní Iskander Farooq, y estaba comenzando a traducirla al inglés cuando el localizador de su escritorio comenzó a activarse. Eva tomó el localizador y revisó el código de entrada; cuando vio que decía 911, su corazón se detuvo por un momento. Le había pedido al Centro de Operaciones de la Agencia de Seguridad Nacional que la alertara si Javad Nouri había hecho o recibido alguna llamada en el curso de la siguiente hora, y que la dejaran oír la llamada en tiempo real, al marcar una extensión segura y exclusiva.

Se puso de pie inmediatamente, tomó su teléfono y marcó 6203. Instantáneamente se comunicó en vivo y quedó atónita al oír la voz de Ahmed Darazi a la mitad de una oración.

—...ya no más, por lo que les ordenó que fueran a buscarlo ahora —decía el presidente iraní.

—Es muy amable de su parte —respondió Nouri—. Le pediré a las enfermeras que empaquen mi bolso y que reúnan algunas de mis medicinas. ¿Cuánto falta para que lleguen?

—Ya van en camino —dijo Darazi—. Deberían llegar en cualquier momento.

—Excelente. ¿Y los dos me recibirán allá? —preguntó Nouri.

—Dentro de unas horas, *inshallah*, cuando termine mi trabajo aquí —dijo Darazi—. No puedo decir con seguridad cuándo llegará él, pero está ansioso por hablar con usted y recibir respuestas a sus preguntas.

—Estoy listo —respondió Nouri.

—Bien. Ahora recuerde que mi equipo se encargará de todo —le aseguró Darazi—. Así que solo descanse, y nos veremos pronto.

Enseguida, los dos hombres se despidieron y colgaron.

El pánico hizo que una sacudida de adrenalina se esparciera por el sistema de Eva. Colgó el teléfono, lo tomó otra vez y marcó el número de Tom Murray en el Centro de Operaciones Globales.

«Tom, es Eva —dijo al momento en que él respondió—. Tenemos un enorme problema».

LANGLEY, VIRGINIA

Murray y Zalinsky, y el resto del Centro de Operaciones Globales, escuchaban en el altavoz mientras Eva les transmitía la esencia de la llamada que acababa de escuchar. Zalinsky evaluó rápidamente las pantallas de los enormes monitores que colgaban de la pared que tenían enfrente. Una de ellas exhibía las imágenes en vivo del teledirigido Predator, que sobrevolaba a varios kilómetros arriba del hospital. Otra mostraba las imágenes térmicas que proporcionaba el Predator, mientras que otra pantalla proporcionaba las imágenes en vivo del satélite espía KH-12, que entonces estaba en órbita geosíncrona sobre Teherán, y fue ese el que llamó la atención de Zalinsky.

«Pantalla tres, agrándala un poco», ordenó Zalinsky al comandante de turno.

Una fracción de segundo después, todos en el salón de guerra vieron lo que Zalinsky había visto. Una caravana de tres vehículos —lo que parecía ser una ambulancia entre dos camionetas— se acercaba a las instalaciones del hospital por el este. Se les había acabado el tiempo.

★ ★ ★ ★ ★

—Alfa Uno, es Bravo Uno, en espera de sus órdenes —dijo Torres.

—Bravo Uno, mantenga la posición —respondió David—. No se mueva, repito, *no se mueva* hasta que encuentre a este otro guardia.

—Con el debido respeto, señor, no podemos esperar —replicó Torres—. No podemos mantener esta posición por mucho tiempo. No es seguro. Tenemos que movernos ahora.

—Tiene sus objetivos marcados, Bravo Uno. Nosotros no. Esperamos hasta que yo pueda...

Entonces Zalinsky interrumpió antes de que David terminara de hablar.

—Alfa Uno, habla Base; ¿me oye?

—Entendido, Base —dijo David e hizo el cambio—. Adelante.

—Están a punto de tener compañía, hijo. Acabamos de interceptar una llamada al objetivo. Le dijeron que su vehículo va en camino. Ahora bien, hemos rastreado un convoy de tres vehículos a punto de entrar al perímetro. Bravo Uno tiene razón. Tienen que movilizarse ahora, y rápidamente.

—Negativo, Base. Tenemos que encontrar y marcar nuestro objetivo. Entonces nos movilizaremos.

Se fraguaba una discusión, pero antes de que pudiera escalar, David oyó pasos en las gradas. Alguien bajaba del sexto piso. David sacó la cámara serpiente del pasillo y giró, justo a tiempo para ver a un oficial del Cuerpo de la Guardia Revolucionaria Iraní que bajaba las gradas. Sus miradas se encontraron al mismo tiempo. Visiblemente aturdido al ver a dos hombres enmascarados, el oficial levantó su AK-47 para disparar, pero David levantó su pistola más rápidamente y le dio dos tiros a la frente.

David sabía que los silenciadores no eran verdaderamente silenciosos. En realidad eran supresores del sonido, pero ni el modelo de alta calidad de la pistola de David podía eliminar completamente el sonido de una pistola de 9mm disparada a corta distancia, especialmente dentro de una escalera de concreto. Los dos disparos de David, aunque fueron silenciados, hicieron eco arriba y abajo del edificio, y nada podía silenciar el ruido de un hombre iraní cayendo al suelo desde la mitad de las escaleras hasta golpear en la pared. Con el corazón que le latía fuertemente, David no perdió tiempo en revisar el pulso del oficial. No había duda de que estuviera muerto, pero él y Fox lo estarían también si no se apresuraban.

«*Vamos, vamos, vamos* —gritó David en su micrófono mientras avanzaba—. *Encontramos al guardia y lo eliminamos. Ahora nos desplazamos hacia el pasillo, ¡vamos, vamos, vamos!*».

David giró el botón de la pequeña caja negra, que instantáneamente bloqueó todas las comunicaciones en el piso y, de esa manera, neutralizó los teléfonos celulares, las líneas fijas y las cámaras de seguridad. Luego abrió la puerta y giró a la izquierda con Fox, su hombre de apoyo, a unos metros detrás de él. Se desplazaba firme y rápidamente, y zigzagueaba entre el pasillo lleno de gente y ocasionalmente hacía a un lado a los médicos, enfermeras y visitantes sorprendidos, que no se quitaban o no podían quitarse de su camino lo suficientemente rápido.

El edificio era un rectángulo grande, y cuando llegó a la primera esquina, vio a un guardia que ninguno de su misión de reconocimiento había identificado. El guardia estaba claramente asombrado y aterrorizado, pero reaccionó rápidamente. Abrió fuego con su AK-47; roció balas por todos lados y le dio a una enfermera, que de casualidad quedó atrapada en la línea de fuego. Murió antes de caer al suelo y todos los demás en el pasillo comenzaron a gritar.

En el pandemonio, David se lanzó de cabeza a una habitación a la derecha. Fox se lanzó a una habitación a la izquierda, pero fue él que se recuperó más rápidamente. Un momento después, sacó la cabeza por la puerta y devolvió los disparos. Desafortunadamente, sus disparos estuvieron altos. El guardia no corría hacia ellos. Estaba en el suelo sobre su estómago y liberó una ráfaga de disparos a la cabeza de Fox. David temía por la vida de su compañero, seguro de que iba a ver que la cabeza de Fox explotaba, pero los reflejos del SEAL eran como un relámpago; se volvió a meter en la habitación y justo a tiempo se quitó del peligro.

David aprovechó el momento. Dio un giro desde la puerta y disparó tres tiros. Por lo menos uno dio en su objetivo. El guardia gritó del dolor mientras David avanzó y le disparó dos tiros más, con lo que sus gritos terminaron.

«Alfa Dos, despejado, vamos», gritó, entonces guardó su pistola y tomó de su espalda la MP5.

Llegó a la esquina y encontró a Torres y a Crenshaw en un intenso tiroteo. Tres guardias estaban derribados, se retorcían y sangraban, pero por lo menos dos que David pudo ver devolvían los tiros. Él liberó dos ráfagas y derribó a uno de ellos. El segundo —aparentemente sorprendido al oír tiros detrás de él— cayó al suelo y estaba a punto de disparar cuando Fox pasó a David estrepitosamente y le dio dos tiros al hombre en la frente. De repente las armas enmudecieron, aunque la gente gritaba por todos lados, clamaba y corría hacia las salidas.

David estaba a menos de nueve metros de la habitación de Javad Nouri, y estaba a punto de acometer contra ella cuando oyó la voz de Torres en sus audífonos.

«*Alfa Uno, espere, espere* —gritó Torres—. *Hay otro guardia allí en alguna parte. ¿Lo puede ver?*».

Tanto David como Fox observaron el pasillo de un lado a otro. Ninguno vio al guardia, y estaban a punto de comenzar a despejar las habitaciones, una por una, cuando la voz de Zalinsky resonó en sus oídos.

«Alfa Uno, el último guardia está en la habitación del objetivo —dijo—. Repito, está en la habitación del objetivo».

Por un momento, David se quedó paralizado. Si hubiera entrado rápidamente, como estaba planificado, lo habrían matado instantáneamente, lo mismo que a Fox, si hubiera permanecido a su lado. Estaba agradecido por la perspicacia de su equipo al mantener un conteo cuidadoso de los tipos malos. Entonces otro pensamiento atravesó la mente de David. ¿Y si el guardia tenía órdenes de matar a Nouri si algo como esto ocurría? Tenía que hacer algo rápidamente, pero ¿qué?

David se pegó a una pared, y apuntó con su MP5 a la puerta de la habitación de Nouri. Fox, mientras tanto, se pegó a la pared de enfrente y apuntó con su MP5 en la otra dirección, por si los emboscaban desde atrás. Después de todo, cada vez era más probable. Habían bloqueado las comunicaciones en este piso, pero ¿qué de los demás? Todos estos disparos sin duda podían oírse en todo el edificio. El apoyo del Cuerpo de la Guardia Revolucionaria Iraní tenía que estar en camino, y el equipo del transporte podría llegar en cualquier momento.

—Base, ¿pueden bloquear las comunicaciones en todo el edificio? —preguntó David.

—Ya lo hicimos —dijo Zalinsky—, pero hay refuerzos que llegarán por los elevadores y por las escaleras. Tienes que tomar a tu objetivo y salir de allí, *ahora mismo*.

En ese momento, las puertas del elevador se abrieron más allá en el pasillo. David giró, pero Torres y Crenshaw se ocupaban de eso. Abrieron fuego y derribaron a tres Guardias Revolucionarios antes de que siquiera se dieran cuenta de lo que había pasado. Más gritos y sollozos surgieron en medio de los disparos renovados. David decidió usar la cacofonía para hacer su maniobra. Buscó en su chaleco antibalas, sacó una granada aturdidora M84, le quitó el gancho, la lanzó a la habitación 503, y gritó: *«¡Cúbranse!»*.

Un destello cegador y un rugido ensordecedor consumieron la habitación de Nouri. Mientras sus colegas le vigilaban la espalda, David se movilizó inmediatamente. Corrió hacia la puerta de Nouri, se agachó y giró hacia adentro, con su MP5 por delante. A través del humo que persistía en la habitación, divisó al guardia en un rincón. Instintivamente, David apretó el gatillo una vez, se detuvo por una fracción de segundo y volvió a disparar. El hombre se encogió en un cúmulo sangriento y no pudo siquiera hacer un disparo.

25

«*Habitación segura*», gritó David, luego enfocó su atención en Javad Nouri.

El hombre estaba aterrorizado y acurrucado en posición fetal, con las manos sobre sus oídos, que goteaban sangre. David no sintió mucha compasión por este hombre que estaba ayudando a desatar un genocidio en los israelíes y quizás también en Estados Unidos. Comenzó a sacar tubos y líneas intravenosas y varios alambres del cuerpo de Nouri, haciendo que el iraní gritara del dolor. Luego sacó una jeringa de su bolsillo, le retiró la punta de plástico, le dio unos golpes para sacarle cualquier burbuja e introdujo la aguja en el cuello de Nouri. El suero tardó solo unos segundos en activarse y el cuerpo de Nouri se puso flácido casi inmediatamente. Sin tomar ningún riesgo, David esposó rápidamente las manos y los pies de Nouri y le puso una tira de cinta adhesiva plateada en la boca, agradecido por todas las herramientas que Torres y su equipo habían llevado desde Estados Unidos. También revisó el clóset y buscó en varias gavetas, y encontró el teléfono satelital y la billetera de Nouri, que metió en sus bolsillos.

—Objetivo seguro y adquirido —dijo David en su micrófono, con el corazón y la mente acelerados—. Alfa Uno listo para extracción a su aviso, Bravo Uno.

—Entendido. Bravo Uno, despejado —dijo Torres, con su MP5 lista en los elevadores por cualquier refuerzo.

—Bravo Dos, despejado —dijo Crenshaw, agachado en las escaleras más cercanas y manteniendo su ruta de escape.

—Alfa Dos, despejado —dijo Fox por último, que estaba reubicado más adelante en el pasillo, para cuidar la espalda de David y mantener la vista en las escaleras por las que habían subido.

—Está bien, vámonos —dijo Torres.

David reactivó el seguro de su MP5, tomó un radio de las manos del guardia muerto en la esquina, y luego procedió a levantar a Nouri y a ponerlo sobre sus hombros. Se abrió camino para salir de la habitación 503 rápidamente y giró a la izquierda, pasando por médicos, enfermeras y pacientes que temblaban, hacia donde estaba Crenshaw, que se movilizó a las escaleras para tomar la delantera. Torres se hizo atrás para asegurar la puerta de las gradas y le ordenó a Fox que se apresurara a su posición. David lanzó el radio del soldado del Cuerpo de la Guardia Revolucionaria Iraní a Torres, para que pudiera monitorear lo último del tráfico, y dieciséis segundos después, en una formación apretada, se abrían camino hacia abajo por los cinco grupos de gradas.

—Tenemos un problema —dijo Torres al escuchar la conversación del radio—. El comandante de la Guardia Revolucionaria Iraní no ha podido llamar refuerzos, pero ha ordenado a sus hombres que tomen posiciones de francotiradores y que apunten a cualquier salida del primer piso.

Crenshaw maldijo, pero David se mantuvo tranquilo.

—Bravo Tres, ¿está a salvo? —preguntó al hacer contacto con Mays en el estacionamiento.

—Estoy bien —dijo Matty—. Están evacuando el edificio. Hay cientos de gente que sale. Muchas personas se dirigen a sus automóviles, por lo que todavía no se han percatado de mí.

—¿Puede ver a los francotiradores?

—No, hay demasiada gente.

—¿Puede mover la furgoneta a la puerta y cubrirnos un poco?

—Puedo intentarlo —dijo Mays—, pero ellos pueden comenzar a disparar a las llantas o algo peor.

—De hecho, tienen otro problema —dijo Zalinsky.

—¿De qué se trata? —preguntó David mientras pasaban el tercer piso y se dirigían al segundo.

—Tenemos un helicóptero que viene del sur.

—¿Una ambulancia aérea? —preguntó David, aunque sabía que era esperar demasiado.

—Me temo que no; estamos monitoreando el tráfico radial de la policía —dijo Zalinsky—. Es parte de un equipo SWAT.

—¿Cómo se enteraron?

—No sé, pero si un helicóptero se dirige allá, puedes apostar que pronto llegarán más, si no los sacamos de allí rápidamente.

David y su equipo llegaron al primer piso. Entraron al área de mantenimiento y, para su sorpresa, se encontraron rodeados de alrededor de una docena de miembros del personal del hospital, conserjes y mecánicos que trataban de evacuar el edificio. El personal quedó igual de impactado al verlos y David, pensando rápidamente, aprovechó el temor de ellos y lo usó para su ventaja. Les ordenó a todos que se detuvieran inmediatamente y que permanecieran callados. Entonces les aseguró que nadie saldría herido, si formaban una barricada humana alrededor del equipo y los acompañaban hacia la furgoneta.

«Todos vamos a salir a la cuenta de tres —les dijo David a los trabajadores del hospital—. Si corren, mueren».

Aterrados, todos accedieron al plan mientras Mays y Zalinsky oían todo por la radio.

—Bravo Tres, desplácese a la posición —dijo David.

—Bravo Tres, en movimiento —respondió Mays.

—Base, necesitamos un desvío —dijo David.

—¿Cómo qué? —preguntó Zalinsky.

—¿Dónde está el auto de policía más cercano?

—Uno acaba de llegar. Estará a unos veintisiete metros a tu izquierda, cuando salgas por esa salida posterior.

—¿Cuántos oficiales?

—Dos.

—¿Armados?

—Uno tiene una escopeta; el otro está blandiendo una pistola —dijo Zalinsky.

—¿Puedes eliminarlo?

—¿Con qué?

—Con un Hellfire —dijo David.

Y todo quedó en silencio.

LANGLEY, VIRGINIA

Todos los ojos en el Centro de Operaciones Globales estaban sobre Zalinsky. Todos habían estado allí unos días antes, cuando Zephyr le había pedido a Eva Fischer que lanzara un misil Hellfire para salvar su vida. Por lo tanto, todos habían visto el precio que la Agente Fischer había pagado por decir que sí. Era cierto que Eva había sido liberada. Era cierto que ahora trabajaba para la Agencia de Seguridad Nacional. Sin embargo, ninguno de ellos conocía los detalles y ahora, una vez más, estaban en un momento decisivo.

Zalinsky miró a Murray.

«Es tu decisión, Jack —dijo Murray—. Es tu operación».

TEHERÁN, IRÁN

«¿Base?», preguntó David.

Solo se transmitía silencio desde Langley.

«Base, necesito una respuesta rápida, antes de salir por esta puerta».

David no podía creerlo. Estaba haciendo todo lo que Zalinsky le había dicho que hiciera, y ahora, su propio mentor no le daba la cobertura que necesitaba para hacer de esta operación un éxito. ¿Qué tanto quería la Agencia que Javad Nouri viviera y divulgara información sobre las ojivas y sobre cualquier otra cosa que pudiera saber?

Por otra parte, ¿qué tanto quería Langley que David y su equipo sobrevivieran los siguientes cinco minutos?

Mays sabía que solo tenían unos segundos para triunfar y sobrevivir... o para fracasar y morir. Tomó la iniciativa; sacó la furgoneta del estacionamiento y cuidadosamente serpenteó por la multitud que salía del hospital. Entonces, en lugar de regresar y de pasar por la estación de guardias, giró hacia la derecha, a un camino auxiliar, y pudo dar una vuelta por todo el edificio. Tardó unos instantes, pero pronto había dado casi toda la vuelta. Eso significaba que se acercaba desde atrás a los dos oficiales que estaban agachados detrás de su carro policía, con las pistolas afuera, esperando que David y su equipo salieran del edificio, para dispararles como a Bonnie y a Clyde. Mays disminuyó la velocidad y se detuvo, tratando una vez más de evaluar la situación.

Mays estiró el cuello, se volteó y miró detrás de él. Por lo menos de momento, no veía más policías ni oficiales del Cuerpo de la Guardia Revolucionaria Iraní, pero podía oír el ruido tenue de sirenas acercándose a la distancia. Miró a la izquierda, luego a la derecha. No vio a ningún hombre armado, y la multitud que tenía adelante comenzaba a diluirse, mientras uno de los policías les gritaba que se alejaran del edificio rápidamente y que buscaran refugio.

—Alfa Uno, es Bravo Tres, ¿listos para salir?

—Contengan el tráfico de radio, Bravo Tres —respondió David—. Esperamos a Base.

Sin embargo, Zalinsky todavía no decía nada.

—Se nos acabó el tiempo —dijo Mays—. Ya puedo oír las sirenas de más policías que se acercan. Tenemos que sacarlos de allí ahora. Voy a entrar.

Mays bajó su ventanilla, tomó la pistola del asiento de al lado y le quitó el seguro. Entonces dirigió la furgoneta hacia el auto de la policía y presionó el acelerador.

La furgoneta instantáneamente aceleró y chocó directamente contra el auto. El ruido del choque violento —metal con metal y vidrio que se hacía pedazos— conmocionó a todos en los alrededores de las instalaciones del hospital. Uno de los oficiales murió con el impacto, mientras que el otro se lanzó fuera del camino, pero entonces quedó descubierto. Mays frenó, puso la palanca de cambios en parqueo, luego tomó y apuntó su pistola por la ventanilla abierta y disparó tres tiros, matándolo instantáneamente. Después puso la furgoneta en marcha y velozmente se dirigió hacia la puerta posterior del hospital.

«*Alfa Uno, objetivos neutralizados* —gritó Mays por la radio—. *Estoy en posición en la puerta de salida. Todo despejado, por lo menos por ahora. ¡Vamos!*».

David no estaba muy seguro de lo que acababa de ocurrir, pero confiaba implícitamente en Mays. Si el hombre decía que era hora de movilizarse, era hora de movilizarse. Ordenó que se abriera la puerta y que todos comenzaran a moverse. El personal del hospital —ahora más aterrado que nunca— obedeció inmediatamente.

En segundos estuvieron afuera otra vez, en el aire fresco. David les dijo a todos que rodearan la furgoneta, y eso hicieron. Crenshaw abrió la puerta lateral de la furgoneta y ayudó a David a poner a Javad Nouri adentro. Luego David saltó al asiento delantero, mientras el resto del equipo se subió atrás y Mays presionó la bocina. Todos los que rodeaban la furgoneta salieron corriendo, Mays apretó a fondo el acelerador y sacó la camioneta a toda velocidad, mientras una erupción de tiros explotaba detrás de ellos, destrozando la ventana posterior y esparciendo vidrios en todas direcciones.

LANGLEY, VIRGINIA

Zalinsky estaba atónito. Miraba cómo se desarrollaba toda la escena desde la transmisión por satélite, pero no podía creer lo que veían sus ojos. Murray tampoco lo creía, así como ninguno de los demás en el Centro de Operaciones Globales. La indecisión de Zalinsky había puesto toda la misión en riesgo, y se daba cuenta de que todavía podría hacerlo.

Era cierto que David tenía a su hombre. A Javad Nouri lo había visitado el Duodécimo Imán, y parecía ser uno de sus asesores más importantes. Si alguien, aparte del Mahdi, conocía todo el plan de dónde estaban las ojivas y de cómo iban a usarse, bien podría ser Nouri. No obstante, mientras miraba a Mays acelerar para alejarse del hospital, sabía que solo tenía unos segundos para proteger a Zephyr y a su equipo de la muerte segura... muerte desde el cielo.

TEHERÁN, IRÁN

«*Tenemos un helicóptero a las cuatro en punto; vuela bajo y se aproxima rápidamente*», gritó Crenshaw, que estaba agachado en el asiento posterior y trataba de poner su MP5 en posición.

Mays seguía acelerando, pero eso no ayudaba. No era posible aventajar a un helicóptero de la policía, lo cual significaba que el francotirador de a bordo se acercaba peligrosamente. Crenshaw abrió fuego. Un momento después Fox y Torres se asomaban por sus respectivas ventanillas mientras le disparaban también al helicóptero.

«*¡Les dimos!* —gritó Crenshaw—. *Se están retirando*».

Por ahora, el fuego de respuesta del equipo parecía haber funcionado, pero era solo una solución temporal. David y los demás vieron de pronto cómo el helicóptero ganó velocidad, giró y luego aceleró. Venía por ellos. El francotirador comenzó a inclinarse desde el lado derecho y se preparaba para disparar.

Mays les dijo a todos que se sujetaran, entonces frenó y giró violentamente hacia la izquierda. De nuevo, la maniobra funcionó y el helicóptero les pasó, pero bien sabía David que no podían superar a este tipo por mucho tiempo. Necesitaban encontrar un refugio, pero incluso entonces, ¿de qué les serviría? Si se ocultaban, el piloto alertaría a cada oficial de policía de la ciudad. Pronto los rodearían, y David no se atrevía a contemplar su destino en las manos del Duodécimo Imán, especialmente por haber capturado a uno de sus asesores.

David estiró el cuello, esperando volver a ver al helicóptero y ayudar a Mays a planificar una ruta evasiva. Un momento después, vio el reflejo de los rotores con el sol de la tarde. El piloto se aproximaba desde el este, a punto de hacer otra estampida directamente hacia ellos. El problema era que Mays se había metido a una autopista principal que mayormente estaba vacía. Debido a la guerra, pocos residentes de Teherán circulaban por las calles, y Mays conducía ahora a más de doscientos kilómetros por hora. Ya no había más calles secundarias. No más callejones. No más pasos elevados. Esta era la única vía. Estaban descubiertos y el helicóptero se les acercaba inminentemente. David pudo ver que el francotirador se puso otra vez en posición apuntando con su rifle directamente a Mays... o a él. ¿En realidad importaba a quién? Todos iban a morir en los siguientes tres segundos, y la esperanza de evitar que el Mahdi pudiera lanzar sus últimas dos ojivas nucleares moriría con ellos. Ya no había nada que ellos pudieran hacer.

Entonces David percibió de reojo un rayo de luz desde la derecha desplazándose velozmente. Le tomó una fracción de segundo analizar qué pasaba y entonces David se dio cuenta de que Zalinsky acababa de decir que sí. Por el cielo pasaba como una centella un misil Hellfire y, efectivamente, un instante después David vio explotar el helicóptero que tenía enfrente convertido en una enorme bola de fuego, sin que el piloto ni el francotirador jamás vieran llegar el misil. El fuego, el humo y los escombros retorcidos de metal fundido llovieron desde el cielo, pero Mays no disminuyó la velocidad, y David tampoco quería que lo hiciera. Todavía tenían que salir de esta ciudad, a uno de los tres hoteles en los suburbios que habían preseleccionado como posible punto de reunión. Luego tenían que despertar a Nouri y hacerlo hablar, antes de que fuera demasiado tarde.

26

—Aser, habla Leví. Necesito hablar con usted inmediatamente —dijo el ministro de defensa Shimon cuando el PM llegó a la línea.

—Por supuesto, Leví; ¿de qué se trata?

—No, por teléfono no. Tengo que reunirme con usted en persona, con usted y con Zvi —dijo Shimon, refiriéndose al jefe del Mossad Zvi Dayan.

—Entonces venga —dijo Neftalí—. ¿Se trata de Dimona?

—No.

—¿Entonces qué? —insistió Neftalí.

El ministro de defensa vaciló por un momento antes de decir:

—Se trata del Duodécimo Imán. Eso es todo lo que podemos decir.

—Entonces venga rápidamente —dijo el PM—. Y cuídese.

—Gracias, señor. Haremos lo mejor posible.

TABRIZ, IRÁN

El general Mohsen Jazini estaba parado en la sombra, en la esquina del garaje. Encendió un puro cubano y observó los procedimientos con mucho interés. Jazini no decía nada, pero Jalal Zandi no dudaba que el general monitoreaba cada uno de sus movimientos. Zandi podría haber prescindido de la llama expuesta, pues llenaban los tanques de gasolina de las dos ambulancias y cargaban los dos cajones grandes de madera, uno en la parte de atrás de cada vehículo. No le preocupaban las ojivas, pues no podían ser activadas sin los códigos adecuados, pero no podía evitar imaginarse morir en una bola de fuego inducida por el petróleo, debido a que el comandante del Califato no podía controlar sus ansias de nicotina unos cinco minutos más.

Sin embargo, no murieron. A las cinco en punto, los tanques de combustible estaban llenos. Ambas ojivas fueron cargadas en forma segura. Otros ocho Guardias Revolucionarios fuertemente armados habían llegado en la hora previa, asignados a esta misión desde una base cercana. Dos miembros del equipo de contraataque del Cuerpo de la Guardia Revolucionaria Iraní se subieron en la parte posterior de cada ambulancia para cuidar las ojivas. Dos guardias más ocuparon los asientos delanteros, uno para conducir y el otro como copiloto. Lo único que faltaba era que Jazini y Zandi se subieran al vehículo escolta —una camioneta color carbón, Toyota Sequoia, último modelo, que los hombres de Jazini le habían incautado a la viuda del comandante de la base, muerto en los recientes ataques aéreos— junto con el conductor y el servicio de seguridad de Jazini. A las 5:10 p.m., estaban en camino.

—Entonces, ¿a dónde exactamente nos dirigimos con estas cosas? —preguntó Zandi.

Asumía que a las bases de misiles, ya sea en Kerman o en Rasht, pero se quedó atónito cuando oyó la respuesta que salió de la boca de Jazini.

—A Damasco.

FORT MEADE, MARYLAND

Proporcionar teléfonos satelitales a los altos funcionarios del liderazgo político y militar iraní había parecido una jugada magistral al principio. Ahora, a Eva Fischer le parecía una piedra de molino atada a su cuello.

Con la ayuda de Eva, David había introducido personal y clandestinamente en Irán docenas de teléfonos satelitales, fabricados por la corporación Thuraya, ubicada en Dubai, mientras que la Agencia había logrado enviar muchos más. El sistema de Thuraya estaba compuesto de cuarenta y ocho satélites de órbita terrestre baja, satélites que funcionan a una altitud de alrededor de 1.400 kilómetros arriba de la tierra. La compañía también operaba otros cuatro satélites a tiempo completo, como unidades de respaldo. Los satélites transmitían llamadas unos a otros, en la banda de frecuencia de 22,55 gigahercios y de 23,55 gigahercios. Los teléfonos Thuraya en sí usaban transpondedores de banda L. Eso permitía que los que llamaban en la tierra hablaran unos con otros usando frecuencias en la banda de 1616 a 1626,5 megahercios. Cada teléfono que Eva le había dado a David para ser entregado al Mahdi y sus socios funcionaba con una frecuencia específica, designada y rastreable, en uno de 240 canales independientes. Eso le permitía a la Agencia de Seguridad Nacional interceptar las llamadas de los satélites en tiempo real, sin necesidad de instalar un micrófono que pudiera ser detectado por la contrainteligencia iraní, y sin que la corporación Thuraya detectara las intercepciones.

El problema era que el plan funcionaba demasiado bien. Ahora que muchas de las instalaciones eléctricas de Irán habían sido derribadas en los ataques aéreos israelíes —y ahora que mucho del sistema de teléfonos celulares de Irán había sido también destruido—, el Mahdi y sus altos comandantes ya no usaban líneas fijas ni teléfonos celulares. Más bien, usaban los teléfonos satelitales casi exclusivamente. Eso significaba que la Agencia de Seguridad Nacional grababa y transcribía casi cada llamada que ellos hacían.

En teoría, eso era una bendición que permitía que la Agencia de Seguridad Nacional, y luego la CIA, escucharan cada llamada para interceptar gran parte de la discusión que se llevaba a cabo dentro del enemigo más peligroso de Estados Unidos. No obstante, la verdad era que el sistema de inteligencia de Estados Unidos estaba muy sobrecargado, y en riesgo de que material increíblemente valioso pudiera perderse.

Sin embargo, no era solo la magnitud del material que entraba lo que les hacía la vida tan difícil; sino que los traductores de persa de la Agencia de Seguridad Nacional y de la CIA —de los cuales solamente había una docena—, frecuentemente no sabían quién hablaba con quién. Cientos de llamadas se hacían cada hora. Miles de miles de llamadas se hacían cada día. Algunas de las llamadas eran entre oficiales de alto rango, pero la mayoría era entre coroneles y mayores, o entre lugartenientes y sargentos, o entre guardaespaldas y conductores, o entre hombres de avanzada y pilotos, y así sucesivamente. Mucho de lo que se decía era demasiado enigmático, o demasiado breve, para entenderlo apropiadamente.

Además, frecuentemente los traductores no tenían idea de dónde se generaban físicamente las llamadas, ni en dónde eran recibidas físicamente. Si, por ejemplo, alguien que llamaba le decía al receptor que iba a enviar un camión cargado de más misiles Scud-C, frecuentemente no era claro de dónde saldría el envío ni adónde se dirigía. Por lo tanto, no era información procesable. No era información que se pudiera usar con un efecto real o serio para destruir ese envío de armas. Eso lo hacía peor que irrelevante, porque era una distracción de las intercepciones que sí proveían información procesable. Aun así, tenía que leerse, traducirse y evaluarse, y eso requería de tiempo, del que Eva y su equipo no disponían.

Dicho eso, varios días de prueba y error —mayormente antes de que Eva hubiera sido liberada de su detención— habían ayudado a los traductores a identificar las frecuencias de algunos de los teléfonos específicos que el mismo Mahdi, el Ayatolá Hosseini y el presidente Darazi usaban. Cada vez que se hacía la transcripción de una llamada, en la parte superior de la página estaba impresa la hora en que se hacía la llamada, la hora en que terminaba, la frecuencia precisa del teléfono que hacía la llamada y la frecuencia precisa del teléfono que recibía la llamada, si el teléfono receptor era un teléfono satelital. Por ejemplo, una llamada anterior, que había sido identificada positivamente como del Mahdi con el Ayatolá Hosseini, había ayudado a los traductores a identificar qué teléfonos habían sido asignados a los dos hombres por las frecuencias impresas en la parte superior de las transcripciones. Los traductores entonces habían pedido a los técnicos de informática de la Agencia de Seguridad Nacional que dirigieran las llamadas con esas frecuencias específicas a una base de datos especial, que ellos podrían priorizar sobre todas las demás llamadas.

No obstante, ahora había surgido otro problema: Durante las últimas cuarenta y ocho horas aproximadamente, los traductores comenzaron a observar que otros funcionarios de menor rango usaban esas frecuencias en lugar del Mahdi, Hosseini o Darazi. La cúpula de Langley estaba desesperada por conocer la razón, pero los traductores no podían proporcionar una respuesta sólida. Su mejor especulación era que sus subordinados les entregaban los teléfonos satelitales a los líderes, cuando ellos necesitaban hacer o recibir una llamada, pero que rotaban a los subordinados o rotaban los teléfonos que usaban, posiblemente para recargarlos cada pocas horas, debido al uso frecuente.

Fuera cual fuera la razón, ni Zalinsky ni Fischer —los arquitectos de la estrategia de intercepción— habían planificado, ni se habían preparado para esa clase de contingencias. Sus planes se habían desarrollado en torno a evitar que se desencadenara una guerra entre Israel e Irán, no a procesar el enorme tráfico de información que fluía a raudales en medio de tal guerra. No tenían la capacidad para manejar la avalancha, y ahora se estaban ahogando en su buena suerte.

Eva sabía que no tenía tiempo para traducir cada transcripción de cada intercepción, del montón que ya estaba en su oficina, especialmente cuando cada quince o veinte minutos le dejaban sobre su escritorio nuevos grupos de intercepciones. Su única esperanza era examinar rápidamente cada transcripción, marcar cualquier porción interesante con una pluma roja y ponerla en una bandeja distinta sobre su escritorio. La bandeja número uno era material de alta prioridad: cualquier llamada que pareciera que pudiera ser de, o para, el Mahdi, o de algún alto funcionario iraní que también tuviera puntos específicos de interés (por ejemplo, referencias a operaciones, vuelos o reuniones específicas, o planes de guerra de cualquier clase) que pudieran ser procesables, especialmente si se comparaban con transcripciones similares con las que otros traductores pudieran estar trabajando. La bandeja número dos era material de alta prioridad de personas que llamaban y que no estaban identificadas —personas que específicamente no eran el Mahdi, el Ayatolá ni el presidente—, pero que proporcionaban información procesable o potencialmente procesable. Y así en adelante.

Eva trabajaba tan fuerte y rápido como podía, pero por la manera en que la habían tratado, no hacía nada de eso por la Agencia de Seguridad Nacional ni por la CIA. Sin duda, no se estaba partiendo el lomo por el presidente Jackson, por Roger Allen, por Tom Murray ni por Jack

Zalinsky. Todo lo que hacía ahora era por David Shirazi: por salvarle la vida, por sacarlo de Irán y por llevarlo de vuelta intacto a Washington. No tenía idea de qué motivaba a los que la rodeaban a trabajar tantas horas extenuantes por una minúscula paga, y de momento, a ella verdaderamente no le importaba. Ella había metido a David en este lío y estaba decidida a sacarlo de él. Si de ella dependiera, estaría en un avión hacia Incirlik, Turquía, y luego llegaría por HALO a Irán para ayudar a David en persona. Sin embargo, claramente, eso no era posible. Esto era lo que se le había asignado hacer, y quería hacerlo bien. Temía que de no hacerlo, fuera posible que nunca más volviera a ver a David.

Después de examinar otras treinta o cuarenta transcripciones sin dar con la mina de oro, de repente Eva se sentó completamente recta en su silla. Su pluma roja comenzó a marcar frenéticamente. Abrió un archivo en su computadora y comenzó a teclear una traducción en inglés. Cuando terminó, regresó a la parte superior y revisó su trabajo, luego lo revisó otra vez. *¿Cómo se había pasado esto por alto?*, se preguntaba. Tenía que llevárselo a Murray inmediatamente... a menos que hubiera más. Tuvo una corazonada y comenzó a revisar su montaña de transcripciones, en busca de cualquier otra que tuviera los sellos de hora similares a esta. Alrededor de un minuto después, encontró una. Un momento después, encontró otra. Después una tercera y una cuarta. Cuidadosamente las tradujo también, tecleó su trabajo, lo volvió a revisar por tercera vez, y entonces envió todo por correo electrónico a Murray, a través de un servidor seguro. Luego levantó el teléfono y presionó el marcado rápido del Centro de Operaciones Globales de Langley.

«Tom, deja de hacer lo que estás haciendo —dijo cuando se comunicó con él—. Tienes que abrir el correo electrónico que te acabo de enviar, y tenemos que hablar».

RUTA 21, OCCIDENTE DE IRÁN

El convoy de Jazini se desplazaba rápidamente por la ruta 21, hacia Mamaghan al suroeste. Desde allí continuaron por la misma ruta al pueblo de Miandoab. Jalal Zandi ya estaba profundamente dormido en el asiento posterior, por lo que el general se sintió confiado en abrir su portafolios, sacar su computadora portátil y encenderla. No tenía intención de contemplar el paisaje persa, cada vez más exuberante y verde, con colinas y valles cubiertos de césped salpicado de colores de cientos de clases de flores, que pasaba zumbando. No eran unas vacaciones familiares. Era la guerra. Tenía planes por hacer y refinar, y poco tiempo para terminarlos.

Jazini acababa de teclear su código y de abrir su archivo de pendientes, cuando una llamada entró al teléfono satelital de su conductor.

—¿Sí, aló? —preguntó el conductor en persa—. ¿Quién llama? Ah sí, mi Señor. Gracias, mi Señor. Él está aquí. Un momento, por favor.

El conductor le entregó rápidamente el teléfono a Jazini, que inmediatamente supo que era el Mahdi y se preparó para lo que se avecinaba.

—¿General?

—¿Sí, mi Señor?

—¿Están en movimiento?

—Sí.

—¿Algún problema?

—Ninguno —dijo Jazini—. Todo está transcurriendo sin dificultades.

—Bien —dijo el Mahdi—. Ahora bien, usted escribió acerca de otro asunto en su propuesta. ¿Lo recuerda?

—Sí, mi Señor.

—Su idea es excelente, pero tenemos que adelantar el calendario. Mañana al mediodía será muy tarde. Tiene que ser hoy en la noche.

Jazini estaba aturdido.

—¿Hoy en la noche, Su Excelencia? Con todo el debido respeto, mi Señor, no sé si podemos arreglar las cosas tan rápidamente.

—Tienen que hacerlo —dijo el Mahdi—. Prepárelo para la medianoche, y ponga en marcha todos los planes que presentó en el memo.

—Sí, Su Excelencia, voy a...

Antes de que Jazini pudiera terminar su respuesta, o hacer otra pregunta —como era característico de una llamada con el Duodécimo Imán—, la señal se apagó.

★ ★ ★ ★ ★

TEHERÁN, IRÁN

David llevó aparte a Marco Torres y elogió al comandante paramilitar por su elección de refugio temporal. El Tooska Park Inn, ubicado en el cuadrante suroriental de Teherán, a la salida de la autopista Sur de Teherán, era un lugar sórdido, frecuentado típicamente por proxenetas y prostitutas, pero ahora, con la guerra a toda marcha, el estacionamiento estaba vacío. El lugar estaba completamente desierto.

Como era de esperarse, el dueño era la clase de tipo que no preguntaba ni decía nada y que necesitaba desesperadamente el efectivo que Torres le había dado. De todas formas, tampoco podría haber llamado a la policía. Las líneas fijas conectadas al motel no funcionaban, y el teléfono celular del dueño tampoco, un hecho que Torres había constatado dos veces antes de instruir a Mays, de último momento, para llevarlos allí. La policía no había efectuado patrullajes sistemáticos desde el inicio de la guerra, por lo que no habría interrupciones.

David le indicó a Mays que se deshiciera de la furgoneta llena de agujeros de balas y que se robara otros dos vehículos rápidamente. No podían darse el lujo de quedarse atascados.

—También, pídele a Nick que revise el teléfono de Javad —le dijo David a Torres—. Que vea si tiene una lista de contactos. ¿Quién está en ella? ¿A quién ha llamado? ¿De quién recibe llamadas? Ya sabes el procedimiento.

—Está bien, jefe.

—Y algo más —agregó David.

—Un plan de extracción —dijo Torres, que parecía que le leía la mente.

—Correcto —dijo David—. Haz uno y pronto.

David tenía que comenzar, y realmente no sabía cómo quebrantar a Javad Nouri, cómo hacer que un fanático como él hablara. En todo el trayecto desde el tiroteo en el hospital, la pregunta había destacado en su mente. No tenía mucho tiempo para "ablandar" a Nouri, y los incentivos normales de dinero, libertad y de una vida nueva en Estados Unidos probablemente no iban a funcionar con un destacado asistente personal del Duodécimo Imán. ¿Qué funcionaría? El miedo, tal vez, pero ¿miedo a qué? David no tenía respuestas.

Al pensar en todo eso y al orar en silencio por sabiduría, David abrió la puerta de la habitación 9 y entró, con Torres justo detrás de él. Cuando Torres cerró y aseguró la puerta, David examinó la habitación. Hedía a cigarrillos viejos. Una cama grande, con un colchón apelotonado y una colcha azul delgada, ocupaba el centro de la habitación. A lo largo de la pared de la derecha había un desgastado tocador de madera, sobre el cual descansaba un viejo televisor, cubierto de polvo, que parecía no haber sido usado en veinte o treinta años, si acaso. Dudó que siquiera funcionara. Si ese era el caso, parecía que en realidad era blanco y negro. A lo largo de la otra pared había un pequeño armario y una puerta, que supuestamente llevaba a un baño. En el lado izquierdo de la habitación había un estropeado escritorio de madera y una lámpara torcida. Las paredes estaban pintadas de celeste, pero estaban sucias y manchadas.

Fox se había ubicado al lado del escritorio, y ocasionalmente miraba a través de las cortinas raídas de manta escocesa, por si había señales de dificultades, con su arma lista.

Como lo había indicado David, Javad Nouri tenía los ojos vendados y estaba amordazado, amarrado a una silla de madera, con sus manos y pies fuertemente atados. Fox asintió con la cabeza cuando David lo miró, haciéndole saber que tal como se le había indicado, le había puesto a Nouri una inyección para despertarlo, pero para dejarlo en una condición mental algo vaga. La voz de David sería la primera que Nouri oiría en su cautiverio, y un plan comenzó a ocurrírsele. No era infalible, de ninguna manera, pero podría funcionar y a falta de otro, David decidió seguir su instinto.

Caminó atrás de la silla de Nouri y le hizo señas a Fox para que le diera una pistola. Fox le dio una Sig Sauer P226 Navy negra, una pistola de mano de 9mm, desarrollada específicamente para los SEAL. David la miró por un momento y la pesó en su mano. Se sentía más fría de lo que esperaba y más pesada. Caminó hacia Nouri, retiró y liberó el tambor que albergaba un cartucho, y le puso la 9mm en la sien al hombre.

«Javad, sé que me puede oír, por lo que voy a hacer esto muy sencillo

—comenzó David—. Voy a hacerle preguntas. Usted me va a dar respuestas, respuestas verdaderas. ¿Entendido?».

Nouri no se movió, no asintió con la cabeza, no dijo ni una palabra, por lo que David presionó la pistola con más fuerza en su sien. Nouri asintió con la cabeza muy levemente.

«Reconoce mi voz, ¿verdad, Javad?», continuó David.

Nouri volvió a asentir.

«Correcto, Javad. Mi nombre es Reza Tabrizi, y trabajo para la Agencia Central de Inteligencia».

27

—El Duodécimo Imán ha hecho un trato con los paquistaníes —le dijo Eva a Murray.

—¿Qué clase de trato? —preguntó Murray.

—Tom, él va a obtener control operativo total de más de 170 misiles nucleares a la medianoche del lunes.

Murray no dijo nada por un momento. Entonces dijo:

—Será imparable. ¿Está segura que ya está todo definido?

—Como podrá ver en las transcripciones que le envié, todo está terminado, excepto el apretón de manos —dijo Eva—. Parece que el embajador iraní en Islamabad ha sido el intermediario. Él ha estado haciendo la mayor parte de la negociación, y creo que se ha estado comunicando con el Mahdi y con el general Jazini, principalmente por correo electrónico seguro. Así que las llamadas, por lo menos las que he visto hasta aquí, no dan los detalles, pero algo está claro: los paquistaníes van a anunciar públicamente que se unen al Califato en las próximas veinticuatro horas. El Mahdi y su equipo están tratando de organizar una reunión en persona con Iskander Farooq. La logística, como puede imaginarse, es desafiante, por no decir algo peor. El Mahdi no tiene tiempo ni interés en ir a Islamabad, y tampoco le quedan muchos aeropuertos en funcionamiento de los cuales poder salir. De la misma manera, tampoco es muy factible que Farooq llegue a Teherán. Pero Farooq no entregará los códigos de lanzamiento de los misiles nucleares paquistaníes si no es en una reunión en persona.

—Entonces no es un trato totalmente concluido —dijo Murray.

—Hasta el momento parece una formalidad. Farooq es sunita. Gobierna a un país predominantemente sunita. Sin embargo, está a punto de darle al Duodécimo Imán las llaves del reino.

—Pero todavía no lo ha hecho, ¿verdad? —insistió Murray.

—Técnicamente no, pero es solo un asunto de horas —dijo Eva.

—¿No tenemos información de que el Mahdi supuestamente se reuniría con Farooq en Dubai el jueves pasado?

—La teníamos y sabemos que el Mahdi incluso envió a su asistente...

—¿A Javad Nouri?

—Correcto, correcto, a Nouri, a Dubai en un viaje rápido para explorar la ubicación.

—Solo fueron unas cuantas horas, ¿verdad?

—Creo que sí, pero por otro lado, recién me pongo al día en eso al leer las intercepciones —dijo Eva—. Recuerde que entonces estaba encerrada.

—Lo sé y lo siento, pero oiga, mi punto es que la reunión entre el Mahdi y Farooq se canceló, ¿verdad?

—Sí. La guerra comenzó el jueves y todo cambió —confirmó Eva—. ¿Por qué? ¿Qué dice usted?

—No sé —dijo Murray—. Solo estoy pensando.

—¿Qué va a hacer? ¿Sugerirle al presidente que ordene que las fuerzas especiales de Estados Unidos invadan Paquistán y que aseguren cada misil? —preguntó Eva, incrédula—. Vamos, Tom, el hombre ni siquiera quería atacar Irán.

—Tenga cuidado, Eva —le advirtió Murray—. Está hablando del presidente de Estados Unidos, su comandante en jefe.

—Solo digo que...

—Sé lo que dice —dijo Murray interrumpiéndola—. Y quizás tenga razón, pero *yo* digo que ese trato pudo haberse hecho el jueves y no fue así. Entonces no se habrá hecho hasta que se haya hecho. Usted no se preocupe por eso. Solo siga traduciendo. Deje que yo me preocupe del hecho de que podamos detener esto o no. Está haciendo un buen trabajo, Eva. Gracias. En serio, gracias.

—Todavía no me lo agradezca.

—¿Por qué no?

—Porque hay más.

★ ★ ★ ★ ★

TEHERÁN, IRÁN

Todo el cuerpo de Nouri se endureció involuntariamente, como si David acabara de clavarle una picana eléctrica de alto voltaje. Torres también abrió bien los ojos. Hasta Fox apartó la mirada de la ventana, como para ver qué rayos era lo que David hacía.

Admitir ser espía de la CIA en terreno enemigo, durante una guerra candente, en la capital del enemigo, mientras se interrogaba a un alto asesor del mismo enemigo, era una estrategia no convencional, por no decir algo peor. Desde luego que no enseñaban eso en el programa de entrenamiento de la Agencia en la Granja, y David tampoco había visto ni oído a Murray ni a Zalinsky usarla jamás. David sabía que si Eva hubiera estado allí, se habría puesto furiosa. Sin embargo, ese era el curso que él había elegido, y estaba determinado a llegar hasta el final.

«Correcto, Javad. Cada teléfono que le di, cada teléfono que le entregó al Mahdi y a su ejército, todos y cada uno de ellos fue proporcionado por el gobierno de Estados Unidos, por la CIA y por la Agencia de Seguridad Nacional, y todos ellos están siendo monitoreados cuidadosamente».

David hizo una pausa para dejar que sus palabras penetraran y que la mente de Javad —tan brumosa como estuviera— contemplara todo el significado de lo que acababa de oír. Observó que Torres golpeteaba nerviosamente sus dedos sobre su arma y que Fox se esforzaba en mirar hacia otro lado y a mantener los ojos fijos en la ventana.

«La CIA escucha cada conversación telefónica que el Mahdi tiene, Javad. Escuchamos cada llamada que el Ayatolá tiene. Escuchamos cada llamada que el presidente Darazi tiene y el resto de ellas —continuó David—. Pero también sabemos que hay cosas que ustedes se dicen y que no se hablan por teléfono. Entonces, este es el trato. Usted va a hablar conmigo. Va a responder a mis preguntas, y como retribución, no solo lo dejo vivir sino que lo dejo salir de este país y lo llevo a algún lugar seguro, donde el Mahdi no pueda torturarlo cuando se entere de que usted trabaja para mí».

El lenguaje corporal de Nouri dejaba claro que David ya tenía toda su atención.

«Es una propuesta sencilla, Javad. Coopere y viva. No coopere y muera, pero dejemos algo en claro, solo entre usted y yo. No voy a ponerle una bala en la sien. Esa sería una forma fácil para usted. Si no me ayuda, voy a asegurarme de que el Mahdi lo mate, pero solo después de hacerlo sufrir de maneras que son demasiado terribles como para siquiera pensar en ellas».

David retiró la Sig Sauer de la cabeza de Nouri y la presionó en la parte superior de su rodilla.

«Pero le diré algo: si no habla, voy a volarle la rótula. Ahora bien, nunca he experimentado ese nivel de dolor, pero he visto gente sufrir por eso. Quizá le interese saber que yo le disparé a Tariq Khan en la rodilla hace solo tres días. No murió, pero sin duda quería morir. Lo que es absurdo, Javad, es que el cuerpo humano en realidad puede soportar una enorme cantidad de sufrimiento. No estoy seguro cómo. No soy médico. No soy un mulá. No soy Alá. Todo lo que sé es que he visto gente sufrir por días, por cantidades lamentables y enloquecedoras de dolor, suplicando que alguien, cualquiera, los mate inmediatamente y que de una vez por todas los saque de ese sufrimiento. Khan lo hizo. Pero incluso volarle la rótula sería el menor de sus problemas. Porque voy a ofrecerle a usted el mismo trato que hice con Khan. Él tomó la decisión correcta: habló. Y será mejor que usted haga lo mismo. Porque si no habla, después de que le dispare, mi equipo y yo vamos a dejarlo en esta habitación para que el Mahdi y sus hombres lo encuentren. Lo encontrarán aquí mismo, en este refugio de la CIA. Sé que no puede verlo ahora mismo, pero supongo que puede imaginar cómo se ve. Computadoras, teléfonos satelitales, mapas y cosas similares. Y en su computadora portátil, que estará abierta cuando llegue la policía secreta, habrá toda clase de archivos interesantes. Transcripciones de las llamadas telefónicas del Mahdi. Transcripciones de las llamadas de Hosseini y Darazi. Archivos con los nombres clave de Najjar Malik y de Khan. Planes detallados para asesinar al doctor Saddaji en Hamadán. Listados de puntos de entrega. Ubicaciones de otros refugios. Números de cuentas bancarias en Suiza, con millones de dólares estadounidenses a su nombre. Y lo loco de esto es que no será falso. Todo es real. Sus huellas digitales estarán en toda esta operación. ¿Sabe lo enojado que está el

Mahdi porque esta guerra no transcurre como él esperaba, como lo había planificado, como lo había predicho? Imagine cómo se sentirá cuando sepa que usted lo ha vendido, su propio Judas personal que lo traiciona con un beso».

En ese momento Nouri sudaba copiosamente, pero David aún no había terminado.

«Pero sospecho que eso no será lo peor —continuó—. Mi especulación, y admito que solo es una corazonada, es que lo que verdaderamente enfurecerá al Mahdi serán las fotos de usted en el Buddha-Bar de Dubai».

Los nudillos de Nouri se pusieron blancos mientras apretaba los brazos de la silla.

«Lo estábamos siguiendo, Javad. Lo vimos llegar a Dubai el miércoles pasado. Sabemos que el Mahdi lo envió para preparar la reunión con el presidente Farooq. Tenemos copias de todos sus recibos. Tenemos fotos de todos los lugares a los que fue. Tenemos fotos de cada persona con la que se reunió, incluso de las, ¿cómo lo digo?, mujeres casi desnudas. Tenemos fotos de usted con esas botellas de Smirnoff y Absolut, y el video de usted mientras les sirve a esas jóvenes, bebida tras bebida exorbitante. Todo estará allí, en su disco duro. Entonces la VEVAK recibirá una llamada discreta con un indicio anónimo de su ubicación. Entonces los secuaces de la policía secreta descenderán a este lugar e informarán al Imán al-Mahdi de todo lo que encuentren. Ah, usted lo negará todo, por supuesto. Usted profesará su lealtad al Mahdi y a Alá. Y todos esos archivos de los que hablo no serán obvios al principio. Los hombres de Asgari tendrán que buscar un poco en su computadora, pero los encontrarán. Le garantizo que encontrarán todo. Considerando toda la evidencia, ¿en realidad piensa que van a creerle? ¿Especialmente cuando encuentren un correo electrónico para mí, en el que usted me advierte que el Mahdi tiene dos ojivas nucleares más, que está preparando para usarlas?».

Con eso, el agarre de Nouri en los brazos de la silla comenzó a aflojarse. Mientras más decía David, más vida parecía escurrirse del joven.

«Ahora bien, escuche cuidadosamente —dijo David, con el cuidado de permanecer detrás y a la derecha de Nouri—. Voy a quitarle esta mordaza de la boca. Si grita, si pide ayuda, si hace cualquier movimiento repentino, le vuelo a la rótula. ¿Entendido?».

Nouri respiró profundamente, luego exhaló y asintió con la cabeza.

«Y sí, la pistola está equipada con un silenciador, solo en caso de que estuviera preguntándose».

LANGLEY, VIRGINIA

—¿Qué más? —le preguntó Murray a Eva, sin estar seguro de querer saber verdaderamente, pero sin tener otra opción.

—Unas cuantas cosas más —respondió ella—. Primero, Mohsen Jazini es ahora el ministro de defensa y comandante en jefe de todas las fuerzas armadas del Califato.

—¿Quién dice?

—El Mahdi, personalmente, en una llamada telefónica a Jazini —dijo Eva—. Le estoy reenviando la transcripción.

—¿Y qué de Faridzadeh? —preguntó Murray.

—Está fuera.

—¿Por qué?

—El Mahdi no dijo. Solo le dijo a Jazini que estaba, y cito textualmente: "impresionado por su memo y quiero que comience a ejecutar la primera sección inmediatamente".

—Qué raro.

—Lo es, pero hay más.

—¿Qué?

—Está bien, en segundo lugar, tengo un grupo extraño de intercepciones aquí y no sé muy bien qué pensar de eso, pero son... No sé exactamente. Me están poniendo los pelos de punta.

—¿Qué dicen?

—Una es del Duodécimo Imán, que habla con el presidente Mustafá en Siria —dijo Eva—. Le dice a Mustafá que comience a matar a todos los judíos y cristianos del país.

—¿Por qué? —preguntó Murray—. El hombre ya ha asesinado más de treinta y dos mil personas en los últimos dieciocho meses.

—Lo sé, pero eso es lo que dijo —respondió Eva—. Y cuando Mustafá dijo que Siria quería unirse al Califato, el Mahdi le dijo que Siria podía unirse al imperio islámico, pero que todavía no podía unirse a la guerra en contra de Israel.

—¿Por qué no?

—No dijo exactamente, pero sí dijo que le enviaba a Mustafá unos invitados especiales y que los tenían que cuidar muy bien.

—¿Quiénes?

—Nuevamente, no lo dijo. En esa llamada no. Pero había otras llamadas que no parecían tan importantes al principio, pero podrían serlo. Parece que el Mahdi está en contacto, indirectamente a decir verdad, pero en contacto, con el equipo de asalto del Cuerpo de la Guardia Revolucionaria Iraní que asesinó al presidente Ramzy en Nueva York. Él le dijo a Darazi que le diera órdenes al equipo de asalto que viajara de Venezuela, a través de Chipre y Beirut, a Damasco y que allí esperaran instrucciones.

—¿Cree usted que el Mahdi planea asesinar a Mustafá? —preguntó Murray.

—No.

—¿Cree usted que este equipo de asesinato son las personas para las que el Mahdi le dijo a Mustafá que se preparara?

—Mmm, no, no lo creo —respondió Eva.

—Entonces ¿qué?

—No sé —admitió Eva—. En realidad no lo sé. Los "amigos especiales" a los que se refería el Mahdi por lo menos a mí me parecía gente de nivel más alto, pero no puedo decirle por qué. Es que... fue el adjetivo que usó en persa para la palabra *especial*. Significa muy especial, como alguien de mucha importancia o un alto funcionario, o alguien muy cercano a usted, alguien de la familia. No estoy segura. Aquí me guío por mi instinto, Tom, pero algo se está gestando en Siria. Quisiera poder decirle qué, pero no puedo. Creo que deberíamos comenzar a ponerle más atención para tratar de averiguarlo.

Murray sacudió la cabeza.

—Mire, Eva, haremos lo posible, pero no podemos hacer mucho por el momento. Nuestra más alta prioridad es encontrar esas dos ojivas.

Ahora mismo diría que nuestra segunda prioridad es tratar de frustrar este trato entre el Mahdi y los paquistaníes. Necesito informarle al director de eso, tan pronto como sea posible, y asegurarme de que él informe al presidente y al Consejo de Seguridad Nacional. Eso podría cambiar todo el equilibrio de poder en las siguientes veinticuatro horas. Es demasiado por hacer en tan poco tiempo. No se distraiga con Siria. No están en la guerra. El Mahdi les dijo que no entraran a la guerra. Necesitamos mantenernos enfocados.

—Pero, Tom, ¿y si...?

—No —dijo Tom interrumpiéndola—. Es un desvío. No podemos darnos el lujo de desviarnos ahora mismo. Por favor, Eva, necesito que se enfoque y que reagrupe a los demás traductores para mantenerlos enfocados también. Este asunto está llegando a un punto crítico, y cuento con usted.

TEHERÁN, IRÁN

Torres y Fox prepararon sus armas cuando David comenzó a quitarle la mordaza a Nouri, dejándole los ojos cubiertos. Nouri no hizo ningún movimiento repentino.

—¿Quiere un poco de agua? —le preguntó David a su prisionero.

—Sí, gracias —respondió Nouri.

Sin embargo, David todavía no estaba listo para darle nada a Javad Nouri.

—¿Qué le parece responder primero a mis preguntas? —dijo.

—Por favor, Reza, no he bebido nada desde el hospital —respondió Nouri.

—No, quiero que hable primero —dijo David y bebió un largo trago de una botella de agua fría enfrente de Nouri, asegurándose de que el hombre pudiera oírlo disfrutar de cada gota refrescante—. ¿Dónde están las ojivas?

—Pensé que usted y su gente oían todo lo que hemos estado diciendo —dijo Nouri—. ¿Por qué se toma la molestia de siquiera preguntármelo?

—Porque sabemos que las ojivas existen. Sabemos que los ataques israelíes destruyeron seis de las ojivas, pero de alguna manera fallaron con dos. Sabemos que su jefe está planificando usarlas, pero no sabemos dónde están actualmente.

—Yo tampoco lo sé.

—Está cometiendo un error, Javad.

—No, de verdad, no lo sé —respondió Nouri—. ¿Por qué me lo dirían a mí?

—Porque usted es el asesor en el que más confía el Mahdi.

—Ese es el Ayatolá, no yo.

—Difícilmente —dijo David.

—Bueno, crea lo que quiera, pero yo no sé dónde están.

—¿Están todavía en Irán?

—No sé.

—¿Las sacaron del país?

—¿De qué manera debo decirlo? —preguntó Nouri—. Yo... no... lo... sé.

—¿Entonces cómo las van a usar?

—El Mahdi va a dispararlas a los sionistas.

—¿Las dos?

—Sí.

—A Israel.

—Eso es lo que dije.

—¿No a Estados Unidos?

—No.

—¿Por qué no?

—Porque el enfoque del Mahdi está en los sionistas.

—¿El Pequeño Satanás?

—Si usted lo dice —dijo Nouri.

—No son mis palabras; son del Mahdi —dijo David.

Nouri permaneció en silencio.

—Entonces ustedes van a disparar ambas ojivas a Israel.

—Sí.

—¿Con qué propósito?

—¿Para qué cree usted? Para borrar a los judíos del mapa.

—¿Entonces hablaba en serio Darazi cuando dijo eso? —preguntó David.

—Por supuesto que hablaba en serio. ¿Por qué pensaría usted lo contrario?

—Porque Darazi también dijo que enriquecía uranio con propósitos pacíficos.

—Mintió —dijo Nouri como si nada y sin ningún indicio de ironía ni de culpa.

—Entonces usted es un mentiroso confeso —dijo David y asumió el tono de un fiscal de Manhattan, más que de un interrogador.

—Yo no —respondió Nouri—. Pero Darazi, sí.

—Y el Mahdi.

—Nunca.

—¿El Mahdi nunca mintió? —preguntó David.

—No, el Imán al-Mahdi nunca mintió —dijo Nouri, indignado—. Él vino a establecer el Califato. Vino a establecer la paz en el Medio Oriente y alrededor del mundo. Él les advirtió a todos, de hecho se lo advirtió explícitamente a su presidente y a los sionistas, que si atacaban al Califato, se desataría la Guerra de Aniquilación. Pero ninguno de ustedes escuchó. Nosotros no atacamos primero en esta guerra. Los sionistas lo hicieron.

—Pero ustedes estaban a punto de lanzar un ataque sobre los israelíes —argumentó David.

—¿Quién dice? —preguntó Nouri—. Su presidente pidió una reunión con el Mahdi para discutir los términos de la paz. El Mahdi accedió. ¿De qué manera es eso prepararse para un primer ataque?

—¿En realidad se va a sentar aquí y negar que el Mahdi se preparaba para lanzar un primer ataque en contra de Israel?

—Sí.

—Pero acaba de admitir que Darazi mentía en cuanto a la razón de enriquecer uranio —observó David.

—Sí.

—¿Y entonces?

—¿Entonces qué?

—Acaba de admitir que Irán estaba desarrollando armas nucleares cuando Darizi dijo que no, y la razón era borrar a Israel del mapa.

—No —dijo Nouri—, dije que Irán desarrolló armas nucleares. No dije que tuvieran propósitos ofensivos.

—Claro que lo dijo.

—No, las desarrollamos con propósitos defensivos, solo en caso de que se desarrollara un escenario como este —insistió Nouri—. Si los judíos no nos hubieran atacado, nosotros no habríamos atacado a los judíos. Pero ahora está claro; los sionistas son los agresores. Y al atacarnos, han desatado un yihad justificado, totalmente legal, y ese fue un error muy insensato. Porque ahora estamos emprendiendo una guerra santa, con armas santas, y ese tumor canceroso conocido como Israel será borrado del mapa, así como nuestro presidente profetizó que ocurriría.

—En realidad no cree toda esa basura —dijo David con disgusto.

—Estoy diciendo la verdad —dijo Nouri—. Usted es el que se molesta con ella, yo no.

David estaba furioso, pero mayormente consigo mismo. Había perdido el control de la conversación. El temor de Nouri se estaba convirtiendo en desafío. Hablaba en círculos, pero se había introducido en la cabeza de David, y David sabía que tenía que darle vuelta a la tortilla para recuperar la iniciativa. Pero ¿cómo?

28

«¿Está totalmente seguro?», preguntó el Ayatolá Hosseini, incapaz de creer lo que oía.

Insistió que le dieran más información. *¿Hace cuánto ocurrió? ¿Cuántos estaban involucrados? ¿Quién es el responsable? ¿Hay alguna pista, alguna clave de cualquier tipo?* Hosseini hizo una docena más de preguntas, pero Ibrahim Asgari, comandante de la VEVAK, la fuerza de la policía secreta, simplemente no tenía respuestas todavía.

«Llámeme tan pronto como sepa más, comandante», le ordenó Hosseini, colgando el teléfono mientras miraba nerviosamente alrededor del salón de guerra. Le temblaban las manos y se le había ido el color del rostro.

—¿Dónde está el presidente? —le preguntó a un joven asistente.

—Creo que salió a comer algo —dijo el asistente.

—Encuéntrelo y tráigalo inmediatamente —dijo el Ayatolá—. Tengo que hablar con él de un asunto urgente.

—Sí, señor; inmediatamente, señor. —El asistente se escabulló de prisa.

El salón se comenzó a poner borroso. Hosseini parpadeó varias veces y alcanzó un vaso de agua bebiéndolo rápidamente. Esto no podía estar ocurriendo. ¿Eran los israelíes? ¿Los estadounidenses? De cualquier manera, se estaban acercando demasiado.

Unos momentos después, Darazi entró rápidamente al salón de guerra.

—¿De qué se trata? ¿Qué pasó?

—Venga —dijo Hosseini y le hizo señas a su colega para que lo siguiera al salón de conferencias que acababan de limpiar, donde Faridzadeh había sido asesinado antes—. Ahora bien, cierre la puerta y siéntese.

Darazi hizo lo que se le dijo.

—¿De qué se trata? —preguntó otra vez—. Parece que hubiera visto un fantasma.

—Javad Nouri ha sido secuestrado —dijo Hosseini.

—Eso no es posible —replicó Darazi.

—Sin embargo, ocurrió —respondió Hosseini—. Hasta aquí, el comandante Asgari ha reportado doce muertos y nueve heridos.

—¿Cuántos atacantes?

—Lo mejor que podemos decir es que era un equipo de cinco comandos, pero que también tenían apoyo aéreo. Derribaron un helicóptero de la policía en la ciudad y mataron a los tres hombres a bordo.

—¿Además del número de víctimas que me acaba de dar?

—No, ese es el total que sabemos hasta aquí.

—¿Alguna pista?

—Ninguna.

—¿Asgari no tiene idea en absoluto de quién es el responsable?

—Él cree que fueron los israelitas.

—Probablemente tiene razón —dijo Darazi.

—Tal vez sí, o tal vez los estadounidenses también están aquí —dijo Hosseini.

—Pensé que los estadounidenses eran neutrales en esta guerra.

—El hecho es que no tenemos idea. Aquí estamos ciegos, pero le digo algo: quienquiera que sea, se nos acerca peligrosamente. Piense en esto: si tienen a Javad, y si Javad comienza a hablar, entonces saben en dónde estamos ahora mismo.

—Tenemos que trasladar todo a las nuevas instalaciones en la mezquita, esta noche.

—Eso es lo que también creo —dijo Hosseini—. Pero primero, tenemos que hablar con el Mahdi. ¿Todavía está en el techo?

—Me temo que sí.

—¿Qué está haciendo?

—Orando.

—Tenemos que hacer que baje. Es demasiado peligroso estar afuera.

—¿Quiere que se lo pida? —preguntó Darazi.

—No —dijo Hosseini—. Será mejor que lo haga yo mismo.

David trató de volver a tomar el control de la conversación.

—Oiga, Javad, solo voy a decirlo una vez más. Está cometiendo un error. Sus pecados serán expuestos al Mahdi dentro de una hora, si no comienza a cooperar.

Nouri se sentó recto en la silla, sacó el pecho y levantó la cabeza.

—No le tengo miedo, Reza —respondió.

—Tal vez no —dijo David—, pero le tiene miedo al Imán al-Mahdi. Le importa lo que él piensa de usted, y ahora está a punto de ser expuesto como el hombre que en realidad es. No hemos fabricado estas fotos, ni este video de usted en Dubai, en ese bar con las mujeres y el alcohol, Javad. No fue preparado. Son las decisiones que usted tomó y solo el conocimiento de esos pecados va a enfurecer al Mahdi. Pero como le dije, vamos a lanzar combustible al fuego, al implicarlo como el espía de esta operación, con una relación directa con la CIA.

—Pero eso es mentira —replicó Nouri—. Nunca trabajé con usted ni para usted.

—¿De veras? —preguntó David—. ¿No era usted mi contacto principal dentro del círculo íntimo del Mahdi? ¿No hablábamos de manera regular? ¿No le entregué los teléfonos satelitales que el Mahdi y su concilio de guerra usan ahora? ¿No son todos esos teléfonos de la CIA? ¿No le entregó literalmente esos teléfonos al Mahdi?

—El Mahdi nunca lo creerá —insistió Nouri—. Él nunca creerá que lo traicioné, y por supuesto que no con un hombre como usted.

—Yo no estaría tan seguro, Javad —dijo David, y sacó su teléfono satelital marcando una línea dedicada a Langley, marcó su número de código y, después de poner la llamada en altavoz, le puso a Nouri una llamada telefónica de hacía unos días.

—¿Reza?

—Sí, es Reza.

—Habla Javad Nouri. Acabo de volver a Teherán y recibí su mensaje.

—Qué bueno saber de usted.

—Espero que no sea muy tarde para llamarlo, pero podemos usar lo que haya conseguido.

—No hay problema. Gracias por responderme. Espero tener cien de lo que estuvimos discutiendo, mañana por la tarde... eh, creo que hoy. Me los enviarán a Qom. Voy para allá ahora para reunirme con mi equipo técnico más tarde en la mañana en una estación de conversión que tiene un problema. ¿Van a estar en Qom, por alguna casualidad?

—No, no lo estaremos, pero tengo una idea mejor. ¿Podría traérnoslos directamente? Nuestro amigo mutuo ha escuchado muchas cosas buenas de usted y le gustaría conocerlo personalmente. ¿Sería eso aceptable?

—Por supuesto. Eso sería un gran honor; gracias.

—Excelente. Nuestro amigo está profundamente agradecido por su ayuda y personalmente me pidió que me disculpara con usted por el proceso de investigación al que fue sometido. Espera que usted entienda que no podemos dejar de ser demasiado cuidadosos en este momento.

—Entiendo. Abdol Esfahani lo explicó todo. Sobreviviré.

—Bien. Venga a Teherán esta noche, a las ocho en punto, al restaurante donde nos conocimos antes. Venga en taxi. No traiga a nadie ni nada más con usted, solamente los regalos. Haré que alguien lo reciba y lo lleve con nosotros. ¿Está bien?

—Sí. Por supuesto. Lo esperaré ansioso.

—Nosotros también. Tengo que colgar ahora. Adiós.

—Yo no he hecho nada malo —insistió Nouri, con su voz más desafiante que nunca.

—¿Así es como va a parecer? —preguntó David.

La pregunta se quedó en el aire, pero David no estaba seguro si estaba funcionando.

—¿Por qué vendría la CIA a secuestrarme de mi habitación en el hospital y luego dejarme por muerto en este refugio, si yo en realidad trabajara para ellos? —dijo Nouri finalmente—. No es lógico, y no va a convencer al Mahdi.

Entonces el cuerpo de David fue el que se endureció. Nouri tenía razón. Efectivamente, ¿por qué?

El Ayatolá tomó tres guardaespaldas con él y se dirigió al techo. Cuando llegó, encontró al Duodécimo Imán de rodillas, inclinado hacia la Meca, y evidentemente sin humor de que lo hicieran perder el tiempo. También vio que el sol comenzaba a hundirse en el occidente y recargadas nubes de tormenta que pasaban por la ciudad. Varios rayos destellaron a la distancia, pero todavía no podía oír ningún trueno. Lo que más lo impactó, al igual que había impactado a Darazi antes, fue el hedor a muerte, la magnitud de destrucción del aeropuerto que los rodeaba y la aparente impermeabilidad del Mahdi ante todo eso. *¿Era eso fe?*, se preguntó Hosseini, *¿o insensatez?*

—Hamid Hosseini, qué sorpresa —dijo el Mahdi.

El Ayatolá fue tomado inmediatamente por sorpresa. El Mahdi estaba de espaldas, y Hosseini no se había anunciado ni había hecho nada de ruido.

—¿Vino a persuadirme de que me baje de la cornisa, Hamid? —dijo el Mahdi con desdén.

¿Cómo lo supo?, se preguntó Hosseini. *¿Podía leer su mente este hombre?*

—Bueno, mi Señor, yo... este...

—Ahórrese su aliento, y no me haga perder el tiempo —respondió el Mahdi—. ¿Cree que soy como todos ustedes? ¿Cree que soy un simple mortal? ¿Cómo cree que supe que era usted?

—Yo... yo no...

—Adelante, Hamid —dijo el Mahdi, con su espalda todavía hacia el Ayatolá—. Tome la pistola de uno de sus tres guardaespaldas y dispáreme en la espalda.

Hosseini estaba horrorizado.

—Nunca, mi Señor, yo nunca...

—Está bien; adelante —insistió el Mahdi—. Entonces verá si soy un mortal o verdaderamente de arriba.

Hosseini no sabía qué decir. Por supuesto que ni siquiera podía pensar en probar la capacidad del Mahdi de aguantar un balazo a quemarropa.

—¿Es usted cobarde, Hamid? —preguntó el Mahdi.

—No, mi Señor... Yo... yo soy su sirviente —respondió y cayó de rodillas en adoración.

—Es un cobarde —dijo el Mahdi, con su voz que destilaba repulsión—. Su última acción verdaderamente valiente fue dispararle a su esposa, cuando lo desafió por enviar a sus hijos para que fueran mártires en la Gran Guerra contra Irak. Todo lo demás ha sido fácil para usted. Sin duda Alá le ha dado todo, pero lo ha convertido en un hombre pequeño, débil y llorón. Por eso es que he venido, Hamid: a darle al pueblo musulmán lo que quiere, un liderazgo islámico genuino, y a darle al mundo lo que necesita: un Califato gobernado desde arriba, no desde abajo.

Hosseini seguía inclinado hacia la Meca, con la frente presionada al suelo, y no estaba seguro de qué decir o hacer en ese momento.

—Ha venido a darme noticias sombrías —dijo el Mahdi después de una breve pausa—. En las últimas horas la batalla se ha incrementado dramáticamente. Lo siento, y por eso es que estoy de rodillas en oración. Usted también debe entregarse a la oración, Hamid, para que la tentación no lo supere y usted no sucumba a las fuerzas del mal.

—Sí, mi Señor —respondió Hosseini—. Estoy listo a comprometerme a una noche de oración, es más, a un nuevo Ramadán de oración y ayuno, comenzando esta misma noche, si a usted le place, pero primero, tengo que darle las noticias alarmantes.

El Mahdi no dijo nada. En lugar de eso, se puso de pie y se envolvió en su túnica negra.

—¿Cuál es su noticia? —preguntó.

Hosseini no se atrevía a levantar la mirada, pero sí permitió que este pensamiento fugaz atravesara el dintel de su mente. Si el Mahdi era omnisciente, ¿no sabría ya la noticia? *Tal vez* no *podía leer las mentes*, pensó Hosseini, sin estar seguro de si eso fuera más tranquilizador o menos.

—Su Excelencia, por favor sepa que mi corazón se conduele al traerle esta noticia, pero me temo que me toca transmitirle que su querido amigo y confiable asesor, Javad Nouri, ha sido capturado por las fuerzas del enemigo —dijo Hosseini, con la frente todavía presionada en el suelo—. No tenemos detalles. El comandante Asgari todavía no sabe quién es el responsable, pero me preocupa que, ya sean los israelíes o los estadounidenses, si en realidad tienen a Javad, puedan enterarse ya, o pronto, de este lugar. Creo que está en serio peligro, mi Señor. Así que, sí, mi recomendación es que nos permita retirarlo de este techo y llevarlo al nuevo centro de operaciones, el que está en el sótano de la Mezquita Imán Jomeini, en el centro de la ciudad.

—No —dijo el Mahdi—. No voy a ir a la mezquita. Me iré a Kabul para reunirme con Iskander Farooq, y salgo en diez minutos.

David y su equipo fueron sorprendidos con un toque en la puerta del motel. David detuvo el interrogatorio abruptamente, volvió a amordazar a Javad Nouri y le dijo al hombre en palabras nada ambiguas que no hiciera ruido. «Todavía no he terminado con usted», susurró mientras preparaba la Sig Sauer y miraba a Torres que cuidadosamente se dirigía a la puerta para revisar la mirilla e indicar después que todo estaba bien.

David revisó su reloj. Eran las 5:44 p.m. Estaba asombrado de que Mays y Creenshaw hubieran vuelto tan pronto, a menos que, por supuesto, hubiera un problema. David dejó a Fox a cargo del prisionero, desmontó la pistola, volvió a ponerle el seguro y se metió el arma en la parte posterior de los pantalones, escondida debajo de su camisa. Luego él y Torres salieron por la puerta y se reunieron con sus hombres.

—Eso fue rápido —dijo David al ver una camioneta Mercedes

negra ML350 del 2005 y un Hyundai Entourage plateado del 2009—. ¿Algún problema?

—Juego de niños, jefe —dijo Mays.

—¿Y está seguro de que no los siguieron? —preguntó Torres.

—Estamos bien —dijo Crenshaw—. ¿Cómo les va aquí?

—Nada bien —admitió David—. Ha confirmado que el Mahdi tiene dos ojivas y dice que las dos van a apuntar a Israel y no a Estados Unidos, pero, sinceramente, solo podría estar diciendo lo que piense que nosotros queremos oír.

—¿Y cuál es el plan? —preguntó Mays.

—No podemos quedarnos aquí —dijo Torres—. No por mucho tiempo. Tenemos que seguir movilizándonos. Jefe, primero, tiene que decidir si puede quebrantarlo. Si es así, podemos continuar un poco más. No más de una hora. Si no, digo que enviemos a Matty de regreso al refugio con Javad, sacar a Javad del país y luego hacer que Matt se conecte con nosotros otra vez, tan pronto como sea posible. Entonces, ¿puede quebrantarlo?

—Sinceramente no sé —dijo David—. No hay nada que me gustaría más que extraerle información procesable a este tipo. Ya hemos arriesgado mucho para obtenerlo; no puede ser por nada. Pero el hecho es que Javad es muy devoto como para atraerlo o engañarlo para que nos dé algo real, algo valioso.

Obviamente, la habitación en verdad no era un refugio de la CIA. En realidad no tenían con ellos las computadoras y los archivos para hacer que pareciera un refugio. Todo había sido un engaño, y aunque había inquietado a Nouri, no lo había quebrantado. Las fotos de Nouri en Dubai eran reales, resultado de una brillante operación encubierta que Zalinsky había organizado, sin siquiera darle una pista a David ni a Torres. En efecto, hasta que David se había despertado en Karaj esa mañana, y había visto algunas de las fotos en correos electrónicos que Zalinsky había enviado, ni siquiera sabía de la operación. Pero poco les ayudaba aquí en Teherán. La noción de que el Mahdi viera las fotos y el video había asustado a Nouri —lo había asustado seriamente en este caso—, pero eso tampoco lo había quebrantado.

Dicho eso, estaba el refugio en Karaj. Era lo real y tenía todo lo que necesitaban: las computadoras, los archivos, el audio, los mapas, los códigos, las armas. Tal vez todo lo que necesitaban era que Mays llevara a Nouri allí por algunas horas y se asegurara de poner las huellas digitales de Nouri en todo. David sonrió por el genio de eso. Si realmente quisiera extender el pánico dentro de la operación del Mahdi, así era como debía hacerse. Primero, tenía que persuadir a Zalinsky de que lo dejara informar a la policía local sobre el Refugio Seis. Una vez que el lugar fuera allanado y los iraníes hubieran descifrado de qué se trataba, el virus del pánico se extendería en la cadena de mando a toda velocidad. Tan pronto como el Mahdi descubriera que Reza Tabrizi era un espía de la CIA, que Javad Nouri era un agente doble de la CIA y que los teléfonos satelitales habían sido una operación de la CIA desde el principio, los teléfonos serían letales. A nadie se le permitiría usarlos, y anularían virtualmente la capacidad del Mahdi para comunicarse con su alto comando en estos días críticos de la guerra. Era un alto riesgo, pero ¿qué más tenían?

David giró hacia Crenshaw.

—¿Han tenido suerte con el teléfono de Javad? —preguntó.

—Lo revisé, pero no hay mucho allí, por lo menos que yo pudiera ver. Envié todo a Langley para que ellos lo volvieran a revisar con sus computadoras para ver si salía algo, pero todavía no me han respondido nada.

—¿Dónde está ahora?

—En la guantera.

—¿De cuál?

—Del Hyundai.

—Bueno, valió la pena —dijo David.

Crenshaw asintió con la cabeza.

—¿Y cuál es el plan? —insistió Torres—. Todavía tenemos una última posibilidad para hacer que Javad hable, ¿verdad?

—¿En realidad quiere que le vuele la rótula?

—Eso definitivamente lo hizo pensar, jefe —observó Torres—. Verdaderamente pensé que nos iba a dar todo, pero cuando usted cambió y habló del Mahdi, creo que determinó que usted estaba engañándolo. Allí fue cuando se puso todo santurrón y desafiante.

—La mayoría de la gente no habla cuando le falta la mitad de su pierna —le recordó David—. La mayoría de la gente no puede hablar en ese momento.

—Javad Nouri no es la mayoría de la gente.

—¿De veras cree que hablará si lo hago? —preguntó David, escéptico con la noción, pero con respeto a los años de Torres en el campo.

—Sí.

—Si yo no estuviera aquí, ¿lo haría?

—Si usted no estuviera aquí, ya lo habría hecho —dijo Torres—. Mire, el asunto es este. Tenemos dos ojivas en el campo. No sabemos dónde están. Tenemos a la única persona que tenemos posibilidades de capturar y que probablemente sabe. Y si no sabe dónde están las ojivas, seguramente sabe, tan cierto como que estoy parado aquí, dónde está el Mahdi. Oblíguelo a hablar. Hágalo ahora. Luego haga que Langley use un Predator para hacer volar al otro mundo al Duodécimo Imán y a sus compinches. Ese es el trato, jefe. ¿Quiere detener una guerra nuclear? Hágalo aquí mismo, ahora mismo. Tan sencillo como eso.

David tuvo que admitir que Torres tenía un argumento convincente. No creía en la tortura en sí. La información que se le extraía a una víctima de tortura no siempre era confiable. Frecuentemente la víctima decía lo que pensaba que querían oír. Sin embargo, este era claramente un momento que exigía medidas extremas. Estaban al borde de una guerra nuclear y, después de todo, tenían una directriz presidencial de usar todos los medios necesarios para buscar hasta dar con estas ojivas y destruirlas.

Dicho eso, el riesgo era enorme. ¿Había otra manera de quebrantar a Nouri? ¿Alguna otra manera? David determinó que probablemente era cierto que no supiera cuál era la ubicación actual de las ojivas. Aunque lo hubiera sabido hacía veinticuatro horas, doce, seis o incluso dos, las ojivas tenían que haber sido ya trasladadas. Especialmente ahora que el alto comando iraní sabía que Nouri había sido capturado.

No obstante, también era probable que Torres tuviera razón en el hecho de que Nouri supiera dónde estaba el Mahdi. Si ese era el caso, el Mahdi y todo su equipo pronto empacarían y se trasladarían a otra parte. En efecto, podrían estar ya en movimiento, pero si no lo estaban, esta era la mejor oportunidad que la CIA tenía de liquidar al Mahdi y de destruir el Califato de una vez por todas. Retener a Nouri sin infligirle daño físico sin duda parecía ser el trato humanitario adecuado, y significaba que podrían interrogarlo por días y semanas, extrayéndole información valiosa del Mahdi, del Ayatolá, del presidente y de otros altos funcionarios, que quizás no se sabría de ninguna otra manera. No obstante, a la larga, esa no era la misión, ¿verdad? La misión era encontrar y destruir las ojivas o encontrar y destruir al hombre que las controlaba. Por consiguiente, el trato humanitario adecuado implicaba usar todos los medios necesarios para proteger a millones de almas inocentes del genocidio nuclear.

—Está bien, me convenció —dijo David—. Ustedes vuelvan adentro. Yo entraré pronto.

29

El doctor Birjandi, Alí e Ibrahim se preparaban para tomar un receso de sus estudios intensivos de las profecías del futuro de Irán, cuando el teléfono sonó. Ansioso de volver a hablar con David, esta vez Birjandi no vaciló en contestar la llamada, pero se consternó con la voz que escuchó al otro lado de la línea. No era la de David Shirazi.

«Doctor Birjandi, por favor espere al Gran Ayatolá».

Birjandi se puso de pie instintivamente; simultáneamente chasqueó los dedos y les hizo señas a los muchachos para que permanecieran en silencio. Hubo una pausa corta, y entonces Hamid Hosseini levantó el teléfono.

—Alireza —dijo—, ¿es usted?

—Sí, soy yo.

—Qué alegría oír su voz, amigo mío.

—Ah, sí, bueno, gracias, es muy amable —dijo Birjandi tartamudeando y tratando de recuperar su compostura.

—Lo llamo primero y principalmente para ver si está bien y a salvo.

—No me puedo quejar —dijo el anciano.

—¿No le han afectado los ataques de los sionistas?

—Bueno, como sabe, vivo bastante lejos del centro de la ciudad y alejado de cualquier cosa que alguien quisiera bombardear.

—¿Entonces, está bien?

—Me entristece que los acontecimientos hayan llegado a esto, pero físicamente, sí, por la gracia de Dios estoy bien.

—Bien, bien —dijo Hosseini—. Me alegra oír eso. Porque le tengo una solicitud. Viene desde arriba.

—¿En qué puedo ayudar al Líder Supremo? —preguntó Birjandi y puso sus manos juntas como si estuviera orando, esperando que Ibrahim y Alí vieran la ansiedad de su rostro y que elevaran una oración intercesora.

—Por favor, Alireza, ¿cuántas veces debo insistir en que me llame Hamid? —preguntó Hosseini.

—Por lo menos una vez más —respondió Birjandi, sin querer ser ni parecer demasiado amistoso con un hombre que tramaba aniquilar al pueblo elegido de Dios.

—Muy bien, vuelvo a insistir —dijo Hosseini riéndose—. Ahora escuche, ¿está en casa?

—Sí, por supuesto. ¿Por qué?

—Muy bien. Le enviaré un helicóptero para que lo recoja.

Birjandi se puso tenso.

—¿Un helicóptero? ¿Para qué?

Birjandi sabía precisamente para qué era, pero ese era precisamente el problema. El Mahdi requería de su presencia, y era un encuentro que Birjandi quería evitar a toda costa.

—El Mahdi lo quiere en una reunión de emergencia —explicó Hosseini—. No puedo decir dónde, por supuesto, pero no es necesario que diga que es de máxima importancia.

—¿Quién más estará allí? —preguntó Birjandi, tratando de ganar tiempo mientras pensaba en alguna salida.

—Lo siento, mi viejo amigo, no tengo la libertad de decirlo. No se preocupe de los detalles. Todo ha sido arreglado. Nos encargaremos de todo. Solo empaque una bolsa con ropa y artículos personales y esté listo en diez minutos.

—¿Una bolsa?

—Por si acaso.

—¿Por si acaso qué?

—Podría estar lejos algunos días.

—¿Por qué?

—Todo se le revelará a su debido tiempo, Alireza.

—No, no —protestó Birjandi, con la mente acelerada para encontrar una excusa plausible—. Es un error. Soy un viejito tonto; estoy viejo y muy cansado. Ustedes están en medio de una guerra muy seria. No hay nada que yo pueda decir o hacer para ayudar. No debería perder el tiempo de ninguno de los líderes de nuestra nación, no en un tiempo como este. Solo permítame quedarme en casa y orar. Estoy a punto de comenzar un ayuno de cuarenta días. Para esto necesito estar solo, tranquilo y sereno. Créame, Líder Supremo, ese es mi mejor servicio al país.

—Siempre el humilde hombre de Dios, Alireza —dijo Hosseini—. Por eso es que el presidente y yo lo consideramos un tesoro nacional. Por eso es que el Prometido ha preguntado por usted. Tranquilo, amigo mío. Se le ha otorgado un gran honor. Está a punto de que se le conduzca a la presencia del mesías que hemos esperado por mucho tiempo, el mesías para cuya venida usted nos enseñó cuidadosamente a prepararnos. Está a punto de conocer a su salvador y de ser honrado por él, y aunque en realidad no se supone que debo decir nada más, permítame animarlo: usted querrá oír lo que el Imán al-Mahdi tiene que decir, especialmente cuando sepa lo cerca que estamos de borrar a la entidad sionista del mapa para siempre. Ahora, prepárese. Tiene cinco minutos.

—¿Solo cinco? —preguntó Birjandi—. Pero Teherán está a más de...

La línea ya se había cortado.

LANGLEY, VIRGINIA

—*¿Te has vuelto completamente loco?* —gritó Zalinsky, mientras un silencio se apoderó de todos los que lo rodeaban—. *¡Definitivamente no! ¡De ninguna manera!*

—Jack, escúchame; Torres tiene razón —replicó David.

—No, Torres *no* tiene razón —dijo Zalinsky furioso.

—Sí, la tiene —dijo David—. Si no obligamos a Javad a que hable ahora, ahora mismo, todo lo que sabe, cualquier cosa de valor que pudiera darnos, se va a evaporar. Van a trasladar las ojivas, si es que ya no lo han hecho. El Mahdi también se va a trasladar, y todo el equipo de altos funcionarios. Tenemos que sacarle ahora cualquier cosa que sepa.

—*¡Basta!* —gritó Zalinsky, sin importarle que todos los ojos del Centro de Operaciones Globales, incluso los de Murray, estuvieran sobre él en su alegato en contra de su mejor Agente Secreto Extraoficial en Irán—. Basta. Ahora, cállate y escúchame. Así es; cállate la boca y solo escúchame, Zephyr. Yo dirijo esta operación, no tú. Quiero esta información tanto como tú, quizás más, pero tienes que respirar profundamente y comenzar a escucharme. Te recluté para esta Agencia. Ni siquiera querías trabajar para la CIA. Fue mi idea enviarte a Irán. Tú querías quedarte en Paquistán. Has hecho un trabajo grandioso, pero ahora estás cansado, estás sometido a mucha tensión y estás a punto de destruir tu única oportunidad de obtener información real de Nouri, y de comprometer nuestro refugio en Karaj al mismo tiempo. Así que detente y comienza a escucharme.

TEHERÁN, IRÁN

David estaba furioso; daba vueltas por el estacionamiento del motel y hacía todo lo que podía por no colgar el teléfono y lanzarlo al pavimento.

—¿Estás escuchando? —preguntó Zalinsky.

David respiró profundamente, se obligó en contra de todos sus instintos a no contraatacar y dijo:

—Sí. ¿Qué quieres?

—El teléfono de Javad —dijo Zalinsky.

—¿Qué pasa con él?

—¿Lo tienes?

—Está en el Hyundai.

—Tráelo.

David se mordió la lengua, caminó hacia la furgoneta, abrió la puerta del asiento delantero, sacó el teléfono de Javad de la guantera y lo encendió.

—Está bien, aquí lo tengo.

—¿Está encendido?

—Sí.

—Ve a la lista de contactos.

David encontró la lista de contactos y la abrió.

—Bueno, ya estoy allí.

—Bien. Ahora busca a Omid Jazini.

—¿Quién es? —preguntó David.

—Solo búscalo.

David lo hizo. Encontró la dirección de la casa del hombre y su número de teléfono del trabajo, junto con su número de teléfono celular.

—Lo tengo —dijo después de un rato.

—Bien —dijo Zalinsky—. Ese es tu nuevo objetivo.

—¿De qué estás hablando?

—Omid Jazini es el hijo, de veintiocho años, de Mohsen Jazini.

—¿Del general Mohsen Jazini?

—El mismo.

—¿El comandante del Cuerpo de la Guardia Revolucionaria?

—Bueno, lo era hasta hoy.

—¿Y ahora?

—Es el nuevo ministro de defensa y comandante en jefe del Califato.

—¿Qué pasó con Faridzadeh? —preguntó David.

—Está fuera —dijo Zalinsky—. Y no preguntes, no sabemos por qué, pero sabemos que el general Jazini escribió un memo de estrategias que llamó la atención del Mahdi. Él llamó al general esta mañana, le dio el ascenso y le dijo que inmediatamente comenzara a poner la "primera sección" en marcha.

—¿Qué hay en la primera sección? —preguntó David.

—No sé, pero Omid podría saberlo —dijo Zalinsky—. Omid es parte del servicio de seguridad de su padre, pero fue herido el primer día de los bombardeos; casi fue aplastado por una pared que colapsó. Estuvo en el hospital dos días. Lo enviaron a casa esta mañana. ¿Y adivina qué?

—¿Qué?

—Vive en un complejo de apartamentos a nueve cuadras del motel en el que te encuentras ahora. Quiero que ustedes se movilicen rápidamente. Captúrenlo, interróguenlo y averigüen dónde está su padre y lo que dice ese memo.

—¿Y qué te hace pensar que él hablará más que Javad? —preguntó David.

—Porque no creo que Omid sea un fanático —dijo Zalinsky—.

¿Musulmán? Sí. ¿Chiíta? Sí. ¿Persa nacionalista como su padre? Sí. ¿Pero imanista? No.

—¿Cómo puedes estar tan seguro?

—No lo estoy —admitió Zalinsky—. Es una corazonada. Llámalo instinto visceral. Es que la madre de Omid, Shirin, no es musulmana. Es zoroastrista. De hecho, Eva la conoció en una fiesta de la embajada en Berlín hace unos años, cuando el general Jazini fue asignado como agregado de defensa en Alemania. De hecho, le siguió la pista por varios meses, y hubo un momento en el que Eva pensó que realmente podría reclutar a Shirin, pero de repente se trasladaron de regreso a Teherán, cuando Mohsen fue ascendido a comandante del Cuerpo de la Guardia Revolucionaria Iraní. Eva dice que Shirin no era religiosa, y con certeza no era ideóloga. Nunca fue a una mezquita, aunque su esposo lo hacía. No le gustaba hablar de religión. Prefería ir de compras y socializar.

—¿Y cómo sabemos que Omid no es más como su padre?

—No lo sabemos —dijo Zalinsky—. Pero ese es el plan. Y es una orden.

—¿Y qué se supone que debo hacer con Javad Nouri?

—Haz que Mays lo deje en el refugio y que lo asegure. Haremos que alguien lo recoja, probablemente incluso antes de que Mays se reúna con el resto de ustedes en el apartamento de Omid. Ahora, ponte en movimiento.

El presidente Ahmed Darazi se paró un momento en la puerta del salón de conferencias y se aseguró de tener el control total de sus facultades. Se recordó a sí mismo de que por lo menos el Mahdi había acordado bajar al búnker subterráneo antibombas. Entonces llamó a la puerta dos veces.

«Entre», dijo el Mahdi.

Darazi abrió la puerta, entró rápidamente, la cerró detrás de él y se inclinó.

—¿Sí? —preguntó el Mahdi, con un tono de exasperación en su voz.

—Mi Señor, no estoy seguro por qué, pero Daryush Rashidi, el jefe de Telecom Irán, está arriba en el vestíbulo y dice que vino a verlo —comenzó Darazi—. Dice que usted lo mandó a llamar y que todo lo que usted pidió está listo. El equipo de seguridad le dijo que tiene que haber un error, que seguramente nos habríamos enterado si usted hubiera pedido que personal no militar, o no político, llegara al centro de comando a reunirse con usted. Él insistió mucho, y finalmente me pidieron que interviniera, porque Daryush y yo nos conocemos desde hace mucho tiempo. De todas formas, subí a verlo, y...

—Sí, sí, sé todo eso —dijo el Mahdi—. Sí, lo mandé a llamar aquí y está justo a tiempo. ¿Le dio un código de entrada?

—Bueno, ah, él...

—¿Le dio o no le dio un código de entrada? —repitió el Mahdi.

—Sí tenía algo que quería que yo le dijera a usted, pero yo...

—Entonces no se quede allí parloteando como un tonto, Ahmed. Dígalo.

—Sí, Su Excelencia, por supuesto. Él... ah... él me dijo que le dijera: "El fuego ha comenzado".

Con eso el Duodécimo Imán se levantó inmediatamente.

—Excelente. ¿Trajo un baúl?

—Pues, sí... en realidad, varios.

—Bien. Tráigalo, y a ellos también, aquí abajo inmediatamente —dijo el Mahdi—. No tenemos ni un momento que perder.

—Pero no entiendo —dijo Darazi—. ¿De qué se trata todo...?

—Solo haga lo que le he ordenado, Ahmed —gritó el Mahdi, ensombreciéndose—. Y hágalo rápidamente.

—Sí, mi Señor —dijo Darazi balbuceando e hizo otra reverencia—. Como usted lo desee.

ISLAMABAD, PAQUISTÁN

«He venido para restablecer el Califato».

Las hechizantes palabras que Muhammad Ibn Hasan Ibn Alí había dicho durante una llamada telefónica hacía unos cuantos días todavía hacían eco en los oídos de Iskander Farooq, mientras estaba parado al lado de la pista de aterrizaje, en la inmensa tormenta de polvo que había ocasionado el helicóptero militar que descendía. Había llegado para llevarlo a un viaje de última hora, inoportuno y no planificado, al desastre seguro.

«He venido a dar paz y justicia, y a gobernar la tierra con una vara de hierro —había dicho el Mahdi ese día—. Por eso es que Alá me envió. Él recompensará a los que se sometan y castigará a los que se resistan. Así que no se equivoque, Iskander; al final, toda rodilla se doblará y toda lengua confesará que yo soy el Señor de la Época».

Era difícil de creer, pero apenas había transcurrido una semana desde que el así llamado Prometido había amenazado a Farooq, a su familia y a su gobierno, exigiéndole que accediera. Farooq recordó que ese domingo, el seis de marzo, se había despertado soñando con muchos proyectos interesantes para discutir con sus asesores. Entonces, en un instante, todo había cambiado.

Cada fibra de su ser le decía que se resistiera, pero más de un cuarto de millón de paquistaníes hacían demostraciones afuera de las puertas del palacio. «¡*Alaben al Imán al-Mahdi!* —habían gritado una y otra vez—. *¡Alaben al Imán al-Mahdi!*». Había temido que invadieran el palacio. Y allí estaba el Mahdi, presionando y presionando.

«¿Qué me dice? —le había preguntado el Mahdi—. Me debe una respuesta».

¿Qué se suponía que debía hacer? Le aterrorizaba que Teherán de repente se hubiera convertido en la sede de un Califato nuevo. Ni él, ni su padre, ni el padre de su padre habían confiado jamás en los iraníes. El Imperio persa había gobernado a sus antepasados, extendiéndose en su cumbre desde la India en el este, hasta Sudán y Etiopía en el oeste. Ahora los persas querían subyugarlos una vez más.

Parecía que había hechizado a todos los que conocía, a todos menos a él. Todos creían que este Mahdi era el mesías, el salvador del mundo.

El helicóptero aterrizó, y varios miembros de la Fuerza Aérea Paquistaní ayudaron al presidente a entrar y a sentarse. Mientras Farooq se ponía su cinturón de seguridad y se preparaba para despegar y viajar el corto trecho al Nuevo Aeropuerto Internacional de Islamabad en Fateh Jang, al occidente del palacio, miraba por la ventana, sin poder creer que esto en realidad estuviera ocurriendo. El mundo se había vuelto loco. Las multitudes aumentaban cada día. Ahora su guardia de palacio estimaba que más de medio millón de paquistaníes rodeaban el complejo presidencial, atascando el tráfico por kilómetros en cada dirección.

Todavía repetían: *«Bendito sea el Imán al-Mahdi»* y *«Únase al Califato ahora»*. Incluso amenazaban con quemar el palacio si él no se movilizaba rápidamente para formar una alianza con el Mahdi. Asimismo, su gabinete, dominado por sunitas, de hecho había amenazado con arrestarlo y juzgarlo por traición si no se unía inmediatamente al Califato y si no entregaba los códigos paquistaníes de lanzamiento a ese «mesías» chiíta.

Farooq se había resistido, había argumentado y se había demorado lo más que pudo, pero todo había sido en vano. Hasta su esposa e hijos le habían suplicado que hiciera el trato y que acabara con eso antes de que todos enfrentaran una muerte espantosa. ¿Qué más podía hacer? Estaba listo para reunirse con el Duodécimo Imán cara a cara, a las doce y media de la noche.

La hora de la verdad se acercaba.

HAMADÁN, IRÁN

«...y, Padre, oramos por nuestro querido amigo y hermano, el doctor Birjandi, para que lo protejas, lo llenes de tu Espíritu Santo, y que lo uses para decir lo que tú quieres que diga y hacer lo que tú quieras que haga, sin importar el costo. Te pedimos estas cosas en el nombre de nuestro Señor y Salvador Jesucristo, que era, es y ha de venir. Amén».

Después de empacar y vestido con la túnica negra y el turbante negro que solía usar cuando enseñaba en el seminario en Qom, el doctor Birjandi levantó la cabeza de mala gana cuando Alí e Ibrahim terminaron de orar con él. En ese momento pudo oír el eco tenue de un helicóptero que se aproximaba a la distancia. Amaba tanto a estos hombres. No quería dejarlos, y menos por una «reunión de emergencia» con el Duodécimo Imán. No obstante, a pesar de sus protestas de que nunca participaría de una de esas reuniones, parecía que la situación se había dado. Le había suplicado al Señor que permitiera que esa copa pasara de él, pero a falta de un milagro, en los próximos minutos los Guardias Revolucionarios lo recogerían, con órdenes de llevarlo a un lugar seguro y confidencial, para una reunión frente a frente con la personificación del mal.

Sin embargo, de manera extraña, ahora después de tanta oración y de tanta angustia, Birjandi en realidad no se sentía ansioso. Más bien, sentía una paz que lo sorprendía. Sabía que el Señor tenía un plan bueno y perfecto para su vida, y quizás estos chicos tenían razón. Tal vez el Señor estaba a punto de darle la oportunidad de compartir el evangelio con Hosseini y con Darazi.

—Muchas gracias, chicos —les dijo—. Estoy eternamente agradecido, pero ahora tienen que irse, antes de que ellos lleguen. Por favor, no hay mucho tiempo.

—Nosotros queremos quedarnos con usted —dijo Ibrahim—. No tenemos miedo.

—Lo sé y estoy muy agradecido, hijo mío, pero no deben estar involucrados conmigo. Ahora no, y hoy no —dijo Birjandi—. Su valor es admirable, y es del Señor, pero úsenlo para compartir el evangelio con su familia y amigos. Úsenlo para iniciar iglesias en hogares y para enseñar la Palabra en toda esta nación. Úsenlo para avanzar el Reino de Jesús, y yo los veré en el cielo, cuando todo esté bien. Ahora váyanse. Los dos. Si me aman, deben irse ahora mismo.

Birjandi podía oír el helicóptero que se acercaba desde el noreste. Por la gracia de Dios llegaba un poco más tarde de lo que esperaba, por lo menos más tarde de lo que había dicho Hosseini. La tardanza, cualquiera que fuera la razón, le había dado unos cuantos minutos para meter un poco de ropa, un cepillo de dientes y pasta dental en una pequeña maleta, y de tomar el teléfono satelital que David le había dado para esconderlo dentro de su túnica. También les había dado a los tres unos momentos para orar juntos por última vez, y por eso él estaba agradecido.

Se pararon, y Birjandi tomó su bastón para acompañarlos a la puerta. «Ahora bien, rápido, los dos, despídanme con un beso».

Alí giró y le dio al hombre un gran abrazo, después lo besó en las dos mejillas. Ibrahim hizo lo mismo, aunque él lo abrazó por más tiempo, a pesar del hecho de que el helicóptero estaba a menos de medio kilómetro de distancia y se acercaba rápidamente. No dijeron nada. No había nada más que decir. Birjandi pudo sentir que por sus mejillas corrían lágrimas. Sabían que era la última vez que lo verían. Él también lo sabía.

30

Leví Shimon y Zvi Dayan llegaron en autos particulares blindados, y muy bien custodiados. Inmediatamente fueron conducidos a la espaciosa oficina del primer ministro, cubierta con paneles de madera, donde Neftalí terminaba una llamada con el secretario general de la ONU.

«Definitivamente no —dijo Neftalí, dando vueltas por el salón con el rostro encarnado—. Eso está totalmente equivocado... No, sencillamente no es cierto... Yo... Señor Secretario General, puedo asegurarle que las fuerzas israelíes nunca han atacado deliberadamente a civiles desarmados en Irán, Siria, Líbano, ni en Gaza... No, al contrario, estamos atacando objetivos militares legítimos en defensa propia... ¿Cómo puede decir eso?... No, eso es... señor, estamos bajo ataque de misiles, cohetes y morteros que se disparan indiscriminadamente a nuestras poblaciones civiles inocentes. Aun así, usted no ha emitido un comunicado condenando el ataque de nuestros enemigos, sino que ha insistido en describirnos como los agresores. Bueno, rechazo esa descripción... Señor Secretario General, una vez más, llamo su atención a las pruebas ilegales que Irán hizo de una ojiva nuclear hace unas semanas, en violación directa de una docena de resoluciones del Consejo de Seguridad de la ONU, junto con las repetidas declaraciones ilegales de los líderes iraníes y del Mahdi que incitan a las fuerzas de su Califato al genocidio en contra de mi pueblo... No, ese es precisamente el punto. Esta es una ley internacional clara y firme, la Convención de la Prevención y Castigo del Crimen de Genocidio, que entró en vigor el 12 de enero de 1951, en la que la provocación al genocidio se prohibió en el Artículo 25(3)(e) del Estatuto de Roma».

Shimon, de sesenta y tres años, estaba inquieto. Se sentó cuando Neftalí le hizo señas para que él y Dayan lo hicieran, pero no estaba con el humor de sentarse tranquilamente. Demasiado estaba ocurriendo, y demasiado rápido para su gusto. Ya detestaba estar lejos del salón de guerra de las Fuerzas de Defensa de Israel en Tel Aviv, para ir hasta Jerusalén a una reunión personal, pero no podía evitarlo. La situación era tan delicada como ninguna en sus cuarenta y cinco años en la vida pública, desde que se había unido al ejército a la edad de dieciocho años. Necesitaba el oído del primer ministro, y lo necesitaba ya, y era todo lo que podía hacer para no ponerse de pie, caminar al teléfono del PM y desconectar al secretario general.

«Por supuesto que tiene derecho a su opinión, señor Secretario General —respondió Neftalí—, pero no tiene derecho a sus propios datos. Nosotros... No, de nuevo, eso está equivocado. Mire, eso solo... Estimado señor, permítame dejarle esto tan claro como me sea posible. Mi país enfrenta la aniquilación por parte de una secta apocalíptica y genocida. Nos defenderemos como lo consideremos apropiado, así como tenemos el derecho de hacerlo según el acta constitutiva de la ONU. ¿Es necesario que le recuerde el capítulo VII, artículo 51? Permítame citárselo, ya que obviamente lo ha olvidado, ya sea sus palabras o su significado. "Nada de la presente Acta impedirá el derecho inherente de la autodefensa individual o colectiva, si un ataque armado ocurre en contra de un Miembro de las Naciones Unidas, hasta que el Consejo de Seguridad haya tomado las medidas necesarias para mantener la paz y la seguridad internacional"... ¿Qué quiere decir con que no se nos atacó primero? ¿Cómo le llama al ataque de Irán a mi vida en la ciudad de Nueva York el domingo pasado, ataque que mató al presidente Ramzy de Egipto y casi mata al presidente Jackson, y que sí mató a varias docenas de otras personas?... Está bien, mire, esto no llevará a nada. Solo permítame replantear mi objeción a donde se dirige el Consejo de Seguridad en cuanto a esto y pedirle, humildemente, que reconsidere... Muy bien. Espero saber de usted entonces. Que tenga buen día, señor».

Cuando el primer ministro colgó el teléfono, Shimon pudo ver que él y Dayan estaban a puntó de recibir una diatriba, pero simplemente no había tiempo. Se puso de pie y se dirigió hacia el escritorio del PM.

—Aser, tiene que escucharme —dijo tan firmemente como pudo—. Tanto como quisiera permitirle que se desahogue por esa llamada, necesito que me escuche muy cuidadosamente.

Neftalí se quedó claramente asombrado por el tono enérgico de su ministro de defensa, pero en cuanto a lo que Shimon concernía, no parecía ofendido. A Shimon no le importaba si lo hubiera estado. No en ese momento.

—Por supuesto. ¿En qué puedo ayudarlos, caballeros? —respondió Neftalí con un poco de sarcasmo.

—Dígaselo, Zvi —dijo Shimon.

El director del Mossad también se puso de pie.

—Señor Primer Ministro, durante los últimos días, mis hombres y yo estábamos bastante seguros de que sabíamos dónde estaba el Duodécimo Imán —comenzó—. En alguna parte de la Base Aérea de Mehrabad, en las afueras de Teherán. Por eso es que le recomendamos enérgicamente que autorizara ataques aéreos y ataques de misiles cruceros repetidos en las porciones militares de las instalaciones, no en el aeropuerto civil.

—Sí, por supuesto —dijo Neftalí—. He leído sus reportes. Y he autorizado todo lo que han pedido.

—Sí, señor, y ha tenido un verdadero impacto para neutralizar a la Fuerza Aérea Iraní —continuó Dayan—. Pero ahora puedo reportarle que mis hombres y yo hemos determinado con precisión la ubicación exacta del Mahdi.

—¿Dónde?

—Está en las instalaciones de la base aérea, pero no el lado militar —dijo Dayan—. Resulta que él y su equipo principal, de hecho, están trabajando desde unas instalaciones en el lado civil del aeropuerto. Nos hemos enterado de que el salón de guerra de la Guardia Revolucionaria está ubicado debajo de un edificio administrativo de tres pisos, conectado a la terminal principal del Aeropuerto Imán Jomeini.

—¿Está seguro? —preguntó el PM.

—Cien por ciento —dijo el jefe del Mossad.

—No me diga que quiere atacarlo.

El ministro de defensa respondió a eso.

—Definitivamente, y ahora, señor. Tenemos un teledirigido armado que vigila el lugar. Tenemos un escuadrón de aviones de combate que se dirigen a toda velocidad a Teherán ahora mismo; cada uno lleva bombas antibúnker. Estarán en las inmediaciones en los próximos treinta minutos.

—¿Quieren que bombardee un aeropuerto civil de Irán? —preguntó Neftalí con incredulidad—. ¿Oyeron esa llamada con el Secretario General? Ya nos acusan de crímenes de guerra. Nos acusan de atacar a civiles inocentes. Tenemos nubes radioactivas que se despliegan en Irán a áreas civiles por los ataques que ya hemos hecho a sus instalaciones nucleares. No podemos simplemente atacar su aeropuerto, Leví. Todo el mundo se pondría en contra de nosotros.

—Señor, lo entiendo, pero le digo que tenemos una oportunidad única de decapitar al enemigo, y de acabar con esta guerra en los próximos treinta minutos —dijo Shimon—. Debemos aprovecharla. La historia no nos lo perdonará si no lo hacemos. Y debo agregar que tenemos un reporte no confirmado, pero creíble, de que el Mahdi podría reubicarse, y pronto.

—¿En la Mezquita Imán Jomeini?

—Tal vez, pero el reporte dice que podría ir a Tabriz.

—¿Por qué a Tabriz?

—No lo sabemos, señor. Todavía estamos siguiéndole la pista a eso.

Neftalí miró a los dos hombres, pero Shimon no podía interpretar lo que estaba pensando. El primer ministro obviamente no quería recibir más condenas internacionales. Después de todo, podría llevar a sanciones de la ONU sobre Israel por primera vez en la historia. Pero Shimon sabía que Neftalí también era patriota y pragmático. Quizás todavía diría que sí, y por eso Shimon oraba en silencio a un Dios que en realidad no sabía si existía.

—¿Dónde está Mardoqueo en todo esto? —dijo el PM finalmente, girando abruptamente el tema hacia el agente doble del Mossad dentro del programa nuclear de Irán, un agente doble que no se había comunicado en los últimos días, para ansiedad de todos los del Gabinete de Guerra de Neftalí—. ¿Hemos sabido algo de él?

—No, señor —dijo Dayan.

—¿Entonces no sabemos si está vivo?

—No, el último comunicado fue el jueves en la mañana. Sí dijo que ese sería su último reporte, pero por supuesto que hemos estado esperando que reestablezca el contacto.

—¿No tenemos la información de contacto de él?

—El protocolo fue siempre que sería él el que nos llamaría —explicó el jefe del Mossad.

—¿Y todavía no sabemos dónde están las ojivas?

—No, señor, todavía no.

TEHERÁN, IRÁN

Darazi subió al piso principal y dejó que Rashidi y sus baúles misteriosos pasaran por seguridad. Luego se paseó por el vestíbulo por unos minutos, y otra vez volvió a mirar hacia afuera, a la destrucción y miseria que lo rodeaba. Tuvo cuidado de que sus emociones no se reflejaran en su rostro, pero por dentro estaba furioso. Hora tras hora, día tras día, el Duodécimo Imán menospreciaba su existencia. El desdén del Mahdi por la presencia de Darazi era palpable, y exasperante.

Al examinar su alma, Darazi trató de ver qué era lo que engendraba esa hostilidad. ¿No estaba haciendo todo lo posible para servir al Mahdi? ¿No arriesgaba su propia vida y la de su familia para ayudar a destruir al Pequeño Satanás y finalmente también al Gran Satanás? No era un hombre perfecto; admitía eso abiertamente, pero ¿quién lo era? ¿Qué pecado podría haber cometido para hacer que el Señor de la Época se alterara tanto cuando estaban juntos?

Sin embargo, lo que más le molestaba a Darazi no era que el Duodécimo Imán pareciera despreciarlo tanto, aunque eso sí le pesaba mucho en su corazón y en su mente. Mucho más indignante era un pensamiento que Darazi no se atrevía a pronunciar en voz alta y al cual se había resistido por días siquiera a considerar formalmente. En realidad eran dos pensamientos, y temía que ambos fueran una herejía, pero no podía evitarlo. Comenzaban a dominar su pensamiento, lo quisiera o no.

El primero era este: ¿por qué Irán perdía esta guerra con los judíos? Hosseini, Jazini y el resto del alto comando podían interpretarla como lo quisieran, pero esa era la verdad, ¿cierto? Estaban perdiendo. Neftalí había atacado primero y había derribado la mayoría de las fuerzas nucleares de Irán. Todavía tenían dos ojivas, pero ni siquiera podían dispararlas desde suelo persa. ¿Por qué no? ¿No tenía el Mahdi todo el peso y la fuerza del mismo Alá? ¿No era un descendiente directo y mensajero del Profeta, la paz sea con él? Entonces, ¿por qué la fuerza aérea de Irán estaba en escombros que ardían? ¿Por qué estaba el sistema de teléfonos celulares de Irán casi derribado? ¿Por qué se acobardaban en un búnker subterráneo, no mejor que Osama bin Laden en sus días, acobardado en una cueva de las montañas de Kandahar? Los judíos deberían estar ya aniquilados. El Califato debería ser vencedor. Eso era lo que el Mahdi había prometido, pero hasta entonces todo eran palabras, nada más que promesas vacías y víctimas que aumentaban.

El segundo giraba alrededor de una conversación profundamente perturbadora que él y Hosseini habían sostenido con el doctor Alireza Birjandi, el miércoles a la hora del almuerzo, menos de veinticuatro horas antes del comienzo de la guerra. Birjandi no parecía el mismo, y cuando lo habían presionado para que hablara acerca de lo que pensaba, había estado renuente, en el mejor de los casos. A medida que Darazi recordaba las palabras de Birjandi, cada vez se preocupaba más de que su viejo amigo estuviera en algo que él y Hosseini habían pasado por alto.

«Es que me encuentro preguntándome, ¿dónde está Jesús, la paz sea con él?», había dicho Birjandi.

Darazi recordó que hubo absoluto silencio. No era un nombre que se mencionara frecuentemente en la presencia del Gran Ayatolá y del presidente de la República Islámica de Irán, pero el anciano tenía razón. El mismo Darazi había dado sermones sobre las antiguas profecías islámicas, que declaraban que Jesús aparecería y serviría como teniente del Mahdi. Hosseini y Birjandi lo habían hecho también. Sin embargo, Jesús no había llegado, en lo que a cualquiera de ellos concernía.

Como si estuviera sobrevolando en la conversación, Darazi podía verse moviéndose incómodamente en su asiento y con la pregunta:

—¿Qué está implicando exactamente, Alí?

—No estoy implicando nada —había contestado Birjandi con calma—. Simplemente me estoy preguntando en dónde me equivoqué. Usted predicó que una de las señales que precederían el regreso del Mahdi sería la venida de Jesús requiriendo que todos los infieles se convirtieran al islam o si no morirían bajo la espada. Usted lo hizo porque yo se lo enseñé. Se lo enseñé después de estudiar durante toda mi vida los textos antiguos y muchos comentarios sobre lo mismo. Sin embargo, Jesús no está en ninguna parte.

Eso no había sido todo. Birjandi había llegado a enumerar cinco señales distintas, que su vida de investigación sugería que deberían preceder a la llegada o a la aparición del Imán Escondido. La primera era el surgimiento de un luchador de Yemén llamado el Yamani, que atacaría a los enemigos del islam. Darazi pensó que eso era posible que ya hubiera ocurrido; pues había habido una gran cantidad de ataques violentos en contra de los cristianos en Yemén en los años recientes. Pero la segunda señal, el surgimiento de un líder militante antimahdi, llamado Osman Ben Anbase, también conocido como Sofiani, no había ocurrido.

La tercera señal, voces desde el cielo que reunían a los fieles alrededor del Mahdi, tampoco había ocurrido. Sí, había reportes de una clase de voz angelical que había hablado en Beirut, después de un fallido ataque al Mahdi la semana anterior, pero difícilmente calificaba como una hueste de ángeles.

La cuarta señal era la destrucción del ejército de Sofiani, pero como Sofiani no había aparecido, mucho menos formado un ejército, el cumplimiento de esa señal ni siquiera parecía posible. Luego estaba la quinta señal, la muerte de un hombre santo llamado Muhammad bin Hassan, que Darazi tampoco creía que hubiera ocurrido.

«Tengo una gran sensación de responsabilidad —había dicho Birjandi—. He estado estudiando las Últimas Cosas durante la mayor parte de mi vida adulta. He estado predicando y enseñando estas cosas por todo el tiempo que ustedes han sido tan amables de darme la libertad de hacerlo. Sin embargo, algo no encaja. Algo está mal, y yo me sigo preguntando: ¿qué es?».

Darazi pensó que Birjandi tenía razón. Algo estaba mal. Y si las profecías eran todas de Alá, ¿por qué no se cumplían en su totalidad? Si el Mahdi en realidad había llegado, ¿por qué había tantas discrepancias entre los escritos antiguos y los acontecimientos actuales? Si el Duodécimo Imán en realidad había llegado, ¿cómo podría él, y todo el mundo musulmán que lo seguía, perder ante los judíos?

En ese instante otro pensamiento herético revoloteó rápidamente en la mente de Darazi, aunque solo por un momento, antes de que lo alejara con todo el vigor que pudo reunir: ¿y si el Mahdi en realidad no había llegado y, de hecho, estaban siendo engañados?

31

David miró su reloj. Eran exactamente las 6:45 p.m. Matt Mays había tardado solo un poco más de una hora en el viaje de ida y vuelta al refugio de Karaj, para llevar a Javad Nouri, sedado pero con las dos rótulas intactas. Ya había vuelto cuando Zalinsky llamó para reportar que la vigilancia del Predator indicaba que Omid Jazini estaba en casa, y que tenían luz verde para la operación concebida precipitadamente.

Mays circuló la cuadra una vez para que todos pudieran ver la configuración del terreno; entonces —al no observar ninguna amenaza inmediata— condujo hacia el estacionamiento en la parte posterior del edificio y se detuvo enfrente de la zona de carga. David le puso un cargador nuevo a su pistola con silenciador, volvió a revisar su MP5 y el resto de su equipo, luego se puso su máscara de esquiar y dirigió a su equipo hacia la parte posterior del complejo de apartamentos.

Una vez dentro, Fox encontró el cuarto de mecánica y desactivó el sistema de alarma del edificio y el sistema de vigilancia por video. Al mismo tiempo, Crenshaw encontró la planta telefónica y cortó la línea principal, dejando inoperantes todas las llamadas de línea fija del edificio, mientras que Zalinsky usaba el teledirigido Predator, arriba de ellos, para atascar la capacidad de hacer llamadas por teléfono celular en el edificio, por lo menos durante los siguientes minutos. Entonces Fox siguió a David hacia las escaleras del norte, mientras Crenshaw siguió a Torres a las escaleras del sur, y se dirigieron al duodécimo piso.

Menos de un minuto después de que el equipo hubiera entrado al edificio, Mays vio a una patrulla de la policía que pasó por la calle, se detuvo por un momento —Mays no estaba exactamente seguro por qué— y luego siguió su camino. Como no le gustó el aspecto de eso, Mays determinó que no se sentía cómodo sin hacer nada en el estacionamiento. En lugar de eso, llevó la camioneta a una calle rodeada de árboles en los alrededores, dio la vuelta y entonces encontró un lugar, al lado del camino, no lejos de la intersección. Eso, de hecho, le dio una mejor vista de quién entraba y salía del frente del edificio de Omid, así como de cualquier auto que ingresara al estacionamiento posterior.

—Bravo Uno, ¿está en posición? —oyó Mays que David preguntó por radio.

—Negativo, Alfa Uno —respondió Torres—. Estamos pasando el noveno piso. Necesitamos otro minuto.

—Entendido —dijo David—. Estamos en posición. Háganos saber cuando esté listo.

Mientras Mays monitoreaba el tráfico de radio, vio que un camión blanco de tamaño mediano se detuvo enfrente del edificio de apartamentos y que se estacionó en un carril de bomberos. Cuando dos hombres salieron, los instintos de Mays se pusieron en alerta. Los dos hombres medían alrededor de 1,80 metros, eran musculosos y vestían ternos. Eran como de la edad de Omid. Mays tomó una cámara digital del asiento que tenía al lado, la apuntó hacia los hombres, aumentó la imagen y tomó varias fotos, pero no a tiempo. Obtuvo sus perfiles y espaldas, no sus rostros, pero instantáneamente transmitió las imágenes al Predator, que a su vez las transmitió a un satélite, que envió las fotos digitales a Langley para análisis. Diez segundos después, Zalinsky estaba en la radio.

«Base a Alfa Uno y equipo, tienen compañía en camino, y podrían ser un problema —les dijo Zalinsky—. Bravo Tres acaba de tomar una foto de dos hombres ingresando al edificio. Las imágenes térmicas muestran que están entrando al elevador del vestíbulo».

★ ★ ★ ★ ★

—Entendido, Base —dijo David, acuclillado en las escaleras, exactamente afuera de la puerta de salida al duodécimo piso, y deslizó la cámara serpiente de fibra óptica debajo de la puerta—. ¿Quiénes son?

—No estoy seguro —dijo Zalinsky—. Pasamos las imágenes por el *software* de reconocimiento facial, pero no son fotos claras. No son tomas directas, y no obtenemos nada.

—A mí me parece que son Guardias Revolucionarios —dijo Mays—. Probablemente colegas del objetivo.

—Entendido, gracias —respondió David—. Bravo Uno, ¿listo para movilizarse?

—Listo para movilizarnos cuando lo ordene, Alfa Uno —respondió Torres.

—Bien, entonces mantenga su posición y veamos qué hacen estos dos.

David no quería problemas. Quería aislar a Omid para hacerlo hablar. Esta era una complicación que no necesitaba. Si esos dos hombres en realidad eran colegas de Omid, significaba que estaban armados y que eran peligrosos. David sabía que no podían darse el lujo de repetir la balacera del hospital. No quería arriesgar un baño de sangre en el pasillo. Esta operación tenía que ser rápida y tranquila, y no podía hacer que todo el edificio se involucrara, ni que toda la policía de Teherán respondiera. Si esos tipos en realidad iban al apartamento de Omid Jazini, David pensó que lo mejor que se podía hacer era dejar que entraran y luego esperar a que se fueran. Por otro lado, ¿qué si solo eran amigos de Omid? ¿Qué si habían llegado a quedarse un buen rato, a cocinar la cena y a ver una película? Podrían pasar horas antes de que se fueran, y a David no le sobraban las horas.

El movimiento llamó la atención de David en el pequeño monitor que Fox sostenía. Lo miró. Las puertas del elevador se abrieron. Los dos hombres salieron del elevador y, en efecto, se acercaron al apartamento de Omid. El instinto de David fue de moverse rápidamente y eliminar a esos dos, pero el miedo de matar accidentalmente a dos civiles desarmados lo hizo vacilar.

—Alfa Uno, tenemos que movilizarnos ya, antes de que entren —dijo Torres por radio.

—No, todavía no —respondió David—. No sabemos si están armados, y no quiero ningún otro prisionero aparte de Omid.

—Bravo Uno tiene razón —contribuyó Zalinsky—. Tienen que movilizarse ya.

—Negativo, todos mantengan sus posiciones —insistió David, furioso de que Torres y Zalinsky cuestionaran su juicio, en medio de una operación, cuando ellos deberían mantener el silencio por radio.

En ese momento, David vio horrorizado que esos hombres sacaron pistolas con silenciadores por debajo de sus chaquetas, abrieron la puerta de Omid de una patada y entraron, disparando con las pistolas. Por un momento, David quedó tan atónito que no pudo hablar. Zalinsky y Torres estaban igual; se quedaron con la boca abierta y no dijeron nada, pero entonces la ira de David comenzó a arder.

«¡Vamos, ya!», ordenó.

Salió corriendo al pasillo al frente de su equipo y se lanzó hacia la puerta de Omid, con Fox que le pisaba los talones. Hizo un giro para entrar a la habitación, sosteniendo su pistola enfrente, y encontró a los dos hombres que miraban el cuerpo sangrante de Omid Jazini en el suelo.

«Suéltenlas —gritó en persa—. *Los dos, suelten las pistolas, ¡ya!»*.

Claramente sobresaltado, uno de los hombres comenzó a girar, con la pistola en la mano. David le disparó dos veces al pecho.

«¡No lo haga! —gritó otra vez David—. *No se voltee. No haga ningún movimiento rápido. Ni siquiera lo piense. Solo ponga la pistola en el piso ahora o morirá como su amigo»*.

El segundo hombre puso lentamente la pistola en el piso y puso sus manos en el aire, precisamente cuando Torres y Crenshaw llegaron a la habitación.

«Tenemos que entrar —dijo Torres en inglés—, *antes de que alguien nos vea aquí afuera»*.

David hizo señales con la cabeza para que sus hombres entraran y cerraran la puerta, lo cual hicieron, pero él siguió apuntando con su pistola a la espalda del segundo hombre y le dijo que se acostara boca abajo en el piso. El hombre obedeció de manera lenta, con cuidado y cautela, pero después los asombró a todos.

—¿Usted habla inglés? —preguntó el hombre en inglés, con un acento que no era persa. David no pudo ubicarlo—. ¿Usted no es iraní?

—*¡Cállese y permanezca quieto!* —respondió David en persa y le ordenó a Torres que lo esposara y que lo registrara.

Torres lo hizo, pero no encontró billetera, identificación ni ninguna otra posesión personal del hombre.

«¿Quiénes son ustedes?», preguntó el hombre, de nuevo en inglés, desafiando a su suerte.

Quizás eran las circunstancias. Quizás era toda esa adrenalina que circulaba en su sistema. David no estaba seguro, pero conocía ese acento, y se pateaba a sí mismo por no pensar con suficiente claridad como para ubicarlo. Miró a Torres, que encogió los hombros. Miró a Crenshaw, que vigilaba la puerta, y a Fox, que vigilaba la ventana. Ellos tampoco lo sabían.

—¿Están muertos? —le preguntó David a Torres en persa.

Torres sintió los pulsos de los dos cuerpos que estaban en el suelo.

—Omid sí —dijo, pero entonces, para sorpresa de todos, dijo que el otro no.

—Espóselo, y regístrelos a los dos —ordenó David.

Torres obedeció; se encargó del pistolero consciente primero y descubrió que llevaba un chaleco antibalas.

—¿Profesionales? —dijo David.

Torres asintió con la cabeza.

—Deles vuelta —indicó David entonces—. Quiero ver sus rostros.

El primero estaba vivo, pero tenía un dolor intenso.

—Creo que me quebró las costillas —dijo el hombre gruñendo.

—Tuvo suerte de que no le diera dos disparos en la cabeza —respondió David—. En realidad, todavía podría hacerlo. Ahora bien, ¿quiénes son ustedes dos y por qué están aquí?

—Nosotros podríamos hacerles la misma pregunta —dijo el segundo hombre en inglés.

—Podrían, pero nosotros tenemos las pistolas, por lo que ustedes serán los que respondan las preguntas ahora mismo —dijo David.

—Pues no tenemos nada que decir —dijo el primer hombre con un gruñido.

David estaba a punto de responder cuando Zalinsky apareció por radio y le dijo que dejara de hablar, que tomara una foto de los dos hombres con su teléfono satelital y que enviara la foto a Langley. David lo hizo, y mientras esperaba los resultados, le dijo a Fox que buscara teléfonos, computadoras y archivos de cualquier clase en la habitación de Omid.

David oyó que Zalinsky maldijo.

—¿Qué pasa? —preguntó.

—No vas a creer esto.

—Inténtalo.

—Son israelíes —respondió Zalinsky—. Son del Mossad.

Cuatro camiones de bomberos —dos autobombas, un remolque con escalera y una unidad para materiales peligrosos— dejaron la pista y se dirigieron hacia el edificio administrativo, con las luces destellantes y las sirenas que hacían estruendo. Casi veinte bomberos, completamente equipados y listos para batallar, salieron de un salto de los camiones y corrieron adentro. Allí los recibieron Guardias Revolucionarios que inmediatamente les dieron la bienvenida, a pesar de que no había evidencia de humo, de llamas o de cualquier otra emergencia. El jefe de bomberos revisó el panel de control de alarmas en el vestíbulo, pero no encontró encendida ninguna de las luces. Al contrario, toda las evidencias sugerían que los sistemas estaban normales y bajo control. No obstante, con el permiso del director de seguridad del Mahdi, el jefe dirigió a sus hombres para que corrieran al segundo y tercer pisos, para que se aseguraran de que todo estuviera bien.

En el tercer piso, seis de los bomberos entraron a un gran cuarto de suministros sin ventanas, al lado occidental del edificio. Un rato después, otros seis hombres salieron de ese cuarto de suministros.

Según el plan que se exponía en el memo del general Mohsen Jazini, se ponía en marcha una artimaña compleja. Daryush Rashidi fue el primero en salir del cuarto, vestido con un casco de bomberos, una capa de bomberos, pantalones, guantes y botas de hule Nomex, un tanque de aire en la espalda y una máscara sobre su cara. Después de Rashidi iba el Mahdi y cuatro miembros de su servicio de seguridad, todos vestidos de manera similar y todos, excepto el Mahdi, ayudando a cargar varios baúles que parecía que llevaban equipo de bomberos. Se encontraron con el resto de los equipos de emergencia en el vestíbulo, y cuando el jefe dio la señal de que todo estaba bien, todos se dirigieron de regreso a los camiones. Rashidi iba a la cabeza de los otros cinco, y se dirigieron directamente al camión de material peligroso, un vehículo grande y de carga pesada, construido por la compañía Scania en Suecia, y pintado de un amarillo brillante, casi fluorescente. Abrió las puertas posteriores, dejó que los cinco miembros del equipo subieran, después cerró las puertas otra vez y se subió al asiento delantero y le dijo al conductor —otro comando encubierto del Cuerpo de la Guardia Revolucionaria Iraní—, que siguiera a los otros cinco camiones que salían de las instalaciones del aeropuerto.

JERUSALÉN, ISRAEL

El jefe del Mossad, Zvi Dayan, revisaba la nota que había entrado a su organizador digital personal, mientras el ministro de defensa Shimon le informaba a Neftalí que el paquete de ataque estaba a unos minutos de distancia del Aeropuerto Internacional Imán Jomeini en Teherán, e insistió en la autorización para lanzar misiles.

—Disculpe, señor Primer Ministro, es posible que tengamos un cambio de planes —dijo Dayan.

—¿Qué quiere decir? —preguntó Neftalí.

—Es posible que no tenga que bombardear el aeropuerto, después de todo —dijo Dayan.

—¿Por qué no?

—Algo está pasando en las instalaciones en cuestión —dijo el jefe del Mossad, que giraba hacia un asistente y le ordenaba hacer que las imágenes en vivo del teledirigido sobre el aeropuerto fueran enviados al centro de comunicaciones del primer ministro.

—¿De qué se trata? —preguntó Neftalí.

—Tenemos reportes de que un grupo de camiones de bomberos llegaron a la escena y casi dos docenas de bomberos han entrado rápidamente a ella —respondió Dayan.

—¿A las instalaciones donde usted cree que está el Mahdi? —clarificó Neftalí.

—Donde sabemos que está, señor —observó Dayan—. Alberga el salón de guerra central de todo el sistema de la Guardia Revolucionaria, y tenemos evidencia creciente de que toda la guerra se dirige desde ese edificio. Lo que es extraño es que todos esos camiones de bomberos han llegado cuando no hay evidencias de incendio. Es decir, hay incendios que arden al otro lado del aeropuerto, del lado militar, pero como hemos dicho, el lado civil está intacto. Sin embargo, allí están todos esos camiones y bomberos, justo cuando estamos a punto de hacer volar el lugar hacia el otro mundo.

—Yo todavía no he dado mi autorización —le recordó Neftalí al jefe del Mossad.

—Sí, por supuesto, señor, me doy cuenta de eso. Solo digo que...

—Usted cree que los iraníes saben que llegaremos ahora mismo.

—No, no necesariamente, no en este mismo minuto, pero como se lo dije antes, creemos que el Cuerpo de la Guardia Revolucionaria Iraní va a trasladar al Mahdi, y esta podría ser la manera en que lo están haciendo.

Uno de los asistentes del PM llamó a la puerta, entró a la oficina del PM y explicó que la transmisión del video ahora estaba lista en el centro de comunicaciones. Los tres hombres se trasladaron rápidamente al salón y encontraron varias imágenes aéreas del teledirigido israelí de los bomberos que salían del edificio administrativo y que volvían a sus camiones.

—¿Usted cree que el Mahdi está en uno de estos grupos? —preguntó Shimon.

—Sí —dijo Dayan.

—¿En cuál?

—En el equipo de material peligroso.

—¿Por qué?

—Mire cómo caminan. No caminan como bomberos. Han puesto un perímetro alrededor de este, aquí, el del centro. Y mire, no se quitan el equipo cuando salen del edificio. Entran a la parte de atrás del camión de material peligroso con sus máscaras y tanques puestos. Eso no es normal.

—¿Dice que ese es el Mahdi? —dijo Neftalí, y señaló en la pantalla.

—Sí, señor —dijo Dayan—. Si fuera el Líder Supremo, el Ayatolá, lo habríamos visto caminando más lentamente. Hosseini tiene setenta y tantos.

Neftalí vio que los camiones salieron del complejo del aeropuerto, de las instalaciones del lugar, y que se dirigieron hacia el bulevar Me'raj, hacia el noreste, a la plaza Azadi. Todos los ojos estaban sobre el vehículo para materiales peligrosos, amarillo encendido, en cuyo techo decía *Unidad 19* con letras grandes pintadas de negro.

—¿Dónde está la estación de bomberos? —preguntó el PM.

—Está cerca de la estación de subterráneo Azadi —dijo Dayan.

—¿Y qué recomienda?

—Un ataque de misiles al vehículo de materiales peligrosos, señor.

—¿Ahora?

—Sí, señor.

—¿Dónde? ¿En la plaza Azadi?

—Eso mismo, señor, pero para minimizar el daño colateral, definitivamente recomendaría un ataque antes de que el camión vuelva a la estación de bomberos.

A Neftalí se le acababa el tiempo. La unidad con escalera y las dos autobombas estaban ya en el círculo del tráfico que rodeaba la plaza Azadi, a solo unos minutos de la estación de bomberos. Sin embargo, la unidad de materiales peligrosos acababa de entrar al círculo de tráfico.

—Ahora es cuando, señor —dijo Dayan—. Es ahora o nunca. Si el Mahdi llega a la estación de bomberos y se escabulle en otro vehículo, o por otra ruta de escape de la que no sabemos, quizás nunca volvamos a tener otra oportunidad.

Neftalí sabía que Dayan tenía razón en principio, pero ¿tenía razón de facto? ¿Iba en realidad el Duodécimo Imán en ese camión amarillo? Calculó que si ese era el caso, entonces sería un crimen en contra del pueblo judío no aprovechar la oportunidad y tratar de decapitar al Califato allí mismo, en ese momento. No obstante, si Dayan se equivocaba e Israel mataba a seis bomberos inocentes y desarmados en el centro de Teherán, la comunidad diplomática internacional, que ya estaba en contra de Israel y de esta guerra, se enfurecería. La condena del Consejo de Seguridad de la ONU para Israel estaría asegurada. Ni siquiera Estados Unidos la vetaría, mucho menos bajo el liderazgo del presidente Jackson. Las ramificaciones eran efectivamente serias. Israel podría ser sujeto de sanciones económicas, embargos comerciales y procesos penales en la Corte Criminal Internacional, y eso era solo para comenzar.

«Por favor, Aser, se lo suplico, tenemos que atacar ahora», insistió Shimon.

32

—¿Son israelíes? —preguntó David, incrédulo, pero se daba cuenta de que ese era el acento que detectaba: el sonido de alguien cuyo idioma natal era el hebreo hablando inglés. No podía creer que lo oía en el corazón de Irán.

—¿Y usted es al que llaman Zephyr?

Entonces David abrió bien los ojos. ¿Cómo podían saberlo? Nadie, aparte de las altas esferas de poder del gobierno de Estados Unidos, sabía que él existía, mucho menos su nombre en clave.

David esperaba que la máscara de esquiar cubriera la expresión de asombro en su cara, y en las caras de los de su equipo.

—Nosotros hacemos las preguntas. ¿Quiénes son ustedes? ¿Los dos son del Mossad?

El hombre no dijo nada, y David no estaba seguro de si estaba siguiendo los protocolos de seguridad en ese momento, o si sencillamente estaba demasiado sorprendido como para responder a su pregunta.

—Interpretaré eso como un sí —dijo David—. ¿Son ustedes los tipos que eliminaron a Mohammed Saddaji?

—No sabemos de qué habla —dijo uno.

—Seguro que sí —respondió David—. Usted, o su colega, puso una bomba en su Mercedes. Fue un buen trabajo.

Los dos hombres no dijeron nada.

—Miren, no tengo tiempo para jugar juegos —dijo David—. Tienen tres segundos para hacerme saber quiénes son, o terminaremos esto ahora. —Cargó un cartucho y apuntó con su pistola—. Uno...

Nada más que silencio.

—Dos...

Aún más silencio, por lo que David le puso el cañón directamente en la frente al segundo hombre, justo entre los ojos.

—Tres.

—Puede llamarme Tolik —dijo uno.

—¿Por qué están aquí? —preguntó David.

—Por lo mismo que ustedes —dijo Tolik—. Para detener esta guerra.

—Pero ¿por qué aquí? ¿Por qué el apartamento de Omid Jazini? —insistió David—. No llegaron aquí a buscarlo, a interrogarlo ni a presionarlo por información. Ustedes vinieron a matarlo.

—Omid es parte del servicio de seguridad de su padre —dijo Tolik—. Y su padre acaba de ser ascendido a comandante en jefe del ejército del Califato.

—Lo sabemos.

—Entonces nuestras órdenes eran de asesinarlo.

—¿Por qué?

—Para enviarle un mensaje a su padre.

—¿Qué mensaje?

—De que le estamos siguiendo la pista —dijo Tolik—. De que nos estamos acercando. De que tenemos agentes dobles en sus filas, que están hablando al mundo exterior, y que nunca podrán saber en quién confiar. Hicimos nuestro trabajo. Y créame, se regará la noticia rápidamente por las altas esferas del círculo íntimo del Mahdi. Se están derribando hombres importantes a la izquierda y a la derecha. Creemos que ustedes son los que secuestraron hoy a Javad Nouri.

David no respondió.

—Interpretaré eso como un sí.

De repente, Fox llamó desde la habitación principal. «Jefe, aquí hay algo que debe ver».

Rashidi detestaba tener al Mahdi afuera, al aire libre. Había demasiados riesgos, demasiadas amenazas. ¿Y si había un francotirador afuera? ¿O si había un equipo de asesinos? Este no era un camión blindado. Los agentes en la parte posterior tenían ametralladoras, pero no tenían ningún RPG, ni capacidad contundente de fuego. Para disminuir el riesgo de una filtración, casi nadie, ni siquiera el servicio de seguridad del salón de guerra, supo siquiera que el Mahdi iba en este vehículo. Tal como lo había explicado el general Jazini, tenían que correr el riesgo si iban a llevar al Mahdi a Kabul, a tiempo para reunirse con el presidente Farooq. El memo de Jazini insistía en que la clave no era evitar todos los riesgos; la clave era hacer todo lo posible para minimizar los riesgos, y luego estar preparados para cualquier amenaza que no pudieran eliminar.

Habían recorrido casi tres cuartas partes del camino, alrededor del círculo de tráfico, con la plaza Azadi a su izquierda y la autopista Jenah que se acercaba rápidamente a su derecha. En unos cuantos segundos estarían en la autopista Lashkari, tomando una salida rápida hacia la estación de bomberos, pero el trabajo de Rashidi era asegurarse de que nunca llegaran a la estación.

«*¡Gire aquí, ahora mismo!* —gritó Rashidi—. *Sí, aquí mismo, sobre la autopista Jenah. ¡Es una orden del Mahdi!*».

El conductor estaba totalmente confundido, pero era un hombre entrenado para seguir órdenes, por lo que giró el timón violentamente a la derecha y salió hacia la autopista Jenah.

JERUSALÉN, ISRAEL

Neftalí acababa de dar la orden de disparar al camión de materiales peligrosos cuando vio que el vehículo dio un giro repentino.

«*¿Qué pasa?* —gritó Neftalí—. *Suspenda esa orden, Zvi. Suspenda esa orden*».

«¡Aborten, aborten!», gritó Dayan en el teléfono que tenía en la mano.

Shimon comenzó a maldecir. Todo el centro de comunicaciones hizo erupción por la confusión.

—*¿Por qué aborta la misión?* —exigió Shimon.

—*¿Por qué cruzó ese camión?* —preguntó Neftalí.

—¿Cómo puedo saberlo? —replicó Shimon—. Tenemos una buena oportunidad. Aprovechémosla.

—No, hasta que esté seguro —respondió Neftalí.

—¿Seguro de qué?

—De que el Mahdi está allí.

—Señor, con todo el debido respeto, ahora podemos estar aún más seguros de que el Mahdi está en el camión —dijo Shimon.

—¿Por qué?

—Porque quienquiera que lo conduzca no quiere llevarlo a la estación de bomberos.

—¿Por qué no?

—Porque no es bombero. No quieren que se mezcle con los verdaderos bomberos. Lo llevan a otro lugar.

—¿A dónde? —insistió Neftalí.

—No lo sé, señor —admitió Shimon—. Pero una vez llegue allí, no puedo garantizarle que podamos volver a tener una oportunidad como esta.

Neftalí miró a Shimon, luego a la pantalla, mientras el camión de materiales peligrosos serpenteaba por una serie de calles a toda velocidad, hacia el oriente. Con los caminos esencialmente sin tráfico de hora pico, ya que nadie en Teherán quería conducir durante la guerra, el riesgo de daño colateral era mínimo. Tal vez Shimon tenía razón. El PM entonces miró a Dayan para que lo asesorara.

«Señor, estoy con Leví —dijo Dayan—. Creo que el camión se dirige hacia el túnel Tohid. Debería eliminarlo ahora, antes de que llegue allí».

TEHERÁN, IRÁN

«Está bien, gire a la derecha otra vez en la siguiente intersección y luego diríjase al occidente», ordenó Rashidi y revisó su BlackBerry, para asegurarse de que tenía bien las indicaciones.

El conductor no tenía idea de lo que ocurría, pero obedeció. Rashidi revisó su reloj. Estaban bien. En realidad estaban unos minutos adelante de lo planificado, pero todavía no estaban fuera del peligro.

El conductor bajó muy levemente la velocidad y luego giró a la derecha.

«Bien —dijo Rashidi—. Ahora corra hacia la entrada del túnel, en la calle Fatemi, y acelere».

Según Rashidi, estaban a menos de medio kilómetro de distancia de la rampa que lleva al túnel Tohid, una autopista de tres kilómetros y seis carriles que se extendía por debajo del corazón de la capital. Había costado casi quinientos millones de dólares, pero se había completado en apenas treinta y un meses, estableciendo el récord mundial de velocidad para la construcción de un túnel de este tamaño. Rashidi no podía estar seguro de que todo el plan funcionaría, pero su trabajo era asegurarse de que por lo menos llegaran abajo, y estaba decidido a impresionar al Señor de la Época con su habilidad de manejar una crisis.

JERUSALÉN, ISRAEL

—Ya casi llegan, señor, casi llegan al túnel —dijo Shimon, suplicándole al primer ministro que autorizara que el teledirigido atacara en ese momento y que acabara con eso.

—No —dijo Neftalí—. Están dando muchos giros y vueltas. No quiero correr el riesgo de fallar.

—No se preocupe, señor. El misil se asegurará al distintivo de calor del camión. Le garantizo que le daremos al camión y a nada más.

—Les daremos —accedió finalmente Neftalí—, pero lo haremos al otro lado del túnel; ese será un disparo más limpio, en la recta cuando salgan del túnel.

TEHERÁN, IRÁN

Cuando entraron al túnel Tohid, Rashidi dio un grito de alegría e hizo una oración de gratitud a Alá. No tenía idea de que un teledirigido israelí les siguiera la pista; no tenía idea de que un misil Hellfire que busca calor los esperaba a tres kilómetros de distancia. Solo oraba para que la próxima fase del plan funcionara tan bien como la primera.

A medio camino del túnel, Rashidi de repente le gritó al conductor que permaneciera en el carril derecho y que luego frenara y detuviera el camión. Varios cientos de metros después, con el aire lleno de olor a llantas quemadas, se detuvieron a salvo, a la mitad del túnel. Los cuatro guardaespaldas élite del Cuerpo de la Guardia Revolucionaria Iraní, que se habían puesto traje y corbata otra vez, salieron de la parte de atrás del camión de material peligroso, empuñando armas automáticas. Revisaron si había tráfico atrás de ellos, pero no había nadie.

Mientras tanto, Rashidi salió de un salto del asiento delantero, y él mismo dio un vistazo. Confiado de que todo estuviera despejado, caminó como veinticinco metros atrás del camión. Allí encontró una puerta en la que decía «Solo Personal Autorizado». Según el plan, estaba sin seguro, y cuando la abrió, encontró a cinco niñas de edad escolar que lo esperaban. Conjeturó que variaban en edad de nueve a quizás quince o dieciséis años. Todas llevaban puesto un chador que les cubría la cabeza. Sus rostros, lo que podía ver de ellos, estaban pálidos y sus ojos llenos de temor. No tenían abrigo y temblaban, pero quizás más por la situación que por las temperaturas frescas de marzo.

Rashidi dio la señal de visto bueno al servicio de seguridad y luego les ordenó a las niñas que se dirigieran al camión. Mientras tanto, los agentes ayudaron al Mahdi a salir del camión de material peligroso, y dirigieron a las niñas para que tomaran su lugar en la parte de atrás. Rashidi observó que el Mahdi ni siquiera se había fijado en las niñas. No las había saludado y ni siquiera había hecho contacto visual con ellas. Las trató como si fueran... ¿qué? ¿Impuras? ¿Indignas? No estaba totalmente seguro, pero el Mahdi no oró por ellas, ni las bendijo y ni siquiera les dijo una palabra. Más bien, se movilizó rápidamente y sin ninguna emoción hacia Rashidi.

Los hombres de seguridad tomaron su propio equipo y cerraron la puerta posterior del camión con llave, asegurando a las niñas adentro. Entonces le ordenaron al conductor que siguiera, lo que significaba seguir al sur por el túnel, antes de volver a la estación de bomberos cerca de la plaza Azari. El conductor obedeció, y una vez que el camión se fue, los agentes le abrieron paso al Mahdi por la puerta que Rashidi les mantenía abierta.

Se apresuraron por un pasillo angosto que se abría al túnel, al otro lado, donde tres carriles de autopista conducían el tráfico en dirección opuesta a la sección del túnel de donde ellos acababan de llegar. Por supuesto que hoy no había tráfico. Esta sección del túnel estaba totalmente vacía de vehículos, excepto por un bus escolar amarillo que los esperaba. El bus estaba vacío, excepto por el conductor, que tenía el motor desacelerado. Rashidi, el Mahdi y los demás entraron rápidamente, y entonces Rashidi le ordenó al conductor —en este caso, el conductor personal del Ayatolá— que se dirigiera al norte, a toda velocidad por el túnel, para salir de Teherán tan rápido como fuera posible.

JERUSALÉN, ISRAEL

El primer ministro estaba parado y miraba la pantalla que transmitía la imagen de video del teledirigido israelí, que sobrevolaba la salida al sur del túnel Tohid. Su ministro de defensa y el director del Mossad estaban parados a su lado, similarmente embelesados. Un vehículo de repente salió a alta velocidad del túnel y apareció a la vista. El pulso de Neftalí se aceleró, pero no era el camión de materiales peligrosos. Era un camión militar de alguna clase, y tan rápido como entró a su campo de visión, desapareció.

—¿Puede agrandar esa imagen un poco? —preguntó el PM—. ¿Podemos tener una toma más amplia?

Dayan tenía un teléfono pegado a su oído, una línea que lo conectaba directamente con el centro de operaciones del Mossad en Netanya, responsable de controlar el teledirigido. Transmitió la orden, y en unos momentos la toma se amplió. Otro vehículo apareció, pero tampoco era el camión. Era una ambulancia, con las luces intermitentes, claramente dirigiéndose a toda velocidad hacia la escena de otra emergencia.

—¿Qué pasa? —preguntó Neftalí—. ¿Por qué tarda tanto?

—Paciencia, señor —dijo Shimon—. Veremos el camión en cualquier momento.

Esperaron otro rato más, y no salieron más vehículos.

—Algo anda mal —dijo Dayan.

—No, Zvi, tranquilo. Todo está bien —insistió Shimon—. Por favor, todos, tenemos que...

Antes de que pudiera terminar la oración, el camión amarillo de materiales peligrosos salió disparado del túnel.

«¡*Allí!* —gritó Shimon—. *¡Allí está, ese es nuestro objetivo!*».

Sin duda alguna, tenía *Unidad 19* pintado en el techo, con grandes letras negras. Todos los ojos se dirigieron a Neftalí, quien no vaciló.

«*Elimínenlos*», ordenó el primer ministro.

Dayan inmediatamente transmitió la orden al director de operaciones del Mossad, que instantáneamente la transmitió al controlador del teledirigido.

Neftalí pudo ver lo que parecía el destello de un relámpago desde la parte de abajo de la pantalla. Ese era el misil que llevaba el nombre del Mahdi, y Neftalí vio que pasó como un rayo hacia el camión y, de repente, el camión ya no existía. La pantalla hizo erupción con fuego y humo. A través de la niebla, podía ver que las llantas salieron volando, y que grandes pedazos del motor y del chasis salían volando a todos lados. También podía ver el contorno de cinco cuerpos inmóviles que ardían. Y entonces vio una sexta figura que trataba de gatear por el infierno ardiente, tratando de ponerse a salvo, pero en menos de un minuto, también dejó de moverse.

Sin embargo, Neftalí no podía vitorear. Estaba agradecido de haber eliminado al Mahdi, pero de ninguna manera estaba seguro de que en realidad la guerra hubiera terminado. Entonces, algo en él se puso tenso. Su cuerpo se puso cada vez más frío, y al principio no sabía por qué. Miró la pantalla, mientras otros se daban palmadas en la espalda, felicitándose. Dio un paso para acercarse más a la pantalla, cada vez más inconsciente de la celebración que lo rodeaba. Neftalí giró la cabeza y miró de cerca las imágenes parpadeantes de los monitores, y luego se volteó hacia Dayan y le pidió que diera órdenes al controlador que las aumentara más.

—¿Por qué? —preguntó el jefe del Mossad—. ¿Qué pasa?

—Solo haga que las aumenten —dijo Neftalí, orando para que no estuviera viendo lo que pensaba que veía.

Dayan transmitió la orden, y un momento después el controlador recibió las órdenes y la imagen comenzó a aumentar de tamaño.

«¿Qué pasa?», preguntó Shimon, y observó la incomodidad de Neftalí, que rápidamente aumentaba.

«Esa —dijo Neftalí finalmente, y señaló el cuerpo de la figura que había estado gateando—. Aumenten esa».

Dayan transmitió la orden y después también se acercó al monitor.

«Allí, a mano izquierda —dijo el primer ministro—. ¿Qué es eso?».

El salón se puso más silencioso cuando todos observaron que Neftalí no reaccionaba como ellos, y a medida que los ojos de todos se enfocaban en la pantalla en la que él estaba enfocado.

Neftalí soltó un grito ahogado. «Es un juguete —dijo—. Es una niñita sosteniendo un juguete, una muñeca. Miren, ninguno de ellos es hombre, excepto el conductor. Son niños. Todas son niñitas».

Zvi Dayan se puso pálido y se dejó caer en una silla. «¿Qué hemos hecho?».

33

David le ordenó a los dos israelíes que se quedaran quietos, e instruyó a sus hombres para que mantuvieran sus armas hacia ellos. Luego se dirigió por el pasillo a la habitación.

—¿Qué encontraste? —preguntó mientras se acercaba a Fox.

—Jefe, hemos dado en la veta —respondió Fox, inclinado sobre la computadora portátil de Omid.

En voz baja para que los israelíes no los oyeran, Fox explicó que ya había pasado por las múltiples capas de seguridad de la computadora, y que en ese momento estaba cargando todo el disco duro. Luego señaló el texto de la pantalla y susurró que era el archivo en el que Omid había estado trabajando más recientemente.

David estaba atónito. Ante él estaba un detallado plan de seguridad para trasladar silenciosamente al padre de Omid, el general Mohsen Jazini, del centro de comando del Cuerpo de la Guardia Revolucionaria Iraní en Teherán a la Base Aérea de Tabriz. Cuando David revisó unas cuantas páginas, descubrió que el plan después incluía trasladar al general de Tabriz a una base militar siria, en las afueras de Damasco. El plan tenía mapas, rutas de viaje, rutas de apoyo, la clase de vehículos que usarían (incluso una breve explicación de por qué sería mejor usar las ambulancias de la Media Luna Roja que vehículos militares), números de placas, nombres de todos los hombres de seguridad que serían asignados a Jazini y números de teléfonos satelitales de la gente involucrada en la operación.

Cuando David terminó de examinar rápidamente ese documento,

Fox abrió otro archivo recién actualizado, que revelaba un memo escrito por Jazini a su equipo de seguridad, en el que les explicaba que tenían que trabajar de cerca con un general sirio llamado Hamdi, para establecer un centro de operaciones, capaz de coordinar las acciones del Cuerpo de la Guardia Revolucionaria Iraní y de dirigir el lanzamiento de misiles balísticos de corto alcance.

Mientras David seguía leyendo, se le secó la boca. El memo explicaba que, por lo menos, una de las ojivas nucleares que quedaban se llevaría a ese nuevo centro de operaciones, se le uniría a un misil balístico y que luego se dispararía a Israel desde Siria. Casi al final, había una referencia críptica a un «huésped especial» que llegaría a la base siria dentro de poco, y que todo tenía que hacerse para estar listos para ese invitado, aunque Jazini no explicó quién o qué era el huésped. David se preguntó si se refería a una persona de verdad o a la ojiva en sí. Miró a su colega, pero Fox solo encogió los hombros.

—¿Qué tan rápido puedes enviar todo esto a Langley? —susurró David.

—No puedo hacerlo desde aquí —respondió Fox—. Es decir, podría, pero no sería seguro. En realidad necesitamos llevar esto al refugio y enviarlo desde allá.

—Entonces movilicémonos —dijo David.

AUTOPISTA 77, NORTE DE IRÁN

En su corazón, Daryush Rashidi estaba asombrado y aliviado por lo efectivo que había sido su plan hasta entonces.

Con la ayuda de Alá, Rashidi había sacado al Duodécimo Imán de Teherán a salvo. Ahora se dirigían al norte, en una autopista que casi no tenía nada de tráfico. Estaban lejos de cualquier base militar o lugares de interés para los satélites o espías israelíes o estadounidenses. Si todo funcionaba como se había planificado, y no se topaban con ningún retraso significativo, en las próximas horas tendrían al Mahdi fuera del país, sentado con el presidente paquistaní. No obstante, de repente el Mahdi se puso furioso.

«¿Cómo pudo haber ocurrido esto? —dijo enfurecido—. ¿Cómo podrían saber los asquerosos judíos dónde estaba yo?».

Rashidi estaba a punto de responder, pero el Mahdi siguió despotricando, con la cara encendida por la ira.

«Esto es una gran brecha en la seguridad. Me dijeron que mi salida sería secreta. Me dijeron que todos mis planes de viaje se mantendrían en secreto. Solo un puñado de gente sabía lo que ocurría, pero los sionistas lo sabían. Si sabían que saldría del puesto de comando del aeropuerto en ese camión de bomberos, ¿qué más saben? ¿Quién está filtrando esta información? ¿Quién es el agente doble en nuestra operación? Hay un traidor en medio de nosotros y, cuando lo encuentre, se quemará en el fuego del infierno por toda la eternidad».

Rashidi estaba espantado. Quería recordarle al Mahdi que el plan del general Jazini había anticipado la posibilidad de que un teledirigido israelí captara el rastro del Mahdi en el aeropuerto, y que siguiera los camiones de bomberos a la ciudad. Por eso era precisamente que Jazini había planificado el cambio en el túnel Tohid. Esa era precisamente la razón por la que el bus escolar los había esperado. El plan de Jazini había tomado en cuenta todo, y había funcionado brillantemente. Le habían salvado la vida al Mahdi. Los israelíes habían matado a cinco niñas escolares a cambio. Los medios de comunicación internacionales iban a aprovechar eso al máximo. Israel estaba a punto de pagar muy caro en la corte de opinión pública. ¿Cómo podía el Mahdi estar enojado con algo de eso? No obstante, lo estaba. Estaba furioso, tanto con Rashidi como con el jefe de su servicio de seguridad, pero ninguno de ellos se atrevía a responder ninguna de las preguntas del Mahdi. Rashidi se dio cuenta de que responderle era una pérdida de tiempo, y posiblemente una sentencia de muerte. Por lo que soportaban la feroz reprimenda del Mahdi e hicieron lo mejor posible para no tener contacto visual.

Al final, una decisión práctica surgió de la furia del Mahdi, pero incluso eso tenía poco sentido para Rashidi. El Mahdi, de repente, tuvo intensas sospechas de que los israelíes, de alguna manera, interceptaban sus llamadas supuestamente seguras de teléfonos satelitales. De esta manera, dijo el Mahdi, ya no usaría más ninguno de los teléfonos que ellos tenían. En lugar de eso, Rashidi comunicaría las instrucciones del Mahdi a sus tenientes clave y después pasaría sus mensajes a él. El Mahdi fue firme en ese punto, pero ¿por qué? Si los teléfonos satelitales en realidad estaban comprometidos, tal como el Mahdi sugería, ¿por qué habría que usar cualquiera de ellos? ¿No deberían desecharse todos los teléfonos satelitales? ¿En qué ayudaría verdaderamente que Rashidi le dijera a la gente que él daría las instrucciones directas del Mahdi? ¿Por qué le creería la gente? Y si los israelíes estaban escuchando, en realidad no iban a engañarlos, ¿verdad?

Aun así, Rashidi estaba tan seguro de que los teléfonos satelitales *no* estaban comprometidos como ahora el Mahdi parecía estar seguro de que sí lo estaban. Rashidi creía que el problema era que el Mahdi no conocía a Reza Tabrizi. No sabía lo bueno y lo devoto como imanista que era Reza, lo comprometido que estaba con su causa y lo confiable que Reza era como resultado. Rashidi estaba seguro de que si el Mahdi tratara a Reza, y comenzara a conocer a este fiel obrero musulmán de la manera en que él lo conocía, los temores del Mahdi se despejarían.

TEHERÁN, IRÁN

David les ordenó a Torres y a Crenshaw que llevaran abajo a los israelíes y que los metieran en la furgoneta mientras Fox terminaba de descargar el disco duro. Llenó una mochila con el teléfono celular, la billetera, la insignia de identificación, la agenda y varias carpetas de Omid. Luego fotografió cada habitación del apartamento, y pronto se encontró en el armario de Omid. Allí tenía colgados media docena de uniformes del Cuerpo de la Guardia Revolucionaria Iraní, todos recién lavados y bien planchados. En el piso había tres pares de botas negras recién pulidas. David lo pensó por un momento. Determinó que eso podría serles útil y rápidamente buscó una maleta y metió todo en ella.

Cinco minutos después, estaban listos para salir. David llamó por radio a Zalinsky y le dio una actualización rápida de lo que habían encontrado y por qué se dirigían de regreso al refugio. Zalinsky asintió y le pidió a David que volviera a Karaj tan pronto como pudiera, mientras él trabajaba con el personal del Centro de Operaciones Globales para resolver qué hacer con los israelíes, y para idear la manera en que David y su equipo fueran a Damasco.

NOROESTE DE IRÁN

Birjandi todavía trataba de imaginar la razón por la que el Duodécimo Imán quería verlo, especialmente en este momento, en medio de una guerra que parecía que los iraníes perdían. ¿Sabría el Mahdi y los otros altos funcionarios de su conversión al cristianismo? ¿Estaban vigilando su casa? ¿Escuchaban sus conversaciones? ¿Conocían a los jóvenes que discipulaba y sabrían de su decisión de renunciar al islam y de seguir a Jesús? ¿Estaban a punto de ser acorralados y martirizados Ibrahim, Alí y los demás?

Birjandi estaba listo para sufrir y morir por Cristo. De hecho, era viejo, y estaba cansado y dispuesto a dejar atrás este mundo corrupto. Anhelaba entrar a la eternidad y estar en la presencia de su Señor y Salvador, sanar de su ceguera, ver a Jesús frente a frente, oír su voz y adorarlo a sus pies. Lo cierto era que Birjandi soñaba con eso cada vez más. No podía esperar llegar a casa en la gloria, donde no solo estaría con el Señor sino que finalmente se reuniría con su amada esposa, Souri, que ya había sido llamada al cielo y que lo esperaba allá. ¿Qué habría experimentado ella ya? Anhelaba ver su rostro, oír su voz y caminar con ella tomados de la mano. Ansiaba adorar a Jesús a su lado, y saber todo lo que había aprendido acerca del Señor en el tiempo que habían estado separados.

No obstante, tan listo como estaba, no podía evitar preguntarse si estos jóvenes, en los que había estado invirtiendo, en realidad estaban listos para ser torturados y ejecutados por su fe en Cristo. ¿Se mantendrían firmes bajo esa presión, o se quebrantaría alguno, o todos, y negarían a Cristo en lugar de enfrentar la ejecución? Los amaba mucho, y estaba profundamente impresionado de su hambre por la Palabra de Dios y de su pasión por compartir su fe. Ya habían corrido riesgos intrépidos y audaces por el evangelio, pero ¿en realidad estaban listos para el martirio? Ellos decían que sí, pero Birjandi todavía no estaba seguro.

A medida que la presión en sus oídos comenzó a disminuir, Birjandi pudo sentir que el helicóptero comenzó su largo y lento descenso. Finalmente sintió que la nave aterrizó, que los motores se apagaron y los rotores que zumbaban comenzaron a detenerse. Entonces oyó que la puerta lateral se abrió y pronto sintió que alguien le tomó las manos y lo ayudó a bajar al asfalto.

—¿En dónde estamos? —le preguntó al oficial de la Guardia Revolucionaria que le habían asignado.

—Lo siento, doctor Birjandi. Me temo que no estoy autorizado para decirlo —respondió el oficial.

—¿Usted cree que este anciano ciego se va a escapar? —preguntó Birjandi.

—No, supongo que no —dijo el joven que cuidadosamente guiaba a Birjandi por el asfalto hacia un camión que esperaba—. Pero tengo mis órdenes.

—Para mantener la estricta seguridad operacional.

—Sí, señor.

—Pero usted entiende quién soy, ¿verdad, hijo?

—Sí, por supuesto, doctor Birjandi. Sé todo acerca de usted.

—¿Entonces sabe que el Ayatolá, el presidente y yo somos amigos muy íntimos?

—Por supuesto, señor. Todos lo saben.

—¿Y entiende que me han invitado a esta reunión a petición especial del Mahdi, verdad?

—Sí.

—¿Entiende todo eso?

—Sí, señor.

—Entonces, permítame preguntarle, hijo —dijo Birjandi, y dobló su bastón blanco—, si el Mahdi confía en mí, ¿no debería hacerlo usted?

—No se trata de que no confíe en usted; es que...

—¿Es que, qué? —preguntó Birjandi

—Bueno, yo... es que...

—Créame, joven, entiendo la necesidad de seguridad operacional, pero aunque estuviera inclinado a decírselo a alguien, ¿a quién se lo diría? Usted se llevó mi maleta. Puede ver que no tengo un teléfono satelital en las manos. Las únicas personas que están conmigo son usted y sus compañeros guardias y el piloto. Supuestamente, todos lo saben. Y además, ¿cómo sabría que siquiera me dice la verdad?

—Supongo que eso es cierto.

—Por supuesto que es cierto —dijo Birjandi—. Oiga, hijo, espero que nunca tenga la desdicha de volverse ciego, pero si le ocurre, es una existencia muy solitaria. Y un poco inquietante y desorientadora. Si no está en casa, en su propio hogar, en su propia cama o en su propia silla, comiendo comida que usted mismo ha preparado, nunca se sentirá completamente seguro. Nunca sabe en realidad dónde está, quién está con usted ni qué pasa a su alrededor. Usted hace lo mejor posible, a decir verdad; hace lo mejor posible. Pero es bueno, de vez en cuando, tener idea de lo que ocurre. No puede darle paz completamente, pero quita algo de la soledad, algo de la ansiedad, por lo menos para mí. Por otro lado, solo soy un anciano.

El oficial joven se quedó callado por un momento, mientras reflexionaba en la lógica obvia del argumento de Birjandi.

—Muy bien —dijo finalmente el oficial, que Birjandi conjeturaba que no tenía más de treinta años—. Acabamos de aterrizar en una pequeña base militar cerca de Piranshahr.

—¿Cerca de la frontera iraquí? —preguntó Birjandi.

—Sí, ¿la conoce?

—Por supuesto —respondió Birjandi.

—Pero ¿cómo? —preguntó el oficial.

—Mi esposa tenía una tía que alguna vez vivió aquí, pero eso fue hace muchos años —dijo Birjandi—. Recuerdo historias de Piranshahr de la guerra con Irak, allá en los años ochenta. No lo entiendo; ¿qué hacemos aquí? Pensé que íbamos a Teherán.

—No, es demasiado peligroso llevarlo a Teherán —dijo el oficial—. Los israelíes están bombardeando todo Teherán.

—No todo vecindario —protestó Birjandi—. Seguramente hay centros secretos desde los que el liderazgo está dirigiendo la guerra.

—Es cierto, pero mis órdenes son de traerlo acá, transferirlo a un camión de vegetales y conducirlo al otro lado de la frontera hasta Erbil.

—¿Erbil?

—Sí.

—¿El Erbil de Kurdistán?

—Sí.

—¿El Kurdistán iraquí?

—Exactamente.

—¿Por qué?

—Solo sigo las órdenes del general Jazini.

—¿De Mohsen Jazini?

—Sí, y supongo que también lo conoce, ¿verdad?

—Nos hemos visto algunas veces, pero no, en realidad no diría que lo conozco.¿Es él quien desarrolló este plan?

—Por lo que sé —dijo el oficial—. De todas formas, de Erbil lo llevaremos en un avión de transporte médico a una base militar, afuera de la ciudad de Homs en Siria, y desde allí, lo llevarán en auto a una base militar en o cerca de Damasco.

—¿Damasco? —preguntó Birjandi, genuinamente perplejo—. ¿Y para qué? Pensé que...

Pero Birjandi se detuvo a la mitad de la oración. Se le acababa de ocurrir algo y se preguntó por qué no se le había ocurrido antes.

—Eso es todo lo que puedo decirle, doctor Birjandi —dijo el oficial, sin darse cuenta de que el anciano entonces estaba en profunda reflexión—. En realidad, eso es mucho más de lo que supuestamente debo decirle, pero recibirá más información cuando llegue a Damasco; eso puedo asegurárselo. Ahora venga, tome mi mano, y permanezca cerca de mí. Tenemos que tomar el camino.

★ ★ ★ ★ ★

JERUSALÉN, ISRAEL

—Tengo que salir al frente de esta historia —dijo el primer ministro firmemente, pero Levi Shimon lo frenó.

—Definitivamente no —dijo el ministro de defensa—. Estamos en el calor de la batalla. Los iraníes acaban de atacar nuestro reactor nuclear. Esa es la gran historia del momento, el temor de que los iraníes hayan tratado de destruirnos con nuestra propia planta pacífica de energía nuclear. De eso es de lo que todo el mundo habla ahora mismo. Seríamos insensatos al cambiar el tema.

—Fue error nuestro —replicó Neftalí—. Fue un error *mío*. Debo asumir la responsabilidad.

—Pero ahora mismo no, señor —insistió Shimon—. Ahora mismo usted y yo debemos estar enfocados en la caza de esas dos ojivas nucleares iraníes que andan sueltas... y en una nueva e igualmente peligrosa amenaza que también está surgiendo.

—¿De qué se trata?

—Señor, creo que tenemos que considerar la posibilidad de que Irán mantenga a los sirios en reserva, hasta que nuestras defensas de misiles se hayan agotado, y en ese momento podrían lanzar un ataque masivo de armas químicas.

—¿Tenemos alguna información de que los sirios consideren esa táctica?

—No —dijo Shimon—, nada concreto.

—¿Entonces por qué menciona eso ahora?

—Instinto, señor. Cuando esta guerra comenzó, los sirios inmediatamente nos lanzaron tres misiles. Habíamos anticipado eso, y derribamos los tres. Pero entonces se silenciaron. No más cohetes. No más misiles. No tiene sentido. Hezbolá se ha desatado sobre nosotros. Y también Hamas. ¿Por qué no lo ha hecho Damasco?

—Eso es lo que le sigo preguntando a usted.

—Y hasta ahora no he tenido una respuesta.

—¿Y ahora sí la tiene?

—Sí.

—Usted cree que Siria está a punto de desatar sobre nosotros todo lo que tiene, pero no tiene pruebas.

—Señor, es la única maniobra que tiene sentido —insistió Shimon—. Teherán y Damasco tienen un pacto de defensa mutua. Al momento en que atacamos a los iraníes, los sirios comenzaron a tomar represalias. Luego se detuvieron abruptamente. ¿Por qué? ¿Porque Gamal Mustafá se acobardó?

—Mustafá no se acobarda.

—Claro que no —coincidió Shimon—. El hombre es un asesino

cruel. La única razón por la que dejó de disparar fue porque Teherán le dijo que dejara de hacerlo. ¿Y quién es el único hombre en Teherán con la autoridad para dar una orden como esa ahora?

—El Duodécimo Imán.

—Precisamente.

—¿Usted cree que el Mahdi está refrenando a Mustafá?

—Sí.

—Por cuánto tiempo? —preguntó Neftalí.

—No por mucho más, señor —respondió Shimon—. Creo que debemos considerar un masivo ataque preventivo, en contra de las instalaciones de armas químicas y bases de misiles de Siria.

—¿Tiene ya un plan listo?

—Lo tengo, señor.

—Permítame verlo, entonces.

34

Habían tardado un poco más de dos horas, pero precisamente antes de las 9 p.m., hora local, el bus escolar que llevaba al Duodécimo Imán, junto con Daryush Rashidi y su equipo de seguridad, finalmente entró a la ciudad iraní de Sari. Asentada entre las montañas de Alborz y la ribera del sur del Mar Caspio, Sari era la capital de la provincia de Mazandaran. Con una población de alrededor de 250.000 personas, era una ciudad pequeña y sin importancia económica ni militar, que era exactamente lo que necesitaban. Significaba que no era probable que los israelíes y los estadounidenses la monitorearan. Tenía un decente aeropuerto de aviación general, y por eso la había elegido el general Jazini.

Cuando el bus se detuvo en las instalaciones del aeropuerto, Rashidi quedó impactado por lo tranquilo y adormecido que parecía el lugar. La noche había caído y las luces de la pista estaban encendidas, pero ni un solo avión despegaba ni aterrizaba, y había pocos autos en el estacionamiento. La estación de vigilancia ni siquiera tenía personal, y Rashidi supuso que no tenían presupuesto para alguna seria medida de seguridad. El bus se desvió al asfalto y se dirigió hacia un avión comercial Dassault Falcon 20, que estaba estacionado afuera de un hangar, en el extremo lejano del campo. El avión estaba recién pintado, para que pareciera un avión de transporte médico de la Media Luna Roja. Rashidi y el oficial principal de seguridad bajaron del bus y le estrecharon la mano al piloto, que los esperaba, luego le hizo señales al Mahdi y al resto del equipo de seguridad para que abordaran.

—¿A qué distancia estamos de Kabul? —le preguntó el Mahdi a

Rashidi, cuando ya estaban sentados con el cinturón de seguridad, en el avión lujoso de fabricación francesa.

—Queda como a 1.500 kilómetros de aquí —dijo Rashidi—. Si todo sale como esperamos, deberíamos estar en tierra a la medianoche.

—Muy bien —dijo el Mahdi—. Despiérteme cuando lleguemos.

—Sí, Su Excelencia. ¿Puedo ofrecerle algo antes de despegar?

—Solo oscurezca las luces de la cabina y mantenga a todos callados —dijo el Mahdi—. No quiero que me molesten.

CAPE MAY, NUEVA JERSEY

Las aguas del Atlántico lamían rítmicamente la playa, mientras los cortantes vientos de marzo hacían que la casa traqueteara. Estas eran las únicas constantes, mientras que todo lo demás en la vida de Najjar Malik parecía cambiar minuto a minuto.

Su país de nacimiento estaba en guerra, bajo el control de un demente, un mesías falso que predicaba mentiras y odio, y que cruelmente guiaba al pueblo que Najjar amaba a la muerte y destrucción. Siria parecía a punto de sumergirse también en la guerra. Otro demente dirigía ese país y asesinaba a decenas de miles, enviando a muchos a una eternidad sin Cristo. Luego estaba Israel, cuyo reactor nuclear civil en Dimona había sido atacado por misiles iraníes, y cuyo primer ministro seguramente se preparaba para desatar la furia de la nación sobre Irán. No había buenas noticias en ninguna parte. Sabía que él personalmente estaba al cuidado del Buen Pastor, que no lo dejaría ni lo abandonaría, y continuaba pidiéndole a todos los que oyeran que le entregaran su vida a Jesucristo, antes de que fuera demasiado tarde. Sin embargo, la intensidad de la batalla estaba haciendo mella, y Najjar desesperadamente necesitaba descansar.

Se frotó los ojos inyectados en sangre y revisó su reloj. Eran las 12:30 de la tarde. Había estado revisando las últimas noticias de Irán, Israel y Siria en Internet durante las últimas cuatro horas y media. También había enviado y reenviado por Twitter las historias que le parecían más importantes para las 923.178 personas que lo seguían en Twitter. De vez en cuando, enviaba un versículo de la Biblia que le parecía relevante para el momento, y ocasionalmente respondía preguntas de la gente. No había mucho que pudiera comunicar verdaderamente en 140 caracteres, y seguía asombrado por el hecho de que alguien escuchara lo que él tenía que decir, pero mayormente estaba agradecido porque el Señor le había dado la oportunidad de decir la verdad a los que estaban en el mundo musulmán y que vivían en completa oscuridad.

En ese momento Najjar estaba completamente exhausto, sin mencionar que tenía mucho frío. Ya tenía dos camisas, un suéter y una sudadera con capucha encima, pero todavía no podía calentarse y parecía que no podía ingeniárselas para que el sistema de calefacción central funcionara. Lo que en realidad quería hacer era subir y acurrucarse en la cama, bajo muchas cobijas y colchas, durante las próximas horas y dormir bien, pero le rugía el estómago y determinó que su primera prioridad sería comer algo.

Entró a la cocina, abrió el refrigerador y vio el espacio vacío. No había leche. No había jugo de naranja. No había frutas y tampoco pan. Fue a la alacena, pero tampoco encontró nada. Se había acabado el té en la casa, toda la pasta y todo el arroz. Cuando vio todos los platos que se acumulaban en el fregadero, los frascos vacíos de mantequilla de maní y jalea, las cajas y contenedores vacíos de muchos otros alimentos apilados en la basura, se dio cuenta de lo obsesionado que había estado en los últimos días. Había pasado la mayor parte de su tiempo leyendo la Biblia, u orando por Sheyda, por el resto de la familia, y por la gente de Irán y del Medio Oriente, o siguiéndole la pista a la guerra en la televisión y en la computadora. No había dejado tiempo para nada más.

Najjar se sintió avergonzado por lo desordenada que había permitido que llegara a estar esta espléndida casa de la playa. Se preguntaba qué dirían los dueños si llegaran inesperadamente a ver cómo estaba. No había conocido a la pareja, amigos del productor de la Red Satelital Cristiana Persa. Su meta de tener allí a Najjar era mantenerlo lejos de las manos del FBI y de la CIA, y de mantenerlo comunicando el evangelio y las últimas noticias de la guerra al pueblo iraní vía Twitter, por todo el tiempo que fuera posible. Mientras tanto, la gente en la RSCP iba a seguir transmitiendo su fascinante entrevista televisiva, en la que explicaba cómo él, un imanista chiíta y el científico nuclear de más alto rango en Irán, había llegado a renunciar al islam, se había convertido en seguidor de Jesucristo y había buscado asilo político en Estados Unidos.

Cuando el productor le había dicho por primera vez que tenían un lugar para que se escondiera, Najjar había esperado un sofá en el sótano de alguien, o un pequeño apartamento, o quizás un condominio en algún lugar en las afueras de Washington, D. C., no lejos del estudio de televisión. Definitivamente no había esperado que lo pusieran en una multimillonaria casa de playa, solo en Jersey Shore. Sí, no era la época y sí, hacía demasiado frío en una ciudad altamente despoblada, pero Najjar sabía que era un regalo muy amable de su Padre en el cielo, y aunque se había quedado estupefacto, estaba profundamente agradecido.

Exploró el desastre en la cocina e hizo un plan rápido. Por el momento sacaría la basura e iría a comprar algunos abarrotes. Luego volvería, revisaría los titulares y cargaría el lavaplatos. Unas cargas en la lavadora tampoco harían daño, se dijo a sí mismo, y de repente extrañó a su preciosa Sheyda aún más. ¿Qué estaría haciendo ahora mismo? ¿Cómo estarían la bebé y su suegra, Farah? ¿Las estaría cuidando bien la CIA? ¿O las estarían castigando por el escape de Najjar? Se sintió bastante seguro de que el gobierno estadounidense no era nada similar al suyo. En efecto, los mulás ya habrían colgado o le habrían disparado a su familia si él las hubiera dejado en sus manos. No, sabía que los estadounidenses nunca harían algo así, pero tuvo que admitir que en realidad no sabía cómo se encargaba la Agencia de esas situaciones, y una ola de culpa comenzó a apoderarse de él. ¿Cómo podía haber sido tan egoísta? Ellas lo necesitaban ahora más que nunca y, en cierto sentido, las había abandonado. No literalmente, por supuesto. Habían sido sus directores de la CIA los que lo habían separado de su familia y lo habían encerrado en un refugio, pero tal vez si hubiera cooperado más, ellos estarían reunidos ahora. Najjar comenzó a preguntarse otra vez si debía entregarse.

Con el estómago que le rugía más fuertemente ahora, determinó que era una mala idea siquiera considerar una decisión tan importante con tan poca comida y aún menos tiempo de sueño. Por lo que envió un mensaje más, tomó las llaves del auto de la encimera, se puso detrás del timón del Honda Accord negro que estaba estacionado en la entrada, y cuidadosamente retrocedió hacia Beach Avenue, antes de dirigirse a la abarrotería que había visto como a medio kilómetro de distancia en Ocean Street.

SYRACUSE, NUEVA YORK

Marseille se sorprendió con el timbrar inesperado de su iPhone. Acababa de terminar de despedirse del señor y de la señora Walsh. Les había dado un largo abrazo a los dos, después había entrado a su auto rentado para dirigirse al aeropuerto y tomar su vuelo a Portland. La identificación de quien llamaba estaba bloqueada, pero Marseille respondió, de todas formas, y pareció que cada músculo de su cuerpo se puso tenso.

—¿Aló? —preguntó, desesperada por cualquier pizca de noticias acerca de Lexi y de Chris, y aún más desesperada por noticias de David, pero temerosa de tales noticias.

—Es el centro de operaciones en Langley y queremos hablar con Marseille Harper.

—Habla con ella.

—Muy bien, por favor espere al subdirector Murray.

Marseille contuvo la respiración. Un momento después, Murray llegó a la línea.

—¿Señorita Harper?

—¿Sí?

—Habla Tom Murray.

—Ah sí, hola, señor Murray —respondió Marseille—. Muchas gracias por llamar. Sinceramente, no esperaba que usted realmente me devolviera la llamada personalmente. Sé que está muy ocupado ahora mismo.

—Pues, es cierto, y normalmente no devuelvo las llamadas que la gente que apenas conozco hace a las 3 a.m. a mi oficina —dijo Murray—. Pero parece que usted ha demostrado ser una excepción a esa regla. Como le mencioné cuando nos reunimos el otro día, su padre fue un querido amigo, al igual que su mamá. Por eso es que quise devolver su llamada personalmente cuando tuviera noticias.

Marseille miró a la señora Walsh, que se aferró a su esposo mientras le susurraba a Marseille: «¿Qué dice?». Pero Marseille le hizo señas para que esperara.

—Es muy amable de su parte, señor Murray —dijo—. En realidad estoy aquí con los padres de Lexi. Hemos estado despiertos toda la noche, mirando los reportajes de televisión, pero en realidad no han dicho qué es lo que pasa en Tiberíades. Parece que todo se trata del ataque de misiles a Dimona.

—Sí, la situación en Dimona domina todo ahora, y lo siento mucho —dijo Murray—. Pero llamo porque tengo buenas noticias para usted.

—¿Buenas noticias, de veras? —preguntó Marseille, sorprendida pero con ánimo.

Apagó el motor y salió del auto para estar más cerca de los Walsh.

—Unas cuantas —dijo Murray—. Se trata de nuestro amigo mutuo, del que vino a hablar el otro día.

—¿De David? —preguntó.

—Pues, sí —dijo Murray—, pero yo trataba de evitar usar su nombre en una línea abierta.

—Ay, sí, lo siento. No estaba pensando.

—Está bien. Entre usted y yo, quería que supiera que nuestra gente acaba de hablar con él. Todavía está en área de peligro, pero por el momento, al menos, está bien, vivo y... Solo digamos que creo que usted estaría orgullosa de él. Está sirviendo a su país y a su familia con gran distinción.

—¿De veras? ¿Está bien? ¿Está a salvo? —respondió Marseille con los ojos llenos de lágrimas.

—Bueno, él está bien —corrigió Murray—. No puedo decir con seguridad que esté a salvo, pero está haciendo lo que se le entrenó para hacer, y lo está haciendo bien. En realidad no puedo decir más que eso, pero pensé que le gustaría una actualización, aunque breve.

—Ay, sí, señor Murray, muchas gracias, *gracias*. No puedo decirle cuánto me alegra oírlo decir eso —replicó y enterró la cara en su mano libre tratando de no derrumbarse en lágrimas de alegría, arriesgándose a dejar de oír el resto de la llamada.

—Por nada, señorita Harper —dijo Murray.

Entonces Marseille levantó la mirada y miró al señor y a la señora Walsh, que ansiosamente esperaban noticias.

CAPE MAY, NUEVA JERSEY

Najjar estaba a punto de entrar al supermercado Acme en Ocean Street, a unas cuantas cuadras de la playa, cuando vio un auto de patrulla del Departamento de Policía de Cape May. Su pulso comenzó a acelerarse y su mente se inundó con pensamientos de ser capturado. Rápidamente se reprendió a sí mismo por ponerse paranoico. No había ningún escenario en el que cualquiera lo buscara en Nueva Jersey, mucho menos en esta comunidad turística pintoresca, al lado del mar, en temporada baja. Estaba tan lejos de la civilización como podía estarlo. No conocía a nadie en Cape May. No había hablado con nadie en el área. No hacía llamadas por teléfono celular. No conducía un auto robado. Estaba siendo tan cuidadoso como le era posible, y no tenía razón para preocuparse, se dijo a sí mismo.

Najjar se obligó a respirar profundamente por unos segundos, revisó varias veces el retrovisor de enfrente y los espejos laterales, se aseguró de que su luz intermitente para girar a la derecha estuviera encendida, luego dirigió el Honda al estacionamiento. Lo último que quería era hacer un giro incorrecto o cualquier violación, por insignificante que fuera, que pudiera llamar la atención de la policía local y que requiriera mostrar una licencia de conducir estadounidense, que no tenía, o el registro del auto o el seguro, que tampoco tenía, aunque esperaba que ambas cosas estuvieran en la guantera.

Najjar respiró con más facilidad cuando el auto de patrulla lo pasó sin detenerse, pero todavía sentía la necesidad de movilizarse rápidamente. No le gustaba estar afuera de la casa. Se sentía incómodo lejos de lo que conocía, expuesto al prospecto, por remoto que fuera, de que siquiera lo observaran las autoridades locales, mucho menos de que lo atraparan. Por lo que procedió a buscar un espacio para estacionarse, no lejos de las puertas de entrada del supermercado. Apagó el motor, cerró con seguro las puertas del sedán y se dirigió a la tienda para comprar algunas cosas esenciales y volver tan rápido como pudiera hacerlo.

SYRACUSE, NUEVA YORK

Los Walsh podían ver el sentido de alivio obvio en Marseille, y sus rostros se iluminaron cuando comenzaron a relajarse un poco, especialmente la mamá de Lexi, que llegó y le dio un abrazo. Marseille se limpió los ojos y le preguntó directamente a Murray acerca de Chris y de Lexi Vandermark, pero quedó consternada con el largo e incómodo silencio al otro lado de la línea.

—Señorita Harper, en realidad, no hay forma fácil de decir esto —finalmente comenzó Murray.

—Ay, no —dijo Marseille, y las manos le comenzaron a temblar—. Por favor, no, no...

—Siento mucho tener que ser yo el que le informe, señorita Harper.

—No, no, no...

—Me temo que sus dos amigos fueron retirados de los escombros del hotel que colapsó hace como una hora. A los dos los llevaron a un hospital cercano en Tiberíades, pero a ambos los pronunciaron muertos al llegar. Un funcionario de nuestra embajada en Tel Aviv está en la escena. Él hizo una identificación positiva, basada en las fotos de los pasaportes de ellos que tenemos en los archivos. Verdaderamente siento su pérdida. En efecto, quisiera que hubiera algo más que pudiera decirle. De todas formas, por favor acepte mi más sentido pésame.

Toda la alegría de Marseille se convirtió en consternación. Giró hacia los padres de Lexi y sacudió su cabeza, pero antes de que Marseille pudiera decirles una palabra o hacerle más preguntas a Murray, la señora Walsh colapsó en el suelo, llorando de una manera que Marseille nunca había oído antes y que nunca olvidaría.

CAPE MAY, NUEVA JERSEY

Najjar dirigía su carretilla medio llena de abarrotes hacia la sección de lácteos para tomar unos cuantos galones de leche cuando se dio cuenta por primera vez de que casi no había nadie en la tienda. Había habido por lo menos una docena de clientes, quizás unos cuantos más, cuando él ingresó, pero ahora no podía ver ni un alma. Ni siquiera un empleado, ni un mozo del almacén.

Su corazón comenzó a latir con fuerza. Se le formaron gotas de sudor en la frente. Sentía las palmas sudorosas y se olvidó de la leche. Algo estaba muy mal. Quería decirse que lo estaba imaginando, que se estaba poniendo paranoico, pero sabía que sus instintos no lo estaban desorientando. Sin hacer ningún movimiento repentino, cuidadosamente maniobró su carretilla por un pasillo que le daba un vistazo de las ventanas principales, al frente de la tienda. Fue entonces cuando vio las luces intermitentes y oyó el rechinar de llantas, mientras cada vez más patrulleros de la policía llegaban a la escena.

En ese momento, en una fracción de segundo después de que su cerebro comenzó a considerar, si no a comprender verdaderamente, lo que podría estar ocurriendo, unos miembros del equipo SWAT entraron corriendo a la tienda de todos lados. Vestidos con monos negros y cascos negros, tenían armas automáticas que le apuntaban a la cabeza.

«¡*Najjar Malik, levante sus manos en el aire!* —gritó el comandante—. *¡Levante sus manos en el aire, donde podamos verlas, o le dispararemos!*».

Temblando, Najjar hizo lo que le dijeron. No tenía idea de cómo lo habían encontrado, pero lo habían encontrado, y temía por lo que ocurriría después.

35

De regreso en el refugio, David sacó su teléfono y observó tres mensajes nuevos del Twitter del doctor Najjar Malik, el iraní más buscado en el mundo. El primero estaba en persa; el segundo, en árabe; y el tercero, en inglés. Los tres decían lo mismo.

> No me avergnzo d la Buena Noticia... xq es pdr d Dios...
> pa salvr a tods los que creen, a los judíos primro y
> también a los gentiles Ro 1:16

David seguía sorprendido por la manera tan radical en que Cristo había cambiado a Najjar, en un período tan corto de tiempo, de devoto imanista comprometido con el regreso del Duodécimo Imán, a seguidor de Jesús aún más devoto, que hacía todo lo que podía para compartir el evangelio con el mundo islámico. Hizo una oración rápida por Najjar y su familia —por su seguridad y para que el Señor los ayudara a alcanzar a millones— y luego se obligó a reenfocarse en las prioridades en cuestión.

Hizo una llamada rápida a Zalinsky para coordinar sus próximos movimientos, y se enteró de que Langley había identificado de manera positiva a los dos agentes del Mossad que tenía bajo custodia como Tolik Shalev, de veintiséis años, y Gal Rinat, de veinticinco. David instruyó a Fox y a Mays para que llevaran a los dos israelíes a la sala de espera, donde no podían escapar ni presenciar las discusiones confidenciales del equipo. También instruyó a Crenshaw para que le diera a Rinat, el israelí herido, cualquier atención médica que necesitara.

—Sea lo que sea que haga, no permita que muera —ordenó David.

—Espere un momento —dijo Shalev—. Está cometiendo un error.

—¿Quiere decir que debemos dejar que su hombre muera?

Shalev ignoró el comentario y argumentó que deberían sacar a Rinat fuera del país. Era probable que necesitara cirugía y pronto.

—Pero debe llevarme con usted —agregó Shalev—. Yo puedo ayudarlo.

—No sea ridículo —gritó David y giró hacia Fox y Mays—. Sáquenlo de aquí.

—No, espere, en serio —insistió Shalev—. Mire, sí, los dos estamos con el Mossad. De nada sirve que pretendamos que no. Usted sabe nuestros nombres, nuestras edades y estoy seguro de que sabe mucho más. También conoce nuestra misión, y es la misma que la suya: buscar hasta dar con estas últimas dos ojivas y neutralizarlas antes de que el Mahdi pueda dispararlas a nuestro país. Ahora bien, creo que usted sabe exactamente dónde están estas armas, o por lo menos a dónde se dirigen y cómo llegarán allí. Creo que encontró un tesoro en la computadora de Omid, información que puede salvar millones de vidas de israelíes. Por lo que le suplico. No me encierre. Permítame ayudarlo a detener a estos dementes antes de que sea demasiado tarde.

—La respuesta es no, Tolik —respondió David—. Tengo órdenes. Ahora, movilicémonos.

—Puedo ayudarlo.

—Ahora mismo solo nos está atrasando.

—Espere, espere, ¿y si le dijera que tenemos un agente doble dentro del programa nuclear iraní? —preguntó Shalev, mientras Mays comenzó a llevarlo a la puerta.

Su colega abrió bien los ojos.

—No, no lo escuche —insistió Rinat—. No sabe lo que dice.

—*Sheket*, Gal —replicó Shalev, ordenándole a su asistente en hebreo que se callara.

—No tienes autorización para hacer esto —argumentó Rinat.

Pero Shalev no quiso escucharlo. Bajó la voz y rápidamente le dijo unas palabras acaloradas en hebreo, antes de voltearse hacia David y de volver al inglés.

—Escúcheme, por favor. Atienda a la razón. ¿Cómo cree que mi país logró un ataque preventivo tan preciso en contra de las ojivas iraníes?

—Si fuera tan preciso, ¿entonces por qué fallaron con dos? —preguntó David.

—Sabe exactamente a qué me refiero —dijo Shalev—. Sabíamos dónde estaban esas ojivas porque alguien nos lo dijo. Alguien de adentro. Muy adentro. Un agente doble. Un topo que se reporta directamente a nosotros. Obviamente alguien trasladó las otras dos ojivas antes de que nuestros aviones de combate pudieran llegar allí. Pero cuando nuestro hombre que está adentro nos informó acerca de los lugares, eran los correctos. ¿De qué otra manera el primer ministro Neftalí podría haber ordenado esos ataques? No podía darse el lujo de adivinar. Tenía que saberlo. Y lo sabía.

—¿Entonces qué es lo que está diciendo? —insistió David—. Vaya al grano.

—Estoy diciendo que Gal y yo en realidad no estamos buscando las ojivas —respondió Shalev—. Estamos buscando a nuestro agente doble. Si podemos encontrarlo, podemos encontrar las ojivas. Si no podemos, entonces no hay esperanza razonable para mi país. Ahora bien, Estados Unidos es nuestro mejor aliado. Siempre ha estado allí para nosotros. Y no creo que sea una coincidencia que estemos juntos ahora, usted y yo, y los hombres de esta habitación. Esto no es un error. Es una señal de Dios. Por favor, trabajemos juntos. Permítame ayudarlo. No hay más tiempo para trabajar separados.

SYRACUSE, NUEVA YORK

Marseille ayudó a los Walsh a volver adentro. Se preguntaba si debía llamar al 911. La mamá de Lexi estaba histérica; se había encerrado en su habitación, llorando descontroladamente, y rehusaba salir. El padre de Lexi se sentó a la mesa de la cocina sin poder o sin querer hablar. Estaba tan pálido y tembloroso que Marseille temía que pudiera tener un infarto por el estrés y el dolor. Pero no dejaba que Marseille hiciera algo para consolarlo, ni hacía nada para consolar a su esposa.

Ella miró su reloj. Era seguro que si no se iba al aeropuerto inmediatamente, iba a perder su vuelo a Portland. Pero ¿cómo podía dejarlos solos en este momento? Cualquiera de los dos, o ambos, era capaz de hacerse daño o de dañar al otro, y dado el trauma reciente de haber encontrado a su propio padre después de haberse suicidado, Marseille sabía que debía quedarse. Buscó en varias gavetas de la cocina y pronto encontró un cuaderno que parecía haber funcionado como un planificador de bodas. Adentro encontró un directorio, de direcciones y números telefónicos de miembros de la familia y amigos íntimos que habían sido invitados a la boda. Marseille revisó hasta el final y encontró el número de Jan Walsh —la hermana mayor del señor Walsh— que vivía en DeWitt, una ciudad que no quedaba lejos. Marcó el número, Jan contestó y le transmitió la trágica noticia acerca de Lexi y de Chris, tan delicadamente como pudo. Luego le explicó lo afligidos que estaban Sharon y Richard.

«Estaré allí en diez minutos —le aseguró Jan—. Este es mi número de celular si necesitas comunicarte conmigo en el camino».

Marseille le agradeció, colgó y trató de evaluar la situación. Le preguntó al señor Walsh si quería café. No le respondió. Le ofreció té, pero tampoco respondió. Entonces le preguntó si quería un vaso de agua, pero no parecía escucharla y menos aún responder. Solo miraba por la ventana con la mirada vacía y con las manos temblando. De todas formas, le sirvió un vaso de agua y lo puso en la mesa, frente a él. Luego sacó su iPhone y marcó el número de su director en Portland.

La conversación no transcurrió bien. Su jefe trató de ser compasivo, sin lugar a dudas, pero también le recordó que había usado todo su tiempo de vacaciones y días personales. Además, tenía una clase de niños que no la habían visto en dos semanas y que esperaban verla temprano la mañana siguiente.

—Lo sé, lo sé —dijo—. Pero, señor Martin, sencillamente no puedo irme.

—Tiene un contrato, Marseille.

—Estoy consciente de ello, señor, pero también tengo una obligación con la familia de mi amiga.

—¿No dijo que la tía de Lexi se dirige allá ahora mismo?

—Sí, señor, pero no puedo salir corriendo al momento en que ella llegue. Aunque lo hiciera, es posible que no logre tomar el vuelo, y ese es el último que sale hoy en la noche.

El director suspiró y se quedó callado por un momento.

—Mire, quédese allá esta noche y conseguiré otra sustituta para su clase mañana —dijo finalmente—. Pero tiene que volver mañana y estar en su clase, lista para comenzar, a primera hora el martes en la mañana, o no podré asegurarle que tendrá trabajo cuando vuelva. ¿Entendido?

Marseille le aseguró que lo había entendido, le agradeció su comprensión y los dos colgaron. Ella se cubrió la cara con sus manos e hizo lo mejor que pudo para no llorar. Estaba agradecida por la extensión, pero se preguntaba si veinticuatro horas serían suficientes. No era solo un asunto de consolar a los Walsh y de ayudarlos a estabilizarse. Había que organizar un funeral para Lexi y Chris. Gente que invitar. Había que organizar un velatorio, y todo lo que eso implicaba. ¿Iba a hacer todo esto la hermana de Richard? Tal vez sí, tal vez no. Pero iba a ser una tarea enorme, e incluso si Jan estaba preparada emocionalmente para todo eso, iba a necesitar ayuda.

Además, Marseille estaba consciente de que tenía una obligación con Lexi de tratar de guiar a sus padres al Señor. Por lo menos Lexi y Chris ahora estaban en el cielo con Cristo. Estaban a salvo y libres, y una parte de Marseille los envidiaba. Ella sabía que nunca se perdonaría si no hacía todo lo posible para llevar también a los padres de Lexi al conocimiento salvador de Jesucristo. Esperaba que eso no significara perder su trabajo. No podía imaginar no volver a esos preciosos niños en Portland, pero lo cierto era que alguien más podría enseñarles tan bien o mejor que ella. A ella la necesitaban aquí en este momento. ¿Por cuánto tiempo? No tenía idea, pero en su corazón decidió quedarse por todo el tiempo que fuera necesario.

Inclinó la cabeza y comenzó a orar por sabiduría, luego oyó que un auto se detenía enfrente. Supuso que era Jan y oró para que el señor consolara a estos dos padres atribulados. Oró para que ella y Jan tuvieran la fortaleza y la sabiduría de hacer lo correcto, para que el Señor le diera la oportunidad de compartir el evangelio con ellos en el momento apropiado y de la manera adecuada, a fin de que cada uno de ellos fuera salvo. Luego hizo también una oración por David, para que dondequiera que estuviera, Cristo le diera la fortaleza y el valor para hacer también lo correcto.

KARAJ, IRÁN

David se dirigió a Shalev y lo miró directamente a los ojos.

—¿Usted quiere ayudarme? —preguntó.

—Quiero salvar a mi país —respondió el israelí.

—¿Usted quiere ayudarme? —repitió David.

Shalev hizo una pausa y luego asintió.

—Entonces comience a desembuchar. Dígale a mi hombre que está aquí todo lo que sabe. Él me lo transmitirá en el camino. Si se comprueba, está bien. Si no, que Dios lo ayude.

Después de eso, David se volteó hacia Mays y Fox y les ordenó que aseguraran inmediatamente a los prisioneros. Ellos obedecieron sin vacilar, a pesar de las protestas tempestuosas de Shalev.

Cuando todos habían salido de la habitación, David y Torres se agacharon juntos para evaluar sus opciones, que ambos sabían que eran escasas, en el mejor de los casos.

—¿Cree que nos dice la verdad? —preguntó Torres—. Es decir, ¿cree que en realidad tienen un agente doble dentro del programa?

—No sé —dijo David—. ¿Por qué no nos lo habría dicho Najjar?

—Tal vez Najjar no lo sabía. Najjar era el yerno del director de todo el programa nuclear. Si usted fuera un agente doble, ¿habría confiado en Najjar?

—No.

—Tal vez en verdad deberíamos llevarnos a este tipo —dijo Torres—. Tal vez usted debería hablar otra vez con Jack.

—Definitivamente no —replicó David; le quitó el seguro al gabinete de las armas y puso más cajas de municiones en su mochila—. Este tipo Tolik es un elemento peligroso. Es un riesgo demasiado grande. Además, la orden de mantener a los israelíes aquí hasta que Langley pueda extraerlos vino desde arriba, no de Jack.

—¿Del director Allen?

—No, del presidente.

—¿Conoce el presidente tantos detalles de lo que estamos haciendo?

—Él ha pedido actualizaciones cada media hora. De hecho, Jack no se lo dijo con esas palabras, pero tengo la sensación de que el presidente está tratando de controlar detalladamente esta operación desde el Despacho Oval.

—Él podría terminar todo este asunto con un ataque aéreo masivo a Al-Mazzah, cuando las ojivas lleguen allí —dijo Torres.

—Tiene razón —dijo David.

—Pero no va a hacerlo, ¿verdad?

—No, no lo hará.

—¿Por qué no?

—¿En realidad tengo que decirlo?

—No, no tiene que hacerlo.

—Nosotros mismos tenemos que encontrar esas ojivas, antes de que los iraníes las disparen.

—Por supuesto, pero ¿cómo?

—No sé.

—Aunque por algún milagro pudiéramos encontrarlas, ¿cómo las destruimos?

—Tampoco sé eso.

—¿Y cómo entramos a Siria, en primer lugar? —insistió Torres.

—Eso sí lo sé —dijo David sonriendo, y rápidamente presentó su plan.

Seguirían los protocolos que habían encontrado en los memos de la computadora de Omid. Tenían los mapas que Omid había preparado para el equipo de seguridad de su padre, para conducir de Irán a Siria, incluso las indicaciones detalladas para llegar a la base aérea de Al-Mazzah. Tenían radios, las frecuencias precisas y los códigos criptográficos que los Guardias Revolucionarios usarían. Todos usarían los uniformes del Cuerpo de la Guardia Revolucionaria Iraní que David había sacado del armario de Omid. En resumidas cuentas, tenían todo lo que necesitaban, excepto tiempo.

Tenían que asumir que las ojivas estaban en camino y que ya podrían

322 ★ MISIÓN DAMASCO

estar en la base. Allí también estaba el equipo iraní capaz de unir las ojivas a misiles sirios Scud-C, aunque ninguno de los nombres específicos de ese equipo se mencionaba en los memos. La evidencia circunstancial sugería que el Mahdi se dirigía a Al-Mazzah también. A solicitud de David, Zalinsky y su equipo en la base de la CIA ya estaban reasignando un satélite y varios teledirigidos Predator para que proveyeran vigilancia de la base las 24 horas del día, los siete días de la semana. No obstante, con la llegada estimada al mediodía, hora local, del Mahdi a la base, David temía que los misiles estuvieran listos para ser lanzados poco tiempo después de su arribo.

—Tenemos que ponernos en marcha ya —le dijo a Torres—. Matty se quedará y vigilará a los israelíes y tratará de sacarles más información.

—Pero necesitaremos a Matt con nosotros.

—Tendremos que arreglárnoslas sin él.

—¿Solo cuatro de nosotros iremos a Siria a eliminar dos ojivas nucleares?

—Lo entiendo, Marco —respondió David—. Las posibilidades no son exactamente prometedoras, pero ¿en realidad cree que un quinto hombre va a marcar toda la diferencia?

—Creo que necesitamos todo el personal y potencia de fuego que podamos obtener.

—Esto es todo lo que podemos obtener —concluyó David—. Matty se queda. Dígale a los hombres que se pongan los uniformes iraníes y que preparen el equipo rápidamente. El resto de nosotros saldremos en diez minutos. Ya hemos consumido demasiado tiempo.

★ ★ ★ ★ ★

LUNES,
14 DE MARZO

36

Precisamente a las 12:07 a.m. de la madrugada del lunes, 14 de marzo, el avión comercial Falcon que llevaba al Duodécimo Imán, a Rashidi y a su pequeño, pero bien armado, equipo de seguridad, aterrizó en Kabul. Nadie estaba allí para recibirlos. Casi nadie sabía que llegarían. No hubo ninguna pompa y solemnidad. No era una visita de estado. Era una reunión totalmente secreta que se había organizado apresuradamente.

Al presidente paquistaní, Iskander Farooq, ni siquiera le habían dicho que la reunión sería en Kabul. Todo lo que le habían dicho los representantes del Mahdi era que llegara a Kabul en silencio y con discreción a las 11:30 p.m., en un avión sin distintivos y acompañado de no más de cinco guardaespaldas. En ese momento se le diría a dónde ir y qué hacer después. Farooq había asumido que volaría a una ciudad fronteriza de Irán. En lugar de eso, al aterrizar en Kabul, a él y a su equipo los llevaron a un complejo grande pero modesto, en el sur de la ciudad. Farooq no sabía que el complejo era propiedad del traficante de drogas más grande de Afganistán, padre del presidente del parlamento de Irak y un devoto imanista; era un viejo amigo y compañero de seminario del Ayatolá Hosseini. Esta información tampoco era necesariamente relevante para la reunión. El dueño de casa no estaba allí, tampoco los miembros de su familia, ni los sirvientes. Veinte miembros del cuerpo de la Guardia Revolucionaria Iraní se habían apoderado del complejo. La mayoría de ellos había llegado temprano ese día para proporcionar seguridad, mientras que el resto del equipo estaba allí para encargarse de las comunicaciones, de la hospitalidad y de otros asuntos de logística.

Al bajar del avión, el Mahdi entró inmediatamente a una camioneta blindada y negra, con varios miembros de su servicio de seguridad. Rashidi abordó una segunda camioneta negra con el resto del personal de seguridad. Menos de dos minutos después de que sus pies habían tocado el pavimento del aeropuerto de Afganistán, ellos estaban en camino.

Rashidi nunca había estado en la República Islámica de Afganistán, mucho menos en su turbulenta capital, destrozada por la guerra. Nunca la habría elegido para una reunión de esta relevancia, ni para reunión alguna de cualquier relevancia. En efecto, nunca había visto una ciudad tan devastada por la guerra, el terrorismo o la pobreza como Kabul. Cada edificio que miraba parecía más devastado que el anterior. Para comenzar, estaban mal construidos, y casi todos entonces estaban llenos de agujeros de balazos de ametralladora. Los techos de muchos estaban parcial o totalmente desplomados, algunos por bombas aéreas, y otros, le dijo el conductor, por puro descuido. El polvo y la suciedad lo cubrían todo, y aunque muchos de los edificios se veían completamente inhabitables, parecía que la gente vivía y trabajaba en todos ellos.

El conductor dijo que normalmente las calles estarían llenas de los deplorables desechos de las tribus afganas. Por años, Rashidi había visto reportes de noticias de Kabul. Para él, los hombres que aparecían en las calles siempre se veían viejos, con barbas largas y ropa sucia y polvorienta. Sus ojos se veían tristes y agotados, aunque *atormentados* era la palabra que los describía mejor. Las mujeres afganas que había visto en la televisión estaban aún más traumatizadas. Caminaban en los alrededores con burkas azules que las cubrían de la cabeza a los pies, incluso cuando hacía un calor intenso.

No obstante, Kabul era una ciudad fantasma a esa hora. Las calles estaban oscuras y vacías de gente, mayormente vacías de autos y motocicletas, motonetas y bicicletas, de ovejas y de cabras también. Un transportador blindado de personal pasaba de vez en cuando, y Rashidi observó varias unidades militares afganas que patrullaban varios vecindarios, pero mayormente todo estaba en silencio e incómodamente caluroso. Incluso a estas altas horas de la noche, la temperatura todavía estaba arriba de los treinta grados, y Rashidi se sentía agradecido por el aire acondicionado. No podía imaginar lo insoportable que sería para las mujeres que compraban en los mercados durante las horas del día, mujeres cuyos rostros, narices y bocas estaban cubiertas con la tela azul que parecía, por lo menos en la televisión, como de cierta clase de arpillera. Rashidi se consideraba un musulmán profundamente devoto. Creía firmemente en que las mujeres islámicas tenían que ser modestas de cualquier manera posible, pero aunque había oído de la cultura de la burka, nunca la había observado personalmente, y algo lo irritó interiormente al considerar que una mujer que se sometía apropiadamente a Alá tuviera que llegar a estos extremos, especialmente en un lugar tan brutalmente abrasador como Kabul.

Rashidi miró su reloj y se preguntó qué pensaba el Mahdi. Tenían una agenda muy apretada y tenían que proceder con mucha prisa. No obstante, estaban un poco retrasados y Rashidi temía otro arrebato. Estaba seguro de que el Mahdi estaba que hervía.

A las 12:48 a.m., con dieciocho minutos de retraso según el itinerario, la camioneta que llevaba al Duodécimo Imán y a su equipo finalmente entró al complejo; y a exactamente la una en punto de la mañana, empezó la reunión.

El grupo se reunió en un comedor grande y algo ornamentado, completo con un impresionante candelabro de cristal y una enorme mesa rectangular de caoba. Al presidente Farooq le habían dado información por anticipado acerca del protocolo adecuado. Obedientemente se puso de rodillas y con su frente tocó el suelo cuando el Mahdi entró al salón, y lo mismo hicieron sus hombres de seguridad, a quienes el equipo del Mahdi les habían retirado sus armas y radios al llegar al complejo. El Mahdi no saludó a Farooq ni le estrechó la mano. En efecto, Rashidi observó con cierto grado de curiosidad, y hasta con un toque de decepción que no podía entender totalmente, que el Mahdi apenas se percató del líder paquistaní.

Muhammad Ibn Hasan Ibn Alí tomó su lugar al otro extremo de la mesa. Rashidi entró en silencio al comedor y se sentó al lado de la pared, justo detrás del Mahdi y a su izquierda.

«De pie», dijo el Mahdi abruptamente, y Farooq obedeció, aunque no hizo contacto visual inmediatamente.

«Ahora, siéntese y comencemos», agregó el Mahdi.

Nuevamente, Farooq hizo como se le ordenó y se sentó en la silla al otro extremo de la mesa, directamente opuesto al Mahdi. Rashidi no podía imaginar que al paquistaní lo hubieran tratado así, o que le hubieran hablado tan bruscamente, en los nueve años que había gobernado a la única potencia nuclear islámica del mundo.

—¿Está listo para unirse al Califato? —preguntó el Mahdi, enfurecido hasta donde Rashidi podía observar, y evidentemente listo para explotar ante la más mínima provocación—. Se ha observado su titubeo hasta aquí.

—Paquistán está listo —respondió Farooq—. En efecto, nos sentimos honrados de unirnos al Califato, y anticipamos su liderazgo iluminado.

Rashidi podría haber jurado que detectaba un tono muy leve de sarcasmo en la respuesta de Farooq, pero íntimamente se reprendió a sí mismo por ser tan cínico, luego sintió una ráfaga de temor cuando consideró la posibilidad de que el Mahdi pudiera saber lo que pensaba. No obstante, el Mahdi pareció aceptar el apoyo de Farooq y no cuestionó la sinceridad del hombre, por lo menos no directamente.

—¿Qué evidencia trae del deseo de Paquistán de ser parte del reino islámico? —preguntó el Mahdi.

Farooq no vaciló.

—Le ofrecemos las llaves del reino.

Rashidi quedó silenciosamente boquiabierto. Sabía que para eso habían llegado, pero era difícil creer que en realidad estaba ocurriendo, ante sus propios ojos. Había muchos en el alto comando iraní que en privado dudaban que los líderes musulmanes sunitas de Paquistán alguna vez estuvieran dispuestos a entregar el control total de sus misiles nucleares a un chiíta, aunque fuera el mesías islámico. Los paquistaníes no eran persas. No eran árabes. Su historia era rica y complicada, enormemente distinta a la suya.

—¿Trajo los códigos de lanzamiento? —preguntó el Mahdi.

—Sí, Su Excelencia.

—¿Y lo ha hecho voluntariamente?

—Sí, Su Excelencia, con el voto unánime del Gabinete de Seguridad paquistaní y el apoyo total de todos mis generales superiores. Tengo el gusto de informarle que estoy preparado para entregarle el control total de los 273 misiles balísticos más avanzados de Paquistán. Cada uno de ellos posee una ojiva nuclear, desarrollada por nuestro propio A. Q. Khan.

Paralizado por los acontecimientos que se desarrollaban, Rashidi miró al Mahdi, que de repente se veía más sorprendido que complacido.

—¿273? —preguntó—. ¿Por qué tenía yo la impresión de que solo eran 173?

—Bueno, no sería bueno que nuestros enemigos conocieran la magnitud total de nuestra capacidad ofensiva —observó Farooq—. Tal vez hemos permitido que se propague la inexactitud de que hay menos misiles en nuestro arsenal de los que en realidad hay.

—Tal vez —dijo el Mahdi con una leve sonrisa—. Continúe.

—¿Me permite? —preguntó Farooq, e hizo señas para demostrar su deseo de acercarse.

El Mahdi agitó su mano para que se adelantara, por lo que Farooq se levantó de su silla, caminó por el comedor y tomó una silla al lado del Duodécimo Imán. Luego bajó la voz, aunque Rashidi no estaba seguro por qué. ¿Era para que todos los hombres de seguridad no pudieran oírlo? Rashidi se inclinó discretamente y trató de captar tanto como pudo de la conversación.

—Su Excelencia, en el siglo xx, la principal amenaza para Paquistán era, por supuesto, India —comenzó Farooq—. Sin embargo, ahora vivimos en una época nueva, ¿verdad? Su llegada al escenario internacional ha sido un punto crucial. Su capacidad para persuadir a los sauditas a unirse al Califato, así como a los egipcios, a los libaneses y a muchos más, está cambiando rápidamente la ecuación geopolítica. El reino islámico está surgiendo rápidamente, y el mundo no hace nada serio ni decisivo para detenerlo. Creo que usted tiene ahora la oportunidad de aniquilar no solo a los judíos, una meta que mi gobierno y yo apoyamos totalmente, sino también de humillar a los estadounidenses arrogantes y a los europeos incapaces, así como a todas las potencias del mundo. Usted tiene la oportunidad de construir no solo un imperio islámico, sino un imperio global, algo que ningún otro líder islámico ha podido lograr nunca antes. He venido a decirle que el gobierno de Paquistán está listo para servirlo. Creemos con todo nuestro corazón que el islam es la respuesta. El yihad es el camino. El Corán es nuestra guía. El Profeta es nuestro modelo y ahora usted es nuestro califa y rey. Por lo que usted debe tener toda la extensión del arsenal, de la potencia, al alcance de sus manos.

—¿Tiene todos los documentos, los códigos de autorización y las instrucciones de lanzamiento?

—Sí —dijo Farooq—. Comencemos.

CAMINO A WASHINGTON, D.C.

El FBI se había movilizado rápidamente para tomar la custodia de Najjar Malik del Departamento de Policía de Cape May, y había puesto a Najjar en un avión del Servicio de regreso a la capital de la nación. La CIA y la Casa Blanca fueron informadas de inmediato del arresto, y el presidente insistió en que la historia no se filtrara a la prensa bajo ninguna circunstancia. Más bien, el presidente quiso que Najjar fuera interrogado exhaustivamente y que se le permitiera compartir una hora con su familia antes de ser recluido en una celda incomunicada en el edificio del FBI en Washington, hasta nuevo aviso.

A Najjar le explicaron todo eso antes de esposarlo, de ponerle grilletes en los pies, de cubrirle los ojos y de amordazarlo durante los treinta y siete minutos de vuelo hacia la Base de la Fuerza Aérea Andrews, donde llegó bajo condiciones seguras, sin la posibilidad de que los medios se percataran. Las esposas eran terriblemente incómodas, ya que se le enterraban en las muñecas, pero a Najjar no le importó. No estaba ansioso en absoluto, sino que se sentía con mucha paz consigo mismo por lo que había logrado.

Estaba dispuesto a pagar el precio de su escape, y aunque todavía no había expresado remordimiento por irrumpir en una casa en Oakton, Virginia, ni por «tomar prestado» el teléfono celular y el Toyota Corolla rojo de sus dueños, sí se sentía terrible por eso. En efecto, en silencio juró pagarles a los dueños por todos los problemas que les había ocasionado, incluso por la ventana rota de su sótano.

Llegó a la conclusión de que este no era el momento de decir esas cosas. Se dijo que más bien ahora era tiempo para descansar, para dormir, y quizás para soñar en reunirse con Sheyda y compartir con ella todas las aventuras que había tenido.

DAMASCO, SIRIA

—Doctor Birjandi, despierte —dijo el joven oficial iraní—. Ya llegamos.

Birjandi se frotó los ojos más por costumbre que por necesidad, mientras se sentaba en el asiento posterior del lujoso sedán.

—¿Qué hora es? —preguntó al salir de un profundo sueño.

—Se hace tarde. Vamos, tenemos que llevarlo a su alojamiento y luego tengo que regresar a Irán.

—Pero no entiendo —dijo Birjandi, tratando de orientarse—. ¿Dónde estamos ahora? ¿Qué lugar es este?

—Damasco.

—Sí, sí, por supuesto, pero ¿dónde?

—Una base aérea.

—¿Cuál? —preguntó Birjandi.

Hubo una larga pausa.

—¿Cuál? —insistió.

Hubo otra pausa larga, mientras Birjandi podía oír unos susurros.

—Acabamos de entrar a la Base de la Fuerza Aérea Al-Mazzah —respondió finalmente el joven oficial—. Tienen una habitación privada, lista para usted en las instalaciones de los oficiales. Yo lo llevaré allí y le llevaré sus objetos personales. Le describiré las instalaciones, lo ayudaré a familiarizarse con la habitación y después tengo que irme.

—Quizás debería quedarse —dijo Birjandi y dio un bostezo—. Su ayuda me sería útil.

—Tengo órdenes —dijo el oficial.

—Yo también —respondió Birjandi.

—Por favor, doctor Birjandi, usted estará bien —le aseguró el oficial—. Necesita dormir bien en la noche. Tiene un gran día por delante. Se me ha dicho que cuando los jefes estén listos para usted, enviarán a alguien a su habitación a buscarlo.

—¿Y el desayuno?

—Será a las 8 a.m. en punto. Ya les informé de cómo le gusta su té y su pan tostado. No se preocupe por nada.

Birjandi giró hacia otro lado. La última línea habría sido muy divertida si la situación no fuera tan peligrosa. *¿No se preocupe por nada?* ¿Tenía idea este joven de lo cerca que estaba el Medio Oriente de una guerra nuclear, sin cuartel y a gran escala? De alguna manera, la importancia del momento parecía estar perdida para el joven soldado iraní, y Birjandi no vio ninguna razón para tratar de educarlo a estas alturas.

—Muy bien —dijo el anciano al final—. Prosigamos con esto.

Mientras lo ayudaban a salir del Mercedes y a subir a la habitación de huéspedes, a Birjandi no le importaba a qué hora era el desayuno ni qué le servirían. No estaba escuchando cuando el joven oficial le decía dónde estaban los interruptores de la luz, el baño y la ducha. Puso poca atención cuando el hombre le explicaba en qué gavetas ponía su ropa, y a cualquiera de los miles de detalles que salían de su boca. Más bien, Birjandi estaba tratando de recuperarse y de analizar qué era lo que ocurría y por qué. No había tenido la intención de dormirse durante el largo viaje. Al contrario, había tenido la intención de orar sin cesar, buscando urgentemente la sabiduría del Señor en esta hora decisiva. No obstante, era viejo, estaba cada vez más frágil, y los rigores del viaje lo habían agobiado. Se había dormido, profundamente, y al hacerlo había perdido tiempo valioso.

Mientras el joven oficial hablaba monótonamente, Birjandi trataba de disipar la neblina de sus pensamientos y de evaluar los pocos hechos que conocía. Aparentemente, estaba ahora en Al-Mazzah, una de las bases militares más importantes de toda Siria, aunque no la más grande. Anteriormente la base había sido la morada del Aeropuerto Internacional de Damasco, hasta que se construyeron instalaciones nuevas y más modernas en otra parte de la ciudad. Ahora, Al-Mazzah era el hogar del comando aéreo estratégico de Siria.

Con el paso de los años, Birjandi se había enterado por fuentes tan confiables como Hosseini y Darazi que los sirios mantenían la mayor parte de sus armas químicas en las cercanías, en profundas cavernas subterráneas. Y toda la base, supuestamente, estaba rodeada por el sistema aéreo de defensa más sofisticado del mundo, el S-300, diseñado y construido por los rusos. Si eso era cierto, y dudaba poco de que así era, significaba que Al-Mazzah estaba entre las bases mejor protegidas de toda la República Árabe. Por lo tanto, sería un lugar razonablemente seguro donde llevar discretamente al Mahdi.

Por otro lado, ¿por qué traer al Mahdi aquí, en todo caso? ¿Por qué querría el Duodécimo Imán estar en Siria? ¿Por qué querría reunirse con un anciano como Birjandi, precisamente aquí? Esas incógnitas lo habían molestado todo el día, pero no fue hasta que el joven oficial se despidió, apagó las luces, salió de la habitación y le puso seguro al salir que las respuestas finalmente llegaron.

Birjandi estaba en el baño, lavándose el rostro, cuando la verdad que había estado considerando toda la tarde se hizo palpable en su mente, tan claramente que se preguntaba por qué no había sido tan obvia antes. Cerró el grifo y se irguió recto, con el agua que le escurría del rostro y de las manos. *El Mahdi iba a lanzar el último yihad en contra de Israel desde allí, en Damasco.* Estaba seguro de eso. Enseguida cayó en la cuenta de que el Mahdi y sus fuerzas habían colocado con anticipación las dos ojivas nucleares restantes allí, en Al-Mazzah. Planeaban disparar las dos ojivas —probablemente con una enorme descarga de armas químicas— a los sionistas, para destruir a los judíos de una vez por todas. Luego, supuestamente, cuando el hecho malvado se hubiera consumado, el Mahdi planificaba salir en la televisión a nivel mundial y declarar victoria.

Qué victoria sería esa. Destruir a Israel después de que Israel había lanzado un devastador ataque preventivo sería aún más inesperado y dramático que si el Mahdi hubiera ordenado un ataque sorpresa en contra de los judíos, en primer lugar. Pocos en Occidente creían ahora que el Califato prevalecería. En efecto, Irán y sus aliados parecían estar al borde del abismo. Muchos en el mundo musulmán cuestionaban el poder del Duodécimo Imán. Se habían conmocionado por la efectividad del primer ataque israelí y estaban inseguros en cuanto a la capacidad del Mahdi de contraatacar. El Mahdi estaba jugando el juego de las expectativas más astutamente de lo que incluso Birjandi había anticipado.

Birjandi se secó el rostro con una toalla de manos y procedió a ponerse su ropa de dormir; se metió a la cama y se deslizó entre las sábanas. Una ráfaga de viento, que revolvió el polvo y lo lanzó contra las ventanas, comenzó a soplar en la base, pero el anciano casi no oyó nada de eso. Solo podía pensar en estas preguntas: ¿cómo iba el Señor a detener al Mahdi y qué papel le había asignado a Birjandi? Ciertamente, Dios lo había llevado al frente del drama por alguna razón. Pero ¿cuál era esa razón?

37

Rashidi no podía creerlo. Se había cerrado el trato. Ahora el Mahdi y el presidente Farooq grababan una «conferencia de prensa» conjunta, que sería transmitida en unas cuantas horas en la red de la televisión estatal de Paquistán, como si fuera un acontecimiento en vivo. El argumento era que el mundo islámico despertaría a lo que parecería un importante acontecimiento noticioso que estaba ocurriendo en Kabul en tiempo real; pero, al grabar el acontecimiento, el Mahdi y Farooq tendrían suficiente tiempo para trasladarse a otros lugares, más seguros, evitando que los israelíes o los estadounidenses trataran de atacarlos en el lugar de la conferencia de prensa, mientras esta se desarrollaba.

«Buenos días. Me gustaría comenzar con una pequeña declaración —dijo Farooq, parado detrás de un gran podio de madera, ante una gran fila de micrófonos, vestido con un traje negro, una impecable camisa blanca y una corbata roja. Miró directamente a las cámaras en la parte posterior del salón—. La República Islámica de Paquistán anuncia hoy formalmente que nos unimos al Califato y que seguimos el liderazgo sabio y valiente del Imán al-Mahdi».

Ante esto, el personal de seguridad del Mahdi tomó docenas de fotos con *flash*, con las cámaras que habían llevado para la ocasión, para hacer más real la apariencia de un salón lleno de reporteros.

«Al mantener el espíritu de unidad y de verdadera coalición en esta importante nueva alianza, dejamos el control total de los 345 misiles balísticos, con ojivas nucleares y de largo alcance, en manos del Señor de la Época».

Esa declaración produjo otra ráfaga de fotografías con *flash*, y a Rashidi le pareció astuto que Farooq —sin duda bajo la dirección del Mahdi— hubiera inflado significativamente esta vez el número de las ojivas paquistaníes, para mantener una vez más al mundo, y especialmente a los sionistas, desconcertado.

«A nombre de mi gabinete y de la legislatura paquistaní —continuó Farooq—, puedo decir que tengo confianza total en que Alá le dará al Imán al-Mahdi sabiduría divina para usar estos misiles y estas poderosas ojivas para desarrollar más el Califato, fomentar la justicia y la paz, aquí en esta región y alrededor del mundo».

Más fotografías con *flash*.

«Permítanme agregar que el gobierno de Paquistán no le desea daño al pueblo de India ni a su gobierno —dijo Farooq—. No buscamos hostilidades con India, y creemos que nuestra unión al Califato no amerita preocupación alguna por parte de Nueva Delhi. Los únicos que deben temblar de miedo por esta nueva alianza dramática y poderosa son los asquerosos que ahora ocupan la Tierra Santa de Palestina, pero que pronto serán erradicados de la faz de la tierra, *inshallah*».

Después de más fotografías, el presidente paquistaní se hizo a un lado. Entonces, un Duodécimo Imán muy sonriente, y aparentemente muy complacido, caminó hacia el podio en su túnica negra y se dirigió al puñado de hombres de seguridad y del personal técnico en el salón casi vacío, ninguno de los cuales aparecería, por supuesto, en la grabación televisada.

«Damas y caballeros, es una alegría y un honor estar aquí en Kabul esta mañana —comenzó el Mahdi—. Estoy agradecido con el presidente afgano Zardawi, por recibirnos en su capital y por proporcionarnos un lugar tranquilo y encantador para llevar a cabo estas discusiones vitales. Quiero decir que le doy una cálida bienvenida al Califato a la República Islámica de Paquistán, y que acepto el regalo del arsenal nuclear de la nación. Este es un día histórico en la larga jornada del reino islámico, y un día que no se olvidará. Como todos ustedes saben, hemos entablado un yihad santo en contra de los infieles que actualmente ocupan Palestina. Hemos sido atacados por esos infieles, y estamos contraatacando con el valor de nuestros antepasados. Con la ayuda de Alá, prevaleceremos sobre los sionistas de cualquier manera. No obstante, aceptamos este arsenal nuclear, porque creemos que es, de hecho, un regalo de Alá para ayudarnos a finalizar la tarea que tenemos por delante».

A los hombres de seguridad del salón se les había entregado papelitos con preguntas que supuestamente debían gritar al final de la conferencia de prensa, y diligentemente hicieron su trabajo. Sin embargo, el Mahdi y Farooq salieron abruptamente del salón, y un asistente del presidente paquistaní subió al estrado para informar al supuesto cuerpo de prensa que el evento había terminado, y que los líderes «no responderán preguntas en este momento».

Rashidi tomó rápidamente su portafolios y corrió para alcanzar al Mahdi, que ya se despedía de Farooq e ingresaba a su camioneta blindada. Rashidi esperó por el visto bueno del equipo de seguridad, luego ingresó también a la camioneta y cerró la puerta tras de sí. Miró al Duodécimo Imán, cuya sonrisa no se veía por ningún lado.

«Lléveme a Damasco», dijo bruscamente el Mahdi, e inmediatamente la caravana comenzó a circular.

DAMASCO, SIRIA

Poco después de las cuatro de la mañana, el convoy de ambulancias que llevaba al general Jazini y a Jalal Zandi llegó finalmente a la base aérea de Al-Mazzah, en las afueras de la capital siria. Después de que el convoy pasó por seguridad, Jazini y Zandi fueron recibidos inmediatamente por un hombre corpulento, en un uniforme lleno de condecoraciones. El militar tenía una mandíbula cuadrada y ojos verdes penetrantes, y tenía a su lado a Abdol Esfahani.

—General Jazini, saludos en el nombre de Alá —dijo el hombre—. Soy el general Youssef Hamdi. Bienvenido a Damasco.

—Es un honor estar aquí, general —respondió Jazini devolviendo el saludo militar.

—Por favor, por favor, el honor es mío —respondió Hamdi—. Y, por supuesto, ya conoce al señor Esfahani. Él ha estado trabajando mucho para establecer comunicaciones seguras aquí, entre usted y su nuevo centro de comando en Teherán.

—Sí, gracias —dijo Jazini—. ¿Cómo está saliendo todo, Abdol?

—Creo que usted y el Imán al-Mahdi estarán muy complacidos.

—Eso es precisamente lo que quería oír —dijo Jazini, que entonces se dio vuelta hacia el sirio—. Y este es el hombre de quien le hablé: El doctor Jalal Zandi, la joya del programa atómico iraní.

—Qué placer tenerlo aquí, doctor —dijo el general sirio y le estrechó la mano vigorosamente—. ¿Había estado antes en Damasco?

—No, nunca —dijo Zandi.

—Entonces se le avecina algo verdaderamente especial. Ha venido a la ciudad continuamente habitada más antigua del planeta.

—Y yo pensaba que Jericó tenía ese honor.

—A los palestinos les encantaría que usted creyera eso, ¿verdad? —dijo Hamdi—. Pero eso es pura propaganda, y propaganda de mala calidad. Jericó no es una ciudad grande. No es una capital. No es el epicentro de un gran imperio. Jericó es simplemente una aldea, pequeña, polvorienta y vieja, sin duda alguna, pero difícilmente ha estado habitada continuamente. Damasco es la ciudad más grande y más antigua a lo largo de la historia de la tierra; y por lo que supongo, estamos a punto de hacer historia una vez más, ¿verdad?

Zandi no dijo nada.

—Así es —dijo el general Jazini—. Y será mejor que comencemos. Los acontecimientos se están desplazando rápidamente ahora, y no tenemos tiempo de sobra. Confío en que todos los arreglos que solicitamos estén listos.

—Efectivamente lo están —dijo el general sirio—, pero tengo una recomendación.

—¿Cuál?

—Por seguridad, recomiendo que traslademos una ojiva a una de nuestras principales bases de misiles, justo afuera de Alepo —dijo el general Hamdi—. En caso de que los sionistas, no lo quiera Alá, lancen un ataque sorpresa sobre nosotros, sería sabio contar con una póliza de seguro, ¿no cree?

Zandi sin duda no lo creía.

—General Jazini, con el debido respeto, no estoy de acuerdo con esa idea —dijo Zandi, a sabiendas de que estaba sobrepasando sus límites.

—¿Y por qué? —preguntó Jazini.

—Sí, ¿por qué? —preguntó el sirio, haciendo eco.

—Como lo sabe, general, el Mahdi personalmente me puso a cargo de asegurarme de que estas dos ojivas se unan apropiadamente a los conos de dos misiles balísticos Scud-C, y tengo la intención de hacer precisamente eso —dijo Zandi, haciendo lo mejor posible por mantener la compostura—. Será lo suficientemente difícil unir una de las ojivas en el tiempo tan limitado que el Mahdi me ha dado. Definitivamente no podré unir la segunda si ni siquiera está en las instalaciones, sino a cientos de kilómetros de distancia. Y créame, no hay nadie en Siria que sepa cómo hacer mi trabajo, y aunque lo hubiera, no podrían hacerlo ni la mitad de bien, ni tan rápido, como yo.

Antes de que Jazini pudiera responder, el general Hamdi agregó.

—General Jazini, el doctor tiene razón —dijo Hamdi—, pero en cuanto a la amenaza de un primer ataque sionista, sé de lo que hablo, y ustedes lo han visto de primera mano. Tómenme la palabra, si los sionistas obtienen siquiera una pista de que han trasladado las ojivas nucleares a suelo sirio, van a desatar un primer ataque devastador en contra nuestra, como ningún otro en la historia, y pueden estar seguros de que esta base será una de las primeras en estar bajo un ataque fulminante.

Zandi percibió que el sirio estaba a punto de prevalecer, pero aprovechó una última oportunidad.

—General Jazini, permítame hacer mi trabajo —suplicó Zandi—. Puedo tener la primera ojiva acoplada a un Scud-C a la hora de cenar, si comienzo inmediatamente y si cuento con el equipo y las herramientas apropiados. Tan pronto como termine, puede trasladar el misil a donde quiera, y comenzaré a trabajar en la siguiente. Pero se supone que el Mahdi llegue aquí al mediodía, y ¿qué debo decirle, qué debe usted decirle, si una de las ojivas ha sido trasladada sin su permiso y sin haber sido acoplada a un misil?

—¿Es usted un lunático? —replicó Hamdi—. Doctor Zandi, ¡tiene que estar bromeando! Si hacemos lo que usted dice, si tratamos de trasladar un misil balístico fuera de esta base, especialmente uno equipado con una ojiva nuclear, cada agencia de inteligencia del mundo lo verá, ¡comenzando con los estadounidenses y los sionistas! Se habrá perdido el elemento sorpresa y se habrá perdido la guerra con seguridad. Por favor, ¡dígame que usted no es el estratega principal a cargo de la guerra del Mahdi!

Esfahani se veía consternado. Nunca había estado involucrado en los escalones superiores de estrategia militar, y menos en tiempos de guerra; su falta de experiencia era palpable.

—Bueno —dijo Zandi—. Entonces permítame acoplar la ojiva a un Scud al atardecer, entonces puede ponerlo en la plataforma de lanzamiento. Luego puede transportar la segunda ojiva a Alepo, y yo iré con ella y la uniré a otro misil allí. El asunto es que...

—¡*Basta*! —gritó Jazini—. ¡*Basta*! Esto no es una democracia. Yo dirigiré esta operación, no ustedes dos. Doctor Zandi, usted tiene hasta las tres en punto de esta tarde para acoplar una ojiva a un misil que esté listo para ser disparado, ni un minuto más. General Hamdi, usted le dará al doctor Zandi todo lo que necesite y me mantendrá actualizado cada media hora. ¿Entendido?

Los dos hombres asintieron con la cabeza.

—Muy bien, entonces comiencen, y muéstreme dónde está mi oficina, Abdol. Tenemos mucho trabajo por hacer.

AUTOPISTA 48, OCCIDENTE DE IRÁN

Vestidos como Guardias Revolucionarios, con su camioneta llena de todas las armas, municiones y equipo de comunicación que habían almacenado en el refugio, David Shirazi y su equipo (menos Matt Mays) se dirigían a Damasco a toda velocidad. Según Zalinsky, el viaje a Al-Mazzah era de aproximadamente 1.800 kilómetros, algo más de 1.000 millas. Suponiendo que pudieran mantener una velocidad promedio de ciento veintinueve kilómetros por hora, que no encontraran tráfico ni problemas mecánicos, ni alguna otra parada o interrupciones para comer ni para ir al baño, tardarían trece horas y media en llegar a su destino. No tenían idea de qué harían al llegar, pero tenían suficiente tiempo para pensar en eso por el camino.

David ya había conducido casi siete horas. Eran las 6:14 de la mañana y el sol comenzaba a salir detrás de ellos. Habían comenzado tomando la ruta 2, al noroeste de Karaj, hacia la ciudad iraní de Qazvin, luego habían girado hacia el suroeste, hacia Hamadán. Ahora estaban en la autopista 48; se dirigían al oeste hacia Qasr Shirin, la última ciudad antes de la frontera iraquí. Torres, Fox y Crenshaw estaban exhaustos, y cuando David les indicó que durmieran un poco mientras él conducía, para estar listos a enfrentar cualquier cosa, ninguno de ellos rehusó. Estaban roncando ahora, por lo que prácticamente, David estaba solo, aparte del teledirigido Predator que volaba alto y silenciosamente muy arriba de ellos.

Curiosamente, el Predator había sido idea de Zalinsky, que había prometido no decírselo al director Allen ni al presidente, hasta donde fuera posible. No obstante, eso le daría a él y al resto de su equipo en Langley un ojo en el cielo, la capacidad de rastrear el progreso de David y de estar alerta por cualquier problema.

David sabía que el primer desafío importante era atravesar la frontera de Irak. Los peritos técnicos en la base de la CIA habían preparado rápidamente tarjetas falsas de identificación como Guardias Revolucionarios para los cuatro hombres, basados en el diseño de la identificación de Omid Jazini, que Torres había fotografiado digitalmente y enviado a Langley. Cuando les enviaron el diseño de regreso, Torres imprimió las tarjetas de identificación y las laminó, utilizando equipo del refugio. A David le parecían reales, sin duda, pero no tenían el código magnético apropiado en la parte posterior, solo una copia del original. ¿Podrían trasladarse por los puestos de control con este ardid? No tenía idea, y aunque pudieran hacerlo, todavía tenían que cruzar la frontera iraquí hacia Siria, unas horas después.

FORT MEADE, MARYLAND

Eva Fischer levantó el teléfono en su escritorio y usó el marcado rápido para comunicarse con Zalinsky.

—Me llamaste directamente —dijo él cuando respondió—. Debe ser algo malo.

—Lo es, Jack.

—¿Qué tan malo?

—Esto tiene que llegar al presidente.

Le explicó el remolino de llamadas de teléfono satelital que la Agencia de Seguridad Nacional había interceptado durante las últimas horas, y que ella y sus colegas febrilmente trataban de traducir. Había poca información sobre la ubicación del Mahdi, o sobre cualquiera de sus planes de guerra actuales, pero había evidencia creciente de que un ataque de misiles israelí había matado accidentalmente a cinco niños iraníes, en el centro de Teherán. Un reporte decía que todas eran niñas, pero Eva dijo que varias otras llamadas indicaban que el sexo de todos los fallecidos todavía no se había esclarecido. Los reportes de policía, que circulaban en la cadena de mando hasta el personal del Ayatolá Hosseini y del presidente Darazi, decían que los niños muertos oscilaban entre las edades de nueve a quince años.

—Las llamadas indican que las redes de satélite del estado tienen un video muy espeluznante —le dijo ella—. El Ayatolá ha autorizado a las estaciones para que comiencen a transmitir el reportaje dentro de una hora. Esto está a punto de estallar, Jack. Si lo que dice la gente en esas llamadas es cierto, la opinión internacional va a volverse en contra de Israel en cualquier momento.

—Envíame inmediatamente las transcripciones por correo electrónico, Eva —dijo Zalinsky—. Tienes razón. Tengo que llevar esto arriba de inmediato.

38

Precisamente después de las 10:00 p.m. del domingo, Roger Allen y Tom Murray llegaron al Ala Oeste, e inmediatamente fueron acompañados al Despacho Oval, donde el presidente Jackson y su jefe de Estado Mayor los esperaban.

—Me dijeron que me preparara para lo peor —dijo el presidente con un suspiro y les hizo señas para que se sentaran en los sofás, mientras él se levantaba del escritorio *Resolute* y se les acercaba para sentarse con ellos.

—Me temo que así es, señor —comenzó Allen—. Tenemos una situación seria, señor Presidente.

—Adelante; preséntenmela.

—Bueno, señor, tenemos evidencias de que un ataque aéreo israelí accidentalmente le dio a un bus escolar, o a un vehículo similar, en el centro de Teherán.

—¿Accidentalmente? ¿Qué significa eso? ¿Hay víctimas?

—Me temo que sí, señor. Hay cinco niños muertos.

Tom Murray tomó la reseña en ese punto. Le informó al presidente de los detalles que tenían hasta el momento. Dijo que no podían estar cien por ciento seguros de que hubiera sido un ataque de avión de combate o de un teledirigido, pero, deduciendo por las imágenes de satélite, la evaluación inicial de daños sugería que había sido el ataque de un teledirigido. Eso era lo que había hecho que sus colegas y él supusieran que había sido un accidente.

Entonces Murray sacó un reproductor portátil de DVD que había llevado. Le mostró al presidente y al jefe del Estado Mayor un segmento de dos minutos del grotesco reportaje de noticias de la escena, completo con los cuerpos calcinados de varias niñitas, con sus chadores casi totalmente quemados, y una de ellas sosteniendo los restos de lo que parecía haber sido un pequeño animal de peluche.

Jackson se estremeció y no pudo mirar más.

—¿Cómo pudo haber ocurrido esto? —dijo el presidente furioso—. ¿No han aprendido los israelíes a no hacer algo tan tonto, tan insensato? ¿Cómo pudieron ponernos en una situación tan incómoda? ¡Es inaudito!

—Los israelíes tiene protocolos muy estrictos, señor Presidente —explicó con calma el director Allen—. Lo han aprendido a golpes con el paso de los años, mayormente a través de erróneos ataques con teledirigidos en Gaza, que mataron a gente inocente y generaron titulares de reproche. La única manera en que las Fuerzas de Defensa de Israel autorizaran que ese teledirigido disparara un misil a un vehículo, especialmente en el centro de Teherán, durante una guerra tan censurada a nivel internacional, es que tuvieran evidencias inequívocas de que la gente en ese vehículo fuera un objetivo de alto valor.

—Pero estos objetivos no eran de alto valor. Esos cuerpos calcinados en la pantalla son niños inocentes e indefensos.

—Por eso es que fue claramente un error —repitió Allen—. Obviamente no es política israelí matar a civiles. Ellos toman todas las precauciones para evitar que sucedan estas tragedias. Pero las equivocaciones ocurren, señor. Nosotros también las cometemos. Nuestros enemigos tratan de colgarnos con nuestros errores, y van a tratar de colgar a los israelíes. Con su permiso, me gustaría llamar a Zvi Dayan, director del Mossad. Quiero hablar con él extraoficialmente y obtener la verdadera historia. Estoy seguro de que están mortificados con todo esto, y estoy seguro de que serán honestos con nosotros en cuanto a lo que pasó y por qué. Mientras estoy en línea segura con Zvi, creo que será mejor que le diga que tenemos a dos de sus hombres en custodia dentro de Irán.

—No —dijo el presidente con firmeza—. Todavía no. No hable con los israelíes. Ellos deberían llamarnos para informarnos sobre esto, pero no lo han hecho, y esto va a costarles. Estoy harto de que Aser Neftalí dirija la agenda del Medio Oriente. Le advertí que no atacara primero a Irán, pero no quiso oír. Ahora todo el mundo está en su contra y va a comenzar a perder credibilidad también aquí en Estados Unidos.

Sorprendido por lo categórico que había sido el presidente, Allen intentó, desde otro ángulo, obtener el permiso para llamar a Dayan y abrir un diálogo extraoficial. Sin embargo, Jackson no quiso saber nada de eso. Su relación con Neftalí siempre había sido tensa, pero Allen temía que este pudiera ser un momento crítico muy problemático.

—Señor, por lo menos necesito hacerles saber que tenemos a dos de sus agentes del Mossad en custodia —insistió Allen.

—¿Por qué? —replicó el presidente—. Estaban interfiriendo en una de nuestras operaciones. Tienen suerte de no estar muertos. Yo les diré a los israelíes cuando esté listo, pero sin duda alguna no voy a decírselos ahora.

—Señor Presidente, no solo se trata de estos dos agentes —observó Allen con todo el tacto que pudo—. Se trata de la información que hemos recuperado en el departamento de Omid Jazini. Ahora sabemos que las ojivas están siendo trasladadas a la base aérea de Al-Mazzah de Damasco. Sabemos, o por lo menos creemos con bastante certeza, que el Mahdi se dirige a la misma base. Por lo tanto, podemos conjeturar que los iraníes y los sirios se están preparando para unir esas dos ojivas a misiles, probablemente a unos Scud-C. La probabilidad de que sean lanzados a Israel en las próximas veinticuatro horas es muy alta.

—¿Qué está diciendo? —preguntó el presidente.

—Pregunto qué es lo que quiere que hagamos para detener esto, señor —respondió Allen—. Puedo informar al secretario de defensa y al Estado Mayor Conjunto. Estoy seguro de que podemos darles toda la información que necesiten para lanzar un ataque aéreo decisivo en contra de la base de Al-Mazzah en las próximas veinticuatro horas. Pero parece justo que por lo menos les comuniquemos a los israelíes lo que sabemos, para que puedan estar en alerta completa.

—Roger, usted está fuera de lugar —dijo el presidente—. Su trabajo es darme información y análisis, pero la CIA no dispone política. Eso lo hago yo.

—Lo entiendo, señor —respondió Allen—, pero solo trato de...

El presidente lo interrumpió.

—Sé lo que trata de hacer, y yo le digo que ese no es su lugar. ¿Quiere usted que lance un ataque en contra de Damasco y del Mahdi? ¿Quiere que empecemos una nueva guerra? Eso no es lo que el pueblo estadounidense quiere de mí. Me eligieron para prevenir guerras en el Medio Oriente, no para iniciar otras nuevas, ni para agregar leña al fuego.

Entonces el presidente se dirigió hacia Murray y preguntó:

—¿Dónde consiguieron esta grabación? ¿Ha sido ya transmitida al mundo?

—No, señor —dijo Murray—. La interceptamos de un equipo de noticias locales que estaba en la escena. Estaba siendo enviada al estudio principal. Hemos interceptado llamadas telefónicas de la oficina del Ayatolá, que autoriza la transmisión de esta grabación a las 7 a.m., como el acontecimiento cumbre de las noticias de la mañana.

—¿Cuánto falta ahora para eso?

—Como veinte minutos, señor.

El presidente se puso repentinamente de pie, sorprendiendo a los demás, lo que los obligó a ponerse también de pie.

—Tenemos que manejar esta historia —dijo el presidente—. Tenemos que filtrarla y dirigirla.

Se dirigió hacia su jefe de Estado Mayor y le dijo que proporcionara todo lo que sabían, incluso la grabación del video, a la Prensa Asociada, al *New York Times* y a CNN.

«De hecho, comiencen con CNN, pero asegúrense de que no hayan huellas digitales de la Casa Blanca ni de la CIA en esto —insistió el presidente—. Entréguensela a los reporteros sin revelar la fuente, pero asegúrense de que la historia comience a hacerse pública rápidamente, antes de que los iraníes la comuniquen. Por eso es que recomiendo a CNN primero. Luego, cuando la noticia sea pública, se nos solicitarán comentarios. En ese momento, convoque al cuerpo de prensa de la Casa Blanca inmediatamente. Quiero hacer una declaración y aceptar preguntas. Esta guerra tiene que terminar. Los israelíes tienen que retirarse, y ahora mismo, yo soy el único que puede hacer que eso suceda. Eso es todo, caballeros. Buenas noches».

★ ★ ★ ★ ★

DAMASCO, SIRIA

Mientras todavía era domingo en la noche en Washington, en Damasco amanecía. El calor del sol naciente comenzaba a entrar por las ventanas de la habitación de huéspedes que le habían asignado a Birjandi, pero él no había dormido. Permanecía donde había estado toda la noche: de rodillas a los pies de la cama. Le suplicaba fervientemente al Señor que terminara esta guerra, y que protegiera al pueblo de Israel y a toda la gente de la región de los planes genocidas del Duodécimo Imán. Por mucho tiempo, Birjandi les había advertido a sus discípulos que «el corredor más peligroso del planeta es el que está entre Teherán y Tel Aviv» y, trágicamente, sus instintos habían demostrado ser ciertos.

Mientras más oraba por la gracia de Dios, más ardía en su corazón el Salmo 23. Durante toda la noche, lo había repetido de memoria a cada hora. Había meditado en su significado y reflexionado en él una y otra vez, saboreando cada palabra, cada faceta, y ahora lo hacía otra vez.

«*"El Señor es mi pastor; tengo todo lo que necesito* —se dijo a sí mismo Birjandi, sin querer siquiera susurrar para que los agentes del Mukhabarat no lo oyeran—. *En verdes prados me deja descansar; me conduce junto a arroyos tranquilos. Él renueva mis fuerzas. Me guía por sendas correctas, y así da honra a su nombre. Aun cuando yo pase por el valle más oscuro, no temeré, porque tú estás a mi lado. Tu vara y tu cayado me protegen y me confortan. Me preparas un banquete en presencia de mis enemigos. Me honras ungiendo mi cabeza con aceite. Mi copa se desborda de bendiciones. Ciertamente tu bondad y tu amor inagotable me seguirán todos los días de mi vida, y en la casa del Señor viviré por siempre"*».

Lo que más pesaba en su corazón y en su alma era el hecho de que, en cuestión de horas, el Mahdi llegaría y lo convocaría para su primera reunión frente a frente. El Mahdi esperaría conocer a un verdadero discípulo, siervo fiel y suplicante, no solo a un imanista, sino a la más destacada autoridad chiíta en cuanto al Duodécimo Imán y a la escatología islámica. Birjandi necesitaba desesperadamente la sabiduría de Cristo. No quería ir a esa reunión con un tirano poseído por el demonio, pero comenzaba a resignarse ante el hecho de que el Señor podría estar en esto, de que el Señor en realidad pudiera estar preparando un banquete delante de él en presencia de sus enemigos. Si ese era ciertamente el caso, entonces definitivamente no quería llegar a esa reunión en sus propias fuerzas. Quería poder decir verdaderamente: «No temeré, porque tú estás a mi lado».

Mientras repetía su salmo favorito por enésima vez, otro pasaje le vino a la mente, un versículo de las Escrituras en el que no había pensado ni una vez en los últimos meses. El versículo era Juan 12:49, donde Jesús dijo: «El Padre, quien me envió, me ha ordenado qué decir y cómo decirlo». Inicialmente le impactó a Birjandi como algo curioso. ¿Por qué se le había ocurrido ese pasaje?, y ¿por qué ahora? Sabía que Jesús amaba al Padre y solo hacía lo que el Padre quería que hiciera. No había nada nuevo en esa verdad. Entonces se le ocurrió que en verdad nunca se había aplicado el versículo a sí mismo. Después de todo, no era un orador público, o por lo menos no lo había sido por muchos años, desde que se había retirado del seminario, y desde el fallecimiento de Souri y su decisión de tener una vida más aislada. Sin embargo, mientras reconsideraba este versículo y su significado para el momento, Birjandi se dio cuenta de que, literalmente, no tenía idea de qué decirle al Mahdi, ni cómo decirlo. Ciertamente no quería adivinar. Quería —o, para ser más preciso, necesitaba desesperadamente— que el Padre le ordenara qué palabras decir, que lo llenara del Espíritu Santo, que le diera el poder y la autoridad de decir lo que tenía que decirse.

De pronto, el versículo cuarenta y nueve del capítulo doce de Juan llegó a ser muy valioso para Birjandi, de una manera en que nunca lo había sido. Birjandi no se hacía ilusiones. La simple verdad era que él no podía esperar razonablemente salir vivo de esa reunión, si iba a mantener su testimonio de Jesús. Profesar su amor y su lealtad a Cristo en presencia del Mahdi significaba que su cabeza seguramente sería separada de sus hombros. Pensaba que estaba listo. Quería estar listo. Oró con más fervor que nunca para que el Señor lo preparara aún más, dándole gracia sobrenatural y valor para permanecer fiel a su Señor y Salvador Jesucristo, hasta el final.

En ese momento, después de horas arrodillado en oración, Birjandi sintió que la confusión comenzó a desaparecer de sus pensamientos.

A medida que los rayos de la nueva y brillante luz del sol comenzaron a calentar su rostro, sintió que el Espíritu Santo de Dios le hablaba directamente a su corazón, explicándole lo que ocurría, el porqué y algo de lo que estaba a punto de pasar.

WASHINGTON, D.C.

«Estas son las noticias de última hora de CNN. En vivo desde Londres, tenemos a nuestra principal corresponsal internacional Karan Singh».

El presidente Jackson, junto con varios altos funcionarios, estaban en la Sala de Situaciones. Observaban una fila de monitores de televisión, y trabajaban en una declaración que el presidente haría al cuerpo de prensa de la Casa Blanca en unos minutos, pero el reporte de CNN no se estaba desarrollando como ellos lo habían anticipado.

«Buenas noches a nuestra audiencia de CNN en Norteamérica, y buenos días al resto de nuestra audiencia alrededor del mundo —comenzó Singh—. Tenemos noticias de última hora desde Kabul, Afganistán. CNN se ha enterado de que el Duodécimo Imán y el presidente de Paquistán han participado en unas conversaciones de alto nivel durante la noche, y... Un momento... Mi productor me informa que los dos líderes están a punto de hacer una declaración conjunta. En este momento circula en los medios una noticia sin confirmar de que Paquistán ha decidido unirse al Califato, pero una vez más, esta noticia aún no se ha confirmado. Vamos ahora a una transmisión en vivo de un acontecimiento de prensa que se está desarrollando en la capital afgana de Kabul».

Ninguno en la Sala de Situaciones le puso atención al borrador de la declaración del presidente. Todos los ojos estaban fijos en el presidente Farooq, cuando apareció en todas las redes noticiosas de cable y de transmisión televisiva de Estados Unidos, y en muchas otras redes internacionales también. Farooq procedió a anunciar la decisión de Paquistán de entregarle todo el control de su inmenso arsenal nuclear al Duodécimo Imán. Tardaron un poco en absorber la espantosa información, pero cuando lo hacían, el presidente exigió que lo comunicaran con Roger Allen en la CIA inmediatamente.

—¿Está viendo esto? —preguntó Jackson.

—Tom y yo acabamos de llegar a Langley —dijo Allen—. Todavía no estamos cerca a una televisión, pero Tom tiene a Jack Zalinsky en la otra línea. Ahora mismo nos traduce lo que dice Farooq.

—Es un escenario apocalíptico.

—Coincido con usted, señor.

—¿Qué opciones tenemos? —preguntó el presidente.

—Para eso necesita al secretario de defensa y al Estado Mayor Conjunto, señor.

—Roger, le estoy preguntando a usted. En privado. De hombre a hombre. ¿Qué recomendaría ahora mismo?

—¿Sinceramente?

—Sinceramente. Dígamelo con franqueza.

—Señor Presidente, si fuera yo, instruiría al secretario de defensa comunicarse con el *Carrier Strike Group Nine*. Ellos operan actualmente en el Océano Índico. Yo ordenaría el lanzamiento de dos aviones de combate F/A-18, desde el USS *Abraham Lincoln*, hacia Kabul. Mientras tanto, daría instrucciones a mis hombres para que averiguaran exactamente dónde se lleva a cabo esa conferencia de prensa en vivo y que eliminaran al Mahdi y a Farooq inmediatamente, antes de que puedan hacer algún daño. Supongo que tenemos como treinta minutos. De otra manera, estamos a punto de pasar de un demente con dos ojivas nucleares en el Medio Oriente, a un demente que dirige una superpotencia nuclear, con más de 300 misiles nucleares, y algunos de ellos de largo alcance.

Jackson no dijo nada. No tenía idea de qué decir ni de qué hacer. Parte de él sabía que Allen tenía razón. Tenían una ventana muy angosta para actuar, si iban a actuar de algún modo. No obstante, ¿cómo podría justificar matar a dos líderes en un solo ataque, cuando ninguno de ellos había atacado directamente a Estados Unidos de América? Algunos en Washington creían en la doctrina de la prevención, pero Jackson había ascendido al poder político oponiéndose a esa doctrina con cada fibra de su ser. Sus críticos lo recriminaban por «no poder manejar la situación». Si en este momento no actuaba con determinación, ellos tendrían un verdadero festín a sus expensas. El precio político para él y para su administración podría ser catastrófico. No obstante, si ordenaba un ataque militar, ¿no estaría cediendo al mismo principio por el que había criticado tan severamente a Neftalí?

Aun cuando consideraba sus opciones cada vez más exiguas y sopesaba el precio de cada una, información de último minuto de CNN comenzó a desplazarse en la parte inferior de la pantalla. *«EXCLUSIVA: CNN se ha enterado de que cinco niños iraníes han muerto en Teherán en un ataque israelí con misiles... El Ayatolá Hosseini ha denunciado a Israel por "pasarse de la raya" y ha jurado "acelerar el colapso de la entidad sionista" y convertir a Israel en un "crematorio"... Los líderes israelíes todavía no han hecho comentarios, pero un alto oficial militar dijo anónimamente a CNN que era posible que hubiera habido un "error", y que las Fuerzas de Defensa de Israel "consideraban muy cuidadosamente la acusación"».*

Los nudillos de Jackson se pusieron blancos cuando se aferró a los brazos de su silla. Los acontecimientos giraban rápidamente fuera de control. No era difícil imaginar al Mahdi que lanzaba misiles nucleares a Israel desde Paquistán, probablemente docenas de ellos, en cualquier momento. Por lo tanto, su propia conferencia de prensa obviamente quedaba cancelada. Jackson no podía salir allí ahora, denunciar a los israelíes y pedirles un cese al fuego. No podía amenazar aliarse con los rusos y los chinos en las Naciones Unidas, ni apoyar la resolución del Consejo de Seguridad de la ONU que condenaba a Israel por «apuntar a los civiles». Ese había sido su plan, pero en un instante, la dinámica había cambiado. Jackson se sentía paralizado, totalmente inseguro de qué hacer en ese momento y amargamente consciente de que el tiempo no estaba de su lado.

39

El doctor Birjandi dejó de orar, se incorporó después de estar arrodillado, se puso de pie y comenzó a dar vueltas por la habitación de huéspedes, tratando de pensar en la magnitud de lo que el Señor le acababa de revelar. El final de Damasco había llegado. En efecto, su destrucción total era inminente.

El Señor le había hablado de dos pasajes del Antiguo Testamento: Isaías 17 y Jeremías 49. Mientras Birjandi caminaba de un extremo al otro en su pequeña habitación de huéspedes, el anciano se reprendía por haber estado tan enfocado en enseñar a sus discípulos acerca del futuro profético de Irán que no había reflexionado en el futuro profético de Siria. En su defensa, por supuesto, apenas en las últimas horas acababa de considerar la posibilidad de que Siria pudiera ser un elemento crucial en esta guerra. Hasta este momento, el presidente Mustafá no había lanzado una ofensiva sin cuartel en contra de los israelíes, y los pensamientos de Birjandi, hasta entonces, no se habían dirigido al líder sirio ni a la capital siria. No obstante, ahora que estaba allí, ahora que el Señor le había abierto sus ojos permitiéndole tener un vistazo de lo que se avecinaba, todo comenzaba a tener sentido, y el corazón frágil de Birjandi latía aceleradamente.

«"Recibí este mensaje acerca de Damasco —murmuró Birjandi dentro de sí, al recitar Isaías 17:1—: ¡Miren! ¡La ciudad de Damasco desaparecerá! Se convertirá en un montón de escombros"», había declarado el Dios Todopoderoso a través de su profeta. Los siguientes versículos revelaban entonces que las «ciudades fortificadas» y el «poder de la realeza» de Damasco serían «destruidos» y se desvanecerían.

Souri una vez le había leído otra traducción de los primeros versículos de Isaías 17, y estos eran aún más claros.

Mensaje de Dios contra Damasco: «La ciudad de Damasco dejará de existir; quedará hecha un montón de ruinas. Será abandonada para siempre; en sus ruinas comerán los animales, sin que nadie los moleste. Todo el reino de Siria dejará de existir, al igual que la ciudad de Damasco».

Mientras Birjandi recordaba a continuación las profecías de Jeremías 49:23-27 ellas le parecieron igual de escalofriantes.

Este es el mensaje que se dio acerca de Damasco. Esto dice el Señor: «El temor se apoderó de las ciudades de Hamat y Arfad porque oyeron los anuncios de su propia destrucción. El corazón de ellos está agitado como el mar cuando hay una tormenta furiosa. Damasco se volvió débil, y toda la gente trató de huir. El miedo, la angustia y el dolor se han apoderado de ella como a una mujer en trabajo de parto. ¡Esa ciudad famosa, ciudad de alegría, será abandonada! Sus jóvenes caerán en las calles y morirán. Todos sus soldados serán matados —dice el Señor de los Ejércitos Celestiales—, y prenderé fuego a las murallas de Damasco que consumirá los palacios de Ben-adad».

No una, sino dos veces en las Santas Escrituras, el Señor había profetizado la completa y futura destrucción de Damasco. La segunda de las profecías claramente indicaba que la destrucción llegaría con fuego. Ninguna de las profecías se había cumplido. Sí, Damasco había sido atacada y conquistada varias veces a lo largo de la historia, pero nunca había sido totalmente destruida, ni había quedado inhabitable. Al contrario, el doctor Birjandi sabía que Damasco era una de las ciudades más antiguas del planeta, si no la más antigua, que había estado habitada continuamente.

Mientras Birjandi consideraba los dos textos, le pareció curioso que ninguno de los pasajes diera una indicación directa de cuándo se cumplirían las profecías. En contraste, las profecías de Ezequiel 38 y 39 decían que el ejército de Irán (entre otros) sería juzgado por el Dios de Israel en un «futuro lejano», los últimos días de la historia. Asimismo, las profecías de Jeremías 49:34-39 —que también se referían al futuro juicio de los líderes de Irán— decían específicamente que ocurrirían «en los últimos días». Sin embargo, aunque Birjandi revisaba las profecías en cuanto a Damasco una y otra vez, no encontró una referencia específica de tiempo en ninguno de los pasajes.

Aun así, Birjandi se recordó a sí mismo que lo importante era el contexto de ambas profecías. El capítulo 13 de Isaías hasta por lo menos el capítulo 19 trataban sobre profecías de los últimos tiempos, en lo que a Birjandi concernía. Isaías 13 trataba de la futura destrucción de Babilonia, y por lo menos dos veces en ese capítulo, el profeta hebreo hacía referencia al «día del Señor», diciendo que «ha llegado» y que «ya viene», indicando que esos acontecimientos ocurrirían cerca, pero antes, de la segunda venida literal, física y real de Jesucristo a la tierra; mientras que Isaías 19 trataba del juicio venidero de Egipto, seguido de un tremendo despertar espiritual en Egipto en los últimos tiempos. En efecto, uno de los pasajes de las Escrituras que más le gustaba a Birjandi, que le daba esperanza para el futuro del Medio Oriente, estaba al final de Isaías 19, en donde el Señor declaraba que después de una época de tiranía en Egipto y de juicio posterior, «el Señor herirá a Egipto, y después lo sanará porque los egipcios se volverán al Señor, y él escuchará sus súplicas y los sanará». ¡Qué futuro bendecido profetizaba eso!

Lo mismo era cierto de las profecías de Jeremías. Desde el capítulo 49 hasta el 51 de Jeremías se describían acontecimientos que el profeta hebreo indicaba que ocurrirían en «los días futuros», desde el juicio de los líderes de Damasco e Irán hasta el juicio de Babilonia, en los últimos días de la historia, antes del regreso de Jesucristo.

Birjandi estaba muy consciente de que no todos los eruditos en profecías concordaban en cuanto a estas cosas. De hecho, cuando su esposa todavía estaba viva, Birjandi y Souri habían leído más comentarios sobre esas profecías de los que pudiera contar, y había encontrado desacuerdos entre muchos de los eruditos. Sin embargo, Birjandi sabía que no podía interpretar de otra manera el mensaje que el Señor le había hablado; Isaías y Jeremías habían escrito sobre el mismo futuro acontecimiento... y ese futuro era ahora.

AUTOPISTA 5, ESTE DE IRAK

David y su equipo habían pasado por la frontera más fácilmente de lo que esperaban y atravesaban Irak a toda velocidad. Después de haber tomado la autopista 5 hacia Muqdadiyah, a la que la literatura clásica se refiere como Sharaban, se detuvieron brevemente por combustible, llenaron su tanque y ahora se dirigían por el camino hacia Bagdad, la capital de Irak devastada por la guerra. Ninguno de los hombres se despegaba de la conferencia de prensa de Kabul, que se transmitía por la radio local de Irak. Estaban asqueados por lo que oían. Cuando terminó, cambiaron a la BBC y escucharon las noticias de Teherán acerca de las cinco niñas escolares que supuestamente habían sido asesinadas por un misil israelí, aunque la BBC no había usado la palabra *supuestamente*. En efecto, lo reportaban como un ataque intencional, nada menos que un crimen de guerra.

—¿Vale la pena continuar? —preguntó Crenshaw desde el asiento de atrás—. Es decir, si el Mahdi tiene ahora 350 misiles nucleares, ¿qué importa si tiene dos más? Está a punto de convertir a Israel en una nube de hongo. ¿Qué podríamos hacer nosotros para detenerlo?

Las preguntas quedaron suspendidas en el aire por un rato. Nadie quería tocarlas, ni siquiera David. Eran preguntas lógicas, y la verdad era que él no tenía respuestas, solo muchas más preguntas personales.

—¿Cómo sabemos que los paquistaníes en realidad le han entregado el control al Mahdi? —preguntó David finalmente a su equipo.

—¿De qué está hablando, señor? —preguntó Fox—. Farooq acaba de decirle al mundo que le entregó al Mahdi todas sus armas nucleares.

—Pero ha estado agonizando por eso durante algún tiempo, ¿verdad? —observó David.

—Tal vez el Mahdi le hizo a Iskander una oferta que no pudo rechazar —dijo Torres.

—Tal vez, pero sabemos que Farooq es sunita, mientras que el Mahdi es chiíta. Farooq no es árabe; el Mahdi sí. Los paquistaníes siempre han tenido una tradición orgullosa de separación del mundo árabe, y de afirmarse a sí mismos como líderes dentro del mundo islámico. ¿Por qué habrían de doblegarse ahora ante el Mahdi, en quien ni siquiera creen verdaderamente?

—¿Qué trata de decir, señor? —preguntó Crenshaw—. ¿Cree usted que Farooq está jugando a ver quién es más gallito con el Mahdi en la radio y en la televisión a nivel mundial? ¿Cree que le miente al Mahdi en cuanto a darle el control de las armas nucleares? ¿Cómo podría eso terminar bien para él?

—Tal vez le gana tiempo —dijo David—. No sé. Solo sé que algo parece sospechoso en esa conferencia de prensa.

—¿Cómo qué? —preguntó Torres.

—¿Dónde estaba la prensa? ¿Dónde estaban las preguntas?

—Eso no es inusual, señor —dijo Fox—. Jackson da declaraciones breves a la prensa todo el tiempo, sin aceptar preguntas.

—Cierto, pero ¿por qué el Mahdi ni siquiera aceptó una pregunta acerca de la muerte de los niños escolares en Teherán? ¿No era una oportunidad obvia para que el Mahdi ganara muchísimos puntos de propaganda? Algo no encaja.

Nadie dijo una palabra, y por los siguientes cien kilómetros condujeron en silencio, evaluando sus opciones y preguntándose si su misión en realidad había llegado a ser en vano. David trató febrilmente de elaborar cualquier escenario en el que su equipo, suponiendo que entraran a Siria, pudiera realmente penetrar el perímetro exterior de seguridad de la base de Al-Mazzah y abrirse camino hacia las ojivas. Sin embargo, no podía inventar ni un solo plan que le diera una oportunidad realista de siquiera llegar a las ojivas antes de que los liquidaran, mucho menos de neutralizar una o ambas armas de manera que no pudieran ser reparadas después de que David y su equipo fueran ya sea capturados o asesinados.

David estaba dispuesto a morir por su país y estaba dispuesto a morir por esta misión, pero necesitaba un rayo de optimismo. Necesitaba una estrategia plausible que les diera siquiera una pizca de esperanza de lograr su objetivo. No creía en el suicidio, pero a eso era a lo que equivalía cada vez más su misión. No tenía confianza en que el presidente Jackson autorizara un ataque a la base de Al-Mazzah, que era la única manera segura de destruir las dos ojivas y al Mahdi, cuando llegara allí. En cuanto a que el presidente revelara secretamente a los israelíes la información que ellos habían recabado, y que les permitiera hacer el trabajo, David íntimamente estimaba las probabilidades a no más de una en diez mil. Era, sin duda, inadmisible. El Mahdi con ojivas nucleares y misiles balísticos representaba un peligro tanto eminente como inminente para la seguridad nacional de Estados Unidos y de sus aliados, en particular Israel. El Mahdi era la cabeza de una secta genocida y apocalíptica. Tenían que detenerlo antes de que sus actos ocasionaran la muerte de millones. No obstante, cada vez David tenía más claro que este presidente no estaba dispuesto, o que quizás tampoco era capaz de hacer lo necesario.

Sin embargo, él había estado muy consciente de eso desde el principio. Lo que más lo molestaba era que parecía que él y su equipo estaban dispuestos, pero aparentemente estaban inhabilitados para hacer lo necesario. Cuando ese pensamiento doloroso le atravesó la mente, David comenzó a armarse de valor ante la creciente probabilidad de que nunca regresaría vivo a casa. Estaba dirigiéndose y llevando a su equipo hacia un callejón letal sin salida. Lo hacía porque Zalinsky se lo había ordenado y él había aceptado hacerlo de buena gana. Todos lo habían hecho, pero ya era hora de enfrentarse a la fría y sobria realidad: esta era una trampa mortal y no había salida.

David deseaba conocer lo suficiente de las Escrituras como para calmar su corazón atribulado en este momento, pero a medida que el vehículo se desplazaba como un bólido por el camino hacia Damasco, solo las palabras de Alfred, Lord Tennyson, le llegaron a su mente.

Media legua, media legua,
Media legua ante ellos.
Por el valle de la Muerte

Cabalgaron los seiscientos.
«¡Adelante, Brigada Ligera!
¡Cargad sobre los cañones!», dijo.
En el valle de la Muerte
Cabalgaron los seiscientos.

«¡Adelante, Brigada Ligera!»
¿Algún hombre desfallecido?
No, aunque los soldados supieran
Que era un desatino.
No estaban allí para replicar.
No estaban allí para razonar,
No estaban sino para vencer o morir.
En el valle de la Muerte
Cabalgaron los seiscientos.

JERUSALÉN, ISRAEL

Aser Neftalí casi no había dormido en los últimos cuatro días. Su personal estaba preocupado por él; le suplicaban que se fuera a la cama y que los dejara encargarse de la guerra. Incluso el ministro de defensa y el director del Mossad le suplicaron que hiciera lo que desesperadamente necesitaba: dormir. No obstante, Neftalí dijo que una siesta de veinte minutos aquí y allá sería suficiente. Tenía que ganar una guerra y salvar una nación, y no iban a atraparlo dormido en el trabajo.

Su esposa le decía que era irracional y arrogante. No tenía dieciocho años. Ya no era el comandante de «La Unidad», el grupo élite de operaciones especiales de la nación. «El pueblo de Israel te necesita descansado y saludable, para que puedas tomar decisiones sabias cuando sea necesario», había insistido ella, sin mayor resultado.

Entonces llegó la noticia más siniestra de todas: el Mahdi tenía el control total de 345 misiles nucleares, y precisamente en una época en que la reserva de misiles Arrow y Patriot de Israel, para derribar esos misiles, disminuía peligrosamente.

Neftalí le pidió a un asistente otra taza de café afouk, esencialmente una versión israelí del capuchino, y luego llamó a Leví Shimon al salón de guerra de las Fuerzas de Defensa de Israel en Tel Aviv.

—Leví, dígame que tenemos noticias de Mardoqueo —comenzó el primer ministro, refiriéndose al nombre en clave de su agente doble dentro del comando nuclear iraní.

—Me temo que no, señor.

—¿Qué hay de las operaciones de Zvi para eliminar a Omid Jazini? Eso se suponía que debía haber ocurrido hace horas. ¿Qué pasó?

—Lo último que supe es que los hombres de Zvi no se habían reportado —dijo Shimon—. Él teme que algo haya salido mal, pero es posible que todo esté bien, y que ellos solo necesiten mantener el silencio por radio por más tiempo de lo esperado.

Neftalí se paseó en su oficina privada. Todavía tenía mucho dolor por las heridas que había sufrido en el ataque terrorista iraní en el Waldorf-Astoria, hacía apenas ocho días. En realidad había sido un milagro que él estuviera vivo, pero de momento se preguntaba si habría sido mejor que no hubiera sobrevivido al ataque, después de todo. Entonces todo esto sería responsabilidad de alguien más, no suya.

—¿Me tiene alguna noticia buena, Leví?

—Quisiera tenerla —respondió Shimon—. En realidad lamento informarle que acabo de enterarme de que dos más de nuestros aviones de combate han sido derribados en Irán.

Neftalí apretó los puños. No podía soportar oír más desgracias, pero hizo la pregunta, de todas formas.

—¿Y los pilotos?

—Los dos muertos en acción, señor Primer Ministro.

—¿Está seguro? —insistió Neftalí—. ¿Los dos están confirmados?

—Me temo que sí, señor.

—¿Cómo se llamaban?

—Eran hermanos, señor. El primero era el capitán Avi Yaron. Era un líder de escuadrón altamente condecorado. Su hermano gemelo, Yossi, también era capitán. Los dos eran pilotos de primera clase. Avi fue derribado en Tabriz. Creemos que murió instantáneamente; no hay indicios de que se haya eyectado. El avión de Yossi fue alcanzado por fuego triple-A, en Bushehr. Él sí se eyectó, pero fue capturado y ejecutado inmediatamente.

—¿Ya se le notificó a la familia? —preguntó el PM.

—Todavía no, señor. Acabo de recibir la noticia.

—Consiga el número de teléfono de sus padres —dijo Neftalí—. Yo mismo haré la llamada.

—Sí, señor. Inmediatamente, señor.

—Y consígame buenas noticias, Leví —agregó el PM—. Rápidamente.

40

El general Jazini llevó a Esfahani aparte.

—¿Ha sabido algo de mi hijo, Omid?

—No, señor —dijo Esfahani—. ¿Por qué lo pregunta?

—Lo he llamado dos veces —dijo Jazini—. No responde su teléfono celular. Localícelo. Tengo que hablar con él inmediatamente.

Esfahani accedió e inmediatamente llamó al comandante Asgari, jefe de la policía secreta en Teherán, para que enviara agentes al apartamento de Omid y se aseguraran de que todo estuviera bien.

AUTOPISTA 11, OESTE DE IRAK

No mucho después de rodear Bagdad, pasaron por Faluya y Ramadi, luego giraron al noroeste en la autopista 12 y recorrieron paralelamente al río Éufrates, hacia la frontera siria.

A medida que las horas pasaban durante la travesía por el desierto, los pensamientos de David volvieron a girar una y otra vez hacia dos personas, su padre y Marseille Harper. Ahora se daba cuenta de que era cada vez más probable que nunca volvería a ver a ninguno de los dos, por lo menos en este mundo, y comenzó a considerar seriamente correr el riesgo de llamarlos antes de llegar a Damasco. Desesperadamente quería oír sus voces una vez más. Quería decirle a cada uno de ellos que los amaba mucho, que daría cualquier cosa por estar con ellos y por abrazarlos. No les daría indicios, a ninguno, sobre lo fútil de su

364 ★ MISIÓN DAMASCO

misión. No quería que sus últimas acciones violaran su juramento a la CIA y al pueblo estadounidense. Tampoco quería darles razón para temer. Tendría que sonar fuerte. Es más, tenía que *ser* fuerte, por ellos y por sí mismo.

Estaba más preocupado por su padre. El hombre acababa de perder a su primer amor, su esposa durante cuatro décadas, y tenía que estar batallando emocional y físicamente. Además, David se preocupaba por el futuro espiritual de su padre. No conocía a Jesús como su Salvador. Aunque su padre ya no era un musulmán activo, David no estaba consciente de que alguna vez hubiera escuchado el evangelio. Aunque su padre hubiera oído alguna enseñanza cristiana o leído algo de la Biblia, seguramente nunca había considerado seriamente que Jesús fuera Salvador y Señor. Ahora que David había tomado su propia decisión, que estaba seguro de que Cristo lo había perdonado y salvado, y de que iba a pasar la eternidad en el cielo, oraba una y otra vez por su padre.

No había nada que David pudiera hacer por su madre ahora. Se había ido, y no podía imaginar un escenario en el que ella hubiera recibido a Cristo antes de irse a la eternidad. Ese hecho era un dolor amargo que tenía que llevarse a la tumba, pero él mismo no conocía personalmente a Cristo cuando había visto a su madre por última vez. No había estado consciente del peligro en el que ella estaba, y al final, tenía que dejarle su destino a un Dios soberano y amoroso. No podía asumir la carga de su destino eterno.

No obstante, su padre era totalmente otro asunto. Ahora David sabía que Jesucristo era la Verdad y que la Verdad lo había liberado. Desesperadamente quería que su padre conociera a Cristo, y que recibiera a Cristo como su Mesías y Rey. David sabía que tenía una obligación solemne de hacer todo lo posible para compartir la Buena Noticia del amor de Cristo con su padre, aunque al momento no podía ver la manera de hacer que eso ocurriera.

Luego estaba Marseille. Solo pensar en ella lo hacía quedarse sin habla, y se dio cuenta en ese momento de lo profunda y totalmente que estaba enamorado de ella. La había amado desde niño, después como adolescente y ahora como hombre. Haría cualquier cosa por volver con ella y expresarle su amor. Sinceramente, no tenía idea de si ella sentía ese mismo amor por él. Sin duda él le importaba, pero había muy pocos indicios en cuanto a lo que significaba él para ella. Ansiaba decirle lo que ella significaba para él. Quería decirle cuánto la echaba de menos. El simple hecho era que él quería proponerle matrimonio. No estaba seguro de poder soportar su rechazo si él malinterpretaba enormemente su corazón. Todo lo que quería hacer ahora era mirarla a los ojos, tomarla de las manos, hincar la rodilla y pedirle que pasara su vida con él. Tal vez ella diría que sí, tal vez que no; pero tenía que preguntárselo. Tenía que saberlo. Tenía que intentarlo.

Era un sueño imposible en este momento, y él lo sabía. Sin embargo, de alguna manera, la sola posibilidad de verla otra vez y de pedirle que se casara con él —por pequeña, improbable o ridícula que fuera— le daba una medida inexplicable de esperanza para seguir adelante, para seguir buscando una manera de lograr su misión y de volver a casa en contra de cualquier probabilidad.

TEHERÁN, IRÁN

Desde el salón de guerra del Cuerpo de la Guardia Revolucionaria Iraní, diez pisos abajo del aeropuerto más grande de la capital de Irán, el presidente Ahmed Darazi coordinaba todos los aspectos de la guerra militar y de los medios de comunicación en contra de los sionistas. Trabajaba por teléfono con los presidentes y primeros ministros alrededor del mundo, pidiéndoles que emitieran fuertes declaraciones, condenando a Israel por «asesinar a nuestras cinco amadas hijas del islam». También les pedía que apoyaran una resolución del Consejo de Seguridad de las Naciones Unidas, que los chinos habían redactado y que tenían en circulación, en la que se censuraba a Israel y se hacía un llamado para imponer severas sanciones económicas al Estado Judío, hasta que terminara la guerra y se acordara pagar compensaciones, no solo a las familias de las cinco niñas, sino a todo el pueblo de Irán que había sufrido como resultado del ataque preventivo de Israel.

Darazi y su círculo íntimo sabían que todo era una farsa. Al final del día, si todo salía de acuerdo a su plan, la gran mayoría de judíos en Israel sería incinerada en un holocausto nuclear. No obstante, la resolución de la ONU era la idea del Mahdi para mantener a los israelíes desequilibrados y desarrollar simpatía internacional por la causa islámica.

A exactamente las 9:30 a.m., hora local de Teherán, Darazi terminó una conferencia telefónica de media hora con todos los embajadores de Irán en todo el mundo, en la que los instruyó a mantener la presión en contra de los judíos sosteniendo conferencias de prensa en cada capital, mostrando el video de los cuerpos quemados de las cinco niñitas iraníes y haciendo llamados a boicots en contra de productos y servicios israelíes. Después, el Comandante de la VEVAK, Ibrahim Asgari, le dio un reporte acerca del Mahdi y del Ayatolá Hosseini. Como el general Mohsen Jazini ahora operaba desde Damasco como jefe de Estado Mayor del Mahdi, Darazi había llevado al comandante de la VEVAK al círculo íntimo, para que ayudara a coordinar los asuntos de inteligencia, de seguridad y para que fuera el vínculo directo a Jazini y sus hombres.

—El Ayatolá se encuentra casi allí —comenzó Asgari—. Esperamos que llegue durante los próximos diez a quince minutos.

—¿Está ya casi en Al-Mazzah? —clarificó Darazi, mientras examinaba una carpeta con lo último del tráfico por cable, de reportes de varios oficiales de inteligencia del Cuerpo de la Guardia Revolucionaria Iraní alrededor del mundo.

—Afirmativo, señor.

—¿Sabe alguien allá que él llegará?

—Solo el general Jazini, señor.

—Excelente —dijo Darazi—. ¿Y el Mahdi? ¿Cuál es su estado?

—Acabamos de enterarnos por el señor Rashidi, señor. Dice que parece que esperan su llegada al mediodía, según lo planeado.

—Muy bien. ¿Y los preparativos en la Mezquita Imán Jomeini? ¿Cómo van? No tenemos mucho tiempo.

—De hecho, acabo de hablar con el comandante de turno en el lugar —dijo Agari—. El nuevo salón de guerra allí ya está en total funcionamiento. Hemos trasladado personal allá durante la última hora y están listos para usted, tan pronto como usted esté listo para salir.

—¿Tiene un helicóptero a la espera?

—Acaba de aterrizar arriba.

—¿Entonces qué esperamos, comandante? Movilicémonos.

AUTOPISTA 12, OESTE DE IRAK

David oró en silencio por su padre y por Marseille, luego se obligó a dejar de pensar en ellos y a volver a los asuntos apremiantes que tenía en sus manos. Su equipo y él comenzaron a discutir la mejor manera de penetrar a la base aérea de Al-Mazzah, pero pronto quedó claro que no llegaban a nada.

Aun así, mientras David y su equipo seguían considerando varios escenarios —todos desarrollados sobre la premisa de que el presidente de Estados Unidos no iba a autorizar ninguna ayuda adicional para que ellos cumplieran su misión—, David se encontró pensando en una opción totalmente nueva, aunque no dijo nada mientras seguía conduciendo. ¿Habría alguna manera de hacer contacto con el gobierno israelí? ¿Habría alguna manera de informarles que las dos ojivas estaban en Al-Mazzah y que el Mahdi llegaría allí pronto? A estas alturas, la única manera en que él podía visualizar detener al Mahdi de desatar un segundo holocausto era si los israelitas atacaban la base aérea de Siria. Si el Mahdi moría, ¿lanzaría en realidad alguno de sus subalternos los 345 misiles nucleares contra Israel? ¿Lo dejarían los paquistaníes? Era un riesgo, sin duda alguna, pero ¿había acaso otro escenario mejor? David no podía pensar en ninguno.

Llevarlo a cabo —hacer contacto con los israelíes y darles información ultrasecreta— sería equivalente a traición. Si por algún milagro sobreviviera a esta pesadilla, nunca podría casarse con Marseille, ni serían felices para siempre en Portland, ni en cualquier lugar. Lo enviarían a una prisión de máxima seguridad por el resto de su vida por quebrantar quién sabe cuántas leyes.

Sin embargo, ¿importaba en realidad algo de eso? ¿No tenía una obligación moral de ayudar a los israelíes a salvarse de otro Holocausto? No había duda en su mente de que sí la tenía. La única pregunta en ese momento era cómo podía contactarse con ellos. La respuesta más lógica era usar a Tolik y a Gal, los agentes del Mossad que estaban en el refugio de Karaj, pero eso significaba involucrar a Mays. En efecto, todo su equipo tendría que saberlo, y David no podía enviarlos a todos a la cárcel. No podrían saberlo. Ninguno de ellos. Ni Mays, ni Torres. Ni Fox ni Crenshaw. Si lo hacía, tendría que hacerlo solo y pagar solo las consecuencias. De eso estaba seguro.

Del mismo modo, no podría hacer saber a Zalinsky, a Murray ni a nadie de la cadena de mando en Langley lo que hacía. Nunca lo dejarían salirse con la suya. Así como respetaba a su propio equipo, los respetaba demasiado como para poner en peligro sus vidas o sus carreras. No siempre estaba de acuerdo con sus superiores, pero los respetaba enormemente.

Tomar la decisión de ayudar a salvar al pueblo israelí se sentía casi tan liberador como recibir a Cristo como su Salvador. En efecto, estaba seguro de que, de alguna manera, las dos decisiones estaban relacionadas, aunque en este momento no tenía el tiempo ni el entrenamiento para entender bien de qué manera. Solo sabía que cuando muriera, llegara al cielo y se parara ante el Mesías judío en el cielo —probablemente ese mismo día— querría que Jesús supiera que había hecho todo lo que había podido para proteger al pueblo judío.

La pregunta crucial era cuál era la mejor manera de proceder. ¿Cómo podría contactarse con la gente adecuada del gobierno israelí? No conocía ni un alma en Jerusalén ni en Tel Aviv. Nunca había estado allí, y no era cosa de llamar al servicio de información telefónica y de pedirle a algún operador el número de teléfono personal del jefe del Mossad, ni el del primer ministro. Aun así, mientras seguía a toda velocidad por los desiertos del oeste de Irak, David estudiaba cada conversación que había sostenido con Zalinsky con el paso de los años, esperando recordar el nombre y el número de alguien con quién comunicarse, pero no recordaba nada. Pensó en sus asignaciones previas, buscando desesperadamente una pizca que pudiera utilizar en este preciso momento.

Su primer cargo cuando terminó el entrenamiento de la CIA en la Granja, en la zona rural de Virginia, había sido como asistente del asistente del subasistente de quien fuera, por todo un año, en la nueva

Embajada de Estados Unidos en Bagdad. Eso había sido tan aburrido como es de imaginarse. Luego había sido, esencialmente, el chico encargado del café con leche del agregado de economía de la Embajada de Estados Unidos en el Cairo. Patético. Después lo habían trasladado para que fuera vínculo de comunicaciones e inteligencia en Bahrein, en un equipo SEAL asignado para proteger los barcos de la Marina de Estados Unidos que entraban y salían del Golfo Pérsico. Había parecido algo espléndido cuando recién se enteró del trabajo, pero no resultó tan interesante como había esperado. No lo había puesto en contacto con nadie del ejército israelí, ni con los servicios de inteligencia. Lo mismo sucedió con su trabajo en Paquistán, perseguir agentes de Al Qaeda. Al recordarlo, parecía extraño que no se hubiera encontrado con israelíes en su camino, pero en lo que podía recordar, simplemente no había sido así.

Comenzó a preguntarse si debería haber traído consigo a Tolik Shalev a esta misión, aunque rápidamente lo volvió a descartar. Aun así, si pudiera hablar con Tolik en privado...

Entonces David recordó algo que Tolik había dicho, casi de forma casual, antes de que partieran para Siria. Tolik había mencionado el hecho de que el agente doble de Israel dentro del programa nuclear iraní había «informado» los lugares exactos de las ojivas, lo cual había permitido que Neftalí ordenara ataques aéreos precisos. David se preguntaba si sería posible que el agente doble tuviera acceso a uno de los teléfonos satelitales que él mismo le había proporcionado al Mahdi, a través de Abdol Esfahani y Javad Nouri. ¿Sería posible que el agente doble hubiera usado uno de esos teléfonos satelitales para hacer contacto con sus superiores del Mossad? David llegó a la conclusión de que tendría que haberlo hecho. ¿De qué otra manera podría haber estado seguro de que los iraníes no escucharan su llamada?

Aun así, si en realidad eso fuera cierto, significaría que la Agencia de Seguridad Nacional tenía una grabación de la llamada, ¿verdad? ¿La habrían enterrado entre las montañas de grabaciones de Fort Meade, para las que no tenían capacidad para procesar lo suficientemente rápido ni lo suficientemente a fondo? ¿Habría sido traducida? ¿Habría sido analizada? Si no, ¿podrían encontrarla?

Mientras más rápido procesaba David las preguntas, más rápido parecía que conducía. Sin lugar a dudas, no le preocupaba que un oficial de policía iraquí lo detuviera. Estaban a kilómetros de la civilización y atravesaban el desierto a casi ciento sesenta kilómetros por hora. Dentro de más o menos una hora llegarían a la frontera siria. ¿Y entonces qué?

El pulso de David se aceleró con la posibilidad de establecer contacto con el Mossad, pero primero tenía que extraer, cuidadosa y delicadamente, la información correcta de las supercomputadoras de la Agencia de Seguridad Nacional. ¿Cómo? Su único contacto en el equipo de traducción era Eva Fischer. ¿Se atrevería a meterla en su plan? Tampoco quería hacerle daño a ella. Tal vez había alguna manera de obtener la información sin que ella se diera cuenta de cómo iba a usarla.

Determinó que tenía que llamarla; por lo menos tenía que intentarlo. Solo podía hacer la llamada cuando el resto de su equipo no estuviera escuchando, lo que significaba que tenía que hacer la llamada cuando él, o los demás, estuvieran fuera del auto. Lo que significaba que no podía llamar a Eva hasta que llegaran a la siguiente ciudad y se detuvieran otra vez por combustible y para usar el baño. No obstante, la próxima ciudad no estaba sino hasta unos ochenta kilómetros, y David no estaba seguro de poder esperar hasta entonces.

41

La llamada a la puerta llegó a tiempo y como se esperaba.

«Un momento», dijo el doctor Birjandi. Alcanzó el teléfono satelital en la mesa de noche que estaba al lado de su cama y lo escondió dentro de su túnica. Sentía intensamente que necesitaba llamar a David y hacerle saber dónde estaba y lo que estaba ocurriendo, pero estaba seguro de que su habitación tenía micrófonos ocultos. Llegó a la conclusión de que su única oportunidad para hacer la llamada era en otro lugar de la base. El riesgo, por supuesto, era que nunca podría estar seguro de estar verdaderamente solo, en cualquier momento dado, pero Birjandi sabía que si el Señor quería que hiciera la llamada, encontraría un camino donde no había ninguno.

Birjandi caminó lentamente hacia la puerta de su habitación y palpó hasta encontrar el mango de la puerta.

—Por favor, perdone a un anciano —dijo, al abrir la puerta finalmente—. No soy tan ágil como alguna vez lo fui.

Él esperaba definitivamente a un joven asistente militar sirio para llevarlo a desayunar, pero para su sorpresa, se trataba de alguien que conocía.

—*Sabah al-khayr* —dijo la voz conocida.

—*Sabah al-noor* —respondió Birjandi, luego agregó—: Abdol, ¿es usted?

—En efecto, soy yo, doctor Birjandi —respondió Esfahani—. Estoy impresionado por su memoria.

—A mi edad, yo también —bromeó Birjandi.

Esfahani se rió.

—Perdóneme por no saludarlo ni hablarle más anoche cuando llegó, Alireza, pero supuse que estaría fatigado por el viaje.

—Esta bien. No hay nada que perdonar. Efectivamente, estaba fatigado.

—¿Puedo acompañarlo abajo para el desayuno?

—Sí, por supuesto —dijo Birjandi—. He decidido ayunar hoy, si no hay problema, pero me sentiría honrado de acompañarlo. ¿Será solo usted?

—No, de hecho, son varios los que esperan pasar tiempo con usted, incluso el general Jazini y el general Hamdi. Están ansiosos por conocer al destacado experto mundial en escatología chiíta.

—¿Y para qué? —objetó Birjandi—. El fin ha llegado. Las palabras de los antiguos profetas se están cumpliendo ante nuestros propios ojos.

Él se refería a las palabras de la Biblia, por supuesto, no a las palabras del Corán ni a las de otros escritos islámicos, pero por el momento, la ambigüedad lo ayudó a mantener su identidad secreta. La pregunta era, ¿cuánto tiempo más debía esperar antes de revelarse como un verdadero seguidor de Jesucristo, no del Duodécimo Imán? Mientras caminaba, Birjandi oraba en silencio Juan 12:49, que el Padre le ordenara «qué decir y cómo decirlo», así como el Padre le había ordenado al mismo Cristo.

Después de una larga noche de oración, Birjandi se sentía en paz por lo que se avecinaba. Estaba listo para ver al Señor frente a frente y dispuesto a compartir el evangelio con todos en esta base, antes de irse. No sabía si podría persuadir a alguien para que renunciara al islam y siguiera a Jesús, como él lo había hecho, pero estaba decidido a intentarlo.

Mientras caminaban por el pasillo hacia un elevador, Birjandi buscó una manera de iniciar una conversación espiritual, pero cuando Esfahani comenzó a hablar, no se detuvo. No paraba de hablar de lo emocionado que estaba porque lo habían elegido para esta tarea: formar parte del equipo de avanzada para la visita del Mahdi, y estar realmente en primera línea cuando se escribiera la historia.

—El mundo recordará este día para siempre —dijo Esfahani orgullosamente.

—En efecto, lo hará —respondió Birjandi, aunque su corazón sufría por este joven, por lo ciego que era y lo cerca que estaba de perecer para siempre.

Señor, ¿puedo compartir la Buena Noticia de tu Hijo con él ahora mismo, en este elevador?, oró Birjandi, pero la respuesta que recibió fue no. Tenía que esperar; el tiempo todavía no era el adecuado.

AUTOPISTA 12, OESTE DE IRAK

David y su equipo se acercaban a una ciudad de tamaño mediano que se llamaba Al Qa'im, al otro extremo del que planificaban atravesar la frontera hacia Siria. Al observar una pequeña tienda que vendía fruta, meriendas, agua, gaseosas, cigarrillos, periódicos y cosas similares, David se dirigió a ella y le dijo a su equipo que tenían cinco minutos nada más. Él iba a buscar un baño. Volvería pronto.

Mientras sus hombres compraban algunas provisiones y con gusto estiraban sus piernas, David ubicó un baño tan sucio que no pudo soportar entrar. Encontró unos arbustos y se alivió, luego encendió su teléfono satelital y utilizó el marcado rápido para llamar a Eva.

—Fischer.

—Eva, hola, soy yo, pero no digas mi nombre en voz alta.

—Está bien, David; estoy sola.

—Bien, escucha; necesito un favor, y lo necesito rápido.

—Seguro, ¿qué pasa? ¿Estás bien? ¿Dónde estás ahora mismo?

—Sí, estoy bien, pero la verdad es que no puedo decir nada más —respondió David—. Escucha, necesito que busques una llamada telefónica que se hizo la semana pasada, probablemente el miércoles o el jueves.

Rápidamente le explicó exactamente lo que buscaba.

—¿Puedes hacerme ese favor? —preguntó.

—Sí —dijo Eva—, pero ¿por qué lo necesitas?

—Estoy trabajando en base a una corazonada —explicó David—, pero no quiero que Jack, ni Tom, ni nadie más de allá lo sepa, hasta que pueda verificarlo.

—¿Por qué no?

—No creo que lo entiendan —dijo—. Al principio, no.

—¿No lo entenderán o no lo aprobarán? —preguntó Eva.

—Sin comentarios —dijo.

—Entonces lo harás por tu cuenta.

David suspiró. Ella le había adivinado su juego.

—¿Me ayudarás?

—Por supuesto —dijo ella—. ¿Para qué son los amigos?

—Eres una gran amiga, Eva; gracias. Ahora bien, una pregunta más —dijo David—. ¿Puedes decirme cuántos equipos más de Agentes Secretos Extraoficiales hay aquí en el campo con nosotros?, y ¿sabes si hay alguna manera de que pueda vincularme con cualquiera de ellos?

Hubo un silencio incómodo.

—¿Eva?

—¿Sí?

—¿Oíste mi pregunta?

—Sí, la oí.

—¿Y bien?

—¿Quieres la respuesta oficial o la real?

—Ambas.

—La respuesta oficial es: «La administración está haciendo todo lo posible para llevar paz al Medio Oriente, y para proteger a Estados Unidos y a nuestros aliados de cualquier amenaza de un arsenal nuclear iraní» —dijo Eva.

—¿Y la respuesta real?

—La respuesta real es que estás solo, amigo mío.

David se quedó atónito.

—¿No hay *nadie* aquí con nosotros?

—Los sacaron a todos.

—Excepto a nosotros.

—Correcto.

—¿Y por qué nos mantienen en el campo a nosotros?

—Para que el presidente pueda decirles a los israelíes, con la cara seria, que tiene hombres que arriesgan su vida para detener a Irán.

—Pero en realidad nos abandonó.

—Tus palabras, no las mías —dijo Eva.

—Gracias por la sinceridad brutal.

—De nada —dijo Eva bromeando—. Ahora bien, escucha, no dejes que te maten. Me debes mucho y si te mueres no podré cobrarte.

—Haré todo lo posible —prometió él.

—Será mejor que lo hagas.

Colgaron rápidamente, y sesenta segundos después, David estaba de regreso en el asiento del conductor, llevando a su equipo hacia la frontera siria.

JERUSALÉN, ISRAEL

El primer ministro Neftalí estaba furioso con la ofensiva de propaganda de Irán, pero ese era un juego para dos, y decidió devolver la jugada. Llamó al ministro de relaciones exteriores, a su director de comunicaciones y a su vocero principal y les dijo que inmediatamente divulgaran todos los detalles de la horrible muerte de la joven pareja de estadounidenses de luna de miel en Tiberíades, que habían muerto por un ataque de misiles iraníes.

—Una vez más, ¿cuáles eran sus nombres? —preguntó.

—Christopher y Lexi Vandermark —dijo el director de comunicaciones.

—¿Tiene todos los detalles de su itinerario? —preguntó el PM.

—Sí, señor.

—¿Sus fotos de pasaporte de cuando entraron al país?

—Sí.

—¿Puede editar algunos de los videos que recuperó de las cámaras de seguridad cerca al hotel, que muestran cuando el hotel fue atacado por el misil y después cuando se derrumbó?

—Mis hombres trabajan en eso ahora.

—¿Qué tan pronto estará listo?

—En veinte minutos. Media hora máximo.

—Bien, ¿hay tomas de los Vandermark cuando los sacaron de los escombros?

—Sí.

—Usen eso también —dijo Neftalí—. Sin embargo, no usen tomas explícitas de sus rostros, ni ninguna toma de cerca. No queremos ofender al pueblo estadounidense. Queremos enfurecerlos con las acciones de los iraníes. Queremos hacer esto real y personal para ellos, pero ahora ya es tarde en Estados Unidos. Todos están durmiendo. Denle este material a los directores de agencia en Jerusalén de las principales redes estadounidenses, del *New York Times*, del *Washington Post* y del *L.A. Times*. Prohíban el video hasta mañana en la mañana. No obstante, asegúrense de que sea la historia principal que todos los estadounidenses vean, oigan y lean cuando se levanten. Prepárenme una declaración, para publicar en la prensa, en la que expreso mis condolencias a las familias de la pareja y al pueblo estadounidense, y mi determinación de llevar a los asesinos de los Vandermark ante la justicia.

DAMASCO, SIRIA

Los generales iraníes y sirios recibieron calurosamente al doctor Birjandi, y le pidieron a él y a Esfahani que los acompañaran a desayunar. Describieron el impresionante banquete que se había preparado para un amigo tan cercano del Ayatolá e invitado especial del Mahdi. Sin embargo, Birjandi no aceptó participar del espléndido bufé. Dijo que estaba muy agradecido por todas las molestias que se habían tomado ellos y su personal, pero que quería ayunar ese día para estar cerca de Dios y muy atento a su voluntad. No pretendía impresionarlos ni llamar atención en exceso por su piedad, pero de todas formas sus palabras tuvieron ese efecto. Jazini y Hamdi decidieron ayunar durante el día también, y cuando lo hicieron, Esfahani con gusto hizo lo mismo.

—Acabamos de ver al buen doctor Zandi —dijo Jazini cambiando de tema—. Él y su equipo han estado trabajando desde mucho antes del amanecer. Parece que están adelantados. En este momento, parece que la primera ojiva podría acoplarse tan temprano como a la una de la tarde, quizás a las dos a más tardar. Entonces, *inshallah*, comenzarán a trabajar en la segunda ojiva. Zandi cree que esa podría estar lista a la hora de la cena.

—Él insiste en que las dos ojivas permanezcan juntas —dijo el general Hamdi—. Yo insisto en que trasladen la segunda ojiva a Alepo, cuando la primera esté acoplada al Scud, y que envíen a Zandi y a su equipo para acoplarla a otro Scud allá. No podemos ser demasiado cuidadosos.

—Estoy totalmente de acuerdo —dijo Jazini—. De hecho, ya he ordenado el transporte de la segunda ojiva, a pesar de las reservas del doctor Zandi. Actualmente va hacia su lugar de lanzamiento. Zandi irá para allá tan pronto como la primera ojiva esté unida. Actualizaré al Imán al-Mahdi acerca de nuestro progreso cuando venga, a eso del mediodía.

Entonces Jazini se volteó hacia el profesor octogenario.

—Mientras tanto, tengo muchas preguntas para usted, doctor Birjandi. ¿Le importaría?

Birjandi se consumía por llamar a David. El tiempo que quedaba para que esas ojivas estuvieran listas para ser lanzadas disminuía rápidamente, y David era la única persona que conocía que podía hacer algo para detener al Mahdi y a sus fuerzas, antes de que fuera demasiado tarde. Sin embargo, Birjandi se dio cuenta de que no había nada que pudiera hacer en ese momento, aparte de responder a las preguntas de estos hombres y de tratar de ganarse su confianza.

—Estaré encantado de responder sus preguntas —dijo tan alegremente como pudo, bajo las circunstancias—. ¿Dónde les gustaría comenzar?

AL QA'IM, IRAK

David le pidió a Torres que le diera al equipo un reporte final de los detalles del memo de Omid Jazini, para que todos pudieran estar listos cuando llegaran a la frontera siria. Además de mostrarles sus identificaciones a los guardias de la frontera, las instrucciones de Omid a todos los Guardias Revolucionarios que ingresarían a Siria incluían una serie de códigos de autentificación que tendrían que recitar de memoria, y respuestas a un número de preguntas de verificación que los oficiales sirios que hacían guardia podrían hacerles. Debido a que las probabilidades de éxito en su misión eran muy escasas, de todas maneras, lo último que David quería era que los detuvieran o arrestaran en la frontera. Tenían que estar preparados para cualquier eventualidad, pero la meta, ante todo, era entrar sin incidentes. Ya habían memorizado los códigos y protocolos, y ahora revisaban todo, mientras Torres los guiaba por los procedimientos por última vez.

El teléfono satelital de David sonó. Se disculpó con el equipo por la interrupción y los alentó a seguir trabajando. Entonces se puso un auricular de Bluetooth, en lugar de presionar el altavoz, y respondió al quinto timbrazo.

Para su sorpresa no era Eva.

—David, ¿es usted? —se oyó una voz totalmente inesperada, y además, en un susurro.

—¿Doctor Birjandi?

—Sí, sí, soy yo, pero solo tengo un momento.

David agitó su mano para que su equipo se callara, aumentó el volumen y presionó el Bluetooth en su oído.

—¿Puede hablar más fuerte, doctor B.? Casi no puedo oírlo.

—Tengo que susurrar, David. Estoy en gran peligro, pero debe escuchar todo lo que diga, porque es posible que no tenga otra oportunidad de llamarlo.

—¿Dónde está? No se oye como que estuviera en casa.

—No estoy en casa —dijo Birjandi—. Estoy en Siria, en la base aérea de Al-Mazzah. ¿Lo conoce?

David no podía creer lo que oía.

—Por supuesto, en el borde de Damasco.

—Sí, allí mismo —dijo Birjandi—. El Mahdi me hizo venir aquí. Envió un helicóptero a recogerme. Llegué anoche, y ahora estoy en un desayuno con el general Jazini y un general sirio llamado Hamdi.

—¿Qué tan cerca están de usted?

—Por el momento estoy solo, cerca de una ventana, y por eso es que tengo la conexión de satélite. Los otros están afuera del salón, así que tengo que susurrar y ser rápido. Ahora, escuche cuidadosamente. Hay mucho que tengo que decirle.

TEHERÁN, IRÁN

Tres helicópteros militares volaban bajo y velozmente a través del horizonte de la capital, esperando que no fuera evidente cuál llevaba al presidente Darazi, y confundir a cualquier enemigo que planificara eliminar su helicóptero. Sin embargo, cuando se acercaban a la Mezquita Imán Jomeini, cerca del corazón de la ciudad, los dos helicópteros señuelos se separaron y volaron en círculos alrededor de la mezquita, con sus puertas abiertas y francotiradores en busca de cualquier movimiento sospechoso en tierra. El helicóptero de Darazi sobrevoló por unos minutos más sobre el enorme patio de la mezquita antes de aterrizar lentamente.

Un momento después, a pesar de que los motores todavía estaban encendidos y de que los rotores giraban, la puerta lateral del helicóptero se abrió y una escalera de gradas descendió al pavimento. Dos hombres de seguridad del Cuerpo de la Guardia Revolucionaria Iraní bajaron primero, seguidos por un asistente militar del presidente y el vocero oficial del gobierno. Solo entonces el mismo Darazi apareció en la puerta, y en ese momento el hombre del Mossad disparó.

La granada impulsada por cohete explotó del tubo montado en el hombro y pasó como un rayo por el cielo de la mañana; su estela dejó una ruta irrecusable desde la ventana del alto edificio de apartamentos de la que salió. Sin embargo, el RPG encontró su objetivo. En una fracción de segundo, le arrancó la cabeza al presidente iraní, luego detonó dentro del helicóptero. El resultado fue una monstruosa bola de fuego que incineró a todos en un perímetro de quinientos metros, y que tomó totalmente por sorpresa a los Guardias Revolucionarios de los otros dos helicópteros.

Los agentes del Mossad —el observador de tiro y el francotirador— tomaron su equipo, incluso la cámara de video que había captado todo el acontecimiento, y salieron corriendo del apartamento mientras una ráfaga de balas calibre .50 roció el apartamento e hizo trizas todo lo que estaba a la vista. Los dos hombres bajaron velozmente las escaleras. Cuando llegaron al primer piso, salieron por la puerta posterior, saltaron a dos motocicletas distintas, se pusieron sus cascos y salieron a toda velocidad en direcciones opuestas. Ninguno estaba convencido de poder llegar a salvo, pero los dos presionaron el botón de marcado rápido del centro de operaciones del Mossad en Israel, para reportar el éxito de su operación.

42

David colgó el teléfono, pero no dijo nada.

«¿De qué se trató todo eso? —preguntó Torres—. ¿Está bien el doctor Birjandi?».

Todos los hombres de la camioneta estaban en ascuas, pero David permaneció callado por otro largo rato.

—Oiga, hombre, ¿está todo bien? —insistió Torres—. Háblenos. ¿Qué pasa?

David respiró profundamente e hizo señas con la cabeza hacia una señal de tráfico. Finalmente entraron al área de Al Qa'im, que estaba próxima a la frontera siria, más o menos a un kilómetro de distancia solamente. Eso significaba que apenas tenían un minuto para hablar, pero David todavía trataba de entender lo que acababa de escuchar.

—No van a creer esto —comenzó—, pero el presidente Darazi acaba de ser asesinado.

—¿Qué? ¿Cómo? —preguntó Torres.

—Hace unos minutos, en Teherán —dijo David—. Aparentemente, un equipo del Mossad en Teherán disparó un RPG al helicóptero de Darazi. Explotó al impacto y mató a todos a bordo.

—¿Cómo es que Birjandi lo sabe?

—El general Jazini acaba de recibir las noticias de Teherán y se lo dijo a Birjandi. Todos están impactados.

—¿Birjandi está en Siria? —preguntó Fox.

—Sí, está en Al-Mazzah.

—¿Y se puede saber para qué?

—El Mahdi lo mandó a llamar.

—Pensé que Birjandi había rehusado —dijo Crenshaw.

—Eso es lo que también pensé yo —confesó David—. Creo que el Mahdi no aceptaría un no como respuesta esta vez. Envió un helicóptero a recoger a Birjandi anoche. El anciano estaba desayunando con Jazini y algunos altos funcionarios en Al-Mazzah cuando recibieron la noticia de que los israelíes habían eliminado a Darazi. Pero hay más.

—¿Qué?

—Se espera que el Mahdi llegue al mediodía.

—Apenas faltan dos horas para eso —dijo Torres.

—Correcto —asintió David—. Las dos ojivas definitivamente estaban allí en esa base esta mañana, pero una ya está en movimiento. Un científico nuclear iraní llamado Zandi supervisa a un equipo sirio, que actualmente está acoplando una de las ojivas a un misil sirio Scud-C. Birjandi dice que el plan original era que a más tardar a las tres de esta tarde, hora de Damasco, la ojiva sin acoplar fuera trasladada, junto con Zandi y su equipo, a Alepo, donde también sería acoplada a un Scud-C, pero Jazini está aterrorizado de que los israelíes estén a punto de atacar Damasco y Alepo, especialmente ahora que han eliminado a Darazi. Por lo que comenzó el transporte temprano. De todas formas, creo que nunca planeó enviar la ojiva a Alepo.

—¿Por qué lo dice? —preguntó Torres.

—Porque ahora se dirige a una pequeña base aérea, afuera de Dayr az-Zawr. Los sirios tienen varias docenas de misiles Scud estacionados allí, pero generalmente no es una base que llame mucho la atención.

—¿Dayr az-Zawr? —repitió Torres.

—Correcto.

—No está lejos de nosotros —dijo Torres—. Actualmente nos dirigimos directamente por allí. ¿Cómo la enviarán? ¿Por aire o por tierra?

—Jazini pensó que era demasiado arriesgado enviarla por aire —respondió David—. Está convencido de que cualquier avión que despegue de una base militar siria, especialmente de Damasco, sería derribado. Por lo que la tienen en una ambulancia de la Media Luna Roja.

—La misma manera en que llevaron a Jazini a Damasco —dijo Fox.

—Eso es —dijo David—. Ahora, miren, nos acercamos al paso de la frontera. Yo tomaré la delantera. El resto de ustedes comiencen a pensar cómo vamos a interceptar esta ambulancia.

—¿Cuánto dijo Birjandi que tardarían en transferir la ojiva a la otra base? —preguntó Crenshaw.

—Una hora y media —dijo David—. ¿Qué tan pronto podemos llegar a Dayr az-Zawr?

—Tal vez un poco menos que eso —dijo Torres—. Todo depende de qué tan pronto pasemos por este punto de revisión.

—Está bien, chicos, estén alertas —dijo David—. Llegó la hora.

David no dijo nada más, pero sabía que todos en su equipo pensaban lo mismo que él. ¿Habrían encontrado el cuerpo de Omid? ¿Sabrían las fuerzas del Mahdi que habían ingresado a su computadora y que se habían robado sus uniformes del Cuerpo de la Guardia Revolucionaria Iraní? ¿Habrían sido informados los guardias de la frontera?

JERUSALÉN, ISRAEL

Neftalí estaba a punto de salir rápidamente de su residencia y de abordar un helicóptero de las Fuerzas de Defensa de Israel, para hacer el corto salto hacia el salón de guerra en Tel Aviv, cuando entró una llamada de emergencia de Zvi Dayan.

—*Señor Primer Ministro, no entre a ese helicóptero* —gritó Dayan, que ya oía el ruido de los rotores.

—*No se preocupe, Zvi* —gritó Neftalí—. *Llegaré en unos minutos. Lo que tenga puede esperar hasta entonces.*

—*No, no puede, señor. Nos enteramos por uno de nuestros equipos en Teherán. Acaban de eliminar a Ahmed Darazi.*

—*¿Dijo que Darazi está muerto?* —respondió Neftalí, preguntándose si había oído bien a su jefe del Mossad.

—*Sí, señor, no hace ni diez minutos.*

—*¿Cómo? ¿Qué pasó?*

—*Mi equipo eliminó su helicóptero, señor Primer Ministro* —dijo

Dayan—. *Le enviaré por correo electrónico los detalles en unos minutos.*
Por eso le sugiero que permanezca lejos del aire, por lo menos por ahora.

FRONTERA IRAQUÍ-SIRIA

Esto no estaba saliendo según los planes. Había un enorme embotellamiento en el paso de la frontera. Delante de su camioneta había por lo
menos de treinta a cuarenta camiones de carga de dieciocho llantas, y
por alguna razón, los guardias de la frontera siria sometían a cada uno
a una minuciosa inspección, y se tomaban todo el tiempo que querían.

David miró su reloj. Acababan de dar las 10 a.m. Como se veían las
cosas, no era probable que atravesaran la frontera por lo menos en una
hora, y estaban por lo menos a una hora de distancia de la base aérea.
Eso significaba que si las cosas no cambiaban rápidamente, iban a perder su única oportunidad de interceptar la ojiva antes de que entrara a
la base y estuviera demasiado segura como para llegar a ella.

De repente sonó el teléfono. Frustrado, pero esperando que fuera
Birjandi con más noticias, David volvió a encender su auricular de
Bluetooth, pero no era Birjandi; era Eva.

—Hola, soy yo —dijo ella—. ¿Puedes hablar?

—Por un momento.

—Bien, la encontré.

—¿De veras? —preguntó él—. ¿Estás segura?

—Cien por ciento. ¿Quieres que te la lea?

—Definitivamente.

—¿Ahora?

—Sí, adelante.

—Está bien —dijo ella—. Aquí va.

Primero, Eva le dio a David el número de teléfono que el agente
doble había usado para llamar a la base del Mossad. David lo escribió
en una hoja de papel, mientras esperaba en esta fila horriblemente
larga. Después le dio el número del teléfono satelital con el que el
agente doble había llamado, y él lo escribió también. Luego le dio las
coordenadas exactas, en longitud y latitud, del lugar donde se originó

la llamada del teléfono satelital, y las coordenadas precisas del lugar donde se recibió la llamada.

—¿Por qué necesitaría esto? —preguntó él.

—No tengo idea —admitió ella—. Solo te doy todo lo que tengo.

—Está bien, continúa.

Eva leyó la corta transcripción, traducida del persa.

RECEPTOR: Código adelante.

INICIADOR: Cero, cinco, cero, seis, seis, alfa, dos, delta, cero.

RECEPTOR: ¿Contraseña?

INICIADOR: Mercurio.

RECEPTOR: ¿Autenticidad?

INICIADOR: Sí, eh, habla Mardoqueo. Tengo información muy importante que transmitir y solo tengo unos cuantos minutos.

RECEPTOR: Adelante. Estoy grabando.

INICIADOR: Ocho ojivas nucleares están siendo preparadas para inminente lanzamiento. Repito: Ocho ojivas nucleares están siendo unidas a misiles para inminente lanzamiento. *Stop.* Lo que sigue son las coordenadas precisas de GPS para cada una de las ojivas. *Stop.* Solo puedo garantizar estos lugares durante esta llamada. *Stop.* Ojivas pueden ser trasladadas en cualquier momento. Repito, información sensible al tiempo. *Stop.* Las moverán pronto y no tendré acceso a su ubicación cuando las trasladen. *Stop.*

Eva preguntó si necesitaba que le leyera las ubicaciones de las ojivas de ese momento.

—No, salta esa parte. ¿Dice algo más?

—Sí, un poco. Aquí está.

INICIADOR: Por favor, no me mate como mató al doctor Saddaji y como ha matado al doctor Khan. No quiero terminar como los demás. Eso no es para lo que me habían reclutado. Trato de ayudar a mi país y de ayudarlos a ustedes. He hecho todo lo que me han pedido. He arriesgado mi vida y la de mi familia. Ahora le suplico que tenga misericordia de nosotros.

RECEPTOR: Tranquilícese, Mardoqueo. Relájese. Respire profundamente. No vamos a matarlo. Todo lo opuesto. Le dijimos que si nos ayudaba salvaríamos su vida y la de su familia, y mantendremos nuestra palabra.

INICIADOR: Entonces ¿qué de Saddaji y de Khan?

RECEPTOR: No puedo dar detalles, pero puedo decirle esto: esos dos hombres trabajaban para destruirnos. Usted, por otro lado, ofreció ayudarnos. Le dijimos que si trabajaba en contra nuestra, su vida se mediría en días, no en años, pero nos ha ayudado y nosotros lo hemos ayudado. Ahora bien, necesito que vuelva a llamar dentro de una hora y que nos dé una actualización de la ubicación.

INICIADOR: No. He hecho todo lo que pude. Puedo garantizarles que las ojivas están donde les digo que están en este momento, pero no puedo garantizarles dónde estarán siquiera dentro de algunas horas. Los acontecimientos se están desarrollando rápidamente aquí. Temo que pronto seré descubierto. Este será mi último comunicado. He hecho todo lo que prometí, pero no puedo hacer más.

Eva hizo una pausa.

—¿Y entonces? —preguntó David.

—Eso es todo —dijo Eva—. La llamada termina. El tipo suena aterrorizado.

—¿Y tú no lo estarías?

—Definitivamente.

—La pregunta es: ¿quién es este tipo y todavía está vivo?

—Acabo de escuchar tu llamada con el doctor Birjandi —dijo Eva—. ¿No dice que está en Al-Mazzah con un científico iraní que va a transferirse a la base militar donde se trasladó la segunda ojiva?

—Es cierto; así fue —dijo David—. ¿Cómo se llamaba?

Eva volvió a revisar la transcripción.

—Zandi.

—Tiene que ser Jalal Zandi —dijo David—. Él y Tariq Khan eran los asistentes del doctor Saddaji, antes de que el Mossad eliminara a Saddaji en el coche bomba de hace unas semanas.

—¿Crees que Zandi es Mardoqueo?

—No sé —confesó David—. Es una buena pregunta.

—¿Quién más podría ser? —preguntó Eva.

—Estoy seguro de que hay varios candidatos.

—Pero piénsalo —insistió Eva—. Con Saddaji, Najjar Malik y Khan fuera del cuadro, Zandi tiene que ser el científico nuclear más destacado que los iraníes tienen.

—Eso no demuestra que Zandi sea Mardoqueo —replicó David—. El doctor Saddaji no era un agente doble. Tampoco Najjar, ni Tariq. De hecho, Najjar solo tuvo un cambio de corazón cuando tuvo una visión de Cristo. ¿Crees que Zandi también tuvo una visión?

—No creo que necesites una visión de Jesús para convertirte en un agente doble en contra de los iraníes.

—Pero estos hombres fueron elegidos por su lealtad suprema al régimen y al Mahdi —observó David—. No, no creo que Zandi sea el agente doble. Probablemente es alguien que está un poco más bajo en la jerarquía.

—¿Por qué otra razón estaría Zandi con Jazini, trabajando en las últimas dos bombas?

—Precisamente porque él es el más confiable.

—¿No serían los más confiables los únicos con acceso a las ubicaciones exactas de las ojivas? —preguntó Eva—. ¿Cuántos más crees que sabían la ubicación exacta de cada una de las ojivas ese jueves? Apuesto a que ni el mismo Mahdi lo sabía. Te lo digo, tiene que ser Zandi.

Eva tenía un argumento convincente, pero David permanecía escéptico. Dos preguntas más lo desconcertaban en ese momento. ¿Cómo había encontrado el Mossad a Mardoqueo, quienquiera que fuera? Y ¿cómo lo habían reclutado?

★ ★ ★ ★ ★

DAMASCO, SIRIA

—Doctor Birjandi, tiene que venir conmigo inmediatamente.

La voz era de Abdol Esfahani. Era severa y lóbrega, y a Birjandi se le encogió el estómago. Esfahani estaba a cargo de todas las comunicaciones del lugar para Jazini, el Mahdi y el resto del equipo iraní. ¿Ayudaba también a los Guardias Revolucionarios con la contrainteligencia? ¿Habría interceptado la llamada de Birjandi a David? Birjandi conocía los riesgos y estaba preparado para sufrir las consecuencias, pero oraba para por lo menos tener la oportunidad de hablar de la Palabra de Dios directamente con el Duodécimo Imán antes de que lo ejecutaran.

Esfahani tomó a Birjandi del brazo y comenzó a guiarlo rápidamente por un largo corredor. A raíz de la noticia del asesinato de Darazi, toda la dinámica en la base había cambiado. El tono de las conversaciones era ahora tenso y nervioso, como no lo había sido antes. Birjandi, limitado por la necesidad de su bastón, apenas podía seguirle el paso a Esfahani, pero finalmente, después de varios giros y vueltas, de varios corredores, elevadores y gradas, entraron a una habitación que Birjandi percibió como un centro de operaciones. No tenía idea de cuánta gente había en la habitación, ni de quiénes eran, pero se preguntaba si el Mahdi había llegado temprano, y si así era, si eso significaba que el lanzamiento en contra de Israel se aceleraba, así como su propia sentencia de muerte.

—Alireza, qué bueno es ver a un amigo en medio de tanto dolor.

Para sorpresa de Birjandi, era una voz conocida y muy familiar, la del Gran Ayatolá de Irán, Hamid Hosseini.

—Hamid, ¿es usted? —respondió Birjandi, usando el primer nombre del Líder Supremo, algo excepcional desde que Hosseini había sido elevado por la Asamblea de Expertos a esa posición tan alta.

—Efectivamente, soy yo —respondió Hosseini, y atravesó la habitación, abrazó a Birjandi y le dio un beso persa en cada mejilla.

—Qué sorpresa —dijo Birjandi—. Entiendo que me convocó el Imán al-Mahdi, pero no tenía idea de que usted estaría aquí también.

—Perdóneme por el secretismo, pero obviamente no podemos ser demasiado cuidadosos en cuanto a comunicar nuestros movimientos en estos días, incluso a los amigos.

—Obviamente.

—Debe estar horrorizado con esta noticia de nuestro amigo Ahmed —dijo Hosseini.

—Es un día muy sombrío —dijo Birjandi, eligiendo muy cuidado-samente sus palabras.

—Pero no por mucho tiempo —dijo Hosseini—. Los sionistas paga-rán muy caro por haber caído tan bajo. Que Alá haga llover fuego desde el cielo en esos descendientes de simios y cerdos, antes de que se ponga el sol.

—Seguramente se avecina juicio divino —respondió Birjandi.

—Ciertamente —coincidió el Ayatolá—. Creo que ya conoció al doctor Zandi y está familiarizado con lo que está haciendo para preparar esas dos ojivas para lanzarlas.

—Él y todo su equipo han estado en mis oraciones toda la noche.

—En las mías también. De hecho, le he pedido que tome un des-canso de cinco minutos, para que venga a sentarse con nosotros a tomar un poco de café turco y nos permita orar por él.

—Excelente idea, Hamid, aunque con su permiso, yo pasaré por alto el café, pues hoy estoy ayunando.

—Por supuesto —dijo Hosseini—. Usted siempre ha sido el piadoso entre nosotros, Alireza. Perdóneme por no haber pensado en eso. Yo también ayunaré hoy.

—Por favor, Hamid —respondió Birjandi—, no deje que mis accio-nes influyan en usted. Yo no soy un hombre piadoso. Soy un pecador con una gran necesidad del perdón de Dios. Hoy no es día para ser orgulloso, sino humilde. Por cierto, solo busco ser un siervo humilde, no un líder de hombres, y sin duda alguna, no de usted. Nunca asumiría ese papel.

—Con mayor razón yo debo escucharlo y poner atención a su ejem-plo —respondió Hosseini.

En ese momento, un asistente militar anunció la llegada del doc-tor Jalal Zandi. El Ayatolá guió a Birjandi a una silla cómoda y acol-chada, que Birjandi percibió que estaba en medio del gran salón. Luego Hosseini saludó a Zandi y le ofreció café y baclava. Zandi suplicó tole-rancia al Ayatolá, diciendo que estaba ayunando y que prefería no beber, si eso le era aceptable al Líder Supremo.

«Tenemos un salón lleno de hombres dedicados a someterse a Alá y al Imán al-Mahdi —dijo Hosseini con gran emoción, e incluso con un indicio de orgullo, en su voz—. ¿Cómo podrían los sionistas prevalecer contra estos siervos del Señor de la Época?».

Hosseini le pidió a Zandi que se sentara en el suelo, frente a él, y Zandi obedeció. Luego el Líder Supremo pidió una actualización del trabajo de Zandi.

—¿Ya se acopló la primera ojiva?

—Todavía no, Su Excelencia, pero mi equipo y yo hemos encontrado algunas maneras de acelerar el trabajo.

—¿Habrá terminado ya a eso de las 2 p.m., como se espera?

—Creo que antes. Espero haber terminado a eso del mediodía, cuando el Mahdi llegue.

—Excelente, ¿y la segunda ojiva?

—Bueno, Su Excelencia, como usted sabe, la han puesto en una ambulancia y la llevan a esa base que está en el norte.

—Sí, me han informado de todo eso.

—Por supuesto que sí, lo siento. Solo quiero decir que son alrededor de las 10:20 ahora y que la ojiva debería llegar a la base dentro de una hora. Tan pronto como mi equipo y yo terminemos nuestro trabajo en esta primera ojiva y se la presentemos al Mahdi, nos iremos inmediatamente a la base del norte y comenzaremos a trabajar en la otra. Sospecho que podríamos tenerla acoplada a un Scud para la medianoche a más tardar, con optimismo mucho antes.

—¿Es eso lo mejor que puede hacer? —insistió el Ayatolá.

—Sí, señor, me temo que sí. Si mi colega Tariq Khan todavía estuviera con nosotros, o el doctor Saddaji, por supuesto, podríamos haber terminado mucho antes. Sus muertes en realidad han retrasado este esfuerzo, pero ¿qué se puede hacer?

—Sí, estas muertes han sido muy desafortunadas, pero hoy es el día del juicio final, ¿verdad?

—Sí, Su Excelencia, creo que lo será —dijo Zandi, con la voz que le temblaba un poco, por lo menos a juicio de Birjandi.

—Una pregunta más, doctor Zandi —dijo el Líder Supremo.

—Sí, por supuesto, lo que quiera preguntar. Estoy aquí para servirlo.

—¿Qué tan poderosas son estas ojivas?

—¿Perdón?

—¿Qué tan poderosas son en realidad, doctor Zandi? —repitió Hosseini—. ¿Matarán realmente a todos en Tel Aviv y a todos en Jerusalén, como el doctor Saddaji solía prometernos?

—Están entre las armas más poderosas que el hombre haya creado —respondió Zandi—. Y sí, cada una es capaz de eliminar a toda una ciudad.

Birjandi sintió que un escalofrío le recorrió su columna. Por dentro, le imploraba al Señor que no permitiera que esa locura continuara. En silencio suplicó por la paz de Jerusalén, tal como lo ordenaban las Santas Escrituras, y suplicó por las almas de los hombres de este salón. Continuamente le pedía al Señor que le ordenara qué decir y cuándo, dónde y cómo decirlo. El tiempo se acortaba peligrosamente. ¿No tendría que hablar pronto?

En ese momento, el general Hamdi llegó y llamó al Líder Supremo a una reunión de emergencia con el general Jazini. Sin embargo, a Birjandi y al científico se les dijo que se quedaran allí por los siguientes minutos, hasta que se les notificara que era seguro volver a lo que habían estado haciendo antes. En ese momento, pareció que docenas de otras personas salieron del salón; Birjandi supuso que eran Guardias Revolucionarios asignados a proteger a Hosseini.

—¿Doctor Zandi? —preguntó tranquilamente.

—Sí, señor.

—¿Quién se quedó con nosotros?

—Nadie —respondió Zandi—. Hay dos guardias parados en el pasillo, afuera de las puertas, pero aparte de eso, parece que estamos solos.

43

«Nunca vamos a interceptar esa ojiva si no conseguimos pasar por esta línea en los próximos minutos», dijo Torres.

David sabía que Torres tenía razón. El comandante de la unidad paramilitar de la CIA había llegado a ser un buen amigo y un aliado confiable en los últimos días. Sin embargo, el hecho era que pasar por este puesto de revisión, por urgente e importante que fuera, no era el único objetivo de David de momento.

—Marco, cambie de lugar conmigo —ordenó David, al decidir rápidamente su curso de acción.

—¿Qué?

—Salga del auto, venga a este lado y súbase al asiento del conductor —explicó David—. Ya vuelvo.

Torres comenzó a obedecer, pero preguntó:

—¿A dónde va?

—A despejar el camino para nosotros —respondió David—. Solo estén listos para adelantar a estos tipos cuando les dé la señal.

David tomó su teléfono satelital y uno de los radios portátiles de doble vía de Omid, salió de un salto del asiento del conductor y corrió hacia el puesto de revisión. Cuando había pasado doce o quince de los camiones y estuvo fuera de la vista de Torres y de su equipo, se agachó entre dos de los camiones de dieciocho llantas que hacían fila e hizo la llamada más peligrosa de su vida.

Llamar al Mossad israelí en una situación como esta significaba quebrantar múltiples leyes estadounidenses. Lo sabía demasiado bien, así como todos los riesgos que eso conllevaba. Sabía que la llamada iba a ser interceptada por la Agencia de Seguridad Nacional, grabada y archivada. Con el tiempo Zalinsky, Murray y Allen iban a saber lo que había hecho. También el presidente de Estados Unidos, el director del FBI y el ministro de justicia. A corto plazo, su mejor esperanza era que Eva pudiera intervenir a su favor y enterrar la llamada en la masa de tantas otras llamadas interceptadas desde Irán que no se transcribían ni se analizarían. Sin embargo, sabía que a largo plazo —si había un «largo plazo» para él—, probablemente sería arrestado, juzgado, condenado y enviado a prisión, pero estaba en paz con eso. Sabía que hacía lo correcto. Como de todas formas no era probable que sobreviviera este día, ¿por qué no permitir que sus últimas acciones fueran en defensa del pueblo judío, al que tanto amaba el Mesías al que ahora adoraba?

Cuidadosamente, David marcó el número que Eva le había dado. La llamada entró. Sonó una, dos, tres veces y luego una cuarta. Al quinto timbrazo, alguien levantó el teléfono y dijo sin aliento: «Código adelante». Con el corazón acelerado y el pulso que le palpitaba, David meticulosamente siguió el protocolo que el agente doble israelí, llamado Mardoqueo, había usado. Luego, para su sorpresa, un acento israelí al otro extremo dijo: «Mardoqueo, gracias a Dios que está bien. Pensamos que nunca más volveríamos a saber de usted».

La hora había llegado. David tenía a alguien del Mossad en la línea. Sabía que la llamada estaba siendo grabada. Sabía que sería analizada al nivel más alto del gobierno israelí, e incluso hasta Zvi Dayan, el jefe del Mossad, y el mismo primer ministro Neftalí. Solo tenía un momento. Una sola oportunidad. Tenía que hacer esto bien, claro y conciso.

«Una ojiva nuclear está en la Base de la Fuerza Aérea de Al-Mazzah en Damasco. *Stop* —comenzó David—. La otra se dirige a la base aérea de Dayr az-Zawr en una ambulancia de la Media Luna Roja. *Stop*. Las dos serán disparadas a Israel dentro de unas horas. *Stop*. Recomiendo ataques aéreos inmediatos en...»

David nunca terminó la oración. De repente oyó una voz computarizada que decía: «Reconocimiento de voz: negativo», y la línea se cortó.

David estaba atónito. ¿En realidad le habían colgado los israelíes? ¿O había interceptado la llamada, de alguna manera, la inteligencia iraní? Lo primero parecía más lógico que lo segundo, pero ¿por qué no habrían querido oírlo los israelíes? ¿Por qué no habrían querido averiguar quién era él y cómo había obtenido toda la información de Mardoqueo?

Frustrado y confundido, preguntándose si había quebrantado las leyes de seguridad nacional estadounidenses por nada, David sabía que tenía que olvidar este asunto y permanecer enfocado. Ya no importaba. Todo lo que importaba era atravesar la frontera. Se metió el teléfono satelital en su bolsillo posterior, trató de alisar las arrugas de su uniforme del Cuerpo de la Guardia Revolucionaria Iraní y entonces corrió hacia la frontera, gritando a todo pulmón.

«*¡Exijo saber quién está a cargo aquí!* —gritó David—. *¿Qué clase de tonto dirige esta operación? ¡Deberían dispararle! ¡Esto es traición!*».

Seis guardias de la frontera siria fuertemente armados salieron de las sombras y lo rodearon con sus AK-47, apuntándole a la cabeza.

«*¿Quién está a cargo aquí?* —volvió a gritar David, luego señaló a un hombre de veintitrés o veinticuatro años que parecía ser un comandante de unidad—. *¿Usted? ¿Es usted? Venga. Exijo hablar con usted*».

El comandante lo insultó y le dijo que se tendiera boca abajo, con las piernas y con los brazos separados, y que se preparara para ser registrado. David lo ignoró y siguió gritando, con su cara roja como una remolacha y las venas que le sobresalían en la frente.

«*¿Registrarme? ¿Sabe con quién está hablando? El general Hamdi y el general Jazini me esperan con mis hombres. Nos esperan en Al-Mazzah ahora mismo. Pero ¿dónde estoy? Atascado en un embotellamiento de tráfico de casi un kilómetro de largo. En caso de que no lo haya observado, estamos en medio de una guerra. Ahora, despeje este tráfico y póngame con mis hombres al otro lado de la frontera, o aquí van a rodar cabezas, soldado, comenzando con la suya*».

De reojo, David pudo ver que otra media docena de guardias fuertemente armados salió de un búnker cercano que no había visto antes, y que tomaban sus posiciones alrededor de él. No estaba siguiendo exactamente el guión de Omid Jazini, pero casi no quedaba tiempo para hacerlo como de costumbre.

El comandante le comenzó a gritar para que se tirara al suelo y se preparara para que lo registraran, pero David caminó hacia él y le dijo que sacara su hoja de operaciones diarias y que verificara el número 941996656. David se detuvo solo cuando el soldado de su izquierda pareció estar un poco intranquilo con su dedo en el gatillo, pero David no dejó de gritar.

«*¡Correcto! Ese es el número. ¿Quiere ahora un código de autorización? ¿Quiere que responda a todas las preguntas de verificación? Entonces bajen las armas y comiencen a mostrar un poco de respeto a los agentes del Imán al-Mahdi*».

De repente, todo quedó en silencio. Pareció que esas palabras apaciguaron la hostilidad de una manera que los asombró a todos, incluso a David. El comandante dejó de gritarle y levantó su mano, indicándole a sus hombres que guardaran silencio.

—¿Ustedes son siervos del Imán al-Mahdi? —preguntó el comandante con calma y respeto, incluso con reverencia por el nombre.

—Por supuesto —insistió David, y mantuvo su jactancia arrogante—. Trabajamos directamente para el general Jazini, y estamos en una misión para el Imán al-Mahdi. Esto es lo que he estado tratando de decirles, tontos. Ahora, despejen este tráfico y déjennos ponernos en movimiento.

El comandante les dijo a sus hombres que bajaran sus armas, entonces caminó hacia David y le preguntó si tenía una carta con órdenes del general Jazini. David sacó una hoja de papel de su bolsillo y se la entregó con disgusto. En este caso, no era una réplica. Era una carta verdadera que había estado sobre el escritorio de Omid y que llevaba la verdadera firma del padre de Omid. Entonces, no fue sorprendente que la carta fuera convincente. El comandante le hizo otras preguntas a David, que él respondió de memoria según el protocolo del memo de Omid, y luego el comandante se puso de rodillas e inclinó la cabeza hacia el suelo.

—Perdóneme, señor —suplicó—. Mis hombres y yo no tenemos la intención de faltarle el respeto a usted, ni a su padre, ni al Imán al-Mahdi.

—Haga que sus hombres despejen el camino para mi auto —ordenó David, tomando control del momento.

—Sí, por supuesto —respondió el joven comandante y frenéticamente les hizo señas a sus hombres para que obedecieran.

¿Sería una trampa?, se preguntó David. ¿Cómo podían salir tan bien

las cosas? ¿En realidad no habían descubierto todavía el cuerpo de Omid las fuerzas del Mahdi, ni se habían dado cuenta de lo que había ocurrido?

David no tenía tiempo de pensar en esos imponderables. Si morían, morían, pero no podía darse el lujo de atrasarse. Sacó el *walkie-talkie* de Omid y llamó a Torres para que se movilizaran rápidamente y se adelantaran al inicio de la fila. Menos de un minuto después, Torres se detuvo al frente. David se alegró al ver que Fox iba sentado en el asiento delantero, y que sus hombres habían dejado un asiento disponible en la parte posterior de la camioneta para David. Ese era sin duda el protocolo adecuado para cualquier persona importante que pasaba por una frontera internacional, y David estaba agradecido por la cuidadosa atención a los detalles de sus hombres.

Con el comandante y sus hombres todavía en el suelo, postrados, pidiendo perdón, David ingresó al asiento posterior y estaba a punto de ordenarle a Torres que los sacara de allí tan rápido como fuera posible, cuando se le ocurrió una idea. Giró hacia el comandante y le ordenó que pusiera a su disposición una furgoneta y un camión con remolque para «ayudarnos en una misión relacionada con el Mahdi». Como era lógico, el joven comandante se veía sorprendido, pero no contradijo la orden y corrió a conseguir los vehículos necesarios.

—Ahora, ¿quién de ustedes es mejor para manejar un camión? —preguntó David a sus hombres.

—Yo —dijo Crenshaw.

—Bien —dijo David—. Vaya al que ellos le den y síganos. —Luego se volteó hacia Fox—. Steve, vaya a la camioneta y siga a Nick —explicó David—. Marco y yo vamos a idear un plan de ataque y se los haremos saber. Ahora, movilicémonos. Como están las cosas, estamos desafiando nuestra suerte.

DAMASCO, SIRIA

—¿Está seguro de que estamos solos?

Birjandi sabía que era un riesgo, pero se sentía curiosamente impulsado a correrlo de cualquier manera.

—Sí —dijo Zandi—. No sucede frecuentemente en mi línea de trabajo, pero sí, en realidad estamos solos por un rato.

—Bien —dijo Birjandi—. Entonces tengo una pregunta para usted.

—Por supuesto, doctor Birjandi. Es un gran honor hablar con usted.

—No soy el hombre que usted cree que soy —respondió Birjandi.

—¿Qué quiere decir? —preguntó Zandi.

Birjandi no tenía idea de cuánto tiempo estarían solos, por lo que no perdió el tiempo para llegar al grano.

—He renunciado al islam —le dijo al joven científico nuclear—. Estuve esclavizado a él por muchos años, pero ahora soy libre. Jesucristo me liberó. Cristo me abrió los ojos a la verdad de que él, no el Mahdi, es el Mesías. Jesús dijo: "Yo soy el camino, la verdad y la vida; nadie puede ir al Padre si no es por medio de mí". Jesús dijo: "Yo soy la resurrección y la vida. El que cree en mí vivirá aun después de haber muerto". Fue Jesús el que dijo: "Dios amó tanto al mundo que dio a su único Hijo, para que todo el que crea en él no se pierda, sino que tenga vida eterna".

—¿Por qué me dice esto? —preguntó Zandi nerviosamente—. Va a hacer que nos maten a los dos.

—Me doy cuenta de que estoy corriendo un gran riesgo al decírselo, Jalal, pero Cristo me dijo que le hablara —respondió Birjandi—. Jesús me dijo que le dijera que lo ama. Él quiere perdonarle todos sus pecados. Quiere que usted pase la eternidad con él en el cielo, y no ardiendo en el lago de fuego, para siempre y sin manera de escapar. Usted no se da cuenta de esto, mi joven amigo, pero su vida y la mía están determinadas en horas, no en días ni años. Dios va a traer un juicio terrible sobre esta ciudad, Damasco, y sobre estos líderes. Ninguno de nosotros sobrevivirá. En el minuto que demos nuestro último respiro en esta tierra, cada uno de nosotros irá ya sea al cielo o al infierno, para siempre. Jesús quiere que le diga que él anhela que usted vaya al cielo, pero solo puede hacerlo si clama a él y se arrepiente de sus pecados.

—Está loco, tonto anciano ciego —respondió Zandi, y se hizo para atrás con su silla—. No diga nada más. Se lo advierto.

—En realidad, soy yo quien le advierte —le respondió Birjandi, tan tranquila y suavemente que inclusive él mismo se sorprendió, dado el peligro en el que él los ponía a los dos—. Los profetas de la Biblia hablaron de un día en el que Damasco sería totalmente destruida. Escribieron de un día en el que Damasco sería juzgada por el Dios de Israel. Ese día es hoy. No puedo decirle exactamente cómo o cuándo vendrá este juicio, pero personalmente sospecho que los israelíes saben lo que estamos haciendo aquí y van a atacarnos con todo lo que tienen. Ya lo veremos, pero de algo estoy seguro: cada minuto el juicio se acerca más, y puedo decirle con absoluta seguridad que ninguno de nosotros sobrevivirá el día. Así que, por favor, mi joven amigo, se lo suplico, se lo imploro, entréguele su vida a Cristo antes de que sea demasiado tarde. Las Escrituras prometen que "si declaras abiertamente que Jesús es el Señor y crees en tu corazón que Dios lo levantó de los muertos, serás salvo. Pues es por creer en tu corazón que eres declarado justo a los ojos de Dios y es por declarar abiertamente tu fe que eres salvo. [...] 'Todo el que invoque el nombre del Señor será salvo'".

Aun así, Zandi no quiso escuchar. Se levantó, corrió hacia la puerta y exigió que lo llevaran de regreso a la línea de producción. Insistió con los guardias en que tenía que terminar de construir un misil nuclear, y que el tiempo se le acababa.

★ ★ ★ ★ ★

AUTOPISTA 4, ESTE DE SIRIA

Torres presionó a fondo el acelerador y se desplazaron a toda velocidad por el límite entre el desierto del este de Siria y el valle fértil del río Éufrates. En el asiento de atrás, David revisaba los mapas otra vez y explicaba lo que tenían por delante. Se dirigían al noroeste en la autopista 4. Pronto llegarían a la ciudad de Al Ashara y luego a Al Mayadin. Después de eso, otros cuarenta y siete kilómetros los llevarían a Dayr az-Zawr.

David le explicó a Torres su plan de ataque, su razón para hacer que Crenshaw y Fox los siguieran en un camión y en una furgoneta, y lo que él consideraba como los riesgos más serios que enfrentarían cuando hicieran contacto con el enemigo. A Torres le gustó el concepto operacional, pero hizo varias sugerencias que David reconoció como mejoras significativas. Minutos después, cuando estuvieron satisfechos de tener el mejor plan posible, bajo las circunstancias, David estaba a punto de llamar a Zalinsky cuando su teléfono satelital sonó primero.

«Le seguimos la pista a la ambulancia con un Predator —le dijo Zalinsky—. Están como a veinticinco minutos de la base. También les seguimos la pista a ustedes. Están como a veinte minutos, pero, ¿por qué el convoy?».

David se lo explicó rápidamente y a Zalinsky le gustó lo que oyó.

—¿Cuántos vehículos más están con la ojiva? —preguntó David.

—Es un paquete de tres —dijo Zalinsky—. Un auto de policía adelante y dos ambulancias atrás. La ojiva está en la primera ambulancia.

—¿Cuántos hombres en el paquete?

—Catorce: cuatro en el auto que guía, cuatro en el auto con la ojiva y seis en el auto de atrás.

—¿Eso es todo? —preguntó David perplejo—. ¿Por qué tan pocos?

—Supongo que sentían que más autos y más hombres llamarían demasiado la atención —respondió Zalinsky.

—¿Tienen apoyo aéreo?

—No, ninguno —dijo Zalinsky.

—¿Y nosotros? —preguntó David.

Zalinsky no respondió.

—Jack, ¿estás allí?

—Sí, estoy aquí.

—¿Tenemos apoyo aéreo? —volvió a preguntar David.

Zalinsky hizo una pausa, luego dijo en voz baja:

—No puedo prometerte nada. Solo haz lo mejor que puedas sin él, y veré qué puedo hacer.

—¿Qué clase de respuesta es esa? —replicó David—. La directriz de seguridad nacional del presidente era clara. Estamos autorizados a "usar todos los medios necesarios para interrumpir y, de ser necesario, destruir el potencial iraní de armas nucleares para prevenir el surgimiento de otra guerra cataclísmica en el Medio Oriente".

—Creo que ya pasamos ese punto —dijo Zalinsky—. La guerra cataclísmica ya está en marcha.

—¿Eso qué significa?, ¿que ahora se supone que debemos usar *menos* fuerza?

—Mira, Zephyr —respondió Zalinsky—, esa directriz fue diseñada para las operaciones dentro de Irán. Ahora estás operando desde Siria. Todo ha cambiado.

—No, no, yo memoricé ese documento. Cada palabra. Cada coma. La autorización del presidente para la acción encubierta no se limitaba al interior de Irán.

—Te estás pasando de la raya, Zephyr.

—Estoy arriesgando mi vida aquí y las vidas de mis hombres, ¿y para qué? —preguntó David—. ¿Hay autorización para esta misión o no?

Zalinsky respiró profundamente.

—La hay.

—¿Bajo la misma directriz de seguridad nacional de la que estamos hablando? —insistió David.

Zalinsky vaciló por un momento, luego dijo que sí.

—¿Quiere el presidente que estemos aquí? ¿Quiere que sigamos adelante o no?

—Sí quiere —respondió Zalinsky—, lo mismo que yo. También el director. Solo que tienes que admitir que toda la dinámica ha cambiado. El Mahdi tiene ahora el control de más de trescientas armas nucleares paquistaníes.

—Tal vez sí, tal vez no —dijo David—, pero estas son las dos que está tratando de lanzar hoy. Todo lo que pido es un poco de ayuda. Solo danos las herramientas. Danos el apoyo aéreo que necesitamos y prometo que haremos todo lo que podamos para detenerlos.

—Lo sé, y tu país está agradecido, Zephyr. Como dije, haré lo mejor que pueda. En serio. Lo prometo.

David estaba furioso. No era suficiente, pero se dio cuenta de que ya no realizaba esta misión para Zalinsky, para Murray, para Allen, ni para el presidente y tampoco para su país. Respondía a un llamado más alto, y tendría que dejar su destino en las manos de un poder superior al de los burócratas de Langley, o al de los políticos de la Casa Blanca.

44

DAMASCO, SIRIA

—*¡Ya llegó!*

El general Hamdi irrumpió en el salón donde el doctor Birjandi ahora estaba solo.

—¿Quién llegó? —preguntó Birjandi.

—El Imán al-Mahdi —respondió Hamdi sin aliento—. Acaba de llegar hace unos minutos, y me pidió que lo invitara a sus aposentos.

—¿Qué hora es?

—Alrededor de las 11:20 —dijo Hamdi.

—Pensé que no llegaría hasta el mediodía. ¿No fue eso lo que nos dijeron?

—Sí, eso nos dijeron —confirmó el general sirio—, pero digamos que solo fue un poco de información inexacta por razones de seguridad. Créame, doctor Birjandi, él está aquí ahora, y lo llama para que vaya a verlo inmediatamente.

TEL AVIV, ISRAEL

Zvi Dayan entró al centro de comando de las Fuerzas de Defensa de Israel y se veía pálido.

No era porque las ciudades israelíes todavía estuvieran siendo azotadas por una lluvia aparentemente eterna de cohetes, misiles y morteros disparados por Hezbolá, Hamas y las fuerzas iraníes. Tampoco era porque las unidades mecanizadas de las Fuerzas de Defensa de Israel y las fuerzas terrestres enfrentaban fuerte resistencia en el sur del Líbano y en Gaza. No era porque otros tres aviones israelíes de combate, además de un avión de reconocimiento israelí, acabaran de ser derribados, uno sobre Teherán, otro sobre el Golfo Pérsico y dos cerca de la frontera iraní-turca-iraquí. Todo esto le pesaba mucho en el corazón y en la mente, por supuesto. Esta guerra estaba lejos de acabar y la presión internacional sobre Israel para comprometerse a un cese al fuego crecía a cada hora. No obstante, Dayan tenía algo mucho más urgente en sus manos cuando entró a zancadas a la sala principal de guerra y llamó a la puerta del ministro de defensa Leví Shimon, que trabajaba en un salón de conferencias lateral.

—Entre —dijo Shimon y levantó la mirada de su computadora portátil, donde leía los últimos despachos de sus comandantes en el campo.

—Leví, tenemos una situación seria.

Shimon se quitó sus trifocales.

—¿De qué se trata, Zvi? —preguntó—. Parece que hubiera visto un fantasma.

—Acabamos de recibir una llamada de la línea dedicada a Mardoqueo —dijo el jefe del Mossad.

Shimon se puso de pie instintivamente.

—¿Qué dijo?

—No era él.

—¿Qué quiere decir con que no era él?

—Alguien llamó al número. Alguien tenía el código de autorización y la contraseña. Alguien pasó por todo el camino de nuestra seguridad, pero no era Mardoqueo. Comenzó a hablar, pero después de unos momentos el *software* de reconocimiento de voz determinó que no era nuestro hombre y cortó la llamada.

—Entonces ¿quién era?

—No tengo idea.

—¿Cómo penetró nuestra seguridad?

—Tampoco puedo decírselo.

—¿Y qué dijo? —insistió Shimon.

Dayan puso una grabadora digital portátil sobre el escritorio y presionó el botón para reproducir.

«Una ojiva nuclear está en la Base de la Fuerza Aérea de Al-Mazzah en Damasco. *Stop* —decía la voz en persa perfecto—. La otra se dirige a la base aérea de Dayr az-Zawr en una ambulancia de la Media Luna Roja. *Stop*. Las dos serán disparadas a Israel dentro de unas horas. *Stop*. Recomiendo ataques aéreos inmediatos en...»

Entonces Shimon oyó una voz computarizada que decía: «Reconocimiento de voz: negativo», y la llamada se cortó abruptamente. Dayan apagó la grabadora.

—Hemos comparado esa voz con todo lo que tenemos en nuestro sistema —explicó Dayan—, pero hasta aquí no tenemos nada.

—Tiene que haber sido alguien cercano a Mardoqueo —dijo Shimon.

—No necesariamente —dijo Dayan—. Si la inteligencia iraní ha capturado a Mardoqueo, quizás fueron capaces de obligarlo a hablar. Quizás tratan de hacer que ataquemos a los sirios para provocarlos a que entren a la guerra.

—O tal vez los iraníes ya están planificando lanzar un ataque nuclear desde suelo sirio. —Shimon soltó una serie de maldiciones—. Su gente nunca debió haber cortado la llamada —gritó—. Tendrían que haber coversado con ese tipo, dejar que hablara y enterarse de todo lo que hubieran podido.

—De acuerdo —dijo Dayan—, pero la verdadera pregunta es si algo que dijo era cierto.

—¿Y?

—Y nada. He puesto a mis mejores hombres en esto. Estamos removiendo cielo y tierra. Estamos en el proceso de redistribuir teledirigidos a Al-Mazzah y a Dayr az-Zawr, pero eso va a requerir de tiempo, Leví. La mayoría de nuestros agentes, como sabe, está en Irán, no en Siria.

—¿Cuál es su mejor conjetura, Zvi? —insistió Shimon.

—Si tuviera que adivinar, y odio adivinar, prefiero saber, pero bajo estas circunstancias, diría que Mardoqueo está en peligro, por lo que encontró a otro aliado. Está usando a ese aliado para enviarnos esta información, que es legítima. No puedo demostrarlo, pero Mardoqueo siempre nos ha dicho la verdad.

—Este no era Mardoqueo —le recordó Shimon a su colega.

—Me pidió mi mejor conjetura, Leví —respondió Dayan—. Esa es.

Shimon encendió un cigarrillo y se paseó por la habitación. Volvió a maldecir y luego dijo:

—Creo que tiene razón. Tenemos que llevarle esto al primer ministro inmediatamente.

DAMASCO, SIRIA

La hora había llegado, pensó Birjandi.

Había temido y se había resistido a este momento durante semanas, pero ahora había llegado. Lo guiaban por una serie de pasillos, aposentos secretos y antecámaras, y pronto estaría en la presencia del Duodécimo Imán.

La Biblia específicamente les prohibía a los seguidores de Jesucristo que voluntariamente se reunieran con falsos mesías, pero de alguna manera, Birjandi no se sentía tan ansioso en este momento como lo había esperado. Después de todo, no iba a hacerlo voluntariamente. Lo habían obligado a ir a Siria en contra de su voluntad, y también lo obligaban a ir a esta reunión. Birjandi podía pensar en suficientes ejemplos en las Escrituras de hombres de Dios arrastrados ante las autoridades malvadas, como resultado de la soberanía de Dios, no por su propia voluntad humana. Dios envió a Moisés, en contra de su voluntad, a confrontar al faraón. Elías fue enviado a confrontar al rey Acab y a los profetas falsos de Baal. Jesús fue arrastrado ante Poncio Pilato. Crueles tiranos llevaron a los apóstoles Pedro y Pablo a Roma.

Birjandi no decía nada mientras el general Hamdi lo llevaba ante el Mahdi. Sin embargo, en silencio seguía meditando sobre un pasaje del Evangelio de Mateo. «Serán sometidos a juicio delante de gobernantes y reyes por ser mis seguidores; pero esa será una oportunidad para que les hablen a los gobernantes y a otros incrédulos acerca de mí —les dijo Jesús a sus discípulos—. Cuando los arresten, no se preocupen por cómo responder o qué decir. Dios les dará las palabras apropiadas en el momento preciso. Pues no serán ustedes los que hablen, sino que el Espíritu de su Padre hablará por ustedes».

Una y otra vez, Birjandi se repetía a sí mismo estas palabras, mientras le agradecía a su Padre en el cielo por la oportunidad de sufrir por el nombre de Jesús.

AUTOPISTA 4, ESTE DE SIRIA

Mientras Torres iba a toda velocidad por la autopista 4 hacia el noroeste, David, que todavía estaba en el asiento posterior, llamó a Fox en su teléfono satelital para informarle del plan, luego llamó a Crenshaw para hacer lo mismo. Cuando terminó de explicar todo y de responder sus preguntas, Torres indicó que se acercaban a Dayr az-Zawr y que estaban aproximadamente a seis minutos de interceptar el convoy.

—Marco, tengo que hacerle una pregunta antes de que lleguemos.

—Seguro, jefe.

—No pregunto como jefe —dijo David—. Pregunto como amigo.

—No hay problema —respondió Torres—. ¿De qué se trata?

—Si no sobrevivimos a esto, y usted sabe tan bien como yo que hay una probabilidad real de que no lo logremos, ¿sabe a dónde irá?

—¿A qué se refiere?

—Me refiero a que cuando muera, sea cuando sea, ¿sabe si va al cielo o al infierno?

—Vaya, pues; eso es un poco lúgubre, ¿no es cierto?

—En serio, Marco. Usted es un buen hombre y un buen amigo, pero nunca hemos tenido una conversación espiritual, y en realidad quiero saberlo.

—Yo... No... En verdad no... No lo he pensado mucho —dijo Torres tartamudeando; claramente la pregunta lo había tomado por sorpresa.

—Pues sabe, es realmente un poco sorprendente, un poco loco, verdaderamente, que la gente que tiene trabajos tan peligrosos como el nuestro no piensa mucho en este tema —dijo David—. Es decir, usted y yo estamos dispuestos a morir por nuestro país. Eso significa que estamos dispuestos a desplomarnos de cabeza a la eternidad. Pero la mayoría de nosotros no tiene en absoluto una idea clara de adónde iremos. No solo es usted. Hasta hace unos días, yo tampoco había pensado mucho en eso.

—¿Y ahora? —preguntó Torres.

—Hace algunos días, me puse de rodillas y le entregué mi vida a Jesucristo —respondió David, con el corazón agitado—. Últimamente he estado leyendo el Nuevo Testamento y realmente he buscado la verdad. Finalmente me quedó claro el otro día lo enredado y perdido que he estado, en cuánto peligro he estado de ir al infierno para siempre, y eso me asustó. ¿Me entiende? Nunca he sido una persona religiosa. Mis padres se desilusionaron de la religión cuando vivieron en Irán y hasta hace poco, yo nunca había pensado mucho en Dios.

—¿Qué pasó? —preguntó Torres.

—Muchas cosas —dijo David—. Me enteré de que mi amiga Marseille se había convertido en seguidora de Jesús. Luego me enteré de que el doctor Birjandi se había convertido en cristiano. Entonces conocí a Najjar Malik y escuché su historia de cómo le había entregado su corazón y su alma a Cristo. He visto cuánto los ha cambiado eso, cuánta paz, alegría y valor les ha dado. Finalmente decidí que quería lo que ellos tenían. Quería lo que Cristo ofrecía. Sinceramente, tendría que haberles dicho algo antes, a todos ustedes, pero no lo hice. Estábamos ocupados y no estaba seguro de cómo explicarlo, pero no podría perdonarme si no le preguntara ahora mismo si cree que Jesús es el Cristo, el Salvador, el Mesías.

—Pues, seguro —dijo Torres—. Es decir, crecí como católico pero, sinceramente, nunca lo tomé verdaderamente en serio cuando era niño.

—¿Cree que Jesús es el Hijo de Dios?

—Por supuesto.

—¿Cree que él murió en la cruz para pagar por el castigo de todos sus pecados?

—Sí, lo creo.

—¿Cree que Dios el Padre levantó a Jesús de los muertos para demostrarnos que realmente es el Mesías, el Salvador, el Señor del universo?

—Seguro, creo que siempre he creído esas cosas —dijo Torres—. Mi mamá y mi abuela solían enseñármelo cuando crecía.

—Entonces la pregunta es: ¿Ha recibido a Jesucristo personalmente en su corazón para que lo salve?

—¿A qué se refiere?

—El doctor Birjandi me enseñó que no solo es suficiente creer esas cosas de Cristo en su cabeza —explicó David—. Tenemos que decidir, consciente e intencionalmente, recibir a Cristo en nuestro corazón por fe. La Biblia dice: «A todos los que creyeron en él y lo recibieron, les dio el derecho de llegar a ser hijos de Dios». Para recibir a Cristo tenemos que admitir que somos pecadores, que no logramos llegar al estándar perfecto de Dios. Tenemos que pedirle a Cristo que nos perdone y que nos adopte en su familia. ¿Alguna vez ha hecho eso?

—No sabía que tenía que hacerlo.

—¿Le gustaría hacerlo?

—¿Aquí mismo? ¿Ahora?

—Antes de que sea demasiado tarde, amigo mío.

Casi *era* demasiado tarde. Estaban a unos cuantos minutos de distancia de la intercepción. Para sorpresa de David, Torres dijo que sí. Sí quería recibir a Cristo, pero no sabía cómo.

—Aprecio que me lo haya dicho —agregó Torres—. Nadie me lo había puesto tan claro jamás.

—Es un honor —dijo David—. ¿Qué tal si oro y usted me sigue? No se trata tanto de las palabras exactas sino de si usted en realidad tiene la intención. Si es así, me encantaría ayudarlo a aceptar a Cristo ahora mismo.

—Sí —dijo Torres—. Hagámoslo.

—Excelente. Ahora bien, generalmente oro con los ojos cerrados y de rodillas, pero dadas las circunstancias, diría que dejemos los ojos abiertos —dijo David bromeando.

Torres sonrió y asintió con la cabeza.

«Está bien —dijo David—. Yo lo dirigiré en una oración similar a la que yo hice. Vamos. "Querido Padre en los cielos, por favor ten misericordia de mí. Soy el peor de los pecadores. Me he resistido a ti por mucho tiempo, pero tú no te has dado por vencido conmigo. Gracias. Por favor, perdóname por las cosas malas que he hecho. Sé que la Biblia es tu Palabra. Sé que solo ella contiene las palabras verdaderas de vida.

Sé que Jesucristo es tu Hijo y el único Mesías verdadero. Creo que Jesucristo murió en la cruz por mí. Creo que resucitó por mí. Quiero saber que voy a ir al cielo cuando muera. Quiero saber que mis pecados son perdonados. Señor Jesús, te amo y te necesito. Te prometo seguirte todo el tiempo, siempre y cuando tú me ayudes y me guíes en todo el camino. Gracias por salvarme. Gracias por perdonar mis pecados y por adoptarme en tu familia. Dame el valor de seguirte, no importa adónde me lleves ni cuál sea el precio. Oro en el nombre de mi nuevo Salvador y Señor, Jesucristo. Amén"».

Para el gran asombro y alegría de David, Torres oró junto con él, línea por línea, frase por frase. Torres no solo recitó las líneas; oró con pasión, con un profundo sentido de convicción y con un hambre de Dios que dejó a David asombrado y entusiasmado. Y también fue justo a tiempo, ya que Zalinsky estaba llamando por el teléfono satelital. El convoy con la ojiva estaba a solo tres kilómetros adelante de ellos.

45

El jefe del Mossad, Zvi Dayan, inició la reunión del Gabinete de Guerra, convocada intempestivamente, vía teleconferencia segura por video. Explicó la extraña llamada telefónica a la línea que se había designado expresamente para el uso de Mardoqueo, y la imposibilidad de que alguien penetrara los múltiples niveles de seguridad del Mossad sin ayuda directa, según su punto de vista, del mismo Mardoqueo.

—Las tres preguntas clave que tengo en mente —dijo Dayan— son: Uno, ¿proporcionó Mardoqueo la información a quien llamó por voluntad propia o bajo coerción? Dos, ¿es precisa o no la información que recibimos en cuanto a las dos ojivas? Y tres, si la información es legítima, ¿qué hacemos en cuanto a eso?

El primer ministro escuchó cuidadosamente el reporte.

—Olvídese de la primera pregunta —dijo—. En este momento es irrelevante. Zvi, usted es el jefe de la inteligencia israelí. ¿Cuál es la respuesta a la segunda pregunta? ¿Hay una ojiva en Al-Mazzah y otra en Dayr az-Zawr, o nos pusieron una trampa?

Dayan sacudió la cabeza.

—En realidad no puedo decirlo, señor Primer Ministro. Los acontecimientos se están dando muy rápidamente. Todos mis agentes principales están enfocados en Irán, no en Siria. Sin embargo, ¿hay trozos de información extraños aquí y allá que sugieran que algo está ocurriendo en Siria? Sí. ¿Hay reportes de Guardias Revolucionarios Iraníes que llegan a Damasco de todos lados del globo? Sí. Es extraño que el presidente Mustafá todavía no haya lanzado una guerra a toda escala contra nosotros;

¿podría ser que está esperando hasta un momento clave? Sí. ¿Podría significar que el Mahdi ha decidido lanzar las últimas dos ojivas iraníes desde territorio sirio? Podría ser, pero detesto especular. Quiero darles hechos, no opiniones; pero simplemente no tengo suficientes hechos para llegar a una conclusión firme, ni el tiempo para recabar esos hechos.

Neftalí agradeció al jefe del Mossad y giró hacia su ministro de defensa de confianza para recibir su evaluación.

Leví Shimon respiró profundamente con la vista fija en un conglomerado de reportes sobre su escritorio. Después de un momento, levantó la vista y miró directamente hacia la cámara, directamente a los ojos del primer ministro, y de sus otros colegas en la teleconferencia de video, que abarcaban desde el viceprimer ministro de asuntos estratégicos y el jefe de Estado Mayor de las Fuerzas de Defensa de Israel, hasta el jefe de inteligencia militar, el ministro de relaciones exteriores, el jefe de seguridad interna de Israel y varios otros.

—No sé las respuestas a las preguntas uno y dos —admitió—. Pero en este momento, ¿en realidad importan? Sabemos que Mustafá ha hecho una alianza con Irán y ahora con el Duodécimo Imán. Sabemos que Siria tiene enormes arsenales de armas químicas. Sabemos que podrían estar a unos minutos de lanzarnos todo lo que tienen. Yo digo que los ataquemos ahora, mientras todavía podemos hacerlo. Podemos poner tanta potencia de fuego en las dos bases aéreas como usted quiera, pero yo digo que es hora de actuar y de actuar con fuerza.

DAYR AZ-ZAWR, SIRIA

David y Torres aún iban a toda velocidad por la autopista 4, pero tuvieron que disminuir la velocidad significativamente al dejar atrás una franja de terrenos agrícolas y de aldeas para acercarse a las afueras de la ciudad de Dayr az-Zawr, con su población de alrededor de doscientos mil residentes. David hacía de copiloto mientras que Torres mantenía sus ojos en el camino. En lugar de girar al norte hacia la ciudad en sí y de dirigirse hacia el Distrito de Ali Bek, giraron a la izquierda, aún en la autopista 4, a través del Distrito Maysaloun.

JOEL C. ROSENBERG ★ 413

—El convoy está en la autopista 7, acercándose a la ciudad desde el suroeste —dijo Zalinsky por el altavoz.

—¿Qué tan lejos? —preguntó Torres.

—Como a medio kilómetro —dijo Zalinsky, que rastreaba cada movimiento por las señales de video de los dos Predator que estaban arriba de ellos en el cielo—. En un momento girarán hacia la autopista 4, dirigiéndose directamente hacia ustedes. Ahora escucha, tienes que atacarlos antes de que giren y se dirijan a la base aérea. Tienes que llegar a la intersección donde se unen las autopistas 7 y 4 antes de que ellos lo hagan —insistió Zalinsky. La ansiedad en su voz era palpable—. Si ellos pasan de ese punto, no podrán detenerlos antes de que entren a la base, y créanme, han intensificado seriamente la seguridad de esa base durante la última hora. Tanques, transporte de personal armado, francotiradores en los techos. Incluso tienen helicópteros cañoneros calentándose en las pistas.

—¿No han puesto los helicópteros en el aire?

—Todavía no.

—¿Por qué no?

—Eva acaba de interceptar una transmisión del general Hamdi. Él no quiere ningún avión ni helicóptero sirio en el aire, para no poner nerviosos a los israelíes y que decidan lanzar un primer ataque. Y, por supuesto, ningún avión civil ha despegado desde que comenzó la guerra.

Torres hacía el mejor tiempo que podía, pero el tráfico aumentaba. Además, también temía llamar la atención de la policía local. Que lo detuvieran por alta velocidad —o desencadenar una persecución de alta velocidad— era lo último que necesitaban. No obstante, Zalinsky estaba furioso. Gritando por el teléfono satelital, soltó una descarga fulminante de obscenidades. Les ordenó que volaran por la ciudad a toda costa o perderían el convoy, que estaba solo a unos minutos de su destino proyectado.

David accedió y Torres volvió a presionar el acelerador. Zigzagueó entre el tráfico, cambiando de un carril a otro, y mientras avanzaba, hacía sonar la bocina y destellar sus luces. David miró detrás de ellos. Crenshaw perdía terreno porque simplemente no podía maniobrar el enorme camión entre tanto tráfico, y David vio que su plan comenzó a desbaratarse ante sus ojos. No podía ver a Fox en la furgoneta porque les cubría la retaguardia.

Al revisar su mapa una vez más, observó que sobre el lado derecho había un gran estadio, o complejo deportivo de alguna clase, al que ya se acercaban. Hizo a un lado el mapa, revisó su cinturón de seguridad, tomó su MP5 y se aseguró de que estuviera asegurada y cargada.

«*¡Ya casi llegan a la intersección!* —gritó Zalinsky—. *Están a punto de girar a la autopista 4. ¡Vamos! ¡Vamos! ¡Vamos! ¡Muévanse! ¡Van a perderlos!*».

Torres ganaba terreno, pero no era suficiente. Así que, sin advertencia, giró firmemente el timón hacia la derecha y desvió bruscamente la camioneta hacia la acera. Presionó la bocina sin parar y aceleró. Hombres de negocios, parejas y niños pequeños se tiraban de la acera, se metían a las tiendas y saltaban hacia el capó de los autos. A David lo aterrorizaba golpear a un civil, pero no tenía control en ese momento, solo un objetivo. Si no lograban llegar a la intersección, un millón de civiles inocentes estarían en terrible peligro.

David podía ver que se acercaban rápidamente al estadio sobre su derecha. Entonces, de repente oyó la bocina del camión al máximo detrás de ellos. Giró y se quedó atónito con lo que vio. Crenshaw había atravesado la franja central y aceleraba entre el tráfico que se aproximaba. *Brillante*, pensó David, mientras deseaba haber concebido la idea. Al dirigirse hacia el tráfico que se aproximaba, Crenshaw obligaba a todos los conductores que se acercaban a él —conductores que podían ver a ese maniático que se les acercaba— a desviarse a la izquierda o a la derecha, para evitar una colisión frontal. Y eso era precisamente lo que hacían.

Fox, por otro lado, había elegido su propia ruta alterna. Conducía, literalmente, sobre la franja central con césped, entre los carriles que iban al oriente y los que iban al occidente. Ocasionalmente tenía que zigzaguear entre los muchos árboles que estaban plantados en la franja, pero para asombro de David, Fox estaba ganando terreno rápidamente.

—Zephyr, ¿todavía tienen los *walkie-talkies* de Omid? —preguntó Zalinsky.

David giró y se enfocó exclusivamente en lo que había por delante.

—Sí, señor, tengo uno —respondió David—. El otro está en el camión.

—Bien. Enciende el tuyo y conéctalo al canal seis —ordenó Zalinsky y luego le transmitió la misma información a Crenshaw en el camión de dieciocho llantas.

«Estoy un poco ocupado de momento, señor», respondió Crenshaw, abriéndose camino todavía por el carril incorrecto.

David encendió su radio y no le gustó lo que oyó. Sin duda alguna, habían revuelto un nido de avispas. La policía local en cada parte de la ciudad estaba siendo alertada del caos que se había suscitado en el límite sur de la ciudad, y se les ordenaba reunirse en la intersección de las auto-pistas 7 y 4. Sin embargo, la verdadera pregunta era si habían perdido el elemento sorpresa. ¿Esperaban un ataque las fuerzas de seguridad del convoy, o solo pensaban que unos cuantos conductores ebrios estaban haciendo trizas la ciudad?

Se podía oír las sirenas aproximándose de todos lados. Y entonces —precisamente cuando pasaban a toda velocidad por el estadio— una mujer embarazada que llevaba un cochecito de bebé se asomó por una esquina. David gritó y Torres también. Torres frenó bruscamente y dio un viraje para volver a la pista, pero fue demasiado tarde. No para la mujer ni para su bebé. Por la gracia de Dios, estaban a salvo, pero Torres se estrelló contra una patrulla de policía que acababa de llegar a la intersección.

Había dos oficiales sirios en la patrulla. Ambos se veían atónitos, pero inmediatamente salieron del auto de un salto, con sus armas listas.

—¡Salga! —le gritó uno a Torres—. ¡Salga del auto! ¡Ya!

—Somos Guardias Revolucionarios —respondió Torres, tan tranqui-lamente como pudo—. Estamos en una misión para el Imán al-Mahdi.

—No me importa quién sea —replicó el oficial, con su pistola apun-tándo a la cabeza de Torres—. Ponga sus manos al aire y salga lenta-mente del auto. No haga ningún movimiento repentino.

LANGLEY, VIRGINIA

El director de la CIA, Roger Allen, estaba ya con Tom Murray, Jack Zalinsky y su equipo en el Centro de Operaciones Globales.

«¿Qué rayos hace Torres?», preguntó Allen, mientras miraba uno de los grandes monitores de video de pantalla grande, y veía a Marco Torres, jefe de su unidad paramilitar, que cuidadosamente salía de su camioneta a punta de pistola, y que un segundo oficial apuntaba con su pistola a la cabeza de David Shirazi, conocido como Zephyr, la pieza clave de su estrategia de Irán, que ahora salía del asiento posterior de la camioneta.

Zalinsky se horrorizó. En la otra pantalla podía ver al convoy iraní-sirio, que rápidamente se acercaba a la intersección, y no había ningún estadounidense para detenerlo.

DAYR AZ-ZAWR, SIRIA

De pronto, Crenshaw encontró una apertura. El tráfico se había despejado. Ahora tenía una vista perfecta de su objetivo. Presionó la bocina al pasar por donde estaban Torres y Shirazi y se precipitó girando bruscamente hacia la intersección, apenas unos segundos antes de que apareciera el convoy, con Fox en la furgoneta pisándole los talones.

Todas las cabezas giraron y todos los ojos quedaron clavados fijamente cuando Crenshaw finalmente frenó bruscamente y las llantas posteriores del camión comenzaron a colear. En ese mismo instante, el conductor de la patrulla de policía que iba al frente del convoy también frenó bruscamente, pero no lo hizo a tiempo. El auto de policía chocó con el lado del camión yendo a cien kilómetros por hora. La fuerza del impacto cercenó todo el techo del auto e instantáneamente decapitó a los Guardias Revolucionarios del asiento delantero. Después, tanto el auto como el camión hicieron erupción en llamas que se elevaban de seis a nueve metros en el aire.

Detrás de ellos, los conductores de las dos ambulancias también frenaron bruscamente, pero no hubo tiempo para detenerse. Las dos ambulancias hicieron impacto con la patrulla de policía, con el camión y una con la otra. Una fracción de segundo después, Fox giró bruscamente con la furgoneta impactando el lado de la ambulancia posterior, a toda velocidad, sin frenar, e hizo que la ambulancia rodara una docena de veces o más, hacia un campo rocoso y desértico, al otro lado de la pista.

★ ★ ★ ★ ★

Por un momento, los oficiales de la policía siria quedaron paralizados —al igual que David—, por la catástrofe descomunal que tenían enfrente. Fuego y humo. Llantas ardiendo. Trozos de vidrio y de metal volando en todas direcciones. Sangre por todos lados. De pronto, uno de los oficiales reaccionó. Giró sin advertencia con la pistola apuntándole a Torres y él no tuvo tiempo para reaccionar. El oficial presionó el gatillo tres veces en sucesión rápida. Una de las balas se desvió y destrozó lo que quedaba del vidrio delantero de su camioneta, pero las otras dos le dieron a Torres en el pecho y lo lanzaron al pavimento.

David no podía creer lo que veía. Tampoco el oficial que estaba al lado de él. David vio su oportunidad. Se agachó y alcanzó la MP5 del asiento posterior. Luego se levantó otra vez y eliminó al oficial que estaba más cerca de él. Giró rápidamente y disparó dos ráfagas cortas al oficial del otro lado del auto —el oficial que le había disparado a Torres—, matándolo instantáneamente. Enseguida, David gateó por el frente del auto. Llegó al lado de Torres, pero ya era demasiado tarde. Su amigo estaba muerto, con los ojos todavía abiertos. Aunque sabía que no tenía sentido, David le revisó el pulso, pero no se lo encontró en ninguna parte. Todo había acabado. Se había ido. David estaba furioso.

Comenzó a correr hacia la ambulancia de en medio, la que tenía la ojiva. Varios oficiales del Cuerpo de la Guardia Revolucionaria Iraní comenzaban a salir gateando del vehículo destrozado, cuando vieron que David se les acercaba. Se movía rápidamente y disparaba la MP5 con ráfagas cortas. Dos de los iraníes —los que estaban más cerca de él— sucumbieron, pero los dos del otro lado de la ambulancia lograron escaparse; uno corrió hacia la izquierda y el otro hacia la derecha.

David llegó a la ambulancia. Pudo ver una caja parecida a un ataúd en la parte posterior y quiso confirmar que era la ojiva, pero los incendios se propagaban a su alrededor. El calor era insoportable y el humo grueso y acre hacía que sus ojos le ardieran y lagrimearan. Trató de limpiárselos, pero al hacerlo pareció que los irritó aún más. Entonces, de reojo vio que uno de los iraníes a los que les había disparado alcanzaba su pistola y se preparaba para eliminarlo. David liberó otra ráfaga de ametralladora y el hombre murió instantáneamente.

De repente, David oyó disparos atrás de él. Se agachó y gateó para cubrirse detrás de la ambulancia. Ese no era el plan. Ese no era el concepto operacional que él y Torres habían trazado, ni el que Zalinsky había aprobado. Ese plan había sido mucho más sutil. Atravesarían el camión en la intersección y crearían un obstáculo en el camino, pero el resto del equipo tomaría posiciones que les permitirían emboscar el convoy cuando llegara. Se suponía que Fox tenía que haberse estacionado en la autopista 4 de manera que cuando el convoy llegara y se encontrara obstaculizado por el camión, podría avanzar detrás de ellos y cortarles la ruta de salida. En ese momento, iban a abrir fuego con ametralladoras, rifles de francotiradores y hasta con un RPG. El objetivo era matar o herir a todos los Guardias Revolucionarios del convoy, llegar a la ojiva y desmantelarla, dejándola totalmente inoperativa, sin importar lo que requiriera. David había sido claro con sus hombres: destruir la ojiva era el objetivo. Nada más importaba. Nada podía distraerlos. No importaba quién del equipo fuera herido o asesinado, los sobrevivientes —o sobreviviente— tenían que lograr el objetivo. El que llegara a la ojiva primero, esa era su responsabilidad. Un millón de almas dependían de su compromiso para lograr su objetivo a toda costa.

Ahora ese plan se había destrozado. La escena era totalmente caótica. El camión estaba casi totalmente consumido por las llamas. El auto de policía que iba adelante era una estructura fundida. Torres estaba muerto. David no tenía idea del paradero, ni de la condición, de Fox ni de Crenshaw. Desesperadamente miró en todas las direcciones buscándolos, y también a sus enemigos. De momento no vio a ninguno que conociera, ni a ninguno que lo amenazara.

Justo entonces se produjo una enorme explosión a su derecha. La furgoneta que Fox había estado conduciendo volaba por el aire, en medio de un gigantesco despliegue de llamas y de humo. ¿Habría escapado Fox? ¿Estaría bien? ¿Dónde estaba? David estaba inundado de preguntas, pero se produjeron más disparos. Llegaban del otro lado del camión. Sus pensamientos giraron hacia Crenshaw. ¿Estaba en problemas su compañero?

David agonizaba. Sabía sus órdenes. Sabía lo que Zalinsky esperaba y sabía que todos en el Centro de Operaciones Globales y en la Sala de Situaciones de la Casa Blanca estaban observando. No obstante, tanto como necesitaba llegar a la ambulancia, identificar la ojiva y comenzar a desmantelarla, no podía evitarlo. Tenía que asegurarse de que Crenshaw estuviera bien. Los disparos al otro lado del camión se intensificaron rápidamente. ¿Era una distracción? ¿Era una trampa? David sabía que no debía ir. Tenía un trabajo por hacer. Tenía una misión que cumplir, y se suponía que no debía desviarse. El futuro de Israel estaba en la balanza, pero en ese momento, solo podía pensar en salvarle la vida a Nick Crenshaw.

David agarró firmemente la MP5. Podía oír las sirenas que llegaban de todas las direcciones, y de repente tuvo una intensa sensación de déjà vu. Tuvo una visión retrospectiva de su escape de Teherán con Najjar Malik, pero ahora los riesgos eran mucho más grandes. No estaba detrás de un científico nuclear. Estaba detrás de una bomba nuclear. Es más, la había encontrado. Estaba precisamente a su lado. ¿Por qué entonces se alejaba de ella?

46

El teléfono de Esfahani sonó.

—¿Aló?

—Habla el comandante Asgari. Necesito hablar con el general Jazini.

—En este momento está en una reunión con el Imán al-Mahdi —respondió Esfahani—, pero puedo hacer que le devuelva la llamada.

—No, tengo que hablar con él inmediatamente —exigió Asgari—. Su hijo está muerto. Creo que un equipo de ataque israelí o estadounidense viene para asesinar al Mahdi en esta misma hora y creo que están enterados de las ojivas en Damasco.

* * * * *

DAYR AZ-ZAWR, SIRIA

David se movía cada vez más a su derecha, apuntando al frente del camión, pero continuamente miraba de lado a lado y detrás de él para que no lo tomaran por sorpresa. Por un momento, se rozó con el motor del camión. Estaba hirviendo.

Levantó la mirada y vio humo negro que salía del vidrio destrozado de la cabina. Entonces observó que una mancha roja salía por la ventana de la cabina. Miró hacia abajo y vio sangre en el suelo, mezclada con mil pedazos de vidrio. Crenshaw estaba vivo. O por lo menos lo había estado cuando saltó para salir del camión. ¿Estaba vivo todavía? ¿Tenía un arma?

Una ametralladora se disparó y David oyó ruidos metálicos cuando las balas rebotaron en el camión que tenía al lado. Instintivamente se agachó y giró, solo para toparse con un oficial de la Guardia Revolucionaria, que corría hacia él con una AK-47. David apuntó hacia él con su MP5, tiró del gatillo y derribó al oficial, pero vació su cargador en el proceso. Mientras buscaba otros enemigos, sacó el cargador vacío e introdujo otro lleno. Entonces comenzó a moverse hacia el oficial gravemente herido, que se retorcía en su propia sangre.

El hombre no estaba muerto. En efecto, una mirada inicial sugería que todavía podría sobrevivir, pero no había nada que David pudiera hacer por él en ese momento. Tenía que encontrar a Crenshaw y a Fox. Por lo que David tomó la pistola del oficial, se la metió en su cinturón, luego se colgó la ametralladora del hombre en el hombro y se movilizó rápidamente hacia el frente de la cabina.

David buscó su teléfono satelital. Necesitaba llamar a Zalinsky; necesitaba ayuda. No podía encontrarlo. Revisó sus dos bolsillos delanteros y los posteriores, pero el teléfono satelital no estaba. Llegó a la conclusión de que tenía que habérsele caído en alguna parte, entre la camioneta y ese lugar. Sintió tenso el estómago cuando cayó en cuenta de que no tenía manera de contactarse con Langley ni con sus hombres. No tenía apoyo aéreo, y tenía poco tiempo para desactivar la ojiva.

LANGLEY, VIRGINIA

Zalinsky vociferaba a los monitores de video y le gritaba a David que volviera a la ambulancia. No podía comprender por qué su agente clave en tierra se permitía alejarse de la ojiva.

Sin embargo, ahora veía que amenazas nuevas se materializaban rápidamente. Dos transportes blindados de personal se acercaban por la autopista 4 desde la base aérea, sin duda, llenos de fuerzas especiales de Siria. Sin embargo, eso no era todo. Murray observó que una unidad táctica del departamento de policía local, el equivalente sirio de un equipo SWAT, se acercaba desde la otra dirección. A Zalinsky se le fue el alma a los pies. No había manera de que David, y mucho menos Fox o Crenshaw —si todavía estaban vivos— fueran a salir de eso intactos, mucho menos que tuvieran tiempo para desactivar esa ojiva, a menos que recibieran ayuda desde arriba, y rápidamente.

Zalinsky sabía la respuesta, y sabía que iba a ser no. Lo sabía porque esa había sido su respuesta cuando hizo que arrestaran a Eva por haber hecho exactamente lo mismo. Además, sabía que solo el hecho de preguntar iba a ser el tiro de gracia después de esta operación desastrosa. Sin embargo, de todas formas lo hizo. Él había reclutado a David para esta misión. Él lo había entrenado. Lo había enviado. Él había sido el director de David en todo eso. Zalinsky no podía abandonar a su hombre en este momento.

Se volteó hacia Roger Allen y sin pensarlo, dijo:

—Señor, pido permiso para usar todos los medios necesarios para defender a mis hombres en tierra.

Se podía oír un alfiler caer en el Centro de Operaciones Globales. La mayor parte del personal que estaba presente había estado allí el día en que Eva había usado un Predator para salvar la vida de Zephyr. Habían visto que Zalinsky se había puesto furioso y solo podían imaginar cómo el director de la CIA estaba a punto de reaccionar. Pero Allen no vaciló.

—Permiso concedido —dijo con los ojos pegados a las pantallas.

Zalinsky estaba atónito. Y no era el único. Todos los ojos estaban sobre Zalinsky, mientras él se quedó parado allí por un momento, sin poder reaccionar.

—¿Y bien? —dijo el director, cada vez más impaciente.

—¿En serio?

—Sí.

—¿Y qué del presidente? —preguntó Zalinsky

—Ese es mi problema —respondió Allen—. No suyo. Ahora, movilícese antes de que sea demasiado tarde.

—Sí, señor —dijo Zalinsky. Se volteó y comenzó a gritar órdenes a los operadores del Predator.

DAYR AZ-ZAWR, SIRIA

David llegó a la conclusión de que la única opción era seguir adelante. Apuntando la MP5 delante de él, se movilizó alrededor de la cabina.

Siguió el rastro de sangre, esperando encontrar a Crenshaw al otro extremo, pero entonces pudo oír un tiroteo hecho y derecho en marcha al otro lado del camión.

David miró rápidamente alrededor del frente de la cabina. Con alivio, vio a Crenshaw. El hombre estaba cubierto de sangre y claramente con mucho dolor, pero se defendía. Estaba agachado detrás de una camioneta, y usaba una AK-47 para tratar de contener a media docena de oficiales de la policía siria, que se dirigían hacia él. Rendirse, nunca.

El primer instinto de David fue de correr al lado de Crenshaw y de pelear con él hasta el amargo desenlace, pero cuando estuvo a punto de correr a toda velocidad hacia la camioneta, tuvo otro pensamiento. Uno mejor. En lugar de correr hacia adelante, giró y comenzó a abrirse camino entre las llamas, por el calor abrasador y el humo enceguecedor, hacia el lado «seguro» del camión... o lo que quedaba de él. La mayor parte del camión había sido consumida por el fuego intenso y esencialmente se había fundido en el lugar, pero por lo menos en ese momento, las llamas que saltaban y lamían creaban un escudo entre él y los seis oficiales sirios.

Por encima del rugido de las llamas podía oír más sirenas. Sabía que llegarían refuerzos, pero tenía que salvar a Crenshaw. Si podía hacerlo, juntos podrían volver a la ojiva y él podría desmantelarla, mientras que Crenshaw lo cubría con disparos. De otra manera, David estaría totalmente expuesto mientras trabajaba en la ojiva y no duraría dos minutos.

David miró hacia Rue Ash 'Sham. Había un tráfico atascado de un kilómetro o más. Pudo ver las luces intermitentes de los autos de los policías, que se abrían camino zigzagueando entre el montón de autos, camiones, motocicletas y gente. También pudo ver un helicóptero cañonero. Estaba como a dos kilómetros de distancia, pero se acercaba rápidamente.

Una vez más, se vio obligado a cambiar la marcha. Tanto como necesitaba eliminar a esos oficiales sirios, no podía dejar a su equipo —lo que quedara de ellos— expuesto a la muerte desde el aire. No había manera de que pudiera eliminar el cañonero con una MP5, ni con una AK-47, pero al ver las puertas de su camioneta todavía abiertas, se le ocurrió una idea. Salió corriendo hacia ella.

A medida que brotaban disparos a su alrededor, David se movilizaba a cubierto y rápidamente hacia la camioneta, zigzagueando entre los autos abandonados; se dio cuenta de que ese extremo de la calle estaba totalmente abandonado. Todos habían huido de la zona de guerra en la que se había convertido. Las balas le pasaban zumbando sobre la cabeza y destrozaban las ventanas de los autos y de las tiendas, e irrumpían en las paredes de ladrillo de los apartamentos que lo rodeaban. Al llegar a la camioneta, abrió el baúl y encontró el estuche que necesitaba.

El helicóptero cañonero Mi-24, de fabricación rusa, se acercaba rápidamente. Podía oír el rugido de los rotores y sabía que el piloto sirio iba a abrir fuego en cualquier momento. David rasgó el estuche del lanzador de granadas y comenzó a cargarlo, pero no había tiempo. El helicóptero se acercaba demasiado rápido. Tiró sus armas y él también se lanzó al suelo e hizo lo mejor que pudo para gatear debajo del capó del auto que estaba al lado. Entonces oyó el cañón doble de 30mm del cañonero, mientras el piloto abría fuego. Las ráfagas destruían un auto tras otro, mientras el helicóptero avanzaba como una bala sobre la calle, evadiendo apenas los techos, a más de cuatrocientos kilómetros por hora. Todo lo que David podía hacer era presionarse contra el pavimento, cubrirse la cabeza y los ojos, y orar.

Como una ráfaga de viento que se sintió y sonó como un tornado, el cañonero pasó inmediatamente por encima y en un momento desapareció. David comenzó a respirar otra vez, pero sabía que no tenía tiempo que perder. El piloto daría una vuelta alrededor y regresaría, y él no cometería el mismo error dos veces. David estaba seguro de que la próxima vez no volvería a disparar los cañones de 30mm. Dispararía misiles antitanques de fabricación rusa, y David sería incinerado instantáneamente.

David se puso de pie rápidamente, con el corazón latiéndole con fuerza, el sudor corriéndole por el rostro y entonces oyó unos pasos que se acercaban rápidamente. Levantó la MP5 y estaba a punto de disparar, cuando se dio cuenta de que estaba mirando a Steve Fox a los ojos.

—¿Steve? Está vivo.

David no podía creerlo. La cabeza de su colega estaba sangrando. Las manos del hombre le sangraban en carne viva. Tenía la cara cubierta de hollín. Su uniforme del Cuerpo de la Guardia Revolucionaria Iraní estaba rasgado y cubierto de polvo. No tenía ametralladora ni pistola. Ningún arma, pero Fox tenía fuego en los ojos.

—Los maté, señor, a todos ellos —dijo Fox sin ninguna emoción.

—¿Mano a mano? —preguntó David.

—Ojo a ojo.

—¿Está bien?

—No, pero estoy vivo y necesito un arma.

—Bien; tome esta —dijo David y le entregó su MP5—. Hay una caja con cargadores adicionales en el asiento posterior, pero será mejor que se mueva rápidamente. Ese cañonero viene de regreso.

Cuando los dos miraron hacia arriba, pudieron ver que el Mi-24 se inclinaba mucho a la derecha y se preparaba para rugir por Rue Ash 'Sham. Fox fue por la munición adicional mientras David regresó por el lanzador de granadas y comenzó a cargar la artillería ensamblada al extremo del lanzador. Fox giró hacia él y le pidió nuevas órdenes.

—Estoy bien, ¿dónde me necesita?

—Vaya a ayudar a Nick —dijo David—. Está inmovilizado detrás de una camioneta, a las dos en punto. Lo último que vi fue que seis enemigos sirios le disparaban. Elimínelos, saque a Nick y júntense conmigo en la ambulancia. Tenemos que desactivar la ojiva.

Aunque evidentemente con mucho dolor, Fox sonrió y asintió con la cabeza.

—Lo haré, jefe. Nos vemos pronto.

—Buena suerte, Steve.

—Para usted también.

Mientras Fox salía corriendo, David pudo ver que el cañonero se nivelaba y comenzaba su ataque aéreo. Rápidamente se montó el lanzador de cohetes en el hombro, vio a través de la mira y tiró del gatillo. Instantáneamente, la granada salió volando disparada hacia el cielo. El piloto sirio tuvo que haber visto el destello porque de pronto inclinó el helicóptero hacia la derecha, pero fue demasiado tarde. La granada entró destrozando el vidrio de la cabina y detonó. El helicóptero explotó en el aire, mientras David recargaba y corría para alcanzar a Fox.

Al llegar a la esquina de una farmacia al final de la calle, se encontró con una pesadilla frente a él. Fox estaba tumbado en el suelo. No estaba muerto, pero sangraba mucho, y en el aire brotaban los disparos otra vez. David quería quedarse con Fox y evaluar sus heridas, pero se vio obligado a agacharse atrás de la farmacia para protegerse. Los sirios comenzaron a disparar a través de las ventanas de vidrio cilindrado. David pudo ver que Fox había matado a dos de ellos, pero aún quedaban cuatro, además de que dos transportes blindados de personal, con más tropas sirias, ya estaban llegando a la escena.

David no perdió el tiempo. Levantó el lanzador hasta su hombro otra vez, dio un giro alrededor de la esquina y tiró del gatillo. Una vez más, la granada explotó desde el tubo y salió disparada hacia los oficiales sirios de policía, que entonces también se agacharon para protegerse, pero, una vez más, fue demasiado tarde. La granada explotó y los mató a todos ellos.

Sin embargo, eso era todo. David no tenía más granadas. Las puertas posteriores de los camiones blindados se abrían. Docenas de tropas sirias estaban a punto de salir y David no tenía manera de detenerlas. Sin embargo, arrojó el lanzador de cohetes, se quitó del hombro la AK-47 y corrió al lado de Fox.

—Vaya por Nick; yo estaré bien —dijo Fox gimiendo.

—Olvídelo —respondió David—. ¿Dónde le dieron?

—En la pierna izquierda —dijo Fox—. Creo que está destrozada.

—Está bien, escuche —dijo David—. Voy a levantarlo y lo llevaré en los hombros. Va a doler, pero permanezca conmigo.

Fox asintió con la cabeza. David se puso primero las dos ametralladoras en su hombro derecho. Estaba levantando a Fox y colocándoselo en el hombro izquierdo cuando oyó un silbido agudo e intenso. Miró hacia arriba y vio dos estelas que bajaban como un rayo desde el cielo. Supuso que eran misiles aire-tierra de MiG-29 sirios, o de otros aviones de combate similares, y comenzó a correr tan rápidamente como pudo hacia la ambulancia, lejos de la farmacia. Se tropezó dos veces pero finalmente llegó al lado del vehículo que estaba lleno de balazos, en el momento en que los misiles dieron en su objetivo. Sin embargo, no dieron en la farmacia ni en el lugar en que él y Fox acababan de estar. En lugar de eso, los misiles acertaron directamente en los dos transportes blindados de personal, destrozándolos con un rugido ensordecedor y generando dos bolas de fuego abrasador.

El corazón de David dio un salto. Atónito, miró al cielo. Los estadounidenses habían llegado. Zalinsky no les había fallado. Langley los estaba cuidando, después de todo, y David casi no podía creerlo. Quería sonreír. Quería reírse, pero todavía no estaban fuera de peligro. Puso a Fox a un lado de la ambulancia y le devolvió la MP5.

—Dispárele a cualquiera que no conozca, ¿entendido?

—Entendido, jefe.

—Enseguida vuelvo —prometió David, luego tomó su AK-47 y corrió en busca de Crenshaw.

—¡Nick! —gritaba mientras corría entre las llamas y el humo hacia la camioneta—. ¿Nick? Soy yo, David. ¿Está allí?

—Sí, aquí estoy —gritó como respuesta Crenshaw—. ¿De veras es usted?

—Sí, soy yo, Nick —respondió David—. No dispare. Voy para allá.

Estaba contento de oír la voz de Crenshaw, pero cuando llegó al lado de su colega, se quedó pálido. El hombre había recibido múltiples disparos. David contó dos agujeros de bala en su pecho y varios más en las piernas.

David gimió y contuvo una maldición.

—¿Qué pasó?

—Estoy bien —dijo Crenshaw mintiendo—. Estaré bien.

—No está bien —respondió David—. Tenemos que sacarlo de aquí.

—¿Vio esos misiles? —preguntó Crenshaw—. Eran Hellfire. Pensé que seguramente estábamos fritos cuando esos refuerzos llegaron, pero alguien allá arriba nos está cuidando, ¿verdad?

—Sin duda así es —dijo David, pero estaba preocupado de que su amigo estuviera entrando en estado de *shock*. La voz de Crenshaw en realidad era bastante fuerte, pero perdía sangre rápidamente y no parecía enfocarse en el asunto inmediato: sobrevivir.

«Voy a levantarlo ahora —dijo David—. Steve está por la ambulancia. Tenemos que llevarlo allá. Ahora, agárrese duro. Vamos».

Mientras David levantaba a Crenshaw, el hombre comenzó a retorcerse del dolor. Por un momento, David dudó de que fuera sabio moverlo, pero no tenía otra opción. Su única oportunidad de desactivar la ojiva era manteniendo al equipo junto. Esperaba que Crenshaw pudiera sostener un arma por unos minutos más y le diera por lo menos unos tiros para cubrirlo, ya que sin duda, en cualquier momento llegarían más refuerzos.

A pesar de los gritos de dolor de Crenshaw, David se lo puso al hombro y también corrió con él hacia la ambulancia. Le gritó a Fox antes, para hacerle saber que eran amigos. Afortunadamente, Fox los oyó y contuvo los disparos.

David bajó a Crenshaw al otro lado de la ambulancia y les dio órdenes a los dos hombres de que le vigilaran las espaldas. Este era el momento. Necesitaba cinco minutos. No más, pero tampoco menos. A pesar de sus heridas severas, los dos hombres le dieron su palabra.

47

Una vez más, David y su equipo pudieron oír el silbido agudo de un misil Hellfire que se aproximaba. Todos se presionaron contra el suelo, y se cubrieron la cabeza y el rostro. Sintieron cómo el suelo tembló violentamente cuando otra explosión masiva hizo erupción a unos cientos de metros al norte. Cuando David miró hacia arriba, pudo ver que Zalinsky había atacado otra vez, y ahora había eliminado a la unidad especial de policía siria, que estaba apunto de atacarlos.

Aun así, no había tiempo de respirar con tranquilidad. David les preguntó a Crenshaw y a Fox si alguno tenía todavía su teléfono satelital. Fox tenía el suyo y se lo entregó. David pulsó el marcado directo del Centro de Operaciones Globales en Langley.

—No lo agradezcas —dijo Zalinsky cuando llegó a la línea—. No hay tiempo.

—Lo sé —dijo David—, pero gracias, de todas formas.

—Tienes más fuerzas especiales que van desde la base aérea. Tienes que desactivar esa ojiva y después sacar a tus hombres de allí.

—Estoy de acuerdo contigo en eso —dijo David.

Trató de abrir la parte posterior de la ambulancia, pero estaba obstruida. Trató de forzarla, pero no tuvo éxito. Entonces usó la culata de una de sus ametralladoras para destrozar lo que quedaba de la ventana posterior, luego forzó la puerta con una palanca, pero todavía no pudo abrirla. Dejó de intentarlo; entró por la puerta delantera y gateó hacia la puerta posterior, abrió la caja protectora de acero y se encontró frente a una ojiva atómica iraní operacional y palpable. Usó una navaja Swiss

Army para desatornillar cuidadosamente la placa a un lado y en segundos pudo ver dentro del corazón del arma.

Sin embargo, el problema era que no había ningún ángulo por el que las cámaras del Predator pudieran captar lo que él veía. De esta manera, Zalinsky y los expertos en armas nucleares que tenía a su lado en Langley estaban en mucha desventaja, incapaces de evaluar el diseño preciso del arma, o sus posibles características de seguridad.

Zalinsky le ordenó a David que comenzara a describir todo lo que veía. David tuvo un escalofrío. Había comenzado a sudar frío y sus manos le temblaban.

—Parece una W88 —comenzó David, al referirse a la ojiva termonuclear más avanzada de Estados Unidos.

—No puede ser; el diseño de Khan no estaba tan avanzado —dijo Zalinsky, al referirse a los planes que A. Q. Khan, el padre del programa de armas nucleares de Paquistán, le había vendido a los iraníes hacía algunos años.

—Entonces Saddaji lo mejoró —insistió David.

Le describió a Zalinsky los componentes clave que veía, uno por uno, comenzando con el Principal arriba, el gatillo explosivo inicial de la bomba, diseñado para crear una implosión que comenzaría a liberar la detonación termonuclear.

—¿Es esférico? —preguntó Zalinsky.

—No.

—¿De dos puntos?

—Sí.

—¿Cavidad hueca, impulsada por fusión?

—Sí, señor.

—¿Qué del Secundario? —preguntó Zalinsky, al referirse al gatillo explosivo adicional del arma, cuya función era acelerar e intensificar la implosión y crear una detonación termonuclear máxima—. ¿Ves eso también?

—Lo veo.

—¿Es esférico?

—Me temo que sí.

—¿Es todo fisible, impulsado por fusión?

—Sí, señor.

—¿Cavidad de uranio o plutonio?

—Parece que el núcleo es de plutonio-239, señor —respondió David—, pero tiene una bujía de uranio-235 y un propulsor U-235 también.

—¿Qué me dices de lentes explosivos de alta potencia?

—Veo dos de esos.

—¿Qué de la esquina inferior izquierda, abajo, cerca de la base de la ojiva?

—Hay un bote de gas estimulante —respondió David—. También un pequeño tubo de metal que va desde el bote hacia el núcleo del Principal.

—¿Y la caja de metal que rodea todo el dispositivo? ¿Qué forma tiene?

—No sé —dijo David—. Es como curva, como un reloj de arena o un maní.

Zalinsky maldijo.

—Verdaderamente lo lograron —suspiró—. Esta cosa podría eliminar toda Tel Aviv.

—O toda Nueva York —agregó David, con el corazón que le latía tan fuertemente que pensó que Zalinsky podía oírlo.

—No puedes permitir que llegue tan lejos —ordenó Zalinsky.

—No, señor —respondió David—. Lo prometo.

De repente hubo nuevos disparos.

—¿Qué es eso? —preguntó Zalinsky.

David miró frenéticamente a su alrededor, por las ventanas de la ambulancia, pero no pudo ver claramente.

—No sé —le dijo a Zalinsky—. No tengo visibilidad.

Llamó a Crenshaw, pero le dijo que no podía ver nada. Sin embargo, en ese momento, otra ráfaga de tiros automáticos hizo erupción, luego una segunda y una tercera.

—*Steve, amigo, ¿está bien?* —gritó David.

—*No* —respondió Fox—. *Tengo tres enemigos que se acercan por la autopista 7. Y otra docena que se movilizan por la calle, tal vez más.*

—*¿Puede retenerlos?*

—*No por mucho tiempo* —gritó Fox—. *No sin ayuda.*

—*Haga lo que pueda, hermano* —respondió David—. *Pronto estaré con usted.*

David tomó el teléfono satelital y lo quitó de altavoz.

—Necesito más ayuda aquí, Jack. No vamos a aguantar más de unos cuantos minutos.

—Lo veo y estoy en eso —respondió Zalinsky—. Tú solo permanece enfocado. Voy a guiarte en esto.

Fox volvió a abrir fuego. Entonces, para sorpresa de David, lanzó dos granadas de mano a las fuerzas sirias que se acercaban por Rue Ash 'Sham. David no se había dado cuenta de que Fox tenía granadas, pero las explosiones sucesivas hicieron que la ambulancia temblara violenta-mente. Unos segundos después, el vehículo tembló más fuertemente, cuando otro misil Hellfire salió volando de un Predator y creó una explosión descomunal al final de la calle. Probablemente les brindó unos minutos más, pero ya las manos de David temblaban mucho, y él se preguntaba si alguno de estos movimientos podría activar la ojiva.

—Tranquilo, Zephyr, tranquilo —ordenó Zalinsky—. Respira pro-fundamente. Límpiate la frente. Límpiate las manos y enfócate. Lo último que quieres es que gotee sudor en el interior.

—Entendido —dijo David y siguió sus órdenes—. Está bien, estoy listo.

—Bien. Ahora tienes que encontrar los cables que salen de la fuente de poder —dijo Zalinsky.

—Aquí hay toda clase de cables, señor —respondió David.

—Los fabricantes de bombas atómicas usan oro puro para hacer sus cables, porque el oro conduce mejor la electricidad —dijo Zalinsky—. Mis expertos aquí dicen que los paquistaníes típicamente aíslan estos cables con plástico amarillo. ¿Ves algún cable amarillo?

—Sí, uno.

—¿Adónde lleva?

David siguió cuidadosamente el rastro amarillo hacia un pequeño cilindro de metal, en la parte inferior derecha, directamente al otro lado del bote de gas estimulante.

—Parece un generador por compresión de flujo —le dijo a Zalinsky.

—Eso es —dijo Zalinsky—. Está bien, entonces tienes que cortar el cable amarillo.

David se volvió a limpiar la frente.

—¿Hay alguna posibilidad de que esta cosa esté equipada con dispositivos de seguridad? —preguntó.

—¿Como qué? —preguntó Zalinsky.

—¿Como algo que haga que el núcleo se detone si se manipula?

—Probablemente no.

—¿*Probablemente* no?

—No habría razón para hacerlo —dijo Zalinsky—. La ojiva está diseñada para dispararla a Israel, o a nosotros, no para que se detone accidentalmente en Irán o en Siria.

A David todavía le lagrimeaban los ojos por el calor y el humo. Le temblaban los dedos mientras bajaba su navaja Swiss Army a la ojiva, y se preparaba para cortar los cables.

—Aunque hay algo —agregó de repente Zalinsky.

—¿Qué es?

—Yo no tocaría nada de metal en ni cerca del núcleo de plutonio.

—¿Por qué no?

—Simplemente no lo haría.

David trató de tragar, pero tenía la boca seca. Desesperadamente necesitaba beber agua, pero se dio cuenta de que no había llevado ninguna de las botellas de agua del auto.

—Bueno, aquí va —dijo—. Deséame suerte.

Sin embargo, Zalinsky no dijo ni una palabra. David hizo una oración en silencio y volvió a bajar la navaja a la ojiva, hizo otra oración y cortó el cable amarillo. No pasó nada. *Eso estuvo bien, ¿verdad?*, se preguntó David. Todavía estaban allí. La bomba no había estallado. No obstante, no habían acabado.

—¿Terminaste? —preguntó Zalinsky.

Fox disparaba otra vez. Y ahora también lo hacía Crenshaw.

—Sí.

—Está bien, necesitas rellenar la cavidad.

—¿Qué?

—La cavidad —repitió Zalinsky—. La esfera hueca de plutonio, ¿puedes verla?

—Puedo ver dónde está —respondió David y oyó que las balas comenzaron a pasar silbando por el vehículo—, pero no puedo mirarla directamente.

—Está bien. No importa. Ahora bien, tiene que haber un tubo pequeño y delgado que va hacia el centro de esa cavidad.

—¿Para alimentar el tritio?

—Exactamente.

—Está bien, veo el tubo.

—Bien —dijo Zalinsky—. Tienes que recortar el extremo cercano de ese tubo y luego pasar un poco de alambre de acero por el tubo, hacia la cavidad.

Las balas caían ahora en el costado de la ambulancia. Cada músculo del cuerpo de David se puso tenso, pero ya no podía detenerse. Fox y Crenshaw disparaban ráfagas cortas en múltiples direcciones, tratando de mantener alejados a sus atacantes. Sacrificaban su propia vida para proteger a David, para que él pudiera desactivar esa ojiva y hacer que valiera la pena todo por lo que habían pasado. Si fracasaba, todo habría servido para nada.

Se obligó a no pensar en la otra ojiva, en la que estaba en Al-Mazzah. Esa ya estaba unida a un misil balístico Scud-C. Iban a dispararla pronto, probablemente dentro de una hora, quizás antes, una vez que el Mahdi se enterara de la batalla que estaba en marcha por esta ojiva. ¿Cómo iban a llegar a tiempo? ¿Cómo iban a poder evitar que dispararan esa ojiva? La duda y el temor seguían abriéndose camino en los pensamientos de David, pero él se obligaba a descartarlos. No podía distraerse. Tenía un trabajo que hacer y tenía que terminarlo.

David llegó al núcleo de la ojiva una vez más y trató de cortar el tubo, pero no pudo ejercer suficiente presión. Con cuidado de no tocar nada con las tijeras, sino el pequeño tubo, se inclinó un poco más y trató de cortarlo otra vez. Los vidrios comenzaron a estallar a su alrededor mientras volaban más balas. El tiroteo se intensificó y ahora Fox gritó del dolor. Le habían dado. Al siguiente momento, otro misil Hellfire cayó desde arriba y agitó brutalmente la ambulancia tumbando a David sobre su costado.

Saltaron chispas dentro de la ojiva. David sacó su mano y con ella las tijeras, luego contuvo la respiración por unos instantes, pero la ojiva no se activó. Todavía estaban vivos, pero no lo estarían por mucho más. Limpiándose el hollín de los ojos, se acercó otra vez hacia la ojiva con una navaja. Las tijeras no habían funcionado porque eran muy pequeñas. Así que con la navaja comenzó, cuidadosa y rápidamente, a tratar de cortar el tubo. Para su sorpresa eso funcionó. Estaba progresando y pronto lo había terminado de cortar.

—¡Lo hice! —le gritó a Zalinsky.

—¿Tienes el tubo abierto?

—Sí, entré; lo tengo —repitió David.

—Bien, ahora tienes que encontrar un poco de alambre de acero.

—¿Dónde?

—No tengo idea.

Los disparos habían comenzado otra vez. David trató frenéticamente de imaginar dónde podría encontrar alambre de acero. No tenía idea, y eso lo enfurecía. Si eso era tan importante, ¿por qué Zalinsky no les había dicho que lo llevaran? Por otro lado, tal vez lo había hecho. Los últimos días eran borrosos. David casi no había dormido ni comido. No estaba pensando con claridad… y ahora necesitaba alambre de acero. Llamó a Fox y a Crenshaw. Les dijo que lo que necesitaba pero no por qué. Ninguno de los dos tenía alambre, ni ninguna sugerencia de dónde encontrarlo. Desesperadamente miró por la ambulancia, pero se dio cuenta de que habían retirado todos los suministros médicos. Gateó al asiento delantero y se quitó más sudor del rostro mientras buscaba cualquier cosa que pudiera usar. No encontró nada.

Divisó el sistema de radio de doble vía del auto, rápidamente lo arrancó del tablero y lo aplastó para abrirlo, pero no había alambres por ninguna parte. Solo eran tablas de circuitos electrónicos en estado sólido. Miró hacia arriba por el parabrisas destrozado, para ver a quién disparaban Fox y Crenshaw. Mientras lo hacía, observó la antena de radio de fabricación china, que salía del lado del capó de enfrente. Era un modelo K-28 de radios BC de doble vía. Asió el teléfono satelital y le describió a Zalinsky la antena relativamente delgada.

—Es perfecta —dijo Zalinsky—. Funcionará. Solo hazlo rápidamente.

David abrió la puerta lateral de una patada, tomó la antena, la arrancó de su lugar y gateó de regreso a la parte posterior de la ambulancia.

—¿Y ahora qué? —preguntó.

—Está bien, tienes que meter la antena por el tubo —dijo Zalinsky. David siguió las instrucciones.

—Hecho —dijo.

—No —dijo Zalinsky—. Tienes que meterla bien. Introduce todo lo que puedas de la antena en esa cavidad. Muévela alrededor. Es flexible, ¿verdad?

—Sí.

—Bien, entonces sigue introduciéndola, otra vez, tanto como puedas.

David siguió las instrucciones.

—Bien, ya está. Lo hice.

—Bueno —dijo Zalinsky—. Ahora, toma tus tijeras y corta el extremo de la antena.

—Hecho —dijo David cuando terminó.

—Toma la punta de tu navaja y empuja la última parte de la antena hacia la cavidad para que no se vea, para que no la agarren y no la saquen.

David lo hizo también.

—Hecho —dijo otra vez.

—¿Estás seguro? —preguntó Zalinsky.

—Estoy seguro.

—Bien —dijo Zalinsky—. Ahora la ojiva está desactivada permanentemente.

—¿Permanentemente?

—Sí —confirmó Zalinsky—. En este momento, aunque alguien le pusiera tritio a la cavidad, la implosión no puede ocurrir. Con el alambre de acero allí, no pueden comprimir la cavidad lo suficiente, no importa lo intenso que sean los explosivos. Y eso es todo. Sin implosión, no hay detonación. Para que se pueda usar esa ojiva ahora, tienen que abrir todo el asunto, sacar la cavidad, retirar el alambre de acero, hacerle un reacondicionamiento total, volver a fabricar el plutonio y volver a armarlo todo. Tardarían en eso semanas, si no meses.

David no podía creerlo. Lo había hecho. Comenzó a respirar otra vez, luego preguntó:

—¿Y ahora qué?

—Saca a tus hombres de allí —ordenó Zalinsky—. Voy a disparar dos misiles Hellfire a esa ambulancia en noventa segundos. Nadie va a tocar esa ojiva. ¿Me oyes? Nadie.

—Entendido —dijo David—. Solo búscame un auto.

—En la calle, como a treinta y cinco metros, hay un Khodro Samand blanco, de cuatro puertas —dijo Zalinsky, refiriéndose a un sedán de fabricación iraní.

—Gracias —dijo David.

Cortó la línea con Langley, se metió el teléfono satelital en su bolsillo, gateó para salir de la ambulancia y corrió por la calle. Efectivamente, el auto estaba justo allí donde Zalinsky le dijo que estaría. No estaba prendido, pero el conductor había huido demasiado rápido como para recordar llevarse sus llaves. David se metió de un salto, aceleró el motor y se apresuró hacia la ambulancia. Cuidadosamente puso a Fox en el asiento delantero y lo acomodó en un ángulo de alrededor de cuarenta y cinco grados. Después, recogió a Crenshaw y lo puso en el asiento de atrás. Luego recogió sus armas, se aseguró de no dejar ninguna munición y saltó al asiento del conductor. Unos segundos después, mientras iba a toda velocidad por la autopista 7 hacia el suroeste, oyó y sintió que los Hellfire destruían la ambulancia de la Media Luna Roja y lo que quedaba de la ojiva nuclear iraní.

—¿Y ahora qué, jefe? —preguntó Fox mientras David presionaba el pedal a fondo.

—Siguiente parada: Damasco, caballeros.

A David solo le quedaban dos preguntas: ¿Podrían neutralizar la segunda ojiva?, y ¿podrían rescatar a Birjandi? Conocía los riesgos. También sabía que sus hombres necesitaban atención médica desesperadamente, pero la cruda realidad era que no había dónde obtenerla. Todavía no. Ahora no. Tenían que apresurarse y seguir adelante. Tenían que llevar a cabo su misión hasta el final.

48

El general Youssef Hamdi corría por el pasillo hacia su espléndida y espaciosa oficina de esquina, que daba a la pista donde estaban estacionados dos docenas de aviones de combate MiG 29, resplandecientes con el sol del mediodía. En el pasillo había diez Guardias Revolucionarios fuertemente armados, junto con dos guardaespaldas del servicio presidencial sirio. Allí en el pasillo estaba el doctor Birjandi, sentado en una silla. Todavía esperaba su reunión con el Duodécimo Imán. No obstante, el Mahdi estaba tras puertas cerradas con el Ayatolá Hosseini, con el presidente sirio Gamal Mustafá, con el general Jazini y con los asistentes más destacados del Mahdi, Daryush Rashidi y Abdol Esfahani.

—General Hamdi, ¿es usted? —preguntó Birjandi—. ¿Está bien?

—Soy yo, doctor Birjandi, pero lo siento; no puedo hablar con usted ahora —respondió Hamdi, con la voz agitada, casi con pánico—. Tengo que ver al Mahdi.

—Me temo que está ocupado —dijo Birjandi tranquilamente—. Me mandó a llamar, como lo sabe, pero cada vez me dicen que tengo que esperar un poco más. Está bien, por supuesto; no tengo prisa.

—Pero yo sí —dijo Hamdi—. Esto no puede esperar.

A Hamdi le parecía extraño llamar a la puerta de su propia oficina, pero tenía que recordarse que ya no estaba a cargo. Respiró profundamente, trató en vano de calmarse, de tranquilizar sus nervios, entonces llamó dos veces.

—¿Quién es? —preguntó Jazini.

—Su humilde siervo —respondió Hamdi.

—Entre —dijo el Mahdi.

Cautelosamente, el comandante sirio entró, se arrodilló y se inclinó hasta el suelo.

—¿Está todo bien, general Hamdi? —preguntó Jazini—. Está sin aliento.

—Tengo noticias terribles, Su Excelencia —respondió Hamdi, con la frente inclinada todavía sobre la alfombra persa.

—El convoy fue atacado por los sionistas, afuera de Dayr az-Zawr —dijo el Mahdi.

El general levantó la cabeza, atónito. No sabía si el ataque había venido de los israelíes, de los estadounidenses o de alguna otra fuerza, pero aún no se reponía del hecho de que el ataque hubiera ocurrido realmente. ¿Quién podría haber sabido que enviaban la ojiva al norte? No se lo habían dicho a nadie. Jazini ni siquiera había permitido que Hamdi alertara al comandante de la base aérea de Dayr az-Zawr, un amigo personal e íntimo de más de un cuarto de siglo. Se había mantenido una estricta seguridad operacional.

—¿Cómo lo supo, Su Excelencia? —preguntó Hamdi—. Yo acabo de enterarme de la noticia por el comandante de la base aérea.

—Mis hombres me llamaron desde la escena hace unos minutos —explicó Jazini.

—¿Cómo pudo haber pasado esto? —preguntó entonces Daryush Rashidi, quitándole las palabras de la boca a Hamdi.

—Vosotros de poca fe —dijo el Mahdi—. La artimaña funcionó tal como esperaba.

Perplejo, Hamdi preguntó:

—¿Cómo así, mi Señor?

—Tenemos un agente doble —explicó el Mahdi—. Alguien en esta base, de hecho, probablemente alguien en este mismo salón, trabaja para los sionistas.

El salón quedó completamente en silencio.

—Y como conozco y confío en todos los de este salón, excepto en usted, general Hamdi —continuó el Mahdi—, voy a tener que llegar a la conclusión de que es usted.

Hamdi comenzó a temblar. No podía creer lo que oía. Había sido

un siervo fiel de la República Árabe Siria desde que había sido llamado
a filas en la fuerza aérea, a los dieciocho años. Era un musulmán devoto,
un alauita, y primo lejano del presidente Mustafá. Tenía numerosas
medallas por su valor y era conocido, ante todo, por su lealtad al régimen. De hecho, había supervisado personalmente muchas de las masa-
cres, en las semanas recientes, en contra de cristianos y de judíos sirios,
e incluso los asesinatos intensificados de pastores y sacerdotes de alto
rango en los últimos dos días, una orden que había llegado directamente
del Mahdi. Además, había creado la misma infraestructura de desarrollo
y de lanzamiento de los misiles balísticos que hacía posible la meta del
Mahdi de atacar a los sionistas con una ojiva nuclear desde el suelo sirio.
¿Cómo podría alguien creer que había vendido a su país o al Califato?

Tanto aterrorizado como enojado, Hamdi quiso defenderse. Quería
demostrar su fidelidad, pero un escalofrío profundo de repente descendió en el salón, o por lo menos en él. Se sintió paralizado por una fuerza
que había caído sobre él. No podía hablar ni moverse. Aunque no podía
voltear su cabeza, percibió que un espíritu oscuro se movía allí cerca y
después percibió varios. Giraban por sus pies, por su pecho y luego por
su cabeza. De pronto parecía que habían entrado por sus fosas nasales y
por su boca, y sintió que lo estrangulaban a morir, pero era como si lo
estuvieran ahogando desde adentro.

«Sáquenlo —ordenó el Mahdi—. Reúnan al personal superior en el
Hangar Cinco, donde el doctor Zandi está haciendo sus preparativos
finales para el lanzamiento. Lo ejecutaremos allí».

Hamdi quería gritar, quería llorar, pero estaba inmovilizado, conge-
lado dentro de su propio cuerpo. Miró a Mustafá, como apelando por
su honor y por su vida, pero los ojos del presidente sirio estaban fríos y
crueles y no mostraron la más mínima misericordia. ¿Cómo era posible? ¿Cómo había llegado a esto su carrera de servicio dedicado? ¿Qué
le pasaría a su amada esposa y a sus tres bellas hijas? Si lo ejecutaban,
todas serían asesinadas al atardecer. No estaba seguro de mucho en ese
momento, pero de eso no tenía ni pizca de duda.

Varios Guardias Revolucionarios entraron de prisa, lo esposaron y
lo sacaron a rastras. Nadie habló por él. Nadie llegó en su rescate, ni
siquiera sus propios hombres, a quienes había entrenado, a quienes

había dirigido. Lo último que vio y que oyó cuando se lo llevaban fue que Abdol Esfahani salió al pasillo y le dijo al doctor Birjandi: «Lo siento, amigo mío; están ocurriendo muchas cosas. Todavía faltan unos cuantos minutos más».

Birjandi oyó que se abrió la puerta del general Hamdi y que luego se cerró de un golpe. Después se volvió a abrir y pudo oír una conmoción mientras sacaban a alguien arrastrado, pero por supuesto que no tenía idea de lo que pasaba. Le preguntó a Esfahani, pero el hombre no respondió directamente. Es más, Esfahani parecía bastante asustado. Solo decía que el Mahdi todavía no estaba listo para recibirlo, pero justo antes de que la puerta de la oficina del Mahdi se volviera a cerrar de un golpe, Birjandi oyó que el Mahdi dijo algo referente a que tenían que «lanzar la ojiva inmediatamente», y que «ya no podemos esperar más», porque se ponía «demasiado peligroso».

Unos hombres con botas pesadas se acercaban por el pasillo hacia él. Birjandi percibió que se trataba de más Guardias Revolucionarios, que llegaban a reforzar la protección alrededor del Mahdi. Algo serio había ocurrido. Birjandi se preguntaba si David y sus hombres estaban involucrados en todo lo que pasaba.

—Abdol, ¿todavía está allí? —preguntó.

—Sí, pero tengo que volver a entrar —respondió Esfahani.

Birjandi extendió su mano, encontró el brazo de Esfahani y lo agarró.

—¿Puedo usar el baño antes de que comience esta reunión? —preguntó.

—Por supuesto, pero no puedo llevarlo —dijo Esfahani—. El Mahdi me necesita.

Esfahani ordenó a uno de los guardias que acompañara a Birjandi, y pronto se dirigían por el pasillo a un baño de hombres. Cuando llegaron a la puerta, Birjandi le pidió al guardia que revisara y que se asegurara de que no hubiera alguien más allí. El guardia obedeció, y cuando Birjandi oyó que abrió la puerta y encendió la luz, inmediatamente supo que el lugar estaba desocupado. Aun así, el guardia dio un paso atrás un rato después, para asegurarle de que todo estaba seguro y de que Birjandi estaría solo.

El anciano le agradeció al joven guardia, entró al baño y cerró la puerta con seguro. Palpó las paredes para percibir las dimensiones del cuarto, luego se paró quieto en el centro del cuarto y escuchó cuidadosamente. Estaba en silencio, excepto por el zumbido de las luces fluorescentes de arriba, que Birjandi no necesitaba, pero sí observó que un aire fresco llegaba de alguna parte. Levantó su mano derecha y sintió una leve corriente de aire que se movía en la parte superior del cuarto. Eso significaba que tenía que haber una ventana.

Birjandi le quitó el seguro a la puerta y salió por un momento.

—Joven —le dijo al guardia.

—¿Sí, señor?

—Voy a necesitar lavarme las manos y el rostro, pero mis piernas me tiemblan un poco hoy —dijo Birjandi—. ¿Le importaría traerme una silla maciza, en la que pueda sentarme frente al lavamanos?

—Por supuesto que sí, doctor Birjandi —respondió el soldado, con un persa que tenía un leve acento del sur de Irán. Birjandi se preguntó si el joven podría ser de la ciudad de Shiraz. No había razón para preguntarle. No había tiempo para hacer comentarios personales en ese momento, pero eso lo hizo volver a pensar en David Shirazi y cuán urgentemente necesitaba hablar con su amigo. Los acontecimientos se desarrollaban ahora demasiado rápido. De hecho, esta sería probablemente la última vez que pudieran hablar.

Un momento después, el guardia estaba de vuelta con la silla y la puso enfrente de uno de los lavamanos del baño. Birjandi se lo agradeció, cerró la puerta cuando él salió y le puso seguro. Se dirigió hacia la silla, la tomó y la puso junto a la pared del otro extremo. Luego, lenta y cuidadosamente, se subió a la silla y palpó la pared, hasta que encontró que, sin duda, allí había una pequeña ventana. Estaba levemente abierta, pero él la abrió totalmente. Luego sacó su teléfono satelital de debajo de su túnica, lo encendió y lo puso afuera en la ventana, y oró por una conexión. Birjandi palpó el teclado hasta que encontró la tecla de remarcado que David le había enseñado, y la presionó. ¿Se comunicaría? Si lo hacía, ¿respondería David?

Y si lo hacía, ¿podría Birjandi decirle lo que tenía que decirle, sin que el guardia lo oyera?

AUTOPISTA M20, CENTRO DE SIRIA

¿Cómo iba a funcionar esto? ¿Cómo podría llegar a tiempo?

David corría por las tierras baldías del centro de Siria, a casi ciento sesenta kilómetros por hora. Desafortunadamente el auto no podía ir más rápido, y David se recriminaba por no haberse robado un Mercedes en lugar de este sedán familiar iraní.

En ese momento había salido de la autopista 7 y volaba por la autopista M20. Ya había pasado volando por la ciudad de As Sukhnah y pronto pasaría por las antiguas ruinas de Palmira, conocidas en árabe como Tadmor. En ese lugar, según Fox que estaba a cargo del mapa, saldrían hacia la ruta 90 y después a la ruta 53. Finalmente cambiarían a la autopista 2, que los llevaría directamente a Damasco.

David miró su reloj. Eran las 12:17 hora local. El problema era que Damasco estaba a más de doscientos kilómetros desde Palmira. A esa velocidad, tardarían más de una hora para llegar, y David estaba seguro de que no tenían todo ese tiempo.

El teléfono de Fox sonó. David lo respondió inmediatamente. Estaba seguro de que no iba a ser Zalinsky. David ya había hablado mucho con su director en la última media hora, para informarle de las condiciones de Fox y de Crenshaw, y para planificar sus próximos movimientos. Él tenía razón. Era Eva.

—Oye, soy yo. ¿Por qué no respondes tu propio teléfono? —preguntó.

—Lo perdí en la batalla del tiroteo —respondió David.

Eva se quedó con la boca abierta.

—¿Qué tiroteo?

—Es una larga historia, pero no puedo hablar de eso ahora —dijo David.

—¿Dónde estás?

—Cerca de Palmira.

—¿Te diriges a Al-Mazzah?

—Exactamente.

—Pues tienes a una amistad que te está buscando.

David pensó inmediatamente en Marseille, después en su padre, pero ¿cómo podría ser alguno de ellos? Ninguno tenía su número de teléfono satelital.

—¿Quién?

—El doctor Birjandi.

—¿De veras? —preguntó David—. ¿Él me llamó?

—Sí, hace como diez minutos.

—¿Por qué? ¿Qué dijo?

—Tenía tres cosas que decirte —respondió Eva—. Primero, dijo que no lo llamaras. Dijo que es demasiado peligroso y que esta sería probablemente su última comunicación contigo "en esta vida".

David tragó. Trató de presionar más el acelerador, pero ya estaba en el suelo. El auto simplemente no podía ir más rápido de lo que ya iba, y David tenía dudas de que el vehículo en realidad pudiera aguantar todo el camino a Damasco a esa velocidad. No podía imaginar que alguna vez hubieran presionado tanto ese motor, especialmente con el polvo y el calor del desierto sirio.

—Segundo, dijo que la ojiva está unida al Scud y en la plataforma de lanzamiento, y que él cree que el Mahdi y el presidente Mustafá se dirigen allí en cualquier momento para presenciar el lanzamiento.

David golpeó su puño en el tablero. No iba a lograrlo. Le suplicaba al Señor que hiciera algo, que lo ayudara, que le diera sabiduría, pero no podía encontrar ninguna manera posible de evitar que ocurriera ese lanzamiento.

—¿Y tercero? —preguntó impacientemente.

—Dijo que estaba orgulloso de ti y que te amaba como el hijo que nunca había tenido —dijo Eva—. Dijo que te vería en el otro lado y que esperaba que Jesús le permitiera ser el primero en darte la bienvenida al cielo.

Con eso David se quedó sin habla. Nunca había tenido un amigo de ochenta años, y nunca había imaginado tener —ni querer tener— un amigo de esa edad. Tampoco había tenido un amigo al que amara y apreciara más que al doctor Birjandi, y solo el hecho de oír esas palabras hizo que extrañara al hombre y a su gentil sabiduría aún más.

—¿Estás bien? —preguntó Eva.

—La verdad es que no —respondió David.

—Significaba mucho para ti, ¿verdad?

—Todavía significa mucho —dijo David—. Todavía no está muerto.

—¿Qué vas a hacer? —preguntó Eva.

—Para comenzar, voy a llamar a Jack.

Zalinsky respondió la llamada de David inmediatamente.

—Me acabo de enterar por Birjandi —comenzó David abandonando todo el protocolo—. El misil está en la plataforma de lanzamiento. El Mahdi y Mustafá se dirigen para allá en este momento. Están a punto de lanzar, Jack, y no voy a llegar a tiempo. Tienes que llamar al presidente. Tienes que decirle que ordene un ataque aéreo, ahora, antes de que sea demasiado tarde.

—Oye, oye, cálmate, Zephyr —respondió Zalinsky—. Tenemos esa base aérea cubierta, un satélite y tres Predator están monitoreando todo allí. Créeme, no están listos para lanzar.

—Solo porque no lo veas no quiere decir que no sea cierto, Jack —insistió David—. ¿Qué es lo que siempre me has enseñado? *"Malinterpretar la naturaleza y amenaza del mal es arriesgarse a que te ataquen por sorpresa"*, ¿Verdad? Te lo digo, Birjandi está allí. Está adentro, y nos dice que el Scud está en la plataforma de lanzamiento. La ojiva está unida. Se están preparando para lanzar, probablemente a Tel Aviv, en cualquier momento. Yo he hecho mi trabajo, y mi equipo también. Hemos hecho todo lo que nos has pedido que hagamos. Encontramos las ojivas. Eliminamos una con tu ayuda. Ahora nos dirigimos a toda velocidad a la segunda, porque nos ordenaste que lo hiciéramos, ¿verdad?

—Por supuesto, es cierto —respondió Zalinsky, claramente molesto, pero también un poco, e inusualmente, moderado.

—Entonces, escúchame —continuó David—. Aunque por algún

milagro pudiéramos llegar allí antes de que lancen el misil, no tienes un plan realista para que entremos a esa base, y nosotros tampoco. Llegó el momento, Jack. Nosotros hemos hecho todo lo que podíamos hacer. Ahora depende de ti. Este es el momento. Tienes que hacer que el presidente ordene un ataque ahora.

—Zephyr, escúchame —dijo Zalinsky—. Los dos terroristas iraníes responsables de los ataques recientes en el Waldorf de Nueva York acaban de llegar a Damasco. Se dirigen a la base de Al-Mazzah en este momento. Tenemos dos agentes que los han seguido todo el tiempo, y ahora esos agentes están en Damasco, a la espera de instrucciones. Puedo enlazarte con ellos, a ti y a tu equipo.

—¿Y luego qué? —preguntó David—. Todavía no son suficientes hombres, y todavía no hay tiempo suficiente. Tienes que hacer que el presidente ordene un ataque ahora.

El debate se puso más acalorado —mucho más acalorado— y continuó por varios minutos más. Se trataba de tiempo y David lo sabía, aunque dolorosamente, con el que no contaban. Aun así, planteó un apasionado y casi insubordinado caso para un masivo ataque rápido de misiles F/A-18 y cruceros, lanzados desde el *Carrier Strike Group Ten* y desde el USS *Harry S. Truman*, que actualmente navegaba por el este del Mediterráneo. Cuando Zalinsky rehusó a comprometerse, David argumentó que por lo menos la Agencia tenía la obligación moral de informar a los israelíes que estaban a punto de ser atacados, y la obligación moral aún mayor de defender de manera proactiva y agresiva a Israel, el aliado más fiel de Estados Unidos en la región, sin mencionar a los palestinos, que estaban totalmente indefensos y sin preparación para lo que se avecinaba.

David sabía que estaba en el altavoz. Sabía que todo el Centro de Operaciones Globales lo escuchaba, incluso Tom Murray y el director Allen. Por eso precisamente argumentaba a favor de ello tan vigorosamente, porque lo estaban escuchando, porque lo estaban grabando, y no solo en el Centro de Operaciones Globales, sino también en la Agencia de Seguridad Nacional. Debido a que si de alguna manera terminaba vivo este día, y lo sometían a juicio por informar ilegalmente a los israelíes, él quería dejar evidencia grabada de que había hecho todo lo posible y de que había presionado a la Agencia y a la Casa Blanca para que hicieran lo correcto... y había fracasado.

Pasaron algunos minutos más. Zalinsky no cedía. David se dio cuenta de que no era porque Zalinsky no estuviera de acuerdo con él, ya que podía percibirlo en la conversación, sino porque sabía que el presidente no actuaría a pesar de todo. No obstante, David le suplicó a su mentor y director una vez más, que por lo menos le presentara su planteamiento al presidente, o que Allen lo hiciera. Que por lo menos lo intentaran.

—Solo piénsalo, Jack —concluyó David—. No solo podría el presidente eliminar esta ojiva y salvar a Israel de un solo golpe, sino que sería un ataque decapitador. El presidente podría eliminar al Mahdi, a Hosseini y a Mustafá al mismo tiempo. Con Darazi muerto también, neutralizaría de manera efectiva la amenaza del Califato de usar cualquiera de los misiles paquistaníes. Es más, el Califato probablemente se derrumbaría. Jackson sería un héroe. Con un solo ataque, Estados Unidos quizás nunca tendría que volver a ir a la guerra en el Medio Oriente.

David sabía que su último planteamiento se había extralimitado un poco, pero solo un poco. Entonces, para su sorpresa, el director Allen usó la línea.

—Tiene un planteamiento convincente, Zephyr —dijo Allen con calma—. Estoy convencido, y llamaré al presidente ahora mismo.

David no podía creerlo.

—Sí, señor. Gracias, señor.

—Gracias a usted, hijo. Ahora siga adelante hacia Damasco. Llegue tan pronto como pueda, pero yo veré si puedo conseguirle apoyo aéreo. Cambio y fuera.

49

—¿Le cree? —susurró Crenshaw, con un dolor insoportable, pero todavía consciente y aparentemente aún alerta.

—¿A quién? ¿A Allen? —aclaró David.

—Sí.

—¿Que si creo que le va a presentar mi planteamiento al presidente?

—Correcto.

—Sí, lo creo —dijo David.

—¿Importará eso? —preguntó Fox.

—¿Quiere decir que si creo que el presidente ordenará un ataque aéreo para defender a Israel?

—Exactamente.

—¿Y ustedes? —les preguntó David a los dos.

Miró por el retrovisor. Crenshaw sacudió la cabeza. Luego miró a Fox, que también sacudió la cabeza. Bueno, pensó, por lo menos los tres coincidían.

—Entonces, ¿qué vamos a hacer? —preguntó Fox.

—No hay nada que podamos hacer, juntos no —admitió David—, pero hay algo que yo puedo hacer.

—¿A qué se refiere? —preguntó Crenshaw.

—Voy a hacer una llamada —dijo David—. Ustedes no son parte de esto. Ustedes no lo apoyaron. Voy a hacerlo por mi cuenta, y estoy preparado a pagar las consecuencias; pero en lo que a mí respecta, no tengo opción. Esto es algo que tengo que hacer.

Fox y Crenshaw se veían tan desconcertados como se tenían que haber sentido, pero David no tenía tiempo para explicaciones. Marcó el número del Mossad de memoria. No entró. Volvió a llamar. No volvió a entrar. Presionó el marcado rápido de Eva y le pidió que le repitiera el número, por si había quitado o agregado un dígito, pero no lo había hecho. El número que le dio era el número que acababa de marcar, no una sino dos veces. *¿Lo habría cancelado el Mossad, aunque Mardoqueo todavía estuviera en el campo?*, se preguntó. Era un riesgo tremendamente alto, que podría ser fatal.

DAMASCO, SIRIA

La puerta de la oficina del general Hamdi se abrió de par en par. Esfahani observó que el general Jazini llevaba la delantera al salir de la oficina por el pasillo. El Mahdi iba justo atrás de él, seguidos por el Ayatolá, el presidente Mustafá y Rashidi, que llevaba la «pelota de fútbol nuclear» con el equipo de comunicaciones y los códigos de lanzamiento paquistaníes. Estaban rodeados de guardaespaldas iraníes y sirios y se movilizaban rápidamente.

Cuando se fueron, Esfahani respiró profundamente y salió también de la oficina de Hamdi. Le pidió al doctor Birjandi que lo tomara del brazo y que le siguiera el paso.

—No tenemos mucho tiempo —explicó.

—¿Por qué? ¿A dónde vamos? —preguntó Birjandi.

—Al Hangar Cinco —dijo Esfahani.

—¿Es allí donde está la ojiva? —preguntó Birjandi.

—No por mucho tiempo.

Al final del largo pasillo, abordaron un elevador y descendieron al primer nivel. Allí, un sedán negro solitario los esperaba. Esfahani observó que el resto del cortejo ya había partido. Puso a Birjandi en la parte posterior, cerró la puerta, y entró al asiento delantero.

«Andando —ordenó—. Hangar Cinco».

Birjandi era un héroe para Esfahani, pero los acontecimientos se desplazaban rápidamente en ese momento, y Esfahani resentía en cierta manera ser el cuidador del anciano. No quería arriesgar la posibilidad, sin importar cuán remota, de que lo excluyeran —o que le negaran la entrada— para presenciar el lanzamiento.

A pesar de su leve frustración por su tarea actual, Esfahani temblaba de emoción. Este era el día por el que habían orado mucho, el día que habían planificado y por el que habían trabajado por tanto tiempo, y finalmente había llegado. Él había sido un imanista devoto toda su vida, pero en realidad desde que había conocido al Mahdi en Hamadán, el día del enorme terremoto —lo que resultó ser el día de la primera prueba subterránea nuclear de Irán—, Esfahani se había encontrado en un estado febril. Apenas podía dormir. Desesperadamente quería ser hallado fiel en el servicio del Mahdi, y ahora estaba allí, en el círculo íntimo, el día del lanzamiento, el día que finalmente ganarían la Guerra de Aniquilación de los sionistas.

Se estaba convirtiendo en un feo día de marzo, con nubes que se desplazaban amenazantes. Esfahani esperaba que comenzara a llover en cualquier momento. Se preguntaba si eso atrasaría el lanzamiento de alguna manera y desesperadamente esperaba que no.

«Más rápido —le ordenó al conductor—. Tiene que ir más rápido».

El conductor aceleró y atravesaron la base aérea a toda velocidad hacia el otro extremo, a una esquina remota, a unos seis o siete minutos de distancia de las instalaciones principales.

—¿Por qué tarda tanto? —preguntó Birjandi.

—Ya lo verá —dijo Esfahani, y luego se dio cuenta de lo ridículo que era eso—. Lo siento, doctor Birjandi. Por favor, perdóneme. Hay ciertas cosas que no se me permite decir.

—¿A mí? —preguntó Birjandi—. ¿Por qué?

—Bueno...

—¿Cree usted que un profesor de escatología ciego, a quien el mismo Imán al-Mahdi mandó a llamar, va a darles los secretos a los sionistas? —preguntó Birjandi.

—No, no, solo estoy...

—Entonces, ¿a dónde vamos? —preguntó otra vez Birjandi—. No tengo mucho en mi vida, mi joven amigo, pero me gusta tener alguna idea de dónde estoy. Me da una sensación de paz, de claridad, que no estoy seguro de poder explicársela adecuadamente.

—Tiene razón, y lo siento mucho —respondió Esfahani—. He sido muy cruel. Usted es el padre del movimiento imanista, doctor Birjandi.

Hasta que el Imán al-Mahdi se reveló a la humanidad, nadie había hecho más que usted para explicar quién es él y por qué él era importante. Mis sinceras disculpas.

—Está evadiendo, Abdol.

Esfahani sonrió. El anciano era un juez sagaz del carácter. El auto se detuvo. Habían llegado. Se inclinó y susurró en el oído de Birjandi: «El Hangar Cinco es un secreto. Es un hangar subterráneo, al extremo de la base. Está allá por el campo de lixiviación, cerca de donde queman todos los desechos. Venga, amigo mío; vamos a ver cómo se hace la historia».

PALMIRA, SIRIA

David y su equipo ahora se desplazaban por las antiguas ruinas de Palmira.

—¿Ve señales de la ruta 90? —preguntó Fox.

—El desvío está precisamente adelante —dijo David.

—Bien —dijo Fox—. Tómelo y luego busque la ruta 53, como dentro de setenta u ochenta kilómetros.

—¿A quién llamaba? —preguntó Crenshaw desde el asiento posterior.

—A nadie —dijo David—. No es importante.

—*Es* importante —respondió Crenshaw—. Usted mismo lo dijo. Por eso es que le dio tanta importancia al hecho de asegurarse de que nosotros pudiéramos negarlo.

—De todas formas no funcionó —dijo David—. La llamada no entró.

—¿A quién llamó? —insistió otra vez Crenshaw.

—Miren, no importa. Déjenlo ya.

—Estaba llamando a los israelíes, ¿verdad? —dijo Fox.

David miró directamente hacia adelante y siguió conduciendo.

—Ustedes necesitan descansar.

—No, tenemos que detener a estos dementes para que no incineren a un aliado estadounidense —dijo Fox—. ¿Cree acaso que no estamos con usted? Esa es nuestra misión, David. Eso es lo que tenemos que hacer aquí, proteger al pueblo estadounidense y a nuestros aliados de un holocausto nuclear. ¿Verdad?

David se quedó callado.

—¿Cómo obtuvo ese número? —preguntó Crenshaw.

—Preferiría no decirlo.

—Ya basta, David —replicó Crenshaw—. Este es el momento, amigo. Estamos muriendo aquí. Fox y yo bien podríamos no lograrlo. Lo entendemos. Estamos bien con eso, pero no estamos bien con que nos retenga información que podría salvar la vida de millones. ¡Ahora comience a hablar!

David se sintió avergonzado. Crenshaw tenía razón. No sabía por qué no los había informado sobre esto antes. Había estado tratando de protegerlos. Tal vez tendría que haberles dado por lo menos la opción de rechazar su plan, en lugar de ocultárselo. Explicó la llamada que había hecho antes en la frontera y por qué la había hecho.

—¿Y ahora el número no funciona? —preguntó Fox.

—Correcto.

—Probablemente cortaron la línea —dijo Crenshaw.

—Tal vez —dijo David—, pero eso es todo. Me quedé sin ideas.

—¿No tiene ningún otro número de los del Mossad? —preguntó Fox.

—No, ¿y usted?

—De hecho, sí.

David lo miró con curiosidad.

—¿Cómo?

—Tolik —dijo Fox.

—¿Qué?

—Llame a Matty —continuó Fox—. Cuéntele la situación. Dígale que le dé a ese tipo Tolik un teléfono satelital para que llame al Mossad. Ellos oirán a su propio hombre mucho más de lo que lo oirán a usted. Tienen que oírlo a él. Neftalí definitivamente ordenará un ataque, pero será mejor que se movilice pronto.

—Saben que iremos todos a la cárcel —dijo David.

Fox sacudió la cabeza y miró a David.

—Solo usted, amigo mío —dijo—. Nick y yo... no va a importar. No vamos a lograr volver.

David frunció el ceño; rehusaba creerlo. Ni siquiera quería pensar en eso, pero temía profundamente que Fox tuviera razón.

—¿Están seguros? —preguntó David—. ¿Los dos?

Fox y Crenshaw asintieron con la cabeza, y finalmente David también lo hizo.

«Entonces llamen a Matty», dijo.

No estaba convencido de que tuvieran tiempo para una última maniobra, pero estos tipos tenían razón. Tenían que intentarlo.

DAMASCO, SIRIA

Se le llamaba hangar, pero Esfahani se dio cuenta de que en realidad no lo era en el sentido clásico. No había aviones de combate albergados allí. Ni bombarderos. Ningún tanque de reabastecimiento ni aviones de entrenamiento, ni ningún otro avión de ninguna clase. Era una base estratégica de misiles... y además clandestina.

Al pasar por dos estrictos puestos de seguridad, mientras ayudaba al doctor Birjandi a salir del elevador hacia el piso del hangar, Esfahani quedó impactado por lo gigantescas que eran en realidad las instalaciones. En uno de los breves recesos para café, Zandi le había dado a entender que era grande, pero Esfahani no había tenido idea. Se extendía por lo menos como veinte estadios de fútbol en ambas direcciones, quizás más. En este extremo, era tanto un centro de investigación y desarrollo como una línea de ensamblaje de misiles de vanguardia. A varios cientos de metros hacia el otro extremo, había unas instalaciones subterráneas de lanzamiento. Estaba tan fascinado que comenzó a susurrarle a Birjandi los detalles de lo que veía, y Birjandi parecía indicar que estaba agradecido por el reportaje, con lujo de detalles y comentarios a todo color.

—¿Qué ve ahora? —preguntó Birjandi.

—Hay un grupo de técnicos que corren a toda prisa —respondió Esfahani—. Todos usan batas blancas y parece que hacen preparaciones de último minuto.

—¿En el misil?

—En realidad en seis.

—¿Seis qué? —preguntó Birjandi.

—Seis misiles —dijo Esfahani—. Todos parecen Scud, pero parece que son de un modelo avanzado. Nunca había visto algo como esto.

—¿Eso qué significa?

—Significa que son más altos, más anchos y los motores de sus cohetes se ven más grandes —dijo Esfahani.

—Pero solo uno tiene la ojiva, ¿verdad?

—Aparentemente, pero para mí todos se ven iguales —observó Esfahani.

—Qué inteligente —dijo Birjandi—. Imagino que dispararán todos al mismo tiempo y los israelíes no sabrán cuál derribar.

—Tal vez tiene razón —dijo Esfahani—. Eso sí que sería inteligente.

Entonces comenzó a describir otros elementos del edificio, comenzando con las seis plataformas de lanzamiento en sí. Describió los enormes blindajes metálicos para la explosión, que en ese momento los elevaban hidráulicamente del suelo, supuestamente para evitar que el Mahdi y sus invitados fueran incinerados en el lanzamiento. También observó que el exclusivo techo de las instalaciones, que tenía alguna clase de palancas, poleas gigantes y otros dispositivos que no podía describir exactamente, se abriría en el momento preciso para permitir que los misiles fueran disparados al cielo de la tarde.

Esfahani estaba asombrado con todo eso cuando oyeron el llamado al silencio del general Jazini, y a que todos los invitados se acercaran a los misiles.

«El Imán al-Mahdi dirá unas pocas palabras; luego tenemos unos asuntos que atender y después se iniciará el momento histórico».

RUTA 90, CENTRO DE SIRIA

David informó rápidamente a Matt Mays por el teléfono de Fox. Luego puso a Fox y a Crenshaw en la línea para confirmar que todos estaban de acuerdo.

—¿Contamos con usted? —preguntó David.

—Definitivamente —respondió Mays—. Tal vez podremos lograr que nos envíen a la misma prisión.

David sonrió, lo cual se sentía como primera vez en días.

—Espero que tengamos tanta suerte, Matty.

David pudo oír que Mays quitaba el seguro a la celda improvisada y que llamaba a Tolik Shalev y a Gal Rinat, para que salieran y se sentaran con él. Un momento después, Mays encendió el altavoz y David informó a los dos israelíes tan pronto y concisamente como pudo hacerlo. Incluso les explicó la llamada que había hecho varias horas antes al Mossad.

—¿Entonces lo harán? —preguntó cuando había terminado.

—Por supuesto —dijo Tolik—. En realidad tenía que habernos utilizado antes.

DAMASCO, SIRIA

Reunidos todos, enfrente de la plataforma de lanzamiento del Misil Cuatro, estaban el Ayatolá Hosseini, el presidente sirio Gamal Mustafá, el general Jazini y el doctor Birjandi. Cerca estaban parados Esfahani y Rashidi, junto con el doctor Zandi, numerosos Guardias Revolucionarios, guardaespaldas sirios, otros varios oficiales y técnicos militares, así como un filmador de video y un fotógrafo oficiales.

Para impacto de Esfahani, en el suelo, debajo de la tobera de ese misil en particular, estaba el pálido y tembloroso general Hamdi, esposado y encadenado a la tobera. Mientras tanto, el Duodécimo Imán dio un paso adelante hacia una pequeña tarima y comenzó a hablar.

«Caballeros —comenzó, porque no había mujeres a la vista—, tenemos a un traidor en nuestro medio. El general Hamdi es un agente doble. Es un traidor del Califato, y ahora tiene que morir por sus crímenes. No obstante, en lugar de decapitarlo, he decidido que debe quemarse en el fuego de este cohete, antes de quemarse por toda la eternidad en el fuego del infierno».

Esfahani estaba contento de que hubieran atrapado al agente doble, pero nunca se habría imaginado que fuera Hamdi. Sentía pena por el hombre y se estremeció al pensar en lo que iba a ser su destino dentro de un rato.

«Dicho esto, no dejemos que los pecados del general Hamdi nos distraigan de este momento histórico —continuó el Mahdi—. Los he reunido a todos aquí para celebrar el amanecer de una nueva era en la historia humana, el surgimiento del Califato que está consolidando poder en todo el mundo islámico, y que pronto, con la ayuda de Alá, arrasará en todo el planeta. Como lo dije en la Meca cuando me revelé por primera vez al mundo, la época de la arrogancia, corrupción y codicia se acabó. Una nueva época de justicia, paz y hermandad ha llegado. Es hora de que el islam se una. Los musulmanes ya no tienen el lujo de peleas y divisiones insignificantes. Los sunitas y los chiítas deben unirse. Es hora de crear un pueblo islámico, una nación islámica, un gobierno islámico. Es hora de mostrarle al mundo que el islam está listo para gobernar. No estaremos confinados a fronteras geográficas, a grupos étnicos ni a naciones. El nuestro es un mensaje universal que guiará al mundo a la unidad y a la paz, que hasta ahora a las naciones les ha sido difícil encontrar».

Esfahani temblaba de la expectación.

«Los poderes blasfemos de Occidente ya no subyugarán a los musulmanes con sus ejércitos y con sus leyes —anunció el Mahdi—. Tampoco contaminarán a nuestras mujeres ni a nuestros niños con la contaminación cultural tóxica que bombean al aire: sus películas, música y programas de televisión satánicos, ni con sus herejías religiosas. Es hora de que los pueblos del mundo abran sus ojos, oídos y corazones. Es hora de que la humanidad vea, oiga y entienda el poder del islam, la gloria del islam. Porque he venido a inaugurar un nuevo reino. Al principio, los gobiernos de Irán, Arabia Saudita y los Estados del Golfo se unieron como una sola nación. Observé en esa época que ellos formarían el núcleo del Califato. Entonces prometí que en poco tiempo anunciaríamos nuestra expansión, y he mantenido mi palabra».

El Duodécimo Imán señaló los seis misiles que estaban detrás de él.

«Dije a los que se opusieran que este Califato controlaría la mitad de la provisión mundial de petróleo y de gas natural, así como el Golfo y las líneas de embarcación a través del estrecho de Ormuz. Les dije a nuestros enemigos que este Califato tendría el ejército más poderoso del mundo, dirigido por la mano de Alá. Además, les dije que este Califato estaría cubierto por una sombrilla nuclear que protegería al pueblo de todo mal. En ese entonces, la República Islámica de Irán había conducido con éxito una prueba de armas nucleares, sus armas finalmente eran operacionales y, gracias a nuestro querido amigo el Ayatolá Hosseini, acababan de entregarme la autoridad y el control de esas armas. Ahora, gracias a nuestro querido amigo el presidente Farooq, nuestro arsenal se ha multiplicado. Les advertí a los sionistas y a los estadounidenses de que cualquier ataque, por cualquier estado, a cualquier porción del Califato desataría la furia de Alá, y desencadenaría una Guerra de Aniquilación, y así ha sido. Ahora le demostraremos al mundo quiénes somos en realidad. Borraremos la mancha del Estado de Israel del mapa de la tierra. Comenzaremos a erradicar este cáncer del pueblo judío del cuerpo político global, y no descansaremos hasta que cada judío, cada cristiano y cada infiel de cualquier clase se incline ante mí y le dé su alabanza a Alá».

Esfahani estaba a punto de aplaudir y ovacionar, pero nadie más lo hizo. Determinó que era un momento demasiado solemne y santo.

«En un momento oraremos y dedicaremos estas armas de vida —continuó el Mahdi—, pero primero quiero reconocer a un invitado especial. Todos conocen al doctor Alireza Birjandi como el experto mundial más destacado en escatología islámica y el maestro al que Alá usó para ayudar a la gente a entender quién es el Duodécimo Imán, por qué yo volvería, cómo volvería y por qué sería importante. Le pedí que viniera hoy a ver la culminación de todos sus escritos, a ver que las profecías verdaderamente se cumplen. Sé qué él no puede ver literalmente estas cosas, pero solo es porque Alá le ha quitado su vista física para darle algo más precioso, una capacidad sobrenatural para ver el mundo espiritual más claramente que cualquiera, aparte de mí. Así que le doy la bienvenida, doctor Birjandi, lo honro por su servicio a Alá, y por ayudar a prepararme el camino. Espero hacerlo un miembro valioso de mi reino en los días, semanas y años venideros».

Entonces, todas las personalidades y el personal que se había reunido se desbordaron con un caluroso aplauso. Esfahani estaba conmovido con lo humilde que era Birjandi, cómo sacudía su cabeza y parecía verdaderamente incómodo con toda la atención.

«Doctor Birjandi, solo tenemos unos momentos —agregó el Mahdi—, pero ¿podría decir algunas palabras antes de que comencemos?».

Hubo más aplausos que hicieron eco en las grandes y profundas instalaciones, y Esfahani ayudó a Birjandi a caminar hacia el misil y a pararse en el pequeño estrado, mientras que el Mahdi dio varios pasos para hacerse a un lado. El anciano se paró allí por un momento, aclaró su garganta, pero parecía titubear.

—Por favor, doctor Birjandi, comparta con nosotros lo que hay en su corazón —lo motivó el Mahdi.

Birjandi volvió a aclarar su garganta y asintió con la cabeza.

—Muy bien —dijo—, voy a compartir lo que hay en mi corazón. Debo decir que coincido con que Dios me ha quitado la vista física para darme ojos espirituales, y por eso estoy muy agradecido. A veces, la verdad está justo enfrente de nosotros, y la mayoría de los hombres no puede verla; pero Dios recompensa a los que caminan por fe y no por vista. Dios recompensa a los que buscan la verdad con todo su corazón, con toda su alma, mente y fortaleza. Cuando conocemos la verdad, esa verdad nos libera. Yo estoy aquí para declararles a todos ustedes hoy, que en todos mis años de estudio de los últimos días, finalmente encontré al que es el Camino, la Verdad y la Vida, y su nombre es Jesucristo. Le he dado mi vida total y completamente a él, y le imploro a cada uno de ustedes que también lo haga hoy.

Esfahani estaba horrorizado. ¿Qué estaba haciendo Birjandi, y por qué en este preciso momento? Sin embargo, el Duodécimo Imán no estaba ofendido; estaba enfurecido.

«Alireza, ¿qué está diciendo? —exigió el Mahdi—. ¿Se atreve a renunciar al islam y a hablar esas blasfemias en mi presencia? ¿Se atreve a...?».

No obstante, Birjandi lo interrumpió e insistió en que no decía blasfemias, que no decía mentiras sino que solo hablaba de la necesidad desesperada de cada hombre de recibir a Jesucristo como Salvador y Señor y de renunciar a todos los demás.

—*¡No se atreva a interrumpirme, Alireza!* — gritó el Mahdi—. *Está aquí por invitación mía y estoy agradecido por sus contribuciones a la Revolución. Pero usted se inclinará ante mí y me suplicará perdón. Nadie me interrumpe y por supuesto que hoy no.*

—No me inclinaré ante usted, Alí —replicó Birjandi usando el nombre del Mahdi que nunca se usaba—. Me inclinaré solamente ante el único Dios verdadero, y ese no es usted. Alí, usted no es el verdadero Mesías. Usted es un mesías falso, y hoy usted y todos los que lo siguen enfrentarán el juicio del Dios vivo, del Dios de Abraham, de Isaac y de Jacob, del Dios de Israel, del Dios y Padre del Señor y Salvador Jesucristo, el único Mesías verdadero.

Esfahani se quedó con la boca abierta. Horrorizado y perplejo a la vez, instintivamente dio varios pasos atrás, lejos de Birjandi, al igual que los demás.

«El general Hamdi no es culpable de traicionarlo, Alí —continuó Birjandi—. *Usted* es culpable de traicionarnos a todos nosotros, de guiar a millones al mal con falsas enseñanzas, brujería y hechicería. —Entonces Birjandi levantó su mirada ciega y parecía que se dirigía a todos los que se habían reunido en el hangar—. Yo no soy seguidor del Mahdi. Soy seguidor del Señor y Salvador Jesucristo, y en el nombre de Cristo les traigo palabras del Señor para ustedes: Arrepiéntanse. Vuélvanse de esta maldad. El juicio viene. Damasco está a punto de ser destruida, así como su falso reino construido sobre mentiras. No tienen mucho tiempo. Tienen que arrepentirse y acudir a Cristo para salvación. Él los perdonará. Él los salvará de este demonio, pero tienen que arrepentirse ahora, antes de que sea demasiado tarde».

Esfahani pasó de estar conmocionado a la ira. No podía creer lo que su amado mentor decía. Birjandi se había vuelto loco. No sabía cómo ni cuándo, pero todo lo que Esfahani podía ver le sacaba de quicio. Este era el agente doble. Este era el traidor. Para él estaba muy claro. Tenía que estar claro para todos ellos. Pero cuando decidió atacar al anciano, taparle la boca y matarlo a golpes, por atreverse a blasfemar allí en la presencia del Mahdi, vio que el general Jazini, con los ojos descontrolados por la ira, sacó su pistola, arremetió contra el anciano y le puso una bala entre los ojos.

Birjandi cayó de espaldas. La parte posterior de su cabeza explotó. Su cuerpo colapsó en el suelo. La sangre brotó. El hombre estaba claramente muerto, pero Esfahani no pudo contenerse. Él, también, arremetió y comenzó a golpear el cuerpo como un hombre poseído.

50

David oraba en silencio por Birjandi. Por lo menos el anciano estaba en Al-Mazzah. Estaba adentro. Sabía lo que estaba pasando. Tal vez habría alguna manera en que podría detener el lanzamiento, o por lo menos demorarlo. No había mucho con qué contar a esta hora avanzada, pero cada vez más parecía que era todo lo que tenían.

David y su equipo se aproximaban rápidamente a la intersección con la ruta 53. Eso significaba que las afueras de Damasco estaban a menos de una hora de distancia. David se dijo que no había nada más que hacer, sino esperar y orar para que los israelíes recibieran el mensaje y lanzaran su ataque. También oró por Marseille y por su propio padre y después por la esposa y las dos hijitas de Torres. No podía imaginar el dolor que las impactaría cuando se enteraran de la muerte de Marco, pero estaba muy agradecido con el Señor porque al menos había tenido la oportunidad de compartir el evangelio con Torres, y porque el corazón de Torres había estado tan abierto y le había dicho sí a Cristo.

En ese momento, David cayó en cuenta de que no solo había más que él *podía* hacer, sino que había algo que *tenía* que hacer, y que hasta entonces no había logrado. Tenía que compartir el evangelio con Fox y Crenshaw también, y rápidamente. Se dio cuenta de que no tenía idea de cuál era el trasfondo espiritual de ellos, pero ¿cómo podría perdonarse si no hacía todo lo posible, en los próximos momentos, de compartirles la Buena Noticia de perdón y de vida eterna por medio de la fe en Jesucristo? Dios le había dado un gran regalo a David, un gran tesoro, y David se lo había ofrecido a Torres. Ahora, urgentemente, tenía que ofrecérselo también a estos dos hombres queridos.

«Caballeros —dijo—, ha sido un gran honor estar en la batalla con ustedes. No podría haber pedido un mejor equipo. Ahora tengo que decirles algo que le dije a Marco antes de que muriera...».

TEL AVIV, ISRAEL

Zvi Dayan irrumpió en la oficina de Levi Shimon. El ministro de defensa tenía una llamada; levantó su mano y le hizo señas a Dayan para que esperara.

Shimon cubrió el micrófono del teléfono.

—Estoy con el MI6 de Londres. En un momento estaré con usted.

—No puede esperar —dijo Dayan.

—Tendrá que esperar.

Dayan se extendió y presionó el botón de desconectar en la consola del escritorio y cortó la comunicación.

Shimon maldijo y de un salto se puso de pie.

—¿Qué...?

—Levi, escúcheme, acabo de enterarme por uno de mis hombres dentro de Irán.

—¿Mardoqueo?

—No, Ciro.

—Será mejor que sea bueno.

—Lo es: confirmó que las dos ojivas están en Siria —explicó sin aliento Dayan—. Dice que un equipo de la CIA eliminó un convoy que llevaba una ojiva, en el norte de Siria, no lejos de la frontera iraquí. Ciro dice que la otra está en la Base de la Fuerza Aérea de Al-Mazzah, en Damasco. Lo que es más, dice que el Mahdi está allí en la base, junto con el Ayatolá Hosseini, el presidente Mustafá y, supuestamente, con todos los códigos de lanzamiento paquistaníes que el Mahdi acaba de recibir de Farooq en Kabul.

—¿Puede él demostrarlo? —preguntó el ministro de defensa.

—No con el tiempo que tenemos —dijo Dayan.

—¿Confía en él?

—Absolutamente —dijo Dayan—. Él es uno de mis mejores hombres.

—¿Un agente doble?

—No, un israelí, un sabra, uno de nosotros.

Shimon cerró los ojos por un momento. Lanzar un ataque preventivo sobre Irán fue una cosa. Lanzar un ataque preventivo sobre Siria era otra cosa. Sin embargo, parecía ser la confirmación de una segunda fuente. De todas formas, el primer ministro probablemente iba a ordenar el ataque en cualquier momento. Ahora todas las señales apuntaban a Al-Mazzah como el mejor objetivo.

—Está bien. Ponga al PM en la línea —dijo finalmente el ministro de defensa—. Si va a hacerlo, tiene que hacerlo ahora.

DAMASCO, SIRIA

«¡*Silencio!* —gritó el Mahdi—. *Silencio.* Alá es el único Dios verdadero, y no tienen por qué temer. Alá puede ver a los traidores en nuestro medio, y él los llevará a juicio. Esto es guerra, caballeros. Nuestros enemigos están por todas partes. Muchos están engañados. Pocos son elegidos para conocer y seguir el camino a Alá, pero ustedes lo están. Ustedes conocen la verdad. Saben que el islam es la respuesta y que el yihad es el camino, Mahoma es nuestro profeta y yo soy su salvador. Permanezcan enfocados. No dejen que el enemigo los distraiga. Especialmente ahora, cuando estamos tan cerca de la victoria. Deben orar por fortaleza, por el valor de someterse a la voluntad de Alá, sin importar lo que cueste. Vengan, los llevaré a su presencia, y juntos dedicaremos estos misiles para cumplir la voluntad de Dios».

Varios guardias retiraron a Esfahani del cuerpo de Birjandi. Esfahani estaba cubierto de sangre. Temblaba de ira. Casi no podía oír lo que el Mahdi decía, pero hizo lo mismo que los demás cuando se arrodillaron, se orientaron hacia la Meca y oraron por victoria en la Guerra de Aniquilación.

Cuando terminaron, el Mahdi bajó. El general Jazini indicó

entonces a sus hombres que empujaran el cuerpo del doctor Birjandi al lado del general Hamdi, directamente debajo de la tobera del Scud que tenía ojiva nuclear. El general protestó desesperadamente que él no era el traidor entre ellos, que era Birjandi, pero ni Jazini ni los demás lo oían. Entonces Jazini dirigió a todos a la parte posterior de las instalaciones, atrás de los blindajes para la explosión, y hacia los búnkeres de acero y de concreto, donde podrían ver el lanzamiento de los seis misiles, a través de un vidrio especialmente tratado y reforzado, así como en múltiples monitores de video y de rastreo por radar.

Sin embargo, cuando todos comenzaron a seguir a Jazini y al Mahdi, el doctor Zandi caminó hacia el general Hamdi y gritó a los demás.

«¡Estos hombres no eran traidores! —gritó—. ¡Yo soy el agente doble!». Una vez más, Esfahani y los demás quedaron atónitos.

El general Jazini volvió a sacar su pistola. Una docena de Guardias Revolucionarios apuntaron con sus AK-47 al científico iraní.

—Basta, doctor Zandi —ordenó Jazini—. Cállese y apártese de ese misil.

—¡No me callaré! —gritó Zandi, con voz temblorosa que hacía eco en las enormes instalaciones—. Yo no quería desarrollar armas nucleares. No fue por eso que me uní a la Organización de Energía Atómica de Irán. El doctor Saddaji me reclutó para que lo ayudara a desarrollar reactores nucleares pacíficos, para salvaguardar la seguridad de energía de Irán, pero me mintió. Me traicionó. Y ahora eso le costará.

Esfahani observó que dos guardias llegaron a su lado, supuestamente para evitar que tomara cualquier medida severa. Lo último que querían era un tiroteo dentro de unas instalaciones de misiles nucleares. Trató de permanecer calmado, pero su mente daba vueltas. ¿Qué estaba diciendo Zandi? ¿En realidad se había vuelto también en contra del Mahdi? ¿Qué estaba pasando? ¿Por qué ahora?

—Usted se callará o será poseído por una legión de demonios —vociferó el Mahdi, y caminó hacia adelante con su túnica negra y su turbante negro, para confrontar a este nuevo enemigo del Califato.

—Se lo advierto —gritó Zandi—. Le advierto que no dispare este misil.

—¿O qué? —exigió saber Jazini.

—O se detonará arriba de sus cabezas, apenas a unos segundos del despegue.

—Está mintiendo —dijo el Ayatolá.

—No estoy mintiendo —replicó Zandi—. ¿Cómo cree que los israelíes encontraron al doctor Saddaji? Yo se lo entregué. ¿Por qué cree que los israelíes sabían precisamente dónde atacar el jueves? ¿Por qué cree que su programa nuclear sigue fracasando? Porque yo me opongo a él. Lo odio. Lo odio con cada fibra de mi ser. Esta ojiva nunca destruirá a los sionistas. La programé para que se detone dos segundos después del despegue. Habría hecho lo mismo con la ojiva que mandaron a Dayr az-Zawr. Si lanzan este misil, solo se destruirán a ustedes mismos. No que en realidad importe. No tengo dudas de que los israelíes lancen un masivo ataque aéreo en contra de Siria, especialmente en contra de esta base, en este momento.

—*¡Es un mentiroso!* —gritó Jazini—. *Dice las mentiras de su padre, el diablo. ¿Lo decapito ahora mismo, mi Señor?*

—No —dijo el Mahdi—. No creo que esté mintiendo en cuanto a que sea un agente doble de los sionistas. Creo que dice la verdad. Lo que significa que está tratando de ganar tiempo. Creo que los sionistas están a punto de atacarnos, pero el doctor Zandi aquí trata de evitar que juguemos nuestra mejor carta; trata pero ha fallado. Átenlo y encadénenlo a la tobera del Misil Cuatro, junto con Hamdi, el traidor. Que se quemen los dos, ahora y para siempre.

JERUSALÉN, ISRAEL

—*¡Hágalo!* —ordenó Neftalí en una conferencia telefónica de emergencia con el ministro de defensa, con el jefe del Mossad y el jefe del Estado Mayor de las Fuerzas de Defensa de Israel—. *Hágalo ahora. Lance el ataque. Y que el Dios de nuestros padres tenga misericordia de todos nosotros.*

—Sí, señor —dijo Shimon—. Estoy ordenando que nuestros aviones de combate salgan al aire en este momento.

—Y haga sonar las alarmas de cohetes en todo Israel —ordenó también Neftalí—. Una tormenta de fuego se avecina, y no se puede detener.

RUTA 90, CENTRO DE SIRIA

Fox estaba abierto a lo que David compartía. Aunque había sido criado en el norte de California por dos padres ateos, dijo que siempre había tenido curiosidad de Dios y que había leído muchos libros acerca de religión con el paso de los años. Nunca había asistido a una iglesia, excepto en algunas bodas y funerales, pero David estaba impactado por su corazón sincero. Hacía preguntas. Trataba de entender por qué Cristo tuvo que morir en la cruz, y qué significaría de manera práctica para él «tomar su cruz» y seguir verdaderamente a Jesús.

Crenshaw, por otro lado, no solo no quería oír lo que David tenía que decir, sino que se sentía ofendido con la noción de que necesitaba un salvador. Insistía en que se mantuvieran enfocados en su misión.

—Usted no es mi sacerdote —dijo bruscamente Crenshaw—. Deje de intentar serlo.

—Nick, amigo, no trato de ser pastor ni sacerdote —respondió David—. Nunca fui a la iglesia tampoco. Mi familia no es religiosa. Solo digo que si no lo logramos, sin duda alguna sé a dónde iré al momento en que muera. ¿Y usted?

DAMASCO, SIRIA

A la orden de Jazini, todos corrieron a los búnkeres fortificados, en la parte posterior de las instalaciones, lejos de los misiles y bien lejos del peligro. A la orden del Mahdi, cientos de misiles comenzaron a elevarse sobre todo Irán y Siria, zumbando hacia Israel, todos ellos diseñados para crear una tormenta de misiles entrantes, que agobiaría la capacidad de los israelíes de rastrearlos y derribarlos todos.

Al mismo tiempo, el enorme techo comenzó a replegarse arriba de ellos, y la cuenta regresiva de estos seis misiles comenzó.

«T menos diez... nueve... ocho...»

Esfahani contuvo la respiración mientras el momento del juicio final se acercaba.

RUTA 90, CENTRO DE SIRIA

David y su equipo giraban y viraban por pasos montañosos. Descendían cada vez más a las planicies donde se encontraba la capital siria, a la sombra de los Altos del Golán. David disminuyó la velocidad levemente al llegar a una curva particularmente cerrada. Entonces, al pasar las cordilleras rocosas y al acercarse a una recta, a lo largo de la cima de una gran montaña, aceleró otra vez y pasó un bus y un tanque cisterna, junto con un camión grande que llevaba cajas de fruta.

DAMASCO, SIRIA

«...siete... seis... cinco...»

El techo estaba completamente abierto. Esfahani miró al cielo arriba y alabó a Alá por darle el privilegio de ser parte de este glorioso surgimiento del Califato.

LANGLEY, VIRGINIA

El director Allen todavía estaba al teléfono con el presidente cuando Tom Murray y Jack Zalinsky se dieron cuenta de que los iraníes y los sirios estaban lanzando un masivo ataque de misiles. A la primera cuenta, el comandante del Centro de Operaciones Globales había contado 169 cohetes y misiles que se elevaban al aire, todos y cada uno de ellos hacia Israel.

DAMASCO, SIRIA

«...cuatro... tres... dos... uno...»

Este era el momento. Los motores de los misiles cobraban vida con sus rugidos. Llamas blancas calientes salieron de las toberas debajo de ellos, e instantáneamente incineraron a los tres hombres, un sirio y dos iraníes, que alguna vez Esfahani había considerado héroes.

Todas las instalaciones subterráneas se estremecieron y temblaron cuando las plataformas de lanzamiento cayeron y los Scud comenzaron a elevarse. Esfahani estaba fuera de sí de la alegría. Se le atravesó el pensamiento de que debía voltearse y mirar los rostros del Mahdi, del Ayatolá y del presidente Mustafá. Cada uno estaba parado cerca de él y pensó que sería fascinante ver sus reacciones y compararlas con la suya. Pero él estaba cautivado por los misiles que comenzaban su lanzamiento. Simplemente no podía retirar sus ojos de la vista del fuego y del humo. Era una vista bella y gloriosa que atesoraría por siempre.

«¿Lo ven? —dijo el Mahdi—, Zandi era un mentiroso, y Alá odia a los mentirosos...».

De repente todo se puso blanco. La ojiva nuclear de la cabeza separable del Misil Cuatro se detonó a una altura de apenas cuatrocientos cincuenta metros. La temperatura se disparó a millones de grados. Todo y todos en la base de Al-Mazzah se evaporaron instantáneamente. La ola explosiva arrasó con todos los edificios e incineró todas las formas de vida en diez kilómetros a la redonda, en una fracción de segundo. Cada pizca de aire y de gas en el área circuncidante fue absorbida al centro, e hizo erupción con una bola de fuego tan caliente como el sol. La bola de fuego rugió en todo Damasco, y quemó todo lo que todavía no estaba muerto. Cuando se lanzó al aire, se expandió y se enfrió; la nube de hongo distintiva de una detonación nuclear pudo verse por cientos de kilómetros.

TEL AVIV, ISRAEL

Levi Shimon y Zvi Dayan estaban sentados, estremecidos de terror. Cada pantalla del centro de comando que exhibía las transmisiones de satélite, teledirigidos y radares del frente sirio de repente se puso negra. Por un momento, Shimon temió que Tel Aviv hubiera sido atacada con un arma nuclear, pero igual de rápido, los sistemas se reiniciaron y Shimon vio la verdad aleccionadora. Era Damasco, no Tel Aviv, la que acababa de experimentar un holocausto nuclear, pero por más que lo intentaba, su mente no podía asimilar cómo.

RUTA 90, CENTRO DE SIRIA

Sin advertencia, la luz blanca más intensa que David y su equipo hubieran visto alguna vez irrumpió en el horizonte de Siria. Instantáneamente cegado y completamente desorientado, David perdió el control del auto. Trató de frenar bruscamente, pero a la alta velocidad en la que iban, el auto giró violentamente. Luego se salió del lado izquierdo del camino, viró violentamente hacia un terraplén y dio la vuelta seis veces, antes de colisionar en las rocas escarpadas de abajo.

LANGLEY, VIRGINIA

Jack Zalinsky estaba conmocionado. Miraba las pantallas que tenía enfrente. Las dos transmisiones de los Predator terminaron abruptamente y no regresaron. Pero por la transmisión del satélite Keyhole, Zalinsky y sus colegas habían visto la detonación en tiempo real. Pudieron ver la nube de hongo que se elevaba a la atmósfera. Miraban cómo la bola de fuego aniquilaba la ciudad continuamente habitada de más edad del mundo. Solo que no pudieron creer lo que presenciaban.

No había ninguna evidencia de que algún misil israelí hubiera llegado a Siria, mucho menos a Damasco. Así que Zalinsky estaba seguro de que Neftalí no había ordenado un ataque nuclear en contra de los sirios. ¿Entonces qué había pasado? ¿Había funcionado mal la ojiva iraní?, y si ese era el caso, ¿cómo era posible?

Detrás de él podía oír al presidente Jackson que le gritaba al director Allen por un altavoz. «*¿Qué pasó? ¿Qué es lo que acaba de pasar?*», pero Allen no podía responder todavía. Él también estaba conmocionado.

Por varios minutos, Zalinsky y todos los demás en el Centro de Operaciones Globales solo miraban las pantallas. Podían ver lo que ocurría, pero todavía no lo podían procesar. Nada de esto tenía sentido.

En ese momento, Zalinsky pensó en David y en su equipo. Alcanzó algunos de los auriculares del banco de teléfonos que tenía enfrente. Para entonces sabía que David había perdido su teléfono satelital durante el tiroteo en Dayr az-Zawr. Por lo que presionó el marcado rápido del número de Steve Fox. El teléfono sonó una vez. Después cinco veces. Luego diez veces y quince, pero no hubo respuesta.

Colgó y presionó el marcado rápido del teléfono de Nick Crenshaw. Esperó cinco timbrazos. Después diez, luego quince y veinte. Nadie respondió tampoco esa línea.

Aterrado, intentó otra vez con el teléfono de Fox. Después con el de Crenshaw. Llamó a Eva y le dijo que dejara todo y que solo siguiera marcando esos dos números, cada dos minutos, durante la siguiente hora. Pero ninguno respondió.

Los teléfonos solo sonaban y sonaban.

51

«*¡Aborten la orden de ataque!* —ordenó Neftalí por su línea segura al Centro de Operaciones de las Fuerzas de Defensa de Israel—. *Repito, aborten la orden de ataque*».

Docenas de misiles israelíes ya estaban en el aire, dirigiéndose a toda velocidad a Al-Mazzah y a otras bases militares sirias clave, particularmente las que albergaban reservas de armas químicas y biológicas. Neftalí sabía que no había nada que pudiera hacer para que esos regresaran, pero oyó cuando Shimon inmediatamente le transmitió la orden al jefe de Estado Mayor de la Fuerza Aérea Israelí. A la ola de aviones de combate que en ese momento despegaba hacia Siria se le ordenó regresar.

Neftalí no podía concebir totalmente qué era lo que acababa de pasar. Tenía la confianza de que su equipo finalmente armaría el rompecabezas y lo averiguaría, pero para entonces, sus instintos le decían que hiciera todo lo posible para evitar el cargo de la comunidad internacional de que Israel había evaporado Damasco. ¿Había ordenado un ataque masivo a las instalaciones militares de Siria? Definitivamente, pero no había ordenado la aniquilación de una capital árabe, y no quería que el mundo pensara que lo había hecho. Israel estaba lo suficientemente aislado. Ni él ni su pueblo podían darse el lujo de que los acusaran de un crimen como ese.

Sin embargo, los misiles iraníes y sirios todavía estaban por llegar. Derribaban algunos de ellos, pero cientos o más de ellos caían en ciudades israelíes, desde Haifa hasta Beerseba. Por alguna razón, Jerusalén se había salvado de la descarga mortal, pero de momento eso era de poco consuelo. Más de siete millones de israelíes estaban apiñados en refugios antiaéreos, usando máscaras de gas, soportando uno de los ataques más devastadores de la historia moderna del estado judío. Se esperaba que las proyecciones de víctimas de los últimos ataques fueran altas. Dayan temía que más de mil quinientos judíos y árabes pudieran morir en esos últimos ataques de misiles, pero Neftalí se sentía seguro de que las represalias israelíes no estaban en discusión. ¿Qué más podían hacerle a Siria de lo que ya se había hecho? La antigua ciudad de Damasco, grande y orgullosa, ya no existía. Había sido borrada de la faz del mapa, para que nunca más surgiera. Más de dos millones de almas árabes habían perecido en fracción de segundos. Era una tragedia de proporciones épicas, pero era una tragedia que los mismos Irán y Siria habían creado. Neftalí no tenía motivos para sentirse culpable, pero aun así se apenó, y se preguntaba qué significaría todo eso para el futuro del Medio Oriente.

Para su asombro, los reportes comenzaron a llegar casi inmediatamente, desde el sur del Líbano e incluso desde Gaza, que la batalla se había detenido. No estaba claro si las fuerzas de Hezbolá y Hamas creían que Israel acababa de atacar a Damasco con armas nucleares, pero Shimon había comenzado a circular reportes de los comandantes de las Fuerzas de Defensa de Israel en el campo, de que a medida que las noticias de la destrucción de Damasco se esparcían, las fuerzas árabes se conmocionaban. No estaban deponiendo las armas exactamente, pero tampoco las estaban usando. Se estaban alejando de los israelíes y comenzaban a retirarse.

«Nuestros comandantes quieren saber si continúan enfrentándose al enemigo. ¿Deben apremiar la ofensiva?», le preguntó Shimon a Neftalí.

El primer ministro lo consideró por un momento, pero al final dijo que no. Irán y Siria habían recibido un golpe mortal. El Duodécimo Imán estaba ahora muerto. El Ayatolá —el Líder Supremo de Irán— estaba muerto. Lo mismo que el presidente sirio Mustafá, y la mayoría de los líderes militares y los asesores políticos superiores del Califato. Habían decapitado las cabezas de dos serpientes.

Nada en la región volvería a ser lo mismo. Neftalí creía que Teherán nunca estaría en la posición de volver a financiar ni abastecer a Hezbolá, ni a Hamas. Y claramente tampoco Damasco. El horror de lo que acababa de ocurrir tardaría en asimilarse completamente, pero Neftalí estaba dispuesto a apostar una enorme suma de dinero a que, a medida que el flujo de fondos y armas a estas organizaciones terroristas se desvaneciera, también se debilitaría su espíritu y la amenaza que alguna vez representaron. Neftalí se dio cuenta de que del fuego y del humo había nacido un mundo nuevo, un mundo en el que los enemigos más peligrosos de Israel acababan de ser neutralizados dramáticamente, en un abrir y cerrar de ojos.

OAKTON, VIRGINIA

Hacía frío y estaba oscuro, y una torrencial tormenta de lluvia azotaba el norte de Virginia. Najjar Malik se había despertado varias veces durante la noche por los enormes ruidos de los truenos, que hacían que las ventanas y las paredes temblaran. No obstante, aunque la lluvia y los truenos no cedían, esta vez se había despertado por el ruido de alguien que llamaba a la puerta de la habitación.

«Un momento», dijo cuando se sentó, se frotó el sueño en los ojos y trató de recordar dónde estaba y qué hora era.

Najjar vio a su amada esposa, Sheyda, acurrucada a su lado, luego a su bebé que estaba dentro de la cuna, al lado de su cama. Entonces lo recordó todo. Otra vez estaba bajo custodia de la CIA. Estaba de regreso en el refugio del que había escapado. Ahora había más guardias armados en la casa. Había rejas en las ventanas de la habitación y más cámaras de vigilancia en los pasillos y en los árboles del frente y de atrás, que le permitían a la Agencia asegurarse de que ninguno de ellos tratara de escapar de su control otra vez. Básicamente era una prisión, pero por lo menos estaba de regreso con su familia, finalmente.

Najjar se obligó a salir de la cálida cama, con solo un par de calzoncillos. Se puso unos jeans y una camiseta, y abrió la puerta. Su suegra, Farah, arropada con una bata gruesa azul, estaba parada allí y se veía bastante ansiosa.

—¿Qué pasa? —preguntó—. ¿Pasa algo malo?

—Tienes una visita —dijo—. Alguien de la Agencia. Creo que pasa algo malo.

Najjar suprimió una sonrisa. Por supuesto que el visitante era de la Agencia. Todos sus visitantes eran de la Agencia. Nadie más sabía dónde estaban, y algunas de las personas que los buscaban los querían muertos. Najjar saludó con la cabeza al guardia armado en el pasillo, después se frotó los ojos otra vez, bajó y le dijo buenos días al guardia que estaba en las gradas, así como a los dos de la cocina.

Para su gran sorpresa, Eva Fischer estaba parada allí. Se veía pálida y acongojada.

—Agente Fischer, qué sorpresa —dijo—. ¿Está bien?

—Realmente no —dijo ella—. ¿Podemos sentarnos y hablar?

—Por supuesto —dijo y se volteó hacia Farah—. ¿Te importaría hacernos un poco de café?

—Ya he preparado una jarrilla —respondió—. La traeré cuando esté lista.

Najjar y Eva se dirigieron a la sala familiar. Ella se sentó en el sofá. Él se sentó en un sillón grande y acolchado.

—¿Qué pasa? —preguntó—. ¿Qué la ha traído hasta aquí a verme?

—Ha habido una explosión —comenzó Eva—. En realidad fue una detonación.

Najjar se puso tenso y no quería oír lo que venía después, pero Eva se lo dijo de todas formas. No podía compartir detalles confidenciales, por supuesto, pero le dijo lo que se reportaba en las noticias. La Agencia les había negado a los Malik el acceso a televisión, radio, periódicos, revistas y al Internet. Hasta que la Agencia y el FBI completaran sus interrogatorios y la investigación criminal de sus actividades recientes, el gobierno de Estados Unidos no quería que Najjar ni su familia tuvieran contacto con el mundo exterior, ni mucho conocimiento de él. Así que era lo primero que Najjar oía de la tragedia de Damasco.

—La devastación va más allá de lo que usted o yo podamos comprender —dijo Eva—. Damasco ya no existe.

Najjar se sentó por un momento sin hablar, tratando de procesar todo lo que oía.

—Entonces —dijo con calma finalmente—, las profecías se cumplieron.

—¿A qué se refiere?

—Ya sabe, a las profecías de la Biblia, las de Isaías y Jeremías que dicen que en los últimos días Damasco será exterminada como ciudad. Acaban de cumplirse.

Eva claramente no tenía idea de lo que él hablaba y le pidió que explicara. Él lo hizo, pero tenía preguntas propias. Habiendo sido uno de los científicos más destacados de Irán por años, Najjar pidió más detalles técnicos en cuanto a lo que la Agencia había averiguado sobre la causa de la explosión. Eva se apartó un poco de las normas y le dijo lo que sabía. Dejó claro que no había evidencia de que hubiera sido un ataque nuclear israelí. Más bien, dijo que parecía que la ojiva se había detonado unos instantes después de que el Scud-C había despegado. Le dio unos cuantos detalles más. No eran muchos, pero fue suficiente para que Najjar planteara una teoría.

—Eso fue algo deliberado —le dijo a ella.

—¿Qué quiere decir?

—Las ojivas nucleares no se detonan durante el lanzamiento, a menos que el hombre que las construyó sea un tonto o un terrorista suicida —dijo Najjar—. Ninguno de los científicos del equipo del doctor Saddaji era tonto. Eran hombres sumamente brillantes. Sin embargo, a ninguno de ellos, aparte de Tariq Khan, lo había reclutado Saddaji para ser parte de la fabricación de bombas.

—Entonces, ¿qué es lo que está diciendo? —preguntó Eva.

—Estoy diciendo que uno de esos hombres sabía que tenía la oportunidad de eliminar a todo el liderazgo iraní y sirio de una sola vez, y de detener la pesadilla de las armas nucleares del Mahdi al mismo tiempo —dijo Najjar—. Y la aprovechó.

Era una teoría radical, una teoría que según Eva, los altos funcionarios de la CIA ni siquiera habían considerado en las primeras horas. Ella la consideró por algunos minutos y bombardeó a Najjar con una pregunta tras otra, hasta que Najjar cambió de tema abruptamente.

«Entonces, ¿significa esto que Reza Tabrizi vendrá a casa pronto?

—preguntó—. El hombre me salvó la vida y la de mi familia. Me gustaría mucho volver a verlo. Me gustaría agradecérselo».

La pregunta se quedó en el aire por un momento. Eva apartó la mirada y no dijo nada. Farah entró al salón y puso una bandeja ante ellos con dos tazas de café negro caliente, una jarrita con crema, una azucarera y cucharitas.

—¿No es posible? —preguntó entonces Najjar—. ¿Va en contra de las reglas?

—No, no es por eso —dijo Eva finalmente—. Es que...

No terminó la oración.

—¿Qué? —preguntó Najjar—. Si no va en contra de las reglas, ¿entonces qué?

Eva tomó una de las tazas y dio varios sorbos.

—Najjar, no sé cómo decir esto de la mejor manera —comenzó—. Por lo que solo voy a ser directa con usted. Reza está... Me temo que Reza está desaparecido, y...

—¿Y qué? —insistió Najjar.

—Y se supone que está muerto.

Najjar se quedó con la boca abierta, y también su suegra. Ella sabía todas las historias de lo que Reza Tabrizi había hecho por ellos. En efecto, ella —al igual que todos ellos— había estado orando día y noche por el alma de Reza, así como por su seguridad.

En ese momento Sheyda bajó, todavía con su ropa de dormir, pero cubierta con una gruesa sudadera gris.

—¿Qué le pasó a Reza? —preguntó cuando se acercó por la esquina y se sentó al lado de Eva—. No entiendo. ¿Dónde está él ahora?

Eva saludó a Sheyda y les recordó que no estaba autorizada para decir algunas cosas.

—Lo que puedo decirles es que él y su equipo iban tras dos ojivas iraníes, que los israelíes no destruyeron en sus ataques aéreos iniciales —dijo ella—. La búsqueda los llevó de Irán a Siria. Se dirigían directo a Damasco cuando el misil se elevó y explotó. Estábamos rastreando a su equipo con un teledirigido, pero cuando la explosión ocurrió, perdimos contacto con el teledirigido y con Reza.

—Pero todavía podría estar vivo, ¿verdad? —preguntó Najjar.

—Cualquier cosa es posible —dijo Eva—, pero yo... —Se quedó sin poder emitir palabra.

Farah corrió a buscar una caja de pañuelos y le dio varios a Eva, que se secó los ojos y se disculpó por su falta de profesionalismo.

—Cualquier cosa es posible —dijo otra vez—, pero yo no me haría ilusiones, Najjar. Como se lo dije, la devastación es increíble. Nunca habíamos visto algo como eso en la historia del mundo. Créame, no querrá ver las fotos de satélite. Es... bueno... No sé cómo alguien podría haber sobrevivido.

El salón se quedó en silencio por varios minutos, y entonces Sheyda le hizo una pregunta a Eva.

—Ustedes eran muy amigos, ¿verdad?

Claramente, a Eva la tomó por sorpresa la pregunta, pero decidió responderla, de todas formas.

—Habíamos llegado a ser buenos amigos, sí —dijo.

—¿Solo amigos? —preguntó Sheyda, pero Najjar la reprendió y rápidamente se disculpó.

—Está bien —respondió Eva—. Su esposa es una mujer muy perspicaz. Creo que la verdad es que yo esperaba que algo se desarrollara entre nosotros, pero nunca fue así. Aunque él hubiera vivido, sinceramente, creo que no hubiera ocurrido.

—¿Por qué no? —preguntó Sheyda, esta vez más delicadamente.

Eva suspiró y se volvió a secar los ojos con un pañuelo.

—Él no me amaba —dijo, con el labio inferior que le temblaba—. Él amaba a alguien más.

EPÍLOGO

Al ver las veinte caras jóvenes en su salón de clase, Marseille Harper sabía que había hecho lo correcto al volver a casa en Portland. Necesitaba alguna semblanza de normalidad; necesitaba una rutina dulce para poder seguir respirando. Su corazón y su mente habían dado tantas vueltas, habían sufrido tantos impactos en las últimas dos semanas. Era un milagro que no estuviera debajo de las colchas de su cama, llorando o atontada. Por supuesto, había habido varias noches, desde su regreso a sus responsabilidades en el salón de clases, en que se había quedado dormida llorando. Pensó en el salmista que había escrito que sus lágrimas eran su comida, y sentía que un espíritu afín había escrito eso especialmente para ella.

La aniquilación de la capital siria, y las muertes de más de dos millones de personas, incluso la del Duodécimo Imán y las de los líderes superiores tanto de Siria como de Irán, habían dominado las noticias y las conversaciones de todos durante toda la semana. Marseille había observado que el terror de todo eso había penetrado en la cultura. La gente hablaba de eso constantemente, siempre con tonos silenciosos y sombríos. Las conversaciones de temas totalmente sin relación parecían también más apagados, desde la detonación. Hasta los niños hacían preguntas de lo que había ocurrido en el Medio Oriente. *¿Dónde estaba Damasco? ¿Dónde estaba Siria? ¿Qué era una nube de hongo? ¿Por qué parecía que mami y papi estaban tan callados, tan tristes?*

De alguna manera, que le hicieran esas preguntas a Marseille la ayudaba a sentirse necesitada, que al menos ayudaba a sus pequeños amigos a procesar, de una manera simple y breve, el acontecimiento de Damasco que había estremecido al mundo. Los abrazos de los niños eran como un bálsamo.

El lunes en la mañana, había estado esperando en Hancock Field en Syracuse, lista para el primer vuelo en la mañana de regreso a Portland. Había querido quedarse en Syracuse y ayudar a los Walsh tanto como le hubiera sido posible, después de la noticia de la muerte de Lexi y de Chris, pero tenía trabajo que hacer en casa. Había firmado un contrato. Había dado su palabra y tenía que mantenerla. Por lo menos, la tía de Lexi vivía cerca y parecía muy capaz de ayudar a los Walsh a planificar el funeral. Lexi y Chris tenían una fuerte comunidad eclesiástica y Marseille sabía que llevarían comidas y los amigos estarían allí para escuchar, llorar y orar.

Recordó que había llegado a su sala de embarque en el aeropuerto y que se sentó con una taza de café para leer su pasaje bíblico del día. Acababa de comenzar a orar con los versículos que tenía enfrente, cuando una ola de jadeos y de conmoción se desplazó por la atmósfera en la sala de United. La gente de repente se había puesto de pie, miraba los monitores de televisión y sacudía la cabeza. Hacían llamadas telefónicas y se miraban unos a otros con los ojos bien abiertos. Marseille no estaba sentada donde pudiera ver alguno de los televisores, pero cuando caminó hacia el monitor más cercano, encontró una noticia de última hora de CNN y una imagen aterradora: una nube de hongo sobre Damasco.

Casi no había podido creer lo que veía. Su mente se había inundado de preguntas. *¿Cómo había pasado? ¿Qué significaba? ¿Estaba David a salvo, o había muerto en la explosión?* Aunque Tom Murray le había dicho apenas el día anterior que David estaba vivo y bien, y que hacía su trabajo —un trabajo que ella suponía era en Irán— se preguntaba si podría haber estado en Siria cuando eso había ocurrido. Si era así, ¿había muerto instantáneamente y sin dolor, cerca de la zona de impacto? ¿O estaba quemado y sufriendo una muerte lenta, en alguna parte de las afueras de Damasco?

Marseille trató de sacarse esos pensamientos de la mente. Quería creer que David estaba en Irán. No obstante, las dudas seguían infiltrándose.

Tal vez él había estado intentando evitar que ocurriera eso mismo. Si lo había hecho, entonces tal vez había estado en medio de todo. Recordó que uno de los representantes de United la había llamado, y a sus compañeros pasajeros, para que abordaran su vuelo en ese momento, y ella se había obligado a poner un pie adelante del otro. Se había dicho que esperaría que el doctor Shirazi llamara. No recibir noticias era una buena señal, ¿verdad? Entonces se preguntaba si tal vez debería llamar al señor Murray otra vez. ¿O tal vez la llamaría el?

Desesperadamente quería creer que David había estado en Teherán o en algún lugar secreto, lejos de la explosión nuclear, pero durante las últimas noches, mientras se quedaba dormida llorando por Lexi y Chris, había derramado muchas lágrimas por David también. ¿Dónde estaba él ahora?

Afortunadamente, su clase no sabía de Lexi y de Chris, y por supuesto no tenía conocimiento de David. Podía llorar a sus amigos en privado, en oración, y esperar el consuelo de Dios, si no sus respuestas en cuanto a por qué había pasado todo esto. Algo estaba claro, por lo menos. Había estado orando, estudiando y tratando de entender por semanas si el Duodécimo Imán era el Anticristo que llegaría y gobernaría el mundo en los últimos días, tal como lo profetizaba la Biblia. Sin embargo, ahora ya no estaba. No era el Anticristo... no era el último, por lo menos. Marseille no estaba segura si eso la hacía sentir mejor o peor, pero por lo menos lo sabía con seguridad.

Al día siguiente se dirigiría de nuevo al dolor. Volaría a Syracuse temprano en la mañana, para el servicio de honras fúnebres del sábado por la tarde, de la pareja de recién casados que a ella todavía le costaba creer que se hubieran ido. Luego volaría directamente de regreso a la costa oeste el lunes en la mañana. Solo perdería otro día de clases, con la esperanza de darle fin a ese capítulo de tragedia. Sería un viaje increíblemente rápido, que ella no estaba segura de poder resistir bien, emocional ni físicamente, pero tenía que estar allí.

Todavía trataba de buscar la sabiduría de Dios en cuanto a si debía visitar al doctor Shirazi otra vez cuando estuviera en Syracuse. Sentía que debía hacerlo, pero sería muy doloroso. ¿Qué derecho tenía ella de seguir adhiriéndose a esa familia? Ya iba a estar involucrada en el servicio de honras fúnebres de los Vandermark... solo unas semanas después de haber asistido a su boda, solo una semana después de haber ayudado en el servicio de honras fúnebres de la señora Shirazi, solo unos meses después del funeral de su propio padre... No, no podía permitirse iniciar esa línea de pensamiento. Era demasiado.

Miró las cabezas inclinadas sobre sus libros de lectura. Estaba tan orgullosa de ellos y tan satisfecha de ver su progreso en lectura desde que había comenzado el año escolar. Oraba para que cada uno de ellos algún día leyera el mejor Libro de todos, y aprendiera del carácter del Padre celestial, que amaba a cada uno de ellos. Sabía que necesitarían su sabiduría para navegar en un mundo que parecía carecer de sentido en estos días.

El timbre sonó para concluir el día escolar y los niños empacaron sus mochilas y se dirigieron a sus buses. Marseille esperaba que a la mayoría, si no a todos, sus mamás los recibieran con galletas y abrazos. Esperaba que estos pequeños amados todavía disfrutaran de los simples e inocentes placeres de la niñez, a pesar de las noticias tristes que seguían llegando del Medio Oriente. ¿Podrían ser protegidos de todo eso un poco más de tiempo?

Entró a su escarabajo VW celeste e hizo una pausa antes de dirigirse a la granja que su padre había comprado en Sauvie Island, ubicada en medio del río Columbia, como a quince kilómetros al noroeste del centro de Portland. Trató de agradecerle a Dios por los acontecimientos de las últimas semanas. Le agradeció porque había visto a David una última vez después de todos esos años. Le agradeció por la oportunidad de aclarar ciertas cosas que no se habían dicho. Le agradeció por la oportunidad de servir a la familia Shirazi en un tiempo de mucho dolor, y por el secreto compartido que ahora mantenía con el padre de David. Le agradeció al Señor porque Lexi había conocido el amor, había conocido a Jesús, había disfrutado de una bella boda y había visto cumplido su sueño de visitar la Tierra Santa. Ahora veía a Jesús cara a cara y esa era otra razón para agradecerle.

Marseille encendió el VW y conectó su iPhone al sistema de estéreo del auto.

Cantó por unos minutos; sus sentimientos hicieron eco de la letra, directamente del Salmo 103: «Bendice, alma mía, a Jehová». La canción hablaba de alabar a Dios desde la mañana hasta la noche. Mientras cantaba, ofreció su propio sacrificio de alabanza, y sintió que todo cambió en su corazón e hizo posible que tuviera esperanza, aunque todavía no podía sonreír. Estaba agradecida porque Dios le enseñaba cómo enfrentar el impacto de pérdidas dolorosas al confiar en él. No sabía cómo la gente podía seguir adelante sin Cristo.

Condujo a la calle principal de su pequeña ciudad y pensó en la cena. ¿Debía comprar comida tailandesa o italiana? No obstante, rápidamente desechó el pensamiento. Había estado comiendo cereal durante las últimas noches y todavía no le apetecía mucho más.

La neblina que cubría las calles y los postes de luz hacía que las tiendas parecieran dormidas, y anticipó con expectación una noche más en su propia cama, antes de subirse a otro avión. Al llegar a la esquina del tranquilo vecindario donde había vivido con su papá y su abuela, apreció los porches del frente y los juguetes que los niños habían dejado en la acera. Era un buen lugar para llegar a casa, pero su línea de pensamiento acabó allí, cuando vio a un hombre sentado en el porche del frente de su casa.

Por poco pierde el control del auto y choca en la puerta del garaje, al girar en la entrada. No era posible... no era posible en absoluto. Pero allí estaba. David Shirazi le sonreía desde las gradas del frente. Llevaba puesto un cálido abrigo y una gorra. Su brazo parecía estar enyesado y tenía el rostro lleno de cicatrices, pero él estaba allí, esperándola. Ella no estaba segura de tener fuerzas para abrir la puerta, pero estaba bien porque él se acercó al auto para abrírsela. Ella miró por la ventana que pronto se empañó. De repente la puerta se abrió y ella estaba en sus brazos. Enterró su cara en el hombro de él y comenzó a sollozar. Él la abrazó como si su vida dependiera de eso.

No estaba sola en sus lágrimas. David parecía no más un poco avergonzado por las suyas. Los dos se dieron apoyo mientras subían las gradas hacia la casa, en silencio, pasando del frío al calor de la antigua sala. Ella no quería hablar y arruinar el momento, por lo que solo se sentó en el sofá y esperó a que él se sentara a su lado, pero él no se sentó. Se hincó en una rodilla, con una leve mueca de dolor, pero con una gran sonrisa. Sacó del bolsillo de su abrigo una pequeña caja de madera tallada y aclaró su garganta, lleno de emoción.

—Marseille Harper, por la gracia de Dios, solo por su sublime gracia, he sobrevivido todo lo que ha pasado en los últimos días y semanas. Creo que sé por qué Dios me dio una segunda oportunidad en la vida. Para venir a estar contigo. Estoy aquí ahora para decirte que te he amado desde que aprendí siquiera a amar. Quiero que sepas, necesito que sepas, que solo puedo amarte porque ahora el amor de Jesucristo vive en mí y soy su hijo. Le he dado mi vida a él, y él me está cambiando día a día. Y creo que me ha dado el honor de servirte por el resto de nuestra vida, si tú me aceptas. Te amo mucho. Marseille, ¿te casarías conmigo?

Ella no podía creer lo que oía, aun así, al mismo tiempo parecía exactamente apropiado, como si el Padre celestial hubiera escrito la historia más bella y milagrosa para ella, y David estuviera leyendo precisamente ese guión. Entonces supo que eso era exactamente lo que ocurría. El autor y perfeccionador de su fe había creado una escena gloriosa, y esa era su señal para que entrara al escenario y respondiera con todo su corazón.

—Sí, David, sí. Te amo y soy tuya.

El resto de la noche fue como un sueño. David le contó cómo conducía a toda velocidad hacia Damasco cuando la bomba había detonado. Le contó cómo había perdido el control del auto con el destello cegador, aunque le agradecía a Dios porque no habían estado lo suficientemente cerca para que los afectara de otra manera. Describió cómo habían bajado rodando por la ladera y que uno de sus dos compañeros había muerto en el choque. Explicó cómo él y su único colega sobreviviente de alguna manera habían logrado subir la cresta y volver a la autopista, a pesar de sus muchas heridas. Finalmente, habían conseguido un auto para dirigirse a un lugar remoto, donde las fuerzas especiales estadounidenses pudieran recogerlos y llevarlos de vuelta a Estados Unidos.

Mientras hablaban, ella preparó café en una cafetera, y David se encargó de hacer una ardiente fogata en la chimenea. Marseille continuó haciendo preguntas y David le dijo tanto de la historia como pudo. Ella se sentó, maravillada, al escuchar cómo Najjar Malik había llegado a Cristo y cómo había querido desertar del régimen iraní. Brevemente le habló de su papel para ayudar a Najjar y a su familia para salir de Irán y llegar a Estados Unidos. Quedó encantada con la historia de cómo Najjar se había escapado de la custodia de sus responsables de la CIA, y cómo Dios lo había usado para predicar el evangelio a millones en Irán y al mundo musulmán. David dijo que ahora Najjar había vuelto al cuidado de la Agencia, pero que también se había reunido con su familia.

Luego se maravilló cuando David le explicó cómo un amigo anciano y ciego le había abierto los ojos a la verdad de Jesús.

David le explicó que había llamado a su padre inmediatamente, cuando escapó de Siria, y que Jack Zalinsky lo había ayudado a llegar a Syracuse para ver a su padre en las siguientes veinticuatro horas, después de que lo habían sacado de la zona de guerra, antes de que le trataran las heridas. Describió lo que había significado para él darle a su padre un fuerte abrazo y estar en el calor y seguridad de su propio hogar de la niñez. Aunque él y su padre habían hablado primero de la mamá de David, del servicio de honras fúnebres y del bienestar de los hermanos de David, la conversación rápidamente giró hacia Marseille. David estaba muy conmovido por el amor sacrificial que su padre le había dicho que ella le había demostrado a la familia, cómo se había quedado y cómo había servido. Estaba pasmado, pero emocionado porque, en la providencia de Dios, le había permitido a Marseille saber sus secretos y estar orgullosa de él. Cuando dejó Syracuse el viernes temprano en la mañana para volar hacia Portland, llevaba consigo no solo la gozosa bendición de su padre, sino también el anillo de compromiso de diamantes de su madre.

Aunque el rostro de David tenía varias cortadas profundas que le habían suturado, múltiples moretones oscuros y una fractura compleja en uno de sus recios brazos, estaba sentado frente a ella, verdadera y completamente vivo. Ahora compartían el mayor Amor, y a través de él podrían compartir toda una vida amándose mutuamente.

Marseille tenía muchas preguntas más. Deseaba poder escuchar cada detalle de su vida, desde que habían estado juntos tan brevemente en Syracuse. Se preguntaba qué vida tendrían por delante, qué vendría después. Pero en lugar de hacer preguntas, simplemente recostó su cabeza sobre el pecho de David. Contempló el anillo de compromiso en su dedo y dijo en voz alta: «Bendice, alma mía, a Jehová».

RECONOCIMIENTOS

Por la gracia de Dios, continúo con la bendición de trabajar con una gran casa editorial. Un agradecimiento muy especial al equipo de Tyndale House, que incluye a Mark Taylor, Jeff Johnson, Ron Beers, Karen Watson, Jeremy Taylor, Jan Stob, Cheryl Kerwin y Dean Renninger (por sus diseños de portada constantemente maravillosos).

Gracias a Scott Miller, mi amigo y agente literario de Trident Media Group.

Gracias a mi familia cariñosa: A mis papás, Len y Mary Jo Rosenberg; a June «Bubbe» Meyers; a toda la familia Meyers; a los Rebeize; a los Scoma y a los Urbanski. Gracias también a Edward y a Kailea Hunt, a Tim y a Carolyn Lugbill, a Steve y a Barb Klemke, a Fred y a Sue Schwien, a Tom y a Sue Yancy, a Jeremy y a Angie Grafman, a Nancy Pierce, a Jeff y a Naomi Cuozzo, a Lance y a Angie Emma, a Lucas y a Erin Edwards, a Renae y a Gordon Debever, a William y a Mary Agius, a Chung y a Farah Woo, a Indira Koshy, a Jay y a Suzi Koshy y a todos nuestros compañeros y aliados que trabajan con o para The Joshua Fund y November Communications, Inc.

Ante todo, gracias a mi dulce y maravillosa esposa, Lynn, y a nuestros cuatro maravillosos hijos y guerreros de oración: Caleb, Jacob, Jonah y Noah. ¡Estoy ansioso de ver a dónde nos llevará después esta aventura!

JOEL C. ROSENBERG,

autor de *Epicentro*, éxito del *New York Times*, conduce a los lectores dentro de la Revolución.

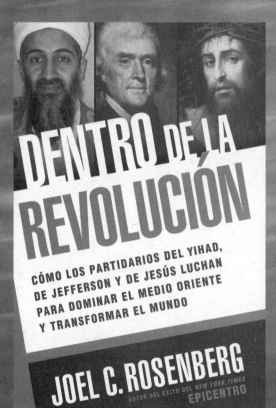

Rosenberg sostiene que actualmente hay tres movimientos que están listos para cambiar el mundo, para bien o para mal.

Ahora disponible en librerías y en Internet.